CRAIG RUSSELL

WO DER TEUFEL RUHT

rütten & loening

CRAIG
RUSSELL

WO DER TEUFEL RUHT

THRILLER

Aus dem Englischen
von Wolfgang Thon

rütten & loening

Die Originalausgabe unter dem Titel
The Devil Aspect
erscheint 2019 bei Constable

MIX
Papier aus verantwortungsvollen Quellen
FSC® C083411

ISBN 978-3-352-00917-4

Rütten & Loening ist eine Marke der Aufbau Verlag GmbH & Co. KG

1. Auflage 2018

Gesetzt aus der Whitman durch Greiner & Reichel, Köln
Druck und Binden CPI books GmbH, Leck, Germany
Printed in Germany

www.aufbau-verlag.de

Das Herz eines Mannes ist der Ort,
in dem der Teufel haust;
ich spüre manchmal eine Hölle in mir selbst.

THOMAS BROWNE

(1605–1682)

PROLOG

Das Auftauchen dieser Stimme, dieser dunklen Persönlichkeit war, als würde eine schreckliche schwarze Sonne aufgehen, die den Turm der Burg mit einer schimmernden Dunkelheit füllte. Obwohl der Patient festgebunden auf dem Stuhl saß, fühlte Viktor sich seltsam allein – verletzlich und verängstigt. Und was er vernahm, hatte keinen Sinn – konnte ihn nicht haben.

Viktor begriff, dass diese Stimme nicht Ausdruck der zersplitterten Persönlichkeit seines Patienten war. Sie war etwas völlig anderes. Etwas weit Schlimmeres.

»Ich spüre Ihre Furcht«, sagte Mister Hobbs. »Ich bin sehr empfänglich für die Furcht von Menschen. Sie ist die Energie, die mich belebt, und jetzt beleben Sie mich. Sie haben mir nachgespürt, und jetzt haben Sie mich gefunden. Sie wollen wissen, was ich denke, was ich fühle. Gut, ich erzähle es Ihnen: Als ich sie ermordet habe, als ich all diese Menschen getötet habe, ihnen all diese schrecklichen Dinge angetan habe, habe ich jede Sekunde davon genossen. Was ich tat, habe ich wegen des düsteren Vergnügens getan, das es mir bereitete. Ich habe ihren Schmerz und ihre Furcht wie köstlichen Wein gekostet. Am meisten gefiel mir, wenn sie am Ende um ihr Leben bettelten. Wenn sie das taten, und sie taten es alle am Schluss, gab ich vor, zu zögern. Dann sah ich in ihren Augen das schwache Glimmen ihrer letzten, verzweifelten Hoffnung. Ich ließ sie ihnen, einen Moment, dann nahm ich sie ihnen. Und dies, das Erlöschen ihrer letzten

Hoffnung, genoss ich mehr als alles andere, noch mehr, als ihrem Leben tatsächlich ein Ende zu bereiten. Verstehen Sie, Dr. Kosárek, in diesem Moment spürten sie die Gegenwart des Teufels und flehten Gott an, ihnen zu helfen und sie ihm zu entreißen. Es war derselbe Moment, in dem ich sie erkennen ließ, sie endlich begreifen ließ, dass Gott die ganze Zeit bereits da gewesen war. In diesem Moment erfassten sie, dass der Teufel nur Gott in seinem Nachtgewand ist.«

1. TEIL

EIN ORT,
DER DAS BÖSE VERWAHRT

1

Im Spätherbst 1935 war Dr. Viktor Kosárek ein großer, schlanker Mann von neunundzwanzig Jahren. Er sah gut aus, wenn auch nicht auf die Art, welche den meisten böhmischen Menschen eigen ist. Seine lange gerade Nase, die ausgeprägten Wangenknochen und die klaren blaugrünen Augen unter den geschwungenen dunklen Augenbrauen sowie sein pechschwarzes Haar verliehen ihm die Ausstrahlung alten Adels. In einem Alter, in dem sehr viele Männer noch etwas jungenhaft aussahen, machten Viktor Kosáreks strenge Gesichtszüge ihn älter, als er tatsächlich war. Sie verliehen ihm unterschwellige Reife und eine autoritäre Ausstrahlung, die ihm bei seiner Arbeit half. Als Psychiater war es Viktors tägliche Aufgabe, innere Geheimnisse aufzuspüren, Licht in die finstersten, am besten geschützten Ecken im Verstand seiner Patienten zu werfen. Diese Patienten würden ihre sorgsam gehüteten Geheimnisse, ihre schlimmste Verzweiflung und ihre dunkelsten Begierden schwerlich einem Jungen enthüllen.

Es war Nacht, und es regnete, ein kalter Regen, der den Wechsel der Jahreszeiten ankündigte, als Viktor seine Mietwohnung zum letzten Mal verließ. Weil er so viel Gepäck dabei hatte und sein Regionalzug vom Bahnhof Masaryk in der Hybernská Straße abfuhr und nicht vom Prager Hauptbahnhof, hatte er ein Taxi genommen. Wegen des großen Schrankkoffers und der zwei schweren Reisekoffer und auch weil er wusste, wie schwer es war, einen Gepäckträger zu ergattern, hatte er seine Ankunft im Bahnhof so geplant, dass er eine Dreiviertelstunde Zeit hatte. Wie sich herausstellte, war das auch gut so, denn nachdem er den mürrischen Taxifahrer bezahlt hatte, hatte der das Gepäck einfach auf dem Trottoir vor dem Haupteingang des Bahnhofs deponiert und war davongefahren.

Viktor hatte gehofft, dass sein Freund Filip Starosta da wäre und ihm beim Gepäck helfen würde. Aber der immer unzuverlässiger werdende Filip hatte in letzter Minute abgesagt. Also blieb Viktor keine andere Wahl, als sein Gepäck dort zu lassen, wo es war, und nach einem Träger zu suchen. Dafür brauchte er gut zehn Minuten. Er vermutete, dass das Fehlen von Gepäckträgern etwas mit der Unruhe im Bahnhof zu tun hatte. Viktor hörte aufgeregte Rufe und Schreie, aber er begriff den Anlass dafür noch nicht. Schließlich sicherte er sich die Dienste eines jungen Bahnhofsgehilfen von etwa sechzehn Jahren mit einem viel zu großen roten Käppi. Trotz seines zierlichen Körperbaus schwang der junge Mann den Schrankkoffer und die anderen Koffer jedoch mühelos auf den Kofferkuli.

Sie betraten den Bahnhof, als ein Praga Alfa in Polizeilackierung auf den Platz raste, den Viktors Taxi kurz zuvor freigemacht hatte. Zwei uniformierte Beamte sprangen aus dem Wagen und liefen vor Viktor und dem Träger in den Bahnhof.

»Was ist denn da los?«, fragte Viktor den jungen Mann, der unter seiner zu weiten Uniformjacke mit den Schultern zuckte.

»Ich habe Schreie gehört«, antwortete er, »bevor Sie mich gerufen haben, konnte aber nicht mehr sehen, was los war.«

Viktor folgte dem Jungen und seinem Gepäck in den Bahnhof und erkannte sofort, dass sich dort ein Drama abzuspielen schien. In einer entfernten Ecke der Halle drängte sich eine große Menge Menschen, als würden sie wie Metallspäne von einem Magneten angezogen, so dass die Haupthalle fast leer war. Viktor sah, dass die beiden Polizisten, die an ihnen vorbeigelaufen waren, sich einer Gruppe von anderen Beamten anschlossen, die versuchten, diese Menschentraube zu zerstreuen.

Irgendjemand schrie, ein Mann, aber er wurde von den Leibern der Menschen verborgen. Dann kreischte eine Frau, die ebenfalls nicht zu sehen war, voller Entsetzen.

»Sie ist ein Dämon!«, brüllte der Mann hinter dem Vorhang der Zuschauer. »Sie ist ein Dämon, den der Teufel geschickt hat. Satan!« Nach einer kleinen Pause ertönte die männliche Stimme wieder, drängend und in einem furchtsamen, warnenden Tonfall. »Er ist hier – Satan ist hier! Satan ist unter uns gekommen!«

»Warten Sie hier!«, befahl Viktor dem Gepäckträger. Er ging zügig durch den Bahnhof und drängte sich durch die Menschenmenge nach vorn. Die Leute hatten, zurückgehalten von den Polizisten, einen Halbkreis gebildet. Als Viktor sich zwischen den Leibern hindurchdrängte, hörte er, wie eine Frau ihrem Freund furchtsam und aufgeregt etwas zuflüsterte. »Glaubst du, dass er es wirklich ist? Meinst du, dass es tatsächlich Lederschürze ist?«

Schließlich sah Viktor die Quelle der Schreie: einen Mann und eine Frau. Beide wirkten vollkommen verängstigt. Die Frau, weil der Mann sie von hinten umklammerte und ihr ein großes Küchenmesser an die Kehle presste. Der Mann schien aus Gründen verängstigt zu sein, die nur er kannte.

»Sie ist ein Dämon!«, schrie er erneut. »Ein Dämon aus der Hölle! Seht doch, wie sie brennt!«

Viktor sah jedoch nur, dass die Frau gut gekleidet war und wohlhabend zu sein schien, wohingegen ihr Häscher Arbeiterkleidung trug. Eine schmuddelige Mütze, ein kragenloses Hemd, dazu eine Jacke aus grobem Serge und eine ausgebeulte Cordhose. Es war auf den ersten Blick offenkundig, dass die beiden kein Paar waren. Viktor nahm an, dass der Mann die Frau willkürlich gepackt hatte. Der wilde, umherzuckende Blick des jungen Mannes sowie seine weit aufgerissenen Augen deuteten darauf hin, dass er unter dem existenziellen Horror irgendeines schizophrenen Anfalls litt.

Ein einzelner Polizeibeamter stand etwas näher an dem Paar als die anderen. Er hatte die Hand auf den Griff seiner Pistole gelegt, die im Lederhalfter steckte. *Zück die Waffe nicht!*, dachte Viktor. *Das verstärkt nur das Gefühl des Mannes, bedroht zu werden.*

Er schob sich bis in die erste Reihe der Zuschauer und wurde sofort grob von zwei Polizisten gepackt und festgehalten.

»Zurück!«, befahl einer in einem starken slowakischen Akzent. »Warum könnt ihr widerlichen Gaffer nicht einfach …?«

»Ich bin Dr. Viktor Kosárek von der Psychiatrie in Bohnice!«, protestierte Viktor und versuchte, sich aus dem Griff der Polizisten zu befreien. »Ich bin klinischer Psychiater, und ich glaube, ich kann hier helfen.«

»Oh …« Der Slowake nickte seinen Kameraden zu, woraufhin die beiden Viktor losließen. »Ist er einer von Ihren Insassen? Ein entflohener Patient?«

»Nicht dass ich wüsste. Jedenfalls ist der Mann keiner meiner Patienten. Aber woher auch immer er kommt, er hat eindeutig einen psychotischen Anfall. Er leidet unter paranoiden Wahnvorstellungen. Unter Schizophrenie.«

»Pavel!« Der Slowake wandte sich an den Polizisten, der immer noch mit der Hand auf dem Pistolengriff dastand. »Hier ist ein Irrenarzt …«

»Schick ihn her.« Der Beamte löste seinen Blick nicht von dem Mann und seiner Gefangenen.

Der Slowake ließ Kosárek durch.

»Sie müssen diese Leute wegschicken«, sagte Viktor leise zu dem Beamten, als er sich von der Menschenmenge entfernte. »Sie bedrängen ihn. Und je ängstlicher er wird, je bedrohter er sich fühlt, desto größer wird die Gefahr für die junge Frau.«

Der Mann nickte und machte sich zusammen mit seinen Kollegen entschlossen daran, die Menge zurückzudrängen.

Viktor ging zu dem Polizisten, den der Slowake mit Pavel angesprochen hatte.

»Sie sind der Seelenklempner?«, fragte der Beamte, ohne den Blick von dem Mann mit dem Messer zu nehmen.

»Dr. Viktor Kosárek. Ich bin Arzt in der Psychiatrie in Bohnice, das heißt, ich war dort Arzt«, verbesserte er sich. »Eigentlich bin ich gerade nach Hrad Orlů unterwegs, in die Psychiatrische

Klinik für geisteskranke Straftäter, um meine neue Stelle anzutreten. Deshalb bin ich überhaupt hier im Bahnhof.«

»Danke für Ihren Lebenslauf, Doktor, aber die Situation hier ist ein bisschen heikel.« Seine Stimme troff vor Sarkasmus. »Moment – Hrad Orlů? Sind dort nicht die Satanischen Sechs eingesperrt? Dann dürfte das hier ja wohl genau Ihre Kragenweite sein. Können Sie helfen?«

»Ich versuche mein Bestes, aber wenn der Mann ernsthafte Wahnvorstellungen hat, weiß ich nicht, ob ich bis zu ihm durchdringen kann.«

»Wenn Sie nicht zu ihm durchdringen, dann, fürchte ich, muss ich das tun.« Der Polizist klopfte mit der Hand auf sein Lederhalfter.

Kosárek nickte und stellte sich breitbeinig vor die Frau und ihren Häscher. Dann sah er zuerst der Frau direkt in die Augen.

»Versuchen Sie, Ihre Angst zu beherrschen.« Er sprach ruhig und gelassen. »Ich weiß, dass das sehr schwer ist, aber was auch immer Sie tun, wehren Sie sich nicht und schreien Sie nicht. Ich will nicht, dass dieser Mann sich noch mehr aufregt, als er es im Moment schon tut. Sie müssen tapfer sein, für mich. Verstehen Sie das?«

Die Frau hatte die Augen vor Entsetzen weit aufgerissen, nickte jedoch.

»Gut.« Viktor bemerkte, dass die Schneide des Messers sich in die Haut ihres Halses unmittelbar über der Halsschlagader grub. Es fehlte nicht viel, nur ein bisschen mehr Druck, und ihr Häscher würde ihr die Ader durchtrennen. Wenn er das tat, würde ihr Leben so schnell aus ihr herausrinnen, dass niemand sie mehr würde retten können.

Dann wandte er sich an ihren Häscher. Er fixierte den Blick des Mannes über die Schulter der Frau hinweg. Er war jung, möglicherweise sogar zwei, drei Jahre jünger als Viktor. Seine Augen waren genauso weit aufgerissen und verrieten nicht weniger Angst als die seines Opfers. Sein Blick zuckte wild umher, ohne sich jedoch auf die Polizisten und die aufgeregte Menge zu fokussieren. Er nahm sie nicht einmal wahr. Stattdessen schien er irgendetwas Entsetzliches zu beobachten, was für alle anderen unsichtbar war. So etwas hatte Viktor Kosárek schon häufig in seiner kurzen Laufbahn erlebt: ein Wahnsinniger, der mental in einer ganz anderen Dimension lebte, während er körperlich in dieser existierte.

»Mein Name ist Dr. Kosárek.« Viktor sprach erneut so ruhig wie zuvor mit der Frau. »Ich will Ihnen helfen. Ich weiß, dass Sie große Angst haben, aber ich tue alles, was in meiner Macht steht, um Ihnen zu helfen. Wie heißen Sie?«

»Sie ist ein Dämon!«, schrie der Mann.

»Wie ist Ihr Name?«, wiederholte Viktor, an den Mann gewandt.

»Ein Feuerdämon! Sehen Sie das nicht? Sie sind überall unter uns! Sie ernähren sich von uns! Und sie wurde hierher geschickt, um von mir zu zehren! Sie wurde vom Teufel geschickt ...!«

Der junge Mann unterbrach sich und wirkte, als hätte er plötzlich etwas gehört oder einen merkwürdigen Geruch wahrgenommen. »Er ist hier ...« Seine Stimme war ein gepresstes Flüstern. »Der Teufel ist hier, jetzt, hier an diesem Ort. Ich wittere ihn ...«

»Ihr Name«, wiederholte Kosárek ruhig und freundlich. »Bitte, nennen Sie mir Ihren Namen.«

Der Mann mit dem Messer wirkte verwirrt, als könnte er nicht begreifen, warum man ihn jetzt mit solchen Nebensächlichkeiten ablenkte. »Šimon«, sagte er schließlich. »Mein Name ist Šimon.«

»Šimon, ich möchte, dass Sie ruhig bleiben. Ganz ruhig.«

»Ruhig?«, fragte Šimon ungläubig. »Sie wollen, dass ich mich beruhige? Der Teufel ist unter uns! Seine Dämonen sind hier! Diese Frau ist ein Dämon. Sehen Sie sie denn nicht?«

»Nein, leider nicht. Wo sind sie?«

Šimons Blick glitt hastig, wie ein Suchscheinwerfer, über den Marmorboden des Bahnhofs. »Sehen Sie sie denn nicht? Sind

Sie blind? Sie sind überall!« Er wirkte plötzlich noch verängstigter, noch aufgeregter, als er erneut etwas sah, was nur er wahrnehmen konnte. »Der Boden, der Stein, er schwitzt sie aus! Sie sickern aus dem Marmor heraus. Wie Lava aus den Eingeweiden der Erde. Sie blubbern und schäumen, bis sie schließlich Gestalt annehmen. Wie der hier!« Er packte seine Gefangene fester, seine Hand mit dem Messer zuckte.

»Šimon«, sagte Viktor. »Sehen Sie denn nicht, dass Sie das alles missverstanden haben? Diese Frau ist nur eine Frau. Sie ist kein Dämon.«

»Sind Sie verrückt geworden? Begreifen Sie denn nicht? Sehen Sie nicht die brennenden Hörner, die aus ihrem Schädel herausragen? Die Lava in ihren Augen? Ihre weiß glühenden Hufe? Sie ist ein Elementar-Dämon. Ein Feuerdämon. Ich brenne schon nur dadurch, dass ich sie berühre. Ich muss sie aufhalten. Ich muss sie alle aufhalten. Sie sind hier, um uns zu verzehren, um uns alle zu verbrennen, um uns in den See aus Feuer zu verschleppen, wo unsere Qualen kein Ende nehmen werden!« Er schien über seine eigenen Worte nachzudenken und sprach dann hastig, aber mit ruhiger und überlegter Entschlossenheit weiter. »Jetzt weiß ich es: Ich muss ihr den Kopf abschneiden. Genau, ich muss ihr einfach den Kopf abschneiden. Das ist die einzige Möglichkeit, um einen Dämonen zu töten. Die einzige Möglichkeit.«

Die Frau, die bis jetzt Viktors Befehl so gut sie konnte befolgt hatte und ruhig geblieben war, schrie verzweifelt auf. Kosárek hob die Hand, um sowohl die Gefangene als auch ihren Häscher zu beruhigen. Ihm wurde klar, dass er es hier mit einer schizophrenen Wahnvorstellung gewaltigen Ausmaßes zu tun hatte. Und dass es vielleicht keine Möglichkeit gab, Šimons gequälten Verstand zu erreichen, bevor er sein Opfer tötete.

Er warf einen vielsagenden Blick in Richtung des Polizisten, der kurz nickte und unauffällig die Klappe seines Pistolenhalfters aufknöpfte.

»Ich versichere Ihnen, Šimon, diese Frau ist kein Dämon«,

erklärte Viktor. »Es geht Ihnen nicht gut. Es geht Ihnen sogar so schlecht, dass Ihre Sinne Sie täuschen. Schließen Sie die Augen und holen Sie tief Luft.«

»Es ist der Teufel, der täuscht. Der große Verführer, der alle geblendet hat, alle außer mir. Ich bin Gottes Instrument. Wenn ich meine Augen schließe, schleicht sich der Teufel an mich heran und verschleppt mich in die Hölle!« Er senkte die Stimme und klang gequält, verängstigt. »Ich habe den großen Verführer gesehen und ihm ins Gesicht geblickt.« Er stieß einen verzweifelten Schrei aus. »Er hat mich mit seinen Augen verbrannt!«

»Šimon, bitte hören Sie mir zu. Bitte versuchen Sie, zu verstehen: Es gibt keinen Teufel. Alles, was hier passiert, alles, was Sie erleben, passiert nur in Ihrem Verstand. Ihr Verstand, der Verstand jedes Menschen, ist wie ein großes Meer, ein tiefer Ozean. Wir alle leben unser Leben jeden Tag, jeder einzelne von uns, indem wir über die Oberfläche dieses Ozeans segeln. Verstehen Sie mich, Šimon?«

Der Wahnsinnige nickte, aber sein Blick blieb manisch und verängstigt.

»Aber unter jedem von uns«, fuhr Viktor fort, »liegen die großen, unergründlichen Tiefen unseres persönlichen Ozeans. Und in diesen Tiefen lauern furchteinflößende Monster – gewaltige Ängste und schreckliche Begierden, die scheinbar reale Gestalt annehmen können. Ich weiß das, weil ich die ganze Zeit als Arzt mit diesen Ängsten arbeite. Was Ihnen gerade widerfährt, Šimon, ist ein gewaltiger Sturm auf Ihrem Ozean. Alles wurde aufgewühlt und umtost Sie. All jene finsteren Monster aus den Tiefen Ihres Verstandes sind erwacht und an die Oberfläche gekommen. Ich will, dass Sie darüber nachdenken. Ich möchte, dass Sie verstehen, dass alles, was Ihnen in diesem Moment Angst einjagt, alles, was Sie zu sehen, glauben, nur von Ihrem Verstand geschaffen wird.«

»Ich werde getäuscht?« Šimons Stimme war plötzlich die eines verängstigten, einsamen Kindes.

»Sie werden getäuscht«, wiederholte Viktor. »Die Frau, die Sie da festhalten, ist nur eine ganz gewöhnliche Frau. Der Dämon, den Sie da zu halten glauben, ist nur Ihrer Vorstellung entsprungen. Der Teufel, den Sie fürchten, ist nur ein verborgener Aspekt Ihres eigenen Verstandes. Bitte, Šimon, schließen Sie Ihre Augen …«

»Ich werde getäuscht …«

»Schließen Sie die Augen, Šimon, und stellen Sie sich vor, wie der Sturm vorüberzieht, wie die Wellen sich beruhigen.«

»Getäuscht …« Er schloss die Augen.

»Lassen Sie die Dame gehen, Šimon, bitte.«

»Getäuscht …« Sein Arm glitt von den Schultern der Frau, und er nahm das Messer von ihrem Hals.

»Hierher!«, zischte der Polizist der Frau zu. »Zu mir, sofort!«

»Getäuscht …«

Die Frau rannte schluchzend los, zu dem Polizisten, der sie hastig hinter den Kordon der Polizisten schob. Eine Frau aus der Menschenmenge schloss sie tröstend in die Arme.

»Und jetzt, Šimon, bitte«, sagte Viktor Kosárek zu dem jungen Mann, der nun allein und mit nach wie vor geschlossenen Augen dastand. »Legen Sie das Messer weg.«

Šimon öffnete die Augen. Er blickte auf das Messer in seiner Hand. »Getäuscht«, wiederholte er. Er hob den Blick, fast kläglich, und streckte flehentlich die Hände mit dem Messer darin vor sich aus.

»Es ist gut«, sagte Viktor und trat einen Schritt auf ihn zu. »Ich werde Ihnen jetzt helfen.«

»Ich wurde getäuscht!« Šimon wurde plötzlich wütend. »Der große Verführer, der Verkleidete, der Finstere – er hat mich getäuscht.« Dann richtete sich sein Blick auf Viktor, und er lachte kurz auf. »Ich habe dich nicht erkannt. Warum habe ich dich nicht erkannt? Aber ich weiß jetzt, wer du bist.« Šimons Augen glühten plötzlich vor Hass. »Jetzt weiß ich es! Jetzt weiß ich, wer du bist!«

Es ging so schnell, dass Viktor nicht reagieren konnte. Šimon stürzte sich auf den jungen Psychiater, das Messer zum Stoß erhoben.

Viktor erstarrte, und zwei Geräusche drangen an sein Ohr, hallten durch die riesige Bahnhofshalle: der ohrenbetäubende Knall des Schusses aus der Pistole des Polizisten und Šimons Schrei, mit dem er sich auf den jungen Arzt stürzte, wobei er ein Wort hervorstieß.

»Teufel!«

2

Es kam Viktor Kosárek vor, als wären Bürokratie und böhmischer Verstand untrennbar miteinander verwoben. Für jeden Aspekt des Lebens, für jede Handlung schien es immer noch ein weiteres Formular zum Ausfüllen zu geben, schien ein Beamter mehr aufgesucht werden zu müssen.

Viktor hatte seinen neuen Arbeitgeber aus der Telefonzelle in der Polizeiwache in der Benediktská Straße angerufen. Er hatte Professor Románek erklärt, was sich in dem Bahnhof zugetragen hatte und dass die Polizei ihn aufgefordert hatte, einen Bericht zu schreiben. Und dann noch einen, so dass er schließlich seinen Zug verpasst hatte. Er erklärte dem Professor, dass sein Gepäck im Masaryk-Bahnhof aufbewahrt wurde und er mit dem ersten Zug am nächsten Morgen käme. Außerdem versicherte er dem Professor, dass ihm diese Ungelegenheiten schrecklich leid täten.

»Mein guter Junge«, hatte Professor Románek geantwortet, »machen Sie sich keine Gedanken. Sie haben zweifellos das Leben dieser jungen Frau gerettet. Und der Unglückliche, der diese Tragödie ausgelöst hat – wie geht es ihm?«

»Danke für Ihr Verständnis …« Kosárek verstummte, als ein Haufen Uniformierter hastig und lärmend an der Telefonzelle vorbei durch den Korridor rannte und durch den Haupteingang hinausstürmte. »Sein Zustand ist ernst«, fuhr er fort, sobald die Polizisten verschwunden waren. »Bedauerlicherweise ist noch nicht klar, ob er überlebt oder nicht. Der Polizist wollte ihn unschädlich machen, weil er um mein Leben fürchtete, aber die Kugel hat viel von ihrer Wucht verloren, weil sie durch den Oberarm gedrungen ist und vom Schulterknochen in die Bauchhöhle abgelenkt wurde. Der junge Mann hat sogar noch Glück gehabt, denn das Geschoss hat lebenswichtige Organe verfehlt, doch er hat starke innere Blutungen. Man wird abwarten müssen. Ich habe veranlasst, dass er in die Psychiatrie in Bohnice eingewiesen wird, falls er überlebt und sobald er sich entsprechend erholt hat.«

»Ein höchst bedauerlicher Vorfall. Ich hoffe, dass er Ihren Neuanfang bei uns nicht getrübt hat.«

»Ganz und gar nicht, Professor. Ich freue mich sehr darauf, mit Ihnen zusammenzuarbeiten.« Das tat er allerdings. Professor Ondřej Románek war für seine innovativen und manchmal auch höchst kontroversen Methoden berühmt. Románek wandte gern die neueste Technologie an, und man schrieb ihm die Entwicklung neuer und sehr effektiver Behandlungsmethoden des verwirrten menschlichen Geistes zu.

»Ich bedaure, dass ich leider nicht in der Lage bin, Sie persönlich am Bahnhof abzuholen.« Der normalerweise so lebhafte Románek klang plötzlich weniger fröhlich. »Herr Dr. Hans Platner wird Sie abholen. Sie erinnern sich gewiss, dass Sie Dr. Platner bei Ihren Vorstellungsgesprächen kennengelernt haben. Er leitet die Allgemeinmedizin im Hrad Orlů. Hans ist ein ausgezeichneter Arzt und ein guter Mensch, aber er vertritt seine Meinungen manchmal etwas sehr nachdrücklich. Lassen Sie sich dadurch bitte nicht irritieren. Ich freue mich sehr auf unsere Zusammenarbeit.«

»Ich ebenfalls.«

Nachdem er aufgelegt hatte, überlegte Viktor Kosárek, was er nun mit sich anfangen sollte. Er hatte sein Quartier gekündigt, weil er erwartet hatte, mittlerweile längst an seinem neuen Arbeitsplatz angekommen und in seinem neuen Quartier untergebracht worden zu sein. Er wusste nicht genau, ob er Filip Starosta anrufen sollte, seinen Freund und ehemaligen Studienkollegen an der

Universität, um zu fragen, ob er ihn für eine Nacht aufnehmen könnte. Filip hatte ihn jedoch bereits einmal im Stich gelassen: Viktor hatte es eingerichtet, dass er am Abend zuvor, seinem letzten in Prag, bevor er seine neue Stelle antrat, mit seinem Freund verbringen konnte. Filip hatte allerdings in letzter Minute ein Telegramm geschickt, in dem er ihm mitteilte, dass er an dem Abend keine Zeit hatte und ihn auch nicht zum Bahnhof bringen könnte. Das hatte Viktor bekümmert. Filip war ein sehr intelligenter und sehr leidenschaftlicher junger Mann. Aber sein in letzter Zeit zunehmend unberechenbares Verhalten bereitete Viktor Sorgen. Deshalb erschien es ihm besser, sich ein Hotel in der Nähe des Bahnhofs zu suchen.

Ein alter Mann, klein, mager und mit einem vogelartigen Schädel, wartete bereits darauf, das Telefon zu benutzen. Also verließ Viktor die Telefonzelle, während er weiter überlegte, was er tun wollte. Er stand immer noch im Gang vor der Telefonzelle und debattierte mit sich selbst, als eine weitere Gruppe von Polizisten, diesmal in Zivil, durch den Gang lief. Sie wurden von einem auffälligen Mann angeführt, einem großen, breitschultrigen Mann, der auf eine strenge Weise attraktiv aussah. Ein anderer Beamter sprach ihn als Kapitán Smolák an, als sie an ihm vorbei auf die Straße liefen. Viktor hörte das Aufheulen von Motoren, den dumpfen Schlag von Wagentüren und das Quietschen von durchdrehenden Reifen auf dem feuchten Pflaster.

Ein älterer Uniformierter, ein korpulenter Mann mit kurzgeschorenem Haar und einem gewaltigen Schnauzbart, betrat die Wache. Seine fleischigen Wangen quollen über den steifen Kragen seiner Polizeijacke. Er hatte die Dienstmütze unter den Arm geklemmt und überflog Notizen auf einem Klemmbrett. Seine Abzeichen verrieten, dass er den Rang eines *Nadstrážmistr* bekleidete.

»Was ist denn los?«, fragte Kosárek den Hauptwachtmeister.

»Polizeiangelegenheiten«, erwiderte der Beamte mürrisch und verschwand im Inneren der Polizeiwache.

»Ich habe es gehört …« Der alte Mann, der darauf gewartet hatte, die Telefonzelle zu benutzen, sprach mit dem verschwörerischen Eifer einer Person, die bei schlechten Nachrichten aufblüht. »Ich habe sie reden hören. Sie haben eine Leiche gefunden. Schon wieder.«

»Ein Mord?«, fragte Kosárek.

Der Mann nickte mit seinem vogelartigen Schädel. Seine Miene verriet grimmige Freude. »Die Leiche einer Frau, vollkommen zerstückelt. Lederschürze hat wieder zugeschlagen.«

3

Sein Vater war Schlachter gewesen.

So war es vielleicht nicht befremdlich, dass Lukáš Smolák beim Anblick des Tatortes der Beruf eines Schlachters in den Sinn kam. Dennoch fand er es merkwürdig, dass er in einem solchen Moment an seinen Vater denken musste. Andererseits war er immer zu seinem Vater gegangen statt zu seiner distanzierten Mutter, wenn ihn die Widrigkeiten der Kindheit überwältigt hatten oder wann immer er besorgt, verwirrt oder verängstigt war. All diese Emotionen durchströmten ihn in diesem Moment mit beträchtlicher Wucht.

Trotz seiner muskulösen Statur, die sein Sohn geerbt hatte, war Smoláks Vater ein sanfter, freundlicher und umgänglicher Mann gewesen. Jemand, der sich niemals aufzuregen schien, ganz gleich, wie ernst oder hitzig die Situation auch sein mochte. Der junge Lukáš hatte nie die harte Hand des Vaters gespürt oder auch nur ein böses Wort gehört. Vielleicht war Smolák deshalb selbst zu einem ruhigen, gelassenen Mann gereift.

In den Erinnerungen an seinen Vater gab es jedoch ein Ereignis, das Lukáš erschüttert hatte. Dieses Ereignis war so dissonant und unterschied sich von allen anderen Erfahrungen mit seinem Vater, dass es ihm schwerfiel zu glauben, dass es tatsächlich passiert war. Als Lukáš neun oder zehn Jahre alt gewesen war, war er von seiner Mutter nach der Schule zum Einkaufen geschickt worden. Sie hatte ihn gebeten, zum Geschäft seines Vaters zu gehen, das in einem niedrigen weißgekalkten Gebäude in der Nähe der Kirche mitten im Dorf lag. Er sollte ein Kilo Ostravské-Würste für das Abendessen holen. Lukáš hatte selbstverständlich gehorcht, aber als er in dem Geschäft eintraf, befand sich sein Vater nicht wie gewöhnlich hinter dem Tresen. Stattdessen stand die Tür zum hinteren Teil des Geschäftes offen. In diesem Teil der Schlachterei seines Vaters war der junge Lukáš zuvor noch nie gewesen. Und aus einem noch entlegeneren Teil des Gebäudes drangen sonderbare Geräusche bis zu ihm.

Die Rufe nach seinem Vater verhallten ungehört, also war der junge Lukáš zögernd in den verbotenen hinteren Bereich der Schlachterei gegangen. In der kühlen Dunkelheit fand er sich plötzlich zwischen aufgehängten Fleischhälften und Tabletts mit Fleischstücken und Würstchen wieder. Auch hier gab es keine Spur von seinem Vater, also war er noch weiter nach hinten gegangen, den sonderbaren Geräuschen folgend: einem eindringlichen, schrillen Kreischen.

Lukáš hatte die Hintertür des Geschäfts aufgestoßen, war nach draußen getreten und blinzelte nach der Dunkelheit des Kühlhauses in der Sonne. Er befand sich in einem kleinen Hinterhof. Sein Vater war ebenfalls dort. Er stand seitlich zu dem Jungen und bemerkte ihn zunächst nicht. Das schrille Kreischen kam von einem kleinen Schwein, das sein Vater zwischen den von einer Lederschürze geschützten Knien hielt. Lukáš war in dem Moment in den Hof getreten, als der schwere Hammer in der Hand seines Vaters hinabsauste. Es klatschte widerlich, als der Hammer auf den Kopf des Schweins traf, und im selben Moment verstummte das Kreischen. Sein Vater hatte den Hammer weggelegt und ein Messer mit einer langen Klinge aus seiner Schürzentasche gezogen, das er dem Tier schnell durch die Kehle und den Hals zog. Blut spritzte auf die Pflastersteine und lief in den Abfluss, und jeder Pulsschlag pumpte schwächer als der vorige.

In dem Moment hatte sein Vater ihn gesehen. Er legte ihm die Hände auf die Schultern und hatte Lukáš herumgedreht, weg von dem sterbenden Schwein. Er hatte ihn ins Kühlhaus zurückgeleitet, die blutige Lederschürze an die Tür der Vorratskammer gehängt und den schluchzenden Lukáš ins Geschäft geführt.

Dort hatte er ihn auf einen Schemel gesetzt und ihm sanft und geduldig von der traurigen Notwendigkeit der Gewalt in seinem Leben erzählt.

Sein Vater war ein Schlachter.

Daran hatte er gedacht, in diesem Raum, der eine kleine Enklave der Hölle geworden war. Kapitán Lukáš Smolák von der Prager Polizei, Sohn eines vor langer Zeit gestorbenen Schlachters, ermittelte seit zwanzig Jahren in Mordfällen und hatte so ziemlich jeden Akt der Gewalt gesehen, den man sich vorstellen konnte. Er hatte Enthauptungen gesehen, Verbrennungen, Erschießungen. Köpfe, die mit Steinen oder Eisenstangen zerschlagen worden waren, Körper, zerfetzt und durchbohrt. Aber die schlimmsten Szenen, denen er sich jemals hatte stellen müssen, waren die Morde, die von dem Wahnsinnigen begangen worden waren, den ganz Prag als »Lederschürze« kannte.

Das hier, diese jüngste Hölle, war jedoch einzigartig.

Die Frau auf dem Bett – auf ihr Geschlecht konnte man nur aus den Resten ihrer Kleidung schließen – war förmlich geschlachtet worden. Es gab kein anderes Wort dafür. Man hatte Teile ihrer Anatomie herausgeschnitten und entfernt, ihre offene Bauchhöhle und ihre Kehle waren weit aufgerissen, und fast wie bei einem Schiffswrack schimmerten die weißen Knochen ihrer Rippen in dem blutigen Fleisch. In einer Ecke des Bettes hatte der Mörder fein säuberlich die glitschigen graubraunen und rosa Eingeweide des Opfers aufgeschichtet. Auf dem Boden vor dem Fußende des Bettes stand eine Waschschüssel aus Porzellan. Dort waren ebenso sorgfältig die Nieren und das Herz des Opfers arrangiert.

Der Kopf war in Smoláks Richtung gedreht, doch selbst der Schädel vermochte keinen Hinweis auf ihr Geschlecht oder ihre Persönlichkeit zu geben. Denn das Gesicht war ebenfalls entfernt worden, und die lidlosen Augäpfel starrten Smolák vorwurfsvoll und eindringlich aus dem rohen Fleisch über dem weiß schimmernden, lippenlosen Grinsen an.

Die Laken auf dem Bett waren blutdurchtränkt. Es gab nirgendwo in dem Schlafzimmer einen Hinweis auf einen Kampf oder auf Gewalt. Wenn Smolák dem Bett den Rücken zukehren und den Raum betrachten würde, würde sich ihm eine vollkommen normale Szenerie bieten, bis auf den Fleck auf dem Teppich an der Tür, wo der Hausverwalter, der die Leiche gefunden hatte, sich erbrochen hatte.

Smolák musste auch etliche Beamte aus dem Raum schicken, damit sie sich auf der Straße übergeben konnten. Trotz seiner jahrelangen Erfahrung mit Morden stellte er fest, dass auch er nicht allzu lange auf die Leiche blicken konnte, ohne dass ihm brennender Mageninhalt in die Speiseröhre stieg. Die einzige Person, die professionelle Leidenschaftslosigkeit an den Tag legen zu können schien, war ein kleiner, etwas korpulenter Mann. Er trug einen ausgebeulten Anzug und beugte sich sachlich über die menschlichen Überreste. Er hatte seine Krawatte über die Schulter zurückgeworfen, damit sie nicht in das Blut baumelte. Mit einem Vergrößerungsglas in der Hand konzentrierte sich Dr. Václav Bartoš, der Polizeiarzt und Gerichtsmediziner, nur auf die Einzelheiten, nicht auf das Gesamtbild.

Kriminalmeister Mirek Novotný, Smoláks Untergebener, trat zu ihm. Der rothaarige Novotný war ein ehrgeiziger junger Beamter, der sich stets selbstsicher, fast überheblich gab. Nun jedoch zeigte sein Gesicht keinen solchen Ausdruck. Smolák bemerkte, dass die Sommersprossen auf Novotnýs blasser Haut deutlicher hervortraten.

»Haben Sie etwas?«, fragte Smolák.

»Allerdings, Kapitán. Lederschürze war diesmal wohl ein wenig nachlässig.«

»Wieso?« Smolák nahm bei seiner Frage nicht den Blick von dem Leichnam aus Knochen und Blut. Kaum vorstellbar, dass dies einmal ein menschliches Wesen gewesen sein sollte.

»Wir haben Fingerabdrücke gefunden, die nicht dem Opfer gehören. Und in der Ecke dahinten …« Novotný deutete auf einen

Bereich des Bodens neben dem Bett. »Da ist er ins Blut getreten und hat einen halben Fußabdruck zurückgelassen.«

Smolák runzelte die Stirn. »Das sieht ihm nicht ähnlich.« Er bückte sich und untersuchte den Abdruck. Er war deutlich: ein halber Abdruck von einem Schuh oder Stiefel mit glatter Ledersohle. Der Abdruck eines Männerschuhs, eines kleinen Schuhs. »Das passt überhaupt nicht zu ihm. Er ist nicht nachlässig. Er hat noch nie einen solchen Fehler gemacht, und dasselbe gilt für die Fingerabdrücke.«

Novotný zuckte mit den Schultern. »Vielleicht will er ja erwischt werden. Manchmal machen diese Verrückten das doch – sie fühlen sich in ihrem Innersten schuldig und wollen, dass wir sie erwischen und bestrafen. Oder sie spielen alberne Katz-und-Maus-Spiele.«

»Dieser Handwerker hier genießt seine Arbeit viel zu sehr. Wenn das kein Fehler, sondern Absicht war, will er uns damit verhöhnen. Er will uns zeigen, dass wir ihn nicht fassen können. Aber selbst das bezweifle ich.« Er warf noch einen Blick auf den Fußabdruck. »Jedenfalls ist es merkwürdig. Noch etwas?«

»Wie Sie schon wissen, gab es keinerlei Anzeichen für ein gewaltsames Eindringen«, antwortete Novotný. »Laut dem Hausverwalter musste er die Frau vor drei Tagen in ihre Wohnung lassen, nachdem sie den Markt in der Unterstadt besucht hatte. Sie hatte ihre Schlüssel verloren und glaubte, sie hätte sie irgendwo fallen lassen.«

Smolák nickte nachdenklich. »Und Sie glauben, dass der Mörder sie ihr auf dem Markt aus der Tasche gestohlen hat?«

»Möglich wäre es jedenfalls. Und es würde erklären, wie er hier hereingekommen ist. Ich wollte ein paar Männer auf den Markt schicken, die überprüfen, ob an dem Tag noch jemand Opfer von Taschendieben geworden ist.«

»Überprüfen Sie auch, ob vorige Opfer an den Tagen vor ihrer Ermordung ihre Schlüssel verloren haben«, sagte Smolák. »Das wurde vielleicht nicht erwähnt oder sogar übersehen.«

Sobald Novotný gegangen war, wandte Smolák seine Aufmerksamkeit wieder auf den Gerichtsmediziner. Er hatte die Untersuchung des Leichnams beendet, richtete sich auf und zog seine Krawatte wieder herunter.

»Sie ist etwa einen Tag oder etwas länger tot«, erklärte Dr. Bartoš. »Es ist schwierig, eine präzise Todesursache festzustellen. Es gibt zu viele Einschnitte, und es fehlt auch zu viel, aber auf jeden Fall hat man ihr die Kehle durchgeschnitten. Sollte das die erste Verletzung gewesen sein, dann war sie gnädigerweise tödlich. Wir können nur hoffen, dass dem so war und es sie davor bewahrt hat, all das ertragen zu müssen, was danach kam. Eines jedoch kann ich ganz klar feststellen: All das wurde sehr präzise durchgeführt.«

»Sehr präzise?«

»Wenn das ein weiterer Mord der sogenannten Lederschürze ist, wird sie zunehmend ehrgeiziger. Und zeigt dabei außergewöhnliche Geschicklichkeit bei der Zerstückelung. Es ist keinerlei Zögern beim Ansetzen des Messers zu erkennen. Wer auch immer das hier getan hat, wusste sehr genau, was er da tat, und ist zudem sehr methodisch vorgegangen.«

»Ein Arzt?«

»Nicht notwendigerweise. Natürlich könnte es ein Chirurg oder ein Anatom gewesen sein, aber genauso gut ein Schlachter oder ein Metzger. Jedenfalls sind mir Gerüchte zu Ohren gekommen, dass Sie vielleicht Ihren Verdächtigen bereits in Gewahrsam haben könnten.«

»Was?« Smolák war verblüfft.

»Es handelt sich um einen Lehrling eines jüdischen Metzgers, wie ich gehört habe. Er hat eine Frau im Bahnhof von Masaryk gepackt und sie mit einem Messer bedroht, bevor er von einem Ihrer Leute niedergeschossen worden ist.«

Smolák schüttelte den Kopf. »Er war kein Jude – ich habe keine Ahnung, wie man auf diese Idee gekommen ist. Außerdem war das nicht unser Mann. Nur ein Verrückter mit einem Messer.«

»Halten Sie das hier etwa nicht für die Arbeit eines Wahnsinnigen?«, fragte Bartoš ungläubig und deutete mit dem Kopf auf die zerstückelten menschlichen Überreste.

»Natürlich glaube ich das, aber hier handelt es sich um eine andere Art von Wahnsinn. Um eine andere Spezies. Wer auch immer dafür verantwortlich ist, lebt in unserer Welt, nicht in irgendeinem Phantasiereich. Er ist organisiert und, wie Sie selbst sagten, er weiß genau, was er tut. Mir ist nur nicht klar, nach welchen Kriterien er ausgerechnet diese Frau ausgesucht hat.« Smolák ließ erneut den Blick durch das teuer möblierte Schlafzimmer gleiten. Die Wohnung erstreckte sich über zwei Stockwerke in einem vornehmen Mietshaus, das in einer geschwungenen Häuserzeile von ähnlich barocken Gebäuden auf der Malá Strana lag. Es war ein wohlhabendes Viertel, in dem traditionell viele Deutsche wohnten, so dass man es auch *Prager Kleinseite* nannte. Auf seinem Weg durch die Wohnung zum Schlafzimmer war Smolák auf dem Beistelltisch im Flur ein Exemplar des deutschen *Prager Tageblatts* aufgefallen. Und die Bücher im Regal waren fast alle auf Deutsch gewesen. Zudem hatte man ihm den Namen des Opfers mitgeteilt. Sie war eine gewisse Maria Lehmann. Eine Deutsche. Die früheren Opfer hatten alle tschechisch-deutsche Familiennamen gehabt, aber Smolák hatte dieser Übereinstimmung bislang nur wenig Bedeutung beigemessen. Er war davon ausgegangen, dass ihr Beruf das Motiv für den Mord geliefert hatte, nicht ihr ethnischer Hintergrund.

Das hatte Smolák gerade noch gefehlt, ein wahnsinniger Mörder mit einer kulturellen Agenda.

»Wie auch immer.« Václav Bartoš ging zur Tür. »Ich schicke Ihnen meinen Bericht.« Kurz bevor er die Wohnung verließ, drehte er sich jedoch stirnrunzelnd noch einmal zu Smolák herum.

»Gibt es noch etwas, Doktor?«

Der Gerichtsmediziner zuckte mit den Schultern. »Es ist nur eine Beobachtung, etwas, was außerhalb meines beruflichen Zuständigkeitsbereiches liegt.«

»Glauben Sie mir, Doktor, ich bin sehr dankbar für alle Beobachtungen, die Sie mir mitteilen. Das hier ist bereits der vierte Mord dieser Art.«

»All das hier …« Der Arzt deutete mit der Hand auf die Szenerie auf dem Bett. »All das kommt mir sehr bekannt vor. Vor etwa fünfzig Jahren gab es eine Reihe ähnlicher Morde in England, in London. Und wie bei allen bisherigen Morden von Lederschürze wurden auch diese Morde in England auf den Straßen oder den Gassen begangen. Aber es gab damals auch einen, der im Zimmer des Opfers stattfand. Ich kann Ihnen sagen, dass der Tatort, den der Mörder hinterließ, diesem hier sehr ähnlich war. Sie haben vielleicht davon schon gehört: Die Sache gehört in London mittlerweile fast zum Lokalkolorit. Der Mörder, der übrigens niemals gefasst wurde, wurde als Jack the Ripper bekannt.«

Smolák runzelte die Stirn und betrachtete die entsetzliche Szene vor sich. Diesmal jedoch blickte er darüber hinaus, auf andere Fälle, auf die Chronologie von Morden und Verstümmelungen. »Sie wollen damit sagen, dass ich nach einem Engländer suchen sollte? Und dazu nach einem, der mittlerweile zwischen siebzig und neunzig Jahren alt sein müsste?«

Der Mediziner schüttelte den Kopf. »Alle, die sich damit auskennen, denken bei der Erwähnung des viktorianischen Londons an drei Dinge: Königin Victoria, Charles Dickens und Jack the Ripper. Und das nicht notwendigerweise in dieser Reihenfolge. Ich sage nur, dieser wahnsinnige Mörder, der Frauen so schrecklich terrorisiert und ihnen furchtbare Schmerzen zugefügt hat, ist in England fast zu einer romantischen Gestalt verklärt worden – volkstümlich, wie ich sagte. So wie unser Jan Neruda von Charles Dickens beeinflusst wurde, sieht sich unsere tschechische Lederschürze vielleicht als kreativer Erbe von Jack the Ripper. Es gibt gewiss einige Ähnlichkeiten, an die man da denken muss.«

Smolák nickte nachdenklich. Er hatte ebenfalls bereits daran gedacht, besaß jedoch nicht das fundierte Wissen des Mediziners über die Londoner Tatorte von Gewaltverbrechen. »Die Opfer in London waren gewöhnliche Prostituierte, glaube ich. Dieses Opfer da«, er nickte zu der verstümmelten Leiche auf dem Bett, »war keine Prostituierte. Sie war eine wohlhabende junge Frau.«

Der Mediziner zuckte erneut mit den Schultern. »Wie ich sagte, es ist nur eine Beobachtung.«

»Ich werde ihr nachgehen«, antwortete Smolák. »Ich danke Ihnen, Doktor.«

»Und es gibt noch etwas, was mir aufgefallen ist«, sagte Bartoš im Gehen. »Es gibt Berichte, dass man einmal einen Verdächtigen in der Nähe des Tatortes eines Ripper-Mordes gesehen hat. Diesen Beschreibungen zufolge trug er eine Lederschürze.«

Smolák sah es erst, nachdem der Mediziner bereits verschwunden war: den kleinen glitzernden Gegenstand, der über die Bodendielen in die Ecke neben dem Bett gerollt war.

4

Ein Vorteil der Verspätung bestand darin, dass es erheblich erfreulicher war, die Reise bei Tageslicht zu unternehmen, sagte sich Viktor Kosárek. Er besaß diese einzigartige tschechische Liebe zur Heimat: eine tiefe Verbindung mit ihrer Natur, Landschaft und Kultur, ohne den bitteren Beigeschmack des Nationalismus. Eine Handelsware, mit der die teutonischen Nachbarn der Tschechoslowakei den Markt zu überschwemmen schienen. Nach den Erlebnissen der letzten Nacht war es gut, einfach nur dazusitzen und durch das Zugfenster zu beobachten, wie die Stadt allmählich der Natur wich.

Es war wieder ein kalter Tag, aber die Sonne blitzte strahlend hell durch die Zweige und die durchscheinenden rot-goldenen Blätter der Bäume, die die Zugstrecke säumten. Und jenseits dieses vom Herbst vergoldeten Randes lagen die Kiefernwälder, dicht und smaragdgrün, mit ihren zahlreichen Legenden und Mythen. Sie erstreckten sich über Hügel, drängten sich auf Bergen und machten nur Feldern, Städten und Dörfern Platz. Das dunkle Herz von Europa.

Während er sich allmählich an das abwechselnde Muster vor dem Fenster gewöhnte, Feld-Wald-Weide-Wald, drängte sich jedoch immer wieder das Gesicht dieses jungen Mannes vom Bahnhof in seine Gedanken. Er sah vor allem seine verzweifelte Miene, das Entsetzen und den Hass, als er sich mit erhobenem Messer auf Viktor gestürzt hatte. Jetzt lag der Mann auf einer Station im Allgemeinen Universitätskrankenhaus von Prag, ein Bewohner dieses dunklen Landes, dieses Raumes zwischen Leben und Tod.

Trotz all seiner Studien, trotz der vielen Fälle von Wahnvorstellungen und Paranoia, die er studiert oder behandelt hatte, konnte sich Viktor Kosárek immer noch nicht in das Zentrum des Universums eines Wahnsinnigen hineinversetzen. Er konnte die Welt nicht durch seine Augen sehen, pervertiert, chaotisch und furchteinflößend. Wie musste es sich anfühlen, wenn man so sehr um sein Leben fürchtete? Wenn man Dämonen und Monster und Teufel um sich herum wahrnahm, sie wirklich *sah*?

Dennoch konnte die Erinnerung an einen geistig verwirrten Fremden ihn nicht daran hindern, die vorbeifliegende Landschaft zu genießen, und ein anderes Gesicht drängte sich in Viktors Gedanken, ein sehr vertrautes. Er hatte Filip Starosta das letzte Mal drei Nächte vor seiner Abfahrt aus Prag gesehen.

Filip war ein herzlicher, liebenswürdiger, gelassener Mensch, dessen Gesellschaft Viktor sehr genoss. Sein Freund hatte jedoch auch düstere, leidenschaftliche und besessene Wesenszüge, die Viktor wiederum zu ausgeprägt fand. Seit ihrem ersten Treffen hatte Viktor gelernt, Ersteres zu genießen und Letzteres zu tolerieren. Filip Starosta war ein Paradoxon aus Persönlichkeiten: In einer Fallstudie hätte Viktor das stimuliert, aber bei einem Freund beunruhigte es ihn. Und diese Sorge war in letzter Zeit größer geworden. Filips Perioden, in denen er jede Gesellschaft mied und seinen unvermittelten und intensiven dunklen Leidenschaften verfiel, waren häufiger geworden und dauerten länger an.

Dass Filip sein Versprechen nicht gehalten hatte, Viktor zu verabschieden, gab ebenfalls Anlass zur Sorge. Und da Viktor nun so weit von Filip entfernt war, fürchtete er, dass sein Freund möglicherweise noch weiter auf diesen düsteren, tückischen Gewässern abtreiben könnte.

Er entschloss sich, häufiger in die Stadt zu reisen, um nach seinem Freund zu sehen. Immerhin war Hrad Orlů nicht so weit von Prag entfernt.

In seinem Abteil reiste außer ihm nur noch ein weiterer Passagier, ein liebenswürdig aussehender Mann um die fünfzig, der ihn freundlich auf Deutsch gegrüßt hatte, als er hereingekommen war, und sich Viktor gegenüber hingesetzt hatte. Viktor hatte mit leichtem Unwillen an dem Blick des Mannes bemerkt, dass dieser nur zu gern ein Gespräch begonnen hätte.

»Reisen Sie nach Mladá Boleslav?«, erkundigte sich der Mitreisende schließlich überflüssigerweise. Immerhin gab es keine nennenswerten Haltestellen vor dem endgültigen Ziel der Fahrt.

»Allerdings«, erwiderte Viktor.

»Das ist ein wunderschöner Teil des Landes. Was führt Sie dorthin? Wenn Sie mir die Frage gestatten.«

»Meine Arbeit.« Viktor war sich der Vergeblichkeit seiner Hoffnung bewusst, dass die Neugier seines Reisegefährten hier enden würde. Der Akzent des Mannes verriet ihm, dass es sich um einen Fremden handelte. Sein Deutsch hatte weder einen böhmischen noch einen österreichisch-bayerischen Akzent. Vielleicht kam er aus irgendeinem Landstrich weiter im Norden Deutschlands.

»Ich auch«, antwortete der Deutsche. »Was ist denn Ihr Beruf?«

»Ich bin Arzt.«

»Ach so«, erwiderte der Deutsche. »Sie haben Prag also besucht? Das ist eine wunderschöne Stadt, wirklich wunderschön. Und so voller Geschichte.«

»Nein, ich lebe … Ich habe in Prag gelebt. Ich trete gerade eine neue Stelle an.«

»Na dann toi, toi, toi!«, wünschte der Deutsche. »Ich gratuliere und wünsche Ihnen viel Glück! Und alles Gute für Ihre neue Arbeit.«

Viktor bedankte sich lächelnd. Obwohl er lieber seine Ruhe gehabt hätte, machten das freundliche Verhalten und das Auftreten des Deutschen es schwer, ihm abweisend entgegenzutreten.

»Professor Gunnar Pedersen. Von der Universität Hamburg.

Ich freue mich, Sie kennenzulernen.« Der Mann beugte sich vor und streckte die Hand aus.

»Dr. Viktor Kosárek.« Viktor schüttelte die Hand des Mannes und lächelte resigniert. Er wusste, dass er damit eine Konversation besiegelt hatte.

»Treten Sie eine Stelle im Krankenhaus an? Oder praktizieren Sie als Allgemeinmediziner?«

»Weder noch«, erwiderte Viktor. »Ich bin ein Psychiater. Ich trete eine Stelle in der Irrenanstalt Hrad Orlů an.«

»Oh, die kenne ich!«, verkündete Pedersen. »Wissen Sie, ich bin Professor für Archäologie an der Universität Hamburg und besuche genau das Gebiet, in das Sie reisen.« Der Deutsche dachte einen Moment nach. »Diese Irrenanstalt in Hrad Orlů … Ist das nicht die Klinik, wo sie diese Mörder eingesperrt haben? Diese Sechs des Satans?«

Viktor unterdrückte einen tiefen Seufzer. Seit er diese Stelle angenommen hatte, bombardierte ihn jeder, dem er davon erzählte, mit Fragen über die sechs berüchtigten Patienten, die dort eingesperrt waren. Es waren die berüchtigtsten Mörder in ganz Mitteleuropa. »Diese Bezeichnung ist nicht sonderlich hilfreich, und ihre Verbrechen hatten außerdem überhaupt nichts miteinander zu tun, aber ja, es ist diese psychiatrische Klinik.«

»Ich würde die Burg irgendwann liebend gern besuchen«, antwortete Pedersen. »Das hat nichts mit ihrer derzeitigen Nutzung als Irrenhaus zu tun, möchte ich hinzufügen. Nein, dieser Ort ist archäologisch höchst faszinierend.«

»Tatsächlich? Die Geschichte der Adlersburg reicht höchstens bis zum frühen Mittelalter zurück, soweit ich weiß.«

»Oh, da irren Sie sich. Die derzeitige Burg vielleicht, aber was darunter liegt …« Der deutsche Archäologe wackelte mit dem Finger. »Was darunter liegt ist wirklich uralt. Die Burg von Hrad Orlů ist auf den Ruinen eines neolithischen Hügelforts errichtet. Wir glauben, dass es Danubische oder Bandkeramik-Kultur ist. Und die Außenmauer der Burg folgt tatsächlich dem Kreis des ursprünglichen neolithischen Rondells. Wussten Sie, dass es weder eine Küche noch vernünftige Unterkünfte gab, als die derzeitige Burg errichtet wurde? Sie sollte ursprünglich gar nicht bewohnt werden.«

»Warum hat man sie dann überhaupt gebaut?«

»Sie ist eine der stärksten Festungen in ganz Böhmen, obwohl sie keinerlei strategische Bedeutung hat. Sie wurde nicht als Festung errichtet, um irgendjemanden abzuhalten, sondern um etwas in ihrem Inneren zu halten. Etwas, das für alle Zeiten eingesperrt bleiben sollte. Was ziemlich angemessen erscheint, wenn man an die derzeitige Nutzung denkt.«

»Tatsächlich?« Viktor war gegen seinen Willen fasziniert. »Und wer wurde dort eingesperrt?«

»Nicht wer, sondern was«, antwortete der Deutsche. »Unter der Burg befindet sich ein Netzwerk aus Höhlen, das man für den Eingang der Hölle hielt. Die Burg wurde errichtet, um diesen Eingang zu versiegeln. Natürlich ist das Unsinn, doch es stimmt, dass das neolithische Bauwerk auf dem Eingang zu einem Höhlennetzwerk errichtet wurde. Ist Ihnen schon aufgefallen, wie perfekt sich die Burg in den Felsen einzupassen scheint? Darin ähnelt sie ein bisschen dem Schloss Predjama in Slowenien, dessen Stärke als Festung sowohl naturbedingt ist als auch von Menschenhand geschaffen. Wissen Sie, dass wir keine Ahnung haben, wie lange dort in Hrad Orlů schon Menschen leben? Genau das macht es für uns Archäologen so interessant. Im Lauf der Jahrhunderte wurden hauptsächlich von Bauern und Dorfbewohnern in den Feldern rund um das Dorf alle Arten von Funden ausgegraben.«

»Was für Funde?«, fragte Viktor.

Pedersen beugte sich vor. Er genoss es sichtlich, einen Zuhörer zu haben. »Hauptsächlich Keramik. Oder vielmehr Bruchstücke von Keramik: Topfscherben, kleine getöpferte Scheiben mit Löchern in der Mitte, von denen es sehr viele gegeben hat, Steinwerkzeuge. Dazu sehr viele Schmuckperlen aus Glas, aber sie stammen aus einer erheblich späteren Periode. Die wichtigsten

Fundstücke sind selbstverständlich in den Museen in Prag und Wien gelandet. Und alles stammt aus der Gegend rund um die Burg.«

»Wirklich? Das wusste ich nicht.«

»O ja, glauben Sie mir, Dr. Kosárek, Ihre neue Arbeitsstelle ist eine sehr bedeutende archäologische Fundstelle. Vor etwa fünfzig Jahren hat sogar Ihr Josef Ladislaw Píč, der Vater der tschechischen Archäologie, eine Ausgrabung im Wald in der Nähe der Burg durchgeführt. Er hat ebenfalls wichtige Stücke entdeckt: zwei getöpferte Figürchen der Erden-Mutter. Sie ähneln der Willendorf-Venus und befinden sich jetzt im National Museum in Prag. Natürlich wurde dort auch vor sehr viel längerer Zeit der Bärenmann entdeckt, aber leider weiß niemand, was daraus geworden ist.«

»Der Bärenmann?« Viktor war gegen seinen Willen weiter interessiert.

»Er bestand angeblich aus Knochen, aus menschlichen Knochen, wie einige behaupteten. Allerdings bezweifle ich das. Wahrscheinlicher handelte es sich um Bärenknochen. Es war eine Figur mit dem Körper eines korpulenten Mannes und den Schultern und dem Kopf eines Bären. Sie wurde vor etwa hundertfünfzig Jahren entdeckt, ist aber verloren gegangen. Bei ihrer Entdeckung verteufelte der einheimische hussitische Geistliche sie als eine Repräsentation des Satans. Er behauptete, sie wäre mit Jan vom Schwarzen Herzen und all seinen Missetaten verbunden. Ich nehme an, Sie kennen die Geschichte über Jan vom Schwarzen Herzen?«

»Bedauerlicherweise nicht.«

»Oh.« Pedersen wirkte enttäuscht. Es verblüffte Viktor immer wieder, dass Experten erwarteten, dass andere in ihrem Spezialgebiet ebenfalls bewandert waren. Etwas, was ihm im Bereich der Medizin häufig begegnet war.

»Macht nichts«, fuhr der Deutsche fort. »Jan vom Schwarzen Herzen war der erste Herr der Burg und hat wirklich überhaupt nichts mit dem Bärenmann zu tun, außer dass er ihn in seinem Familienwappen führte. Jedenfalls behaupteten einige Einheimische, diese Statue eines Bärenmanns wäre ein Abbild von Veles. Sie wissen schon, der Herr der Unterwelt in der slawischen Mythologie. Eine Gestalt, halb Bär, halb Mensch. Das ist natürlich völliger Unsinn. Diese Figur stammt aus einer Zeit mehr als tausend Jahre, bevor die Slawen hier eintrafen. Wie es scheint, waren sich jedoch alle einig, dass diesem Artefakt etwas Düsteres und Mächtiges anhinge.«

Viktor zuckte zusammen, als ein entgegenkommender Zug an dem Fenster vorbeidonnerte. Er wartete, bis er verschwunden war, bevor er seine Frage stellte. »Was meinen Sie mit düster und mächtig?«

»Sie wissen schon, Satansanbetung und dergleichen.« Pedersen machte eine abfällige Handbewegung. »Vollkommen irrelevant und total anachronistisch. Aber als dieser geschnitzte Bärenmann verschwand, beschuldigte der hussitische Priester die Einheimischen, sie hätten ihn gestohlen und würden ihn in ihren schwarzen Messen anbeten. Dadurch kam diese ganze Sache mit Jan vom Schwarzen Herzen ins Spiel. Es gab sogar Gerüchte, dass František Rint ihn in seinem Besitz gehabt und ihn zwischen all den Tausenden anderer menschlicher Knochen versteckt hätte, die er benutzte, um seine makabre Skelettkunst im Beinhaus der Kirche Allerheiligen in Sedlec zu schaffen. Das war 1870. Ich persönlich glaube, dass die Wahrheit weit banaler ist: Der Bärenmann liegt einfach irgendwo in einem Regal eines Museumslagers, wo er unbeachtet verstaubt.«

Viktor plauderte den Rest der Reise mit dem Archäologen, froh, aus seinen trüben Gedanken gerissen zu werden. Die Fahrt dauerte etwas über eine Stunde, und als sie sich dem regionalen Kopfbahnhof in Mladá Boleslav näherten, stand Pedersen auf.

»Leider muss ich Sie jetzt verlassen«, sagte er und reichte Viktor lächelnd die Hand. »Ich muss das Entladen meiner Ausrüstung beaufsichtigen. Vielleicht begegnen wir uns ja dort.«

Nachdem der freundliche Deutsche gegangen war, saß Viktor stumm da und beobachtete durch das Fenster, wie Mladá Boleslav allmählich um ihn herum Gestalt annahm.

5

Es war ziemlich dämmrig im Bahnhof. Die Gleise schienen zwischen zwei riesigen Böschungen zu versinken, als der Zug allmählich zum Halten kam. Die Stadt Mladá Boleslav war die nächstgrößere Siedlung in der Nähe der Burg von Hrad Orlů oder Adlersburg, wie sie in Deutschland hieß.

Alles hier hatte zwei Namen, einen tschechischen und einen deutschen. Mit diesem Zwiespalt war Viktor Kosárek aufgewachsen. Eine Nation aus multiplen und sich überlappenden Identitäten. Die Identität seiner Nation, die seiner Zeitgenossen und seine eigene war immer *vermischt* gewesen. Viktor war in einer kleinen Stadt in Moravia aufgewachsen. Seine Mutter war Deutsche, sein Vater Tscheche. In jedem anderen Land wäre das die Grundlage für ein Gefühl von Isolation gewesen, von Distanziertheit oder Deplatziertheit. Aber nicht hier. Hier war es die Norm. Selbstverständlich betrachteten sich die meisten Menschen in der neu geformten Republik hauptsächlich als einem Volk zugehörig: Tschechen, Böhmen, Schlesier, Slowaken, Deutsche, Polen, Ruthenier, Ungarn, Juden … Letztlich war es jedoch weniger eine Definition, sondern mehr die Benennung der vorherrschenden Zutat in einem reichlich gewürzten Eintopf.

Die Republik der Tschechoslowakei mochte vielleicht erst siebzehn Jahre alt sein, aber sie war auch, wie Pedersen ganz richtig gesagt hatte, uralt. Sie war wie in einen Stein gemeißelt, der sich ständig verfestigte, dann veränderte, schmolz und neu gebildet wurde. Vor allem die Böhmen glichen keinem anderen Volk auf der Erde. Für sie war alles im Fluss, veränderte sich ständig. Wie Unsterbliche hatten sie mit amüsiertem Desinteresse die armseligen Leidenschaften der Sterblichen beobachtet: die

Ausdehnung und das Schrumpfen von Grenzen, das Hissen und Einholen von Flaggen, den Aufstieg und Untergang von Imperien, von Patriotismus und von Vorurteilen.

Als jemand, der das Studium der Architektur des Verstandes zu seinem Beruf gemacht hatte, faszinierte Viktor die gespaltene Persönlichkeit seines Geburtslandes. Und er hatte es so oft sagen gehört: Willst du wissen, was wirklich deine Muttersprache ist? Es ist die Sprache, in der du träumst. Viktor Kosárek träumte auf Tschechisch und auf Deutsch.

Als er in Mladá Boleslav aus dem Zug stieg, fiel ihm ein etwa mittelgroßer, leicht korpulenter Mann Ende vierzig auf. Er stand am Bahnhofseingang, trug einen grünen Mantel im Jägerstil und einen Tirolerhut. Viktor erkannte ihn sofort. Es war Dr. Hans Platner, Professor Románeks Stellvertreter in der Klinik. Platner lächelte ihm liebenswürdig zu, winkte und ging auf Kosárek zu. Ihm folgte ein Gepäckträger.

»Ich hoffe, Sie hatten eine angenehme Reise, Dr. Kosárek«, begrüßte Platner Viktor auf Deutsch und schüttelte ihm die Hand. »Vor allem nach dem, was gestern Abend passiert ist. Professor Románek hat mir alles erzählt. Eine schreckliche Geschichte. Einfach schrecklich. Wir sollten froh sein, dass Sie ohne weiteren Zwischenfall hierher gelangt sind.«

»Nun, es war eigentlich ganz gut, dass ich da war.«

»Tatsächlich? Aber Sie hätten verletzt oder sogar getötet werden können!«, erwiderte Dr. Platner nachdrücklich. »Die Polizei hätte sich des Mannes schließlich gewiss angenommen. Aber es klingt wirklich so, als hätten Sie dieser unglücklichen Frau das Leben gerettet. Vielleicht wäre es für alle besser, wenn der junge Mann seinen Verletzungen erläge.«

»Aber dann gäbe es keine Möglichkeit für eine Behandlung oder sogar eine Genesung ...!« Die Bemerkung des Allgemeinmediziners schockierte Viktor.

»Falls eine Genesung überhaupt möglich wäre, Dr. Kosárek«, gab Platner zurück. »Wir reden hier zweifellos über jemanden, der für sich und eine gesunde Gesellschaft eine permanente Bedrohung darstellt.«

Viktor bemerkte die Anstecknadel im Revers von Plattners Mantel. Ein schmaler roter Schild mit Buchstaben, die miteinander verschlungen ein S, ein D und ein P darstellten. Viktor hatte es schon einmal gesehen, während seines Vorstellungsgesprächs sowohl bei Professor Románek als auch bei seinem Stellvertreter. Platner war ein Sudetendeutscher. Und diese Anstecknadel wies darauf hin, dass er ein Mitglied der neugebildeten *Sudetendeutsche Partei* war. Als Angehöriger einer solchen Partei hielt Platner vermutlich nicht sonderlich viel von der Vorstellung eines bunt durchmischten ethnischen Vielvölkerstaats. Die *Sudetendeutsche Partei* nahm wie ihr Namensvetter jenseits der Grenze eine kompromisslose, eigenwillige Haltung zur nationalen Identität ein.

Es lebten fast dreieinhalb Millionen Sudetendeutsche in der Tschechoslowakei, die Mehrheit davon in Böhmen, Schlesien und Mähren. Die *Sudetendeutsche Partei* war gerade erst durch die Wahlen zur größten Partei sowohl im Senat als auch in der Deputiertenkammer geworden. Die Partei war von den Nationalsozialisten im benachbarten Deutschland gegründet worden und unterhielt enge Beziehungen zu dieser Partei und allem, was sie repräsentierte. Was in Viktors Vorstellung der Dunkelheit zwischen den Bäumen entsprach.

»Meine Güte.« Platner warf einen Blick auf Viktors Gepäck, als der ziemlich alte Gepäckträger es zu ihnen fuhr. »Ich glaube, es dürfte schwierig werden, das alles in meinem Wagen zu verstauen.« Er schlug Viktor kräftig auf die Schulter. »Aber versuchen wir es.«

Viktor ließ seinen Blick über den Bahnsteig gleiten, wo der Rest des Gepäcks entladen wurde. Er hoffte, Pedersen zu sehen, aber es gab keine Spur von dem deutschen Archäologen.

»Wollen wir?« Platner führte Viktor zu einem brandneuen Opel P4, der vor dem Bahnhof parkte. Trotz Platners Bedenken schafften sie es, Viktors Koffer auf die Rücksitze zu wuchten. Der P4 hatte zwar keinen Kofferraum, aber ein Gepäckgestell über der hinteren Stoßstange. Mit Hilfe des ältlichen Gepäckträgers konnten sie Viktors Schrankkoffer daran festschnallen.

»Sie sind halb Deutscher, sagten Sie bei dem Vorstellungsgespräch, oder?«, meinte Platner mit etwas gezwungener Lässigkeit, als sie fuhren. Es war ein angenehmer Herbsttag, und Viktor war aufgeregt, dass er endlich seine neue Stelle antreten konnte. Aber er erinnerte sich auch an Professor Románeks Warnung während ihres Telefonats, was Platners Ansichten anging. Er hoffte, dass sich die Autofahrt nicht zu einer politischen Diskussion entwickelte. Andererseits war das in diesen Zeiten gang und gäbe.

»Mindestens halb«, antwortete Viktor. »Meine Mutter stammt aus Gnadlersdorf, auf Tschechisch heißt es *Hnanice*. Kennen Sie es?«

»Leider nicht«, antwortete Platner.

»Es ist nur ein kleines Dorf. In Mähren, dicht an der österreichischen Grenze. Mein Vater war zwar ein Tscheche, aber seine Mutter war ebenfalls eine Deutsche. Aus diesem Grund kommt der Vorname Němec in unserer Familie sehr häufig vor, was einen deutschen Ursprung nahelegt.«

»Da sehen Sie!« Platner schien über Viktors Stammbaum erfreut zu sein. »Ihr Familienname Kosárek heißt doch ›Schnitter‹, nicht wahr?«

Viktor nickte. »Oder auch Sichelmacher.«

»Sie sollten sich umbenennen, mein Freund«, meinte Platner leutselig. »Wie hieße das wohl auf Deutsch? Wahrscheinlich Sensenmann. Allerdings glaube ich nicht, dass die Patienten in irgendeinem Krankenhaus gern an den dunklen Schnitter erinnert werden wollen. Oder vielleicht Sensemann? Wenn ich mich recht entsinne, gab es einen Missionar im achtzehnten Jahrhundert, der Sensemann hieß. Gottlieb Sensemann. Er war auch halb Mähre, halb Deutscher. Vielleicht ist ja Kosárek eine Slawisierung von Sensemann. Möglicherweise sind Sie deutscher, als Sie glauben!« Platner strahlte.

»Das spielt wohl kaum eine entscheidende Rolle«, gab Viktor zurück. »Solche Dinge definieren nicht, wer Sie wirklich sind. Jedenfalls meiner Meinung nach.«

Darauf erwiderte Platner nichts, aber Viktor betrachtete sein Profil und bemerkte, dass sein Lächeln erloschen war.

Sie fuhren schweigend weiter. Die Kiefern schienen mächtiger und höher zu werden und drängten sich dunkler gegen den Rand der Straße. Diese schlängelte sich durch den Wald, als wollte sie seinem fester werdenden Griff entkommen.

Als Psychiater wusste Viktor, wie Ängste und Traumata sich in sonderbare spezifische Ängste verwandeln konnten. Er hatte einmal einen neurotischen Patienten behandelt, der eine extreme Hylophobie entwickelt hatte; eine nahezu schon morbide Angst vor Wäldern. Vor ihrer Ausdehnung, ihrer Dunkelheit, vor den unruhigen Schatten darin. Als Viktor den Patienten behandelt hatte, hatte er einige der Symptome auch an sich selbst erkannt. In Viktors Fall jedoch war das verständlich gewesen und einem spezifischen traumatischen Ereignis zuzuschreiben. Bei ihm war es eine Erfahrung als Kind gewesen.

Als er etwas zwischen den Bäumen entdeckt hatte.

Es war schon so lange her, fast wie aus einem anderen Leben. Viktor hatte im Wald gespielt, was man ihm verboten hatte. Aber er hatte einen ruhigen Platz entdeckt, einen geheimen Platz, auf einer Lichtung zwischen den Bäumen. Dort hatte er immer mit seiner jüngeren Schwester Ella gespielt. Aber nachdem Ella bei einem Unfall im Jahr zuvor ertrunken war, hatte Viktor dort einsam und traurig allein spielen müssen. Ella war Viktors ständige Gefährtin gewesen, seine einzige Spielkameradin, und ihr Tod hatte ein Loch in seine Welt gerissen; eine große klaffende Leere, die trotzdem kleiner gewesen war als die, die das Unglück in das Herz seiner Mutter gerissen hatte.

An jenem Tag war Viktor auf die Lichtung gekommen, die Ellas und sein geheimer Platz gewesen war. Die Sonne hatte den Waldboden gefleckt und die Schatten zwischen den Bäumen tanzen lassen, als wären sie lebendig. Dort hatte er damals seine düstere Entdeckung gemacht.

Seine Mutter hatte bereits auf ihn gewartet. Sie hatte mit eindringlich blicklosen Augen auf ihn herabgestarrt. Ihr Gesicht und ihre Hände waren unnatürlich dunkel gewesen, als verwandelte sie sich allmählich zu einem weiteren Schatten zwischen den Bäumen. Das Knarren des Zweiges, an dem sie baumelte, war das einzige Geräusch in der bedrückenden Dunkelheit des Waldes gewesen.

Die Entdeckung des Selbstmordes seiner Mutter hatte zwei unauslöschliche psychische Stigmata in dem jungen Viktor Kosárek hinterlassen. Das erste war eine vage und diffuse Angst vor Wäldern. Er konnte zwar ihre Schönheit erkennen, wenn er sie aus der Ferne sah, aber befand er sich zwischen den Bäumen, überkam ihn eine fast klaustrophobische Panik. Das zweite innere Stigma, das diese Entdeckung hinterlassen hatte, war seine Entschlossenheit, Geisteskrankheiten zu verstehen und zu heilen. Er wollte die »große Traurigkeit« lindern, die Menschen wie seine Mutter verwirrte und sie dazu brachte, ihrem Leben oder auch dem Leben anderer ein Ende zu setzen.

Diese Entdeckung hatte Viktor zur Medizin geführt, zur Psychiatrie und dazu, die Stelle in der psychiatrischen Klinik für kriminelle Geistesgestörte von Hrad Orlů anzunehmen.

Es dauerte zwanzig weitere Minuten bis zur Burg. Der letzte Teil des steilen, gewundenen Wegs führte durch die bewaldeten Flanken des Berges, auf dem die Burg mit dem Irrenhaus saß und das kleine Dorf und die umliegende Landschaft darunter dominierte. Das erste Vorstellungsgespräch hatte in der Akademie in Prag stattgefunden, das zweite jedoch hier, in der Burg. Und wie schon bei dem Vorstellungsgespräch empfand Viktor erneut eine intensive Ehrfurcht, die an Furcht grenzte, als die Straße den Wald verließ und die Burg vor ihnen aufragte.

Der gewaltige Monolith erhob sich aus dem Wald, und die Burg wiederum schien aus diesem monolithischen Felsen herauszuwachsen. Das Gebäude wirkte wie mit dem Fels verschmolzen, genauso wie der Archäologe Pedersen es beschrieben hatte. An den Ecken der hohen, von Palisaden gekrönten Außenmauer standen runde Türme. Sie ähnelten Geschwülsten, und ihre Dächer erinnerten an einen hohen, spitzen Hexenhut. Wo die Mauern in einem spitzen Winkel zusammenliefen, befand sich ein Turm, der höher war als die anderen und den Eindruck eines Schiffsbugs erzeugte. Drei große Gebäude drängten sich dicht aneinander. Sie wurden von den Mauern umschlossen, erhoben sich jedoch über sie. Das größte und höchste der Gebäude, der Hauptfried, hatte ein riesiges dunkles und steiles Dach. Die schlanken Türme an seinem Ende schienen sich in den Himmel zu bohren.

Irgendwann in der Vorgeschichte hatte ein geologisches Ereignis die Klippe, auf der die Festung stand, gespalten, als hätte ein wütender vorsintflutlicher Gott seine Axt hineingeschlagen. Der Wachturm balancierte auf dem kleineren Teil, die Burg auf dem größeren. Sie wurden durch eine Steinbrücke verbunden, die den Abgrund überspannte. Diese Festung war einst gebaut worden, um auszusperren, um Plünderer abzuhalten, und sie war wahrhaftig beeindruckend. Jetzt jedoch bestanden die Funktion dieser gewaltigen Mauern darin, einzusperren, nicht abzuschrecken.

Als Viktor die Burg betrachtete, die so gebieterisch in den Himmel ragte, verstand er, warum man sie Hrad Orlů nannte, Adlersburg. Die Burg der Adler.

Sie gingen durch das Torhaus des Wachturms hindurch. Ein Angestellter winkte Platner hinter einer Glasscheibe des Wachhauses zu, und die schweren Eichenportale des Eingangs schwangen auf wie von unsichtbaren Händen geöffnet.

»Sie werden elektrisch betrieben«, erklärte Platner stolz.

Die Männer überquerten die Steinbrücke, die über den Abgrund führte, und passierten auf dem Weg in den gepflasterten Innenhof der Burg ein weiteres Wachhaus. Dabei überkam Viktor Kosárek ein Gefühl, das er bei seinem ersten Besuch nicht empfunden hatte.

Obwohl es ein sonniger Herbsttag war, hatte er den Eindruck, als hätte sich die Burg hinter ihm, um ihn herum und über ihm geschlossen, und er würde ihrer steinernen Umarmung nie wieder entkommen können.

6

Während das finstere Äußere der Burg von alten Zeiten und vergangenen Jahrhunderten kündete, zeugte alles in der Klinik von Modernismus, von dem Drang nach Fortschritt, nach einer vielversprechenden Zukunft.

Die meterdicken Mauern und die Torbögen erinnerten an das Mittelalter, aber das Innere war mit hellen Farben gestrichen worden: Pastelltöne in Blau in einem Korridor, in Rosa in einem anderen. Und wo man weißen Kalk verwendet hatte, waren wärmere Farbtöne untergemischt worden.

Als er vor über einem Monat zu seinem zweiten Vorstellungsgespräch das erste Mal in die Burg gekommen war, hatte Viktor dieses Farbschema bemerkt und begriffen, dass man es für das Wohlergehen der Patienten angewendet hatte: Man wollte klinisch weiße Wände vermeiden und dadurch das Irrenhaus weniger wie eine Institution wirken lassen. Man wollte damit die Aufmerksamkeit von ihrer einschüchternden Architektur und der Unausweichlichkeit der Gefangenschaft ablenken.

Bei diesem ersten Besuch hatte das Farbschema seinen Weg zum Vorstellungsgespräch aufgehellt und in Aussicht gestellt, dass die Direktoren der Irrenanstalt zumindest einige seiner progressiven Ideen teilten. Für Viktor war Geisteskrankheit etwas Trauriges, *die Große Traurigkeit,* wie er sie nannte. Und sie brachte Furcht und Isolation mit sich. Er hatte zu viele Institutionen gesehen, die noch den Vorstellungen des letzten Jahrhunderts nachhingen und sich vor allem der Gefangenschaft widmeten. Zu viele Patienten waren ihrer einsamen Trauer ausgeliefert. Und viel zu viele Patienten waren unter Bedingungen eingekerkert, die kaum noch human zu nennen waren. Was Viktor anging, war jeder Versuch, die Traurigkeit aus dem Behandlungsumfeld zu verbannen, ein gutes Zeichen.

Obwohl Hans Platner für Viktors Dafürhalten in jeder Hinsicht ein vollkommen anderer Typ Mensch als Professor Románek war, schien er sehr stolz auf die Klinik und ihre Modernität zu sein. Als sie durch die Korridore schritten, blieb Platner stehen, um ihm einen besonderen Behandlungsraum zu zeigen oder ein Instrument, das »das absolut neueste auf diesem Gebiet« war.

Wie Viktor bereits wusste, war Platner kein Psychiater wie Románek oder er. Er war ein Allgemeinmediziner und für die allgemeine Gesundheit und das körperliche Wohlergehen der Patienten der Irrenanstalt verantwortlich. Deshalb überraschte es Viktor nicht sonderlich, dass Platners größter Stolz der Krankenhausflügel war. Platner wies darauf hin, dass Viktor bei seinem ersten Besuch keinen ausführlichen Rundgang durch die Burg gemacht hatte. Also schlug er einen kleinen Umweg vor, damit er seinem neuen Kollegen diesen Flügel zeigen konnte.

In der Krankenstation hatte man die schweren Holztüren entfernt und durch grifflose Schwingtüren ersetzt. In jeder befand sich in Augenhöhe ein rundes Fenster. Als sein sudetendeutscher Begleiter die Tür für Viktor öffnete, wurde ihm klar, dass Platners Stolz keineswegs unangebracht war. Die Krankenstation glänzte und funkelte und war mit den neuesten Geräten und Möbeln ausgestattet. Es gab einen Röntgenraum, einen voll ausgestatteten Operationssaal, drei Sprechzimmer und fünf normale Behandlungsräume für Patienten. Sie alle wurden Viktor stolz vorgeführt.

Alles war hell, sauber und ordentlich, aber Viktor fiel auch auf, dass es keine Patienten in den Krankenstuben gab. Auf Tschechisch stellte Platner Viktor den beiden Stationsschwestern vor, fiel jedoch wieder ins Deutsche, als er ihn mit einem Arzt namens Dr. Krakl bekanntmachte. Krakl war sehr groß, blond und kräftig gebaut. Er hatte die leicht gebeugte Haltung, die sehr großen Menschen oft eigen ist. Diese Haltung sowie seine Hakennase und die schweren Lider verliehen ihm ein habichtartiges Aussehen. Viktor lächelte und schüttelte Krakl die Hand, empfand jedoch sofort eine instinktive Abneigung gegen den Mann. Ihm fiel auch das Abzeichen der *Sudetendeutsche Partei* auf. Die Nadel steckte an Krakls Krawatte unter dem Laborkittel und war identisch mit der an Platners Revers.

Sie überließen Krakl seinen patientenlosen Pflichten und setzten die Tour fort. Auf den ersten Blick unterschied sich diese Krankenstation von einem gewöhnlichen Krankenhaus außer durch ihre begrenzte Größe dadurch, dass sie drei sogenannte sichere Räume hatte, mit zusätzlichen Riemen an den Betten und kumulierter Polsterung an allen Ecken und Kanten. Außerdem gab es ein Laboratorium und eine Apotheke und zu Viktors Überraschung auch eine große und voll ausgestattete Turnhalle. Höchst ungewöhnlich für ein Krankenhaus.

»Ich bin ebenso für die Prävention wie auch für die Heilung verantwortlich«, erklärte Platner. »Die Patienten, deren Symptome unter Kontrolle sind oder die sich in dem abklingenden Stadium zwischen zwei psychotischen Anfällen befinden, werden einmal in der Woche für physikalische Therapie und Übungen hierhergebracht. *Mens sana in corpore sano.*«

»Sehr beeindruckend«, erklärte Viktor ernsthaft begeistert.

Platner strahlte.

»Und wo ist mein Behandlungsraum?«, erkundigte sich Viktor.

»Für Ihre narcoanalytischen Sitzungen? Oder Ihre Narcosynthesis, wie auch immer Sie es nennen?« In Platners Frage mischte sich freundliche Skepsis. »Ich glaube, Ihnen wurde ein Raum im älteren Teil der Burg, im Turm, zugewiesen. Aber Professor Románek weiß besser, welche speziellen Arrangements für Sie getroffen worden sind.«

Auf dem Weg zum Büro des Direktors des Irrenhauses kamen Viktor und Platner an etlichen Mitarbeitern vorbei. Erneut fiel Viktor auf, dass die weißen Uniformen der Schwestern sehr dezent waren, weit weniger formell als üblich, und dass die Pfleger kurze Kellnerjacken trugen, ebenfalls weiß, mit schwarzen Fliegen. Das einzig Gemeinsame mit den anderen Irrenhäusern, in denen Viktor gearbeitet hatte, war die Statur einiger Pfleger. Ganz gleich wie fortschrittlich die Leitung auch sein mochte, bedauerlicherweise benötigte man häufig stämmige Männer, um Patienten zurückzuhalten.

Sie passierten vier Torbögen, zwei auf jeder Seite der Halle, die jeweils von einer schweren Eichentür verschlossen waren. Erneut schien sich ein neues Zeitalter über ein altes zu legen, wie eine Überlagerung von zwei Filmen. Jede der Türen war mit einem traditionellen schweren Riegel versperrt, aber diese Vorrichtung war durch ein modernes Zapfenschloss ergänzt worden. Außerdem bemerkte Viktor zwei kleine graue Metallkästen über jeder Tür: eine am Rand der Tür, die andere an der Zarge.

»Diese Türen führen zu den Quartieren der Patienten«, erklärte Platner. »Jede für eine Station, und jede Station hat vier Patientenquartiere. Unsere derzeitigen Insassen haben entweder einen ganzen Flügel für sich, und wenn sie sich einen teilen, werden sie durch zwei freie Suiten getrennt. Wie Sie wissen, hat Professor Románek die Theorie der ›mentalen Übertragung‹ entwickelt, wie er sie nennt, und er möchte die Patienten so weit wie möglich voneinander entfernt unterbringen. Sie werden später feststellen, dass die Quartiere sich erheblich von denen unterscheiden, die Sie kennen. Sie ähneln mehr privaten Unterbringungen als Irrenhauszellen. Auf der anderen Seite der Burg befinden sich weitere Räume, die eigentlich als Isolationssuiten dienen. Im Moment werden sie als Ausrüstungslager benutzt. Zurzeit sind nur sechs Suiten von Patienten belegt, und das wird auch eine Weile so bleiben. Unser Ziel ist jedoch, sechzehn Patienten gleichzeitig zu behandeln.«

Viktor nickte. Er wusste aus seinem ersten Gespräch, dass er möglichst vermeiden sollte, das halbe Dutzend Patienten der Burg als die »Satanischen Sechs« zu bezeichnen. Der Staat investierte sehr viel Geld und Mittel, wenn er eine einzige, unüberwindliche Festung mit der Verwahrung von nur sechs Patienten beauftragte. Ein Teil dieses Engagements entsprang zweifellos dem Wunsch, sie für immer vor den Augen der Öffentlichkeit zu verbergen, das Trauma ihrer Verbrechen aus der Erinnerung der noch jungen Republik zu löschen. Und um den Mythos aufzulösen, der sich um sie herum gebildet hatte, gehörte es dazu, sie niemals offiziell als die »Satanischen Sechs« zu bezeichnen, wie der Rest der Welt es tat.

Platner deutete mit einem Nicken zu einer der Türen. »Ihnen sind sicherlich diese sonderbaren grauen Kästchen aufgefallen. In ihnen stecken Magnete, die mit dem Büro des Pförtners verbunden sind. Wenn eine dieser Türen geöffnet wird, während das System aktiviert ist, wird der magnetische Kontakt unterbrochen, und im Büro ertönt ein Alarm. Nur das Neueste, mein lieber Dr. Kosárek, nur dass Allerneueste.«

Sie gingen an weiteren Türen vorbei. Eine stand offen; in dem Raum arbeiteten etliche Angestellte in weißen Kitteln an Herden. Essensgeruch drang in den Flur hinaus.

»Die Küche«, erklärte Platner überflüssigerweise.

Neben der Küche führte ein türloser Durchgang, doppelt so breit wie die anderen, zu einem großen Speisesaal, in dem ein halbes Dutzend Tische standen. Viktor bemerkte, dass die Kunstwerke an den Wänden des Speisesaals demselben Stil entsprachen wie in den Hauptkorridoren. Angesichts des Alters und der geschichtlichen Bedeutung der Burg hätte er vom Alter dunkle und verblasste Porträts von Karel IV. erwartet, von längst verstorbenen ansässigen Aristokraten oder alte Landschaftsbilder. Stattdessen waren die Wände mit großen gerahmten Siebdrucken der Gruppe *Blauer Reiter* geschmückt. Viktor erkannte Werke von Feininger, Klee, Macke und Kandinsky. Sie alle wirkten durch ihre kräftigen Farben und ihre starke Geometrie. Er fragte Platner nach den Kriterien für diese Wahl, aber der Sudetendeutsche zuckte mit den Schultern.

»Damit habe ich nichts zu tun. Professor Románek hat die Bilder ausgewählt.«

»Die Bilder könnten auch in einem Café in der Stadt hängen«, sagte Viktor. Die Halle sah unpassenderweise aus wie ein normales Café – die Simulation eines Lebens, das den Patienten des Irrenhauses für immer versagt bleiben würde.

»Tatsächlich speisen viele Patienten in ihren Räumlichkeiten, entweder freiwillig oder der Notwendigkeit gehorchend. Aber wenn sie stabil genug sind, dann ermutigen wir sie, sich hier zu treffen. Mit Ausnahme des charmanten Herrn Skála. Wir schenken sogar geringe Mengen Bier und Wein an jene aus, deren Symptome oder Medikation keine Kontraindikation enthalten. Und Sie haben recht, man könnte glauben, es wäre ein Restaurant oder ein Café, bis auf das Geschirr.«

»Das Geschirr?«

»Bakelit. Die Becher und das Besteck bestehen aus diesem Material. Im Speisesaal für die Patienten gibt es weder Glas noch Metall. Die Angestellten essen hier ebenfalls. Keine Sorge, uns ist es erlaubt, richtiges Geschirr zu benutzen. Aber Ausgabe und Rückgabe jedes Messers, jeder Gabel und jedes Glases werden überprüft.«

Die nächsten Hallen enthielten ein sehr gut ausgestattetes Musikzimmer und ein Kunststudio. Platner enthielt sich eines Kommentars, als sie daran vorbeigingen. Viktor hatte den starken Eindruck, dass sich der Allgemeinmediziner für keine Therapie interessierte, die er nicht als strikt praktisch betrachten und deren Ergebnisse er nicht sofort quantifizieren konnte.

Sie gelangten in eine andere Halle. Viktor sah, dass sich diese Halle bis zur anderen Seite der Burg erstreckte. Ein Gitter aus Eisenstäben und ein Tor zogen sich einmal quer durch die gesamte Halle, fast wie bei einem Käfig. Platner nahm sein Schlüsselbund und schloss die Tür auf. Sie quietschte, als er sie für Viktor aufhielt.

»Sie bekommen Ihre eigenen Schlüssel«, bemerkte er. »Das

hier ist der Flügel für die Verwaltungsangestellten und das Personal. Hier sind keine Patienten untergebracht, jedenfalls jetzt nicht mehr. Früher einmal, in der Isolationssuite, die ich erwähnt habe, aber sie wird jetzt nur noch für die Aufbewahrung von Ausrüstung benutzt.«

Als die Gittertür hinter ihnen zufiel und Platner sie abschloss, registrierte Viktor sofort die andere Atmosphäre in dieser Halle. Hier wurde die Burg wieder zur Burg. Man hatte die weißgekalkten Wände nicht abgetönt, und hier hingen auch keine hellen geometrischen Gemälde wie im Patientenflügel. Die Wände waren entweder kahler uralter Stein oder mit dunklen Holzpaneelen vertäfelt.

»Ich weiß.« Platner lächelte. »Das alles sieht sehr gotisch aus – so muss die ganze Burg ursprünglich einmal ausgesehen haben. Sie werden sich daran gewöhnen.«

»Verstehe«, erwiderte Viktor zerstreut. Er war vor zwei Holzpaneelen stehen geblieben, deren Rahmen höchst kunstvoll geschnitzt waren. Seine Aufmerksamkeit richtete sich auf ein Fries aus Spiralen und verflochtenen Bändern, die aus dem dunklen Holz herausgearbeitet waren. Er folgte ihnen bis zum oberen Rand des Paneels. Die Schnitzarbeit in der Mitte hielt er zunächst für die Darstellung eines Werwolfs. Die verflochtenen Bänder vereinigten sich am oberen Rand des Paneels und bildeten dort eine Büste: Brust, Schultern und Arme eines massigen Mannes, gekrönt von einem zähnefletschenden Tierschädel. Dann begriff Viktor, dass es kein Wolf war, sondern ein Bär.

»Der Bärenmann …«, murmelte er.

Dr. Platner hatte jetzt erst bemerkt, dass sein Begleiter nicht mehr neben ihm stand, und wandte sich zu ihm um. »Professor Románek wartet auf Sie, Dr. Kosárek«, ermahnte er ihn.

7

Er verfluchte den Nebel. Ganz Prag versank darin, er bildete schillernde Spektralhalos um die Laternen und verwandelte die Architektur in ein Schattenspiel aus hohen, kantigen Formen in Schattierungen von Grau und Schwarz. Der Nebel bedeutete schlechtes Jagdwetter für Polizisten.

Kapitán Lukáš Smolák fuhr an der Adresse vorbei, an der der Verdächtige gemeldet war. Im Idealfall hätte er auf der gegenüberliegenden Seite geparkt, vom Wagen aus alles beobachtet und darauf gewartet, dass ihr Mann nach Hause kam. Aber dieses Viertel war das ärmste und heruntergekommenste in ganz Prag, und dieser Bereich war der ärmste und heruntergekommenste in diesem Viertel. Selbst von Nebelschwaden verhüllt würde ein schicker neuer Praga Piccolo wie der Wagen von Smolák, genau genommen sogar jeder Wagen Verdacht erregen, weil er so deplatziert war. Und da ihm auch noch ein zweiter Wagen folgte, ein Alfa, in dem drei uniformierte Beamte saßen, beschloss Smolák, in einer Seitenstraße um die Ecke zu parken und zu Fuß zurückzugehen. Von einem schattigen Toreingang auf der gegenüberliegenden Straßenseite aus konnte er den Eingang des Mietshauses beobachten. Er hatte seinen Untergebenen, die an der Ecke warteten, gesagt, dass er zweimal mit seiner Taschenlampe leuchten würde, wenn ihr Mann kam.

Also wartete er, verborgen von Schatten und Nebel, auf seinen Verdächtigen. Der Name zu den Fingerabdrücken, die man an dem Tatort auf der *Prager Kleinseite* gefunden hatte, war der Polizei und auch Smolák bekannt. Sie gehörten zu einem kleinen ausgekochten hinterhältigen Typ, dessen Strafregister allerdings eher dem eines Betrügers als dem eines Gewalttäters entsprach.

Dennoch war er dafür bekannt, dass er, wenn nötig, sehr geschickt mit einem Rasiermesser oder einem Stilett umgehen konnte.

Es hatte keine Zweifel an der Übereinstimmung mit den Fingerabdrücken vom Tatort gegeben. Sie gehörten jemandem, der genug Geschicklichkeit als Taschendieb besaß, um Maria Lehmann unbemerkt den Schlüssel aus der Tasche gestohlen zu haben. Doch Smolák kannte den Verdächtigen, und es fiel ihm schwer, ihn mit dem Grauen zusammenzubringen, dass sie in der Wohnung von Maria Lehmann auf der Kleinseite erwartet hatte.

Er sollte jetzt bald eintreffen. Smolák wusste, dass Kriminelle ebenso Gewohnheitstiere waren wie alle anderen Menschen auch, und es lag nahe anzunehmen, dass ihr Verdächtiger bald hier auftauchen würde. Denn das war seine Gewohnheit.

Die Polizei hatte bereits ein umfassendes Dossier über den Verdächtigen: Er war ein Mann, dessen Missachtung der Gesetze ihn in frustrierender Regelmäßigkeit vor Gericht brachten. Andererseits gehörte er zu einer Gruppe von Außenseitern: Er trug von Geburt an den Makel des Ausgestoßenen an sich, dem man stets misstraute und verdächtigte. Und wenn man jemanden nur lange und stark genug verdächtigte, bestätigte er diesen Verdacht irgendwann auch.

Der fragliche Verdächtige hatte laut seinem Dossier eine Beziehung mit einer jungen Prostituierten, die denselben Hintergrund hatte. Sie arbeitete hier irgendwo in der Nähe im Žižkov-Viertel. Am heutigen Mittwoch hatte sie ihre freie Nacht, und der Mann, hinter dem sie her waren und der Smoláks Meinung nach sowohl ihr Zuhälter als auch ihr Liebhaber war, würde sie in ihre gemeinsame Wohnung zurückbringen.

Smolák hatte in diesem kalten Eingang erst drei Zigaretten geraucht, als er zwei dunkle Gestalten um die Ecke der schlecht erleuchteten Straße biegen sah. Er hatte geplant, den Mann zu ergreifen, wenn er seine Wohnung erreichte. Aber das nur als

Silhouette zu erkennende Pärchen ging auf seiner Straßenseite, nicht auf der des Mietshauses. *Vielleicht ist es ja nicht unser Mann,* dachte Smolák.

Als sich die beiden Arm in Arm eingehakt näherten, verschmolzen ihre Gestalten zu einer einzigen, von der Laterne erleuchteten Silhouette. Smolák fiel auf, dass die junge Frau beim Gehen leicht humpelte. Es war das Humpeln eines lebenslangen Krüppels, nicht das einer Person mit einer frischen Verletzung. Das passte zu dem, was Smolák über die Prostituierte wusste. Sicher, dass er seine Zielperson vor sich hatte, trat Smolák seine halb gerauchte Zigarette aus und kehrte den beiden den Rücken zu. So konnten sie das Signal mit der Taschenlampe nicht sehen, das er dem Aufpasser an der Straßenecke gab. Dann zog er sich wieder in die Schatten des schützenden Torweges zurück.

Als das Paar näher kam, hörte Smolák sie reden. Angespannt, nicht freudig oder liebevoll. In seinen Ohren klang die Stimme des Mannes angespannt vor Trauer oder Angst. Das entsprach nicht dem Ruf, den der Verdächtige hatte. Die weibliche Stimme schien zu versuchen, ihn zu beruhigen und zu beschwichtigen.

Seine Männer reagierten auf Smoláks Signal, und der Praga Alfa bog schnell in die schlecht beleuchtete Straße ein. Seine grellen Scheinwerfer wurden von dem dichten Nebel gedämpft. Aber sie waren trotzdem hell genug, um die beiden zu beleuchten. Sie erstarrten einen Moment, mit aufgerissenen Augen und geblendet von dem milchigen Lichtstrahl.

Smolák erkannte seinen Verdächtigen, aber die plötzliche Furcht auf dem schmalen dunklen Gesicht des Mannes verblüffte ihn. Es war echtes, tiefes Entsetzen. Und da war noch etwas, was für Smolák nicht zusammenpasste. Denn angeblich hatte dieser Mann keine Angst vor der Polizei, sondern hegte nur Verachtung für die Beamten.

»Tobar!« Er rief den Namen des Verdächtigen, als der Alfa neben ihnen zum Stehen kam. Dann trat er aus dem Torweg und packte den Mann fest am Ellbogen.

Die Reaktion des Verdächtigen bestürzte Smolák. Der Mann schrie. Es war ein schriller, panischer Schrei, und seine weit aufgerissenen Augen schienen nichts zu erkennen. Der Mann riss den Arm aus Smoláks Griff und stieß den Polizisten heftig gegen die Brust. Smolák war zwar größer, aber der drahtige kleine Mann hatte überraschend viel Kraft und, überrumpelt von dem verzweifelten Stoß, verlor der Beamte das Gleichgewicht und taumelte zurück. Mit seinen Absätzen blieb er an der Stufe des Hauseingangs hängen, in dem er sich versteckt hatte, und fiel rückwärts gegen die Tür.

Der Verdächtige nutzte seinen Vorteil, wirbelte herum und verschwand in die Richtung, aus der er gekommen war. Während Smolák sich aufrappelte, rannte ein uniformierter Beamter los und verfolgte den Mann. Das Mädchen hatte sich nicht gerührt, trat jetzt jedoch mit voller Wucht gegen die Schienbeine des Uniformierten. Der landete mit dem Gesicht auf dem schmutzigen Bürgersteig.

»Sie!«, rief Smolák einem anderen Beamten zu, als er sich ebenfalls an die Verfolgung des Verdächtigen machte. »Halten Sie sie fest. Ihr beide kommt mit mir!«

Für einen so großen Mann bewegte sich Smolák sehr behände. Er sprintete über die Straße. Als er die Ecke erreichte, sah er einen Geist im Nebel, der auf eine Kreuzung zu lief, wo sich drei Straßen trafen. Der Polizeihauptmann wusste, dass dieses Viertel wie der größte Teil der Prager Altstadt ein wahres Labyrinth aus Straßen und Gassen war. Wenn sie ihre Beute in diesem Nebel aus den Augen verloren, fanden sie sie vielleicht nie wieder.

Smolák und die zwei uniformierten Polizisten rannten hinter dem Verdächtigen her. Der jüngere Beamte war den beiden älteren ein Stück voraus und kam ihrer Beute immer näher. Der Flüchtige verschwand um eine Ecke. Als Smolák und der andere ältere Offizier die Ecke erreichten, lehnte der jüngere Mann an der Wand. Er hatte die Hände vor das Gesicht gepresst. Blut sickerte zwischen seinen Fingern hindurch.

»Der Mistkerl hat mich verletzt!«, sagte er. »Er hat ein Messer.«

Smolák blickte in die neblige Straße, von dem flüchtigen Verbrecher war jedoch nichts zu sehen. Er drehte sich wieder zu dem Verletzten herum.

»Mir geht es gut«, sagte der jüngere Beamte. »Es ist nicht so schlimm, wie es aussieht. Ich bin zurückgewichen, und er hat mich nur geritzt.« Der zweite Beamte faltete sein Taschentuch zusammen und gab es dem Jüngeren, der es auf sein Gesicht drückte.

Er deutete mit einem kurzen Nicken in die Richtung, in die der Flüchtige gerannt war. »Er kann da oben nur in zwei Gassen laufen, und beide sind Sackgassen. Wenn er nicht in einem der Gebäude Unterschlupf findet, haben wir ihn.« Dann richtete sich der jüngere Polizist auf, aber Smolák schob ihn sanft wieder gegen die Mauer.

»Sie bleiben hier. Wir schaffen das schon.«

Smolák und der ältere *Strážmistr* trotteten weiter über die Straße und spähten in die Türeingänge. Am Ende gabelte sich die Straße vor einem Mietshaus. Smolák deutete mit dem Kinn in eine Richtung.

»Seien Sie vorsichtig«, riet er dem Uniformierten. »Diesmal könnte er vielleicht richtigen Schaden anrichten.« Er zog seine Dienstwaffe aus der Manteltasche, und der atemlose ältere Beamte nahm seine Waffe aus dem Halfter.

»Gehen Sie kein Risiko ein«, fuhr Smolák fort. »Aber ich will ihn lebendig haben, wenn möglich.«

Der Uniformierte nickte und ging in die Straße, zu der Smolák gedeutet hatte. Smolák nahm die andere.

Es war dunkel, ein Vorhang aus dichtem Nebel hing in der Luft und dämpfte die Straßenbeleuchtung. Die Pflastersteine unter seinen Füßen waren schwarz vor Nässe und häufig rutschig durch Motoröl. Sein Fuß rutschte auf einem glitschigen Stein ab, und er stürzte und landete auf dem Pflaster. Bei dem Aufprall blieb ihm die Luft weg, und er brauchte ein paar Sekunden, bis seine protestierende Lunge wieder arbeitete.

Er fluchte laut, als er sich wieder aufrappelte. Er hatte sich das Knie verletzt, nicht schlimm, aber genug, um ihn langsamer zu machen. Der Nebel reduzierte Smoláks Universum, so dass er sein Umfeld nur als Blase von etwa vier Meter Durchmesser wahrnahm. Der Rest von Prag, der Rest der Welt schien fern und unwirtlich zu sein, als gäbe es nur diese kleine Blase seiner Existenz. Und sein Verdächtiger war nicht darin.

Er hoffte, dass der Flüchtling in die andere Straße eingebogen war und der uniformierte *Strážmistr* ihn mittlerweile gestellt hatte. Aber bis jetzt hatte er keinen Signalpfiff gehört. *Verdammt*, dachte er. *Der kleine Mistkerl ist entkommen.*

Als er wieder aufstand, nahm er etwas aus dem Augenwinkel wahr. Eine Bewegung im Nebel, in der Dunkelheit eines der Eingänge links von ihm. Jemand wich in die Schatten zurück. Smolák wusste sofort, was das bedeutete, aber er ließ es sich nicht anmerken und blickte auch nicht in die Richtung des Eingangs. *Tu so, als hättest du nichts bemerkt.*

Der Verdächtige hatte in einem tief liegenden Hauseingang Schutz gesucht und sich im Schatten versteckt. Er wollte abwarten, bis seine Verfolger vorbeigelaufen waren, um dann die Sackgasse wieder zu verlassen und im Gewirr der Straßen zu verschwinden. Smolák war klar, dass er ihn übersehen hätte, wenn er nicht gefallen wäre. Er fluchte umständlich, als er aufstand, und untersuchte den Ölfleck auf seiner Hose, der beim Sturz auf das Pflaster entstanden war.

Dann fuhr er plötzlich herum und stürmte mit drei langen Schritten auf den Eingang zu. Dabei schaltete er die Taschenlampe an. Der kleine drahtige Mann stand in der Tür, vom Licht geblendet. Er hob schützend eine Hand, und die Klinge eines offenen Rasiermessers blitzte hell und hart im Lichtstrahl von Smoláks Taschenlampe auf.

»Also dann, Tobar.« Smolák machte zwei weitere Schritte in

Richtung Eingang und leuchtete dem kleineren Mann dabei mit der Taschenlampe weiter in die Augen. »Zeit zu gehen.«

Nun legte der Flüchtige auch seine freie Hand schützend über die zusammengekniffenen Augen, mit denen er ins Licht spähte. Dann fuhr er hektisch mit dem Rasiermesser quer durch die Luft.

»Bleib zurück! Bleib zurück, oder ich zerfetze dich!«

»Seien Sie nicht albern, Tobar«, antwortete Smolák müde. »Ich bin bewaffnet. Jetzt lassen Sie das Rasiermesser fallen und kommen Sie mit.«

»Ich gehe nirgendwohin. *Er* hat dich geschickt, stimmt's? Er bekommt mich nicht. Eher würde ich sterben. Und eher würde ich dich töten.«

»Wer?«

»Du weißt wer. Du weißt es ganz genau!«

»Ich habe für so etwas keine Zeit, Tobar.« Smolák machte zwei weitere Schritte auf den Hauseingang zu.

Der kleine drahtige Mann stieß erneut einen schrillen, fast unmenschlichen Schrei aus und stürzte sich, immer noch geblendet vom Licht der Taschenlampe, auf Smolák. Dabei schlug er blindlings zu.

Der Kriminalbeamte konnte überrumpelt gerade noch rechtzeitig zur Seite springen. Die Rasierklinge durchtrennte den Stoff seines dicken Mantels, verletzte aber nicht seine Haut. Als der Schwung seines Angriffs den kleineren Mann weitertrug, schlug Smolák mit seiner Pistole seitlich aus. Er traf den Angreifer mit der schweren Waffe an der Schläfe. Der kleine Mann fiel wie betäubt auf die Pflastersteine, und Smolák trat mit dem Fuß auf die Hand, in der das Rasiermesser war. Die Finger öffneten sich unter dem Druck.

Als der betäubte Mann regungslos dalag und Smolák die Hand mit dem Messer unter seinem Stiefel fixiert hatte, stieß er dreimal scharf in seine Pfeife.

Er hörte die Antwort von zwei weiteren Polizeipfeifen, und dann ertönten schnelle Schritte auf den Pflastersteinen. Im selben Moment bog der Polizeiwagen um die Ecke, und die Scheinwerfer des Praga Alfa beleuchteten Smolák und seine Beute.

Während er auf die anderen Beamten wartete, warf er einen Blick auf den Mann zu seinen Füßen, der sich allmählich von seiner Betäubung erholte. Er fragte sich, was diesen kleinen zähen Ganoven wohl so verängstigt hatte.

Und vor wem hatte er eine so große Angst gehabt?

8

Professor Ondřej Románek wartete in seinem Büro auf sie. Románek war ein freundlich aussehender bärtiger Mann Ende fünfzig. Er war nicht sehr groß, aber recht robust gebaut. Sein schütteres hellblondes Haar wirkte dunkler durch das Haaröl, mit dem er es sich aus seiner breiten Stirn zurückkämmte. Das Gesicht des Psychiaters verriet Intelligenz und Freundlichkeit: Es war so ein Landarzt-Gesicht, dem man instinktiv vertraute. Viktor vermutete, dass dies von Vorteil sein konnte, wenn es galt, das Vertrauen eines Patienten zu gewinnen.

Diesen Vorteil hatte Viktor nicht. Sein ernstes, markantes Gesicht verlieh ihm vielleicht Autorität, aber wenn Viktors Patienten ihn zum ersten Mal sahen, schienen sie fast Angst vor ihm zu haben. Das blieb auch noch eine Weile so, bis sie ihren jungen Doktor näher kennengelernt hatten.

Angesichts der bewusst unauffälligen Einrichtung der Anstalt und der Uniformen der Angestellten verblüffte es Viktor, dass Románek einen wadenlangen Laborkittel trug. Es war einer dieser Kittel mit Stehkragen, der eine mit einem Knopf versehene Patte über der Schulter hatte. Er bedeckte seine Kleidung vollkommen und verlieh ihm eher das Aussehen eines Klinikarztes oder eines Chirurgen als eines Psychiaters.

»Mein lieber Dr. Kosárek!« Románek strahlte Viktor an, er kam hinter seinem riesigen Mahagonischreibtisch im ungarischen Stil hervor und schüttelte ihm die Hand. Er redete tschechisch mit ihm. »Es ist sehr schön, Sie wiederzusehen. Es tut mir leid, dass ich Sie nicht vom Zug abholen konnte, aber ich hatte ein Treffen mit den Kuratoren. Ich gehe davon aus, dass Herr Doktor Platner sich Ihrer gut angenommen hat.«

»Das hat er allerdings.« Viktor lächelte. »Und es ist ein großes Vergnügen für mich, hier zu sein.«

»Ich muss gestehen, dass ich recht erleichtert über Ihre Ankunft bin, vor allem nach diesem schrecklichen Vorfall in dem Bahnhof. Fühlen Sie sich gut?«

Viktor bestätigte das und wiederholte den Bericht, den er schon Platner gegeben hatte. Er schilderte den letzten bekannten Zustand von Šimon, dem jungen Mann, der sich in einer anderen Dimension verloren hatte, wo er von eingebildeten Dämonen und Teufeln verfolgt wurde.

Románeks Lächeln erlosch.

»Bedauerlicherweise habe ich gerade einen Anruf vom Allgemeinen Krankenhaus in Prag bekommen«, sagte der Direktor des Irrenhauses ernst. »Sie wollten Sie darüber informieren, dass der unselige junge Mann tatsächlich seinen Verletzungen erlegen ist.«

»Er ist gestorben?« Viktor war bestürzt.

»Leider ja, vor einer Stunde. Eine tragische Geschichte.«

»Ich habe dort angerufen, kurz bevor ich losgefahren bin. Man versicherte mir, sein Zustand wäre stabil.« Viktor erinnerte sich wieder an die starren Augen des Mannes, die voller Entsetzen waren und verrieten, dass er in seiner eigenen Großen Traurigkeit verloren war. »Ich habe gedacht, er würde es schaffen«, schloss er.

»Das ist wirklich sehr bedauerlich«, antwortete Románek. »Denn sollte er tatsächlich diese sogenannte Lederschürze gewesen sein, hätte die Polizei ihn mit Sicherheit ausführlich verhören können.«

»Ich bezweifle sehr, dass er das war«, sagte Viktor. »Er war nur eine arme Seele, die in einer schizophrenen Manie verloren gegangen ist. Was ich über Lederschürze gehört habe, spricht dafür, dass er ein hervorragend strukturierter Mörder ist.«

»Wie dem auch sei«, meinte Románek. »Sorgen wir doch zuerst einmal dafür, dass Sie sich hier einrichten. Wie wir schon bei Ihrem Vorstellungsgespräch erläutert haben, sind wir hier eine hochspezialisierte Einheit. Bitte setzen Sie sich.«

»Und zudem eine sehr gut ausgestattete«, sagte Viktor, während er sich setzte. Platner blieb stehen. »Dr. Platner war so freundlich, mich herumzuführen. Ich muss schon sagen, dass es sehr viele Einrichtungen für nur sechs Patienten gibt. Nicht dass ich mich beschweren wollte – das ist für jeden Arzt ein Traum.«

»Nun«, antwortete Románek, »wir haben tatsächlich nur sechs Patienten hier, aber diese sechs Patienten sind die berüchtigtsten Fälle in ganz Mitteleuropa. Dieses halbe Dutzend Individuen hat Entsetzen und Elend in einem Maß erzeugt, das ihrer geringen Zahl spottet. Diese sechs Psychopathen haben die perversesten und barbarischsten Taten begangen. Ich hoffe, dass Sie bereit für sie sind. Wie wir bei Ihrem Bewerbungsgespräch bereits gesagt haben, werden Sie als ihr Arzt über mentale Zustände, Begierden und Taten reden, die dem Rest der Menschheit als unaussprechlich und unvorstellbar erscheint. Es wird ganz normal für Sie sein, über Mord, Vergewaltigung, Folterung, Nekrophilie und Kannibalismus zu sprechen. Ich fürchte sehr, dass unsere Normalität diesbezüglich jedem außerhalb unseres kleinen Kreises sowohl anormal als auch abscheulich vorkommen muss.«

»Ich verstehe«, antwortete Viktor.

»Tatsächlich? Ich möchte Sie warnen, lieber Dr. Kosárek. Wenn wir abstrakt über solche Taten reden, vergisst man leicht, dass unsere Patienten sie tatsächlich begangen haben. Einige unserer Mündel hier können oft täuschend normal wirken, sogar charmant. Ihr Vorgänger hat den Fehler begangen, darauf hereinzufallen, was ihn fast das Leben gekostet hätte. Immerhin hat er ein Auge verloren. Denken Sie immer daran, dass diese Patienten deshalb hier untergebracht sind, weil es der sicherste Ort ist, den man für sie finden konnte. Und weil jeder von ihnen für immer von der Gesellschaft ferngehalten werden muss.«

Viktor nickte. All das hatte man ihm bereits bei seinem Vorstellungsgespräch erzählt. Der Psychiater, den er ersetzte, Dr. Slavomír, hatte einem Patienten die Benutzung eines Bleistifts erlaubt. Als Konsequenz daraus hatte Slavomír ein Auge verloren. Während des Vorstellungsgesprächs hatte man auf diesen Punkt besonders hingewiesen. Es war sinnlos, dass Viktor diesen Posten akzeptierte, wenn er nicht auch bereit war, die Risiken zu akzeptieren, die diese Position mit sich brachte. Das hier war keine Arbeit für naive Menschen oder solche mit einem weichen Herzen.

Bei dem Vorstellungsgespräch hatte man Viktor auch erklärt, warum sich zurzeit nur sechs Patienten im Irrenhaus Hrad Orlů befanden. Nicht etwa, weil sie die extremste Form menschlichen Wahnsinns repräsentierten und man für sie die sicherste Unterbringung in der ganzen Tschechoslowakei gesucht hatte. Sie waren vielmehr vor allem hier eingesperrt worden, damit man sie studieren konnte. Ihr Wahnsinn sollte gemessen und untersucht werden, seziert und analysiert. Die Hoffnung war, dass die Untersuchung solch extremer Fälle möglicherweise eine bessere Behandlung für weniger Wahnsinnige bewirken könnte. Der Grund für Viktors Einstellung waren seine Theorien, die er erst kürzlich in einem Aufsatz veröffentlicht hatte. Wie Románeks eigene Theorien fanden einige Kollegen Viktors Vorschläge sehr innovativ, andere dagegen widersprachen energisch.

»Wir stehen an der vordersten Front der psychiatrischen Medizin«, erklärte Románek. »Da Sie jetzt mit an Bord sind, werden wir das psychiatrische Arbeitspensum zwischen uns aufteilen. Der größte Teil der Arbeit folgt zumeist dem üblichen therapeutischen Protokoll, aber unsere Situation hier in Hrad Orlů bietet uns darüber hinaus gewisse *Möglichkeiten.*«

»Sie meinen für die Forschung«, warf Viktor ein.

»Allerdings. Unsere Patienten in Hrad Orlů bieten uns eine Gelegenheit, einiges über die extremsten und ungewöhnlichsten mentalen Zustände in Erfahrung zu bringen und zu verstehen. Sie müssen begreifen, dass keiner dieser Patienten diesen Ort jemals wieder verlassen wird. Wir tun alles, was in unserer Macht steht, damit sie das Gefühl bekommen, diese Burg wäre ihr Heim – denn jeder von ihnen wird den Rest seiner Tage hier verbringen.«

»Selbst wenn sie geheilt sind?«, warf Viktor ein.

Románek schüttelte den Kopf. »Wären wir in der Lage, sie durch irgendeine wundersame Behandlung von ihren Psychosen zu heilen, ich meine damit, die Wunden in ihrem Geist vollkommen zu heilen, die ihnen zusetzen, könnte man sie trotzdem nicht entlassen. Die Verbrechen, die sie begangen haben, bedeuten, dass niemand sie jemals wieder in der Gesellschaft akzeptieren würde. Und es gibt auch keine Vergebung für die schrecklichen Dinge, die sie getan haben. Unsere Funktion hier ist im Großen und Ganzen palliativ, nicht rehabilitierend. Trotzdem bietet uns das eine einzigartige Chance, neue Therapien zu entwickeln und anderen in der Zukunft zu helfen. Wir sind vielleicht nicht in der Lage, diese Seelen zu retten, aber wir können möglicherweise andere vor demselben Schicksal bewahren.«

»Indem wir mit ihnen herumexperimentieren.«

»Indem wir Möglichkeiten finden, zu verhindern, dass es andere Fälle wie diese gibt, ja. Prävention ist in der gesamten Medizin stets besser als eine Kur, aber in jedem dieser Fälle hätte eine Prävention nicht nur den Verstand des Patienten gerettet, sondern auch das Leben der Opfer. Bedauerlicherweise betreffen diese Krankheiten immer mehr als nur die Patienten selbst.«

Professor Románek machte eine kleine Pause. »Als wir uns während des Vorstellungsgespräches unterhalten haben, war ich von Ihren Theorien sehr beeindruckt, vor allem von Ihrer Hypothese zum Teufels-Aspekt. Die Patienten, die hier im Hrad Orlů in unsere Obhut gegeben wurden, sind Fälle einer besonders blühenden Psychose. Dazu gehören Wahnvorstellungen, die nicht nur extrem elaboriert, sondern auch in ihrer inneren Logik sonderbar zusammenhängend sind. Und all diese Psychosen haben eine höchst merkwürdige Gemeinsamkeit. Ich nehme an, dass

Sie mit den Gerüchten vertraut sind, die in der Öffentlichkeit kursieren und die von einer gewaltigen Verschwörung innerhalb dieser Mauern wissen wollen?«

»Sie meinen, dass es sich bei diesen sogenannten Satanischen Sechs in Wirklichkeit um einen einzigen Killer handelt, einen Fall von multipler Persönlichkeitsstörung, und dass wir hier nur einen einzigen Patienten hätten?«, fragte Viktor.

»Genau dieses Gerücht meine ich. Ich verstehe, wie es dazu kommen konnte: Diese sechs Patienten hatten keinerlei Kontakt untereinander, bevor sie nach Hrad Orlů gekommen sind. Zudem hatten sie nur sehr begrenzten Kontakt während ihres Aufenthalts hier. Und doch haben alle diese sechs Fälle ein gemeinsames Element. Alle behaupten, dass sie einer Art Dämon begegnet wären, einer Art von teufelsartiger elementarer Gestalt, die sie gezwungen hätte, die Verbrechen zu begehen, die sie begangen haben. Wenn Sie sich die Krankenakten ansehen, werden Ihnen diese Ähnlichkeiten sofort ins Auge springen. Aber genauso eklatant sind die Unterschiede. Worauf ich hinaus will, ist Folgendes: So oder so hat jeder von ihnen die Verantwortung für sein Handeln, für seinen Wahnsinn und die Gräueltaten einer Teufelsgestalt zugeschrieben, die sie diese Taten hat begehen lassen. Ob das nur ein Mittel ist, das das Ego konstruiert hat, um sich selbst vor Schuld zu schützen, oder ob sie Ihre Theorie des Teufels-Aspektes einfach nur buchstäblich umgesetzt haben … Sie können sicher erkennen, warum ich der Meinung bin, dass diese Fälle ideal für Ihre Narcosynthese-Therapie sind.«

Viktor nickte. »Das verstehe ich allerdings.«

»Sie müssen wissen, Dr. Kosárek, dass ich so etwas nicht zum ersten Mal sehe. In meiner Laufbahn in der Psychiatrie sind mir höchst sonderbare …« Er runzelte die Stirn, als er nach dem richtigen Wort suchte, »… sonderbare Gemeinsamkeiten aufgefallen. Zufälle und Ähnlichkeiten bei Fällen, die vollkommen unabhängig voneinander sind. Genauso wie die sechs, über die wir hier sprechen. Ich habe mich oft gefragt, ob einige Formen des Wahnsinns, sagen wir, ansteckend sein könnten. Dass sich eine machtvolle, aber verzerrte Denkweise verbreiten und einen empfänglichen Verstand überwältigen kann.«

»Sie meinen wie ein unterdrücktes Immunsystem?«

»Ganz genau. Wir erleben das in der Schulmedizin die ganze Zeit. Aus Gruppen von Menschen, die einem Virus ausgesetzt werden, werden einige krank und andere scheinen dagegen immun zu sein. Und all jene, die für eine Infektion empfänglich sind, haben für gewöhnlich ein geschwächtes Immunsystem. Wie Sie also sehen können, überschneiden sich hier unsere Theorien: Wenn Ihre Hypothese des Teufels-Aspektes stimmt, dann ist diese Seuche bereits präsent – sogar omnipräsent in uns allen und wartet nur auf einen Auslöser, um sich zu zeigen. Wir alle tragen das Potenzial für Wahnsinn und Böses in uns, aber nur labile Psychen fallen einer ausgewachsenen Krankheit zum Opfer.«

Er fuhr nach einer kleinen Pause fort. »Ich möchte, dass Sie, Dr. Kosárek, Ihre Theorie mit unseren Patienten hier erforschen. Sie bekommen die Gelegenheit, einige Ihrer Ideen zu testen – allerdings verlange ich vollkommene Dokumentation und Verifikation. Die Augen der gesamten psychiatrischen Gemeinde sind auf uns gerichtet, und dieser Blick ist höchst kritisch, gelinde gesagt.«

»Sie können sich auf mich verlassen«, sagte Viktor.

»Wenn ich das nicht glaubte, dann wären Sie nicht hier.« Professor Románeks autoritärer Ton hüllte sich in das Lächeln eines Landarztes. »Sie und ich haben die alleinige Verantwortung für die psychiatrische Behandlung. Wie Sie mittlerweile ja wissen dürften, ist Dr. Platner für sämtliche allgemeinmedizinischen und gesundheitlichen Angelegenheiten verantwortlich, einschließlich der Gesundheit der Angestellten.«

»Falls Sie also einen Kater haben, rufen Sie mich gern.« Platner schlug Viktor erneut kräftig auf die Schulter. »Aber wenn Sie mich jetzt entschuldigen würden, ich lasse Sie jetzt allein.« Und auf Deutsch sagte er: »Ich bin entzückt, dass Sie sich uns angeschlossen haben, Herr Doktor *Sensemann.*«

Nachdem Platner gegangen war, hob Románek fragend eine Braue.

»Die deutsche Form meines Familiennamens«, erklärte Viktor lächelnd. »Herr Doktor Platner scheint darauf erpicht zu sein, meinen Stammbaum zurückzuverfolgen. Aber ich fürchte, dass seine Bemerkung einer genaueren Prüfung nicht standhalten wird.«

Es war nur als beiläufiger Kommentar gemeint gewesen, aber der Direktor des Irrenhauses schien das anders zu verstehen. Denn er runzelte die Stirn. Einen Moment war Viktor besorgt, dass er möglicherweise unangemessen ungezwungen über Professor Románeks Stellvertreter gesprochen hatte.

»Dies hier ist eine sehr schwierige Konversation dafür, dass wir uns kaum kennen«, begann Románek. »Da Sie gerade erst angekommen sind und Ihre Stelle soeben erst angetreten haben. Aber ich möchte Ihnen nachdrücklich raten, sämtliche politischen Diskussionen mit Dr. Platner zu vermeiden. Ich kenne Hans schon sehr lange, und wir sind ebenso gute Freunde wie auch Kollegen. Ich weiß, dass er ein guter Mann ist, aber ich weiß auch, dass er sich – wie so viele andere Deutsch-Böhmen – sehr über das Gesetz zur Landreform und ihre Folgen erregt hat. Die Ergebnisse der letzten Wahlen bekümmern mich, und ich mache mir Sorgen, dass wir möglicherweise von diesem Wahnsinn mitgerissen werden, der sich jenseits unserer Grenze verbreitet. Unser kleiner österreichischer Feldwebel wäre, so fürchte ich, sehr gut geeignet, uns hier als Patient Nummer 7 Gesellschaft zu leisten.«

»Glauben Sie, dass die Nazis tatsächlich eine Bedrohung für die Tschechoslowakei sind?«

»Ich glaube, dass sie eine Bedrohung für alle sind, und wir sind ihre nächsten Nachbarn. Unser Präsident hat von Anfang an sehr klar auf die Gefahr hingewiesen, die dieser Hitler seinem Befinden nach darstellt.« Románek nahm eine Zigarettendose vom Tisch und hielt sie Viktor hin. Er nahm eine. »Und die *Sudetendeutsche Partei* ist nur die Nazipartei im landsmannschaftlichen Kostüm. Dr. Platners Begeisterung für diese Partei ist recht problematisch für mich. Ich bin der Meinung, Politiker sind am besten außerhalb der Burg aufgehoben.«

»Ich entschuldige mich, Professor Románek. Ich hatte nicht vor, irgendwelche politischen ...«

»Keine Sorge, mein lieber Junge.« Die finstere Wolke auf Románeks Miene verzog sich. »Ich weiß, dass Sie das nicht wollten. Normalerweise hätte ich auch nichts gesagt, aber wir leben in schwierigen und sonderbaren Zeiten, wo Unausgesprochenes eine Gefahr darstellen kann. Glauben Sie mir, wenn ich sage, dass ich meine Freundschaft mit Dr. Platner sehr schätze. Aber als Irrenarzt fällt es mir schwer, den Wahnsinn nicht wie im Individuum zu diagnostizieren, nur weil ich ihm in seiner kollektiven Form begegne. Ich bitte um Verzeihung, wenn ich Sie mit meiner Offenheit in Verlegenheit bringe.«

»Das haben Sie ganz und gar nicht, Professor.«

»Das dachte ich mir. Sie kommen mir wie jemand vor, der die Komplexität unserer neuen kleinen Republik versteht.«

Viktor nickte. Er wusste, dass von sehr vielen Seiten an dem Stoff der neu gesponnenen Identität der Tschechoslowakei herumgezerrt wurde: Sudetendeutsche wie Dr. Platner und sein Stellvertreter Krakl mit ihrem böhmischen Deutschtum, dann die Pan-Slawisten, die glühenden tschechoslowakischen Nationalisten, schlesisch-polnische Separatisten. Und sogar die Anhänger Alfons Muchas, mit seinem so wunderschön gemalten Mythos der slawischen Reinheit, seinem slawischen Epos.

Románek schüttelte den Kopf, als ärgerte er sich über sich selbst. »Entschuldigen Sie, Dr. Kosárek. Vergeben Sie einem alten Mann seine Paranoia.« Er drückte auf einen Knopf auf seinem Schreibtisch, und kurz darauf öffnete sich die Tür hinter Viktor. Er drehte sich herum. Eine große schlanke Frau mit dunklen

Haaren kam herein. Sie trug ein schwarzes Kostüm, eine blassblaue Bluse und strahlte eine traurige, dunkle Schönheit aus, die Viktor fast überwältigte.

»Ah, Fräulein Blochová, ich möchte Ihnen Dr. Viktor Kosárek vorstellen. Dr. Kosárek, Fräulein Blochová ist unsere Verwaltungschefin.«

Viktor stand auf und schüttelte ihr die Hand. Sie hatte eine schlanke weiche Hand, und ihr Lächeln war recht flüchtig. Aber er bemerkte, dass sie ihre vollen Lippen mit rotem Lippenstift zur Geltung gebracht hatte. Ihre haselnussbraunen Augen waren groß und verrieten Intelligenz. Ihr volles Haar war so dunkel wie Tinte und schimmerte. Abgesehen davon, dass sich Viktor sehr stark zu ihr hingezogen fühlte, hatte er auch den geradezu überwältigenden Eindruck, dass er sie von irgendwo her kannte, dass er ihr schon irgendwo begegnet war.

»Sie haben bei meinem Vater studiert«, begrüßte sie ihn.

»Sie sind Josef Blochs Tochter?« Viktor war verblüfft.

»Judita Blochová, ganz recht.« Wieder lächelte sie, diesmal etwas weniger flüchtig.

»Ihr Vater war eine gewaltige Inspiration für mich. Sein Einfluss war ebenso groß wie der von Dr. Jung«, sagte Viktor. »Ich wusste, dass Professor Bloch eine Tochter hatte, aber ich habe gedacht, Sie würden Medizin studieren.«

Der Blick ihrer intelligenten Augen wurde abweisend, und das Lächeln verblasste. »Ich muss in meinem Studium pausieren. In der Zwischenzeit arbeite ich sehr gern mit Professor Románek zusammen.«

»Selbstverständlich – genauso wie ich. Es ist eine großartige Gelegenheit.«

Verlegenes Schweigen machte sich zwischen ihnen breit und wurde von Románek gebrochen. »Fräulein Blochová zeigt Ihnen die Geräte, die Ihnen für Ihre Sitzungen zur Verfügung stehen. Das wird Sie zweifellos sehr beeindrucken: Wir haben das neueste Aufnahmegerät, das AEG K1 Magnetophon-Tonband. Es kommt direkt von der diesjährigen Internationalen Funkausstellung in Berlin. Es verwendet Magnetband, statt wie die Drahttongeräte auf Draht aufzuzeichnen.« Románek klang ebenso stolz wie Platner bei seiner Führung. »Fräulein Blochová wird Ihnen auch bei allen bürokratischen Angelegenheiten zur Hand gehen.«

Der Professor trat zu Viktor und legte ihm die Hand auf die Schulter. »Aber jetzt, Dr. Kosárek«, er lächelte, »wird es Zeit, dass Sie sich in die Höhle des Löwen wagen. Kommen Sie mit und lernen Sie Ihre neuen Patienten kennen …«

9

Gegen ihren Willen fühlte sich Judita Blochová sehr zu diesem neuen Doktor hingezogen. Doch was sie wirklich verwirrte, war das starke und unerschütterliche Gefühl, dass sie Kosárek kannte; nicht, dass sie ihn einfach nur schon einmal getroffen hatte, sondern dass sie ihn gekannt hatte. Er war auf jeden Fall attraktiv. Groß und gut aussehend, wenn auch auf eine etwas grausame, gebieterische Art und Weise. Sie fand, dass er ganz ausgezeichnet in das Ambiente einer Burg passte. In das Ambiente dieser Burg.

Anders als Judita würde Viktor Kosárek sich niemals fragen, ob er irgendwohin gehörte, oder diese Frage von anderen akzeptieren. Allein schon deshalb hätte sie Grund genug gehabt, ihn abzulehnen. Und hinzu kam noch, dass er eine Position besetzte, die eigentlich ihr hätte zufallen sollen, wären ihr Studium und ihre Karriere nach Plan verlaufen. Das waren sie aber nicht.

Das Einzige, was für Kosárek sprach, waren seine Bemerkungen über ihren Vater, seine offenkundige Zuneigung zu seinem ehemaligen Mentor. Sie würde ihren Vater noch heute Nacht anrufen und ihn fragen, was er von diesem Studenten noch erinnerte.

Bis dahin nahm sich Judita hervor, Dr. Kosárek mit angemessener, beruflicher Höflichkeit und Respekt zu behandeln, ihn sich aber ansonsten auf Armlänge vom Leib zu halten. Eine Armlänge Abstand war sehr schnell das Maß für all ihre Beziehungen geworden. So sah es im Moment aus: Jeder neue Kontakt, jede Begegnung musste als Bedrohung eingeschätzt und analysiert werden. Etwas, was schon immer zu ihrem Leben gehört hatte, ohne dass es sie dominiert hätte, ihre jüdische Abstammung, begann jetzt ihre Interaktion mit allen Menschen in ihrem Umfeld zu überschatten. Jeder und alles mussten nun als potentielle Bedrohung betrachtet werden.

Und es gab hier schon genug Bedrohungen. Der junge Dr. Kosárek schien sich mit Doktor Platner ausgezeichnet zu verstehen. Platner war ein Nazi, ganz gleich, wie sie sich in der Tschechoslowakei auch nennen mochten. Und es gab keinen Zweifel daran, was die Nazis von Juden hielten. In sämtlichen beruflichen Angelegenheiten hatte sich Platner Judita gegenüber höflich und zuvorkommend verhalten, sogar freundlich; er hatte sich auch niemals irgendwelche antisemitischen Neigungen anmerken lassen. Aber sie waren da. Sie wusste, dass sie da waren.

Bei Krakl, Platners Assistenten, musste man nach diesen Tendenzen nicht lange suchen. Jedes Mal, wenn Judita ihm begegnete, zeigte sich Verachtung auf seinem Gesicht. Und wenn er mit ihr sprach, dann in einem überdrüssigen, ungeduldigen Ton, der andeutete, er wäre gezwungen, sich mit jemandem zu unterhalten, den er in jeglicher Hinsicht für minderwertig erachtete. Als Unannehmlichkeit, die er nur deshalb tolerierte, weil er irgendwie wusste, dass es eine zeitlich begrenzte Situation war.

Es gab jetzt eine neue Landschaft der Identitäten, eine neue Landkarte der Ethnien, auf der sie sich nicht zurechtfand. Die Ironie war, dass Judita sich selbst schon immer als Angehörige einer Minderheit betrachtet hatte, aber nicht als Jüdin, sondern als Deutsch-Tschechin. Deutsch, und zwar Hochdeutsch, war schon immer ihre Hauptsprache gewesen, nicht das Mauschel-Deutsch einiger Prager Juden. Ihr Tschechisch dagegen war zwar flüssig, jedoch nicht perfekt. Eine weitere Ironie war, dass ihr Deutsch einen tschechischen Akzent hatte. Sie, ihr Vater und ihre ganze Familie hatten sich mit den Deutsch-Tschechen identifiziert, hatten die deutsche Kultur als ihre eigene Kultur angesehen. Und plötzlich hatte man ihnen all das genommen. Was zuvor als eine vielschichtige Herkunft erschienen war, wirkte jetzt plötzlich vollkommen verwässert. Eine sich ständig verändernde, grenzenlose Identität.

Und zudem wurde sie von Träumen verfolgt. Schreckliche Albträume voller Gräuel, die auf sie, ihre Familie, auf ihre ganze Rasse warteten.

Jedes Mal, wenn sie darüber mit ihrem Vater sprach, versuchte er, sie zu beruhigen, sagte ihr, sie solle sich nicht an diese dunklen Gedanken klammern, erinnerte sie an die Gefahren, wenn man das tat. Sie bemühte sich, ihm klarzumachen, dass ihre Ängste sehr wohl begründet waren, dass alles nicht mehr so war wie vorher. Dass es nicht mehr so war wie damals, als sie Medizin studiert hatte und von irrationalen und unerklärlichen Ängsten überwältigt worden war, von Argwohn und Furcht. Jetzt waren all diese Ängste schrecklich rational geworden, viel zu gut erklärbar. Und doch, wenn ihr Vater sie beruhigte, gab es einen Satz, den ihr Vater peinlichst vermied: eine Anspielung auf das Ereignis, dass all ihre Gespräche prägte, ohne jemals direkt ausgesprochen zu werden.

Ihr Zusammenbruch.

Der Grund für Judita Blochovás Nervenzusammenbruch während ihres Medizinstudiums waren eingebildete Drohungen und unsichtbare Feinde gewesen. Sie hatte sich von dieser Krankheit erholt, aber sie hatte für alle Zeit ihre Glaubwürdigkeit zerstört. Und jetzt, als die Drohungen real wurden, die Feinde deutlich zu sehen waren und die Krankheit in anderen wütete, nicht in ihr, nahm niemand ihre Warnungen ernst.

Alle schienen blind für das zu sein, was sich vor ihren Augen abspielte. Jeder sah das allmähliche Ansteigen von Grausamkeiten, aber keiner wollte wahrhaben, dass sie sich zu einem monströsen ultimativen Bösen entwickeln würden. Sie sahen die Wolken, konnten aber den Sturm nicht vorhersagen.

Die Zeitungen waren voll von den Rassegesetzen, die die Deutschen im letzten Monat in Nürnberg erlassen hatten. Darin wurden sämtliche Beziehungen zwischen Juden und Nicht-Juden verboten, es gab antisemitische Beschränkungen im Bildungswesen, in der Arbeitswelt und bei sozialen Interaktionen.

Es frustrierte Judita, dass sie ihren Vater nicht davon überzeugen konnte, dass ihre ganze Rasse unmittelbar bedroht war, und zwar von einer langsamen und unumkehrbaren Spaltung der Menschheit.

Deshalb beurteilte Judita Blochová jede Bekanntschaft, jede neue Begegnung mit einem Fremden als potenzielle Bedrohung. Trotzdem fühlte sie sich zu Kosárek hingezogen, und als sie sich begegnet waren, hatte er sich keineswegs bemüht, zu verbergen, dass er sich auch zu ihr hingezogen fühlte. Konnte das bedeuten, dass er von dem Wahnsinn um sie herum nicht infiziert war?

Heute Abend – sie würde heute Abend ihren Vater nach Kosárek fragen, wenn sie ihn anrief.

10

Sie waren zwei Stunden lang Akten der sechs psychiatrischen Patienten durchgegangen. Professor Románek hatte eine auffällig einschmeichelnde Stimme, einen beruhigenden Tonfall, der ihm bei der Behandlung seiner schwierigen Patienten sicherlich zugute kam. Aber wenn er die Krankengeschichte seiner Patienten vorlas und kommentierte, klang er dadurch wie ein Geschichtenerzähler – als wäre jeder Fall irgendein düsteres Märchen. Angesichts der entsetzlichen, fast surrealen Einzelheiten jedes Falles konnte man sich leicht vorstellen, dass ein solches Entsetzen nur im Geist eines Autors existieren konnte oder ein Volksmärchen war, das über Generationen hinweg gesponnen und ausgeschmückt worden war.

»Bei Ihnen klingen diese Fälle fast lyrisch und folkloristisch, Professor«, sagte Viktor. »Ich bin sicher, dass sie alles andere sind als das, doch als Jungianer neige ich dazu, die Verbindung zwischen dem Unbewussten und der Folklore zu sehen. Mythologie als das kollektive Unbewusste eines Volkes, einer Kultur. Meine Theorie des Teufels-Aspekts fußt darauf. Aber das wissen Sie ja bereits aus meinen Vorstellungsgesprächen.«

Románek nickte nachdenklich. »Mir ist nicht aufgefallen, dass ich lyrisch geworden bin. Das ist in diesem Fall ein Fehler: Es gibt nichts Prosaischeres als wahnhafte Gewalt. Ich muss trotzdem zugeben, dass ich oft darüber nachgedacht habe, ob wir Tschechen eine größere Kreativität haben. Bei uns gibt es sowohl mehr Fälle von geistiger Verwirrung als auch von musikalischer, künstlerischer und literarischer Kreativität als bei all unseren Nachbarn in Europa. Ich glaube, dass das sehr viel mit der Tiefe unserer Kultur und unserer langen Geschichte zu tun hat. Vielleicht besitzen wir ein tieferes kulturelles Unbewusstes.«

Románek stand auf, trat an das Fenster seines Büros und blickte auf den nächtlichen Wald und die Schlucht unter ihnen hinaus.

»Ich denke oft, dass wir aus einem bestimmten Grund hier sind, in dieser besonderen Burg. Wir leben in einem uralten Land, und nirgendwo ist unser Land älter als hier an diesem Ort. Die Wurzeln der Menschen, die hier leben, dort unten im Dorf und auf den Feldern und Wäldern dahinter, reichen bis weit in die früheste Zeit zurück. In ihren Adern fließt das Blut der Mütter und Väter von Europa, diese Menschen haben schon lange vor den keltischen Boii hier gelebt, vor den germanischen Sueben und sehr lange vor den slawischen Tschechen. Ob Sie es glauben oder nicht, die Geschichte unseres kleinen Dorfs reicht siebentausend Jahre zurück.«

»Ich weiß«, erwiderte Viktor. »Auf der Zugfahrt hierher habe ich mein Abteil mit einem deutschen Archäologen geteilt, der mir alles über das neolithische Hügelfort erzählt hat, auf dem diese Burg errichtet wurde. Er sagte, darunter befände sich ein Netzwerk aus Höhlen.«

»Angeblich, ja, aber auch wenn das stimmen sollte, haben wir von der Burg aus keinen Zugang dorthin, im Gegensatz zu dem, was die Einheimischen glauben.« Románek wandte sich vom Fenster ab und ging zu einem Glasschrank in der Ecke seines Büros. Er holte zwei dünnstielige Likörgläser heraus, stellte sie auf den Tisch und füllte sie mit Kirschlikör aus einem Dekanter, bevor er Viktor eines gab.

»Vielleicht könnte es keinen besseren Ort geben, um die Folklore verwirrter Geister zu studieren als unsere kleine, von siebentausend Jahren kollektivem kulturellem Unbewussten umgebene Festung hier.« Románek setzte sich an seinen Schreibtisch und schloss die letzte Patientenakte, bevor er sein Glas zum Toast erhob.

»Auf Sie, mein junger Viktor. Bedauern Sie es, diese Stelle angenommen zu haben, nachdem Sie jetzt unsere sechs Horrorgeschichten gehört haben? Sie könnten es wahrscheinlich sogar noch bis zum letzten Zug nach Prag schaffen, wissen Sie?«

»Ich habe kein Rückfahrtticket erstanden.« Viktor hob lächelnd sein Glas. »Und außerdem habe ich im Irrenhaus von Bohnice mit sehr gewalttätigen Patienten mit höchst floriden Psychosen zu tun gehabt. Zugegebenermaßen waren sie nicht so extrem wie die Patienten hier, aber wie Sie schon sagten, diese Fälle sind die extremsten, die einem unterkommen können. Das wusste ich, als ich die Stellung akzeptiert habe.«

Romának lächelte. »Leeren wir die Gläser. Und dann suchen wir Ihren ersten Patienten auf.«

11

Kapitán Lukáš Smolák war ein bedachter Mann: Er fällte keine überhasteten Urteile, sondern ließ sich Zeit, die Lage einzuschätzen, die Dinge zu durchdenken und sie gegeneinander abzuwägen. Zu oft in seiner Karriere hatte er erlebt, wie andere Beamte voreilig eine Schlussfolgerung gezogen, anschließend eine Theorie entwickelt hatten, die zu dieser Schlussfolgerung passte, und dann mit ihrer Ermittlung diese Theorie um jeden Preis beweisen wollten.

Deshalb nahm sich Smolák stets die Zeit, die ihm zur Verfügung stand, um sorgfältig die Tatsachen abzuwägen und hinter das Offensichtliche zu blicken.

Die Schuld des kleinen dunkelhäutigen Mannes, der in der Mitte des Verhörzimmers saß, war jedoch so offenkundig, dass es sehr schwierig war, dahinter zu sehen. Immerhin saß Smolák nicht zum ersten Mal in einem Verhörzimmer Tobar Bihari gegenüber, und bei fast allen vorherigen Begegnungen hatte sich Bihari als schuldig erwiesen.

Etwa vier Meter von der Stelle entfernt, wo der Beschuldigte auf einen am Boden befestigten Eichenstuhl gefesselt war, hatte man einen Schreibtisch aufgebaut. Zwei uniformierte Polizisten flankierten den gefesselten Mann. Sie hatten ihre Uniformjacken an das Wandregal gehängt und ihre Hemdsärmel bis über die Ellbogen hochgekrempelt. Die Früchte ihrer Bemühungen zeichneten sich bereits in schillernden Farben auf dem Gesicht des gefesselten Verdächtigen ab.

Als Smolák den Raum betreten und sich hinter den Schreibtisch gesetzt hatte, hatten die beiden Polizisten Haltung angenommen und vor dem in Zivil auftretenden Kriminalbeamten salutiert. Der Kapitán las die gesamte Akte, bevor er sich einen Moment Zeit nahm, um den Angeklagten von Kopf bis Fuß zu mustern. Tobar Bihari war klein und drahtig. Sein Anzug war etwas zu groß für ihn, und der billige Stoff unübersehbar, auch wenn der Schneider versucht hatte, ihn nach der neuesten Mode zu gestalten. Das zerzauste Haar des Mannes war pechschwarz, und in seiner Haut schien die Erinnerung an eine ferne Sonne, einen entfernten Subkontinent und eine ferne Zeit nachzuklingen, denn sie war dunkler als die aller anderen Anwesenden im Raum.

Tobar Bihari war, was Smolák bereits wusste, ein *Cikáni*, ein Zigeuner. Allein diese einfache Tatsache hätte bereits genügt, die meisten Polizeibeamten von Plzeň bis nach Košice von seiner Schuld zu überzeugen.

Aber Smolák wusste, dass Vorurteile der schnellste Weg zu einem Fehlurteil waren. Viele Zellen in den Gefängnissen von Pankrac und Ruzyně wurden von dunkelhäutigen Schatten belegt, für die man die hellhäutigen Täter frei herumlaufen ließ.

Ungeachtet seiner Rasse wirkte Bihari trotzdem schuldig. Er sah fast schon zu gut aus, aber während des Verhörs waren seine feinen Gesichtszüge aufgequollen. Eine Wange war übel geschwollen, und auch das Auge darüber schloss sich allmählich. Smolák missbilligte zwar, dass man Verdächtige misshandelte, aber er verzichtete den Polizisten gegenüber auf eine Bemerkung über den Zustand des Gefangenen. Immerhin hatte Bihari einen uniformierten Kameraden mit einem Messer verletzt, und in solchen Fällen gab es eine inoffizielle Vorgehensweise, der alle folgten. Man schickte eine Botschaft an andere Übeltäter.

Smolák hatte Bihari bereits etliche Male verhaftet. Und jedes Mal, ganz gleich, ob er schuldig war oder nicht, hatte Bihari dieselbe Überheblichkeit an den Tag gelegt, denselben arroganten Trotz, den man ihm auch durch Prügel nicht austreiben konnte.

Und bei jeder ihrer vorherigen Begegnungen hatte Smolák festgestellt, dass der Zigeuner verlogen und hinterhältig war, unehrlich bis ins Mark. Trotzdem bewunderte er, wenn auch widerwillig, Biharis Zähigkeit, seine Willenskraft und seinen Mut. Wo andere nur Betrügereien sahen, erkannte Smolák scharfe Intelligenz. Dem Polizeibeamten war mehr als einmal in den Sinn gekommen, dass Bihari möglicherweise etwas wirklich Bedeutendes hätte leisten können, hätte er ein Leben frei von Unterdrückung und Vorurteilen führen können, frei von der zermürbenden Armut seiner Rasse.

Nun jedoch saß ein anderer Bihari vor ihm. Von seiner üblichen Arroganz, seiner Zuversicht und seinem Trotz war nichts zu erkennen. Smolák wusste, dass das nichts mit den Schlägen durch die beiden Polizeibeamten zu tun hatte. Er wusste nicht einmal, ob es etwas mit der Schwere des Verbrechens zu tun hatte, dessen er beschuldigt wurde. Ein Verbrechen, für das er immerhin an den Galgen kommen würde.

Nein, den Willen des Zigeuners hatte etwas anderes gebrochen.

»Ich übernehme ab jetzt.« Smolák deutete mit einem Nicken zur Tür. Die beiden Uniformierten nahmen ihre Jacken und verließen das Verhörzimmer.

»Sie stecken in Schwierigkeiten, Tobar«, sagte er, als er allein mit dem Gefangenen war. »Und zwar in größeren Schwierigkeiten als je zuvor. Das ist Ihnen doch klar, oder nicht?«

Bihari richtete den Blick seiner dunklen Augen auf Smolák. In diesen Augen war nichts von Widerstand zu erkennen, nicht einmal Feindseligkeit. »Ich weiß sehr genau, in was für Schwierigkeiten ich stecke. Und ich weiß nur zu gut, in welcher Gefahr ich schwebe. Das Problem ist, dass Sie es nicht wissen. Sie glauben, Sie wissen es, aber das tun Sie nicht. Denn die Schwierigkeiten, in denen ich stecke, die Gefahr, in der ich mich befinde, geht nicht von Ihnen aus.«

»Wie meinen Sie das?«

»Das können Sie nicht verstehen«, gab der Zigeuner verbittert zurück. »Das können Sie unmöglich verstehen. Sie haben es nicht gesehen …«

»Was habe ich nicht gesehen?«

»Schon gut.« Bihari schüttelte den Kopf. »Wo ist Tsora? Haben Sie sie laufen lassen?«

»Sie sitzt draußen auf dem Flur«, antwortete Smolák. Tsora Mirga war die Frau, die bei Bihari gewesen war, die dem ersten Polizisten, der ihn verfolgen wollte, ein Bein gestellt hatte. »Wir haben auch Fragen an sie.«

»Sie hat nichts damit zu tun. Sie weiß gar nichts.«

»Wenn das so ist, kann sie anschließend jederzeit gehen.« Smolák dachte an die junge Frau, die sie verhaftet hatten. Tsora Mirga war Zigeunerin. Als sie die beiden zur Polizeiwache gebracht hatten und er sie in dem grellen Licht der Eingangshalle gesehen hatte, war Smolák von ihrer dunklen Schönheit beeindruckt gewesen. Sie trug ein eng anliegendes dunkelblaues Kostüm, und ihre Figur und ihr Aussehen passten so gar nicht zu dem hässlichen orthopädischen Schuh an ihrem linken Fuß. »Aber sie hat eine Verhaftung behindert und einen Polizisten angegriffen.«

»Sie ist ein Krüppel. Warum lassen Sie sie nicht einfach in Ruhe?«

»Was ist mit ihrem Fuß nicht in Ordnung?«, wollte Smolák wissen.

»Als ihre Mutter mit Tsora schwanger war, ist sie aus Versehen über ein Grab gegangen. Deshalb wurde Tsora mit einem Klumpfuß geboren.«

»Das ist Aberglaube, Tobar.«

»Das ist der Glaube meines Volkes.« Er lachte kurz und bitter auf. »Wir glauben auch, dass sie dadurch vor dem Teufel sicher ist. Denn ihr Klumpfuß bedeutet, dass er nicht erkennen kann, in welche Richtung sie gegangen ist, wenn er versucht, ihren Fußabdrücken zu folgen.«

»Ich bin an Ihrem Fußabdruck interessiert. Er hat uns direkt zu Ihnen geführt. Warum haben Sie es getan, Tobar?«

»Was? Ich habe nichts getan, aber das werden Sie mir natürlich niemals glauben.« Wieder klang er nicht feindselig und schien auch nicht zu versuchen, sich herauszureden.

Smolák seufzte – das Seufzen eines Beamten, der gezwungen ist, überflüssige bürokratische Maßnahmen zu ergreifen. »Also gut, Tobar, ich verstehe, dass Sie die Frau getötet haben. Von unseren letzten Begegnungen weiß ich, dass Gewalttätigkeit nicht Ihr Stil ist, aber wenn sie Sie überrascht hat, nachdem Sie in ihre Wohnung eingebrochen waren, und Sie beim Stehlen ertappt hat ... Ich kann mir sehr gut vorstellen, wie die ganze Sache aus dem Ruder gelaufen, rapide schlimmer geworden ist. Sie hat angefangen zu schreien, hat Sie vielleicht sogar angegriffen oder versucht, Sie festzuhalten, bis Hilfe eintraf. In der Hitze des Moments, in einer solchen Situation, kann alles Mögliche passieren. Ein Kampf, der plötzlich ausufert, Ihr Versuch, ihr Schreien zu unterbinden, ein falsch eingeschätzter Schlag, oder sie verliert das Gleichgewicht, und bevor Sie sich versehen, wird ein einfacher Einbruch zu einem Mord. Oder zumindest zu einem Totschlag. Das alles kann ich verstehen. Ich kenne das. Man könnte sagen, das ist ein Berufsrisiko. O ja, Tobar, das verstehe ich.«

Smolák machte eine Pause.

»Aber was Sie anschließend mit der Frau gemacht haben, dass Sie sie wie ein Vieh abgeschlachtet haben, dass Sie ihr die Organe aus dem Körper gerissen haben, das alles kann ich nicht verstehen.«

»Ich war das nicht.« Biharis Stimme klang tonlos, wie tot, aber er hatte die Augen zugekniffen, als wollte er irgendetwas ausschließen. »Ich habe nichts davon getan.«

Smolák hatte in der Vergangenheit bei Bihari alle Formen des Ableugnens von Verbrechen gehört, und er spürte, dass es den Zigeuner nicht im Geringsten interessierte, ob Smolák ihm glaubte oder nicht. Und das bereitete dem Kriminalbeamten große Schwierigkeiten. Er fing an, hinter das Offensichtliche zu blicken.

»Erkennen Sie das?« Er legte die kleine Glasperle, die er am Tatort gefunden hatte, auf den Schreibtisch. Der Zigeuner schob den Kopf vor, um den Gegenstand zu erkennen.

»Was ist das?«

Smolák nahm die Perle vom Schreibtisch und ging zu dem Gefangenen. Dann hielt er sie ihm vor das Gesicht und rollte sie zwischen den Fingerspitzen.

»Die habe ich noch nie zuvor gesehen.« Die Stimme des Zigeuners war immer noch tonlos.

»Sie haben diese Perle am Tatort verloren. Alle haben sie übersehen. Selbst ich hätte sie fast übersehen, aber nur fast. Ich wette, wenn wir ihre ganze Wohnung durchsucht haben, dann werden wir noch mehr davon finden. Und selbst wenn wir nur eine finden, eine winzige Glasperle, die zu dieser passt, dann reicht das, um Sie zu hängen.«

»Sie werden mich ohnehin hängen.« Der Mann zeigte immer noch keinerlei Emotionen.

»Warum bewundern Sie den Londoner Ripper so sehr, Tobar? Warum sollte sich ein ungarischer Zigeuner in der Tschechoslowakei für fünfzig Jahre alte Morde in England interessieren?«

Bihari schüttelte den Kopf und zog argwöhnisch die Augen zusammen. »Wovon zum Teufel reden Sie da?«

»Von Jack the Ripper, der ursprünglichen Lederschürze, Ihrer großen Inspiration.« Smolák führte eine Pantomime auf, tat bewundernd und fuchtelte mit den Händen durch die Luft.

»Ich weiß nicht, wovon zum Teufel Sie reden«, antwortete Bihari. Smolák erkannte erneut, dass es seinen Gefangenen überhaupt nicht interessierte, ob er ihm glaubte oder nicht. Er seufzte.

»Also gut, machen wir es einfach: Warum haben Sie Frau Lehmann ermordet, Tobar? Bringen wir die Sache schnell hinter uns. Es gibt keinen Grund, sich weiteren Unannehmlichkeiten von den beiden Uniformierten auszusetzen, die draußen warten. Es ist nicht nötig, dass wir uns alle aufregen und nervös werden. Gestehen Sie einfach, dass Sie sie getötet haben, warum Sie sie getötet haben und warum Sie all die anderen Frauen getötet haben. Vielleicht können wir sogar auf Unzurechnungsfähigkeit plädieren, und Sie werden in ein Irrenhaus gesteckt. Das erspart Ihnen den Strick.«

Bihari sah zu Smolák hoch. Seine Augen waren dunkel und vollkommen ausdruckslos. »Hängen Sie mich! Ich will, dass Sie mich hängen.«

»Warum wollen Sie denn gehängt werden?«

»Weil ich damit nicht länger leben kann. Ich will frei davon sein. Ich will, dass es nur Schwärze gibt, nichts – statt immer diese Bilder im Kopf zu haben, immer und immer wieder.«

»Verstehe«, erwiderte Smolák. »So schreckliche Dinge getan zu haben muss schmerzhaft zu ertragen sein. Warum erzählen Sie mir nicht alles, von Anfang an? Vielleicht hilft Ihnen das.«

»Sie verstehen gar nichts. Sie sind nur ein kleiner Mann mit kleinen Ideen. Ich habe sie nicht getötet. Ich habe diese Frau nicht umgebracht und keine der anderen Frauen. Damit würde ich vielleicht sogar leben können.« Der kleine tapfere Zigeuner lachte. Es war ein schrecklich bitteres, schmerzhaftes Lachen. »Ja, damit könnte ich leben, aber *er* ist es, womit ich nicht leben kann. Mit der Tatsache, dass *er* mich besitzt. Dass *er* mich eines Tages holen wird. Und wenn *das da*…« Er deutete mit dem Kinn auf die Glasperle in Smoláks Hand. »Wenn das da wirklich *ihm* gehört, dann wird er es sich auch holen. Und weil Sie es genommen haben, wird *er* sich auch Sie holen.«

»Wer, Tobar? Wer ist dieser *er*? Über wen reden Sie da?«

Dann sah Smolák etwas, was er bei dem Mann noch nie gesehen hatte: Tobar Bihari fing an zu weinen.

»Ich habe ihn gesehen. Ich habe ihn gesehen, und er hat mich gesehen. Er hat mich gezwungen zuzusehen.«

»Wer, Tobar? Wer?«

»Beng. Beng hat es getan. Er hat sie getötet und hat mich gezwungen, zuzusehen, während er ihr all diese Dinge angetan hat.«

»Wer ist Beng, Tobar? Gehört er auch zu Ihrer Bande? Hat er Sie bei dem Einbruch begleitet?«

Bihari schüttelte den Kopf und sah Smolák dann in die Augen. »Beng ist keine Person. Verstehen Sie das denn nicht? Begreifen Sie nichts? Beng ist der Name unseres Volks für den dunkelsten der finsteren Dämonen. Beng ist der Roma-Name für den Teufel.«

Smolák ging zum Schreibtisch zurück. Das war ein Kniff, um ihm die Möglichkeit zu geben, über Biharis Worte nachzudenken. Ihm wurde klar, dass der Zigeuner verrückt geworden war. Wahrscheinlich hatte er tatsächlich gesehen, wie ein Teufel die Gräueltaten auf der Prager Kleinseite beging – ein Teufel, der ein Teil von Bihari war, den er verleugnete. Smolák verfluchte sich. Die Morde von Wahnsinnigen waren immer die kompliziertesten. Sie erzeugten den größten Papierkram: psychiatrische Gutachten, sich widersprechende Gutachtermeinungen über die Zurechnungsfähigkeit, Statistiken.

Am einfachsten wäre es, wenn er ein direktes Geständnis bekommen könnte.

»Sie wollen also sagen, Sie hätten gesehen, wie jemand anders Maria Lehmann getötet hat?« Smolák setzte sich auf seinen Stuhl und legte die kleine Glasperle wieder vor sich auf den Schreibtisch. »Sie waren also dort, haben Sie aber nicht getötet? Sie haben sich einfach nur zurückgelehnt und zugesehen, wie jemand anders ihr all das angetan hat?«

Tobar Bihari saß angekettet an seinen Stuhl, klein, geprügelt und gebrochen. Er starrte Smolák an, seine Augen weiteten sich vor Entsetzen. Der Zigeuner mochte vielleicht den Kriminalbeamten anblicken, aber er sah jemanden anderen, war irgendwo anders, zu einer anderen Zeit.

»Es war Beng!«, schrie er schließlich. »Ich habe gesehen, wie Beng ihr all das angetan hat. Und Beng hat mich gezwungen, zuzusehen.« Er fing an zu zittern. Das war nicht der trotzige Tobar Bihari, den Smolák kannte.

»Also gut, Tobar«, sagte er ruhig. »Erzählen Sie mir doch die ganze Geschichte von Anfang an. Die reine Wahrheit, so wie Sie sie sehen. Fangen Sie ganz vorne an und lassen sie nichts aus.«

12

In Professor Románeks Geschichtenerzähler-Stil hatte jeder Patient einen Spitznamen, mit dem er die Fallakten überschrieb. Die erste der »Satanischen Sechs«, die Viktor kennenlernen sollte, war »Die Vegetarierin«.

Das Krankenzimmer, in dem Hedvika Valentová eingesperrt wurde, war genauso, wie Platner die Suiten beschrieben hatte. Sie glichen eher einem Privatquartier als einer Irrenhauszelle. Auch hier hingen beruhigende, nicht gegenständliche Bilder an den Wänden, es gab einen gemütlichen Lehnstuhl, ein Sofa und einen Kaffeetisch. Unter dem vergitterten Burgfenster stand ein Sekretär samt Stuhl. Viktor bemerkte, dass der Sekretär keinerlei Papier oder Schreibutensilien enthielt, aber seine Position bot einen beruhigenden Blick auf die tiefe bewaldete Schlucht unter der Burg und über die Landschaft der mittelböhmischen Ebene. Vom Wohnzimmer gingen zwei Türen ab. Die eine führte ins Schlafzimmer der Patientin, die andere in ein Badezimmer.

Auf den ersten Blick und abgesehen von den Gitterstäben hinter dem Fenster und dem Fehlen einer Küche wirkte das alles wie ein zwar kleines, aber vollkommen normales Apartment. Erst als er genauer hinsah, bemerkte Viktor, dass die Gemälde nicht einfach nur an den Wänden hingen, sondern dort befestigt waren. Zudem waren alle Möbelstücke ungewöhnlich robust und vollkommen unbeweglich. Man hatte sie in den Steinboden geschraubt. In das Fensterglas war ein feiner Maschendraht eingearbeitet, der verhinderte, dass man es in Scherben schlagen konnte. Nichts in diesem Raum konnte zerbrochen und als Waffe benutzt werden, um Angestellte oder Patienten zu verletzen.

Doch das verstörendste Element in diesem Raum war die Patientin selbst. Wahnsinn, auch gewalttätiger Wahnsinn konnte in jedem Gefäß enthalten sein. Es gab keinen Typus des Wahnsinnigen. Aber es verblüffte Viktor, was für ein unwahrscheinliches Gefäß Hedvika Valentová war.

Frau Valentová war eine sehr dünne, moralinsauer wirkende Frau um die vierzig. Eine dieser Frauen, an der man auf der Straße vorbeigehen würde, ohne sie zu bemerken. Sie trug einen schlichten Rock, eine Bluse und eine Weste und hatte die Ausstrahlung einer provinziellen Schulmeisterin. Ihre Wangen waren eingefallen, und ihre Augen lagen tief in den Höhlen, was eher auf Unterernährung als auf eine natürliche Neigung zur Schlankheit hindeutete. Bevor sie das Quartier der Patientin betreten hatten, hatte Professor Románek erklärt, dass Frau Valentovás extrem spezielle Haltung ihrer Ernährung gegenüber ihre Betreuer vor, wie er es ausdrückte, »erhebliche Probleme« stellte.

Als sie hineingingen, saß Hedvika Valentová stocksteif und wie sprungbereit auf dem Rand ihres Sofas. Ihre Haltung glich der eines Vogels, und Viktor konnte sich einfach nicht vorstellen, warum diese hausbackene, unscheinbare und zarte Frau zu den »Satanischen Sechs« gezählt wurde.

Sie sah zu den beiden Ärzten hinüber, als diese eintraten, bevor sie den Blick wieder auf den Boden vor sich richtete. Sie spielte nervös mit den Fingern in ihrem Schoß.

Professor Románek stellte Viktor vor und erklärte, dass er von jetzt an ihre Behandlung übernehmen würde.

»Was ist mit Dr. Slavomír passiert?« Sie klang aufgeregt, sprach aber leise und ruhig.

»Dr. Slavomír ist nicht mehr bei uns«, erklärte Románek. »Vielleicht erinnern Sie sich noch daran. Dr. Kosárek wird sich wirklich sehr gut um Sie kümmern. Ich versichere Ihnen, dass er einer der besten jungen Doktoren in der Tschechoslowakei ist.«

»Ich freue mich bereits darauf, mit Ihnen zu arbeiten«, sagte Viktor. »Ich wende neue Methoden an, die uns helfen werden,

Ihren Problemen auf den Grund zu kommen …« Er erklärte mit laienhaften Begriffen die Prinzipien und Theorien hinter seiner von Beruhigungsmitteln gestützten Hypnosetherapie. Als er fertig war, blickte Frau Valentová weiterhin auf den Boden. Schließlich sah sie Románek an; Röte stieg von ihrem Hals in ihre Wangen.

»Ich sollte mich wirklich beschweren«, protestierte sie etwas verlegen. Es war klar, dass es ihr schwerfiel, sich zu behaupten. »Ich sollte mich wirklich überaus nachdrücklich beschweren.«

»Über die Behandlung, die Dr. Kosárek vorgeschlagen hat?«, erkundigte sich Románek.

»Das kümmert mich nicht.« Ihr Blick richtete sich wieder zu Boden. »Ich brauche keine *Behandlung* – ich habe keine Probleme, bis auf meine Missstimmungen, die daher rühren, dass man mir das Gift von Fleisch zu essen gibt. Würde man mich richtig ernähren, könnte ich für mich selbst kochen, dann verflöge meine schlechte Laune. Und meine schlechte Laune ist es doch, die Ihnen Sorgen bereitet, habe ich recht?«

»Das schon wieder, Frau Valentová?« Románek klang leicht gereizt. »Wir versuchen, Ihren Speiseplan so gut wie möglich nach Ihren Bedürfnissen …«

»Fett«, fiel sie dem Professor ins Wort.

»Wie bitte?«

»Es ist sinnlos, mich vegetarisch zu ernähren, wenn die Gemüse in Tierfett gebraten werden. Das ist ekelhaft. Ich musste heute meinen Magen zweimal leeren, um das loszuwerden.«

»Ich werde dem nachgehen.« Románek schien seine Geduld wiedergefunden zu haben und stand auf. »Und jetzt muss ich Dr. Kosárek seinen anderen Patienten vorstellen.«

»Ich fürchte, Sie haben da eine Menge Arbeit vor sich«, meinte Románek, als sie wieder im Korridor der Krankenstation standen. Viktor und sein Arbeitgeber nahmen ihre Habseligkeiten wieder an sich, die Stifte, Bleistifte, Münzen und anderen losen Gegenstände, die sie auf die Metalltabletts im Flur gelegt hatten, bevor sie die Suite von Frau Valentová betreten hatten.

»Ist das wirklich nötig?«, erkundigte sich Viktor. »Muss ich wirklich alles, was ich bei mir trage, hier deponieren, bevor ich zu ihr gehe? Sie erscheint mir nicht gerade als große körperliche Bedrohung.«

Professor Románek drehte sich zu Viktor herum. Seine Miene war uncharakteristisch ernst. »Ich fürchte, mein lieber Dr. Kosárek, Ihnen droht dieselbe Fehleinschätzung zu unterlaufen, der Ihr Vorgänger bedauerlicherweise zum Opfer gefallen ist. Sie dürfen niemals, auf keinen Fall, mit etwas, was als Waffe benutzt werden kann, diesen Raum betreten.«

»Dann hat sie Slavomír mit dem Bleistift das Auge ausgestochen?«

Románek nickte. »Sie glaubte, er hätte sie lüstern angesehen. ›Mit einem Verlangen nach meinem Fleisch‹, wie sie es ausdrückte. Sein Auge hat sie beleidigt, also hat sie es ihm ausgestochen.«

»Das Auge war vollkommen verloren?«

»Das kann man wohl sagen. Als die Pfleger, alarmiert von Dr. Slavomìrs Schreien, in die Suite stürmten, hatte sich unsere ach so zimperliche ›Vegetarierin‹, Frau Valentová, Slavomírs Auge bereits geschnappt und es verschluckt.«

13

Ich hatte da so eine Idee.« Tobar Bihari machte eine Pause, dann weiteten sich seine Augen plötzlich verstehend. »Nein, so war es nicht. Ich erinnere mich jetzt, jemand hat mir diese Idee eingepflanzt. Eine neue Methode, mehr zu erbeuten, bei weniger Risiko. Jetzt verstehe ich es, jetzt kapiere ich. Das muss *er* gewesen sein! Ich habe bis jetzt gar nicht darüber nachgedacht – aber es muss Beng gewesen sein, der mir diese Idee eingepflanzt hat! Er kam in dieser Nacht aus den Schatten und hat mir die Idee in den Kopf gepflanzt! Mein Gott, es war er, die ganze Zeit, begreifen Sie das nicht?«

»Beruhigen Sie sich, Tobar. Atmen Sie tief durch.« Smolák wusste, dass er den kleinen Dieb auf der Spur halten musste. Er musste verhindern, dass er anfing, wirres Zeug zu reden. »Was für eine Idee? Und wessen Idee war es?«

Bihari beruhigte sich, aber Smolák spürte trotzdem, dass der kleine Mann vor Angst wie unter Strom stand. »Ich war in dieser Bar in Vršovice, einem *Skopčáci-Ort, deutsch*, verstehen Sie? Der Wirt hat mich rausgeworfen, als er gemerkt hat, dass ich Zigeuner bin. Er meinte, Abschaum wie mich wollte er in seiner Kneipe nicht. Er hat sich ziemlich aufgespielt, weil er ein paar von seinen deutschen Freunden als Verstärkung dabei hatte. Also bin ich verschwunden. Doch kaum war ich draußen, da ist dieser Kerl aus dem Schatten aufgetaucht. Ich habe mich schon kampfbereit gemacht, aber der Bursche sagte einfach nur, er hätte gehört, was passiert war. Ich sollte nicht zulassen, dass die Deutschen so mit mir reden. Ich sollte es ihnen heimzahlen. Ich weiß wirklich nicht, was dieser Kerl in einer deutschen Kneipe zu suchen hatte, weil er sie wirklich zu hassen schien. Jedenfalls sagte er, er hätte gesehen, wie sie mich rausgeworfen hätten, und wäre mir gefolgt. Er meinte, er würde mich kennen, wüsste nur nicht mehr woher. Wir kamen ins Reden, und er sagte, er wüsste, dass ich ›im Geschäft‹ bin. Dann hat er mir von dieser Möglichkeit erzählt, wirklich große Beute zu machen, weil er selbst ebenfalls ›im Geschäft‹ wäre. Nur hat er überhaupt nicht so ausgesehen wie ein Taschendieb oder Einbrecher.«

»Wie hat er denn ausgesehen?«

»Er war ziemlich groß, das ist das Einzige, was ich sicher sagen kann. Sehr groß und irgendwie etwas ungelenk. Er trug einen langen schwarzen Mantel, der zu groß für ihn zu sein schien. Es war dunkel draußen, und er hatte einen Hut tief in die Stirn gezogen. Soweit ich sehen konnte, schien er jedoch dringend ein Bad und eine Rasur zu benötigen. Seine Kleidung war nicht billig, aber es sah aus, als hätte er darin geschlafen.«

»Und Sie haben einen Namen von ihm bekommen?«

»Vielleicht…« Bihari runzelte die Stirn. »Ich kann mich nicht daran erinnern. O Gott! O Gott, er war es… Das war auch Beng. Ich hätte es schon daran erkennen müssen, wie er einfach aus dem Schatten aufgetaucht ist.«

»Bleiben Sie ruhig, Tobar. Erzählen Sie mir einfach, was er gesagt hat.«

»Er sagte, er wüsste alles über mich und dass ich die ganze Sache falsch anfinge. Jedes Mal, wenn ich jemanden bestehle, würde ich ein sehr großes Risiko für wenig Profit eingehen. Ganz gleich, wie gut ich darin wäre, sagte er, ich würde bei jedem fünften oder sechsten Mal von meinem Opfer bemerkt. Und dann sagte er, dass ich bei jedem fünften oder sechsten Mal, bei dem ich aufflöge, von der Polizei erwischt würde. Deshalb ist es ja am besten, in großen Menschenmengen zu arbeiten. Man kann schnell verschwinden und sich das nächste Opfer suchen. Aber es ist riskant, das stimmt. Also hat er mir seine Idee geschildert: Er meinte, ich wäre ein guter Taschendieb und wüsste, wie ich ein Haus oder eine Wohnung ziemlich schnell auf den Kopf stellen könnte. Dann wäre es doch besser, sich die Opfer genauer auszusuchen? Er meinte, wenn man schon so lange ein Taschendieb wäre wie ich, dann würden die Finger zu Augen in den Manteltaschen und Taschen der anderen Menschen werden. Man wüsste, was drin ist und was sich zu stehlen lohnt. Seine Idee sähe jetzt so aus, dass ich alles drinlassen sollte: Ich sollte weder Bargeld noch Brieftaschen noch Geldbörsen stehlen. Ich sollte nur Schlüssel entwenden. Er meinte, wenn die Schlüssel fehlen, aber die Brieftasche oder Geldbörse noch drin wäre, würde man nicht auf die Idee kommen, beraubt worden zu sein. Ich meine, jeder nimmt an, dass ein Dieb einem das Geld stiehlt, nicht einfach nur die Hausschlüssel. Nein, man glaubt nicht, dass man bestohlen wurde, sondern man vermutet, dass man seine Schlüssel verloren hat.«

»Bis jemand in die Wohnung einbricht«, warf Smolák ein.

»Genau. Er meinte, sobald ich die Schlüssel hätte, sollte ich dem Opfer bis zu seiner Wohnung folgen, dann bis zum Abend warten oder wann die Wohnung sonst leer ist, und sie dann ausrauben. Und ich könnte mich mit dem Schlüssel selbst in die Wohnung einlassen.«

»Warum sind Sie dem Rat dieses vollkommenen Fremden gefolgt?«, wollte Smolák wissen. Er glaubte kein einziges Wort dieser Geschichte, aber was ihn bekümmerte, war, dass Bihari wirklich überzeugt zu sein schien, dass er die Wahrheit sagte.

Bihari nickte. »Ich beschloss, an Markttagen am Malostranské Náměstí zu arbeiten, wenn der Platz voller reicher Deutscher ist.«

»Sie haben sich Deutsch-Tschechen als Opfer ausgesucht? Warum? Hegen Sie einen besonderen Groll gegen sie?«

»Nein.« Bihari schüttelte den Kopf. »Nein, damit hat es nichts zu tun, sondern damit, dass sie reicher sind, jedenfalls die meisten von ihnen. Bei ihnen gibt es mehr zu stehlen. Außerdem wird der Markt auf dem Platz abgehalten, und es laufen sehr viele Menschen herum. Sie stoßen und schubsen sich ständig, und das sind ideale Bedingungen für einen Taschendieb. Also habe ich mich jeden Tag unter die Kunden des Malá-Strana-Markts gemischt und sogar ab und an Gemüse gekauft. Dabei habe ich nach möglichen Opfern Ausschau gehalten, Sie wissen schon, nach denen, die am reichsten aussahen. Wenn ich einen ausgemacht habe, habe ich ihm den Schlüssel gestohlen. Dann habe ich gewartet, bis sie den Markt verließen, und bin ihnen zu ihrem Haus gefolgt. Ich habe gewartet, bis sie ins Bett gegangen sind, und habe dann ihre Wohnung durchsucht. Das habe ich mehr als ein halbes Dutzend Mal gemacht. Und es hat sich jedes Mal gelohnt. Ich habe noch nie so viel Beute gemacht. Und es war vor allem so einfach.«

»Und so sind Sie in Maria Lehmanns Wohnung gekommen?«

»Ich hatte sie auf dem Markt in Malostranské Náměstí gesehen. Schon an ihrer Kleidung konnte ich erkennen, dass sie wohlhabend war. Und ich habe auch gemerkt, dass sie allein war. An einem Gemüsestand hat sie sich Gemüse ausgesucht, und ihre Handtasche war offen. Ich konnte nah genug an sie herankommen, um ihre Schlüssel zu stehlen. Sie hatte noch eine Geldbörse und andere Sachen in der Tasche, aber ich habe nur die Wohnungsschlüssel gestohlen. Dann bin ich ihr über den Markt gefolgt, bis sie zu ihrem Wohnhaus zurückgekehrt ist. Wie sich herausstellte, ein recht vornehmes Haus in der Sněmovní Straße. Ich habe sie beobachtet und mich ziemlich amüsiert, während sie nach ihren Schlüsseln gesucht hat, um die Haustür zu öffnen. Sie hat überall gesucht, sogar auf dem Boden um sich herum, um nachzusehen, ob sie die Schlüssel vielleicht fallen gelassen hätte. Schließlich hat sie geklingelt. Ich nehme an beim Hausmeister. Jedenfalls hat er die Tür geöffnet und sie hereingelassen. Ich stand an einer Ecke auf der anderen Straßenseite und habe alles beobachtet.« Er schüttelte wieder den Kopf.

»Ins Haus zu kommen war natürlich eine Sache, aber sie hatte keine Schlüssel für ihre Wohnung. Also habe ich abgewartet, ob sie einen Schlosser rufen würde. Sollte einer kommen, musste ich aufgeben. Alle Schlüssel für das Gebäude nützten nichts, wenn sie das Schloss von ihrer Wohnung ausgetauscht hatte. Aber ich setzte darauf, dass der Hausmeister Ersatzschlüssel für alle Wohnungen hatte. Ich wartete eine Stunde, dann noch eine. Bei so einer lohnenden Beute lohnte sich das Warten.«

»Beute?«, unterbrach ihn Smolák. »Sie meinen die Frau? War sie Ihre Beute?«

»Die Frau?« Bihari runzelte verwirrt die Stirn. »Sie hat mich nicht interessiert. Ich war hinter keiner Frau her, aber ich wusste, dass sie ein reiches deutsches Miststück war. Ihre Habe hat mich interessiert, nicht sie.«

»Wenn das stimmt – warum haben Sie da nichts gestohlen? Außer vielleicht eine von denen…« Er deutete auf die Glasperle auf dem Schreibtisch.

»Ich habe Ihnen schon gesagt, dass ich darüber nichts weiß. Ich habe sie zuvor auch noch nie gesehen. Ich habe nichts aus der Wohnung mitgenommen, weil *er* dort war.«

»Sie meinen Beng? Ihren Zigeuner-Teufel?«

»Ich weiß, was Sie glauben, aber er war Beng, er war der Teufel. Kein Mensch kann so böse sein. Kein menschliches Wesen kann einem anderen so etwas antun. Mir ist klar, dass Sie mich für verrückt halten oder glauben, dass ich mir das alles ausdenke, aber es stimmt. Es ist alles wahr. Und mittlerweile glaube ich auch, dass er das in dieser Nacht vor der Kneipe in Vršovice gewesen sein muss.«

»Erzählen Sie mir, was passiert ist. Erzählen Sie mir alles, woran Sie sich erinnern.«

»Ich habe bis Mitternacht gewartet, vielleicht sogar bis kurz vor ein Uhr. Jedenfalls habe ich erst gehandelt, als die Lichter mindestens eine halbe Stunde gelöscht waren. Dann bin ich in die Wohnung gegangen. Ihre Wohnung ging über zwei Stockwerke: Es waren die beiden obersten Stockwerke des Wohnhauses. Mir war klar, dass die beste Beute, der Schmuck, in ihrem Schlafzimmer sein würde, aber ich habe mit den unteren Räumen angefangen. Es ist immer sehr riskant, ein Schlafzimmer zu betreten, in dem jemand schläft. Ich dachte, ich würde in dem Rest der Wohnung genug finden, ohne dieses Risiko eingehen zu müssen. Das Geheimnis ist, nicht alles mitzunehmen, wissen Sie, selbst wenn alles wertvoll ist.«

Er hob die Hände. »Ich habe einen kleinen Koffer mitgebracht, wie die Aktentasche eines Geschäftsmannes. Allzu viel würde dort nicht hineinpassen, und außerdem wollte ich mich auch nicht zu sehr beladen. Sie wissen ja selbst, wie ihr Polizisten so seid. Wenn ich mitten in der Nacht mit einem schweren Koffer herumlaufen würde, würde euch das anziehen wie Scheiße die Schweine. Jedenfalls ist das Geheimnis, sich die Rosinen herauszupicken, selbst wenn alles andere auch lecker schmeckt. Aber man nimmt sich nur die besten Stücke. Und das andere war, dass ich dort so schnell wie möglich wieder raus wollte. Denn kaum hatte ich einen Fuß in die Wohnung gesetzt, beschlich mich dieses wirklich üble Gefühl.«

»Was für ein übles Gefühl?«

»Dass schon jemand anders da war. Etwas anderes. Man arbeitet im Dunkeln und hat nur eine kleine Taschenlampe, die Licht spendet, und manchmal tanzen die Schatten um einen herum. Deine Augen und deine Nerven spielen dir einen Streich. Man glaubt, dass der Schatten sich sonderbar bewegt, dabei ist es nur die Taschenlampe. Aber in dieser Wohnung – ich weiß nicht. Ich hatte einfach das Gefühl, als würden die Schatten sich bewegen. Ich meine, wirklich bewegen. Und außerdem habe ich gespürt, dass man mich beobachtet. Sie kennen das, das ist so ein Gefühl in ihrem Hinterkopf.« Er sah Smolák kurz an.

»Jedenfalls war ich im Wohnzimmer und durchsuchte einen Sekretär. Schon bald wurde mir klar, dass ich den Hauptgewinn gemacht hatte. Bargeld. Man braucht keinen Hehler, wenn man so viel Bargeld erbeutet. Es gab ein dickes Geldbündel mit Hundertern, eines mit Fünfhundertern und sogar ein paar Tausend-Kronen-Scheine. Als ich sie sah, wusste ich, dass ich auf eine

Goldmine gestoßen war und nichts anderes mitnehmen musste. Das war bisher mein lohnendster Raubzug.«

»Aber das Bargeld war da, in dem Sekretär, als man die Leiche gefunden hat. Warum haben Sie es nicht eingesteckt?« Als Smolák die Frage stellte, sah er, wie den kleinen Zigeuner etwas durchfuhr wie ein kalter Stromschlag: eine so intensive Angst, dass es selbst den Polizisten kalt überlief.

»Ich glaubte, ein Schatten hätte sich bewegt, und drehte mich herum, wirklich ganz schnell. Und da war er. Er stand einfach nur im Dunkeln, als hätte er Form aus den Schatten angenommen, und beobachtete mich.«

»Beschreiben Sie ihn mir.«

»Er war Beng.« Bihari begann wieder zu zittern. Die Handschellen um seine dünnen Handgelenke klapperten. »Wie soll man den Teufel beschreiben?«

14

Lukáš Smolák kam hinter seinem Schreibtisch hervor, nahm eine Zigarette aus dem Kästchen, schob sie dem Zigeuner zwischen die Lippen und zündete sie an. Bihari sog gierig an der Zigarette. Da er an den Stuhl gefesselt war und die Zigarette nicht halten konnte, erforderte das Rauchen eine gewisse Konzentration. Er bog den Kopf zurück, damit der Rauch nicht in seine Augen stieg. Das hatte genau den Effekt, den Smolák beabsichtigt hatte, nämlich Bihari zu entspannen und ihn von seiner Angst abzulenken.

Einen Moment später griff Smolák nach der Zigarette. Bihari nickte, als Zeichen, dass er sie ihm aus dem Mund nehmen sollte. Er zitterte zwar immer noch, aber die Heftigkeit hatte nachgelassen.

»Hören Sie mir zu, Tobar.« Smolák setzte sich auf den Rand des Schreibtisches. »Ich weiß nicht, was Sie gesehen haben oder zu sehen geglaubt haben, aber es war jedenfalls nicht der Teufel. Wenn wirklich jemand anders in der Wohnung war, dann ist Ihre beste Möglichkeit, sich vor dem Strick zu retten, wenn Sie mir eine genaue Beschreibung geben.«

Bihari nickte. »Er war groß. Seine Kleidung konnte ich nicht sehen, weil er eine Lederschürze darüber trug und zudem Lederhandschuhe, die bis zum Ellbogen reichten. Die Schürze und die Handschuhe waren mit dunklen Flecken übersät. Einige dunkler als andere. Einige waren schwarzbraun, andere rötlich braun. Es waren alles alte Blutflecken, die in das Leder eingedrungen und getrocknet waren. Ich konnte es sogar riechen: Er strahlte einen Geruch von Tod und altem Blut aus.«

»Sein Gesicht, Tobar. Beschreiben Sie sein Gesicht.«

Der Zigeuner zitterte nun noch stärker. Eine Träne lief ihm über die Wange. Als er sprach, war seine Stimme nur noch ein verängstigtes Flüstern. »Sein Gesicht… sein Gesicht war das Gesicht des Teufels. O Gott, hilf mir! Bitte Gott, steh mir bei!«

»Wie sah sein Gesicht aus?«, setzte Smolák nach.

»Das habe ich Ihnen doch gesagt! Es war das Gesicht des Teufels. Ein langes dunkelgraues Gesicht mit einem schrecklichen Grinsen, das spitze Zähne zeigte. Aus seinem Kopf kamen dunkler Hörner. Wie die Masken, die die Deutschen um die Weihnachtszeit tragen.«

»Perchtenmasken?«

»Ja, genau«, sagte Bihari. »Wie der Krampus.«

»Er hat also eine Maske getragen?«

»Eine Maske?« Bihari dachte angestrengt nach. »Eine Maske… Ich weiß nicht, vielleicht war es eine Maske. Aber ich dachte, es wäre sein Gesicht.«

»Und was ist dann passiert?«

»Ich bin erstarrt. Ich hatte so große Angst. Ich hätte am liebsten geschrien, und das habe ich auch versucht. Aber kein Laut kam aus meinem Mund. Ich wollte weglaufen, konnte mich aber nicht rühren. Dann kam er auf mich zu. Er trat aus den Schatten heraus; es war fast so, als würden sich die Schatten mit ihm bewegen. Er zog unter seiner Schürze ein Messer heraus, ein großes langes Messer, eines, mit dem man Tiere schlachtet. Er trat vor und packte meine Kehle. Er hatte lange, sehr dünne und sehr kalte Finger, fast als bestünden sie nur aus Knochen. Er war sehr stark, und sein Griff war so fest, dass ich keine Luft bekam. Und als ich dann schließlich doch atmen konnte, roch es nach altem Blut, wie Tod. Es war dieser Geruch von seinen Lederhandschuhen und seiner Schürze. Er sah mich an, sah in mich hinein, in meinen Kopf. Er sah mich an und erkannte alles, was ich bin.« Bihari verstummte und sammelte sich kurz, als die Erinnerung ihn zu überwältigen drohte. Die Handschellen klapperten immer noch, weil er so zitterte.

»Er drückte mir die Messerspitze in die Wange, und zwar unmittelbar unter meinem Auge. Ich fühlte das Blut in meinen Augen, wie Tränen. Dann sagte er, er würde mir vielleicht die Augen als Souvenir herausschneiden. Weil er solche Dinge sammelte.«

»Was ist dann passiert?«

»Er hat mich gehen lassen. Er sagte, ich dürfte meine Augen behalten, weil er etwas hätte, was sie sehen und woran sie sich für immer erinnern sollten. Ich sollte es bezeugen, sagte er. Er meinte, wir hätten etwas zu erledigen, er hätte etwas zu erledigen, und ich müsste zusehen. Also gingen wir in das Schlafzimmer hinauf zu der Frau.«

»Also sind Sie einfach mit ihm gegangen?«

»Sie verstehen das nicht.«

»Im Gegenteil, Tobar, ich glaube, ich verstehe sehr gut. Erzählen Sie weiter, was passiert ist.«

»Das wissen Sie doch! Sie haben gesehen, was passiert ist. Sie haben gesehen, was er dieser Frau angetan hat!« Er ließ den Kopf hängen und seine Schultern zuckten heftig unter seinem Schluchzen.

»Also ist dieser Mann mit der Teufelmaske der Mörder, nicht Sie, wollen Sie das sagen?«, fragte Smolák. »Obwohl Sie zugegeben haben, dass Sie Maria Lehmanns Hausschlüssel gestohlen und damit in ihre Wohnung eingebrochen sind, und obwohl es keinerlei Beweise dafür gibt, dass noch jemand anders in der Wohnung gewesen ist. Wir haben nur Ihre Fingerabdrücke gefunden, keine anderen.«

»Meine Handschuhe. Er hat mich gezwungen, die Handschuhe auszuziehen und Dinge zu berühren. Er hat mich sogar gezwungen, sie zu berühren. Ich musste neben dem Bett stehen.«

»Diese Frau, Maria Lehmann, hat sie zu diesem Zeitpunkt noch gelebt?«

»Sie hat geschlafen.«

»Reden Sie weiter …«

»Beng hat sich vorgebeugt und angefangen, mir ins Ohr zu flüstern. Er hat all diese schrecklichen Dinge gesagt.«

»Was für Dinge?«

»Er hat mir gesagt, sie wäre nur eine *Fotze*. Das ist ein deutsches Wort. Ein böses Wort. Wissen Sie, was es bedeutet?«

»Ja, ich weiß, was das bedeutet.«

»Er hat gesagt, sie wäre eine *Fotze* und hätte alles verdient, was ihr zustoßen würde. Dann hat er mir beschrieben, was er mit ihr machen wollte, all das, was ich beobachten musste. Er meinte, ich würde lernen, wie man eine lebendige Seele fängt. So drückte er es aus. Wenn man ihre Augen beobachtete, wenn das Leben aus ihnen wich. Wie es riecht, schmeckt, wie es sich anfühlt, sie aufzuschneiden, alles aus ihr herauszuholen.«

»Und warum hat er ihr das alles angetan? Hat er Ihnen das auch erzählt?«

»Er sagte, sie würde ihm nach dem Tod noch dienen.«

»Was sollte das heißen?«

»Er meinte, dass niemand ewig lebt und auch niemand ewig tot ist. Man kommt immer wieder zurück. Aber er sagte auch, es gebe einen Ort nach dem Tod, einen Ort zwischen den Leben, so nannte er es. Dort würde man sich länger aufhalten. Er sagte, er würde dort Sklaven sammeln – Seelen, die ihm dort dienten.«

»Und die ganze Zeit haben Sie nicht versucht, ihn aufzuhalten?«

Biharis Schultern bebten, als er von krampfhaften Schluchzern geschüttelt wurde. »Ich habe es versucht, das können Sie mir glauben. Ich habe ihn immer wieder angefleht, ihr das nicht anzutun. Er sagte mir, ich könnte sie davor retten, meinte, er würde sie in Ruhe lassen und sie könnte ihr Leben fortsetzen. Wenn ich an ihrer Stelle sterben würde. Er sagte, dass er mich schnell töten würde, weil er kein Interesse daran hätte, hinterher irgendwelche Dinge mit meiner Leiche anzustellen. Er meinte, mein Leben wäre wertlos, aber ich könnte ihm Bedeutung verleihen, wenn ich diese Frau rettete.«

»Aber das haben Sie nicht getan.«

Wieder schluchzte der Mann. »Ich hatte Angst. Ich wollte nicht sterben. Also hat er mich gezwungen zuzusehen. Er sagte, der Preis für mein Leben wäre es, ihm bei der Arbeit zuzusehen.«

»Sie hätten ihn aufhalten oder es versuchen können. Sie hätten zumindest weglaufen und Alarm schlagen können.«

»Das konnte ich nicht. Ich konnte es einfach nicht. Sie verstehen das nicht, ich war vollkommen hilflos. Er hatte eine Art, er hatte Macht über mich, als wäre ich paralysiert. Und er hat mich gezwungen zuzusehen. Er meinte, nur aus diesem Grund hätte er mir meine Augen gelassen. Damit ich es bezeugen könnte. Er sagte mir, wenn ich den Blick abwendete oder die Augen schlösse, würde er mir die Augenlider abschneiden.«

»Also haben Sie zugesehen?«

»Er hat mich gezwungen zuzusehen!« Bihari wurde nun fast hysterisch. »Gott hilf mir, Beng hat mich gezwungen, zuzusehen! Der Teufel hat mich zusehen lassen!«

15

Es gab unterschiedliche Strukturen des Wahnsinns, wie Viktor wusste. Die Große Traurigkeit konnte jede beliebige eines nahezu unendlichen Bereichs von Formen annehmen. War ein Verstand in einer Hinsicht zerbrochen oder brach er zusammen, dann errichtete das Unbewusste hastig ein Gerüst, welches dann zu einer Festung oder einer Verteidigungsmauer verstärkt wurde. Einige dieser versammelten Strukturen, die wir alle bis zu einem gewissen Maße besaßen, waren durchaus gesund: verstärkte Hilfe- und Schutzmaßnahmen, die uns helfen, mit emotionalen oder körperlichen Traumata fertigzuwerden.

Andere dagegen wuchsen sich zu fast schon grotesken Formen aus. Sie wurden zu starken Deformationen der Persönlichkeit. Und manche davon türmten sich sogar zu großen, dunklen Palästen des Wahnsinns auf, die den Verstand überwältigten: monströse Schlösser, die den Blick in alle Richtungen beschatteten und verzerrten.

Solche Architekturen des Wahnsinns ließen sich auf alle Fälle anwenden, die im Hrad Orlů eingesperrt waren. Jeder der »Satanischen Sechs« hatte einen anderen Wahnsinn um irgendeinen uralten Defekt herum konstruiert. Einige waren komplexer als andere. Aber allesamt waren sie monumental.

Und jeder von ihnen trug einen Spitznamen auf der Patientenakte. Nach seiner Begegnung mit *Der Vegetarierin*, Frau Valentová, hatte Románek Viktor auch die anderen fünf Patienten vorgestellt.

Der Holzschnitzer war Pavel Zelený aus Schlesien, der ein einfacher Holzfäller von Beruf gewesen war. Er hatte seine Gräueltaten mit seinem Handwerkszeug begangen, mit einer Axt.

Man hatte Viktor gewarnt: Pavel Zelený neigte zu unberechenbaren Gewaltausbrüchen. Deshalb hatten zwei Pfleger ihn und Románek in die Suite des Mannes begleitet.

Der nächste Patient war fügsamer. Leoš Mlàdek firmierte unter dem Spitznamen *Der Clown*. Er war ein kleiner, fast kindlicher Mann, der sanftmütig und unschuldig wirkte. Er war zuvor ein erfolgreicher Zirkusclown gewesen, der durch die Tschechoslowakei, Ungarn, Österreich, Süddeutschland und Polen getourt war.

Der Vierte der »Satanischen Sechs« war *Der Totenbeschwörer* – Professor Dominik Bartoš. Er war ein bekannter Wissenschaftler, der bahnbrechende Forschungen auf dem Gebiet der Quantenphysik durchgeführt hatte. Sein gewaltiger Intellekt hatte sich in einem Labyrinth aus abstrakten und obskuren Ideen verloren, was zu seiner unerschütterlichen Wahnvorstellung führte, er könnte mit den Toten kommunizieren.

Der Glassammler war Michael Macháček, ein Egomane, dessen berühmte Fachkenntnis über böhmisches Glas sich zu einer tödlichen Fixierung gesteigert hatte.

Jedes Vorstellungsgespräch war nur kurz, und die Patienten waren fügsam gewesen, ohne sonderlich kooperativ zu sein. Die letzte Begegnung jedoch erforderte größte Vorsicht: Es handelte sich um Vojtěch Skála, den sechsten der »Satanischen Sechs«.

Der Dämon.

Skála hatte eine ganze Station für sich und bewohnte Suite sechs. Seine Suite war am weitesten von der verstärkten Stationstür und dem Hauptkorridor entfernt.

»Skála war ursprünglich in der Isolations-Suite untergebracht«, erklärte Románek, als sie sich darauf vorbereiteten, Skálas Quartier zu betreten. »Seine Form des Wahnsinns ist die bösartigste und ansteckendste, daher trennen wir ihn so gut wie möglich von den anderen.«

Viktor nickte. Er wusste, dass Vojtěch Skála einen Glauben hatte, der ebenso stark war wie der des hingebungsvollsten Klerikers. Nur glaubte Skála an die Macht des reinen Bösen. Er glaubte, dass das Böse die mächtigste Macht des Universums war, und er hatte seine Phantasien der ultimativen Grausamkeit auf die entsetzlichsten Arten und Weisen ausgelebt, die vorstellbar waren.

Skálas Psychosen waren die tiefsten und finstersten der Sechs des Satans. Und aus genau diesem Grund war das Monster in Patienten-Suite Nummer Sechs Viktors größte Hoffnung, dass es ihm gelang, das, was er suchte, im Unbewussten zu isolieren.

Den Teufels-Aspekt.

»Sind Sie bereit?«, fragte Professor Románek, als sie im Gang der Station standen.

»Das bin ich.«

Románek schien von Viktors begeisterter Erwiderung nicht sonderlich angetan zu sein. Er legte ihm die Hand auf den Arm. »Skála ist kein Genie, aber er besitzt die einzigartige Gabe, in Ihren Kopf einzudringen. Wenn er das geschafft hat, bekommen Sie ihn nie wieder heraus. Von allen mörderischen und gewalttätigen Individuen, die in diesen Mauern festgehalten werden, ist Skála der Gefährlichste. Also frage ich Sie noch einmal: Sind Sie dafür bereit?«

»Ja, Professor Románek. Ich bin bereit.«

Es war ein höchst unwissenschaftliches Gefühl, und Viktor tadelte sich insgeheim dafür, dass er es empfand. Es gab so etwas wie *das Böse* nicht – das wusste er als Psychiater. In seiner Berufslaufbahn hatte Viktor bereits mit beschädigten, pervertierten und grausamen Psychen gearbeitet. Mit Persönlichkeiten, die keinerlei Empathie für andere empfanden, aber das große Böse war ein gesellschaftliches Konstrukt, und dazu ein höchst überkommenes. Und doch, als er Vojtěch Skála von Angesicht zu Angesicht gegenüberstand, konnte sich Viktor des ungebetenen Eindrucks nicht erwehren, dass etwas mehr als nur Wahnsinn in diesem Raum lebte. Es war das Gefühl einer monumentalen Bosheit.

In Erwartung ihres Besuchs war Skála gefesselt worden. Er war ein riesiger Mann, sein Haar war ebenso schwarz wie Viktors, und er hatte ein grobes, brutales Gesicht. Die viel zu kleinen Augen, die die beiden Psychiater beobachteten, als sie eintraten, funkelten bösartig unter der hervorspringenden Stirn.

Obwohl der Stuhl, auf den Skála gefesselt worden war, ein neues Einrichtungsstück des Krankenhauses war, wirkte er in diesem burgartigen Ambiente sonderbar passend. Wie irgendein mittelalterliches Folterinstrument bestand der Stuhl aus massiver Eiche, und in das Holz waren Stahlbänder und Lederriemen geschraubt worden. Kleine Gummiräder unter jedem Stuhlbein erlaubten es, den Stuhl auch über den Steinboden zu rollen. Die Füße des Patienten waren mit Riemen auf der Fußstütze festgeschnallt. Ein breites, mit einem Schieberiegel befestigtes Stahlband spannte sich über Skálas Brust und wirkte sonderbarerweise fast wie der Brustpanzer einer Ritterrüstung. Kleinere Stahlbänder hielten seine Handgelenke auf den Armlehnen, ein gepolstertes Stahlband um seine Stirn und einige dicke Lederriemen um seine Oberarme nahmen ihm jede Bewegungsmöglichkeit.

Románek stellte Viktor vor und bat ihn, dem Patienten kurz die Behandlung zu erklären, die er vorschlug. Während Viktor redete, saß Skála stumm da und richtete den boshaften Blick seiner kleinen Augen auf den jüngeren Psychiater.

»Haben Sie vielleicht Fragen an mich?«, erkundigte sich Viktor, als er fertig war.

»Sie wissen, was ich getan habe?« Skálas Stimme war leise und überraschend hoch. Sie stand in starkem Kontrast zu der körperlichen Präsenz des Mannes, was die Sache noch befremdlicher machte.

»Ich bin mit allen Einzelheiten Ihres Falles vertraut, Vojtěch.«

»Und Sie glauben, ich muss verrückt gewesen sein, um sie zu tun?«

»Ich glaube, Sie haben eine Störung. Und ich will versuchen, Sie zu verstehen.«

»Ich habe vergewaltigt, gefoltert, verstümmelt und ausgeschlachtet. Ich habe die Fähigkeiten jeder empfindungsfähigen Spezies, Furcht und Schmerz zu empfinden, erforscht. Danach habe ich ihnen die Gesichter abgezogen und sie als Maske getragen, damit ich sehen konnte, was sie sahen, und sie sehen konnten, was ich sah. Ich habe ihnen die wahrhaftige, reinste Natur des Bösen gezeigt.« Skála grinste bösartig. »Und das, Doktor Kosárek, bezeichnen Sie als eine Störung?«

»Wie würden Sie es denn nennen?«

»Meine Überzeugung. Meine Religion. Meinen Glauben an ein allmächtiges Böses.«

»Für was auch immer Sie es halten«, gab Viktor zurück, »es ist nichts weiter als eine Psychose. Ich will ihr auf den Grund gehen und Ihnen helfen, sie zu beherrschen. Ich freue mich bereits darauf, mit Ihnen zu arbeiten.«

Skála saß da, sein massiger Körper von den Riemen und Schellen des Stuhls zur Bewegungslosigkeit verdammt, und auf seiner Miene zeichnete sich nur dumpfe Verachtung ab.

»Sie sind ein sehr gutaussehender Mann, Doktor Kosárek«, sagte er, als die beiden Psychiater aufstanden, um zu gehen. Viktor antwortete nicht.

»Sie sind gewiss ausführlich vor mir gewarnt worden«, fuhr Skála fort. »Man hat Ihnen eingeschärft, stets vorsichtig zu sein. Die Sache ist nur die, Sie müssen immer Glück haben, ich dagegen brauche nur einmal Glück zu haben. Ich muss nur meine Chance sehen und sie ergreifen. Ich freue mich auch sehr darauf, mit Ihnen zu arbeiten, Doktor Kosárek. Denn sobald sich mir diese Chance bietet, werde ich Ihnen Ihr hübsches Gesicht bei lebendigem Leib vom Schädel abziehen und es dann als Maske tragen. Dann werden alle sagen, wie gut *ich* aussehe.« Er lachte. »Das wäre doch was, stimmt's?«

16

Wenn ich einen Vorschlag machen darf«, sagte Románek, als er Viktor aus den Patientenunterkünften führte. »Es wäre eine gute Idee, wenn Sie Ihre freie Zeit nicht in der Burg verbrächten. Die Spazierwege in der Gegend sind wirklich sehr schön, im Dorf gibt es eine sehr angenehme Gastwirtschaft, und Prag ist so nah, dass sich ein Besuch an Ihren freien Tagen lohnt.«

»Ich habe über meine Freizeit noch gar nicht viel nachgedacht.«

»Dann sollten Sie das tun. In den meisten Institutionen gibt es für gewöhnlich ein gewisses Spektrum von Geisteskrankheiten: Dort wird die Abnormität von einer gewissen Normalität durchsetzt. Hier dagegen ...« Der Professor suchte nach den richtigen Worten. »Unsere Fälle hier befinden sich alle am extremen Ende dieses Spektrums: Wahnsinn in seiner konzentriertesten Form. Sie werden bald herausfinden, dass einige Ihrer Mündel über beträchtliche Intelligenz verfügen und auch die Fähigkeit besitzen, das Irrationale zu rationalisieren. Sie könnten Sie fast überzeugen, dass Sie derjenige mit dem schiefen Blick auf die Realität sind, wohingegen sie spezielle Einsichten in die Wahrheit des großen Seins hätten. Sie könnten Sie mit ihren Wahnvorstellungen infizieren. Glauben Sie mir, es ist eine gute Idee, Zeit außerhalb dieses Ortes zu verbringen, um sich regelmäßig wieder mit der realen Welt und den gesunden Geistern zu verbinden.«

»Ich bin sicher, dass ich gefestigt genug bin ...«

»Ich spreche aus persönlicher Erfahrung«, unterbrach Románek ihn ungewöhnlich unverblümt. »Vor vielen Jahren habe ich einmal jemandem erlaubt, mir zu nahe zu kommen. Ich bin ihrem Weg zu weit gefolgt und habe mich eine Weile selbst verändert. Ich habe begonnen, die Wahrheit der Dinge infrage zu stellen.«

»Was ist passiert?«

»Ich wurde für ein paar Wochen an einen anderen Ort gerufen. Durch diese Distanz wurde der Bann gebrochen. Ich konnte erkennen, dass ihr Wahnsinn erheblich komplexer, manipulativer und vor allem überzeugender war als mein gesunder Verstand.«

»Ein Patient von hier?«, fragte Viktor. Ein sonderbarer Ausdruck zeigte sich kurz auf Románeks Gesicht.

»Nein, nicht hier. Sie ist vor langer Zeit gestorben. An Tuberkulose. Jedenfalls können Sie an meinem Beispiel lernen: Überprüfen Sie sehr genau die Netze, die Ihre Patienten hier weben, aber kommen Sie ihnen nicht so nah, dass Sie sich darin verfangen. Nehmen Sie sich Zeit, das Leben unter den Gesunden zu genießen. Haben Sie eine Freundin?«

»Im Moment nicht. Es gab einmal jemanden, aber ...« Viktor beendete den Satz nicht.

»Suchen Sie sich eine neue.« Románek lächelte, seine übliche gute Laune kehrte zurück. Er schlug Viktor aufmunternd auf den Rücken. »Genießen Sie das Leben.«

Man hatte Viktor ein Büro im Verwaltungstrakt der Burg zugewiesen. Wie der Rest dieses Flügels war es im Originalzustand belassen, bis auf die elektrischen Leitungen und plumpen Heizrohre, die sich an den Steinwänden entlangschlängelten. Das Büro war sehr groß, und in die etwa einen halben Meter breiten Fensterbögen waren zwei Fenster eingelassen. Der Flügel mit den Quartieren bot einen hübschen Blick über die Schlucht, die gewundene Straße ins Dorf und den Flickenteppich aus Feldern und Wald vor der Burg. Die Bürofenster dagegen blickten auf einen hässlichen Felsen hinaus, der hinter der Burg lag wie der

Buckel eines Missgestaltenen. Viktor stand an einem Fenster und betrachtete den Fels. Dabei dachte er daran, was Pedersen, der Archäologe, den er im Zug getroffen hatte, gesagt hatte, nämlich dass die Burg auf einem Netzwerk aus Höhlen läge. Er stellte sich diese Höhlen in dem schwarzen kalten Fels vor, düster, feucht und mit der Atmosphäre einer fremden Welt angereichert.

»Ich habe Ihnen Material gebracht.«

Viktor wandte sich vom Fenster ab. Judita Blochová stand hinter ihm. Sie hatte eine Kiste mit Büromaterial in den Händen.

»Entschuldigung, ich wollte Sie nicht erschrecken.« Sie lächelte, diesmal etwas herzlicher, wie Viktor fand. »Kein besonders beeindruckender Ausblick, stimmt's?«

»Was? Nein, wohl nicht. Jedenfalls nicht im Vergleich mit dem anderen Flügel. Ich nehme an, dass man bei dem Bau der Burg eher an die Verteidigung gedacht hat als an Ästhetik. Warten Sie, ich nehme Ihnen das ab.« Er nahm die Kiste und stellte sie auf seinen Schreibtisch. »Danke.« Er deutete mit einer ausladenden Handbewegung auf das Büro. »Ich muss zugeben, dass ich etwas so Großartiges nicht erwartet habe.«

»Sie scheinen sich hier aber sehr wohl zu fühlen«, sagte sie. »Sie haben einen …« Sie dachte einen Moment nach. »Sie wirken, als entspringen Sie einer Dynastie. Falls ich noch etwas für Sie tun kann, sagen Sie es mir bitte. Ich führe Sie zu dem Lagerraum, damit Sie sich dort die Aufnahmegeräte und andere Ausrüstungsgegenstände holen können, die Sie für Ihre Sitzungen mit den Patienten benötigen.«

»Danke, Fräulein Blochová.«

Sie machte keine Anstalten zu gehen. »Darf ich fragen, wieso Sie hierhergekommen sind, Dr. Kosárek?«

»Professor Románek hat meine Abhandlung über den theoretischen Teufels-Aspekt gelesen. Er hat mich eingeladen, mich um diesen Posten zu bewerben. Bei dem Vorstellungsgespräch ging es dann ausschließlich um meine Theorie.«

»Ich habe etwas darüber gelesen«, sagte sie. »Sie glauben an den Teufel, stimmt das?« Ihr Tonfall war weder spöttisch noch ernsthaft, was Viktor etwas verunsicherte.

»Das tue ich tatsächlich. Ich glaube an den Teufel und daran, dass er für alles Finstere und Böse in der Gesellschaft verantwortlich ist. Für den Wahnsinn und die Brutalität einzelner Menschen. Nur ist der Teufel, an den ich glaube, kein übernatürliches Wesen. Er ist eine Naturgewalt, die in jedem von uns existiert und am stärksten in den gewalttätigen Wahnsinnigen. Und weil sich der Teufel im Schattenaspekt des Patienten verbirgt, wird seine Präsenz oft verleugnet. Deshalb können sich so viele psychotische Patienten nicht an ihre Brutalitäten erinnern.« Viktor deutete erneut durch das Zimmer. »Und deshalb bin ich hier. Ich glaube, ich weiß, wo sich der Teufel verbirgt und dass ich ein Mittel entdeckt habe, ihn zu erreichen und ihn zu fesseln.«

»Und Sie glauben, wir alle haben diesen Teufels-Aspekt?«

»Ja. Genau wie Jung glaube ich, dass ein großer Teil unserer Religion, unserer Mythen und unseres Aberglaubens von gemeinsamen Archetypen stammt. Ich glaube, dass wir alle einen Schattenaspekt haben, diesen Teil von uns selbst, den wir zu verleugnen suchen und dem all unsere Träume und Albträume entspringen. Wo unsere Instinkte und unsere menschliche Kreativität existieren. Und dort sind auch alle gemeinsamen Archetypen und Aspekte, die sich in unserer Kultur manifestieren und auch in den Geschichten, die wir uns erzählen. Wie zum Beispiel Geschichten über den Teufel. Der Teufel ist kein Wesen, er ist nur eine dieser universellen Zutaten. Der Teufel versteckt sich in uns allen.«

»Und Sie jagen ihn, indem sie medikamentengestützte Hypnosetherapie an Mördern durchführen?«, fragte Judith.

»Ich bin davon überzeugt, dass ich den Teufels-Aspekt durch Narcosesynthese erreichen kann, ja. Wenn ich hypnotisierende Drogen verwende, kann ich das Ego abstreifen und tief ins Unbewusste greifen, in den Schatten. Wenn ich einmal dort bin, kann ich den Patienten dahin führen, dass er seinen oder ihren eigenen Teufels-Aspekt konfrontiert und ihn exzidiert. Oder ihn zumindest einschränkt. Es ist eine Kur für gewalttätige Psychosen. Eine Operation an der Seele, wenn Sie so wollen.«

Judita Blochová betrachtete ihn mit einem beunruhigend ausdruckslosen, offenen Blick. Sie dachte ganz offensichtlich über seine Worte nach.

»Vielleicht wäre es das Beste«, antwortete sie schließlich, »wenn Sie den Teufel in seinem Versteck in Ruhe lassen.«

17

Haben Sie einen Moment Zeit?« Kapitán Lukáš Smolák füllte mit seiner beeindruckenden Gestalt den Türrahmen zum Büro des Gerichtsmediziners aus. Dr. Bartoš dagegen saß klein, korpulent und zusammengesunken in seinem zerknitterten dunklen Anzug hinter seinem Schreibtisch und rauchte. Smolák war von dem Kontrast zwischen dem Arzt und dem Schreibtisch überrascht. Václav Bartoš hatte die Fähigkeit, jeden Anzug, den er trug, so aussehen zu lassen, als hätte er darin geschlafen. Auf einem Revers waren Spuren von Zigarettenasche, aber sein Schreibtisch war makellos aufgeräumt. Die Akten waren feinsäuberlich gestapelt, Stifte, Tintenlöscher und Karteikarten waren alle sorgfältig arrangiert. Smolák fragte sich, ob die Ordnung auf dem Schreibtisch den wahren Zustand des Arztes widerspiegelte und nicht das gotische Äußere dieses Mannes.

Bartoš hatte über einer Akte gebrütet, richtete sich auf und lächelte. »Eine Unterbrechung wäre höchst willkommen. Was kann ich für Sie tun?« Er deutete auf den Stuhl vor dem Schreibtisch.

»Ich weiß, dass Sie kein Psychiater sind, Doktor.« Smolák setzte sich, lehnte aber die Zigarette ab, die Václav Bartoš ihm anbot. »Sie wissen, dass wir einen Verdächtigen in Gewahrsam genommen haben, der für die Lederschürzen-Morde infrage kommt?«

»Das weiß ich.«

»Er hat mir eine sehr wilde Geschichte erzählt. Ich habe eine Theorie diesbezüglich und würde gern Ihre Meinung dazu hören.«

Dr. Bartoš lehnte sich auf seinem Stuhl zurück und breitete die Hände aus. »Bitte, gern.«

Smolák schilderte alles, was Bihari ihm erzählt hatte. Der Bericht wurde in diesem Moment von einem von Smoláks Untergebenen als formelle Aussage aufgeschrieben. Er erzählte Bartoš von dem Teufel der Zigeuner, von einem Mann in einer Perchtenmaske, der sich aus den Schatten materialisierte, von der Behauptung Biharis, dass er vollkommen willenlos gewesen war, solange er unter dem Bann dieses Dämons in einer Lederschürze gestanden hatte. Dann erläuterte er seine eigene Meinung dazu.

Als Smolák fertig war, saß der kleine unordentliche Doktor da, dachte nach und rauchte. Diese beiden Tätigkeiten schienen im Fall des Gerichtsmediziners unauflöslich miteinander verbunden zu sein.

»Ich glaube, dass Sie höchstwahrscheinlich richtig liegen«, sagte er schließlich. »Genau genommen bin ich mir sogar ziemlich sicher. Ich finde es ebenfalls sehr unwahrscheinlich, dass dieser Killer, der der Polizei seit Monaten durch die Maschen gegangen ist, plötzlich auf die Idee gekommen sein soll, Ihren Verdächtigen bezeugen zu lassen, wie er einen Mord begeht, und ihn dann laufen lässt. Genau wie Sie glaube ich, dass dieser Beng, dieser Teufel, die ganze Zeit Ihr Verdächtiger gewesen ist und dass er dies mit dieser Geschichte vor sich selbst leugnen will.«

»Richtig, das denke ich«, antwortete Smolák. »Ich nehme an, es hätte auch jemand anders sein können, dieselbe Person, die, wie er behauptet, ihm die Idee in den Kopf gesetzt hat, die Schlüssel zu stehlen. Aber ich finde das höchst unwahrscheinlich.« Er dachte nach. »Wissen Sie irgendetwas über dieses Phänomen der sogenannten gespaltenen Persönlichkeiten, Dr. Bartoš? Denn meiner Meinung nach haben wir es hier mit genau so etwas zu tun.«

Bartoš zuckte mit den Schultern. »Ich habe etwas darüber gelesen. Und ja, es könnte hier zutreffen, aber ich bin wahrhaftig kein Experte. Und außerdem glaube ich, dass Sie noch etwas auf dem Herzen haben. Was ist los? Sie scheinen nicht besonders glücklich zu sein, dass Sie Ihren Verbrecher gefangen haben.«

»Das liegt daran, dass solche Fälle einem Geschworenengericht nahezu unmöglich zu erklären sind. Die halten so etwas für blanken Hokuspokus.«

»Wenn Ihre Theorie zutrifft, wäre ich überrascht, wenn dieser Fall überhaupt vor ein Gericht kommt. Man wird Bihari zweifellos in ein Irrenhaus stecken. Aber wenn Sie Beweise für eine gespaltene Persönlichkeit präsentieren wollen, dann sollten Sie sich mit Professor Ondřej Románek in der Psychiatrischen Klinik in Hrad Orlů in Verbindung setzen. Dort sind sie Experten für solche Fälle.«

Smolák nickte. Während des Verhörs war ihm klar geworden, dass der Zigeuner ziemlich verrückt war. Für gewöhnlich funktionierte Bihari genauso wie sonst, aber irgendetwas verbarg sich tief in dem kleinen Taschendieb. Etwas Mörderisches, Monströses. Etwas so Monströses, das so stark im Gegensatz zu seiner normalen Persönlichkeit stand, dass der Zigeuner es vor sich selbst leugnete. Es gab keinen mysteriösen Fremden, der ihm Vorschläge für Diebstähle gemacht hatte, und ebenso wenig einen maskierten Zigeuner-Dämon. Es war nur ein Wesen, von dem Tobar Bihari leugnete, dass es in ihm existierte.

Es gab so schreckliche Untaten, so entsetzliche Gräuel, dass der menschliche Verstand damit nur in der dritten Person umgehen konnte.

»Danke, Dr. Bartoš, dass Sie sich Zeit für mich genommen haben.«

»Warum wollten Sie ausdrücklich meine Meinung hören?« Bartoš betrachtete den Kriminalbeamten fast argwöhnisch.

»Weil Sie Mediziner sind und weil Ihre Einsichten zuvor bereits recht nützlich waren.«

»Und Sie haben sich nicht von dem Gedanken leiten lassen, dass ich vielleicht persönliche Einsichten haben könnte?«

»Ich verstehe.« Smolák seufzte, als er begriff, worauf der Doktor anspielte. »Nein, Dr. Bartoš. Wenn Sie glauben, ich wäre zu Ihnen gekommen, wegen dem, was mit Ihrem Bruder passiert ist – nein, das war nicht der Grund.«

Bartoš nickte.

»Danke, Doktor.« Smolák überließ den Arzt seinen Akten. Als er durch die Gänge zu seinem eigenen Büro zurückging, überlegte er, ob die persönlichen Erfahrungen des Arztes nicht doch etwas damit zu tun gehabt hatten, dass er seine Meinung einholte. Dann fiel ihm etwas anderes ein. Plötzlich fand er es sonderbar, dass Bartoš Smolák vorgeschlagen hatte, sich ausgerechnet mit diesem Irrenhaus in Verbindung zu setzen.

Immerhin hatte man dort den geisteskranken Bruder des Arztes eingesperrt.

2. TEIL

DER CLOWN UND DIE VEGETARIERIN

18

In der ersten Woche richtete sich Viktor an seinem neuen Arbeitsplatz ein und konzentrierte sich darauf, sich mit den Fallunterlagen jedes seiner Patienten vertraut zu machen. Außerdem hatte er eine weitere Besprechung mit Judita Blochová, die ihm gegenüber immer offener wurde.

Auf ihren Vorschlag hin trafen sie sich im Ausrüstungslager, das in einer nicht benutzten Patienten-Suite eingerichtet worden war. Die Räume waren ähnlich wie die anderen Suiten, unterschieden sich jedoch in kleinen Details von ihnen. Vor allem waren sie besser ausgeleuchtet, was sich durch den Verwendungszweck der Räume erklärte, und sie boten einen schöneren Ausblick. Man sah über die tiefgrüne Narbe im Tal und die gedrängte Geometrie von weißen Mauern und roten Dächern des Dorfs darunter. Jenseits davon erstreckte sich der Teppich der Felder und Wälder in Smaragd-, Jade- und Lorbeertönen; wahrhaftig ein starker Kontrast zu dem Blick aus Viktors Büro.

Trotz der gewissen Helligkeit des Raums und dem beruhigenden Blick bereitete etwas in dieser Suite Viktor Unbehagen. Aus irgendeinem Grund beschlich ihn erneut das Gefühl, als erdrückte ihn die steinerne Umarmung der Burg.

»Sie fühlen das auch?« Judita schien Viktors Gedanken lesen zu können. »In diesem Raum ist mir unheimlich. Das gesamte Büromaterial wird hier verwahrt, und ich hasse es, wenn ich nachts hier hereinkommen muss, um etwas zu holen.«

Viktor nickte. »Wirklich merkwürdig. In vielerlei Hinsicht ist dieser Raum viel angenehmer als die anderen Quartiere, aber irgendwie hat er eine schlechte Ausstrahlung. Ist er jemals für einen Patienten benutzt worden?«

»Professor Románeks ursprüngliche Idee sah vor, in diesem Raum Patienten zu isolieren, die extreme psychotische Schübe erleiden – die Schreier, Redner und Brüller. Die anderen Quartiere sind ziemlich schalldicht, und die sechs Insassen werden sehr weit voneinander entfernt gehalten. Aber Sie wissen ja selbst, wie entschlossen Patienten sein können, wenn sie gehört werden wollen.« Ihre blasse Stirn legte sich in Falten. »Es ist wirklich höchst sonderbar, ich meine, dass sich eine verrückte Idee, eine Wahnvorstellung, wie ein Virus verbreiten kann. Ich weiß, dass Professor Románek das glaubt, und er scheint sich große Sorgen zu machen, dass dies hier auch passieren könnte.«

»Also sollte das hier eigentlich eine Art psychotische Quarantäne werden ...« Viktor nickte. Er war zwar nicht völlig von Románeks Theorie überzeugt, aber generell kam ihm die Idee einleuchtend vor, dass ein existierender Wahnsinn das Immunsystem eines Patienten angreifen und er daher für wahnhafte Infektionen anfällig werden könnte. »Ich habe selbst Fälle erlebt, wo sich etwas Ähnliches ereignet hat. Nicht viele, aber doch einige. Hauptsächlich Folie à deux. Und ein Fall des Lasègue-Falret-Syndroms oder Folie en Famille. Aber es kommt meines Dafürhaltens nur sehr selten vor, dass Wahnsinn ansteckend ist.«

»In diesem Punkt stimmen wir nicht überein.« Juditas Stimmung verdüsterte sich plötzlich. »Ich weiß nichts über Folie à deux, aber wenn ich mich umsehe, dann fällt mir überall Folie à plusieurs ins Auge. Wenn Sie einen echten Fall von Massenwahnsinn sehen wollen, dann werfen Sie doch nur einen Blick auf die Ereignisse in Deutschland. Wenn das keine psychotische Epidemie ist, dann weiß ich nicht, was man so nennen soll. Selbst unsere Doktoren Platner und Krakl scheinen sich bereits damit infiziert zu haben.«

»Es gibt Leute, die glauben, der Kommunismus wäre der geeignete Impfstoff dagegen.«

Judita lachte verächtlich. »Ein Impfstoff, der gegen den Virus schützt, indem er den Patienten tötet? Oh, Entschuldigung, sind

Sie vielleicht Kommunist? Sie sehen eigentlich zu aristokratisch aus, als dass Sie Kommunist sein könnten.«

»Nein. Ich bin allerdings Sozialist. In jeder anderen Epoche wäre ich unpolitisch, aber in unserer Zeit kann sich niemand eine unpolitische Haltung leisten.« Er machte eine Pause. »Dennoch, warum ist dies jetzt ein Lagerraum?«

»Er ist fast nie für die Isolation eines Patienten benutzt worden. Wir hatten nur einen einzigen Fall hier drin: den charmanten Herrn Skála, mit dem Sie ja bereits zweifellos das Vergnügen gehabt haben.«

»Kurz, ja. Der Dämon.«

»Genau der. Als er eingeliefert wurde, hat er stundenlang ohne Pause getobt und geschrien, dass die Herrlichkeit des Teufels bevorstünde, als wäre er eine Art wahnsinniger Prediger. Er hat unaufhörlich darüber geredet, dass die Welt bald auf den Kopf gestellt werden würde, dass der schreckliche Zerstörer käme und wir alle gezwungen werden würden, das Mal der Bestie zu tragen. Nur solchen Unsinn. Abgesehen davon, dass in der Wirklichkeit der große Zerstörer einen Charlie-Chaplin-Schnauzbart trägt und das Mal der Bestie eine Swastika ist.« Judita zuckte mit den Schultern. »Da er jetzt eine Suite in seiner eigenen Station hat, ist er ziemlich wirkungsvoll isoliert. Professor Románek verabreicht ihm regelmäßig Beruhigungsmittel, aber wir betrachten ihn trotzdem noch als den gefährlichsten Patienten hier. Wenn man bedenkt, wer noch so hier sitzt, will das schon etwas heißen.«

»Ich habe das schon mitbekommen«, erwiderte Viktor finster. »Er hat angekündigt, mir das Gesicht vom Kopf zu schneiden und es als Maske zu tragen.«

»Ganz unser charmanter Herr Skála.«

»Hatten Sie Kontakt mit ihm?«

Judita schüttelte den Kopf. »Das ist das Merkwürdige an meiner Arbeit hier. Ich kenne alle Patienten sehr genau, weil ich ihre Fallnotizen für Professor Románek transkribiere, und jetzt auch für Sie, aber ich bin ihnen nie von Angesicht zu Angesicht begegnet. Sie sind viel zu gefährlich, als dass die nicht-medizinischen Angestellten in ihre Nähe kommen dürfen. Und ich gehöre zum nicht-medizinischen Personal.«

Viktor hätte Judita liebend gern gefragt, welches Problem sie daran gehindert hatte, ihr Medizinstudium abzuschließen. Aber sie begann gerade erst, ihre Distanz zu ihm abzubauen, und er wollte ihre wachsende Offenheit gegenüber ihm nicht gefährden.

»Vielleicht haben Sie dann ja sogar den objektiven Blick auf die Patienten«, sagte er. »Der Vorteil der Distanz.«

»Dadurch kommt mir ihre Fallgeschichte fast wie eine Fiktion vor. Wie eine Horrorgeschichte, die mich nachts wachhält, aber eben nur eine Geschichte.« Sie deutete auf den Raum, in dem sie sich befanden. »Das hier bringt mich ein kleines bisschen näher an die Realität. Vor allem jedoch sind wir hier, um Sie mit allem zu versorgen, was Sie brauchen. Wo wollen Sie Ihre Sitzungen denn durchführen?«

»Es gibt eine Kammer im Untergeschoss des Hauptturms. Es ist der einzige Raum, der dort renoviert wurde«, antwortete Viktor.

»Es ist sogar der einzige Raum im Turm, den man betreten kann. Niemand hat bisher einen Zugang zu den anderen Räumen finden können. Vielleicht verrate ich Ihnen eines Tages die Geschichte dieses Raums.« Julia lächelte ihn vielsagend an.

»Die Geschichte?«

»Eine Geschichte von finsteren Taten und Teufelsanbetung im Mittelalter. Eine lange Geschichte.«

»Verstehe«, erwiderte Viktor. »Ich habe bereits einiges über die Historie der Burg gehört. Vielleicht können Sie ja irgendwann einmal die Lücken darin füllen. Jedenfalls hat mir der Professor gesagt, das Turmzimmer wäre perfekt für meine Zwecke. Es liegt dicht genug am Wohnflügel, so dass die Patienten sicher dorthin gebracht werden können, und es hat ein elektrisches

Klingelsystem, für den Fall, dass ich schnell die Hilfe eines Pflegers benötige.«

»Und deshalb werden Sie ein Aufnahmegerät brauchen. Haben Sie sie schon gesehen?« Sie führte ihn zu einem Regal, wo drei quadratische dunkle Kästen mit Metallecken nebeneinander standen. »Das sind die K1-Magnetophone. Ich lasse Ihnen eines ins Turmzimmer bringen.«

»Ich weiß, dass Professor Románek und Dr. Platner eingeschworene Technokraten sind, aber sind diese Magnetophone wirklich so gut?«

»Der Klang ist nicht gerade phantastisch, ehrlich gesagt, aber für das, was Sie vorhaben, dürften sie genügen. Jedenfalls wenn Sie das Mikrofon in der Mitte zwischen Ihnen und Ihrem Patienten aufstellen. Professor Románek benutzt so ein Gerät für seine eigenen Sitzungen, und ich kann alles deutlich genug verstehen, um es zu transkribieren. Das einzige Problem besteht darin, dass Sie näher bei den Patienten sein müssen, als es Ihnen behagt.«

»Das ist kein Problem«, erwiderte Viktor. »Man wird sie beruhigt haben, und sie sind auf einer Fixierungsliege gefesselt.«

Judita legte eine blasse, schlanke Hand auf einen der Kästen. »Ich würde sagen«, meinte sie überlegend, »dass sie besser sind als die Vinylzylinderrecorder, aber nicht so gut wie die Drahttongeräte, meiner Meinung nach jedenfalls. Wenn Ihnen eines von diesen lieber ist – wir haben zwei davon im Lager.«

»Nein.« Viktor lächelte. »Der Professor soll nicht denken, ich wäre gegen den Fortschritt. Ich will unbedingt einen guten Eindruck machen.«

»Sie mögen Professor Románek, stimmt's?«, fragte Judita lächelnd.

»Er ist ein guter Mensch und ein hervorragender Arzt. Und ihm liegt etwas an seinen Patienten. Er betrachtet das Böse, das sie tun, als eine Krankheit, nicht als Maßstab für ihre wahre Natur.«

»Das glauben Sie auch, habe ich recht?«

»Ich denke schon, ja, ich glaube das auch. Wir alle können geistig ebenso krank werden, wie wir alle körperlich erkranken können. Das werden wir auch alle, in einem gewissen Maß und zu einer bestimmten Zeit. Ich glaube, dass die Psychiatrie endlich anfängt, diese Tatsache zu erkennen. Wenn auch nur sehr zögerlich. Hat Professor Románek Ihnen etwas über meine Ansichten erzählt?«

»Nein. Ich habe mit meinem Vater gesprochen, der Ihnen übrigens seine besten Grüße übermittelt. Er sagte, Sie wären einer seiner besten Studenten gewesen, und meinte außerdem, Ihnen läge sehr viel an Ihren Patienten.«

»Wie ich schon sagte, Ihr Vater hat mich ebenso sehr beeinflusst wie Dr. Jung. Ich habe nur sehr gute Erinnerungen an ihn.« Viktor lächelte.

Peinliches Schweigen machte sich breit, und plötzlich registrierte Viktor, dass er Judita anstarrte und alle Details von ihr förmlich in sich aufsog: die eindringlichen dunklen Augen, die vollen Lippen, die makellose blasse Haut.

»Wie dem auch sei …«, sagte er etwas verlegen.

»Ich hole uns einen Träger«, sagte Judita. Dann stellten sie alle weiteren Dinge zusammen, die Viktor brauchte. Nachdem alles arrangiert war und ein Träger die Sachen in das Turmzimmer gebracht hatte, dankte Viktor Judita für ihre Hilfe. Sie wandte sich zum Gehen.

»Fräulein Blochová!«, rief Viktor, als sie die Tür erreichte. Sie drehte sich um.

»Im Dorf gibt es ein Café«, sagte er. »Es macht nicht viel her, aber vielleicht hätten Sie ja Lust, irgendwann mit mir dort Kaffee zu trinken. Dann könnten Sie mir alles über die finstere Geschichte der Burg erzählen.« Er ärgerte sich über seine Unbeholfenheit.

Sie blieb an der Tür stehen und schwieg eine gefühlte Ewigkeit. Ihre großen dunklen Augen schienen Viktor zu verschlingen, und ihre Miene war vollkommen undurchdringlich.

»Sehr gern«, sagte sie schließlich lächelnd. »Ende der Woche habe ich einen freien Tag…«

Viktor nickte, und sie ging hinaus. Als er allein im Raum war, breitete sich ein breites Grinsen auf seinem markanten Gesicht aus.

19

Drei Tage später beraumte Viktor seine erste narcosynthetische Sitzung an. Er entschied sich, mit dem Patienten anzufangen, den alle Angestellten als den fügsamsten und am wenigsten aggressiven ansahen.

Leoš Mlàdek. Der Clown.

Viktor hatte geholfen, seine Ausrüstung aufzubauen, und sich so an den Raum gewöhnt, in dem er seine Sitzungen abhalten würde. Als er das erste Mal seinen Fuß hineinsetzte, war ihn ein leichter Anflug von Klaustrophobie überkommen, als würden sich erneut die Steinwände der Burg fester um ihn herum schließen.

Der runde hohe Raum lag im Untergeschoss des Hauptturms der Burg, ein Stockwerk unter den Quartieren der Patienten. Zugang hatte man über eine steile Rampe, nicht über Stufen. Viktor vermutete, dass der Raum ursprünglich als Getreidespeicher oder Vorratskammer genutzt worden war. Die zwei Meter dicken, runden und fensterlosen Wände sorgten sommers wie winters für eine einigermaßen konstante Temperatur. Die Rampe ins Obergeschoss war vermutlich installiert worden, damit die gelagerten Nahrungsmittel leicht in die Küche der Burg transportiert werden konnten.

Die schwere, mit Eisenplatten verstärkte Eichentür und die dicken Mauern machten den Raum so gut wie schalldicht. Da Románek wusste, dass Viktor die Sitzungen mit seinen Patienten allein durchführen wollte, hatte er darauf bestanden, einen Alarmknopf zu installieren. Vor der Tür würde stets ein Pfleger Wache halten.

»Ganz gleich, ob sie unter Beruhigungsmitteln stehen oder

nicht«, hatte der Professor insistiert, »dies hier sind die gefährlichsten Geisteskranken in Zentraleuropa. Ich muss darauf bestehen, dass umfassende Vorsichtsmaßnahmen getroffen werden.«

In der Mitte der Kammer befanden sich ein Schreibtisch und ein Stuhl für Viktor sowie eine variable Behandlungsliege. Die drei unterschiedlich einstellbaren Liegeflächen sowie die Armlehnen waren mit Leder gepolstert, ebenso die Fesseln für Handgelenke und Knöchel. Denn Románek hatte ebenfalls die Bedingung gestellt, dass die Patienten die ganze Zeit fixiert sein mussten, auch wenn sie unter Beruhigungsmitteln standen.

Viktor hatte eine verstellbare Schreibtischlampe auf dem Tisch platziert und eine andere auf dem Boden. Das Licht wurde an die Wand geworfen, um die Atmosphäre des kalten harten Mauerwerks aufzulockern. Damit seine Narcosynthese funktionieren konnte, musste die Beleuchtung gedämpft werden, um den Verstand des Patienten so in ein angenehmes Zwielicht zu locken.

Der Clown, Leoš Mlàdek, war ein kleiner schlanker Mann, dessen Kopf zu groß für seinen Körper zu sein schien, wie auch die hellblauen Augen zu groß für seinen Kopf waren. Dieses Missverhältnis ließ ihn jünger aussehen, als er war, eher wie ein Junge oder ein Jüngling als ein Mann Mitte dreißig. Sein schwarzes Haar war kurz geschnitten, geölt und in der Mitte von einem scharfen Scheitel getrennt. Man sah die weiße Kopfhaut, was den Eindruck erzeugte, dass sein Haar nur aufgemalt wäre. Sein Gesicht war sehr bleich, so dass die Haut fast wie eine Leinwand wirkte, die auf Farbe wartete. Für Viktor war Leoš Mlàdek bereits fast ein Pierrot, sogar ohne Make-up.

»Was soll ich hier?« Mlàdek sah sich mit großen Augen verwirrt um, als er von zwei Pflegern in den Raum und zu der Untersuchungsliege geführt wurde. »Was habt ihr mit mir vor?«

»Es gibt keinen Grund zur Sorge, Leoš: Wir unterhalten uns, das ist alles.« Viktor öffnete den Stahlbehälter, in dem eine Spritze und zwei Glasphiolen lagen. Jede war mit einem Gummistopfen verschlossen. »Ich gebe Ihnen jetzt eine Injektion, die Sie entspannt und Ihnen hilft, sich klarer an gewisse Dinge zu erinnern.« Viktor schob die Nadel durch den Gummiverschluss der ersten Phiole, zog die zähe Flüssigkeit in die Spritze und trat dann zu seinem mittlerweile fixierten Patienten. »Ich verspreche Ihnen, dass Sie diese Erfahrung angenehm und entspannend finden werden. Sie müssen mir einfach nur vertrauen.«

»Aber ich brauche keine Behandlung!« Mlàdek klang nun verzweifelt. »Ich bin nicht verrückt. Das erkläre ich doch immer wieder. Ich habe nichts gemacht. Teuffel sollte hier sein. Es war Teuffel, der Harlekin, der das alles ...«

Viktor hatte kein Problem, eine Vene zu finden, die sich bläulich unter der fast durchscheinenden Haut des Unterarms seines Patienten abzeichnete. Er ignorierte Mlàdeks zunehmend verzweifelte Proteste und schob die Nadel in die Ader. Dann nickte er den Pflegern zu, die den Raum verließen.

Viktor beobachtete, wie die Medikamente zu wirken begannen. Schon sehr bald würde sein Patient in sein eigenes Bewusstsein stürzen, durch die Schichten seines Seins taumeln. Schon wehrte sich Mlàdek nicht mehr gegen die Fixierungsriemen. Alle Anspannung schwand aus seinem Körper, seiner leisen Stimme und den großen Augen. Wie Viktor gehofft hatte, verlor der ehemalige Clown weder das Bewusstsein, noch schien er besonders benommen zu sein. Es war fast so, als wären einfach nur all seine Furcht und seine Ängste aus seinem schmalen Körper gewichen. Mit einem lauten Klacken schaltete Viktor das Magnetophon an, und die Spulen aus mattem Metall fingen an sich zu drehen.

»Sind Sie Leoš Mlàdek?«, fragte Viktor.

Mlàdek nickte langsam. Er richtete den leeren Blick seiner großen Augen auf Viktor.

»Bitte beantworten Sie alle meine Fragen laut, damit Ihre Worte aufgenommen werden können. Sind Sie Leoš Mlàdek?« Viktor sprach ruhig und entspannt. Er wusste, dass das Scopolamin bereits Leoš' Willen schwächte, so dass er seine Gedanken nicht mehr ohne Anweisung steuern konnte.

»Ich bin Leoš Mlàdek.«

»Was ist Ihr Beruf?«

»Ich bin ein Clown. Ein Pierrot. Ich mache die Leute traurig, und ich bringe sie zum Lachen.«

»Sind Sie auch ein Harlekin?«, fragte Viktor.

»Nein. Ich gebe niemals den Harlekin. Nur Pierrot.«

»Sie haben also nie den Harlekin gespielt?«

»Ich habe nie den Harlekin gespielt.«

Viktor schrieb etwas in sein Notizbuch. »Wissen Sie, wo Sie sind?«

»Ich bin in einem Irrenhaus«, sagte Mlàdek. Seine Stimme klang weder verbittert noch zornig. »Eingesperrt mit Verrückten.«

»Sind Sie auch verrückt?«

»Nein.«

Nach einer kleinen Pause fuhr Viktor fort. »Leoš, ich möchte, dass Sie sich selbst als ein großes Meer vorstellen. Als einen großen, sehr tiefen Ozean. Stellen Sie sich vor, dass wir auf diesem Ozean treiben. Können Sie das sehen?«

»Ein Ozean.«

»Das Wasser ist tief, sehr tief, aber ruhig. Jetzt müssen Sie sich vorstellen, dass der Ozean unter uns mit all den Dingen angefüllt ist, allen Erinnerungen, allen Ereignissen, die Ihnen in Ihrem Leben zugestoßen sind. Und dazwischen schwimmen all die Versionen von Ihnen, die es gibt oder gegeben hat: Leoš, der Clown; Leoš, der Freund; Leoš, der Geliebte; Leoš, das Kind. Können Sie sich das vorstellen? Können Sie das sehen?«

»Ein tiefer Ozean.«

»Wo wir jetzt sind und wo Sie wissen, wo wir sind, hier in der Burg, befinden wir uns an der Oberfläche. Ich möchte jetzt, dass Sie diese Oberfläche hinter sich lassen und tief ins Wasser tauchen, tief in Ihre Erinnerungen. Ich möchte, dass Sie den ersten

Moment finden, das erste Ereignis, das dazu geführt hat, dass man Sie hierhergebracht hat. Der Anfang Ihrer Geschichte. Können Sie das finden?«

Es gab eine Pause, und Mlàdek schloss die Augen. »Ich habe es gefunden.«

»Das ist sehr gut, Leoš. Welches Ereignis hat Ihre Reise zu diesem Ort hier ausgelöst?«

»Das war, als er angekommen ist.«

»Wann ist wer angekommen?«

»Der Teufel. Es war der Tag, an dem der Teufel angekommen ist. Der Tag, an dem Manfred Teuffel in den Zirkus gekommen ist.«

20

Die meisten Leute sehen nur Slapsticks und komische Perücken, wenn sie an Clowns denken.« Leoš Mlàdek lag in dem künstlichen Zwielicht des Raumes in einem künstlich herbeigeführten zwielichtigen Zustand seines Bewusstseins. Er redete leise, und in seiner Stimme schwang ein schwacher Anklang von durch Medikamente gedämpfter Leidenschaft mit. »Aber das bin ich nicht. Der Pierrot ist eine Gestalt aus der Commedia dell'Arte, zu einer Zeit, als der Zirkus in Wirklichkeit das Theater für das Volk war. Pierrot zu sein bedeutet, man ist Schauspieler, kein Hanswurst. Man muss improvisieren können, man muss das Publikum lesen und seine Emotionen steuern können. Das ist nicht nur ein Beruf, sondern eine Berufung – eine großartige Tradition. Wenn ich in der Manege stehe, dann spiele ich nicht nur einfach den Pierrot, sondern ich werde zu ihm. Ich bin er.«

»Und was hat Sie dazu gebracht, Pierrot zu werden?«, wollte Viktor wissen.

»Die Leute stellen sich vor, dass ich aus einer Zirkusfamilie stamme, dass mir das Auftreten im Blut läge. So war das überhaupt nicht. Der Zirkus hat mich gerufen – Pierrot hat mich gerufen. Ich stamme aus einer einigermaßen wohlhabenden Familie aus der Provinz. Mein Vater war ein Landarzt in Doudlebsko, und falls meine Mutter jemals Ehrgeiz hatte, dann war es, die Frau eines Landarztes zu werden. Sie können sich keinen langweiligeren oder bürgerlicheren Hintergrund vorstellen. Noch bevor ich meine Wiege verließ, war mir schon eine Karriere als Mediziner vorherbestimmt. Also wirklich, welche Eltern verurteilen schon ihr kleines Kind zur Mittelmäßigkeit?«

»Der Arztberuf kann ein sehr wichtiger Beruf sein, Leoš«,

wandte Viktor ein. »Ein Arzt kann eine sehr große Wirkung auf das Leben von Menschen haben, eine ganz entscheidende Wirkung. Ich selbst bin ein Doktor und finde nichts daran mittelmäßig. Und ich hoffe, dass ich auch in Ihrem Leben eine bedeutsame Wirkung hinterlasse.«

»Diese Art von Arzt war mein Vater nie«, gab Mlàdek zurück. »Er war ein ganz einfacher Landarzt. Ein Dorfhandwerker, der die gebrochenen Knochen von Bauern richtete, Umschläge gegen Krupp machte und die kleineren Verletzungen von Feldarbeitern behandelte. Bei ernsthafteren Erkrankungen war er ebenso hilflos wie alle anderen. Wenn er Kinder mit Krankheiten aufsuchte, die er nicht heilen konnte, runzelte er die Stirn, maß gelegentlich die Temperatur und schüttelte dann mit professioneller Gewichtigkeit den Kopf. Dann sah er zu, wie sie starben. Das war sein Leben, und mehr wollte er auch nicht für sich. Daran war nichts auszusetzen, aber er wollte auch nicht mehr für mich. Er sah mich als seinen Nachfolger. Ich sollte mich qualifizieren, in seine Praxis eintreten und sie übernehmen, wenn mein Vater sich zurückzog. Wahrscheinlich hat er sogar gedacht, dass mein Sohn irgendwann die Praxis von mir übernähme. Ein horizontloses Kontinuum der Mittelmäßigkeit. Das konnte ich unmöglich tun. Ich konnte nicht herumstehen und zusehen, wie Kinder starben. Kinder…« Er machte eine Pause.

»Aber ich protestierte nicht. Ich war ein fügsames Kind und später ein gehorsamer Jüngling. Ich brillierte in der Schule, was meinem Vater meine Eignung für den medizinischen Beruf zu bestätigen schien; das und meine Friedfertigkeit sowie mein Mangel an Fantasie.«

»Was hat die Veränderung auf Ihrem Weg ausgelöst?«, fragte Viktor.

Trotz der Beruhigungsmittel leuchteten Mlàdeks große Augen auf. »Der Zirkus – der Zirkus hat es ausgelöst. Er kam in unser Dorf. Ich war siebzehn, und es war Masopust, der Tag der Narren. Es war der erste Masopust nach dem Krieg; während der kriegerischen Auseinandersetzungen hatte es keinen gegeben. Und wichtiger war noch, dass es der erste Fasching in unserem neuen Land nach der Befreiung von Österreich-Ungarn war. Der Name Tschechoslowakei fühlte sich immer noch sonderbar an, wenn wir ihn aussprachen und hörten, und alle waren voller austroslawistischem Eifer. Und ich war zudem voll des steigenden Safts der Mannwerdung. Alles fühlte sich neu und frisch an, und nichts schien unmöglich zu sein. Man hatte uns ein Land gegeben, aber wir hatten das Gefühl, als hätten wir die ganze Welt bekommen.«

Nach einer kleinen Pause fuhr er fort. »In Doudlebsko lebten ebenso viele Deutsche wie Tschechen, wahrscheinlich sogar mehr, und unser Dorf bildete diesbezüglich keine Ausnahme. Aber selbst sie schienen, sagen wir, aufgeregter zu sein. Da es so viele Deutsche gab, bekam unser Masopust etwas mehr von ihrem Fasching, und es begann immer mit einem Maskenumzug. Ich kann mich an diese Masken erinnern und auch an die Prozession. Ich hatte wirklich das Gefühl, dass wir die alten Geister aus dem Land trieben.«

»Was für Masken, Leoš? Deutsche Perchtenmasken? Masken, die aussahen wie Teufelsgesichter?«

»Ja.«

»Haben sie Ihnen Angst gemacht?«

»Ich war siebzehn Jahre alt und über so etwas hinaus.«

»Aber Masken sind wichtig für Sie, habe ich recht?«

Mlàdeks Miene verriet Verständnislosigkeit. »Was meinen Sie damit?«

»Sie tragen doch Masken bei Ihren Auftritten, stimmt das nicht?«

»Pierrot trägt keine Maske …«

»Der Harlekin schon«, wandte Viktor ein.

»Ich habe niemals den Harlekin gegeben.«

»Aber selbst Pierrot trägt manchmal eine Maske. Die Schwarze Maske. Pierrot trägt manchmal die Schwarze Maske, um seine

Emotionen zu verbergen oder seine Identität zu verheimlichen, oder stimmt das etwa nicht?«

»Vielleicht. In manchen Kulturen vielleicht. Ich habe das nie getan. Der Harlekin trägt eine Maske.«

»Aber Scaramouche tut das auch, ebenso wie Pantalone und der Doktor – Masken sind ein sehr wichtiger Teil der Tradition der Commedia dell'Arte.«

»Ich habe niemals eine Maske getragen. Und ich bin immer allein aufgetreten.«

»Verstehe«, erwiderte Viktor. »Und das verwirrt mich. Wissen Sie, wie in der Jungianischen Psychologie geht es in der Commedia dell'Arte um universelle Typen. Aber eines verstehe ich nicht, Leoš, nämlich wenn der Charakter des Pierrot funktionieren soll, wenn er glaubwürdig sein soll, hängt das von seiner Interaktion mit anderen Typen ab: mit dem Harlekin, mit Colombina, mit Scaramouche. Und doch sagen Sie, Sie wären allein aufgetreten. Sie behaupten, dass es keinen Harlekin gab, bis Manfred Teuffel der Truppe beitrat. Wie kann das sein? Wie konnte es einen Pierrot geben ohne den Harlekin?«

»Ich habe mit anderen zusammengearbeitet. Mit dem Publikum. Mit den Kindern. Der Pierrot teilt die Unschuld und den Übermut der Kinder. Er ist eigentlich selbst ein Kind, zwar erwachsen, aber doch ein Kind. Das ewige Kind.«

»Also gut.« Viktor dachte kurz nach. »Erzählen Sie mir mehr über Masopust, über den Zirkus, der in die Stadt kam.«

»Dieses Jahr war etwas Besonderes«, antwortete Mlàdek. »Nach all den Prozessionen, dem Tanzen und den Feiern kam der Zirkus: eine kleine Truppe von Schauspielern der Commedia dell'Arte, die ein Zelt auf einer Wiese dicht am Dorf errichteten. Das war das erste Mal, dass ich jemals einen Pierrot gesehen habe. Er zog alle Kinder des Dorfs in seinen Bann. Sie hätten ihre kleinen Gesichter sehen sollen – sie waren vollkommen von ihm fasziniert. In dem Moment wurde mir klar, was ich werden wollte. Wer ich sein wollte.«

»Sie haben sich also entschlossen, zum Zirkus zu gehen? Wie haben Ihre Eltern auf diese Nachricht reagiert?«

»Ich habe es ihnen nicht gesagt. Ich sollte im folgenden Jahr in Prag mit dem Medizinstudium beginnen. Ich wusste, dass sie irgendeine Möglichkeit finden würden, mich aufzuhalten, wenn ich es ihnen erzählen würde. Also redete ich mit den Leuten vom Zirkus, und sie sagten, ich könnte mit der Truppe reisen. Meine Schwester hat versucht, es mir auszureden, aber ich bin mir noch nie einer Sache so plötzlich und vollkommen sicher gewesen. Ich habe meinen Eltern einen Brief hinterlassen. Aber keine Entschuldigung – es gab nichts, wofür ich mich entschuldigen musste. Und das war der Anfang meiner Karriere. Ich bin von dieser kleinen Truppe zu einer größeren gegangen, dann zu einer noch größeren. Schließlich hat mich der Zirkus Pelyněk rekrutiert. Ich wurde ihr größter Star – ihr Publikumsmagnet. Wir sind durch ganz Europa getourt. Ich habe mehr als zehn Jahre gebraucht, um an die Spitze meines Berufs zu gelangen, und als ich endlich dort angekommen war, konnte mich niemand mehr angreifen. Ich war so glücklich. Vollkommen glücklich.« Trotz der Medikamente veränderten sich Mlàdeks Tonfall und Miene. »Dann kam er. Manfred Teuffel. Der Harlekin. Und als er kam, wurde alles zerstört. Er hat alle getäuscht, von Anfang an, nur mich nicht. Ich habe seine Maske durchschaut. Ich habe in ihm das erkannt, was er war.«

»Und was war er?«, erkundigte sich Viktor.

»Der Teufel. Begreifen Sie nicht, dass er deshalb als Harlekin gekommen ist? Das ursprünglich altfranzösische Herlequin bedeutet Satan, Dämon. Und Satan bedeutet auf Deutsch Teufel. Er nannte sich selbst Manfred Teuffel, und er spielte den Harlekin, und niemand erkannte, dass er tatsächlich der Teufel war, Satan. Niemand außer mir.« Wieder zeigten sich trotz der Wirkung der unterdrückenden Medikamente starke Emotionen in Mlàdeks Nervensystem. »Jeder staunte über seine Auftritte. Alle liebten ihn. Aber nur ich konnte in ihm das erkennen, was er war.

Er war kein großer Darsteller – er war ein großer Hexer. Teuffel hat das Publikum verhext. Vor allem die Unschuldigen, denn das ist die Art des Teufels. Die Kinder. Er trat mit der Maske des Harlekins auf, wie es die Tradition verlangte, aber darunter hatte er sein Gesicht als Pierrot geschminkt – um mich zu beleidigen. Aber er hatte es völlig verrückt geschminkt, eine Verzerrung und Perversion der Tradition des Pierrot. Pierrot hat ein weißes Gesicht, rote gespitzte Lippen und schwarze Umrisse. Und eine einzelne Träne ist auf sein Gesicht gemalt. Teuffel machte das alles ebenfalls, aber es war verzerrt, missgestaltet und dämonisch.«

Er holte tief Luft. »Er trug die zweifarbige Harlekin-Maske mit der langen Nase. Das bedeutete, niemand konnte sehen, wie er sich darunter geschminkt hatte. Ab und an jedoch trat er an den Rand der Manege und beugte sich in die Menge. ›Sammelt euch um mich, liebe Kinder. Kommt näher und gebt gut acht‹, sagte er dann. ›Ich will euch ein Geheimnis flüstern.‹ Und wenn sie ihm gehorchten, dann riss er seine Maske herunter und fauchte sie an, so dass sie vor Entsetzen schrien und weinten. Dann setzte er die Maske wieder auf und ging zu einem anderen Teil des Publikums, wo er es wiederholte. Die Kinder sammelten sich begierig um ihn, voller Freude, weil sie diese plötzliche Angst erleben wollten. Und die der anderen. Sie genossen die Furcht. Das ist das Besondere an Kindern: Sie lieben es, wenn man ihnen Angst macht. Wo der Pierrot ihre schönsten und sanftesten Emotionen spiegelte, erregte der Harlekin ihre gröbsten und finstersten.« Er seufzte.

»Er wurde ein gewaltiger Publikumsmagnet. Sogar mehr als ich. Harlekin verdrängte Pierrot. Wir tourten durch Mitteleuropa, Österreich, Ungarn, Jugoslawien, Polen und Deutschland. Unsere Show wurde eine große Attraktion, und bei jeder Vorstellung appellierte Harlekin an das Dunkle in den Kindern, machte Pierrot lächerlich und klein. Er demütigte ihn. Er machte ihn zur Witzfigur der Vorstellung. Dafür hasste ich ihn. Die ganze Truppe verehrte Teuffel ebenso wie das Publikum. Aber ich durchschaute ihn. Ich erkannte, dass er böse war, dass er der Teufel war. Nur ich sah, wie sehr er es genoss, den Kindern bei jeder Vorstellung Angst einzuflößen. Wie er sich von ihrer Furcht nährte.«

Er schüttelte den Kopf. »Schließlich erfuhren wir, dass in der letzten Stadt, in der wir aufgetreten waren, ein kleines Mädchen verschwunden war. Es passierte in Polen. Die Polizei hielt uns auf der Straße an, bevor wir die Grenze erreichten, und durchsuchte all unsere Lastwagen und Anhänger. Sie hatten uns zwar nicht konkret unter Verdacht, aber Sie wissen ja, dass alle Menschen ein natürliches Misstrauen dem Reisenden Volk gegenüber haben. Jedenfalls waren wir kurz vor Těšín Silesia, dem Teschener Schlesien, und die Polen hegten immer noch einen Groll wegen des Sieben-Tage-Krieges und ganz allgemein gegen die Tschechen. Wir wurden alle verhört, aber niemand wusste etwas über das kleine Mädchen. Niemand konnte sich auch nur daran erinnern, sie gesehen zu haben, denn schließlich gab es immer sehr viele Kinder in unseren Vorstellungen. Schließlich wurde die Sache vergessen – selbst ich habe damals nicht viel daran gedacht.« Er machte eine kleine Pause.

»Doch dann passierte es erneut, etwa sechs Monate später. Diesmal waren es zwei Kinder, ein Junge und ein Mädchen, und es geschah in Bayern. Aber wir hatten die Grenze schon überquert, bevor jemand den Zirkus mit dem Verschwinden in Verbindung brachte. Doch ich wusste es jetzt, ich wusste, dass es Teuffel gewesen war. Ich wusste, dass er sich von der Furcht kleiner Kinder nährte.«

»Haben Sie irgendjemandem verraten, dass Sie glaubten, der Harlekin würde Kinder entführen? Irgendjemandem im Zirkus?«

»Sie hätten mir nicht geglaubt.« Mlàdek machte eine Pause, und dann sprach er trotz der Medikamente so ernst weiter, dass Viktor überrascht war. »Sie müssen das verstehen – es liegt in der Natur des Teufels, seine Präsenz zu verbergen. In Wahrheit kommt der Teufel in unser aller Leben, zumindest einmal, irgendwann. Jeder begegnet ihm, aber die meisten wissen nicht, dass er da ist. Sie schieben die Schuld an dem Bösen oder allem Schlechten, das ihnen widerfährt, anderen zu oder suchen sie in sich selbst. Die Wahrheit ist, dass niemand mehr wirklich an ihn glaubt, und das ist seine mächtigste Waffe.«

»Und wie haben Sie dagegen gekämpft?«, fragte Viktor.

»Ich brauchte Beweise. Ich musste zeigen, wer und was Teuffel wirklich war. Schließlich sind wir in Ostrau aufgetreten, in Priwoz, dem mährischen Teil. Wir haben unsere Zelte auf den Feldern an der Oder aufgeschlagen. Und zwei volle Wochen lang haben wir jeden Abend das Festzelt gefüllt. Die Jungen liebten die Show, sie liebten mich, Pierrot. Aber Teuffel, Harlekin, hat es immer verdorben. Er hat sie immer von mir abgelenkt, indem er diese furchteinflößende Sache machte. Dann schrien sie alle vor Angst und bettelten ihn an, es immer und immer wieder zu tun. Sobald Harlekin in die Manege kam, vergaßen sie mich völlig. Es gab dort ein besonderes kleines Mädchen. Sie schien vom Harlekin vollkommen besessen zu sein und kam fast zu jeder Vorstellung. Das erste Mal war sie mit ihrer Mutter da, danach kam sie allein. Ich vermutete, dass sie in der Nähe des Ortes gewohnt hat, an dem wir unsere Zelte aufgeschlagen haben. Sie konnte höchstens neun oder zehn Jahre alt sein und war ein ernstes kleines Mädchen. Typisch schlesische grüne Augen und braune Locken. Aber wenn der Harlekin seine Maske herunterriss, ganz gleich, wie oft sie es schon gesehen hatte, quietschte sie vor Angst und Entzücken und klatschte in ihre kleinen Hände. Teuffel schenkte ihr besondere Aufmerksamkeit – er konzentrierte sich auf sie mehr als auf die anderen Kinder. Aber in der letzten Nacht, in der sie dort war, hatte er die Sache mit der Maske überhaupt nicht gemacht. Er hat während des Auftritts Pierrot lächerlich gemacht und gedemütigt – hat mich lächerlich gemacht und gedemütigt. Aber in dieser Nacht störte mich das nicht. Ich wusste, was er mit dem armen kleinen Mädchen vorhatte, und war froh, dass seine grausame Aufmerksamkeit auf mich gerichtet war und nicht auf sie. Aber er hatte es alles im Voraus genauestens geplant. Später sollte ich herausfinden, dass Manfred Teuffel dafür gesorgt hatte, dass sie eine Dauerkarte bekam, nachdem sie zweimal in der Show gewesen war, damit sie kommen konnte, wann immer sie wollte.« Er dachte kurz nach.

»Jedenfalls hatte er sie in jener Nacht ignoriert, und ich sah ihre Enttäuschung auf ihrem kleinen Gesicht. Aber während er und ich unser Spiel aufführten, merkte ich, dass er unter seiner Harlekinmaske sein Gesicht wie üblich in einer perversen Parodie des Pierrot geschminkt hatte. Und plötzlich, aus heiterem Himmel ging er zu dem kleinen Mädchen. Ich sah ihre Begeisterung, sah, wie groß und glänzend ihre Augen waren und wie aufgeregt sie war. Dann riss er die Maske herunter. Sie schrie. Aber nicht wie vorher. Ich werde diesen Schrei niemals vergessen. Diesmal war ihre Furcht nicht exquisit: Es war blankes, ungeschminktes Entsetzen. Ich weiß nicht, was sie unter dieser Maske sah, aber sie rannte aus dem Zelt in die Nacht hinaus, unablässig schreiend. Teuffel setzte ruhig seine Maske wieder auf und nahm sie auch für den Rest der Vorstellung nicht mehr ab. Dann wandte er sich zu mir um und fuhr mit der Show fort, als wäre nichts passiert.«

Mlàdek keuchte. »Aber ich wusste es, verstehen Sie? Ich wusste, dass sie das nächste Opfer werden würde. Er hatte sie gekostet, hatte einen Biss von ihrer Furcht genommen und sie hatte seine Gier entflammt. Ich wusste, dass der Harlekin sie sich einverleiben würde. Ich musste das kleine Mädchen finden, bevor Teuffel es tat. Ich hatte nicht einmal mehr Zeit, mich abzuschminken. Ich zog nur einen Mantel über mein Kostüm, setzte einen Hut auf und lief hinaus, um sie zu finden.«

»Und das haben Sie auch…«

»Ich habe sie gefunden, in ein paar Büschen in der Nähe der Oder. Aber ich kam zu spät.« Eine Träne lief über Mlàdeks bleiches Gesicht. »Als ich sie fand, war sie bereits regungslos und still, lag zerbrochen im Schmutz und in der Dunkelheit. Teuffel war dort gewesen, der Harlekin hatte sie zuerst gefunden. Andere hatten auch nach ihr gesucht, und bevor ich irgendetwas tun konnte, fanden sie mich dort, bei ihr. Sie griffen mich an und hätten mich getötet, wenn die Polizei nicht gekommen wäre. Sie gaben mir die Schuld, verstehen Sie? Sie verstanden nicht. Sie sagten, ich hätte sie und die anderen Kinder getötet. Sie behaupteten, ich wäre eine Art Monster. Ich versuchte, es ihnen zu erklären. Ich versuchte ihnen klarzumachen, dass Manfred Teuffel der wahre Mörder war. Dass es der Teufel selbst war, der diese Taten begangen hatte. Aber niemand glaubte mir, also haben sie mich in diesem Irrenhaus eingesperrt.«

»Gut, Leoš«, fragte Viktor. »Wir kommen zum Ende dieser Sitzung. Sie müssen jetzt wieder an die Oberfläche des Ozeans gelangen. Kommen Sie wieder zurück ins Hier und Jetzt.« Er öffnete eine gelbbraune Mappe auf dem Tisch und nahm ein gedrucktes Flugblatt heraus. Darauf stand Circus Pelyněk. Er ging damit zu Mlàdek und hielt es vor ihm hoch.

»Können Sie mir sagen, was das ist, Leoš?«

»Das ist ein Flugblatt für den Zirkus. Eine Werbung.«

»Das stimmt. Können Sie mir sagen, was Sie auf dem Flugblatt sehen?«

Er nickte, und seine viel zu großen Augen richteten sich auf das Blatt Papier. »Ich sehe mich als Pierrot und Manfred Teuffel als Harlekin. Die beiden größten Attraktionen des Zirkus.«

»Sehen Sie noch einmal hin, Leoš. Ganz genau. Können Sie lesen, was da steht? Da steht, dass Sie der einzige Clown im Zirkus sind. Sie sind der größte Clown in ganz Europa. Sehen Sie die Fotos? Das da …« Viktor deutete auf das erste Bild, »sind Sie als Pierrot. Und dies hier …« Er deutete auf das zweite Foto. »Können Sie mir sagen, wer das ist, Leoš?«

»Das ist er. Wie ich schon sagte: Das ist Teuffel. Das ist Teuffel, verkleidet als Harlekin.«

»Nein, das ist er nicht, Leoš«, sagte Viktor nachdrücklich. »Sondern das sind Sie. Es gab niemals einen Manfred Teuffel. Sie sind Pierrot, und Sie sind auch Harlekin. Sie haben beide Rollen gespielt. Immer. Es waren immer nur Sie.«

»Das stimmt nicht.« Trotz der Medikamente schüttelte er vehement den Kopf. »Sie haben zuvor auch versucht, mir das einzureden. Sie sagten es, als sie mich verhafteten – sie sagten, ich hätte dem armen Mädchen alles angetan. Und auch den anderen Kindern. Sie alle haben den Lügen des Teufels geglaubt.«

»Aber sehen Sie hin, Leoš. Ich kann es ebenfalls sehen. Ich sehe, dass Sie beide Clowns sind. Leoš Mlàdek als Pierrot und auch Leoš Mlàdek als Harlekin. Es waren Sie, der den Kindern Angst gemacht hat. Es war der echte Pierrot unter der Maske des Harlekin. Es war ein anderer Teil von Ihnen, der Harlekin war.«

Er schüttelte müde den zu großen Kopf, als die Medikamente ihn langsam in den Schlaf zogen. »Sie irren sich«, sagte er leise. »Es ist der Teufel. Der Teufel täuscht auch Sie, so wie er alle anderen getäuscht hat …«

21

Es war ein heller, kalter Vormittag. Sie gingen gemeinsam über den Waldweg, der von der Burg hinabführte. Der Herbst wehrte sich gegen sein bevorstehendes Ende mit einer Explosion aus Farben an den Laubbäumen, während die Kiefern in dunklem, alterslosem Schweigen dastanden. Während sie gingen, war die dünne Wolkendecke aufgerissen. Durch die Wolkenfetzen schien die Sonne, die die Herbstblätter in Bernstein verwandelte. Viktor hatte das Gefühl, als wären sie von allem weit entfernt: von der Burg und den Ereignissen um sie herum. Es war ein zeitloser, kontextloser Moment, und er spürte, dass sich auch Judita von ihren Sorgen befreit fühlte.

Sie plauderten, und Viktor lenkte das Gespräch behutsam auf die Einzelheiten von Juditas Leben. Sie sprachen über Professor Bloch: Viktors Erfahrungen mit ihm als Mentor, Juditas Erfahrungen mit ihm als Vater. Dann sprachen sie über ihre Leben vor der Burg, über Freundschaften und Familie, Pläne und Hoffnungen. Dabei achtete Viktor darauf, den Teil von Juditas Geschichte nicht zu berühren, der sie von ihrem Medizinstudium abgehalten hatte. Anschließend schlenderten sie eine Weile in behaglichem Schweigen nebeneinander her. Viktor nahm wahr, wie unbefangen sie in seiner Nähe geworden war und wie schnell das ging. Und wie wohl er sich in ihrer Gesellschaft fühlte.

»Ist das nicht wunderschön?«, fragte sie schließlich und blickte sich im Wald um sie herum um.

Viktor lächelte. »Ja, das ist es. Auch wenn ich mich im Wald immer etwas unbehaglich fühle.«

»Tatsächlich?« Sie sah ihn überrascht an. »Warum?«

»Das weiß ich nicht. Wahrscheinlich ist es etwas sehr Jungianisches, wissen Sie. Als wären Wälder wie das Unbewusste, tief und dunkel und voller Geheimnisse.« Viktor fühlte sich zwar entspannt in Juditas Gesellschaft, aber noch nicht so, dass er ihr sein eigenes Waldgeheimnis verraten würde: die Entdeckung des Selbstmords der Mutter durch einen Zwölfjährigen. Selbst jetzt noch konnten die tanzenden Schatten zwischen den Bäumen die Erinnerung an einen leblosen hängenden Körper mit dunklem Gesicht auslösen. Ebenso wenig wollte er gestehen, dass diese Entdeckung zu seiner Zukunft als Psychiater geführt hatte.

»Aber ich bin froh, dass ich eine Weile aus der Burg herauskomme«, fuhr er stattdessen fort. »Professor Románek hat recht. Sie setzt einem zu, wenn man sich nicht ab und an wieder mit der Außenwelt verbindet.«

»Ondřej Románek hat das gesagt?« Wieder schien Judita überrascht zu sein.

»Ja, warum?«

»Ach, nichts. Es ist nur so, dass er seinen eigenen Ratschlag nicht zu beherzigen scheint. Er verbringt fast die ganze Zeit im Irrenhaus. Und er hat auch die Gewohnheit, sich stundenlang in seinem Arbeitszimmer zu vergraben.«

»Wirklich?«

»O ja. Er gibt dann immer strikte Anweisungen, dass er auf keinen Fall gestört werden darf. Der arme Mann.«

»Warum ist er ein armer Mann?«

»Er hat nur seine Arbeit. Er ist Witwer. Er hat keine Kinder und scheint seine Frau vergöttert zu haben. Ich glaube, sie ist ziemlich jung gestorben. Aber ich weiß nichts Genaues darüber. Ehrlich gesagt weiß ich ohnehin nicht viel über Professor Románek. Er ist einer dieser Menschen, die man schon nach dem ersten Kennenlernen zu kennen glaubt, aber in Wirklichkeit hat er einen sehr vielschichtigen Charakter. Und lassen Sie sich nicht von seiner Frohnatur täuschen. Wie wir alle hat auch er Anflüge schlechter Laune. Deshalb schließt er sich selbst ein. Jedenfalls glaube ich das.«

»Seine Frau ist gestorben, sagen Sie?«

»Ja.«

»Sie ist nicht zufällig an Tuberkulose gestorben?«

Judita blieb stehen und drehte sich zu Viktor herum. »Doch, tatsächlich glaube ich, dass das der Grund war. Woher wissen Sie das?«

Er erwiderte ihren Blick und spielte einen Moment mit dem Gedanken, ihr zu erzählen, was Románek ihm gesagt hatte. Nämlich dass er sich fast im Wahnsinn einer Patientin verloren hätte. Also war es keine Patientin gewesen. Es war seine Ehefrau gewesen. »Ich glaube, Doktor Platner hat so etwas angedeutet«, wich er aus.

Nach einer halben Stunde erreichten sie das Dorf. Es war ein hübscher Ort, aber nicht außergewöhnlich, und er sah aus, wie er vermutlich schon vor zweihundert Jahren ausgesehen hatte. In der Tschechoslowakei gab es sehr viele Siedlungen und Kleinstädte wie diese. Sie befanden sich mitten im Herzen von Europa und waren doch durch eine erstickende Decke von Wald, Tradition und Provinzialismus davon getrennt. Hier kannte jeder jeden. Wie Románek gesagt hatte, lebten die Familien in dieser Siedlung schon seit Ewigkeiten. Das erfüllte Viktor mit einer vagen Panik, einer Art kultureller Klaustrophobie, und er sehnte sich nach dem Lärm und der Geschäftigkeit von Prag, nach den anonymen Gesichtern von Fremden. Er wusste, dass er das deshalb so empfand, weil er selbst aus einem solchen Dorf stammte. Aus einer anderen Ecke des Landes, aber dennoch war es dort genauso.

Die Handvoll Gäste in dem Café beobachteten, wie Viktor und Judita eintraten, und starrten sie mit der ausdruckslosen Neugier von Dörflern an: nicht feindselig, allerdings auch nicht gastfreundlich. Viktor registrierte, dass sie Judita schärfer beobachteten. Er wusste nicht, ob ihr gutes Aussehen ihre Aufmerksamkeit erregte oder ob sie diese besondere Dimension ihrer Fremdheit spürten. Er war ein Fremder im Dorf, Judita jedoch war eine Fremde in ihrem eigenen Land.

»Es ist ein schöner Tag«, sagte Viktor, »auch wenn es ein bisschen kühl ist. Wollen wir uns trotzdem nach draußen setzen?«

Judita nickte, und sie setzten sich an einen Tisch neben der Eingangstür. Von da hatten sie einen Blick auf die Hauptstraße des Dorfs bis hin zu der bewaldeten Schlucht, durch die sie soeben heruntergekommen waren. Darüber erhob sich die Burg, abweisend und dominant, mit dem Buckel aus schwarzem Felsen. Wieder empfand Viktor einen Hauch von Klaustrophobie, ein Gefühl für die Unausweichlichkeit dieser Burg, als wäre er auf immer dazu verdammt, entweder innerhalb ihrer Mauern oder in ihrem Schatten zu leben.

Der Besitzer des Cafés trat heraus. Er war ein stämmiger freundlicher Mann um die fünfzig mit einem gewaltigen Schnauzbart. Er lächelte sie an und nahm ihre Kaffeebestellung entgegen. Als er wieder herauskam, stellte er einen Teller mit Koláče-Küchlein auf den Tisch. Viktor protestierte, die hätten sie nicht bestellt, aber der Besitzer lächelte.

»Eine Aufmerksamkeit des Hauses«, sagte er. Wie immer verblüffte es Viktor wieder, wie der Dialekt und der Akzent sich trotz dieser Nähe zu Prag so deutlich verändern konnten. »Sie sind Leute von der Burg?«

Viktor bejahte und stellte dann Judita und sich vor.

»Sie müssen entschuldigen, dass die Stammgäste Sie so anstarren. Normalerweise haben wir nicht so schöne Gäste.« Er verbeugte sich knapp vor Judita. »Und alle Fremden hier kommen für gewöhnlich von Hrad Orlů. Es beschämt mich zuzugeben, dass meine Nachbarn allen, die mit der Burg zu tun haben, mit Misstrauen begegnen. Sie wissen schon, wegen all der Verrückten, die dort oben eingesperrt sind. Und dann natürlich auch wegen der ganzen Geschichte dieses Ortes.«

»Die Geschichte?«

»Ich erkläre es Ihnen«, mischte sich Judita ein. »Es ist eine lange Geschichte.«

»Es ist allerdings eine sehr lange Geschichte«, stimmte der

Gastwirt ihr zu. »Und ich überlasse es gern Ihnen, sie zu erzählen. Genießen Sie Ihren Kaffee und die Küchlein. Und bitte denken Sie daran, dass Sie hier stets willkommen sind.« Erneut verbeugte er sich und ging wieder hinein.

»Wie ist Ihre Sitzung mit Leoš Mlàdek verlaufen?«, erkundigte sich Judita und schlug ihren Mantelkragen hoch, bevor sie einen Schluck Kaffee trank.

»Ich möchte es so ausdrücken: Ich habe zumindest einen Anfang gemacht. Sie werden es hören, wenn Sie die Magnetbänder bekommen. Ich konnte nur die oberflächliche Persönlichkeit erreichen – den sanften Pierrot, der sich für unschuldig an allen Verfehlungen hält, der sich weigert, zu akzeptieren, dass er seiner Persönlichkeit erlaubt hat, zwei verschiedene Formen anzunehmen. Aber die Person, mit der ich wirklich reden will, ist Harlekin, oder Manfred Teuffel, wie Mlàdek diesen Teil seiner Persönlichkeit genannt hat.«

»Sie glauben, Sie finden Ihren Teufels-Aspekt dort?«

»Falls ich ihn finde und falls ich ihn von Mlàdek trennen kann, dann besteht die Chance, dass ich ihn auch heilen kann. Wenn ich Manfred Teuffel ausquartiere, erlaube ich Leoš Mlàdek, allein dort zu wohnen.«

»Das klingt mehr nach mittelalterlichem Exorzismus als nach der Psychiatrie des zwanzigsten Jahrhunderts.«

»Vielleicht war der mittelalterliche Exorzismus genau das: die Identifizierung des Teufel-Aspekts. Aber eine Identifikation ohne Verständnis oder Empathie. Dessen machen wir uns auch heute noch schuldig.«

»Ich kann mir Sie irgendwie auch als mittelalterlichen Hexenjäger vorstellen«, erklärte sie schelmisch. »Vielleicht war es ja Schicksal, dass Sie ausgerechnet in dieser Burg gelandet sind.«

»Ach? Nach Ihren und den kryptischen Bemerkungen des Kaffeehausbesitzers ist meine Neugier jetzt aber wirklich geweckt. Sie haben mir versprochen, mir die düstere Geschichte der Turmkammer zu erzählen.«

»Wissen Sie, wie die Einheimischen die Burg nennen?«

Er lächelte, beugte sich vor und stützte seine Ellbogen auf den Tisch. »Erleuchten Sie mich.«

»Hrad Čarodějek.«

»Tatsächlich?« Viktor blickte zum Tal hoch, auf das dominante Bauwerk auf dem Berg. »Und warum nennen sie es Burg der Hexen?«

»Wegen düsterer Taten und dunkler Künste. Und wegen eines Mannes mit einem sehr dunklen Herzen.« Sie trank ihren Kaffee und sah Viktor neckisch an. »Die übliche Geschichte lautet, dass überall dort, wohin das Christentum kam, der örtliche heidnische Glaube der Slawen ausgelöscht werden musste«, begann sie und stellte die Tasse auf die Untertasse zurück. »Gelegentlich auch mit dem Schwert und dem Scheiterhaufen. Und die Aristokratie war an vorderster Front. Die Etablierung der christlichen Kirche war ein weiteres Mittel, mit dem man die Einheimischen unterwerfen und die Macht des Adels zementieren konnte. Natürlich wurden die alten Religionen sofort als Hexerei gebrandmarkt, was selbstverständlich völliger Unsinn war. Es waren einfach nur alte Fruchtbarkeitsriten, Aberglaube. Aber das hat niemanden, der an sie glaubte, davor gerettet, auf dem Scheiterhaufen zu landen oder gehängt zu werden.«

»Sie scheinen sehr viel darüber zu wissen.«

»Geschichte interessiert mich. Sie hilft mir, die Gegenwart zu verstehen. Und natürlich war die einfache Landbevölkerung damals auch nicht abgeneigt, den einen oder anderen Juden gleich mit zu verbrennen. In Wahrheit jedoch hatten die Tschechen nicht viel für Hexenverbrennungen übrig, im Gegensatz zum alten Heinrich Franz Boblig oben in Nordmähren. Das jedoch hatte mehr damit zu tun, dass das katholische Österreich die Protestanten durch falsche Anklagen unterdrücken wollte. Die Hexenjagd kam erst im sechzehnten Jahrhundert nach Böhmen. Sie wurde von den Deutschen eingeführt. Wie gesagt, die Geschichte hilft mir, die Gegenwart zu verstehen.«

»Deshalb ist die Burg also als Burg der Hexen bekannt geworden?«, fragte Viktor interessiert. Er wollte Judita wieder zu ihrer Geschichte zurückführen, weg von ihren düsteren Gedanken zum Hier und Jetzt. »Weil es viele Heiden hier in der Gegend gab?«

»Nein, überhaupt nicht. Hier ging es um eine ganz andere Geschichte. Der örtliche Adlige war nicht gerade eine Stütze der Gesellschaft und ein Pfeiler des Glaubens. Er war im Gegenteil etwas ganz anderes, den Aufzeichnungen zufolge. Er war hier in der Gegend als Jan Černé Srdce bekannt, Jan vom Schwarzen Herzen.«

»Ach ja. Professor Románek erwähnte ihn. Und auch ein Archäologe, den ich im Zug getroffen habe. Aber sie haben nicht sehr viel mehr von ihm erzählt, als dass er einmal der Herr dieser Burg gewesen ist.« Er lächelte sie an und genoss den Anblick ihrer dunklen Schönheit. »Ich spüre, dass mich eine Geschichte von gräulichen Untaten erwartet.«

»Sie haben ja keine Ahnung …«, meinte Judita. »Die Legende hängt der Burg immer noch an, wie der Gastwirt gesagt hat. Jan vom Schwarzen Herzen war der Sohn des hiesigen Herzogs. Aber er war nicht der Erstgeborene, sondern hatte noch zwei ältere Brüder. Man sagt, dass Schwarzherz von Natur aus von so bösem Wesen war und so ehrgeizig und rücksichtslos, dass er seine Seele schon als kleiner Junge an den Teufel verkauft hat. Jedenfalls starben seine beiden Brüder, bevor sie die Herzogswürde übernehmen konnten. Der eine ertrank beim Schwimmen im kleinen See hinter dem Dorf, der andere kam bei einem Jagdunfall im Wald ums Leben.« Sie deutete mit einem Nicken zur Burg. »Sie müssen verstehen, dass das nicht der Familiensitz war, sondern das Jagdschloss. Beide Todesfälle wurden im Nachhinein dem Wirken des Teufels zugeschrieben, aber tatsächlich war Jan bei beiden Vorfällen anwesend, und er war zudem der einzige Zeuge. Jedenfalls, als er dann Herzog wurde, verbrachte er mehr Zeit hier als im Familienschloss, wo seine Frau und seine Kinder lebten. Sie waren dort praktisch Gefangene und im Prinzip alleingelassen.«

»Warum war der dämonische Herzog lieber hier?«

»Selbst heute ist die Burg recht einsam gelegen, damals jedoch war sie vollkommen isoliert. Die Landschaft hier war besonders wild und bot folglich exzellente Jagdgründe. Angeblich hat er dieses Tal und die Umgebung wie ein absoluter Monarch regiert. Absolute Macht und absolute Korruption. Alle fürchteten ihn und hassten ihn insgeheim. Es verbreiteten sich rasch alle möglichen Gerüchte, die im Laufe der Jahre ausgeschmückt wurden und mittlerweile zur lokalen Legende geworden sind. Vielleicht genügt es ja zu sagen, dass sich die Einheimischen niemals auch nur in die Nähe der Burg wagen. Fast alle Pfleger, Hausangestellte und das Küchenpersonal kommen von Mladá Boleslav hierher und wohnen für Fünf-Tages-Schichten in der Burg.«

»Legenden enthalten für gewöhnlich einen Funken Wahrheit«, bemerkte Viktor.

»O ja, er war ein böser Mensch, das stimmt. Jan vom Schwarzen Herzen hat angeblich die Dunklen Künste in der Burg praktiziert, hat Hexen und Hexer aus ganz Böhmen um sich geschart. Man behauptet, dass er erfolgreich Černobog, den Schwarzen Gott, beschworen hat, den Teufel der slawischen Mythen, oder auch Veles, den Dunklen Herren der Unterwelt. Es gab Geschichten von Schwarzen Messen im Wald oder in der Burg, solche Dinge. Was auch immer daran wahr sein mag, eines stimmt zweifelsfrei: Er hat Frauen und Mädchen aus den umliegenden Dörfern entführt und ermordet. Und zwar sehr viele. Vielleicht sogar mehr als hundert.«

»Und warum ist das besonders glaubwürdig?«

»Es findet sich in den historischen Aufzeichnungen. Der König hat eine Kommission hierher geschickt, die die Sache untersuchen sollte, und die stellte fest, dass es stimmte. Wäre Jan vom Schwarzen Herzen ein einfacher Bauer gewesen, hätte man ihn wegen seiner Verbrechen öffentlich aufgehängt oder ihn aufs Rad gespannt. Stattdessen wurde er in der Burg eingemauert. Das war damals eine verbreitete Strafe für Aristokraten, die sich etwas zuschulden hatten kommen lassen. Statt ins Gefängnis geworfen oder hingerichtet zu werden, wurden sie in einen versiegelten Raum eingemauert, in den man nur durch einen Schlitz Essen und Wasser hineinreichen konnte. Sie lebten manchmal Jahre so, manchmal sogar Jahrzehnte. Je nachdem, welcher Version der Legende Sie glauben, war der Lakai, der sich um den eingemauerten Jan vom Schwarzen Herzen kümmern musste, entweder ein Taubstummer, oder man hatte ihm die Ohren mit geschmolzenem Blei verschlossen und ihm die Zunge herausgeschnitten.«

»Warum denn das?«

»Man glaubte, dass Jan vom Schwarzen Herzen jeden dazu bringen konnte, seinen Wünschen zu gehorchen, dass er selbst die Frommen überreden konnte, sich Satan zuzuwenden. Einige behaupten, dass er gar nicht der Schüler des Teufels gewesen wäre, sondern sogar der Teufel selbst. Dass Jan Černé Srdce in Wirklichkeit Jan Černoboh gewesen wäre und also tatsächlich Satan für alle Zeit in der Burg eingesperrt wäre. Jedenfalls musste der Bedienstete taub für seine Schreie sein und für sein Flehen, freigelassen zu werden.«

Judita beugte sich näher zu Viktor hinüber und senkte gespielt verschwörerisch ihre Stimme. »Vielleicht haben Sie ja den alten Jan vom Schwarzen Herzen gehört, Sie wissen schon, als Sie Ihre eigenen dunklen Künste während Ihrer Sitzungen im Turm praktiziert haben. Man sagt, er wäre in einer Kammer dieses besonderen Turms eingemauert worden, weil der die dicksten Wände hatte. Aber bis jetzt ist es keinem gelungen, diese Kammer zu finden.«

»Ich kann nicht behaupten, dass ich ihn gehört hätte«, erwiderte Viktor. »Ich habe auch so schon mit genügend realen Dämonen zu kämpfen. Um sie zu exorzieren, wie Sie gesagt haben.«

»Vielleicht sollten Sie nach ihm lauschen. Eine Legende besagt, man könnte ihn des Nachts hören, wie er mit seinen Fäusten gegen die Steinmauern hämmert und nach Satan, seinem Herrn, ruft, damit er ihn befreie.« Sie tat, als würde sie plötzlich etwas begreifen. »Vielleicht sind Sie es ja, der ihn freilassen wird. Vielleicht ist Jan vom Schwarzen Herz der Teufels-Aspekt, nach dem Sie suchen. Oder vielleicht sucht er nach Ihnen. Es gibt noch eine Geschichte, nämlich dass der Steinmetz, der die verschlossene Kammer gebaut hat, in Wirklichkeit ein Hexer war und der Partner des Adligen bei seinen ruchlosen Taten. Und dass er eine Geheimtür mit einem Gang in das Netzwerk von Höhlen in dem Berg unter der Burg geschaffen hätte. Laut dieser Version ist der bösartige Geist von Jan immer noch in dem versiegelten Turmraum gefangen. Aber jedes Mal bei Vollmond schleicht er sich durch den Tunnel und die Höhlen in den Wald und sucht nach Opfern, um seine Blutgier zu befriedigen.« Sie lächelte übermütig und hob ihre dunklen Brauen. Judita Blochová strahlte sowohl Zerbrechlichkeit als auch Stärke aus, und Viktor war zunehmend von ihr fasziniert.

»Der Archäologe, den ich im Zug getroffen habe, sagte, die Höhlen und Gänge unterhalb der Burg wären der Eingang zur Hölle, und die Burg wäre errichtet worden, um diesen Eingang zu versiegeln. Wussten Sie das?«

Judita lachte. »Ja, diese Geschichte habe ich auch gehört. Denn die Einheimischen haben noch einen anderen Namen für die Burg: Pekelná brána – Höllentor. Der Turm hat wahrscheinlich deshalb dickere Wände, weil er ein Verteidigungsbollwerk sein sollte. Aber je nachdem, welcher Version der Geschichte Sie glauben, wurde Hrad Orlů entweder als Jagdschloss oder als Stopfen auf dem Eingang zur Hölle gebaut. Es war jedenfalls kein strategischer Brückenkopf und niemals dafür gedacht, einem Angriff standzuhalten. Aber der Turm wäre ein ideales Gefängnis.«

»Sie sagten, da gebe es auch eine Geschichte über den Behandlungsraum? Ich meine den Getreidespeicher?«

»Richtig.« Judita hob eine Braue. »Vielleicht war dieser Raum einmal als Getreidespeicher geplant, aber Jan vom Schwarzen

Herz hat ihn angeblich für alles Mögliche benutzt und immer für finstere Zwecke. Der Legende nach hat er sich dort mit weiblichen Gästen amüsiert, wahrscheinlich weil die Mauern alle Schreie erstickten. Und natürlich ist es auch ein Ort, an dem er nach Überzeugung der Einheimischen seine Schwarzen Messen abgehalten und den Teufel beschworen hat. Und jetzt sind Sie hier und beschwören Ihren Teufel in demselben Raum.«

»Ich glaube, Sie haben zu viele Fallgeschichten transkribiert.« Viktor lachte, aber als er an Judita vorbei zur Burg blickte, hatte er erneut dieses düstere Gefühl von Gefangenschaft. »Vielleicht sollten wir langsam wieder zurückgehen …«

22

Es hatte kein Geständnis gegeben. Und es würde auch keines geben. Smolák hatte Tobar Bihari ein halbes Dutzend Mal verhört, doch die Geschichte des Zigeuners blieb immer gleich. Jedenfalls die ersten drei- oder viermal. Danach schien sich Bihari in sich selbst zurückgezogen zu haben. Smoláks Fragen blieben unbeantwortet, nicht, weil Bihari ihnen ausweichen wollte, sondern eher, weil er sie nicht gehört zu haben schien. Er saß stumm da und starrte geradeaus, als würde er irgendeinen weit entfernten Punkt im Raum oder in der Zeit fixieren oder beides. Weder Aufmunterung noch Flehen, Schmeicheleien oder Drohungen konnten ihn aus dem Winkel seines Verstandes herausholen, in den er sich zurückgezogen hatte.

Nach jedem Verhör, mit jedem Tag, der verstrich, bewohnte weniger von Tobar Bihari diese Welt oder den Körper, der sich darin bewegte. Er wurde jetzt während der Verhöre nicht mehr an den Stuhl gefesselt und trug keine Handschellen. Der kleine Zigeuner ging dorthin, wohin man ihn führte, setzte sich, wenn man ihn zu dem Stuhl brachte, und stand auf, wenn man ihn am Ellbogen fasste.

Smolák musste sich der bitteren Tatsache stellen, dass nun nichts mehr zwischen seinem Verdächtigen und dem Irrenhaus stand. Er würde den Zigeuner niemals dazu bringen, ihm Einzelheiten über die anderen Frauen mitzuteilen, die er ermordet hatte. Man hatte die Räume durchsucht, die der Zigeuner mit der klumpfüßigen Prostituierten teilte, aber man hatte weder eine blutbefleckte Lederschürze noch eine rasiermesserscharfe Mordwaffe gefunden und auch keine Glasperle, die zu der passte, die Smolák am Tatort gefunden hatte.

Während er mit ansehen musste, wie sein Verdächtiger immer tiefer in einen stummen, regungslosen Wahnsinn versank, diskutierte Smolák den Fall erneut mit Dr. Bartoš. Er bat den Arzt sogar, bei einem seiner Verhöre von Bihari anwesend zu sein und ihm seine professionelle Meinung über den geistigen Zustand des Verdächtigen mitzuteilen.

»Ich habe es Ihnen vorher gesagt, Kapitán«, erklärte Bartoš nach einer weiteren fruchtlosen Sitzung mit Bihari, als Smolák und er im Korridor rauchten. »Sie sollten wirklich die Hilfe eines richtigen psychiatrischen Experten in Anspruch nehmen, wie zum Beispiel Professor Románek im Hrad Orlů Irrenhaus, den ich Ihnen bereits empfohlen habe. Ich bin nicht kompetent genug …«

»Eine Meinung, Doktor. Ich bitte Sie nur um eine fundierte Meinung. Ich komme mit Bihari nicht weiter. Er benimmt sich nicht wie jemand, der schuldig ist, und ebenso wenig wie ein Unschuldiger. Stattdessen zieht er sich vollkommen in sich selbst zurück. Manchmal habe ich den Eindruck, er weiß nicht einmal, dass ich mit ihm im selben Raum bin.«

»Das ist ja genau das Problem.« Bartoš gab sich keine Mühe, seine Ungeduld zu verbergen. »Oder genauer gesagt, er ist nicht im selben Raum mit Ihnen. Merken Sie, dass er sich nur bewegt, wenn man ihn sanft schiebt? Oder sich nur hinsetzt, wenn man ihn in den Stuhl drückt? Das nennt man wächserner Widerstand, eine Vorstufe zu einer ausgewachsenen Katatonie. Nach dem, was ich gesehen habe, und ich wiederhole, dass ich kein Experte bin, zeigt er mittlerweile Symptome von Oneirophrenie, er träumt im Wachzustand. Wie ich schon sagte, er ist kurz davor, in Katatonie zu verfallen. Er wird schon bald aufhören zu reden, sich zu bewegen und auf irgendwelche Stimuli zu reagieren.«

»Was könnte das Ihrer Meinung nach verursacht haben?«

Der kleine Polizeiarzt wischte sich Asche von seinem zerknitterten Anzug und zuckte mit den Schultern. »Er steht unter einem extremen Schock, weil er von Angesicht zu Angesicht dem Teufel begegnet ist. Das kann bedeuten, dass er mit irgendeinem monströsen Teil von sich selbst konfrontiert wird, dem Teufel in ihm. Es kann aber auch sein, dass da tatsächlich jemand mit ihm in dieser Nacht in der Wohnung war – jemand, der sich als Lederschürze entpuppte und dessen Wille sehr viel stärker und dominanter war als der von Bihari. Aber ich wiederhole, Sie müssen jetzt einen Psychiater zurate ziehen. Das ist Ihre einzige Chance herauszufinden, was wirklich passiert ist. Ob er wirklich Ihre Lederschürze ist oder nicht.«

»Also gut, Doktor, ich rufe diesen Professor Románek an und finde heraus, ob er helfen kann.«

Sie standen beide noch im Gang, als die Tür des Verhörzimmers aufging. Bihari, klein und mit ausdrucksloser Miene, wirkte neben dem uniformierten Polizisten, der ihn am Ellbogen gepackt hatte und ihn aus dem Verhörraum führte, winzig. Sie gingen über den Korridor zu den Zellen.

Smolák und Bartoš sahen den beiden schweigend nach, bis der Gefangene und sein Aufpasser am Ende des Gangs um die Ecke gebogen waren.

»Ich würde diesen Anruf lieber früher als später tätigen«, sagte Bartoš. »Bevor er sich vollständig aus dieser Welt zurückzieht.«

Smolák war im Begriff zu antworten, als aus dem anderen Gang hinter der Ecke Schreie zu ihnen drangen. Smolák rannte, noch bevor er Biharis Stimme erkannte. Dr. Bartoš folgte ihm.

Als Smolák um die Ecke bog, stand er Bihari gegenüber. Der Polizist lag betäubt am Boden. Seine Nase war gebrochen. Ein blutiger Fleck auf der cremefarbenen und grünen Wand der Polizeiwache zeigte, wo das Gesicht des Polizisten dagegen geschlagen worden war.

Smolák blieb wie angewurzelt stehen und streckte den Arm aus, um Dr. Bartoš aufzuhalten.

»Gehen Sie wieder um die Ecke in den anderen Gang, Doktor«, befahl Smolák leise und ruhig.

»Aber …«

»Sofort, Doktor.« Smolák drehte sich nicht herum und nahm auch den Blick nicht von Tobar Bihari oder der Dienstwaffe, die dieser dem Polizisten am Boden abgenommen hatte.

»Tobar …« Smolák streckte die Hand nach dem Zigeuner aus. »Tobar, Sie bringen sich nur noch mehr in Schwierigkeiten. Geben Sie mir die Pistole.«

Bihari reagierte, indem er auf Smoláks Gesicht zielte. »Bleiben Sie, wo Sie sind.« Seine ruhige Stimme und die Zielstrebigkeit seines Handelns beunruhigten Smolák. Bihari schien nicht mehr verängstigt zu sein wie in seinen letzten wachen Momenten, und er zeigte auch nicht mehr die dumpfe, schlafwandlerische Passivität wie im Verhörzimmer. Smolák fragte sich, ob beides nur gespielt gewesen war, ob das hier der kalkulierende, organisierte Verstand hinter einer Reihe von brutalen, aber sorgfältig kalkulierten Morden war.

Smolák schätzte den Abstand zwischen sich und Bihari ab und überlegte, wie schnell er die Lücke schließen konnte und wie viele Kugeln er vorher einfangen würde.

»Bleiben Sie, wo Sie sind«, wiederholte Bihari. »Ich will Ihnen nicht weh tun. Ich will niemandem weh tun.«

»Dann geben Sie mir die Waffe, Tobar.«

»Sie bekommen Ihre Waffe, aber zuerst müssen Sie mir etwas versprechen.«

»Tobar, ich kann keinen Handel mit Ihnen …«

»Ich habe nicht gesagt, ich wollte mit Ihnen handeln. Ich kann um nichts bitten, und Sie können mir nichts anbieten. Ich will keinen Handel, ich bitte um ein Versprechen. Ein Versprechen von Ihnen.«

»Was für ein Versprechen?«

»Ich kann nicht mit ihm in meinem Kopf weiterleben. Ich möchte, dass Sie das verstehen. Er ist in meinem Kopf, und die Dinge, die er getan hat, sind in meinem Kopf, und ich kann nicht länger damit leben.« Smolák hörte, wie die schnellen Schritte anderer Beamter, die wahrscheinlich von Dr. Bartoš alarmiert worden waren, sich ihnen näherten.

»Geben Sie mir die Waffe, Tobar. Jetzt!«

»Geben Sie mir Ihr Versprechen.«

»Was für ein Versprechen?«

»Er ist der Teufel, verstehen Sie?« Bihari klang nüchtern. »Er ist Beng, der Teufel, und man muss ihn aufhalten. Ich möchte, dass Sie mir versprechen, dass Sie ihn aufhalten werden.«

»Das verspreche ich«, antwortete Smolák.

»Danke«, sagte Bihari.

Das Geräusch des Schusses war in dem engen Gang der Polizeiwache ohrenbetäubend. Smolák spannte unwillkürlich alle Muskeln in Erwartung des Einschlags der Kugel an. Aber er kam nicht. Stattdessen spritzte eine Fontäne aus Blut, Knochen und Gehirnmasse aus dem Hinterkopf des kleinen Zigeuners. Die Unterseite seines Kiefers war schwarz-grau verbrannt vom Pulver. Dort hatte er die Mündung der Waffe angesetzt und abgedrückt.

Smolák sah zu, wie Bihari leblos zu Boden fiel. Das Ende eines kleinen Mannes, eines kleinen Lebens.

Die Uniformierten drängten sich um Smolák, und Dr. Bartoš bückte sich, um Biharis Leichnam auf dem Boden zu untersuchen, um dessen Kopf sich eine dunkelrote Pfütze wie ein Heiligenschein auf dem Steinboden ausbreitete. Währenddessen überlegte der Polizeikapitán, ob das, was er eben gehört hatte, ein Geständnis gewesen war. Oder nicht.

23

Es dämmerte bereits, als sie den Weg zur Burg hinaufstiegen. Wolken sammelten sich über den Spitzdächern und Türmen des Irrenhauses und tauchten die Schlucht in harsche, kalte Schatten.

Als sie die Hälfte der Strecke hinter sich hatten, war der Himmel noch dunkler geworden, blaugrau, bleiern und bedrohlich. Als er seine Drohung wahr machte, geschah das mit Vehemenz: Der Wolkenbruch ergoss sich prasselnd auf die Blätter um sie herum und durchtränkte innerhalb von Minuten ihre Mäntel.

»Kommen Sie mit!« Judita packte Viktor am Handgelenk und zog ihn auf einen schmalen Pfad, der vom Hauptweg abzweigte.

»Wohin denn?«

»Kommen Sie einfach mit«, beharrte sie. »Ins Trockene.«

Er trottete hinter ihr her, ihre schlanken und vom Regen kühlen Finger immer noch um sein Handgelenk geschlossen. Die Bäume schienen den Pfad zu bedrängen, und Viktor hatte wieder dieses alte klaustrophobische Gefühl, diese sonderbare dumpfe Furcht, die sich drückend auf ihn legte.

»Kommen Sie!«, wiederholte Judita lächelnd. Sie spürte seine Zurückhaltung und zog an seinem Handgelenk.

Viktor folgte ihr, immer noch verwirrt, weil er nicht wusste, wo sie mitten im Wald Schutz finden sollten. Nach etwa sechzig Metern wichen die Bäume zu einer Lichtung zurück, etwa zwanzig Quadratmeter groß. In der Mitte auf einem Felsvorsprung stand ein Holzgebäude mit einem weit heruntergezogenen Walmdach. Der Rand des Daches und die dunklen Holzpfeiler waren mit Schnitzereien verziert. Das Holz war fleckig und dunkel von Öl, und im Regen und in dem Licht sah es aus wie ein Waldgeist. Ein schmales Türmchen mit einem Hexenhutdach wölbte sich in den Himmel. Auf der Spitze befand sich eine Kugel, aus der ein orthodoxes Kreuz mit zwei parallelen Kreuzarmen aufragte.

Eine alte slawische Waldkapelle. Ihrem Stil und den Schnitzereien nach schätzte Viktor, dass sie schon seit dem Mittelalter hier stand. Es war ein sehr entlegener, fast schon geheimer Ort für einen Platz der Anbetung Gottes, aber angesichts von Böhmens wechselhafter religiöser und politischer Geschichte war das nicht sonderlich überraschend. Viktor überraschte jedoch, dass die Kapelle trotz ihres Alters in einem ausgezeichneten Zustand zu sein schien. Jemand aus dem Dorf kümmerte sich offenbar darum.

Judita zog ihn dorthin. »Kommen Sie mit!«, befahl sie.

Sie kauerten sich unter das schmale Vordach. Viktor zog den Riegel zurück und drückte gegen die schwere Eichentür. Obwohl es kein Schloss zu geben schien, gab die Tür nicht nach.

»Ich habe es schon versucht«, erklärte Judita. »Ich wollte nur einmal einen Blick hineinwerfen, aber die Tür ist sehr solide. Ich vermute, dass es dort irgendwo ein verstecktes Schloss gibt. Unter dem Vordach bleiben wir zumindest trocken.«

Sie standen schweigend da und sahen, wie der Regen sich wie mit stählernen Stangen in den dichten dunkelgrünen Wald um sie herum bohrte. Ein Wolkenbruch im Wald hatte etwas sonderbar Schönes, und sie beide waren damit zufrieden, unter dem Schutz des Vordachs die Natur bei der Arbeit zu beobachten. Es verwunderte Viktor, wie wohl er sich fühlte, trotz seines gewohnten Unbehagens in Wäldern. *Es muss daran liegen, dass ich mit Judita hier bin*, dachte er.

»Ich hatte also recht, was Wälder angeht«, sagte er. »In ihnen verbergen sich alle möglichen Geheimnisse. Woher wussten Sie von diesem Platz?«

»Ich gehe oft im Wald spazieren. Wie Sie selbst sagten, man muss ab und zu raus aus der Burg. Ich hatte munkeln hören, es gäbe hier eine alte Kapelle zwischen der Burg und dem Dorf, also habe ich mir in den Kopf gesetzt, sie zu finden. Sie muss schon seit Hunderten von Jahren hier stehen.«

Viktor betrachtete das Bauwerk. Dunkel und schwer wirkte es vollkommen heimisch in diesem Wald und gleichzeitig sonderbar deplatziert. »Vielleicht hat hier Ihr Jan vom Schwarzen Herzen seine Rituale abgehalten ...« Er lächelte und beugte sich gespielt drohend zu ihr herunter. Es war eine unschuldige Geste, die ihre Gesichter dicht zusammenbrachte, so dicht, dass sie sich hätten küssen können.

»Der Regen lässt nach«, sagte Judita verlegen. »Wir sollten zurückgehen, bevor er wieder stärker wird.«

Viktor sah sie unverwandt an. »Das sollten wir wohl.«

Judita wollte unter dem Dach hervortreten, als sie plötzlich stehen blieb. Etwas auf dem Holzpfeiler des Vordachs erregte ihre Aufmerksamkeit. Sie trat dichter heran und untersuchte es. Stirnrunzelnd fuhr sie mit dem Daumen über das Holz.

»Das ist sonderbar«, sagte sie. »Das habe ich vorher noch nicht gesehen.«

»Was denn?«

»Hier ist etwas ins Holz geschnitzt.«

Viktor lachte. »Die ganze Kapelle ist mit Schnitzwerk überzogen.«

»Nein, sehen Sie doch.« Sie trat zur Seite, so dass Viktor sich vorbeugen und es selbst in Augenschein nehmen konnte.

»Verstehe«, sagte er. »Eine Art von Schrift, mit einem Messer hineingeritzt.«

»Was für eine Schrift ist das? Es ist weder lateinisch noch kyrillisch. Ist das glagolitisch?«

»Genau das ist es«, erklärte Viktor. Die Symbole waren mit großer Sorgfalt in das uralte Holz geritzt worden. Die eleganten Kurven und Winkel des uralten Alphabets waren makellos ausgeführt. Es gab vier Reihen mit Zeichen, die in das dunkle Holz geschnitten worden waren. »Sonderbar ...«

»Was?«

»Wenn man in einem solchen Gebäude glagolitische Buchstaben findet, sollte man annehmen, dass sie schon Jahrhunderte alt sind. Aber das hier ist relativ frisch. Sehen Sie ...«

Judita untersuchte die Schnitzereien erneut und zuckte mit den Schultern. »Sie haben recht. Ich bin jedenfalls sicher, dass es bei meinem letzten Besuch noch nicht hier war. Sieht aus, als triebe da ein Vandale sein Unwesen.«

»Das muss aber ein ziemlich gebildeter Vandale sein, wenn er seine Botschaften in altem Kirchenslawisch ins Holz ritzt. Ich frage mich, was das bedeutet...« Viktor nahm ein Notizbuch und einen Stift aus seiner Tasche und schrieb die Buchstaben ab. »Ich habe einen Freund. Derjenige, von dem ich Ihnen erzählt habe, Filip Starosta. Er hat das studiert. Wenn ich ihn wiedersehe, frage ich ihn, ob er es mir übersetzen kann.«

24

Viktor verbrachte die folgende Woche damit, die nächste Sitzung mit dem ehemaligen Clown zu planen. Aber er führte auch normale Gespräche mit jedem der anderen Patienten, ohne ihnen Medikamenten-Cocktails zu verabreichen. Damit wollte er jeden von ihnen mit seiner ungeschminkten Psychose kennenlernen, als Vorbereitung für die narcosynthetische Sitzung. Dort würde er dann tiefer in die dunklen Schluchten ihres jeweiligen komplexen Bewusstseins eintauchen können.

Sonderbarerweise schien Leoš Mlàdek nicht anders zu reagieren, wenn er ohne die Medikamente befragt wurde. Er schilderte die Ereignisse auf genau die gleiche Weise. Viktor beschloss, bei der nächsten Sitzung eine stärkere Dosis des das Ego unterdrückenden Medikamenten-Cocktails zu verabreichen. Damit wollte er Mlàdeks bewusste, oberflächliche Persönlichkeit umgehen und direkt mit dem Harlekin reden. Vielleicht fand er dort den Teufels-Aspekt in konkreter Form vor und konnte damit seine Theorie beweisen.

Die ohne Medikamente durchgeführten Befragungen der anderen Patienten erbrachten höchst unterschiedliche Resultate. Trotz der Gemeinsamkeit des gewalttätigen Wahnsinns waren sie als Gruppe von Individuen so unterschiedlich, wie man sich nur vorstellen konnte. Selbst ihre Haltung ihrer Krankheit und ihrer Gefangenschaft gegenüber variierte. Einige wie Leoš Mlàdek oder der schlicht gestrickte Holzarbeiter Pavel Zelený schien ihre Internierung wirklich zu erstaunen. Ebenso die Anschuldigungen gegen sie oder die Diagnose der Geistesgestörtheit. Das waren die sogenannten ego-dystonischen Fälle. Die Verbrechen, die sie begangen hatten, waren für ihre Persönlichkeit so fremdartig, dass sie jede Verantwortung dafür zurückwiesen.

Andere wie die prüde und anständige Hedvika Valentová oder der Glassammler Michael Machachek schienen ihre Einkerkerung als eine ungeheure Überreaktion auf etwas zu empfinden, was vollkommen verständliche, gerechtfertigte Handlungen der Gewalt ihrerseits gewesen waren. Wie so viele Wahnsinnige erwarteten sie von der Welt, dass sie sich an ihre Wahnvorstellungen anpassen würde. Dass sie zu ihrer Geisteskrankheit passen würde. Das waren die ego-syntonischen Patienten. Ihre Behandlung war deshalb besonders schwierig, weil sie ihre Abnormität als Norm wahrnahmen. Sie sahen alle um sie herum als die Abartigen und Verwirrten, während sie selbst einer angemessenen und erklärbaren Logik folgten.

Vojtěch Skála bildete jedoch die große Ausnahme. Selbst wenn er unter Beruhigungsmitteln stand, konnte man Skála nur in einem Fixierungsstuhl oder einer Zwangsjacke befragen, und das in der Gegenwart von zwei Pflegern.

Bei jeder Begegnung war Viktor von seiner eigenen Reaktion auf Skála überrascht. Der Massenmörder besaß wahrlich eine gewaltige Anziehungskraft; die Luft um ihn herum schien mit einer dunklen mächtigen Elektrizität aufgeladen zu sein. Viktor fiel wieder ein, dass Judita gesagt hatte, Skála wäre von den anderen Patienten isoliert, damit er sie nicht mit der Macht seiner Wahnvorstellungen infizierte. Professor Románek hatte später erklärt, dass die Pfleger, die sich um Skála kümmerten, häufiger abgelöst wurden als die anderer Patienten.

»Was auch immer Sie tun«, hatte der Professor Viktor gewarnt, »sorgen Sie dafür, dass Sie in Skálas Verstand eindringen, nicht andersherum.«

Während seiner ersten ausführlichen Sitzung mit Viktor genoss Skála es, seine Untaten zu schildern. Bei jeder Gelegenheit sang er ein Loblied auf den Dienst am Bösen. Auch wenn er keine seiner Untaten leugnete, sie sogar zu genießen schien, wies er wie so viele Patienten die Diagnose der Geistesgestörtheit zurück.

Er sei, so erklärte er, nicht irrsinnig, sondern bösartig.

In dieser Woche rief Viktor zweimal Filip an. Beide Male bekam er keine Antwort, und er machte sich noch mehr Sorgen um seinen Freund. Außerdem ging es auch um die glagolitische Inschrift am Pfosten der Waldkapelle, die Viktor in sein Notizbuch geschrieben hatte. Wenn jemand sie übersetzen konnte, dann Filip.

Professor Románek redete regelmäßig mit Viktor, zog sich jedoch später in dieser ersten Woche in seine Gemächer zurück, mit der Instruktion, ihn auf keinen Fall zu stören. Es war genauso, wie Judita es beschrieben hatte, und alle außer Viktor schienen Románeks Rückzug als völlig normal zu akzeptieren.

Nachdem Viktor mit all seinen Patienten gesprochen hatte, fertigte er einen Stundenplan für die narcosynthetischen Sitzungen an und bestellte die Medikamente, die er dafür brauchte, in der Apotheke. Die Verwaltung der Apotheke oblag Dr. Krakl. Viktor musste sich bemühen, seine instinktive Abneigung Krakl gegenüber zu verbergen, und als er Platners Assistenten besser kennenlernte, wurde aus dieser instinktiven Antipathie eine begründete Ablehnung.

Krakl schien Viktor gegenüber ständig argwöhnisch zu sein und hinterfragte jedes Ersuchen um Sodium Amytal, Sodium Pentothal, Phenobarbital oder Scopolamin. Allerdings kleidete er seine Nachfragen in das Mäntelchen beruflichen Interesses an Viktors Methoden. Dieses Mäntelchen wurde jedoch fadenscheinig, als er wissen wollte, wofür Viktor wohl das hochgiftige Picrotoxin brauchte.

»Die Narcosynthese ist eine neue und sich noch entwickelnde Therapie.« Viktor verbarg seine Gereiztheit. »Ich mische Sodium Amytal mit anderen Barbituraten in kleinen, streng abgemessenen Dosen. Aber jeder Patient hat einen anderen Metabolismus und reagiert entsprechend anders. In dem unwahrscheinlichen

Fall einer Überdosis von Barbituraten ist Picrotoxin das stärkste Gegenmittel.«

Krakl schwieg einen Moment. Er wirkte wie ein Geier im Laborkittel, der Viktor mit einem abschätzenden Blick aus seinen ausdruckslosen Augen musterte.

»Was glauben Sie mit dieser Therapie erreichen zu können?«, erkundigte sich der Sudetendeutsche schließlich. »Ein Abklingen der Symptome? Oder eine Heilung?«

»Ich weiß, dass keiner dieser Patienten jemals wieder auf die Welt losgelassen werden kann, aber ich kann zumindest versuchen, ihnen zu helfen, Frieden zu finden.«

»Frieden? Glauben Sie wirklich, dass diese Monster nach allem, was sie getan haben, Frieden verdient haben?«

Viktor schüttelte ungläubig den Kopf. »Sie sind für das, was sie getan haben, nicht verantwortlich. Sie sind krank, und es ist unsere Pflicht als vereidigte Ärzte, alles zu tun, um ihnen zu helfen. Wenn es mir gelingt, den Teufels-Aspekt in jedem Patienten zu erreichen und ihn vollkommen dem jeweiligen Ego zu unterwerfen, dann, so glaube ich, werden die Verirrungen der Patienten weniger. Das ist eine Operation am Unbewussten: die Entfernung eines psychischen Tumors.«

Krakl lächelte sein perverses Geierlächeln, das fast schon höhnisch wirkte. »Diese Leute sind deformiert, schrecklich deformiert, und zwar auf eine Art und Weise, die man nicht sehen kann. So wie keine Operation einen Buckligen heilen oder ein von Geburt an fehlendes Gliedmaß ersetzen kann, leiden diese Leute unter einer versteckten Entstellung, die man nicht heilen kann.«

»Ich finde diese Haltung für einen Arzt ziemlich sonderbar«, gab Viktor zurück. »Wollen Sie sagen, dass wir nicht versuchen sollten, die Kranken zu heilen?«

»Die Pflicht eines Arztes ist Korrektur. Und manchmal ist diese Korrektur gesellschaftlich statt individuell.« Krakl legte den Kopf schief, als wollte er unterstreichen, dass er auf Viktor herabblickte. »Manchmal ist die Funktion eines Arztes auch präventiv und nicht heilend. Wir müssen dafür sorgen, dass ein größerer Prozentsatz der Bevölkerung sowohl körperlich als auch geistig gesund ist. Die größte Bedrohung für die menschliche Evolution ist Degeneration. Wenn wir den körperlich und geistig Degenerierten nicht erlauben, sich fortpflanzen, wenn wir sie aus der Gesellschaft ausmerzen, dann profitiert die Gesellschaft davon. Wir alle profitieren davon.«

»Sie glauben also, die Antwort wäre Eugenik?« Viktor konnte es nicht fassen.

»Das beste Heilmittel gegen Unzulänglichkeit besteht darin, erst gar keine Unzulänglichkeiten zuzulassen.«

Viktor schüttelte den Kopf. »Es tut mir leid, Dr. Krakl. Ich fürchte, dass ich wahrhaft nicht gern in Ihrer perfekten Welt leben möchte.« Er sammelte seine Medikamente ein. »Und bis sie kommt, werde ich weiter das Beste für meine Patienten tun. Und zwar zu ihrem Wohl und im Interesse der Gesellschaft.«

25

Viktors Sitzungen mit Leoš Mlàdek hatten nirgendwohin geführt. Weder hatte Viktor es vermocht, die spezielle Psychose des Clowns zu isolieren, noch hatte es ihn dem Beweis seiner Teufels-Aspekt-Theorie nähergebracht. Er hatte Mlàdek erlaubt, sein Clown-Make-up aufzulegen, in der Hoffnung, es könnte etwas in seinem Unbewussten Vergrabenes hervorholen. Jedenfalls war das der professionelle Grund. Persönlich hatte Viktor Mitleid mit diesem sanftmütigen, freundlichen Mann, der so verwirrt über seine Einkerkerung wegen Verbrechen war, derer er sich aufrichtig nicht schuldig fühlte. In gewisser Hinsicht hatte Mlàdek auch recht: Der unschuldige Pierrot war für Verbrechen verurteilt worden, die der bösartige Harlekin begangen hatte.

Viktor hoffte, dass seine nächste narcosynthetische Sitzung mehr Früchte tragen würde. Bei Hedvika Valentová. Die Vegetarierin.

Das Pflegepersonal hatte sich der abendlichen Ansetzung seiner Sitzungen zunächst widersetzt, so dass Viktor ihnen erklären musste, dass er die Droge mit den natürlichen inneren Rhythmen der Patienten synchronisieren wollte. Um den Verstand davon zu überzeugen, dass er in einen abendlichen Schlaf fiel, erklärte er, musste der Körper das ebenfalls glauben.

Also wurde Madame Valentová zwei Stunden nach dem Nachtmahl in den umfunktionierten Getreidespeicher des Turmes gebracht. Wieder hinterließ sie bei Viktor den Eindruck einer leicht säuerlichen provinziellen Schulmeisterin. Diesmal war die hagere Frau vollkommen grau gekleidet: grauer Rock, graue Bluse, graue Jacke und graue Strümpfe; langweilig, formlos und unmodern. Und es bereitete ihm Sorge, dass sie offenbar seit ihrer ersten Begegnung noch mehr an Gewicht verloren hatte.

Obwohl Hedvika Valentová zuvor Beruhigungsmittel bekommen hatte, sah sie sich misstrauisch um, als sie hereingebracht wurde. Besonders Viktor beäugte sie argwöhnisch. Sie ließ sich nur von der Krankenschwester zu der Liege bringen. Dann bestand sie darauf, es wäre unschicklich, mit einem Mann allein und in liegender Position zu sein. Also erlaubte Viktor, dass die Fixierungsliege verstellt wurde, so dass Madame Valentová in einer eher aufrechten Position dalag.

Und um den Argwohn seiner Patientin zu zerstreuen, bat Viktor die Krankenschwester, als sie ihrer Patientin die Halteriemen anlegte, im Raum zu bleiben, bis er ihr den Medikamentencocktail mit Scopolamin verabreicht hatte und Valentová völlig unter seinem Einfluss stand. Schließlich löste sich ihre versteifte Haltung, und Hedvika Valentovás Ego, das ihr Bewusstsein steuerte, gab das Ruder aus der Hand. Schon bald konnte Viktor ihre Gedanken in jede gewünschte Richtung lenken.

Nachdem er sie etliche Minuten später sanft in die Tiefen ihres eigenen Verstandes geführt hatte, jenseits der zehn Jahre, die sie in Irrenhäusern eingesperrt verbracht hatte, bat Viktor sie, einen Moment zu finden, der definierte, wer Hedvika Valentová tatsächlich war.

»Ich möchte, dass Sie zu dem Moment zurückgehen, an dem all Ihre Schwierigkeiten tatsächlich anfingen«, sagte er. »Seien Sie eine Beobachterin und sehen Sie sich so, wie andere Sie sahen. Suchen Sie diesen Moment, und wenn Sie ihn gefunden haben, bringen Sie uns beide dorthin.«

Sie schloss wie befohlen die Augen, dann herrschte Stille. Während seine Patientin durch Raum und Zeit in ihrem Inneren reiste, musterte er ihr Profil. Es war sonderbar. Alles an ihrem Gesicht war wohlproportioniert, es gab keine deformierten oder abnormalen Gesichtszüge bis auf die hohlen Wangen und die tief in den Höhlen liegenden Augen wegen ihrer Unterernährung.

Man konnte sie nicht einmal als hässlich bezeichnen. Allerdings war sie auch nicht attraktiv. Viktor erkannte, dass man Hedvika Valentová eigentlich gar nicht beschreiben konnte. Sie hatte ein Gesicht, das einem niemals auffallen würde; ein Gesicht, das man in dem Moment vergaß, wenn es aus dem Blickfeld verschwand.

»Ich bin dort«, sagte sie, als sie ihre innere Reise beendet hatte.

»Wo sind Sie?«

»Auf einer Feier. Einer Geburtstagsfeier.«

»Ihre Geburtstagsfeier?«

Sie schüttelte den Kopf. »Für eines der anderen Mädchen aus meiner Klasse. Sie ist hübsch und reich. Ihr Vater ist eine wichtige Person in der Škoda-Fabrik. Ich weiß, dass sie mich am Anfang gar nicht auf die Feier eingeladen hatte, aber ich glaube, Mama hat deswegen mit ihrer Mutter geredet.«

»Stehen Sie Ihrer Mutter nahe?«, fragte Viktor.

»Ja. ›Wir müssen aufeinander aufpassen‹, sagt meine Mutter immer. ›Es gibt nur noch uns beide, und wir müssen aufeinander aufpassen.‹«

»Sie haben keine Brüder oder Schwestern?«

»Es gibt keine Brüder oder Schwestern. Und keine Freunde. Mein Vater starb, als ich ein Säugling war, und jetzt habe ich nur noch meine Mutter.« Valentová sprach mit der Stimme eines Kindes.

»Sind Sie ein glückliches Mädchen, Hedvika?«

»Nein. Ich bin nicht glücklich. Ich war noch nie glücklich. Ich bin so einsam. Meine Mutter hilft mir, so gut sie kann, aber ich bin immer allein. Niemand beachtet mich.« Ihre Stimme brach, als ein dreißig Jahre alter Schmerz erneut aufflammte.

»Hedvika, ich möchte, dass Sie aus sich selbst heraustreten. Denken Sie an das, was ich über Sie als Beobachterin sagte, bleiben Sie distanziert. Bleiben Sie in der Zeit der Geburtstagsfeier, aber Sie müssen sich selbst so sehen, wie andere Sie sehen würden. Ich möchte, dass Sie die Ereignisse so beschreiben, als würden Sie sie beobachten, ich möchte nicht, dass Sie sie durchleben. Verstehen Sie?«

»Ich verstehe.« Nun war es wieder die Stimme der Erwachsenen.

»Beschreiben Sie sich selbst, beschreiben Sie das Mädchen, das Sie sehen.«

»Ein kleines Mädchen, das unsichtbar ist. Ein kleines Mädchen, dem es vorherbestimmt war, allein zu sein.«

»Warum sagen Sie das? Warum war es Ihnen vorbestimmt, immer allein zu sein?«

»Ich war unscheinbar und scheu. Was nicht heißen soll, dass man mich gehänselt oder herumgeschubst hätte. In gewisser Weise wäre das besser gewesen, denn das hätte zumindest bedeutet, dass man mich bemerkt hätte. Ich wurde einfach übersehen. Und wenn Menschen mich bemerkten, hielten sie mich für sonderbar. Und das war ich auch. Die Einsamkeit meiner Kindheit machte mich sonderbar, glaube ich. Dabei wollte ich nur endlich bemerkt werden.«

»Erzählen Sie mir etwas über die Feier.«

»Mama hat mir ein Kleid genäht. Es war das schönste, was ich je gesehen hatte, ein Wunder aus rosa Seide und Spitze. ›Du siehst so hübsch aus‹, sagte sie, als ich es anzog, und diesmal glaubte ich ihr. Ich stand vor dem Spiegel und fühlte mich glücklich. Vollkommen glücklich. Ich stellte mir all die Dinge vor, die die anderen Mädchen über mein Kleid sagen würden. An den Spaß, den wir haben würden. Die neuen Freunde, die ich gewinnen würde. Das sollte der Tag werden, an dem sich alles änderte.«

»Was ist dann auf der Feier passiert?«

»Gar nichts. Das Kleid machte keinen Unterschied. Niemand bemerkte mich, und niemand sprach mit mir. Ich gab Markéta, dem Mädchen, das Geburtstag hatte, mein Geschenk. Sie bedankte sich, lächelte und sprach dann kein einziges Wort mehr mit mir. Dabei war sie nicht grausam oder unhöflich. Sie vergaß einfach, dass ich da war, es sei denn, ich stand direkt vor ihr. Und so war es bei allen. Selbst mein Kleid bemerkte niemand. Mir war klar, dass das Kleid zwar hübsch war, aber dass niemand darin steckte. Allmählich glaubte ich, dass ich vielleicht gar nicht existierte, dass ich nur eine Geschichte wäre, die ich mir selbst erzählte. Alle spielten Spiele, vergaßen aber, dass ich da war. Dann bekam Markéta das Geschenk von ihren Eltern. Einen Hundewelpen. Es war ein wunderhübsches kleines Ding. Und jeder durfte ihn streicheln.«

»Haben Sie den Welpen auch gestreichelt?«

»Eine Weile. Ich liebte diesen Hundewelpen. Ich wünschte mir so sehr, dass ich auch so einen haben könnte. Ich dachte, dass Hunde – im Gegensatz zu Menschen – mich vielleicht bemerken und mich lieben würden, ganz gleich, wie ich aussah. Aber als Markéta das Hundebaby zu sich rief, wollte es zu ihr. Ich hielt es fest, streichelte es und redete leise mit ihm und bat es, bei mir zu bleiben, aber es wand sich einfach nur aus meinem Griff, um zu Markéta zurückzukommen. Alle hatten danach weiter Spaß, lachten, spielten, umarmten einander, vor Freude darüber, dass sie Kinder waren und glücklich. Ich saß einfach nur da und sah zu. Seitdem war es immer so.«

»Aber etwas ist auf dieser Party passiert, habe ich recht? Am Ende?«

»Ich wollte weggehen, doch Mama sagte ständig, ich sollte mit den anderen Kindern spielen. Schließlich vergaß auch sie mich und redete mit den anderen Müttern. Ich konnte das Hundebaby noch einmal streicheln, aber dann fing es an, sich wieder zu wehren. Es wollte weg von mir, wollte lieber bei den anderen sein. Es wollte zu all dem Lachen und der Aufregung. Also ließ ich es laufen. Ich saß allein am Ende des Gartens und beobachtete sie alle. Es war ein heißer, sonniger Tag. Den Leuten ist es nicht klar, aber an solchen Tagen ist die Einsamkeit am schlimmsten. Sie trifft einen am tiefsten Punkt, wenn die Sonne scheint und alles hell und warm ist. Dann plötzlich fing Markéta an zu weinen. Sie heulte schrecklich. Ihr Gesicht war verzerrt und rot angelaufen. Ich verrate Ihnen jetzt etwas: Da sah sie gar nicht mehr so hübsch aus. Und alle anderen weinten auch und rannten wie wild durcheinander.«

»Was war passiert?«

»Sie konnten den Hundewelpen nicht finden. Er musste weggelaufen sein, als sie spielten und niemand darauf aufgepasst hatte. Das wäre ihm nicht passiert, wenn er bei mir geblieben wäre. Ich hätte ihn nicht ignoriert. Ich hätte darauf aufgepasst.«

Sie machte eine kleine Pause. »Alle suchten nach dem Welpen, aber sie konnten ihn nicht finden. Dann sagten sie, ich wäre die Letzte, bei der er gewesen wäre, aber ich antwortete, er wäre zurück zu Markéta gelaufen, dorthin, wo sie alle ohne mich gespielt hatten. Aber sie starrten mich alle nur an, blickten auf mein Kleid. Schließlich fanden sie den Welpen in den Büschen am Ende des Gartens. Es war schrecklich. Ich meine, was mit ihm passiert war. Es musste ein wildes Tier gewesen sein, ein Fuchs oder ein Raubvogel oder etwas Ähnliches. Wenn Sie die arme Kreatur nur gesehen hätten! Markéta fing an zu schreien, als sie sie fanden. Und dann fing sie an, mich anzuschreien. Sie behauptete, ich hätte den Welpen getötet. Alle sagten, ich hätte das getan, aber das hatte ich gar nicht. Ich hatte ihn nur ein bisschen lieb. Aber selbst meine Mutter sah mich komisch an, schockiert, traurig und auch besorgt.«

Sie schöpfte Luft und sprach weiter. »Markétas Eltern wollten mit der Schulleitung reden, sogar mit der Polizei. Dabei hatte ich nichts getan. Ich hätte dieser armen kleinen Kreatur auch niemals etwas so Grausames antun können. Jedenfalls fragte ich sie. Wo ist das Blut? Warum ist mein Kleid schön und sauber? Und meine Hände auch? Als ich nach Hause kam, befahl meine Mutter mir, sofort in mein Zimmer zu gehen und das Kleid auszuziehen. Aber ich wollte mich erst noch einmal im Spiegel betrachten. Ich wollte mein Kleid betrachten und so tun, als wäre ich hübsch und glücklich.«

»Und waren Sie das?«

»Nein. Als ich in den Spiegel blickte, war das Kleid so hübsch wie immer. Aber dann sah ich das Spiegelbild meines Gesichts. Ich muss angefangen haben zu schreien, weil meine Mutter ins Zimmer stürmte. Denn dort im Spiegel, über meinem hübschen Kleid hatte ich kein Gesicht. Keine Augen, keinen Mund und keine Nase, sondern nur glatte Haut ohne irgendwelche Merkmale. Es war eine leere, gesichtslose Fleischmaske.« Sie richtete ihren von den Medikamenten leicht getrübten Blick auf Viktor. »Verstehen Sie das? Ich konnte jetzt sehen, was alle anderen sahen, wenn sie mich anblickten. Ich erkannte jetzt, dass ich nichts war. Und als ich erneut hinsah, fiel mir auf, dass jemand mein Kleid ruiniert hatte. Jemand hatte es mit Blut beschmutzt. Ich sah mein Spiegelbild ohne Gesicht und ein hübsches Kleid, das vollkommen blutverschmiert war.«

»Was ist dann passiert, Hedvika?«

»Danach schickten sie mich auf diese besondere Schule.«

26

Das Geschäft war erheblich größer, als Smolák es sich vorgestellt hatte. Es lag im Erdgeschoss eines Secese, der einzigartigen tschechischen Version eines Jugendstil-Gebäudes an der Ecke Křemencová Straße. Der Name über dem Geschäft, Petráš Sklo a Skleněná Bižuterie, war mit Goldbuchstaben geschrieben, wieder im Stil des Art nouveau. Die geschwungene Form der Buchstaben wurde in den eleganten gewundenen Linien und dem Stuck des Gebäudes fortgesetzt.

Wie der Name schon sagte, waren die Schaufenster des Petráš-Geschäfts mit Glasgegenständen aller Art gefüllt, ohne jedoch überladen zu wirken: angefangen bei Vasen über Schmuck, Trinkgläser und Karaffen bis hin zu Lampen und Briefbeschwerern. Alles hatte ein sehr elegantes Design und war, wie er mit einem prüfenden Blick auf die winzigen Preisschilder erkannte, überaus kostspielig.

Als Smolák den Laden betrat, verfolgte die Frau hinter der Registrierkasse mit einem, wie er fast erwartet hatte, überheblichen und verächtlichen Blick, wie er näher kam. Sie war Anfang vierzig, schlank, selbstsicher, dunkelhaarig und elegant. Offenkundig war sie für das Ambiente des Geschäfts verantwortlich. Ihr schwarzes Haar war straff zurückgebunden, sie trug dunkles Make-up, und ihre Lippen waren blutrot. Als er näher kam, fielen ihm ihre ausdrucksvollen Augen auf: Sie waren von einem hellen Blassgrün und schienen ihn mit ihrem Blick zu durchbohren. Ihm kam der Gedanke, dass sie möglicherweise wegen dieser leuchtenden Augen engagiert worden war. Sie war die perfekte Ergänzung zu den Waren, die hier verkauft wurden.

Sie trug schwarz, und ihre Satin-Bluse hatte einen hohen Mandarin-Kragen. Er begriff, dass diese Farbe gewählt worden war, um das schillernde Funkeln der aufwendigen Art-deco-Halskette zu betonen. Sie saß fest um ihren Hals und breitete sich über die Seidenbluse aus. Ein Netzwerk aus weißgoldenen Ketten und Haken betonte die Geometrie des Schmuckstücks und die Rauten aus irisierend smaragdgrünem, grünem und türkisfarbenem Glas.

Ihm war klar, dass es sich hier um ein Ausstellungsstück handelte und sie ebenso Mannequin wie Verkäuferin war.

»Ich möchte den Besitzer sprechen«, kam er ohne Umschweife zur Sache. »Ich nehme an, das ist Herr Petráš.« Er hielt ihr seine bronzene Polizeimarke vor die Nase. Ihm missfielen ihre typische Verkäuferinnen-Arroganz und die Tatsache, dass er sich auf merkwürdige Weise von ihr angezogen fühlte. »Ich bin Kapitán Lukas Smolák vom Kriminalkommissariat.«

»Und worum geht es?« Sie war immer noch hochmütig und immer noch sehr attraktiv.

Smolák seufzte müde. »Das bespreche ich mit dem Besitzer. Wo finde ich ihn?«

Die Verkäuferin deutete quer durch den Raum auf eine Tür in der Stirnwand. »Dort ist das Büro. Warten Sie dort.«

»Ich habe keine Zeit...«, sagte er, aber sie wandte sich bereits auf Deutsch an eine Frau mittleren Alters in einem Pelz, um sie zu bedienen.

Smolák durchquerte das Ladengeschäft, in dem Glastresen wie funkelnde Inseln in einem Meer aus weißem Marmor standen. Die Auslagen waren voll wunderschöner Glasgegenstände. Die mit Onyx verkleideten Pfeiler und Wände wurden von einem klassischen Gesims gesäumt. Smolák vermutete, mit dem Gehalt eines Polizei-Kapitáns würde er sich kaum die Preise leisten können, die verlangt wurden. Die drei anderen Verkäuferinnen, die hinter einem Tresen standen und ähnlich gekleidet waren wie die erste, waren offenbar derselben Meinung. Sie achteten nicht auf ihn.

Er klopfte an die Tür, und als niemand antwortete, trat er in das Büro. Es war leer, bis auf einen großen Schreibtisch, auf dem mit Dokumenten überhäufte Ablagen standen. Ein halb voller Kristallaschenbecher war der einzige Hinweis auf die Waren des Geschäftes. Im Vergleich zu der Pracht des Verkaufsraums war dieses Büro sehr praktisch und schmucklos. Smolák setzte sich auf den Stuhl vor dem Schreibtisch und wartete.

Er stand auf und drehte sich um, als die Tür sich öffnete. Aber es war nur die schöne Verkäuferin. Er setzte sich wieder.

»Ich dachte, Sie wollten den Besitzer holen.« Er ließ sich die Ungeduld in seiner Stimme anmerken. Die dunkelhaarige Frau trat hinter den Schreibtisch und setzte sich auf den Ledersessel.

»Ich bin die Besitzerin«, sagte sie. »Ich bin Anna Petrášová.«

»Verstehe«, erwiderte Smolák. »Entschuldigen Sie, ich …«

»Was kann ich für Sie tun, Kapitán?«, schnitt sie ihm das Wort ab. Er wusste nicht genau, ob sie deshalb so brüsk war, weil sie spürte, dass er sich zu ihr hingezogen fühlte und es sie ärgerte, oder einfach nur, weil sie keine Polizisten mochte. Er hatte festgestellt, dass die Leute allgemein eine Abneigung gegen Polizisten hegten. Er griff in seine Manteltasche und zog ein Taschentuch heraus, das er auf der Schreibtischplatte sorgfältig auseinanderfaltete. Darin befand sich eine Glaskugel, etwa von der Größe einer Erbse. Sie schien so etwas wie eine winzige weiße Rosenknospe in der Mitte zu umschließen.

Madame Petrášová nahm eine Juwelierlupe aus einer Schublade und klemmte sie sich ins Auge. Dann nahm sie die Kugel und untersuchte sie, rollte sie zwischen ihren rot lackierten Fingernägeln. Schließlich nahm sie die Augenlupe wieder ab und legte die Glaskugel auf das Taschentuch.

»Das ist keine von uns«, sagte sie herablassend. »Und außerdem wurde uns auch in letzter Zeit nichts gestohlen.«

»Deshalb bin ich nicht hier, Madame Petrášová. Ich muss wissen, woher diese Glaskugel stammt.«

Sie zuckte eine Achsel. »Schwer zu sagen. Die Arbeit ist für böhmisches Glas nicht sonderlich bemerkenswert. Sie könnte von überall herkommen.«

»Ich wäre Ihnen sehr verpflichtet, wenn Sie mir helfen könnten«, setzte Smolák nach. »Es geht hier nicht um eine Ermittlung in einem einfachen Diebstahl. Es ist eine wirklich wichtige Angelegenheit.«

»Inwiefern, wenn ich fragen darf?«

»Eine Frau wurde ermordet. Diese Kugel wurde in der Nähe der Leiche gefunden, passt aber zu nichts, was die Frau besessen hatte.«

Anna Petrášovás strahlend grüne Augen weiteten sich, und ihre kühle Haltung veränderte sich unmerklich. »Etwa Lederschürze? Geht es um diese arme Frau, die auf der Prager Kleinseite ermordet wurde? Ich dachte, Sie hätten deshalb bereits jemand festgenommen. Ich habe gelesen, dass er sich im Arrest umgebracht hat.«

»Leider kann ich dazu nichts sagen, Madame Petrášová. Ich kann nur sagen, dass die Angelegenheit von größter Wichtigkeit ist.«

Sie betrachtete ihn einen Moment, schätzte ihn ab, beugte sich dann vor und nahm die Kugel noch einmal zwischen die Finger. Diesmal untersuchte sie das Glas sorgfältiger.

»Ich habe dieses Design noch nie zuvor gesehen, obwohl es durchaus einheimisch sein könnte. Ich meine, es könnte böhmisches Glas sein. Es könnte möglicherweise aus Gablonz stammen. Andererseits kommt sehr viel böhmisches Glas dorther. Einige Hersteller aus Gablonz sind ins deutsche Rheinland gezogen, also könnte sie sogar von dort kommen. Strass nennen die Ausländer diese geschliffenen Stücke, obwohl es nur eine in Deutschland produzierte Version von Gablonz-Glas ist.« Sie zuckte mit den Schultern. »Das hier könnte aus Böhmen, Deutschland, Frankreich, Polen, Russland, praktisch von überall her stammen. Es tut mir leid, dass ich Ihnen nicht weiterhelfen kann«, sagte sie. Smolák merkte, dass sie es ehrlich meinte. Sie legte die Perle wieder in das Taschentuch, und er schlug sie vorsichtig darin ein, bevor er das Tuch in die Tasche zurücksteckte.

»Danke für Ihre Zeit«, sagte Smolák resigniert und stand auf.

Anna Petrášová war sitzen geblieben und runzelte die Stirn, als wäre ihr gerade ein Gedanke gekommen. »Es gibt da allerdings eine Person, die Ihnen helfen könnte – falls es Ihnen wirklich so dringend damit ist«, sagte sie. »Er ist Experte, was böhmisches Glas angeht. Man könnte sagen, ein besessener Experte.«

»Oh, ich will das wirklich unbedingt. Wer ist es?«

»Michal Macháček. Niemand weiß mehr über böhmisches Glas. Er hat … Er hatte eine der größten und vollständigsten Sammlungen der Welt.«

»Wo finde ich ihn?«

»Das wissen Sie nicht?« Anna Petrášová schien aufrichtig verblüfft zu sein. »Ach ja, ich nehme an, all diese … unschönen Vorfälle sind in Plzeň passiert, nicht in Prag. Glauben Sie mir, Kapitán Smolák, Sie werden keine Schwierigkeiten haben, diesen Experten für böhmisches Glas zu finden.«

»Und warum nicht?« Smolák unterdrückte seine Ungeduld.

»Michal Macháček«, sie schien den Polizisten mit ihren hellen smaragdgrünen Augen zu bannen, »ist einer der ›Satanischen Sechs‹ und sitzt im Hrad Orlů Irrenhaus für kriminelle Geistesgestörte ein.«

27

Viktor rauchte schweigend eine Zigarette. Seine ruhig gestellte Patientin lag halb aufgerichtet auf der Liege, ihre übliche Spannung war vollkommen aus ihrem Körper gewichen. Der gedämpfte Lichtschein der Gelenklampe schien die isolierende, undurchdringliche Substanz des Burgturms zu betonen. Er spürte wieder die steinerne Umarmung des Irrenhauses und konnte sich einen Moment nur mit Schwierigkeiten die dunklen bedrohlichen Wälder und die im samtenen Zwielicht daliegenden Ebenen jenseits der Mauern vorstellen.

Hedvika Valentová hatte grauenvolle Verbrechen zugegeben, und das scheinbar ohne jedes Mitgefühl oder Empathie. Aber sie war auch ein trauriges, einsames Kind gewesen: ein unauffälliges, schüchternes kleines Mädchen, das sich vor dem Spiegel in einem hübschen Kleid drehte und darauf wartete, auf eine Feier zu gehen, voller Erwartungen, die niemals erfüllt werden würden.

Aber irgendetwas noch Schlimmeres war Valentová widerfahren: etwas, dessen Erinnerung Viktor nicht erreichen konnte, trotz des von den Medikamenten herbeigeführten dämmrigen Zustands der Patientin.

Sie war auf eine Schule für verhaltensgestörte Kinder geschickt worden. Über diesen Ort hatte es in wissenschaftlichen Zirkeln düstere, nur geraunte Gerüchte gegeben. Valentová war dort drei Jahre geblieben, und über diese Zeit gab es in ihrer Erinnerung Lücken. Was auch immer in diesen erinnerungslosen Schatten geschehen sein mochte, es musste so schlimm sein, dass es sich weigerte, sich ins Licht der Erinnerung zerren zu lassen. Viktor hatte versucht, in diese dunkle Erfahrung einzudringen, und sich ihr aus allen möglichen Richtungen genähert. Erfolglos.

»Was ist passiert, nachdem Sie aus der Schule entlassen wurden?« Er hatte sich entschlossen, bei zukünftigen Sitzungen zu ihren Schulerfahrungen zurückzukehren.

»Ich bin wieder zu Mama gezogen. Sie hat sich um mich gekümmert, aber es war nicht mehr so wie früher. Sie hat mich immer beobachtet und dafür gesorgt, dass sie wusste, wo ich war und was ich tat. Während ich fort war, war sie gealtert, und zwar viel mehr als nur drei Jahre. Die nächsten zwei Jahre absolvierte ich auf der Grundschule, dann nahm ich eine Arbeit in den Glasfabriken an.«

»Hatten Sie in dieser Zeit irgendwelche Freunde? Ich meine, bevor Sie geheiratet haben?«

»Ich habe nie so viel Aufmerksamkeit genossen wie die hübschen Mädchen. Es gab andere Mädchen, die nicht so hübsch waren, aber sie bekamen trotzdem Aufmerksamkeit, weil sie Jungen gegenüber frech waren. Aber so ein Mädchen wollte ich nicht sein. Ich war zu demütig und zu schüchtern. Außerdem wussten alle, dass ich an diesem Ort gewesen war, auf dieser Schule für verrückte Kinder. Alle hielten mich für sonderbar.«

»Aber Sie wollten heiraten?«

»Ich wollte unbedingt heiraten. Ich hatte so viel Angst vor dem Alleinsein. Davor, dass ich für den Rest meines Lebens einsam bliebe. Aber ich wusste, dass mich niemand jemals fragen würde. Und mir war auch klar, dass ich niemals die Art Mann bekommen würde, die ich wirklich haben wollte. Es bestand sogar die Möglichkeit, dass ich gar keinen Mann bekommen würde, niemals heiraten würde. Doch auch wenn ich schlicht war, war ich sehr pragmatisch. Also entschloss ich mich, auf eine andere Art und Weise besonders zu sein.«

»Und in welcher Hinsicht wollten Sie besonders werden?«, fragte Viktor.

»Im Kochen. Ich beschloss, die beste Köchin der Gegend zu

werden. Der Stadt, der ganzen Region. Ich kochte Fleischgerichte, hauptsächlich Schweinefleisch, dazu Suppen, Desserts, buk Brote und Kuchen.«

»Fleischgerichte? Ich dachte, Sie wären eine überzeugte Vegetarierin?«

»Damals noch nicht. Damals hatte ich noch nicht begriffen, wie schmutzig und widerlich Fleisch ist. Damals waren meine Fleischgerichte am beliebtesten. Vor allem meine Schweinefleischgerichte. Ich kochte das Schweinefleisch so, dass es vom Messer fiel und auf der Zunge schmolz. Ich konnte selbst das zäheste Fleisch in das feinste gekochte Fleisch verwandeln. Ich war in keinerlei Hinsicht etwas Außergewöhnliches gewesen, aber jetzt war ich in dieser Hinsicht außergewöhnlich. Alle Männer sind an Fleisch interessiert, sie wollen immer nur Fleisch. Also überlegte ich mir, der beste Weg, um einen Mann für mich zu gewinnen, war, das schmackhafteste, köstlichste Fleisch zu servieren. Wenn sie auch meinen Körper nicht begehrten, würden sie doch meine Tafel begehren.«

Sie spitzte die Lippen. »Ich kochte zunächst für Mama und mich, bis ich sicher war, dass ich es perfekt hinbekam. Mama sagte mir, wie wundervoll mein Essen wäre und was für eine großartige Köchin ich wäre. Dann nahm ich Essen in einem Warmhaltegefäß für die anderen Mädchen aus der Glasfabrik mit. Auf einmal bemerkten sie mich. Mein Gesicht mochte rasch vergessen werden, aber sie erinnerten sich an den Geschmack meiner Gerichte. Nach einer Weile bot man mir eine Arbeit in der Kantine der Glasfabrik an. Selbst die Chefs, die normalerweise in ein Restaurant gingen, fingen an, in der Kantine zu essen. Und sie brachten Geschäftspartner mit.«

»Und so haben Sie Ihren Ehemann gefunden?«

Eine Erinnerung schmerzte sie trotz der Medikamente. »Mama starb im Frühling dieses Jahres, und ohne die einzige Person, die sich jemals um mich gekümmert hatte, war ich jetzt vollständig allein. Ich hatte große Angst, dass ich gänzlich verschwinden könnte, dass ich aufhören könnte zu existieren, ohne dass irgendjemand mich wahrgenommen hätte. Ich hatte Angst, in den Spiegel zu blicken und erneut meine Reflexion ohne Gesicht zu sehen. Aber dann tauchte Mořic auf. Mořic kaufte immer Stücke aus unserer Schmuckabteilung und kam oft in die Kantine. Schließlich fragte er mich, ob ich mit ihm ausgehen würde.«

»Er hat Sie auch um Ihre Hand gebeten?«

»Ja. Er hat mich wegen meiner Kochkünste gefragt. Oder zumindest teilweise. Ich glaube, dass er irrtümlicherweise vielleicht doch annahm, dass Mama mir Geld hinterlassen hätte. Vermutlich hatte seine Schwester ihm diese Idee in den Kopf gesetzt. Als Mořic Valenta mich fragte, ob ich ihn heiraten würde, sagte ich ja, obwohl ich neunzehn Jahre alt war und er vierzig und obwohl er fett, klein und hässlich war.«

»Sie haben also geheiratet. Hat er Sie denn geliebt?«

Erneut konnten weder Scopolamin noch Amytal ihre emotionale Reaktion vollständig unterdrücken; sie lachte verbittert. »Liebe? Was hat denn Liebe mit Ehe zu tun? Womit hat Liebe überhaupt etwas zu tun? Sie verstehen das einfach nicht. Niemand versteht, wie es ist, wirklich einsam zu sein. Natürlich empfindet jeder irgendwann einmal das Gefühl, aber was man erlebt, ist eine vorübergehende Infektion, wie eine Erkältung. Die Einsamkeit, die ich als Kind erlebte, als junge Frau, war wie Krebs. Mořic Valenta wusste, wie es war, einsam und unbemerkt zu sein. Mořic und ich heirateten, um einander vor dieser Einsamkeit zu retten, aber dabei kam nur heraus, dass wir zusammen einsam waren. Mořic wurde ein verbitterter, bösartiger kleiner Mann, der mich immer auf meine Fehler hinwies. Ich sage Ihnen, er hat mein Kochen geliebt, konnte gar nicht genug davon bekommen. Aber hat er das jemals gesagt? Hat er mich jemals deshalb gelobt? Niemals. Sie haben mich gefragt, ob er mich liebte. Ich werde Ihnen sagen, was er liebte: Er liebte meine Suppen, meine Svíčková, Lendenbraten auf Rahm, meine Karbanátek,

Frikadellen. Und am meisten liebte er, obwohl er es nie gesagt hatte, mein Vepřo knedlo zelo, o ja. Das wahre Objekt von Mořic Valentas Begierde war eine Portion Schweinerostbraten mit Knödeln und Sauerkraut.«

»Es gab keine Zuneigung zwischen Ihnen?«

»Gar keine. Er setzte mich bei jeder Gelegenheit herab: Er sagte mir, wie hässlich und langweilig ich wäre, was für ein Mäuschen. Er meinte, wie viel besser er es hätte treffen können. ›Du bist keine Adina Mandlová oder Anny Ondra‹, sagte er dann immer. Er sagte so etwas, weil er wusste, dass ich Filmschauspielerinnen für unmoralisch hielt, oder vielleicht auch weil ihm klar war, dass ich heimlich neidisch auf ihr schönes Aussehen war. Natürlich hatte ich niemals den Mut, es ihm mit gleicher Münze heimzuzahlen und etwa zu sagen: ›Na, du bist auch nicht gerade Karel Lamač.‹«

»Und Sie? Was empfanden Sie für Ihren Ehemann?«

»Ich empfand gar nichts. Es war einfach, diesem Mann gegenüber nichts zu empfinden. Aber er war geschäftlich sehr erfolgreich«, setzte sie hinzu, als würde das unter dem Strich alles ausgleichen. »Er war ein Handlungsreisender, der sich auf Glasschmuck spezialisiert hatte und sehr gut davon leben konnte. Deshalb war er manchmal in der Fabrik. Er handelte mit Kristallen im Diamantschliff und Glasperlen mit winzigen Porzellanblumen darin. Mit Halsketten, Ohrringen und Armbändern. Nachdem wir geheiratet hatten, bestand er darauf, dass ich meine Arbeit aufgab. Wir lebten in einer großen Wohnung mitten in Mladá Boleslav, und er verwahrte seine ganze Ware in einem Safe in der Speisekammer. Er war dann eine Woche lang am Stück unterwegs und reiste durch die ganze Republik. Er hatte ein kleines Jawa-Motorrad, schnallte seinen Musterkoffer auf den Gepäckträger und setzte seinen ledernen Motorradhelm und die Brille auf seinen fetten kleinen Kopf. Der Helm war zu klein, und er sah lächerlich damit aus, wie ein fettes kleines Schwein, das auf dem Motorrad balancierte. Dann fuhr er los, eierte unsicher über die Straße, und ich war froh, dass ich ihn nicht mehr sehen musste.«

»Sie haben diese kleinen Pausen von ihm genossen?«

»Eine große Pause war das jedenfalls nicht. Seine ältere Schwester Jitka kam und blieb mindestens eine Nacht, wenn er weg war. ›Um dich im Auge zu behalten‹, sagte sie dann. Die beiden ließen mich nie vergessen, dass ich meine Zeit an diesem besonderen Ort verbracht hatte, dieser ›Hirnschule‹, wie sie sie beide nannten. Jitka war eine bösartige, hinterhältige und verbitterte Hexe. Ebenso fett wie Mořic. Mit demselben plumpen Schweinegesicht. Sie lobte ihren Lieblingsbruder bei jeder Gelegenheit und setzte mich herunter. Und ich war einfach zu unterwürfig, um zu protestieren. Allerdings wusste ich, dass sie beide meine Kochkünste genossen. Deshalb besuchte mich Jitka auch so oft. Trotzdem hat keiner von ihnen jemals auch nur eine einzige Mahlzeit gelobt, die ich zubereitet habe.«

»Also gut, Hedvika«, sagte Viktor. »Sie müssen an eine besondere Zeit denken. Ich möchte, dass Sie uns beide zum Tag Ihrer Verhaftung mitnehmen. Erinnern Sie sich noch daran, wie er anfing?«

»Oh, *dieser* Tag?«

»Ja, dieser Tag«, antwortete Viktor. »Können wir dort hingehen?«

Sie blieb einen Moment stumm. Es befremdete Viktor immer, dass seine Patienten stets Zeit zu brauchen schienen, um eine besondere Erinnerung zu lokalisieren. Und zwar nicht so, als würden sie durch einen mentalen Aktenschrank blättern, sondern eher, als würden sie eine Reise durch ihren eigenen inneren Raum machen, durch ein Universum navigieren, in dem nur sie lebten.

»Es fing in der Küche an«, sagte sie schließlich. »Alle meine Tage begannen, verliefen und endeten in der Küche. Mořic war unterwegs, sollte aber an diesem Tag zurückkehren. Seine Schwester wollte zum Mittagessen kommen. Also war ich früh aufgestanden, um Knödel zuzubereiten. Ich fühlte mich an diesem Tag sonderbar. Ich weiß nicht warum, aber ich war fest entschlossen, die beste Mahlzeit zu kochen, die ich je zubereitet hatte. Ich wollte Jitka und auch Mořic, falls er rechtzeitig zurückkam, zwingen, endlich zuzugeben, was für eine großartige Köchin ich war. Aus irgendeinem Grund habe ich in dieser Nacht kaum geschlafen, und als ich am nächsten Morgen früh aufstand, fühlte ich mich merkwürdig.«

Sie runzelte die Stirn. »Nein, nicht ich fühlte mich sonderbar. Es war die Welt, die sich sonderbar anfühlte. Als hätte sich nichts verändert, verstehen Sie? Als wäre alles immer noch dasselbe, die Wohnung, die Straße draußen, der Hinterhof, den ich durch das Küchenfenster sehen konnte, aber als wäre alles auf einen anderen Planeten versetzt worden, unter eine andere Sonne, die andere Schatten warf. Das war so merkwürdig. Und dann kam er in die Küche.«

»Mořic?«

»Nein.«

»Wer kam in die Küche, Hedvika?«

»Ein Engel. Ein Mann. Er war beides und doch keins von beiden. Er war die schönste Kreatur, die ich jemals gesehen hatte. Er war nackt und perfekt. Sowohl sein Körper als auch sein Gesicht.«

»Ist es Ihnen nicht sonderbar vorgekommen, dass ein nackter Mann plötzlich in Ihrer Küche aufgetaucht ist?«

»Aber nein. Nein, Sie verstehen das nicht. Das war kein gewöhnlicher Mann. Er war wunderschön, und er war ein Engel. Seine Haut schimmerte wie Bronze, sein Haar wie strahlendes Gold, und er war von einer Aura umgeben, als würde die Luft funkeln. Er war mehr als ein schöner Engel, verstehen Sie das denn nicht? Er war der schönste aller Engel. Der *gefallene* Engel.«

»Satan? Sie wollen sagen, dass der Teufel sich Ihnen in der Küche einer Mietwohnung in Mladá Boleslav gezeigt hat?«

»Genau das will ich sagen. Er hat mit mir gesprochen, aber es drang kein Laut über seine Lippen. Seine Worte sind einfach in meinem Kopf aufgetaucht. Er hat mir alles erklärt. Er stand dort in dem Raum, aber er gehörte nicht dorthin, als wäre er aus einer anderen Dimension dorthin projiziert worden. Seine Schönheit blendete mich, und er wartete, bis ich mich daran gewöhnt hatte. Dann erzählte er mir von dem Welpen. Er sagte, er hätte der armen kleinen Kreatur das angetan. Er zeigte mir, was passiert war – er flößte mir die Erinnerung wieder ein. Er war es gewesen, der sie dazu gebracht hatte, mich in diese Schule zu schicken. Er sagte, dass ihm nichts leidtun könnte und ihn auch Vergebung nicht interessieren würde, aber dass er da wäre, um es an mir wiedergutzumachen.«

»Und wie wollte er das tun?«

»Indem er mir die Herrschaft über alle Speisen gewährte, über den Appetit der Menschen. Indem er mich zur größten Köchin der Geschichte machen würde. Und zwar so, dass sich alle für immer daran erinnern würden, wer Hedvika Valentová war. Ohne auch nur ein Wort zu sagen, schickte er mir diese Wörter und Bilder direkt in meinen Kopf und erklärte mir alles über Speisen. Das Speisen sein ureigenes Medium waren, dass der Teufel die besten Rezepte kannte. In einem einzigen Augenblick hatte er die ganze Geschichte des Kochens in meinen Verstand projiziert. Die ganze Philosophie. Dass jede Mahlzeit ein Geschenk ist, ein Pakt und ein Ausdruck. Wie totes Fleisch wiederaufersteht und wie Fleisch transzendiert wird und die reinste Freude wird. Er hat mir alles über Münder, Zungen, den Verstand und Erinnerungen erklärt.«

Sie holte tief Luft. »Dann hat er mir gesagt, wie ich mein Vepřo knedlo zelo verbessern könnte. Er sagte mir, wie ich Schweinerostbraten zubereiten könnte, der legendär werden würde. Das Rezept des Teufels, eine Mahlzeit, die mein Ehemann und meine Schwägerin niemals vergessen würden. Er legte mir das Rezept in den Kopf, und es war einfach perfekt, vollkommen perfekt. Es würde länger dauern als gewöhnlich, weil das Schweinefleisch sanft und bei einer niedrigen Temperatur geschmort werden musste, erheblich länger, als ich es normalerweise tat. Also bereitete ich das Fleisch vor, wählte die besten Stücke aus und machte die Rosmarinmarinade fertig.«

Es wurde einen Moment still in der Kammer, und man hörte nur noch, wie sich die Spulen des K1-Magnetophons drehten und Hedvika Valentovás ruhige, gleichmäßige Atemzüge.

»Ich habe den ganzen Morgen daran gearbeitet«, fuhr sie dann fort. »Ich habe mir vorgestellt, wie Jitka und Mořic reagieren würden, dass sie gegen ihren Willen ihr Entzücken nicht verbergen könnten. Und wie sie gezwungen sein würden, mich endlich zu loben. Jitka kam wie abgemacht zum Mittagessen. Sie wollte wissen, wo Mořic wäre, und ich sagte, dass er später zurückkäme. Sie fragte, warum seine Jawa noch hier wäre, und ich erzählte ihr, er hätte sein Motorrad diesmal zu Hause gelassen und wäre mit dem Zug gefahren. Ich merkte, dass sie mich argwöhnisch beobachtete, andererseits betrachtete sie mich immer mit diesem Blick. ›Dann ist es ja nur gut, dass ich hier bin, um dich im Auge zu behalten‹, sagte sie dann.«

»Dann haben Sie das Mittagessen serviert?«, wollte Viktor wissen.

»Ich habe das Mittagessen serviert. Angefangen habe ich mit selbst gemachten Jelito, den Blutwürstchen, die die Deutschen Grützwurst nennen. Dafür hatte mir der wunderschöne Engel auch ein Rezept verraten. Ich habe Blut, feingehackte Leber und Mehl mit Majoran, Kreuzkümmel und Pfeffer vermischt. Der Engel sagte, ich sollte die Würstchen abgekühlt servieren und dann geschnitten, als Vorspeise, und danach als Hauptgang den Vepřo knedlo zelo.«

»Und der Teufel, dieser strahlende Engel, ist den ganzen Tag bei Ihnen geblieben?«, wollte Viktor wissen.

»Er war den ganzen Tag da. Manchmal tat mir sein Strahlen sogar in den Augen weh. Dann wiederum veränderte der Schein um ihn herum seine Farbe, aber er war immer wunderschön.«

»Hatten Sie keine Angst vor ihm?«

»Es gab Momente, in denen er sich veränderte. Sein Strahlen nahm dann eine finstere Qualität an. Aber diese Finsternis war wie keine andere. Es war eine glänzende Dunkelheit, die durch die Küche strömte und die Farbe und das Licht aus allem zu saugen schien. Doch das dauerte nur einen winzigen Moment. Nach den Grützwürstchen als Vorspeise servierte ich das Hauptgericht. Ich sage Ihnen, dieser Schweinerostbraten war der beste, den ich je gemacht hatte. Das gebratene Schweinefleisch war perfekt. Alle Speisen waren perfekt. Ich konnte sehen, dass Jitka dasselbe dachte, auch wenn sie nichts sagte. Ich sah zu, wie sie aß. Sie war ein kleines fettes Schwein, genau wie ihr Bruder, und sie stopfte die Speisen so begeistert in sich hinein, dass ihr das Fett über das Kinn lief. Ich sah es in ihrem Blick: Es war die beste Mahlzeit, die sie jemals zu sich genommen hatte, ich sah ihre reine Freude über den Geschmack. Aber typisch Jitka, sie war nach wie vor fest entschlossen, nichts zu sagen und ihr Vergnügen so gut wie möglich vor mir zu verbergen.«

»Und der Teufel? War der Teufel dort im Raum, während Sie aßen?«

»Das war er. Und wie er das war! Er erhellte den Raum mit seinem Strahlen. Der Teufel saß am anderen Ende des Tisches, beobachtete uns und lachte über Jitka. Er strahlte bronzefarben und rot und gold und war so wunderschön und hell, dass es in den Augen schmerzte, ihn nur anzusehen. Er sagte mir in meinem Kopf, dass er uns sehen konnte, und ich konnte ihn auch sehen, aber Jitka nicht. Und er sagte mir, dass er höchst erfreut darüber wäre, was ich aus seinem Rezept gemacht hätte.«

Sie machte eine winzige Pause. »Jitka aß alles auf. Sie tupfte sogar das letzte Fett mit einem Stück Brot auf und nahm sich noch die Klöße, die ich auf meinem Teller übrig gelassen hatte. Auch als wir fertig waren, sagte sie immer noch nicht, wie gut dieses Gericht geschmeckt hatte. Sie war immer noch zu gemein und zu kleinlich, um es zuzugeben. Aber sie fragte mich, woher ich das Schweinefleisch hatte.«

»Und haben Sie es ihr verraten?«, fragte Viktor.

»Aber ja, ich habe es ihr gesagt. Wie der wunderschöne Engel lachte, als ich es ihr erzählte! Sein Gelächter erklang in meinem Kopf, aber natürlich konnte Jitka ihn nicht hören. Dann fing sie an zu schreien, und sie schrie immer weiter, es klang fast wie ein Quieken, und sie hatte zu viel Angst, um auch nur aufstehen zu können.«

»Sie hat geschrien, weil Sie ihr verraten haben, dass sie ihren eigenen Bruder verspeist hätte?«, erkundigte sich Viktor. »Dass Sie ihn ermordet, geschlachtet und dann gekocht haben?«

»Ich habe ihr erzählt, dass er in Wirklichkeit in der Nacht zuvor nach Hause gekommen wäre und dass der wunderschöne Engel mich instruiert hätte, am Morgen aufzustehen, während er noch schlief, und ihm mit meinem Filettiermesser die Kehle durchzuschneiden. Er hatte mir befohlen, eine Schüssel zu nehmen, um das Blut aufzufangen, aus dem ich die Blutwürste machte. Und er erklärte mir auch, dass ich ein Stück von seinem Darm herausnehmen und säubern sollte, um die Wurstpellen anzufertigen. Während der Engel mir das Rezept erklärte, hatte Mořic zitternd und zuckend dagelegen, während sein Blut in die Schüssel spritzte. Es war gutes dickes, fettiges Blut, perfekt für Jelito-Würstchen. Wie der Engel und ich lachten! Sobald Mořic aufgehört hatte zu zucken, hatte mir der wunderschöne Engel sehr sorgfältig und ganz genau erklärt, wie ich ihn schlachten müsste, um das Fleisch zu gewinnen. Wie ich die saftigen Stücke herausschneiden konnte. Das war alles wirklich sehr interessant, wissen Sie, wirklich faszinierend. Ich habe versucht, Jitka die interessanteren technischen Gesichtspunkte nach dem Essen zu erklären, aber sie wollte nicht zuhören. Sie kreischte einfach nur unablässig.«

Sie schüttelte den Kopf. »Die Nachbarn müssen Jitkas Quieken gehört haben, denn sie klopften an die Wohnungstür. Aber ich habe sie ignoriert. Danach müssen sie wohl die Polizei gerufen haben. In der Zwischenzeit sang der wunderschöne Engel für mich. Es waren so wunderschöne Lieder. Als die Polizei schließlich eintraf, fanden sie Mořics Reste in der Badewanne.«

»Und was war mit Jitka?«

»Als die Polizei mich in der Küche fand, hatte ich Jitkas Kopf bereits in die Pfanne gelegt, wo er mit Salz, zermahlenem Pfeffer, Majoran und Petersilie schmorte. Ich wollte ihn für Brühe verwenden, wissen Sie.«

Viktor antwortete nicht. Wieder hörte man nur das leise Surren des Magnetophons und das gleichmäßige Atmen seiner ruhiggestellten Patientin. Er hatte die Hand auf ihre Patientenakte gelegt, in der sich einige Aufnahmen vom Tatort und Polizeiberichte befanden, einschließlich der Aussagen von vollkommen verwirrten Nachbarn und anderen Zeugen. Sie schilderten Mořic Valenta als einen aufmerksamen, liebevollen und hingebungsvollen Ehemann, der sich sehr um seine emotional höchst labile Ehefrau gekümmert hatte. Und sie sprachen auch von seiner Schwester Jitka, die ihre Schwägerin liebte, weil sie ihren Bruder so glücklich machte.

»Haben Sie den Satan seitdem wieder gesehen?«, fragte Viktor schließlich.

»O ja, ja. Oft. Und er ist auch jetzt hier. In diesem Raum. Der wunderschöne Engel steht in all seiner Pracht in dieser Kammer.«

Begeisterung durchströmte Viktor. Vielleicht konnte er nun endlich direkten Kontakt mit dem herstellen, wonach er suchte: mit dem Teufels-Aspekt in Valentovás Unterbewusstsein. »Kann ich vielleicht mit ihm sprechen?«

»Nein.« Hedvika runzelte die Stirn. »Das können Sie nicht. Er wird nicht mit Ihnen kommunizieren.«

»Und wo genau ist er?«

»Wissen Sie das denn nicht?«, erwiderte Valentová. »Merken Sie es nicht? Er steht hinter Ihnen. Der Teufel steht direkt hinter Ihrem Rücken ...«

28

Das Wetter war kühler geworden, und durch die Wärme der Speisen und der Gäste beschlug das dicke Glasfenster neben seinem Tisch. Alles an diesem Ort war dick, dicht oder robust. Hier herrschten Butzenscheiben und dunkles Holz und fester Stein vor. Vermutlich war dies hier schon seit mehr als zwei Jahrhunderten ein Wirtshaus gewesen.

Es war nicht einfach gewesen, in Prag etwas zu finden, das seinen speziellen Bedürfnissen genügte. In einer Stadt und einem Land, wo Schweinefleisch das Hauptnahrungsmittel war, war es eine Herausforderung gewesen, ein Restaurant zu finden, das etwas auf der Speisekarte hatte, was ihn ernährte. Wahrscheinlich wäre es klüger gewesen, wenn er zu Hause gegessen hätte, sich seine Nahrung selbst zubereitet hätte, aber er hatte weder die Zeit noch die Neigung dazu, die wenigen freien Momente, über die er verfügte, an seinem Herd verbringen.

Er hatte dieses Restaurant vor etlichen Jahren entdeckt, und mittlerweile kannte man ihn hier. Für gewöhnlich nahm er etwas zu essen und zu trinken zu sich. Jeder Wachtmeister in den Polizeiwachen von Prag wusste, wo sie Kapitán Lukas Smolák erreichen konnten, wenn er nicht in der Polizeiwache oder zu Hause war. Dann riefen sie als Erstes im Café U Hipodromu an.

Warum es Hipodromu hieß, wusste Smolák nicht, und es interessierte ihn auch nicht. Er konnte sich nicht vorstellen, dass es jemals eine Art von Rennkurs oder Arena in diesem engen Viertel von Prags uraltem Herzen gegeben haben konnte. Vielleicht war der Name ja neu und entsprang einem Tick der derzeitigen Eigentümer. Sie hatten das blaue Pferdemotiv auf das Wirtshausschild über der Tür mit der Hand gemalt. Vielleicht war der

Name auch älter als die Herberge, die vor dem Café hier gewesen war, älter sogar als die Altstadt, und war bis heute weitergegeben worden.

Das ist das Besondere an diesem Land, dachte Smolák, als er zerstreut in seinem Gemüseeintopf rührte. *Das Alte und die Vergangenheit sind immer hier, ganz gleich, wie sehr wir uns auch bemühen, das Neue und die Zukunft zu packen.*

Er beugte sich über seine Mahlzeit, umgeben von uralten dicken Mauern, die ihn von der Stadt draußen trennten. Smolák war müde und übel gelaunt. Seit Biharis Selbstmord in der Polizeiwache hatte er nur wenig geschlafen, und wenn er doch einschlief, dann verfolgte der kleine Zigeuner ihn in seinen Träumen. Alle anderen – bis auf ihn selbst und vielleicht auch Dr. Bartoš – schienen überzeugt zu sein, dass Biharis letzte Äußerung einem Geständnis gleichkam. Dass der Teufel, den er nicht aus seinem Kopf bekommen konnte, der Teil von Bihari war, der diese Frauen ermordet und verstümmelt hatte.

Alle waren sich einig: Der Zigeuner hatte den Teufel und Lederschürze getötet, als er sich selbst umgebracht hatte.

Und trotzdem war Smolák nicht überzeugt. Als er allein an seinem gewohnten Tisch neben dem beschlagenen Butzenfenster saß und auf die geisterhaften Schemen von Prags Altstadt hinausblickte, fragte er sich, ob seine Untätigkeit und Unentschlossenheit bedeuteten, dass die Stadt weiterhin der wahren Lederschürze ausgeliefert wäre. Er saß hier innerhalb der dicken Mauern des Cafés und empfand Gewissensbisse, dass irgendwo da draußen ein Monster, ein Teufel in menschlicher Gestalt, durch die Straßen laufen und sich in aller Ruhe sein nächstes Opfer aussuchen könnte.

Smoláks schlechte Laune war durch keines seiner kurzen Telefonate gebessert worden, die er geführt hatte, bevor er sein Büro verließ. Er hatte den obersten Quacksalber im Hrad Orlů, im Irrenhaus für kriminelle Geistesgestörte angerufen. Professor Románek, der zunächst sehr einsichtig und freundlich geklungen hatte, war sehr abweisend geworden, als Smolák ihn gebeten hatte, seinen Patienten besuchen zu dürfen, Michael Macháček, den die wunderschöne Anna Petrášová als den führenden Experten für böhmisches Glas bezeichnet hatte.

Smolák hatte bald erkannt, dass Románeks Zurückhaltung dem Argwohn entsprang, der Polizei-Kapitán würde vielleicht Macháček zu weiteren Verbrechen befragen, derer er möglicherweise verdächtigt wurde. Smolák hatte Románek versichert, dass es Macháčeks Fachkenntnis über böhmisches Glas war, nicht seine Fähigkeit als Folterer und Mörder, die ihn interessierte. Sie hatten vereinbart, dass Smolák das Irrenhaus in vier Tagen besuchen konnte. Die Verzögerung, so hatte Románek ihm auseinandergesetzt, diente dazu, dass der leicht erregbare Macháček erst einmal an die Vorstellung eines Besuches gewöhnt werden musste, wenn der Polizist irgendetwas Brauchbares aus dem Mann herausbekommen wollte. Außerdem war er zurzeit der Patient von Románeks Kollegen Dr. Viktor Kosárek. Der unterzog ihn einer revolutionären Behandlung, einer Art von medikamentengestützter Tiefen-Therapie, und nach diesen Sitzungen könnte er möglicherweise ein paar Tage lang vollkommen verwirrt sein. Obwohl Smolák darauf beharrte, dass die Sache sehr dringend war, blieb Románek bei aller Liebenswürdigkeit und Höflichkeit hart.

Smolák hatte dem Professor nichts über den anderen Grund für seinen Besuch im Irrenhaus verraten. Er wollte eine posthume psychiatrische Diagnose zu Tobar Bihari bekommen. Vielleicht hatten die Experten da oben ja eine Meinung darüber, ob der Zigeuner einen persönlichen Dämon bekämpft oder wirklich in Angst vor jemand anderem gelebt hatte. Dr. Bartoš hatte recht gehabt: Er hätte ihre Hilfe früher in Anspruch nehmen sollen.

Er aß einen Bissen von seinem Eintopf. Er war gut, aber vielleicht etwas zu stark gewürzt. Marta, die Chefköchin und Mutter des Besitzers des Hipodromu, schien zu glauben, dass das Fehlen von Fleisch in Smoláks Speisen mit einer großzügigen Gabe von Kräutern, Salz und Pfeffer kompensiert werden musste. Es war inzwischen dunkel geworden, und als Smolák mit dem Ärmel den Niederschlag vom Fenster wischte, sah er nur noch Reflexionen von sich selbst und dem Inneren des Cafés.

Lukas Smolák behagte sein eigenes Spiegelbild nicht sonderlich. Nicht, dass er schlecht aussah – er hatte eine kräftige Statur, markante Gesichtszüge und ein offenes, ehrliches Gesicht. Aber er hatte immer das Gefühl, dass irgendetwas an der Art, wie er aussah, nicht so richtig stimmte. Vielleicht weil sein Äußeres so gewöhnlich wirkte, eine vorhersehbare Einfachheit ausstrahlte, sogar so etwas wie Stumpfsinn. Und wenn Smolák eines über sich selbst wusste, dann, dass er alles andere als einfach und gewöhnlich war.

Dennoch hatte Smolák diese Eigenschaft gute Dienste geleistet. Viele Verdächtige hatten sich dadurch verraten, dass sie die scharfe Intelligenz hinter dem freundlichen schlichten Äußeren des Kriminalbeamten unterschätzt hatten.

Das Bild der reichen und wunderschönen Geschäftsfrau Anna Petrášová drängte sich ungebeten vor sein inneres Auge. Allerdings hatte er seit seinem Treffen mit ihr häufiger an ihr Gesicht gedacht. Als er nun seinen Eintopf aß und einen Schluck Bier trank, fragte er sich beiläufig, was sie wohl gesehen haben mochte, als sie Smolák anblickte. Hatte sie ihre Eleganz und Bildung in seiner Grobheit und Einfachheit reflektiert gesehen? Oder war sein Gesicht das durchaus nette, aber vollkommen unbedeutende Gesicht eines schlichten Polizisten gewesen, das man sofort vergessen konnte?

Er versuchte, ihr Gesicht aus seinem Kopf zu verdrängen, aber es ließ sich nicht vertreiben. Ihm war klar, dass er sie niemals wiedersehen würde. Und selbst wenn er den Mut aufbringen würde, noch einmal in das Geschäft zu gehen und sie zu fragen, ob sie mit ihm etwas trinken oder etwas essen gehen würde, würde sie dann nicht über ihn lachen? Über seine Ungehobeltheit? Smolák merkte, dass er sich über eine eingebildete Begegnung aufregte. Dazu würde es niemals kommen. Er würde die wunderschöne Anna Petrášová niemals wiedersehen.

Es war höchst sonderbar. Ohne von seinem Eintopf aufzublicken, wusste er, dass man zu ihm wollte, als die schwere äußere Eichentür des Restaurants zufiel, die er von seinem Platz aus nicht sehen konnte, als er die schnellen Schritte auf den Steinstufen hörte, die sich durch den Gastraum mit der niedrigen Gewölbedecke näherten. Die Männer wollten zu ihm und hatten schlechte Nachrichten.

Als er hochblickte, sah er Mirek Novotný, einen der diensthabenden Kriminalbeamten. Er wurde von zwei uniformierten Polizisten begleitet.

29

Für jemanden, der tagein, tagaus mit den Unwägbarkeiten des menschlichen Verstandes zu tun hatte, überraschte es Viktor Kosárek stets, wie wenig er seine eigene Psyche kannte. Er hatte vorgehabt, sich einen Wagen zu kaufen, um einfacher nach Prag und zurück zu kommen. Aber er war zu sehr damit beschäftigt gewesen, sich in seinen neuen Aufgabenbereich einzuarbeiten, um diesbezüglich etwas zu unternehmen. Also war er mit dem Zug nach Prag gefahren. Es war ihm nicht in den Sinn gekommen, dass seine Ankunft in der Haupthalle des Masaryk-Bahnhofs möglicherweise die bestürzenden Erinnerungen an einen verzweifelten Schizophrenen zurückbringen könnte, der eingebildete Dämonen bekämpfte. Erinnerungen an eine verlorene Seele, deren große Traurigkeit von der Kugel eines Polizisten beendet wurde, nicht durch die Heilung durch einen Mediziner.

Mehr jedoch als durch die Erinnerung an die Bedrohung seiner eigenen Sicherheit wurde Viktor von der Erkenntnis getroffen, dass dieser Bahnhof, in dem es keinerlei Spuren von dem Vorfall mehr gab, der Schauplatz seines großen beruflichen Scheiterns gewesen war. Die wiederhergestellte Normalität der Bahnhofshalle konnte dieses Gefühl nicht vertreiben, und auf seinem Weg hinaus kam er zufällig an dem jungen Gepäckträger mit seiner zu großen Uniform und seinem Käppi vorbei, der einen grimmigen Blick mit ihm wechselte, als er ihn erkannte.

Vielleicht hatte Viktor auf der Reise nicht darüber nachgedacht, weil er so erfüllt war von seiner Mission. Er war völlig blind für die Landschaft vor dem Zugfenster; er hatte sich ausschließlich darauf konzentriert, wie er seinen Freund Filip Starosta ausfindig machen konnte oder welche furchtbaren

Tatsachen er möglicherweise über Filips Zustand herausfinden mochte. Viktor hatte mehrmals versucht, ihn telefonisch zu erreichen, jedoch ohne Erfolg. Er wusste, dass sein Freund sowohl zu Depressionen als auch zu wilden, unkontrollierten manischen Anfällen neigte, so dass sein Unbehagen mittlerweile an starke Unruhe grenzte: Er fürchtete, dass sein Freund sich selbst etwas angetan haben könnte.

Viktor nahm ein Taxi vom Bahnhof zu Filips Wohnung, die im Obergeschoss eines einstmals herrschaftlichen Jugendstilhauses am östlichen Rand der Altstadt lag. Der elegante schmiedeeiserne Aufzug hatte bunte Art-deco-Glasscheiben, aber er wusste, dass er schon seit Jahren nicht mehr funktionierte. Also ging er direkt zur Treppe und die fünf Stockwerke zu Filips Wohnung hinauf. Seine Schritte hallten laut auf den Steinstufen des Treppenhauses, und zu seiner Erleichterung schob über ihm jemand den Riegel einer Tür zurück. Offenbar hatte sein Kommen Filip aufgescheucht. Denn dessen Wohnung war das einzige Ziel für jeden, der diese letzte Treppe hinaufstieg.

Aber als er auf dem obersten Treppenabsatz angekommen war, sah er zu seiner Überraschung eine unscheinbare schwarzhaarige junge Frau in der offenen Tür stehen. Das schrille Weinen eines Säuglings drang aus der Wohnung und hallte fordernd durch das Treppenhaus.

Viktor nahm den Hut ab und stellte sich vor. Dann sagte er der jungen Frau, dass er zu Filip Starosta wollte.

»Oh, das war der letzte Mieter«, sagte sie abgelenkt. Das Jammern ihres Kindes zog sie in die Wohnung zurück. »Warten Sie kurz …« Sie verschwand und ließ Viktor an der offenen Tür stehen. Als sie wieder auftauchte, hielt sie ein nunmehr friedliches Baby in ihrer linken Armbeuge. »Wir haben ihn nie kennengelernt. Er hat die Wohnung etliche Wochen, bevor wir eingezogen sind, ausgeräumt, aber wir haben dies hier gefunden.« Sie hielt Viktor einen Zettel hin. »Ich habe angenommen, es wäre eine Nachsendeadresse, Sie wissen schon, für Post und dergleichen. Er hat sie jedenfalls hiergelassen. Vielleicht finden Sie ihn dort.«

Viktor starrte den Zettel einen Moment verwirrt an. Nachdem er sich die Adresse eingeprägt hatte, hielt er ihn der jungen Mutter wieder hin.

»Sie können ihn behalten«, sagte sie. »Es kommt nie etwas für ihn hier an. Und Sie sind die einzige Person, die nach ihm gefragt hat, seit wir hier eingezogen sind. Ich glaube nicht, dass jetzt noch jemand nach ihm fragen wird.«

»Warum nicht?« Viktor war erstaunt. »Wann sind Sie denn hier eingezogen?«

»Vor mehr als zwei Monaten, fast schon drei.«

»Vor zwei Monaten?« Viktor begriff bestürzt, dass sein Freund ihn mindestens drei bis vier Monate nicht mehr in seine Wohnung eingeladen hatte und sie sich immer in der Stadt getroffen hatten. Warum hatte er so ein Geheimnis um seinen Umzug gemacht?

Er dachte nach, dann fiel ihm etwas ein. »Aber ich habe eine Telefonnummer«, protestierte er. »Für diese Adresse …«

»Hier gibt es kein Telefon.« Die junge Mutter hatte ein breites ostslawisches Gesicht und einen starken Akzent. Vielleicht ruthenisch, dachte Viktor. Aber auf ihrem Gesicht und in ihre Stimme mischte sich nun auch etwas anderes: ein wachsendes Misstrauen dem Fremden an ihrer Tür gegenüber. Sie blickte an ihm vorbei die Treppe hinab und dann hinter sich in die Wohnung.

Es ärgerte Viktor, dass seine Gegenwart Misstrauen erregte, doch als er darüber nachdachte, erinnerte er sich, dass seit den Morden von Lederschürze die Prager Zeitungen ständig vor Fremden warnten. Er lächelte, entschuldigte sich hastig, dass er sie gestört hatte, dankte ihr für ihre Hilfe und ging wieder hinunter.

Man konnte es wirklich und wahrhaftig nicht gerade als eine Verbesserung bezeichnen. Viktor fand die neue Adresse von Filip, die die Frau ihm gegeben hatte – es war ein düsterer Innenhof mit zerbrochenen Pflastersteinen in Vršovice, im Südosten der Altstadt. Es war kein schönes Viertel von Prag. Die Ausstrahlung einiger Gebäude wurde dadurch gemindert, dass sie neben Metallwerkstätten und Fabriken lagen.

Alle Wohnungen in den von Rauch und Ruß verdunkelten Jugendstilmietshäusern, die sich um diesen Hof scharten, schienen bewohnt zu sein. Trotzdem strahlte dieser Ort einen Hauch von Morbidität aus: ein Versprechen, dass er sehr bald verlassen sein würde. In einer Ecke des Hofs parkten ein Motorrad und ein Auto, beide alt und rostig. Sie sahen aus, als könnten sie sich schon lange nicht mehr aus eigener Kraft fortbewegen.

Es dauerte eine halbe Ewigkeit, bis Viktor die Nummer auf dem Zettel fand, und er sah niemanden, den er hätte fragen können. Er wollte gerade an eine Tür klopfen und um Hilfe bitten, als er einen Durchgang zwischen den Mietshäusern sah. Ein schmutziges Emailleschild an der Wand versprach, dass die Nummern 71 und 73 durch diesen Gang zu erreichen seien. Er war lang und dunkel und roch nach gekochtem Kohl aus einer der Wohnungen, von der eine Seitentür auf den Gang führte. Es überraschte Viktor, dass der Gang in einen weiteren Innenhof führte. Nummer 73 war, wie sich herausstellte, kein Wohnblock, sondern wie sein Nachbarhaus eine ehemalige Remise, die billig und unfachmännisch bewohnbar gemacht worden war.

Ein älterer Mann stützte die Ellbogen auf das steinerne Fenstersims, als er sich aus einem Fenster einer der Wohnungen im ersten Stock in dem Mietshaus lehnte. Er rauchte eine Pfeife und beobachtete ohne großes Interesse, wie Viktor über den Hof ging.

Als Filip die Tür öffnete, war er überrascht, seinen Freund davor stehen zu sehen. Vielleicht ist es eine unliebsame Überraschung, dachte Viktor, der vermutete, dass seine eigene Miene etwas schockiert wirkte. Filip Starosta war dünn, bleich und hager. Sein blondes Haar war unordentlich, er trug ein am Kragen offenes Hemd, das dringend einer Wäsche bedurfte, und er hatte sich seit mindestens zwei Tagen nicht mehr rasiert. Sein Anzug war zerknittert und ausgebeult. Filip hatte immer sehr viel Wert auf seine Kleidung gelegt, die nicht auffällig, aber geschmackvoll war, und Viktor war sowohl über seinen körperlichen Verfall als auch über seine Garderobe bekümmert.

»Mein Gott!«, sagte Viktor. »Was ist denn mit dir passiert?«

»Passiert?« Filip blickte ihn mit blauen Augen an, die weit weniger strahlend waren, als Viktor erinnerte. »Nichts ist mir passiert. Mir passiert nie etwas.«

»Darf ich hereinkommen?«

Filips Blick wurde ein Moment ausdruckslos. »Klar.« Dann trat er zur Seite und ließ Viktor eintreten.

Die Hinderhofremise war in einen riesigen Raum umgebaut worden, mit einer Küche an einem Ende und einem Wohnbereich am anderen. Eine Treppe führte zu einer Galerie mit einem Bett. Von dem Wohnbereich führten zwei Türen ab, die beide geschlossen waren. Viktor war erleichtert. Die Wohnung war zwar unordentlich, aber sauber, und sie verriet immer noch Filips alten Stil. Überall lagen Bücher herum. Die Wände verschwanden hinter aufeinandergestellten Bücherregalen, ein Esstisch verschwand förmlich unter Büchern, und Filip musste einen Stapel von dem Ledersessel in der Ecke räumen, damit sich Viktor setzen konnte.

»Was ist mit dir passiert?«, wiederholte Viktor seine Frage. »Ganz offensichtlich ist irgendetwas nicht in Ordnung. Und wieso hast du mir nicht verraten, dass du umgezogen bist? Ich war krank vor Sorge.«

Filip zuckte mit den Schultern. »Kein Grund zur Besorgnis. Ich habe nur meine Arbeit an der Universität verloren, das ist alles. Du kennst mich ja und meine große Klappe. Meine Überzeugungen. Ich musste mich einfach nur an meine neuen Lebensumstände anpassen …« Er deutete mit der Hand auf sein

Quartier. »Wahrscheinlich wollte ich es dir nicht sagen, bis ich irgendetwas auf die Reihe gekriegt hatte, beruflich, meine ich. Es war mir wohl ein bisschen peinlich.« Er setzte sich auf das abgenutzte Ledersofa Viktor gegenüber.

»Mein Gott, Filip, es tut mir leid, das zu hören. Was willst du tun?«

»Ich schreibe. Ich habe zwei Theaterstücke geschrieben und sie an František Langer ans Stadttheater geschickt. Er hat sich noch nicht bei mir gemeldet, aber ich bin guter Dinge. Es sind die beiden ersten von einem Zyklus surrealistischer Theaterstücke über uralte slawische Götter, die in der modernen Welt leben, hier in Prag. Wenn das Stadttheater so fröhlich beschissene Stücke über mechanische Männer produziert, dann sollten meine Stücke förmlich durch die Decke gehen ...« Die alte Begeisterung in Filips Worten wirkte angesichts seiner Glücklosigkeit fast schon paradox. »Und das ist noch nicht alles. Ich schreibe auch ein Buch.«

»Ein Buch? Was für ein Buch?«

In Filips Augen schien ein Feuer aufzuflammen. »Ein großes Buch, ein bedeutendes Buch. Die endgültige und umfassendste Geschichte über böhmische Mythen und Legenden. Über den gesamten westslawischen Pantheon und alle Volkssagen, die sich in unser Bewusstsein gewoben haben. Ich sage dir, Viktor, das wird Wellen schlagen. Man wird auf mich aufmerksam werden.«

»Und wie willst du bis dahin deinen Lebensunterhalt bestreiten? Für das hier zum Beispiel?« Viktor machte eine ausholende Geste.

»Das ist der Vorteil, wenn man einen reichen Vater hat, der keine Zeit für einen hat und Kontakt durch Geld ersetzt. Es ist nicht viel, aber es reicht, um mich über Wasser zu halten.«

»Hör zu, Filip, ich muss dich das fragen. Hast du irgendwelche Rauschmittel genommen? Was auch immer dich quält, das wird alles nur schlimmer machen.«

Filip schnaubte. »Wirke ich auf dich wie ein Drogenabhängiger, mein alter Freund? Ich dachte, gerade du würdest mich besser kennen.« Dann fuhr er nachdrücklich fort, wie um Viktor zu beschwichtigen: »Nein, ich nehme keine Rauschmittel. Meine sonnige Haltung kommt nur aus mir, aus mir ganz allein.«

Sie setzten sich hin und redeten. Gelegentlich verfiel Filip in ein düsteres Schweigen, aus dem Viktor ihn wieder herauslocken musste. Es erleichterte ihn, dass sein Freund am Leben war und es ihm einigermaßen gut ging, aber es bekümmerte ihn, dass er seine beruflichen Fähigkeiten nutzte, um Filip aus sich herauszulocken. Dann wieder wurde Filip unvermittelt lebhaft und gesprächig. Er lief durch die kleine Wohnung und fuchtelte wild mit den Armen, während er über seine Pläne sprach. Offenbar belebte es ihn, wenn er über sein Schreiben und sein Thema sprach, böhmische Mythen und Legenden. Doch selbst diese Vitalität bekümmerte Viktor, der in ihr den Keim von Monomanie witterte. Und das war noch längst nicht alles, was ihm Sorgen bereitete. Er erinnerte sich an ein Gespräch mit Románek über die Beziehung zwischen dem Unbewussten und den Mythen und Legenden. Viktor kam der Gedanke, dass sein Freund vielleicht die Mythologie seiner eigenen inneren Landschaft erforschte, seinen eigenen Dämonen hinterherjagte, indem er irgendein vages, gewaltiges Werk über westslawische Mythologie verfasste.

»Ich habe mir gedacht, dass meine Arbeit dich ganz besonders interessieren würde. Es gibt drei Grundlagen für uralten böhmischen Glauben.« Filip war plötzlich wieder sehr lebhaft. »Der erste ist der Dualismus: Alles gehört ins Licht oder in den Schatten. Über das Licht herrscht Svarog der Strahlende und über die Schatten Černobog der Finstere sowie Morana, die Göttin der Nacht, des Winters und des Todes. Die zweite Grundlage ist das Reich der Elementargeister: Götter und Dämonen, die aus den Kräften der Natur entspringen. Und das dritte ist der Kult des Todes. Dort bewohnen die Toten die andere Welt, über die Veles herrscht und die man durch Höhlen betritt.« Er schüttelte erstaunt den Kopf. »Klingt das für dich etwa nicht sinnvoll, Viktor?

Ich meine, du bist immerhin ein Jungianer. Ist es nicht eigentlich ziemlich genau dasselbe, was du glaubst?«

»Es gibt große Ähnlichkeiten«, räumte Viktor ein. Er sah das Feuer in Filips Augen, was ihm erneut Sorgen bereitete. »Außerdem glauben wir, dass die Gründe, aus denen Götter und Dämonen in verschiedenen Kulturen dieselben Formen haben, darin bestehen, dass sie aus gemeinsamen Archetypen entsprangen. Jedenfalls klingt es so, als hättest du ein Thema gefunden, das dich fasziniert.«

»Oh, das habe ich. Das habe ich wahrhaftig.«

Nach einer Weile verschwand Filip in der Küche und kam mit zwei Gläsern und einer Flasche Becherovka zurück. Viktor fiel auf, dass die Gläser sehr schön waren: Violett, grün und blau schillerndes Glas wand sich den Stiel hoch bis zum glockenförmigen gefrosteten Kelch.

»Die sind neu.« Viktor drehte den Stiel des Glases zwischen den Fingern. »Ich habe sie vorher noch nicht gesehen.«

Filip zuckte mit den Schultern. »Ein Geschenk. Von einer Bewunderin, die sich mit solchen Dingen auskennt.« Er füllte die Gläser und setzte sich Viktor gegenüber. Sie saßen, redeten und tranken. Dabei bemerkte Viktor, dass sein Freund zwei Gläser leerte, während er eines trank.

Schließlich, angeregt von dem Likör, fragte Filip Viktor nach seinem Leben aus, nach seiner neuen Arbeit. Viktor antwortete ausweichend und allgemein, ohne auf spezifische Patienten einzugehen. Dann erinnerte er sich an den Text, den er unter dem Vordach der Waldkapelle abgeschrieben hatte. Er beschrieb Filip die Kirche und auch, dass diese Inschrift ganz frisch in das uralte Holz geschnitzt worden war.

»Ich vermute, es ist glagolitisch, vielleicht altes Kirchenslawisch.«

»Sehen wir es uns an.« Filip streckte die Hand aus. Nachdem Viktor ihm den Zettel gegeben hatte, nahm Filip ein Notizbuch und begann, den Text zu transkribieren. Viktor bemerkte, dass

Filip keine Referenzbücher zurate ziehen musste, obwohl er von ihnen umgeben war.

»Das ist sehr interessant.« Filip riss seine Übersetzung aus seinem Notizbuch und gab sie Viktor zusammen mit dem Original.

Viktor las die Übersetzung, und aus irgendeinem Grund wurde ihm eiskalt.

Hier bin ich, und hier bleibe ich,
denn dies ist der Ort, wo das Böse wohnt.
Hier bin ich, und hier bleibe ich,
dies ist der Ort, wo der Teufel ruht.

30

Manchmal spiegeln Wohnungen ihre Bewohner. Hier war das ganz eindeutig der Fall. Als Smolák in der eleganten Diele stand und die Emotionen unterdrückte, die sich bei der Vorstellung in ihm regten, Anna Petrášová noch einmal zu sehen, spürte er den Einfluss ihrer kühlen Eleganz überall um sich herum. Er wollte, dass dieser Moment andauerte, wollte ihre Berührung fühlen, ihre unsichtbare Persönlichkeit spüren, bevor er sich ihr persönlich stellen musste.

Ihre Wohnung war genauso, wie er es erwartet hatte, außer vielleicht, dass er ihr Heim näher an ihrem Geschäft im Zentrum der Stadt vermutet hätte. Stattdessen jedoch lebte Anna Petrášová in einer großen Villa an einem begrünten Platz in Bubeneč, auf der anderen Seite der Vltava, der Moldau, im Norden der Stadt.

Ihre Wohnungseinrichtung erinnerte ihn in vielerlei Hinsicht an die Einrichtung ihrer Arbeitsstelle, denn sie enthielt Reminiszenzen an den Verkaufsraum der Petráš Sklo a Skleněná Bižuterie. Die Säulen und der Boden bestanden aus demselben polierten Marmor und Onyx, und an den Wänden befand sich dasselbe kühle Dekor: hell, ohne Muster, so dass es nicht von der kühnen Geometrie und den Farben der Gemälde der Moderne und der Suprematisten ablenkte, die dort hingen.

Natürlich gab es auch Glas: strahlende Wirbel, lebhaftes Violett, Grün und Blau in schlanken Vasen, Schüsseln und Schalen. Im Flur begegnete Smolák einem Gegenstand, den er für das schönste Stück der Glasmacherkunst hielt, das er je gesehen hatte. Eine anderthalb Meter hohe Vase aus Uranglas. Sie hatte ein bedrohlich organisches Aussehen durch die tentakelartigen

Röhren, die vom kugelförmigen Fuß aufstiegen und sich um den schlanken Hals wanden, bis sie mit ihm verschmolzen, unmittelbar bevor sie sich zu einem abstrakten blütenartigen Mund öffneten. Allein die Formung dieses Glases rief Ehrfurcht hervor, aber die Aufmerksamkeit des Polizisten wurde vor allem von den schillernden Farben angezogen: pfauenartig schillernde Töne, die zu schimmern und zu glühen schienen.

Hier zu sein, an diesen Ort gerufen worden zu sein, kam ihm irreal vor. Und es bedurfte einiges, um Kapitán Lukáš Smolák in diesen Zeiten ein Gefühl von Irrealität einzuflößen. Polizisten, vor allem Kriminalbeamte der Mordkommission, sehen Aspekte des Lebens, für die die meisten Menschen blind sind. Er war daran gewöhnt, sich in Situationen zurechtzufinden, die anderen zu irreal oder bizarr erscheinen würden. Und in einem Beruf, wo sämtliche Zufälle als verdächtig gelten, hatte er zahllose Fälle von unerklärlichen Zufällen und willkürlichen Umständen erlebt.

Doch als er jetzt in Anna Petrášovás Halle stand, in der bedrückenden Gewissheit, ihr bald von Angesicht zu Angesicht gegenübertreten zu müssen, und mit nachdenklichem Staunen auf eine schillernde Glasvase blickte, die sich regungslos zu winden schien, hatte er den Eindruck, der Boden unter seinen Füßen wäre plötzlich etwas weniger fest.

Dieser Zufall war ein Zufall zu viel, selbst für Smolák.

»Kapitán?« Mirek Novotný, Smoláks jungenhafter und rücksichtslos ehrgeiziger Untergebener, der ihn aus dem Café U Hipodromu abgeholt hatte, stand hinter ihm in der kühlen stillen Marmorhalle.

»Wo ist sie?«, fragte Smolák.

»Im Schlafzimmer.« Novotný deutete auf die Treppe.

Smolák ging eine Wendeltreppe hinauf bis zum oberen Treppenabsatz. Die Stimmen verrieten ihm, in welches der drei Schlafzimmer er gehen musste. Und diese Stimmen, das stellte er beim Eintreten fest, gehörten dem Gerichtsmediziner Dr. Bartoš und einem uniformierten Unteroffizier der Polizei.

Sie war ebenfalls dort. Anna Petrášová war dort.

Sie lag auf dem Bett und beobachtete ihn unter schweren Lidern. Er wünschte sich unwillkürlich wieder zurück ins Untergeschoss, in die Halle, um eine Vase zu bewundern. An diesen Ort der Ruhe und des eleganten Geschmacks. Womit Smolák in diesem Raum konfrontiert wurde, war Chaos, Horror, Qual. Und ein Gesicht, das er kannte.

Anna Petrášovás Gesicht bereitete ihm das größte Entsetzen. Denn es war perfekt. Unberührt. Immer noch wunderschön. Ihr Make-up war sorgfältig aufgetragen und nicht verwischt, so wie er sie das letzte Mal gesehen hatte. Das Haar war gebürstet und wurde von einer Klammer von ihren perfekt proportionierten Gesichtszügen zurückgehalten. Ihre roten Lippen waren leicht geöffnet, so dass man ihre weißen perfekten Zähne dahinter schimmern sah. Ihr Gesicht war makellos, intakt und unverletzt, unberührt vom Blut.

Alles andere jedoch, alles unterhalb des Halses war zerfetzt – Fleisch, Blut und Knochen.

Er hatte sich auf der Fahrt zu ihrer Wohnung gewappnet, weil er wusste, was ihn erwartete. Er hatte unten im Flur gezaudert, sich auf den Schrecken vorbereitet, der ihn erwartete und der ihn nun trotzdem hart traf. Ihm war übel, er spürte ein heftiges Pochen in seinen Schläfen, und ihr Abbild vor seinen Augen schwankte und zitterte.

Václav Bartoš war bereits da und untersuchte das, was von dem Opfer übrig geblieben war. Er drehte sich um und nickte Smolák zu. »Also war unser kleiner Zigeunerfreund am Ende wohl doch unschuldig«, stellte er fest.

»Oder er hat mit einem Partner zusammengearbeitet, der sich entschlossen hat, ihre Profession weiterzuführen«, entgegnete Smolák.

»Ihr Name ist Anna Petrášová«, erklärte Novotný. »Sie besitzt einen sehr eleganten Glasladen im Nové Město.«

»Ich weiß«, antwortete Smolák.

»Das wissen Sie?«

»Ich weiß es. Ich kenne ihren Namen und ihr Geschäft. Ich kenne sie.«

»Sie kennen das Opfer?«

»Ich habe erst vor zwei Tagen in ihrem Geschäft mit ihr gesprochen.«

»Vor zwei Tagen?«

Smolák drehte sich gereizt zu Novotný herum. »Ja, vor zwei Tagen. Muss ich jetzt meine Worte ständig wiederholen?«

Novotný schüttelte den Kopf und spitzte nachdenklich die Lippen. »Nein, Kapitán. Es ist nur so, das ist ... Das ist ein ziemlicher ...«

»Zufall?«

»Ja. Worüber haben Sie mit ihr gesprochen?«, fragte Novotný.

Smolák betrachtete den jüngeren Mann scharf. Novotný ließ sich nicht anmerken, ob er sich unter dem prüfenden Blick seines Vorgesetzten unbehaglich fühlte. Er machte nur seine Arbeit. Allerdings war das Objekt seiner Arbeit Smolák: Er überprüfte, welche Verbindung sein Vorgesetzter mit dem Opfer gehabt hatte, was für eine Art von Beziehung sie hatten. Weil er sie das letzte Mal lebend gesehen hatte.

»Die Glasperle«, antwortete Smolák. »Die am letzten Tatort gefunden wurde. Ich wollte ihre Meinung darüber einholen. Sie konnte mir zwar nicht helfen, hat mich aber an Michal Macháček verwiesen, der ein besserer Experte wäre. Bedauerlicherweise sitzt er im Irrenhaus für kriminelle Geistesgestörte in Hrad Orlů. Aber ich habe einen Termin veranlasst, um ihn zu befragen.«

Dr. Bartoš hatte sich über den ausgeweideten Kadaver der ermordeten Frau gebeugt und drehte sich halb herum. »Sie besuchen Hrad Orlů?«, fragte er über die Schulter.

»Hatte ich vor. Jedenfalls werde ich es noch tun. Dieser neue Mord bedeutet allerdings, dass ich meinen Besuch um ein paar Tage verschieben muss.«

Václav Bartoš nickte trübe, und es war offensichtlich, dass er einen Gedanken unterdrückte. Dann widmete er sich wieder seiner Arbeit. Smolák wusste von dem Bruder des Gerichtsmediziners. Dieser Skandal hätte allein wegen der Familienzugehörigkeit beinahe Bartoš' Karriere ruiniert. Und außerdem hatte dieser Skandal Dr. Bartoš' Bruder, einen angesehenen Wissenschaftler, als einen der »Satanischen Sechs« gebrandmarkt und ihn in dieses entlegene Irrenhaus verbannt.

»Mein Gott!«, stieß Novotný hervor. »Also hat Lederschürze bereits jemanden ermordet, der in diesen Fall verwickelt war?«

»Nur indirekt verwickelt. Und wie Sie schon sagten, wahrscheinlich ist es ein Zufall. Aber es ist ein teuflischer Zufall.«

»Und Sie haben sich wegen dieser Glasperle an sie gewandt, die Sie am Tatort auf der Prager Kleinseite gefunden haben?« Smolák nickte und beobachtete weiter Novotnýs Gesicht. Er hätte fast schwören können, dass sein Untergebener das »Sie« in dem Satz, *»... die Sie am Tatort gefunden haben«* betont hatte. Smolák hatte die Glasperle gefunden, richtig, und er hatte sie gefunden, nachdem alle anderen Beamten, die vor ihm am Tatort waren, sie übersehen hatten. Noch ein Zufall.

Er wusste, dass Novotný ihn nicht ernsthaft als Verdächtigen in Betracht ziehen würde, aber er wusste auch, dass der junge Beamte von Ehrgeiz fast zerfressen wurde. Trotz seines jugendlichen Gesichts strahlte er eine kalkulierte Härte aus, die an Rücksichtslosigkeit grenzte. Novotný wusste nur zu gut, dass ein Verdacht ein Fleck war, der die Karriere des einen Mannes verdunkeln und die eines anderen erhellen konnte. Es waren unsichere Zeiten. Zeiten wie diese neigten dazu, in den Ehrgeizigen und den Jungen kalten Opportunismus zu wecken.

Eines war gewiss: Smolák musste sich zusammenreißen. Sein Untergebener durfte auf keinen Fall vermuten, dass er von diesem Tatort ungebührlich verstört wurde oder dass er sich sonderbar zu dem Opfer hingezogen fühlte. Erst recht nicht, dass er seit ihrer Begegnung ständig an sie gedacht hatte. Er redete sich ein, dass sein Herz nicht wegen seiner Verbindung mit dem Opfer, sondern wegen des vielen Blutes so hämmerte. So viel Blut.

Ganz gleich, wie oft man damit konfrontiert wurde, wie erfahren man als Polizist auch sein mochte, der Anblick von Blut rief eine instinktive und intuitive Reaktion hervor. Die hellgrauen Satinlaken waren blutgetränkt und klebrig. Die Wände ihres Schlafzimmers waren weiß gestrichen, um die Kunstwerke zu betonen, die daran hingen. Nun jedoch betonten sie die Kunst ihres Mörders: Lange Blutspritzer überzogen sie. Und noch etwas anderes hob sich deutlich von dem makellosen Weiß ab. An der Wand über dem Bett hatte jemand mit Blut ein einzelnes Wort geschmiert, offenbar mit der Hand. FOTZE.

»Glauben Sie, dass unser Verdächtiger Deutscher ist?«, erkundigte sich Novotný. »Oder will er uns glauben machen, er wäre Deutscher?« Smolák schüttelte den Kopf. Er erinnerte sich daran, dass Bihari während seines Verhörs behauptet hätte, dass »Beng«, dieser Dämon, der den Taschendieb angeblich gezwungen hatte, das Gemetzel zu beobachten, dieses deutsche Schimpfwort benutzt hatte, um Maria Lehmann zu beschreiben. »Wissen Sie, was das Wort bedeutet?«, fragte er Novotný.

»Selbstverständlich. Es bedeutet Möse. Es ist eine sexuelle Verunglimpfung des Opfers.«

»Es ist mehr als das. Er hat es auf Deutsch geschrieben. Er sagt damit, sie wäre eine deutsche Möse. Bisher waren alle Opfer teilweise oder ganz von böhmisch-deutschem Blut. Nur hat er sich aus irgendeinem Grund diesmal geirrt. Petrášová ist kein deutscher Name. Es sei denn, sie wäre verheiratet gewesen?« Er drehte sich fragend zu dem uniformierten Unteroffizier herum.

»Nicht dass ich wüsste, Kapitán. Laut den Nachbarn hat sie

allein hier gelebt. Ich lasse die Leute gerade von meinen Männern befragen. Vielleicht bekommen wir noch mehr Informationen aus ihnen heraus.«

»Hat schon jemand gesagt, dass er irgendeinen ihrer Besucher gesehen hat?« Smolák sah Novotný an. »Irgendwelche männlichen Besucher?«

»Bis jetzt nicht, nein. Sie war offensichtlich eine besonders zurückgezogene Person.«

»Was haben Sie herausgefunden, Doktor?«, fragte Smolák Bartoš.

»Sie ist fast vollständig ausgeweidet worden. Das sehen Sie ja selbst. Diesmal hat er auch ihre Organe mitgenommen, als er den Tatort verlassen hat. Und ich muss leider sagen, dass es das unterstreicht, was ich zuvor über seine Huldigung an Jack the Ripper erwähnt habe: Die Vagina und der Uterus wurden vollkommen entfernt, so wie bei diesen Morden in London.«

»Also kopiert er tatsächlich diesen englischen Mörder …« Smolák sprach fast zu sich selbst. In diesem Moment kam ein junger uniformierter Polizist herein, eine Handvoll Papiere in der Hand, und sprach mit dem Unteroffizier. Der trat dann zu Smolák und den anderen.

»Wir haben mit den Nachbarn geredet, und wir haben auch ihre Ausweispapiere in einem Sekretär unten gefunden.« Der Unteroffizier hielt einen Ausweis hoch. Smolák nahm ihn und überflog ihn.

»Verdammt!« Smolák gab Novotný die Papiere. »Ihr Ausweis sagt, dass sie ursprünglich eine Deutsch-Tschechin aus Schlesien war. Ihr Mädchenname war Anna Dietrich.«

»Nach dem, was mein Kollege von den Nachbarn erfahren hat«, mischte sich der Unteroffizier ein, »hat sie in die Petráš-Familie eingeheiratet, ist aber verwitwet. Ihr Ehemann starb vor etwa vier oder fünf Jahren und hat ihr das Geschäft hinterlassen.«

»Also hat unser Mörder vielleicht doch eine Agenda«, sagte

Novotný zu Smolák. »Sie hatten keine Ahnung, dass sie Deutsch-Tschechin war?«

Smolák warf ihm einen finsteren Blick zu. »Wenn ich das gewusst hätte, hätte ich das bereits am Anfang gesagt, Detektive-Seržant Novotný. Ich habe die Frau nur einmal getroffen und weniger als zwanzig Minuten dienstliche Angelegenheiten mit ihr besprochen.«

»Selbstverständlich, Kapitán. Verzeihen Sie«, entschuldigte sich Novotný, aber er hatte sein Ziel erreicht. Smolák sah die Überraschung in den Mienen des jungen Polizisten und des Unteroffiziers. Die Geburt eines Gerüchts.

»Da ist noch etwas«, sagte der Unteroffizier. »Etwas, das Sie sich ansehen müssen. Draußen.«

Der junge Polizist führte den Unteroffizier, Smolák, Novotný und Dr. Bartoš durch den Vorderausgang zur Seite der Villa. Dann richtete er seine Taschenlampe auf die weiß getünchte Mauer.

»Er muss das gemacht haben, als er sich vom Tatort entfernt hat«, sagte der junge Polizist. »Ich vermute, dass dies ebenfalls das Blut des Opfers ist.«

»Zur Hölle damit!«, entfuhr es Smolák. »Das hat uns gerade noch gefehlt: Auch noch eine politische Dimension.«

»Das ist nicht politisch«, widersprach Bartoš. »Es gehört ebenfalls zur Huldigung des Mörders. Fast dieselbe Nachricht wurde an der Wand eines Tatorts von Jack the Ripper gefunden. Nur hat sie jetzt und hier eine tiefere, mythische Bedeutung.«

Smolák seufzte und las die mit Blut auf die Mauer geschmierte Nachricht erneut. Wie schon die Obszönität an der Schlafzimmerwand war auch sie auf Deutsch geschrieben.

Gebt den Juden die Schuld.

3. TEIL

DER GLASSAMMLER
UND DER HOLZFÄLLER

31

Nach dem Likör hatte Viktor nichts mehr trinken wollen. Ihm war klar, dass dieser Teil der Stadt, in dem sie sich befanden, nicht der sicherste war. Mit Bestürzung erinnerte er sich, dass zwei frühere Opfer des sogenannten Lederschürzen-Mörders nur wenige Straßen von dem neuen Quartier seines Freundes entfernt gefunden worden waren.

Aber er merkte auch, dass sich Filips düstere Stimmung aufhellte. Sein Freund war entspannter geworden, offensichtlich durch den Alkohol, und die reizbare, nervöse Energie, die ihn abwechselnd stimulierte und bremste, ebbte ein wenig ab. Viktor wollte ihm helfen, entspannt zu bleiben, damit er mehr über den derzeitigen mentalen Zustand seines Freundes herausfinden konnte. Als Filip also darauf bestand, auszugehen und eine Schankwirtschaft in der Nähe aufzusuchen, willigte er ein.

Viktor wurde sich plötzlich der Ironie bewusst, dass er auf eine sonderbare Weise dieselbe Methode bei seinem Freund anwandte, die er auch seinen Patienten gegenüber einsetzte. In diesem Fall waren es Bier und Becherovka statt Scopolamin und Sodium Amytal, mit denen er seinen Patienten beruhigte und zu seinen innersten Gedanken vordrang.

Als sie Filips Quartier verließen, war es bereits dunkel. Viktor erkannte den langen dunklen Mantel, den Filip angelegt hat. Als sein Freund ihn gekauft hatte, hatte er noch stilvoll und teuer ausgesehen und Filip perfekt gepasst. Nun jedoch hing er viel zu weit um seine Gestalt und wirkte schäbig und vernachlässigt. Filips Hut hatte ebenfalls bessere Tage gesehen. Er zog ihn tief in die Stirn, als wollte er seine Augen sowohl vor seinem Freund als auch vor der ganzen Welt verbergen.

Sie verließen das Gebäude durch die Hintertür und betraten einen kleinen dunklen Hinterhof, den Filip sich mit seinen Nachbarn teilte. Das uralte Türschloss klapperte, als er abschloss, aber statt den Schlüssel einzustecken, bückte sich Filip, hob einen lockeren Pflasterstein neben der Tür an und legte den Schlüssel darunter.

»Ich verliere ständig irgendetwas«, sagte er zur Erklärung. »Vor allem, wenn ich ein paar intus habe.«

Ein schwacher Regendunst hing feucht und kalt wie ein zarter Stoff in der Luft, und Viktor war froh, dass die Schankwirtschaft nur drei Blocks entfernt lag. Vršovice war ein enges Gewirr aus schmalen langen Straßen mit einstmals eleganten Wohnhäusern und tiefen Schluchten aus Wohnhäusern, die diese Straßen querten. All das wurde von Werkstätten, kleinen Fabriken und Lagerhöfen aufgelockert.

Wie herrschaftlich es auch einst gewesen sein mochte, jetzt befand sich das Viertel fest in der Hand der arbeitenden Klasse und wurde vorwiegend von Tschechen bewohnt, obwohl sich kleine Inseln aus Deutsch-Tschechen noch hielten. Wurden die ländlichen Sudetendeutschen als *Skopčáci* bezeichnet, Hinterwäldler, bildeten die Deutschen in Prag durch das Vermächtnis des Österreich-Ungarischen Reiches die Elite. Hier in dem Arbeiterviertel Vršovice hatte sich das zwar ein wenig verwässert, aber immer noch war das Blau der deutschen Kragen ein wenig heller. Sie waren Handwerker, Vorarbeiter in den Fabriken oder Facharbeiter.

Es überraschte Viktor, dass Filip ihn in eine Bar mit deutschem Namen führte. Sie lag in einem Keller, in den man über drei Stufen gelangte. Die Spitzen der Bogenfenster lagen auf dem Niveau des Bürgersteigs. Es erinnerte an den Anblick, wenn manchmal nur die Augen eines Flusspferdes aus dem Wasser ragten. Im Inneren der Gastwirtschaft war es voll und heiß, es roch nach Bier und feuchtem Tuch. Die meisten Gäste schienen Viktors Eindruck nach Arbeiter zu sein, andere dagegen sahen erheblich finsterer aus. Er hörte ebenso viel Deutsch wie Tschechisch, als er sich mit Filip den Weg zur Theke bahnte. Dass seine elegante und teure Kleidung, mit Krawatte, Anzug, Hut und Mantel, Aufmerksamkeit zu erregen schien, schmälerte Viktors Unbehagen nicht gerade.

Er bestellte Bier für sich und seinen Freund und nahm sich vor, nicht mehr als eines zu trinken. Doch Filip beugte sich vor und erweiterte die Bestellung um zwei Jablkovicas. In dem Moment wurde ein Tisch in der Ecke frei, und Filip trug sein Bier und seinen Apfelbranntwein dorthin. Mit einer Kopfbewegung signalisierte er Viktor, ihm mit seinen Getränken zu folgen.

Während sie tranken und redeten, versuchte Viktor, mehr Informationen aus Filip bezüglich seiner Entlassung aus der Universität herauszubekommen und ob er vielleicht Gründe haben könnte, Berufung dagegen einzulegen. Filip geizte jedoch mit Einzelheiten, schien sogar auszuweichen, und Viktor hatte den Eindruck, dass nicht nur diese Entlassung der Grund sein konnte, warum er so stark aus der Spur geraten war.

»Elena und ich haben uns getrennt«, gab er schließlich zu und zuckte mit gespielter Gleichgültigkeit die Schultern.

»Tut mir leid, das zu hören«, antwortete Viktor. »Sie war ein nettes Mädchen, und sie war gut für dich.«

»Nein, das war sie nicht. Sie war ein Miststück. Eine Fotze. Schlimmer noch, sie war eine deutsche Fotze!«, stieß Filip plötzlich und unerwartet giftig hervor. Und dazu so laut, dass sich zwei Männer am Nachbartisch zu ihm herumdrehten. Viktor war über die Vehemenz seines Freundes erschrocken und lächelte ihnen entschuldigend zu. Sie wandten sich wieder ihren Getränken zu.

»Sie sind alle Miststücke. Alle Frauen, meine ich«, fuhr Filip fort. Seine Miene verfinsterte sich erneut. »Sie lügen, betrügen, vögeln hinter deinem Rücken herum, aber trotzdem wollen sie über dich verfügen. Sie glauben, sie können machen, was sie wollen. Aber ich sage dir etwas, dieser Kerl, der sie aufschneidet, du weißt schon, der Mann, den man Lederschürze nennt, er verpasst ihnen auf jeden Fall einen Denkzettel. Vielleicht ist ja dieser mörderische Wahnsinnige der Einzige, der den weiblichen Teil der Menschheit richtig verstanden hat.«

»Um Himmels willen, Filip! Das meinst du doch nicht wirklich!«

»Ach nein?« Viktor sah seinem Freund trotzig in die Augen. Doch ebenso schnell, wie sie gekommen waren, schienen seine Wut und sein Trotz zu verpuffen, und er ließ die Schultern hängen. »Nein, natürlich nicht. Ich weiß nicht, was mit mir los ist. Ich bin so … so wütend in letzter Zeit. Ich bin wütend auf jeden, selbst auf Menschen, die mir nahestehen so wie du. Das hat auch dazu geführt, dass ich entlassen worden bin.« Seine Schultern sackten noch weiter herunter, und er wirkte fast unterwürfig auf Viktor. »In Wahrheit habe ich keine Chance, in Berufung zu gehen, um meine Arbeit an der Karls-Universtität zurückzubekommen oder an irgendeiner anderen Institution eingestellt zu werden. Ich habe Ferentz geschlagen, meinen Ordinarius.«

»Du hast ihn geschlagen?«

Filip nickte. »Ich habe ihm zwei Zähne ausgeschlagen. Sie haben mich auf der Stelle gefeuert und die Polizei geholt. Vier Tage habe ich in der Zelle geschmort, aber schließlich hat sich der alte Ferentz erbarmt und die Anklage fallen lassen. Unter der Bedingung, dass ich niemals wieder einen Fuß in die Hallen der Universität setze. Ich nehme an, das ist nur gerecht.«

»Großer Gott, Filip!« Viktor schüttelte den Kopf. »Und deshalb hat Elena dich verlassen?«

»Himmel, nein! Sie war schon viel früher sauer auf mich. Man könnte sagen, dass wir politisch inkompatibel gewesen sind. Und ich war ziemlich naiv. Ich habe es wirklich für möglich gehalten, einem Deutschen zu vertrauen. Doppelt naiv sogar, weil ich einer Frau vertraut habe. Du weißt doch, dass Elena aus dem Norden kam, aus Liberec? Und dass ihre ganze Familie Deutsch-Tschechen waren? Angeblich waren sie gute und loyale Deutsch-Tschechen, gemäßigte Angehörige der Tschechisch-Deutschen Sozialdemokratischen Arbeiterpartei. Sie waren dagegen, sich Deutschland anzuschließen, und stimmten für eine Selbstbestimmung in der föderalen Tschechoslowakei und so weiter. Aber die gute alte Elena hat sich plötzlich vollkommen verändert – und war für Konrad Henlein und die Sudetendeutsche Partei. Das dumme Miststück hat es einfach nicht begriffen. Sie konnte es nicht begreifen. Ganz gleich, wie oft ich es ihr auch versucht habe zu erklären, sie hat nicht kapiert, was diese Kraut-Mistkerle vorhaben.« Filip redete sich wieder in Wut. Viktor wurde es immer unbehaglicher, angesichts dessen, dass viele Unterhaltungen um sie herum auf Deutsch geführt wurden. »In zehn Jahren, nein, in fünf oder noch weniger wird unsere kleine Republik verschwunden sein. Ich habe es ihr gesagt, mehrmals, dass sie und Henlein dann nicht das Geringste mehr zu melden haben würden. Denn dieser kleine österreichische Egomane Hitler wird aus dem hier eine beschissene Provinz machen.«

»Filip, sprich leise …« Viktor bemerkte, dass die Männer am Nebentisch, die schon zuvor zu ihnen herübergeblickt hatten, aufgehört hatten zu reden und vielsagende Blicke wechselten.

»Was denn? Dürfen zwei Freunde kein Gespräch mehr führen? Können zwei Freunde nicht mehr über Politik diskutieren?« Wieder sprach er so laut, als richtete er seine Worte an die Zuhörer um sie herum statt an Viktor.

Viktor beugte sich vor, stützte die Ellbogen auf den Tisch und redete leise und ruhig. »Natürlich können sie das. Aber es gibt den richtigen Ort und die richtige Zeit. Und zu einer Zeit wie dieser ist das hier nicht der richtige Ort. Heutzutage ist Politik etwas, worüber man mit Bedacht reden muss, Filip, erst recht in der Öffentlichkeit.«

»Scheiß drauf!« Filip hob erneut seine Stimme. »Sie müssen das hören. Alle müssen das hören. Sie müssen erfahren, wohin dieser kleine österreichische Scheißkerl und seine Sudeten-Pinscher uns führen werden!«

Bei diesen Worten sagte einer der Männer am Nebentisch etwas zu den anderen, und alle drei standen unvermittelt auf. Dann umringten sie Viktor und Filip. Ihre Mienen zeigten die hohläugige feindselige Ausdruckslosigkeit von Männern, die jeden Moment gewalttätig werden konnten. Filip sprang auf.

»Was?«, schrie er. »Was verflucht wollt ihr?« Er kippte den Rest seines Bieres auf den Steinboden der Gastwirtschaft und schwenkte das leere Glas vor dem Gesicht des größten der Männer. Filips Unerschrockenheit und seine Bereitschaft, den Bierkrug als Waffe zu benutzen, ließen den großen Mann innehalten. Dann trat er einen Schritt zurück. Viktor nutzte sein Zögern und schob sich rasch zwischen die beiden.

»Schon gut, meine Herren.« Er hob die Hände und sprach in demselben ruhigen Ton, den er in seinem Beruf bei potenziell gewalttätigen Patienten anwendete. »Mein Freund hier ist nur ein bisschen aufgeregt und hat etwas zu viel getrunken. Das ist alles. Ich bringe ihn jetzt nach Hause, so dass er Sie nicht mehr belästigen kann. Und ich entschuldige mich für den Ärger.« Er griff in seine Tasche und legte ein paar zerknitterte Fünf-Kronen-Noten und ein paar Heller auf den Tisch. »Bitte, bestellen Sie sich etwas zu trinken. Wir verschwinden jetzt.«

Dann drehte er sich zu Filip herum, dessen Gesicht immer noch trotzig vor Wut war, und legte seinem Freund die Hände auf die Schultern. Er sprach leise, aber nachdrücklich. »Um Gottes willen, Filip, willst du uns umbringen? Wir gehen jetzt, und ich begleite dich nach Hause.« Viktor nahm ihm den leeren Bierkrug aus der Hand und stellte ihn auf den Tisch. Dann nahm er seinen Mantel und seinen Hut. Filip musterte die drei Männer über Viktors Schulter hinweg finster, ließ sich aber von ihm zur Tür dirigieren.

»Gute Nacht, die Damen …!«, rief Filip den Männern zu, als Viktor ihn rückwärts zur Tür bugsierte.

Auf der Straße befreite sich Filip grob aus Viktors Griff. »Ich brauche deine Hilfe nicht. Habe ich dich um deine Hilfe gebeten? Für wen hältst du dich, dass du mich aufspürst und deine Nase in meine Angelegenheiten steckst? Ich habe dich um nichts gebeten. Ich bin keiner deiner verrückten Patienten. Ich bin keiner deiner Irren.«

»Nein, das bist du nicht, Filip«, bestätigte Viktor. »Du bist mein Freund, doch ich mache mir Sorgen um dich. Und am meisten bekümmert es mich, dass du wusstest, dass dies ein deutsches Gasthaus war. Du bist absichtlich dorthin gegangen, um Ärger zu machen, stimmt's? Du hast vollkommen die Beherrschung verloren.«

Filips Anspannung ließ nach, aber er wirkte immer noch aufgeregt. »Lass mich nach Hause gehen, Viktor. Lass mich mit meinem Leben allein, und kehr du zu deinem zurück. Arbeite weiter an deiner Karriere und deiner Zukunft. Begreifst du nicht, dass du dich von mir fernhalten solltest? Ich mache Ärger, das weiß ich. Ich scheine um mich herum nur Chaos zu produzieren. Deshalb bin ich dir auch aus dem Weg gegangen. Wenn du wüsstest …« Filip unterbrach sich unvermittelt.

»Wenn ich was wüsste?« Viktor wandte sich an Filip. Im Licht der Laternen sah er noch blasser aus, als wäre er ein Geist, nur der Schatten seines Freundes. Als wäre er gar nicht wirklich dort.

»Vergiss es«, erwiderte Filip. »Wir haben früher gescherzt, dass wir nur verschiedene Seiten derselben Münze wären, du und ich. Aber das sind wir nicht. Wir sind unterschiedliche Münzen, sogar unterschiedliche Währungen, aus unterschiedlichem Metall geprägt. Du bist ein Edelmetall, ich bin ein minderwertiges Metall. Mehr ist dazu nicht zu sagen. Du kannst nicht aufhalten, was aus mir wird, aber wenn du weiter bei mir bleibst, dann könnte es das versauen, was aus dir werden könnte. Es könnte deine Zukunft ruinieren. Du musst mich ziehen lassen.«

»Du bist mein Freund, Filip. So funktioniert das nicht. Ich werde nicht einfach …«

Viktor kam nicht dazu, seinen Satz zu beenden. Als sie die Kreuzung erreichten, vor der die Mietshäuser aufhörten, traten drei Männer hinter der Ecke eines Gebäudes hervor in den weißen Lichtschein einer Straßenlaterne.

32

Wann fahren Sie ins Irrenhaus von Hrad Orlů?«

»Was?« Smolák drehte sich zu Doktor Bartoš herum, der klein und düster auf dem Beifahrersitz neben ihm hockte. Die Frage lenkte die Aufmerksamkeit des Kapitáns von der Straße ab. Er hatte sich nach ihrer Diskussion auf der Wache bereit erklärt, den Polizeiarzt nach Hause zu fahren. Mittlerweile waren ihre Berichte fertig getippt, die Aussagen überprüft und die grauenvollen Blitzlichtaufnahmen des Tatortes entwickelt und weitergeleitet. Die beiden Männer waren erschöpft von dem langen Arbeitstag und der emotionalen Anstrengung, die unausweichlich, ganz gleich, wie sehr man auch daran gewöhnt sein mochte, einer Begegnung mit einem gewalttätigen Tod folgte.

»Ich habe gefragt, wann Sie nach Hrad Orlů fahren wollen. Falls es Ihnen nichts ausmacht, würde ich Sie gern begleiten.«

»Warum?«, wollte Smolák wissen.

»Ach, kommen Sie, Kapitán«, entgegnete Bartoš müde. »Sie wissen nur zu gut, dass man dort Dominik eingesperrt hat. Ich möchte behaupten, dass so ziemlich jeder in der Polizei von Prag weiß, dass mein Bruder einer der Satanischen Sechs ist.«

»Ja«, räumte Smolák ein. »Ich weiß. Deshalb wollen Sie dorthin?«

»Ich war noch nie da – um ihn zu besuchen, meine ich. Ich dachte, falls Sie dorthin führen, könnten Sie mir vielleicht helfen, einen Besuch zu arrangieren. Außerdem würde ich Ihre Gesellschaft während der Fahrt begrüßen. Es ist dumm, ich weiß, aber die Vorstellung, ihn wiederzusehen, wühlt mich auf. Es ist zwar schon fünf Jahre her, doch jedes Mal, wenn ich daran gedacht habe, Dominik zu besuchen …« Der Gerichtsmediziner seufzte im Dunkeln. »Wahrscheinlich habe ich immer das Gefühl gehabt, dass ich mich auch seinen Taten stellen muss, wenn ich mich meinem Bruder stelle.«

»Das verstehe ich«, sagte Smolák. Er kannte natürlich den Fall Dominik Bartoš, der brillante Physiker, der zum Mörder wurde und der zudem der Bruder von Václav Bartoš war. Wie der Doktor gerade gesagt hatte, kannte ihn so ziemlich jeder in der Prager Polizei. Einige, einschließlich Smolák, hatten sogar spekuliert, dass Dr. Bartoš die Karriere eines Gerichtsmediziners eingeschlagen hatte, damit er mit Morden konfrontiert wurde und verstehen konnte, welche Verbrechen sein Bruder begangen hatte.

»Ich kann gern versuchen, etwas für Sie zu arrangieren«, antwortete Smolák. »Außerdem wäre ich auch froh über Ihre Gesellschaft, wenn ich dorthin fahre.«

Nachdem sie ihre Übereinkunft getroffen hatten, verstummten die beiden Männer. Prag und die Nacht glitten an den Scheiben von Smoláks Praga Piccolo als expressionistische Geometrie von Straßenlaternen, barocken Silhouetten und kantigen Schatten vorbei. Schließlich erreichten sie Bartoš' Mietshaus.

»Möchten Sie einen Schnaps?« Bartoš war ausgestiegen und beugte sich zum geöffneten Fahrerfenster herunter.

»Nein danke, Doktor. Es war ein langer Tag.« Das war die Wahrheit, und Smolák sah, dass der müde Bartoš erleichtert war. Ganz offensichtlich hatte er ihn aus Höflichkeit eingeladen.

»Dann unterhalten wir uns bald. Danke, dass Sie mich mitgenommen haben.« Der Doktor machte eine kleine Pause. »Was wir heute Nacht gesehen haben, was er dieser Frau angetan hat – dieser ganze zusätzliche Symbolismus, den er hinzugefügt hat ...«

»Ja?«

»Das ist eine Eskalation. Er präsentiert uns eine Nachricht, häppchenweise. Er ist ganz offensichtlich von Jack the Ripper fasziniert, aber ich fürchte, dass er sich nicht nur von dessen Taten und seinen Methoden inspirieren lässt.«

»Was meinen Sie damit?«

»Ich habe das Gefühl, dass er mit dem Ruhm von Jack the Ripper wetteifert. Er will nicht nur so berühmt werden wie dieser Londoner Mörder, sondern berühmter. Er will, dass sich sein Ruhm weiter verbreitet und länger anhält. Und Sie wissen, was das bedeutet.«

»Dass es mehr Opfer geben wird als selbst in London. Dass er nicht aufhören wird. Er wird solange weitermachen, bis wir ihn erwischen.«

Bartoš nickte. »Wenn wir auf dem Hrad Orlů sind, empfehle ich Ihnen, die Experten zu fragen, was sie von Lederschürze halten. Gute Nacht, Kapitán.«

»Gute Nacht, Doktor.«

Smolák sah dem kleinen unordentlichen Gerichtsmediziner nach, wie er in seinem Mietshaus verschwand. Er mochte Bartoš, aber es beunruhigte ihn, dass der Bruder eines solch berüchtigten vielfachen Mörders den Verstand eines Mörders so ausgezeichnet analysieren konnte.

33

Viktor erkannte kaum in den drei Männern die Deutsch-Tschechen aus der Bar und spürte nicht einmal den ersten Schlag des Mannes, der sich plötzlich vor ihm aufgebaut hatte, als er sich auch schon auf der Seite liegend auf den nassen schmutzigen Pflastersteinen wiederfand. Er schaffte es gerade noch, sich wegzurollen, als ein Arbeitsstiefel seinen Kopf traf. Er verfehlte sein Gesicht, streifte jedoch schmerzhaft seine Schläfe. Viktor lag wie betäubt da, schutzlos einem besser gezielten Tritt ausgeliefert, der dann jedoch ausblieb. Als er wieder zu sich kam, hörte er Schreie. Laute, grobe, kaum menschlich zu nennende Schreie. Wahnsinnige Schreie. Schreie wie aus dem Irrenhaus.

Er rappelte sich auf und erkannte den Grund, warum er nicht noch einmal getreten worden war. Ein Angreifer lehnte an der Mauer des Mietshauses. Sein Gesicht war kreidebleich, und er umklammerte seinen rechten Unterarm. Auf seinem Jackenärmel breitete sich, wie er im Licht der Straßenlaterne sehen konnte, ein schwarzroter Fleck aus. Seine beiden Freunde versuchten, zu ihm zu kommen, aber Filip stand zwischen ihnen und dem Verletzten. Etwas Langes in seiner Hand blitzte bösartig auf. Jedes Mal, wenn einer der beiden Anstalten machte, zu ihrem Freund zu gelangen, zischte das Messer mit der langen Klinge vor ihrem Gesicht hin und her. Dabei schrie und brüllte er, lachte manisch und überschüttete sie mit Beleidigungen. Er forderte sie heraus, beleidigte ihre Männlichkeit, ihre Abstammung, verspottete ihre Feigheit und drohte ihnen damit, was er mit ihnen anstellen würde – und mit ihren Frauen, sobald er sie aufgespürt hätte.

Viktor spürte, dass die Männer nicht mehr wütend waren. Sie

begriffen schnell, dass sie es hier mit etwas Schlimmerem, weit Gefährlicherem und Unkontrollierbarem zu tun hatten als mit der Prügelei auf der Straße, auf die sie sich vorbereitet hatten. Aus den Jägern waren urplötzlich Gejagte geworden, und auf ihren Gesichtern zeigte sich die verständnislose Furcht von Menschen, die es nicht gewohnt waren, mit dem Wahnsinn in Berührung zu kommen. Viktor lief zu Filip.

»Lass sie vorbei!«, schrie er. Filip fuhr herum und sah Viktor finster an. Das Langmesser zeigte nun auf ihn.

»Sollen sie ihren Freund einsammeln und verschwinden«, sagte Viktor ruhiger. »Ich glaube, sie haben begriffen, worum es hier geht.«

Filip drehte sich finster zu den Männern herum. Dann deutete er mit einer ruckartigen Bewegung seines Kopfes auf ihren verletzten Kameraden. Nach kurzem Zögern rannten die beiden Männer zu ihm und schleppten ihn weg, in die Straße, die zu der Gastwirtschaft führte.

»Wir sollten hier jetzt besser verschwinden«, sagte Filip. »Auch wenn sie den Streit selbst angezettelt haben, werden sie wahrscheinlich die Polizei holen.«

Viktor sagte nichts, aber er wollte Filip zurück in seine umgebaute Remise folgen.

»Nein.« Filip klang müde, sprach aber nachdrücklich. »Es ist Zeit, dass wir unsere eigenen Wege gehen. Begreifst du das nicht? Jeder von uns muss tun, was er tun muss.«

»Filip, du brauchst Hilfe. Ich weiß nicht, was …«

»Du solltest ebenfalls verschwinden. Diese Krauts können jeden Moment mit mehr Kumpeln zurückkommen oder mit der Polizei. Wenn du dich beeilst, kriegst du vielleicht noch den letzten Zug.«

Ohne einen weiteren Abschiedsgruß verschwand Filip Starosta in der nebligen Dunkelheit der Prager Nacht, bog um eine Ecke und war nicht mehr zu sehen. Viktor wusste, dass er auch aus seinem Leben verschwunden war.

Allein auf der einsamen Straße fühlte sich Viktor plötzlich exponiert und verletzlich. Er hob seinen Hut vom Boden hoch, klopfte seinen Mantel aus und zog ihn glatt. Dann ging er rasch in die Richtung davon, in welcher der Bahnhof lag.

34

Es war schon nach vier Uhr morgens, als Lukáš Smolák in seine Wohnung zurückkehrte. Er beschloss, noch etwas zu schlafen, bevor er wieder ins Büro fuhr. Aber als er im Bett lag, gingen ihm die Bilder vom Abend zuvor unablässig und gnadenlos durch den Kopf. Noch nie zuvor war ihm ein Mord so nahe gegangen. Er verübelte es der Ermordeten unwillkürlich, dass sie ihn trotz ihres so kurzen Kontaktes so tief beeindruckt hatte. Warum war das so? Was an Anna Petrášová war so besonders, dass sie ihm so unter die Haut gegangen war?

Er rauchte eine Zigarette. Er fühlte sich wie zerschlagen, und in seiner Brust schien es zu hämmern. Seine ruhelose Trägheit hielt den Schlaf fern, den er so dringend benötigte. Er versuchte, die Bilder zu blockieren, die ihn unablässig plagten. Ein Trick, den er in Zeiten wie diesen oft benutzte, war, an seine Kindheit zurückzudenken, an die glücklichen Zeiten, die er mit seinem Vater verbracht hatte. Als sie in dem Fluss fischten, der durch ihr Dorf zu mäandern schien. Oder wie sie nach Norden durch den von der Sonne gesprenkelten schattigen Wald spazierten. Nach einer Weile beruhigte der Zufluchtsort seiner fernen Kindheit ihn so sehr, dass er einschlief.

Lukáš Smolák träumte.

Die Welt und alles darin war sehr groß. Anders als in der wirklichen Kindheit, wo die Proportionen von Dingen so akzeptiert wurden, wie sie waren, träumte Smolák, der Erwachsene, sich als Lukáš das Kind, ein Junge von zehn Jahren, und seine geringe

Größe betrübte ihn. Er fühlte sich schutzlos und ausgeliefert, klein und schwach. Selbst die Landschaft, von der er träumte, die rekonstruierte Topographie einer erinnerten Kindheit, in die er sich so oft flüchtete, wirkte irgendwie bedrohlich. Alles, was er sah, hatte harte Kanten und eine körnige Textur: Jedes Detail war so unglaublich scharf und klar, dass seine Netzhaut beinahe protestierte.

Er rannte durch das Dorf, das so war, wie er sich daran erinnerte. Nur war er sich plötzlich der überwältigenden Größe der Gebäude bewusst und auch der scharfen Klarheit, mit der er sie sah, die ihm in den Augen brannte. Der Himmel über dem Dorf war verändert: Die Wolken zogen sich zusammen und eilten mit unnatürlicher Schnelligkeit über den scharf gezeichneten Horizont. Sie waren aufgebläht und schimmerten blutrot.

Der zum Jungen gewordene Mann Lukáš kannte seine Mission. Seine Mutter hatte ihm befohlen, in das Geschäft seines Vaters zu gehen, um ein Kilogramm Ostravské-Würstchen für das Abendessen zu holen. Sie hatte Deutsch mit ihm gesprochen, ihre Muttersprache, was sie aus Gewohnheit tat, um die Sprache im Kopf ihres Sohnes zu verankern. Sie hatte das gemacht, seit er ein Säugling gewesen war.

In Lukáš' Kindheit war Deutsch auch die Sprache der Ermahnung gewesen, der Bestrafung.

Der kleine Lukáš Smolák lief durch das Dorf, vorbei an der Kirche, deren roter Zwiebelturm höher geworden zu sein schien, spitzer, als er sich erinnerte – fast wie eine vom Blut angeschwollene Nadel, die den Himmel durchbohrt. Er erreichte schließlich das niedrige weißgekalkte Gebäude, in dem sein Vater seine Metzgerei hatte. Als er eintrat, war das Ladengeschäft leer. Erneut, wie damals an jenem nicht geträumten Tag vor dreißig Jahren, wurde er zu der Tür gezogen, die in die hinteren Räume führte. Der verbotene Bereich des Geschäfts seines Vaters. Er wurde von den schrillen Geräuschen angezogen, die dort ertönten.

Wie schon in der erinnerten Realität antwortete niemand auf seine Rufe nach dem Vater, und er trat durch die im Traum vergrößerte schwarze Türöffnung in den hinteren Teil des Geschäfts und das Kühlhaus, wo das Fleisch lagerte. Wieder spürte Lukáš, wie seine Haut in der plötzlichen Dunkelheit und Kälte prickelte, als er umringt von dunklen Kadavern und Wannen mit Fleisch und Würstchen dastand.

Er folgte den drängenden schrillen Schreien.

Als er in den Hinterhof trat, war Lukáš Smolák plötzlich wieder so groß wie ein Erwachsener. Und wieder war sein Vater dort, wandte sich ihm zu. Einen Moment fand Smolák es sonderbar, hier mit seinem Vater zu sein, während sie beide plötzlich gleich alt waren. Sein Vater drehte sich zu ihm herum und lächelte ihn an. Ein herzliches Lächeln, während die Kreatur zwischen seinen Beinen sich verzweifelt wehrte.

»Ich bin froh, dass du hier bist«, sagte sein Vater. »Du kannst mir bei meiner Arbeit helfen.«

Smolák lächelte, als er auf das Tier blickte, das geschlachtet werden sollte. Es war kein Ferkel, sondern Anna Petrášová. Sie war nackt und kreischte. Ihr wunderschönes, aber vor Entsetzen verzerrtes Gesicht wandte sich flehentlich Smolák zu, bat ihn, ihr zu helfen.

Sein Vater hob das schwere Beil mit der freien Hand, bereit, es herabsausen zu lassen und sein Opfer zu betäuben.

»Nein!«, schrie Smolák. »Halt!«

Sein Vater hielt zwar inne, runzelte aber verwirrt die Stirn. »Warum?«

»Du darfst ihren Kopf nicht beschädigen«, sagte Smolák. »Ihr Gesicht muss unversehrt bleiben.«

»Natürlich …« Sein Vater nickte. »Gut, dass du hier bist. Es ist sehr wichtig, dass wir das hier richtig machen.« Er deutete mit einem Nicken auf die Tür des Kühlhauses. »Alles, was du brauchst, findest du dort.«

Smolák ging in das Kühlhaus zurück. Diesmal jedoch nahm er

die hängenden Fleischhälften und die Tabletts mit dem Fleisch deutlicher wahr. Vielleicht sah er auch nur plötzlich klarer. Das Fleisch war Menschenfleisch. Was er für Schweinehälften gehalten hatte, waren Kadaver von Frauen, deren Brüste schlaff an den Seiten der aufgeschlitzten, ausgeweideten und auseinandergepressten Leiber herunterhingen. In einer der Wannen lag der Kopf von Maria Lehmann, dem Opfer von der Prager Kleinseite. Ihre Gesichtshaut fehlte, so dass er das rohe Fleisch sah. Sie starrte ihn mit den schimmernden milchigen Augäpfeln ihrer lidlosen Augen in ausdrucksloser Anklage an.

Smolák ging zurück zur Küche und fand dort, wonach er suchte, was sein Vater ihm aufgetragen hatte, zu holen. Was er brauchte.

Er nahm das große Filetiermesser aus der Schublade und schloss die Küchentür. Dann nahm er das, was dort hing und auf ihn wartete.

Er nahm die Lederschürze, wie sie auch sein Vater trug, vom Haken und legte sie an, bevor er mit dem Filetiermesser in der Hand in den Hinterhof zurückkehrte.

Dorthin, wo Anna Petrášová auf ihn wartete.

35

Dass es ihn so sehr erleichterte, wieder im Irrenhaus von Hrad Orlů zu sein, überraschte Viktor selbst. Nach den Vorfällen in Prag wirkte die steinerne Umarmung der Burg nicht mehr nur bedrückend, sondern er empfand darin auch so etwas wie Sicherheit, einen wohligen, warmen Trost. Als er Judita zum ersten Mal seit zwei Tagen wiedersah, merkte Viktor, dass sie großen Anteil an diesem Gefühl hatte.

»Was wollen Sie diesbezüglich unternehmen?«, fragte sie, als sie allein in der Kantine saßen und Kaffee tranken.

»Unternehmen? Ich kann gar nichts unternehmen«, antwortete er. »Filip ist mein Freund, er hört jedoch nicht auf mich. Ich bin Psychiater, aber er ist nicht mein Patient. Und selbst wenn er es wäre – ich bin nicht einmal sicher, ob ich wirklich klinische Gründe hätte einzugreifen.« Er zuckte trübselig mit den Schultern. »Ich fürchte, nach dem, was auf der Straße geschehen ist, werde ich seinem Rat folgen müssen und mich von ihm fernhalten.«

»Auf der Straße?« Judita runzelte die Stirn. »Was ist denn auf der Straße geschehen?«

Viktor seufzte. Er hatte eigentlich diese Vorfälle mit niemandem diskutieren wollen. Er konnte von Glück sagen, dass er keine Verletzungen von dem Schlag oder dem ungeschickten Tritt gegen seinen Kopf davongetragen hatte, keine Prellungen, die er Románek oder seinen Kollegen hätte erklären müssen. Judita schien jedoch die einzige Person zu sein, der er sich anvertrauen konnte. Also berichtete er ihr von dem Vorfall in der Gastwirtschaft und dem, was gefolgt war. Er erzählte von dem Messer und Filips unberechenbarem, gewalttätigem Jähzorn.

»Filip hat keinen Anker mehr«, schloss Viktor nach den Schilderungen des Kampfes auf der Straße. »Er war mit einem Mädchen zusammen, Elena Kreusel. Sie war ein wirklich nettes Mädchen und hatte einen stabilisierenden Einfluss auf ihn. Aber auch das ist auseinandergegangen. Ich bin weg, er hat seine Arbeit an der Universität verloren, und Elena hat ihn verlassen. Filip ist jetzt unberechenbar, gewalttätig und gefährlich. Er ist nicht mehr länger jemand, der seinen eigenen Weg finden kann.«

»Also, was werden Sie tun?«, wiederholte Judita.

Viktor wirkte plötzlich bedrückt. »Ich kann nichts tun. Und auf keinen Fall kann ich es mir erlauben, mich in dieses Chaos hineinziehen zu lassen. Filip steht am Abgrund. Ich glaube, dass er manisch-depressiv ist und eindeutig ein Problem mit seiner Impulskontrolle hat. Aber das spricht ihn noch lange nicht von seiner Verantwortung für seine Taten frei. Ich kann ihn als Freund nicht mehr kontrollieren, ich habe keine Gründe, ihn als Patienten zu behandeln, und ich bin hier viel zu weit weg, um auf ihn aufzupassen. Ich muss an mich selbst denken, an meine Karriere. Klingt das selbstsüchtig?«

»Nein, es klingt vernünftig«, erwiderte Judita. »Aber so wie ich Sie kenne, werden Sie sich grämen. Sie werden sich weiter Sorgen um ihn machen.«

»Dagegen kann ich nichts tun.«

»Gibt es da vielleicht etwas, was Sie mir verschweigen?« Judita betrachtete prüfend seine finstere Miene. Viktor sah sie einen Moment an. Es gab tatsächlich noch etwas, ein vager düsterer Verdacht gegen Filip, den Viktor aber nicht laut aussprechen wollte. Es war ein Verdacht, den er nicht einmal sich selbst gegenüber eingestehen wollte.

Er schüttelte den Kopf. »Ich bin nur müde«, sagte er, »und etwas aufgeregt.«

Ein düsteres Schweigen breitete sich zwischen den beiden aus. »Oh«, sagte Viktor endlich, »eines noch: Filip konnte diese Schnitzereien übersetzen.«

»Tatsächlich?«

Er gab ihr den Zettel mit der Übersetzung. Judita las die Worte laut vor. *»Hier bin ich, und hier bleibe ich, denn dies ist der Ort, wo das Böse wohnt. Hier bin ich, und hier bleibe ich, dies ist der Ort, wo der Teufel ruht.«* Sie lachte auf. »Sehen Sie? Ich habe es Ihnen ja gesagt: Jan vom Schwarzen Herzen lebt, es geht ihm gut, und er haust hier in der Burg. Er schleicht sich des Nachts mit seinem Taschenmesser heraus und schnitzt Nachrichten in Kirchenpfeiler. Nur damit die Einheimischen wissen, dass er immer noch seiner Schwarzen Magie nachgeht.«

»Finden Sie das nicht auch ein wenig … sonderbar? Oder sogar unheimlich?«

Judita zuckte mit den Schultern. »Wahrscheinlich war das nur irgendein Jugendlicher, der versucht hat, den anderen Dorfbewohnern Angst einzujagen.«

»Ein Jugendlicher aus dem Dorf, der glagolitisch schreiben kann? Und der davon ausgeht, dass seine Mitbewohner das lesen können?«

»Was denken Sie denn, Sie gelehrter Mann der Wissenschaft?« Judita lächelte. Provozierend. Wunderschön. »Dass da draußen Walddämonen herumlaufen? Oder dass es wirklich die Handschrift von Jan vom Schwarzen Herzen wäre?«

»Mich bekümmern eher die Dämonen, die wir hier drin haben. Dass es vielleicht eine Anspielung auf die Burg sein könnte.«

»Das ist albern. Diese Schnitzereien können unmöglich mit einem Patienten von hier in Verbindung stehen. Keiner der Insassen hätte sich in den Wald hinausschleichen können.«

»Vielleicht nicht. Aber lesen Sie es noch einmal – Sie könnten es auch vollkommen anders interpretieren: Nämlich dass der *Teufel* einer der Patienten ist, und dass dieses *hier bleibe ich* nicht ein Frohlocken über das Böse ist, sondern dass es meint, es zu bewachen, es weiterhin eingeschlossen zu halten. Vielleicht sogar auf eine Möglichkeit zu warten, es zu vernichten.«

»Was meinen Sie?« Judita lächelte skeptisch. »Dass es einer der Angestellten gewesen wäre?«

Viktor zuckte mit den Schultern. »Vielleicht auch ein Verwandter eines Opfers. Jemand, der entweder mit einem Patienten oder mit dessen Verbrechen in irgendeiner Verbindung steht. Es wäre durchaus möglich, das müssen Sie zugeben.«

»Nein, das ist nicht logisch«, widersprach Judita. »Warum wäre er dann so kryptisch? Und wie Sie selbst gesagt haben: Warum schreibt er die Nachricht in uraltem Kirchenslawisch? Wir sind beide gebildete Menschen, und doch mussten Sie Ihren Freund, den Experten, bitten, es zu übersetzen.«

»Wahrscheinlich haben Sie recht.« Er lächelte. »Aber es ist trotzdem sonderbar.«

»Ich dachte, sonderbar wäre für Sie die Norm. Und für uns alle hier.« Sie trank einen Schluck Kaffee. »Übrigens, ich habe alle Ihre Sitzungen transkribiert. Von wegen kryptischer Graffito – *das* fand ich unheimlich. Wer kommt als Nächster?«

»Ich habe Sitzungen mit Skála, Zelený und Bartoš anberaumt. Auf die erste Sitzung mit dem charmanten Vojtěch Skála freue ich mich schon. Das wird bestimmt lustig. Vor allem möchte ich weitere Sitzungen mit dem Clown, Leoš Mládek, und mit Hedvika Valentová durchführen. Ich will herausfinden, ob ich sie dazu bringen kann, ihren satanischen ›wunderschönen Engel‹ zu … beschreiben.«

»Glauben Sie, dass der Teufels-Aspekt sich wirklich so offensichtlich zeigen würde? Das kommt mir ein bisschen zu, wie soll ich sagen, *direkt* vor.«

»Ich weiß, was Sie meinen, aber die Valentová ist weder besonders phantasiebegabt noch sehr kreativ. Selbst die Manifestation ihrer Psychose ist ziemlich prosaisch. Die Geschmäcker des Fleisches, das sie kocht, und die Befriedigung, die die Speisen anderen bereitet, sind eine ziemlich primitive Metapher für das Konzept des Fleisches im sexuellen oder moralischen Sinn. Ihr Vegetarismus ist eine wirklich offenkundige Analogie für ihre sexuelle Abstinenz. Das ist Freud in seiner stumpfen und primitiven Form, fürchte ich. Außerdem muss das für den Moment hinten anstehen: Ich bereite den sogenannten Glassammler, Michal Macháček, für eine Befragung durch die Polizei vor, die in zwei Tagen stattfindet. Laut Professor Románek will die Polizei Macháčeks besondere Fachkenntnis über böhmisches Glas nutzen.«

»Haben Sie nichts davon gehört?«, erkundigte sich Judita. »Das wurde um etliche Tage verschoben. Es hat einen erneuten Lederschürzen-Mord in Prag gegeben. Der Kriminalbeamte, der …«

»Ein weiterer Mord?«, unterbrach Viktor sie.

»Ja, eine Geschäftsfrau. Eine ziemlich bekannte zudem.«

»Wann ist das passiert?«

»Vor zwei Nächten. Was ist los?«

Viktor schüttelte den Kopf. »Nichts.«

Erneut kam ihm dieser unausgesprochene düstere Verdacht in den Sinn. Er erinnerte sich an Filips sonderbaren und so boshaft erregten Zustand. Daran, wie schnell er gewalttätig geworden war, an seine giftige Frauenfeindlichkeit. Vor allem erinnerte er sich an das Aufblitzen eines gefährlich aussehenden Messers unter der Straßenlaterne.

»Also wurde die Befragung abgesagt?«, fragte er schließlich.

»Nein, nicht abgesagt, sondern verschoben. Laut Professor Románek ist dieser Kriminalbeamte aus Prag immer noch scharf auf ein Gespräch mit Macháček. Das letzte Opfer war offenbar im Glashandel tätig. Aber die Polizei hat betont, dass sie nicht mit Macháček reden wollten, weil er ein Verdächtiger wäre. Sie wollen nur seine Fachkenntnis in Anspruch nehmen.«

Viktor nickte, und ein anderes Bild schob sich vor sein inneres Auge – die böhmischen Trinkgläser, die so kunstfertig und elegant verziert gewesen waren und in Filips Wohnung so deplatziert gewirkt hatten.

36

Als Michal Macháček für seine Narcosynthese-Sitzung in die Turmkammer geführt wurde, sah er überhaupt nicht aus wie ein Mörder, auch nicht wie ein Wahnsinniger. Er war ein kleiner, geschäftiger und etwas übereifrig wirkender Mann mit einer randlosen Brille. Gleichzeitig war er fast schon fett und hatte einen kahlen Schädel, der von einem schwarzen Haarkranz umringt wurde.

Viktors stärkster Eindruck von dem Glassammler war der von nervöser, fast schon pathologischer Ungeduld. Als man ihn in das Behandlungszimmer brachte, schien der kleine Mann einfach nur ungeduldig wegen der Unbequemlichkeiten seiner Einkerkerung zu sein. Er war ungeduldig Viktor und auch seinen Pflegern gegenüber.

Sogar die langsame Drehung der Erde schien seine Ungeduld zu erregen.

Es war diese intensive, gnadenlose Ungeduld, die Viktor als ein Symptom von Größenwahn oder als narzisstischen Komplex erkannte. Eine egomanische Anspruchshaltung, die Überzeugung, dass sich die Welt und das ganze Universum nur um ihn drehten und dass jeder und alles in diesem Universum ausschließlich dafür da war, seinen Bedürfnissen zu dienen.

Dies war der bisher stärkste Wille, den Viktor für seine Zwecke überwinden musste: ein krankhaft aufgeblasenes Ego, das wie ein stämmiger Rausschmeißer die Türen zum Unbewussten bewachte. Und der ganze Zweck dieser narcosynthetischen Sitzungen bestand darin, dieses Ego zu überwinden, den Willen des Patienten dem Willen des Arztes zu unterwerfen und diese Türen weit aufzustoßen.

Aus diesem Grund erhöhte Viktor für diese Sitzung die Dosis der Hypnotika.

Die Wirkung ähnelte dabei zuzusehen, wie man eine Zwiebel schälte, wie Schicht um Schicht von Macháčeks Ego entfernt wurde. Zuerst traf es die körperliche Ruhelosigkeit; die rastlosen Finger wurden ruhig. Dann legte sich die Spannung in seiner Miene, seinen Augen. Macháčeks charakteristische ständige Ungeduld fiel von ihm ab, und der kleine kahlköpfige dicke Mann schien zum ersten Mal, seit Viktor bei ihm war, irgendwie Frieden zu finden. Das Ausmaß dieser Transformation war beeindruckend, als beobachtete man die Wirkung von Paraldehyd bei einem epileptischen Patienten. Viktor beschloss, Macháček ein paar Augenblicke Frieden zu gönnen, bevor er in seinen Verstand eintauchte.

Während er wartete, betrachtete Viktor erneut den ehemaligen Getreidespeicher, in dem sie sich befanden. Er hatte eine hohe Gewölbedecke, die aus miteinander verbundenen Bögen und Pfeilern aus demselben jahrhundertealten Holz bestanden wie die einzige Tür zum Raum. Die Mauern bogen sich um Viktor herum, dicht und schwer, und die Risse und Wellen in dem dünnen Putz erzählten die Geschichte dahinter. Eine steinerne Geschichte aus Beschädigungen und Reparaturen, aus uralten Verbundsteinen und neueren Verbindungen. Vielleicht gab es ja verborgen in dieser Geschichte eine Tür, die zugemauert worden war, um ein aristokratisches Monster einzumauern.

Und vielleicht gab es auch, wie die Legende es behauptete, eine weitere Geheimtür, die jedoch dazu diente, eben dieses Monster freizulassen. Das, wurde Viktor klar, war nun die Funktion dieser Kammer geworden und auch seine Funktion: die Freilassung von Monstern.

Macháček protestierte nicht, als Viktor ihm eine zweite Injektion verabreichte. Seine Willenskraft ließ nach, oder vielleicht war der Glassammler auch einfach nur zufrieden damit, endlich seine Ungeduld und Ruhelosigkeit los zu sein. Nach einer Weile drückte Viktor den Bakelitknopf des Magnetophons und begann die Sitzung. Er stellte die üblichen Eingangsfragen, führte Macháček durch sein frühes Leben, seine Ausbildung als Buchhalter. Trotz der Beruhigungsmittel und Hypnotika, die Viktor ihm gegeben hatte, übertrieb Macháček immer noch, verschmolz Ereignisse und fabulierte, übertrieb seine Errungenschaften und seine eigene Bedeutung in jedem Kontext, den er mental durchlief.

Bei zwei Gelegenheiten stellte er sogar Viktors Recht infrage, solche Fragen stellen zu dürfen. Aber je stärker die Medikamente wirkten und je mehr Schichten von dem Ego des kleinen Mannes abgestreift wurden, desto fügsamer wurde Macháček.

Schließlich erzählte er Viktor wie gewünscht seine Geschichte.

»Ich habe als Buchhalter für den Stadtrat von Plzeň gearbeitet«, erklärte er. »Ich war zweifellos der wichtigste und effektivste Angestellte der ganzen Abteilung. Man hätte mich eigentlich sofort zum Leiter der Abteilung machen sollen. Das hat der Bürgermeister mir quasi indirekt zu verstehen gegeben. Niemand arbeitete so hingebungsvoll wie ich. Niemand hatte denselben Blick für das Detail. Und schon gar nicht die gleiche Loyalität zu seinem Arbeitgeber. Wie Sie sich sicher vorstellen können, hatte ich viele Geliebte, aber ich war so meiner Arbeit hingegeben, dass ich niemals die Verpflichtung eingehen konnte, eine von ihnen zu heiraten.«

»Warum haben Sie denn nicht weiter dort gearbeitet?« Viktor war sich bewusst, dass er trotz der verstärkten Dosierung der Hypnotika diese Sitzung stärker leiten musste als gewöhnlich. Macháčeks Übertreibung seiner eigenen Bedeutung erschwerte es, in den wirklich tiefen Kanälen seines Verstandes zu navigieren, ohne auf die Untiefen und Riffe seines Egos aufzulaufen. »Warum haben Sie das alles aufgegeben, um Glas zu sammeln?«

»Ich habe schon seit meiner Kindheit Glas gesammelt, hauptsächlich böhmisches Glas, auch etwas aus Italien. Ich habe schon vom frühesten Alter an sehr viel darüber gelesen. Meine Eltern waren sehr wohlhabend, bedeutende Leute, meine ganze Familie. Da meine Mutter kurz nach meinem Vater starb, habe ich genug Geld geerbt, ein kleines Vermögen, um ausschließlich zu sammeln. Aber ich handelte schon sehr bald so erfolgreich mit einzelnen Stücken, dass ich von diesem Einkommen allein leben konnte.«

Eine weitere Übertreibung. Viktor wusste aus den Unterlagen, dass Macháček eher einem bürgerlichen Hintergrund entstammte, und zwar einem kleinbürgerlichen. Und auch wenn er eine recht große Erbschaft gemacht hatte, war sie längst nicht so gewaltig, wie er andeutete. Aber es stimmte, dass er zu einer führenden Autorität in böhmischem Glas und seiner Geschichte geworden war.

Macháček hatte außerdem die große, wenn auch etwas heruntergekommene Villa seiner Eltern in der Táborská geerbt, in der Nähe von Plzeňs Verschiebebahnhof. Laut der Akten hatte diese Villa drei Stockwerke sowie einen riesigen Keller und einen Dachboden. Sobald er der einzige Bewohner des Familienanwesens geworden war, hatte er den Dachboden und das oberste Stockwerk umgebaut, um seine Glassammlung aufzunehmen. Dieses Sammeln wurde zunehmend zu einer Obsession. Er hatte auch den Keller seines Hauses umgebaut und gesichert, um dort seine kostbarsten Stücke auszustellen: jene Stücke, die niemand anders sehen oder an denen sich niemand anders erfreuen sollte.

»Ich verstehe«, sagte Viktor. »Ihre Sammlung wurde hoch geachtet. Sie war eine der besten in Böhmen.«

»Nicht nur eine der besten – sie war die beste. Es waren so viele wunderschöne Stücke.«

»Aber was ist mit der Sammlung Kalbáč? War sie nicht ebenso umfangreich?«

»Niemals.« Die Leidenschaft und Vehemenz in Macháčeks Protest wurde von den Medikamenten gedämpft. »Nicht einmal annähernd.«

»Aber Sie kannten Kalbáč?«

»Anton Kalbáč war ein selbstgefälliges, arrogantes Schwein«, antwortete Macháček. Sein Ego war immer noch da, geschwächt, aber präsent. Und es vernebelte und verbarg immer noch etwas, versuchte immer noch, sein Universum zu dominieren. Viktor überlegte, ob er eine weitere Injektion riskieren konnte, um die Wirkung des bereits sehr starken Medikamentencocktails noch zu verstärken.

»Er hat behauptet, die größte und umfassendste Sammlung von altem böhmischen Glas in ganz Europa zu besitzen«, fuhr Macháček fort. »Das war eine Lüge. Eine gottverdammte Lüge. Ich besaß viel mehr als er, sehr viel mehr. Er hatte Stücke von Friedrich Winter, um die ich ihn beneidete, das stimmt allerdings. Aber in meinem Besitz befanden sich etliche Originalstücke von Georg Schwanhardt, die sowohl historisch als auch finanziell erheblich größeren Wert besaßen. Ich hatte sogar ein mit Intagliotechnik graviertes Glaspaneel vom Meister selbst, dem großen Kašpar Lehmann, der seine Karriere als Edelsteinschleifer für Kaiser Rudolf II. begonnen hat. Dieses Kunstwerk war praktisch unschätzbar. Der Idiot, der es an mich verkauft hat, hatte keine Ahnung von seinem wahren Wert. Ich sage Ihnen, diesen Trottel habe ich wirklich vorgeführt. Außerdem besaß ich eine weit größere Sammlung von Hyalith-Glas. Woher Anton Kalbáč die Frechheit nahm, zu behaupten, seine Sammlung wäre besser als meine, hat sich mir nie erschlossen.«

»Aber Sie hatten einen Zwist mit ihm? Einen Zwist über die Besitzverhältnisse eines bestimmten Stücks. Des sogenannten Teufelkelchs?«

»Das stimmt. Aber ich habe ihn bekommen. Ich habe ihn Kalbáč vor der Nase weggeschnappt.«

»Erzählen Sie mir von dem Teufelkelch.«

37

Zunächst einmal heißt es Teufelskelch, nicht Teufelkelch«, verbesserte Macháček Viktor. »Es ist das unglaublichste Exemplar des Glasmacherhandwerks. Nein, nicht des Handwerks, sondern der Kunst. Es stammt aus dem siebzehnten Jahrhundert und ist ein Beispiel für die Benutzung von irisierendem Uranglas, lange bevor jemand anders es benutzte. Das Glas scheint förmlich zu leben. Es schlingt und windet sich um den Stiel. Und erst der Kelch. Er hat so viele Farben und so viele Muster. Wenn Sie lange genug darauf schauen, beginnen sie zu wirbeln und sich zu verändern. Ich sage Ihnen, ich habe stundenlang auf dieses Glas gestarrt, bin hineingesunken, immer tiefer, habe gesehen, wie es sich verändert und bewegt hat. Ich schwöre, dass ich Gesichter in diesem Kelch gesehen habe. Er wurde von Karl-Heinz Kleinfelder hergestellt. Sie wissen doch, dass man sagt, ein großer Komponist lebt durch seine Musik weiter, dass seine Persönlichkeit darin weiter existiert? Oder dass ein großer Maler noch lange nach seinem Tod in seinen Leinwänden weiterexistiert? So ist es auch mit dem Teufelskelch. Kleinfelder lebt in dem Glas weiter, das er geschaffen hat.«

»Sie behaupten auch, dass es dazu eine Geschichte gibt, nicht wahr? Über Kleinfelder und den Teufelskelch. Sie sagen, dahinter gäbe es eine Legende.«

»Ja, die gibt es. Und ich sage Ihnen Folgendes: Nachdem ich dieses Kunstwerk stundenlang betrachtet hatte, glaubte ich sie auch. Ich glaube, dass die Legende stimmt. Ich habe die Wahrheit im Glas gesehen.«

»Und wie lautet die Legende?« Viktor stellte die Frage, obwohl er die Antwort bereits kannte.

»Wie der bekanntere Schwanhardt war auch Karl-Heinz Kleinfelder ein Schüler des großen Kašpar Lehmann. Er hat zwanzig Jahre für ihn gearbeitet und ist seinem Meister fast gleichgekommen, ohne ihn jedoch jemals wirklich erreichen zu können. Sie müssen bedenken, dass wir über eine Zeit reden, in der der Kaiser selbst angeblich in Alchemie und dem Okkulten dilettierte. Angeblich war Kleinfelder ein Freund von Jiří Bareš, dem berühmten Alchimisten. Er hat mit ihm zusammen an der Erschaffung einer neuen Form von Glas gearbeitet, das fast magische Qualitäten hatte. Doch das genügte Kleinfelder nicht. Er war so eifersüchtig auf Lehmanns Fähigkeiten, dass er Satan selbst beschworen haben soll, um ihm zu helfen, das beeindruckendste, perfekteste Stück Glas zu schaffen.«

Macháček machte eine kleine Pause. »Manche behaupten, dieses Glas wurde dadurch erzeugt, dass man uralte Glasperlen einschmolz, die als die Tränen von Perun bekannt waren. Perun ist der alte slawische Gott des Donners, und angeblich hat er das erste Glas geschaffen, als er einen Blitz in eine Sandgrube schleuderte. Nachdem die Tränen von Perun eingeschmolzen worden waren, hatte der Teufel angeblich Höllenfeuer in das Glas gemischt und damit den Rot- und den Umbratönen eine einzigartige hypnotische Qualität verliehen. Aber es gab noch eine Zutat darin, die wichtigste von allen. Eine Zutat, die diesen Kelch zu dem außergewöhnlichsten Stück Glaskunst machen würde, das je hergestellt wurde. Der Teufel sagte, dass er Kleinfelder diese geheime Zutat erst verraten würde, wenn der Kelch vollendet wäre.«

Macháček lächelte. »Kleinfelder war so von der Erschaffung dieses Kelchs besessen, dass er dem Teufel seine unsterbliche Seele versprach. Und zwar mit Freuden. Dafür versprach ihm Satan, dass er Kleinfelders Seele nicht beanspruchen würde, solange der Teufelskelch unversehrt bliebe. Laut der Legende kam der Teufel um Mitternacht in Kleinfelders Werkstatt, um mit ihm zu arbeiten. Er schmolz das Glas mit seinem Odem, formte es mit seinen Klauen und versprach dem Glasmacher, dass er den vollendeten Kelch sehen und bestaunen könnte, sobald die ersten Sonnenstrahlen durch das Fenster fielen. Und so kam es auch. Der Teufelskelch war fertig, als der Morgen graute, und er war einfach prachtvoll. Kleinfelder war von dem Glas überwältigt, aber er erkannte, dass immer noch etwas daran fehlte.«

»Was fehlte?«, erkundigte sich Viktor.

Einen Moment blieb Macháček stumm, den Blick von der Liege an die Gewölbedecke gerichtet. Das einzige Geräusch war das leise Surren der Magnetophonspulen, und erneut fühlte sich Viktor eingesperrt. Eingesperrt mit einem eingekerkerten Wahnsinn.

»Die historischen Aufzeichnungen besagen, dass Kleinfelder an diesem Morgen tot an seiner Werkbank aufgefunden wurde«, fuhr Macháček schließlich fort. »Sein Haar war weiß geworden, und der Blick seiner toten Augen war auf den vollendeten Teufelskelch gerichtet, der in all seiner Pracht auf der Bank vor ihm stand. Angeblich hatte sein Herz versagt, aber ich kenne die Wahrheit.«

Macháček sah Viktor an. »Verstehen Sie, in genau dem Moment, in dem die Sonne über den Horizont stieg und ihre Strahlen auf das Glas des Kelchs fielen, fügte der Teufel diese höchst besondere, höchst magische Zutat hinzu, die er Kleinfeld versprochen hatte. Um dem Teufelskelch dieses sich windende, verdrehte Element zu verleihen, für das er so berühmt ist, hat der Satan Kleinfelders Seele in dem Glas gefangen. Er steckt bis heute darin, in seinem kristallenen Gefängnis eingesperrt und kreischend, seit fast dreihundert Jahren. Und er wird dort so lange bleiben, bis der Teufelskelch zerbricht. Sollte er jedoch jemals zerbrechen, dann wird der Teufel kommen, um Kleinfelders Seele zu holen.«

»Ich verstehe«, sagte Viktor. »Sie sind von dieser Legende besessen – würden Sie mir da zustimmen?«

»Besessen? Nein. Aber wenn Sie in das Glas des Teufelskelchs blicken, so wie ich es zahllose Stunden getan habe, würden auch Sie die Legende glauben. Ich sagte Ihnen ja, dass ich ein Gesicht in dem Kelch erkannt habe. Ich schwöre Ihnen, dass ich das Gesicht von Karl-Heinz Kleinfelder gesehen habe. Ich sah mit meinen eigenen Augen, dass sein Geist dort gefangen ist, seine Essenz, die in dem Glas schreit. Wie gesagt, man behauptet, ein großer Komponist oder Künstler lebt durch seine Arbeit fort. Das war auch Kleinfelders Schicksal, nur im wörtlichen Sinne, nicht als Metapher. Ein lebender Tod, schlaflos, endlos, schreiend, eingeschlossen in seinem eigenen diabolischen Meisterwerk.«

Viktor machte eine Pause. Wieder füllte nur das leise Surren der Spulen die Stille zwischen diesen dicken Mauern.

»Und wo haben Sie diese Legende gehört?«, fragte er schließlich.

»Wo? Jeder kennt die Legende von Kleinfelder und dem Teufel. Sie gehört zur Mythologie der Glasbläser.«

»Das Sonderbare ist«, Viktor sprach sachlich, ohne Vorwurf, »dass ich keinerlei Aufzeichnungen über eine solche Legende finden konnte. Ich kann nicht einmal eine Erwähnung über einen Schüler dieses Namens von Kašpar Lehmann finden. Sie scheinen tatsächlich der Einzige zu sein, der diese Legende kennt.«

»Das ist Unsinn. Alle kennen sie!« Macháčeks Protest war, gedämpft durch die Wolke aus Beruhigungsmitteln und Hypnotika, leidenschaftslos. Viktor spürte, dass sein Patient allmählich in den Schlaf abdriftete.

»Ich verstehe«, antwortete er. »Würden Sie nicht zustimmen, dass diese Legende eigentlich eine Metapher für Ihre Rivalität mit Anton Kalbáč ist? Dass Sie Ihre Seele verkauft hätten, um ihn zu übertreffen? Um seine Sammlung zu übertreffen?«

»Nein. Darum geht es ganz und gar nicht.« Ohne die Medikamente wäre dieser Protest zweifellos erheblich vehementer ausgefallen. »Ich hatte ihn bereits übertroffen.«

»Aber Sie stimmen zu, dass Sie Kalbáč ermordet haben? Sie akzeptieren Ihre Verantwortung für seinen Tod?«

»Das tue ich. Er hat verdient, was er bekommen hat.«

»Erzählen Sie mir, was passiert ist.«

»Er hat einen Prozess gegen mich angestrengt. Er behauptete, ich hätte den Teufelskelch aus seiner Sammlung gestohlen.«

»Und haben Sie das getan?«

»Ich habe nur genommen, was rechtmäßig mir gehörte. Als ich von der Anklage erfuhr, habe ich Kontakt mit ihm aufgenommen und ihn gebeten, zu mir zu kommen und die Angelegenheit zu besprechen. Ich ließ ihn glauben, dass ich ihm den Kelch zurückgeben würde. Er war ein großer Mann, zudem sehr arrogant und herrisch. Also war er offenbar der Meinung, dass es nicht gefährlich wäre, sich mit mir zu treffen. Ich wäre nicht gefährlich. Als Kalbáč kam, sagte ich ihm, es täte mir wirklich sehr leid und ich wollte keinen Ärger. Ich sagte weiterhin, ich wollte es wiedergutmachen. Ich würde ihm sofort den Kelch zurückgeben, und außerdem könnte er sich irgendein weiteres Stück aus meiner Sammlung aussuchen, jedes, das er haben wollte, solange er die Anzeige zurückzöge.«

Macháček genoss die Schilderung. »Ich hatte einen besonders guten slowakischen Tokajer kredenzt und schenkte ihm ein paar Gläser von diesem Wein ein. Das taute ihn etwas auf. Das arrogante Schwein glaubte, er hätte mich übertrumpft, mich gedemütigt, und ich ließ ihn in dem Glauben. Ich bat ihn um Verzeihung, sagte ihm, dass ich Stücke besäße, die dem Teufelskelch gleichkämen, und er eines davon haben könnte. Ich erzählte ihm von der Legende und erklärte, dass ich noch andere Glasstücke besäße, in denen Seelen gefangen wären. Es wären unbezahlbare Stücke, meine besten. Sie wären im Keller, sagte ich, und dass er noch nie ähnliche Glaskunst gesehen hätte, außer dem Teufelskelch, die mit den Stücken, die ich dort aufbewahrte, vergleichbar wäre.«

»Und er ging mit Ihnen?«

»Das tat er. Und ich wollte wirklich seine Reaktion auf meine Sammlung in den Vitrinen sehen.«

»Wie hat er reagiert?«

»Er war überwältigt, wie vom Donner gerührt. Dann jedoch wurde er wütend, fing an, mich anzuschreien, brüllte herum, erklärte mich für verrückt und verkündete, er würde die Polizei holen. Aber das Gift, das ich in den Tokajer getan hatte, wirkte bereits. Er schaffte es nicht einmal die halbe Kellertreppe hoch.«

»Er starb?«

»Nicht sofort. Ich habe ihn in das Glasierbad gelegt, das ich im Keller aufgebaut hatte, um meine anderen Stücke anzufertigen. Ich zog ihn aus und fesselte ihn, damit er sich nicht bewegen konnte. Dann befestigte ich die Form über seinem Kopf. Das hatte ich zuvor bei den anderen Stücken gelernt. Wenn sie sich bewegen konnten, schlugen sie um sich und erzeugten dadurch Blasen in dem geschmolzenen Glas.«

Er machte eine Pause, bevor er sachlich weitersprach. »Wissen Sie, das war meine Hybris: dass ich Anton Kalbáč für ein Kunstwerk benutzte. Hätte ich nicht jemanden benutzt, den ich kannte und mit dem ich in Verbindung gebracht werden konnte, dann würde ich noch heute meine Sammlung erweitern.«

»Verstehe.« Viktor überflog die Fotografien, welche die Polizei von Macháčeks Keller gemacht hatte. Es gab dort einen Brennofen und alle anderen Geräte, die ein Glasmacher brauchte. Eine Schauvitrine enthielt etwas, was auf den ersten Blick wie ungeschickt hergestellte Vasen mit einem dicken Stiel wirkte. Nur endeten sie alle in einer versiegelten Kugel, nicht mit einer offenen Schale. Es waren zwölf. Elf dieser Glaskugeln umhüllten die Köpfe von jungen Frauen. Elf Jahre lang hatte Macháček jedes Jahr eine Frau entführt und ermordet. Er hatte seine Reisen, auf denen er nach seltenen Glasobjekten suchte, benutzt, um Opfer aus verschiedenen Teilen des Landes auszuwählen und ihre Leichen im Kofferraum seines Wagens nach Plzeň zu transportieren. Niemand hatte das Verschwinden der Frauen mit ihm in Verbindung gebracht.

Selbst der älteste der elf Köpfe zeigte nur wenig Spuren von Verwesung, weil er in luftdichtes Glas eingeschlossen war. Der zwölfte Kopf war der eines Mannes. Der von Anton Kalbáč.

Als Viktor von seinen Notizen hochblickte, schlief sein Patient. Er versuchte, ihn zu wecken, aber Macháček war der Wirkung der Medikamente erlegen und würde sich nun etliche Stunden lang nicht mehr rühren. Viktor wusste, dass er dieses Risiko durch die Gabe einer so starken Dosis eingegangen war. Ihm blieb nur übrig, die Sitzung zu beenden. Er nannte noch die Zeit für die Aufnahmen, dann schaltete er das Magnetophon ab.

Es passierte, als Viktor seinem Patienten den Rücken zukehrte und durch den Getreidespeicher zu der Tür ging, um die Pfleger anzurufen, damit sie Macháček in sein Quartier zurückbrachten.

»Suchen Sie mich immer noch, Doktor?«

Die Stimme ertönte hinter Viktor, kam von Macháček, aber es war nicht seine Stimme. Sie war tief, viel tiefer als die des Glassammlers, und sie wurde vom Mauerwerk des Sitzungsraumes zurückgeworfen.

Außerdem sprach sie Englisch.

Viktor fuhr wie von der Tarantel gestochen herum. »Was haben Sie gesagt?«

Er bekam keine Antwort. Macháček schlief immer noch oder täuschte es zumindest vor. Viktor trat zu seinem Patienten und schüttelte ihn grob an den Schultern.

»Was haben Sie gerade gesagt?«, erkundigte sich Viktor erneut.

Der Glassammler bewegte sich schwach, aber es gelang ihm nicht aufzuwachen.

Nachdem die Pfleger seinen Patienten weggebracht hatten, blieb Viktor regungslos und stumm mitten im Behandlungsraum des Getreidespeichers stehen, als versuchte er, das Echo der sonderbaren Stimme aufzufangen, die er von Macháček gehört hatte.

Je mehr er darüber nachdachte, über die Absurdität, dass ein unauffälliger Buchhalter aus Plzeň, der sich zu einem außergewöhnlichen Sexualmörder entwickelt hatte, in einem veränderten Tonfall und einer fremden Sprache zu ihm redete, desto überzeugter wurde er, dass er sich verhört hatte.

Hätte er nur das Magnetophon nicht ausgeschaltet!

38

Seit seinem ersten Besuch mit Judita war sich Viktor bewusst gewesen, dass die Gastwirtschaft im Dorf mit ihren dicken Mauern und dem niedrigen Dach Jahrhunderte alt sein musste. Jedes Mal, wenn sie durch den Eingang traten, musste er sich bücken, um nicht gegen den schweren, mit Schnitzereien verzierten Türsturz aus dunkler Eiche zu stoßen. Bis heute jedoch hatte er niemals auf das Schnitzwerk geachtet. Es war eine hochstilisierte Darstellung des Waldes, in der sich Zweige und Blätter miteinander zu einem Muster verwoben. In der Mitte sah man die Gestalt eines kräftigen Mannes mit einem schweren Umhang und bäuerlichen Stiefeln. Der Kopf der Gestalt war jedoch nicht menschlich, sondern der eines Bären mit zur Seite geneigtem Kopf, so dass man sein Profil sah. Viktor fiel auf, dass es dasselbe Motiv wie die Schnitzereien auf dem Holzpaneel im Wohnflügel der Burg war. Nur waren die Durchführung und der Stil hier etwas primitiver, bukolischer.

Sie betraten den Schankraum und setzten sich ans Fenster. Auch jetzt war nur eine Handvoll anderer Gäste im Café, aber diesmal achteten sie kaum auf Viktor und Judita. In Gemeinschaften wie dieser, vermutete Viktor, kam die Ignoranz von Leuten einer Akzeptanz noch am nächsten.

Der Besitzer mit seinem riesigen Schnauzbart lächelte und wünschte ihnen beiden ein herzliches *»Dobrou Chut«*, als er ihnen ihr Essen servierte.

Viktor und Judita hatten zum vierten Mal diesen Spaziergang von der Burg herab durch den Wald gemacht. Sie hatten jedes Mal im Dorf gegessen und jedes Mal ihren Rückweg zur Burg an der Waldkapelle unterbrochen. Mittlerweile war die Unbefangenheit zwischen ihnen zu einer Intimität geworden, und sie wussten beide ganz genau, dass sie kurz davor waren, ein Liebespaar zu werden. Viktor war jedoch klar, dass er sich Zeit lassen musste. Judita war trotz ihrer Offenheit und unverkennbaren Zuneigung zu ihm nach wie vor scheu.

Als sie sich an das Fenster setzten, von dem aus man einen Blick auf die allgegenwärtige Burg hatte, bemerkte er, wie blass sie war. Ihre Augen waren dunkel umrandet, ihre Lider schwer. Als er seine Sorge darüber ausdrückte, wischte Judita sie mit einem Winken ihrer schlanken Finger weg.

»Ich habe gestern Nacht nicht gut geschlafen, das ist alles. Außerdem haben wir über Ihren Patienten geredet. Sind Sie sicher, dass Sie gehört haben, wie er mit dieser anderen Stimme gesprochen hat?« Sie hatte mit dieser Frage gewartet, bis der Gastwirt sich entfernt hatte, nachdem er ihre Speisen gebracht hatte. Viktor und Judita unterhielten sich, wenn sie allein waren, gewöhnlich auf Deutsch.

Viktor runzelte die Stirn. »In Wahrheit weiß ich nicht genau, was ich gehört habe. Es hat eindeutig Macháček gesprochen, aber seine Stimme war so verändert. Ich könnte schwören, dass er auf Englisch gesprochen hat, trotzdem ist das einfach nicht logisch. Er war zu diesem Zeitpunkt bewusstlos, also könnte es eine Somniloquie gewesen sein – eine unwillkürliche und unsinnige Äußerung im Schlaf. Ich wünschte nur, ich hätte das Aufnahmegerät nicht abgeschaltet.«

»Es hat Sie jedenfalls sichtlich aufgerüttelt.«

»Ehrlich gesagt mache ich mir Sorgen, dass ich vielleicht eine typische Forscher-Befangenheit entwickle. Vielleicht wollte ich einfach nur glauben, dass ich einen verborgenen und abgetrennten Teil von Macháček sprechen hörte. Eben den Teufels-Aspekt, obwohl es viel wahrscheinlicher ist, dass er einfach im Schlaf gemurmelt hat.« Viktor schüttelte den Kopf. »Es ist nur so, es war so … anders.«

»Ist das nicht ganz normal, wenn man im Schlaf spricht? Dass sich die Stimme einer Person vollkommen verändern kann?«

Viktor zuckte mit den Achseln. »Natürlich haben Sie recht. Vermutlich messe ich dem zu viel Bedeutung bei.«

»Planen Sie noch mehr Sitzungen mit Macháček?«

»Ich muss ihn auf den Besuch der Polizei vorbereiten, also ja. Aber ich muss auch andere Kandidaten für meine Sitzungen aussuchen. Ich fange allmählich an, daran zu zweifeln, ob ich jemals einen Beweis für meine Theorie finde. Ich habe eine Sitzung mit Pavel Zelený anberaumt, *dem Holzfäller*, wie Professor Románek ihn auf seiner Patientenakte bezeichnet.«

Judita nickte. »Und genau das ist er auch«, sagte sie schließlich. »Beziehungsweise war er. Ich meine seine Arbeit: Er war Waldarbeiter auf irgendeinem Besitz. Ich glaube, im tschechischen Schlesien.«

»Ich weiß«, erwiderte Viktor. »Ich habe seine Akte gelesen.«

»Eine schreckliche Geschichte.«

»Sind sie das nicht alle? Manchmal glaube ich, ich wäre besser Geburtshelfer geworden. Dann hätte ich es mit Leben und Licht zu tun bekommen, statt mit Dunkelheit und Tod. Dann würde ich Leben in die Welt bringen.«

Judita legte Messer und Gabel auf den Teller und lehnte sich auf dem Stuhl zurück. Dann hob sie spöttisch die Brauen, als würde sie Viktor das erste Mal sehen.

»Ich weiß nicht… Ich glaube, dann müssten Sie Ihr Aussehen ein wenig mildern.«

»Mein Aussehen?«

»Es müsste ein bisschen weniger formell sein. Ein bisschen weniger …« Sie tat, als suchte sie nach dem richtigen Wort. »Streng. Sie würden den Säuglingen Angst machen. Und wahrscheinlich auch ihren Müttern.«

»Danke«, sagte er finster. »Ich werde an meinem Verhalten gegenüber den Kranken arbeiten.«

Eine ältere Frau mit einem Korb voller Gemüse betrat die Gastwirtschaft und ging dicht an Viktors und Juditas Tisch vorbei. Wie die anderen achtete die Alte kaum auf sie, aber als Viktor sie grüßte, antwortete sie nicht. Stattdessen bedachte sie die beiden mit einem Blick, der zwischen Gleichgültigkeit und Verachtung zu schwanken schien. Wortlos trug sie den Korb mit den Lebensmitteln in die Küche.

Der Gastwirt hatte den kurzen Wortwechsel oder vielmehr das Nicht-Wechseln von Worten beobachtet und kam an ihren Tisch, um das Geschirr abzuräumen. »Das war die alte Růžena, die uns das letzte Gemüse der Saison gebracht hat«, erklärte er. »Sie hat den besten Gemüsegarten im ganzen Dorf, aber sie versteht es besser, Rüben und Kürbisse zu pflegen als Freundschaften. Ich möchte mich entschuldigen, wenn sie unhöflich gewesen ist.«

»Behandelt sie jeden so?«, fragte Judita.

Der Mann zuckte mit den Schultern. »Mehr oder weniger. Aber wie die meisten Leute hier ist sie nicht glücklich darüber, dass die Burg der Hexen benutzt wird, um … Na ja, wofür sie eben benutzt wird. Sie wissen schon, dass die Satanischen Sechs dort oben eingesperrt werden. Mich kümmert das gar nicht, aber Sie wissen ja, wie die Menschen sind. Vor allem die Landbevölkerung. Sie stellen sich irgendwelche Sachen vor und übertreiben dann maßlos.«

»Was um alles auf der Welt glauben die Leute denn, machen wir dort oben?«, fragte Judita nach.

»Oh, im Dorf gibt es unterschiedliche Gerüchte über die Burg. Wilde Spekulationen darüber, was dort oben vorgeht. Verrückte Experimente, solche Dinge. Ich will ja die politische Meinung von niemandem beleidigen, denn ich weiß nicht, auf welcher Seite Sie stehen, und es geht mich auch nichts an. Aber das hier ist ein sehr traditionelles tschechisches Dorf, und es wird viel darüber geredet, dass Hrad Orlů eine Keimzelle von Sudeten-Nazis wäre, die Experimente an tschechischen Patienten durchführen.« Der Gastwirt lächelte unter seinem mächtigen Schnauzbart und schüttelte den Kopf in einem ungeschickten Versuch, seine Bemerkung abzumildern. »Das bei den Leuten beliebteste Gerücht ist, dass einer der verrückten Mörder dort oben den

Geheimgang von Jan vom Schwarzen Herzen gefunden hat und sich heimlich hinausschleicht. Ich weiß nicht, ob Sie davon wissen, aber es gibt eine alte Kapelle im Wald, oberhalb des Dorfs.«

Judita war im Begriff, zu sagen, dass sie die Kapelle kannten, und zwar ziemlich gut, aber Viktor kam ihr zuvor. Er legte seine Hand auf ihre.

»Was ist mit der Kapelle?«, fragte er.

»Um diesen Ort ranken sich ebenfalls Legenden. Angeblich hat Jan vom Schwarzen Herzen dort seine Rituale und Zeremonien durchgeführt. Schwarze Messen und dergleichen. Außerdem heißt es, dass ein unterirdischer Gang von der Burg durch das Netzwerk von Höhlen bis zur Kapelle führt. Entweder endet er in einer geheimen Falltür in der Kapelle selbst oder in der Nähe. Jan vom Schwarzen Herzen hat diesen geheimen Tunnel angeblich während seiner Gefangenschaft benutzt. Das heißt, die ganze Zeit, während er in der Burg eingesperrt sein sollte, ist er nachts heimlich entkommen und hat weiterhin Frauen und Mädchen getötet. Das ist natürlich alles Unsinn. Die Kapelle und das ganze Gebiet darum herum wurden im Laufe der Jahre immer und immer wieder untersucht, doch niemand hat einen geheimen Eingang zu einem Tunnel finden können.« Erneut zuckte der Gastwirt mit seinen massigen Schultern. »Jedenfalls achten Sie einfach nicht auf die alte Růžena. Sie spricht nie mit Fremden und kaum mit mir, die dumme Alte. Ich hoffe, Sie haben Ihre Mahlzeit genossen.«

Nachdem sie gegessen hatten, spazierten Viktor und Judita um den kleinen nierenförmigen See, der eigentlich nur ein großer Teich war, der hinter dem Dorf lag. Als sie am Ufer entlanggingen, bemerkte Viktor die alte Frau, Růžena, am Rand des Dorfs. Sie stand da und beobachtete sie über den dunklen Wasserspiegel hinweg, als wollte sie sie stumm anklagen. Schließlich drehte die

Alte sich um, den leeren Korb am Arm, und ging in die andere Richtung davon.

Es war ein freudloser Tag unter einem grauen Himmel, und die Sonne war nur eine blasse Scheibe hinter einem Schleier. Viktor wünschte sich unwillkürlich, dass sie nicht hier entlanggegangen wären. Der Weg um den See war schmal, und der Wald daneben wirkte besonders dicht und dunkel, als drängten sich die Bäume, während sie unaufhaltsam auf den See und das Dorf vorrückten.

Die Präsenz des Waldes machte ihn sonderbar nervös. Sein Blick zuckte immer wieder zu den dunklen Zwischenräumen zwischen den eng zusammenstehenden Bäumen. Er versuchte, sein Unbehagen auf die Lektüre der Fall-Notizen zurückzuführen, als Vorbereitung auf seine Sitzungen mit dem *Holzfäller* am Abend. In Wahrheit jedoch erinnerte ihn etwas an dem See und den dichten Bäumen an einen Ort seiner Kindheit. An einen Ort und einen Tag. An den *Čertovo Jezero*, den Teufelssee im Westen des Landes, wo der Böhmerwald sich ganz ähnlich dicht an den See herandrängte. Und an den Tag, an dem seine Schwester ertrunken war. Er drehte sich um und blickte in die Schatten des Waldes, erwartete fast, das rot angelaufene Gesicht seiner Mutter zu sehen, als sie an dem Ast hing.

»Geht es Ihnen gut?« Judita schien sein Unbehagen zu spüren.

»Entschuldigung.« Er lächelte. »Ich habe gerade an die Arbeit denken müssen. Vielleicht sollten wir allmählich zurückgehen …«

Als sie durch den Waldweg zur Burg hinaufgingen, hakte sich Judita bei Viktor ein, legte ihre andere Hand auf seinen Unterarm und lehnte sich an ihn. Es war ein entspannter, beiläufiger Ausdruck ihrer Zuneigung, ihrer Nähe zu ihm, und das freute ihn. Er hatte gezögert, den ersten Zug zu machen, um ihre Beziehung zu vertiefen.

»Gehen wir zur Waldkapelle«, bat sie ihn. Sie klang mädchenhaft und impulsiv. Etwas an ihrer Fröhlichkeit betonte die Dunkelheit um ihre Augen, ihre blasse Haut. »Versuchen wir, die unterirdische Abkürzung von Jan vom Schwarzen Herzen zurück zur Burg zu finden.«

»Na klar.«

Sie nahm ihn an die Hand und führte ihn, wie sie es bei ihrem ersten Besuch hier getan hatte, als sie durch den Regen zu der Kapelle geeilt waren. Die dunklen Blätter der Büsche und Bäume ragten auf den Weg hinaus, als wollten sie nach ihnen greifen, während sie vorbeigingen. Wieder fühlte Viktor dieses sonderbare bedrückende Unbehagen, als müsste er dem Wald entkommen.

Die Bäume wichen zurück und gaben den Blick auf die Lichtung und die dunkle Holzkapelle frei. Judita führte Viktor unter das Vordach. Er war vollkommen überrumpelt, als sie ihn an sich zog, ihren warmen Körper an seinen presste und ihn küsste, drängend und gierig. Er war verloren, süß und glücklich verloren, aber etwas an ihrem Drängen störte ihn.

»Ich will mit dir zusammen sein«, sagte er schließlich. »Ich will, dass wir zusammen sind.«

»Du bist mit mir zusammen. Wir sind zusammen«, erwiderte sie und küsste ihn erneut. »Wir sind hier zusammen, jetzt. Wir sind jetzt glücklich.«

»Ich rede über die Zeit nach jetzt. Ich rede über morgen, über die Zukunft. Ich will, dass wir zusammen sind.«

»Es gibt kein Morgen.« Sie wich vor ihm zurück, und das Lächeln auf ihren Lippen erlosch. »Wir haben keine Zukunft. Es gibt für uns keine Zukunft. Verstehst du nicht, dass wir jetzt leben müssen, Viktor? Wie noch nie zuvor müssen die Menschen den Augenblick leben. Wir müssen den Moment ergreifen und jeden anderen, den wir zu fassen bekommen. Das ist nicht der richtige Zeitpunkt für uns oder für irgendjemanden, in die Zukunft zu blicken oder Pläne zu schmieden.«

»Warum? Wegen dem, was in Deutschland zurzeit passiert? Wegen der politischen Situation?«

»Was um uns herum passiert, ist keine ›politische Situation‹, Viktor. Und es passiert nicht nur in Deutschland, es passiert auch hier: Es ist der Beginn von etwas Monströsem. Von einem schrecklichen Sturm, der alles zerstören wird, was in seinem Weg liegt.« Sie legte ihre Hand zart auf seine Wange. Ihre schlanken Finger waren kühl. »Die Zukunft, die du dir für uns ausmalst, wird dieser Zerstörung zum Opfer fallen.«

»Wieso bist du dir da so sicher?«

»Es könnten alle sehen, wenn sie nur die Augen öffneten.« Sie runzelte die Stirn und war einen Moment mit ihren Gedanken woanders. »Ich habe so schreckliche Träume, Viktor. Deshalb kann ich nachts kaum schlafen. Ich habe schreckliche Albträume.«

Er legte seine Hände auf ihre Schultern und zog sie an sich, so dass ihre Gesichter ganz nah voreinander waren. »Was für Albträume?«

»Ich träume von Toten. Von dunklen Gestalten, die wie Schatten durch die Nacht gleiten, lautlos, wie Geister. Unglaubliche Massen von ihnen. Irgendwie weiß ich, dass es Leute sind, denen nicht klar ist, dass sie schon tot sind. Leute wie ich.«

»Was meinst du mit Leuten wie dir?«

»Ich meine Juden, Viktor. Tausende und Abertausende von ihnen. Juden wie ich.«

39

Das Geschäft war geschlossen, und es gab keinen Hinweis darauf, dass es wieder öffnen würde. Offenbar hatte der Mörder von Anna Petrášová auch ihrem Geschäft ein Ende bereitet. Obwohl sie ihren Ehemann verloren hatte, hatte Madame Petrášová offenbar die Möglichkeit ihres eigenen verfrühten Todes nicht bedacht und keine Vorkehrungen dafür getroffen. Ihr Anwalt hatte offensichtlich Mühe, alle relevanten Unterlagen zusammenzustellen und eine praktikable Möglichkeit zu finden, das Geschäft weiterzuführen.

Smolák wandte sich an diesen Anwalt, als er versuchte, Geschäftspartner oder Freunde zu finden, die ihm irgendwelche Hinweise auf ihre Gewohnheiten und ihre Persönlichkeit geben konnten. Als Beamter der Mordkommission war es Lukáš Smoláks Aufgabe, die Toten kennenzulernen. Er musste ihre Gewohnheiten in Erfahrung bringen, ihre Marotten und Faibles. Er musste nach ihrem Tod die Geheimnisse aufdecken, die sie ihr Leben lang gehütet hatten. In seinem Leben gab es eine Menge sehr guter Bekannter, die er zu ihren Lebzeiten niemals getroffen hatte.

Diese Vertrautheit mit dem Tod bedeutete, dass Lukáš Smolák, im Gegensatz zu Anna Petrášová, kein Problem hatte, seine eigene Sterblichkeit zu akzeptieren.

Ihr Anwalt hieß Franz Schneider, ein angenehm ruhiger deutschstämmiger Prager Ende fünfzig. Er hatte eine mittelgroße Kanzlei, deren Räumlichkeiten in der Řeznická Straße nahe dem Karlsplatz im Nové Město lagen. Bei Smoláks Besuch konnte Schneider ihm nicht allzu viele Informationen geben, trotz seines Bemühens, behilflich zu sein. Madame Petrášová hatte sehr zurückgezogen gelebt, und ihre Beziehung hatte sich ausschließlich auf geschäftliche und juristische Angelegenheiten beschränkt. Der Anwalt gab zu, dass es sehr schwierig war, diese Frau näher kennenzulernen.

Schneider mochte sie nicht besonders gut gekannt haben, aber Smolák vermutete, dass der unauffällige Anwalt mittleren Alters mehr als nur ein bisschen in seine Klientin verliebt gewesen war.

Doch Schneider war zumindest in der Lage, Smolák die Namen und Adressen der drei Verkäuferinnen zu geben, die bei ihr gearbeitet hatten. Außerdem besaß er Schlüssel, falls der Kriminalbeamte das Ladengeschäft betreten müsste.

Smolák erkannte in Magda Tůmová eine Verkäuferin, der er im Verkaufsraum der *Petráš Skleněné a Sklo Bižuterie* begegnet war. Sie hatte denselben feinen Körperbau wie ihre Arbeitgeberin, aber ihre Schönheit war nicht ganz so beeindruckend. Wie er sich schon damals gedacht hatte, stellte sich heraus, dass Anna Petrášová ihre Angestellten sowohl nach ihrem Aussehen als auch nach ihrem Verkaufstalent ausgewählt hatte.

Anna Petrášovás Anwalt hatte Magdas Adresse herausgegeben. Sie wohnte mit zwei Freundinnen zusammen, die beide nicht zuhause waren, als Smolák sie aufsuchte. Als sie die Tür öffnete, ließ sie die Kette davor, und der Kapitán gelangte erst in die Wohnung, nachdem er ihr seine Polizeimarke gezeigt hatte. Ganz offensichtlich war die junge Frau vom Tod ihrer Arbeitgeberin immer noch sehr erschüttert und wirkte verloren ohne die beruhigende Routine ihrer Arbeit.

»Oh, ich erinnere mich an Sie«, sagte sie, als er eintrat. »Sie sind in das Geschäft gekommen, um mit Madame zu reden. Kurz bevor …« Sie senkte den Blick.

»Das stimmt«, bestätigte Smolák. »Ich möchte Sie nicht weiter aufwühlen, aber es ist sehr wichtig, dass ich Ihnen einige Fragen stelle.«

»Selbstverständlich.« Magda führte ihn ins Wohnzimmer.

Statt der schwarzen Uniform des Geschäfts in der Křemencová Straße trug Magda nun eine hellblaue Hemdbluse, eine Jacke und eine weite Marlene-Dietrich-Hose mit einem Jacquard-Muster. Ihr Haar war nicht mehr zurückgebunden, sondern hing offen in kupferroten Wellen um ihre Schultern. Das Großstädtische und Kostspielige ihrer Kleidung vertrug sich nicht so recht mit dem schwachen mährischen Akzent, den sie so gut wie möglich zu verbergen suchte, als sie Smolák einen Kaffee anbot.

»Ich helfe Ihnen, so gut ich kann«, erklärte sie, nachdem sie den Kaffee serviert und sich Smolák gegenüber hingesetzt hatte. »Die arme Madame Petrášová. Sie hat uns Mädchen sehr gut behandelt. Sie war streng, aber auch freundlich.«

Smolák stellte ihr die üblichen Fragen, doch wie schon bei dem Anwalt wurde sehr schnell deutlich, dass Anna Petrášová in Anwesenheit ihrer Angestellten niemals über ihr Privatleben geredet hatte. Offenbar war sie dabei so konsequent gewesen, dass Smolák sich unwillkürlich fragte, was die Geschäftsfrau wohl verborgen haben mochte. Auf dieses Phänomen war er in seinem Beruf schon sehr oft gestoßen: Leute, die nach außen hin ein vollkommen geradliniges Leben führten und ihr Privatleben hüteten, hatten für gewöhnlich irgendwo eine Leiche im Keller.

»Was ist mit Freunden? Ihr Ehemann ist vor fünf Jahren gestorben. Hat sie jemals jemanden erwähnt, mit dem sie möglicherweise zusammen gewesen sein könnte? Oder haben Sie sie jemals mit einem anderen Mann gesehen?«

»Nein. Niemals. Das heißt aber nicht, dass sie keine Liebhaber gehabt hätte«, erwiderte Magda. »Ich weiß, dass sie schon älter war, aber sie zog Männer an. Selbst jüngere Männer. Sie hat jedoch niemals mit einem männlichen Kunden geflirtet. Normalerweise verhielt sie sich ziemlich, wie soll ich sagen, hochnäsig und reserviert ihnen gegenüber, aber ich glaube, das war nur gespielt. Vermutlich war das ein Teil ihres Sexappeals. Ich kann gar nicht mehr aufzählen, wie oft ein Mann in das Geschäft gekommen ist, um einen Aschenbecher zu kaufen und es dann mit einer Weinkaraffe und einem Satz Gläser verlassen hat. Und nach all der Formalität und Hochnäsigkeit hat sie uns Mädchen zugezwinkert, wenn wir den Einkauf eines dieser armen Tröpfe eingepackt haben, um uns zu zeigen, dass sie ihre Nummer wieder abgezogen hatte.«

»Es gab niemanden, dem gegenüber sie besonders freundlich gewesen wäre?«

Magda schüttelte den Kopf. »Es ist irgendwie traurig, doch ich glaube, dass Madame Petrášová trotz all ihres Wohlstandes und ihrer Schönheit sehr einsam war. Und traurig. Der Tod ihres Ehemannes hat sie schwer getroffen. Er ist gestorben, lange bevor ich angefangen habe, für sie zu arbeiten, aber ich habe das gehört. Und sie schien nicht an Männern interessiert zu sein.«

»Ich verstehe.« Smolák seufzte. Wenn er am Rand einer Ermittlung herumwühlte, stieß er normalerweise auf irgendeinen losen Faden, den er dann allmählich aufwickeln konnte.

»Aber sie mochte Sie, wissen Sie das?«

»Wie bitte?«

»Madame Petrášová – sie mochte Sie. Deshalb kann ich mich noch daran erinnern, dass Sie im Geschäft gewesen sind. Nachdem sie gegangen sind … ich weiß nicht, ich konnte es einfach spüren. Sie wirkte irgendwie anders.«

Diese Äußerung traf Smolák wie ein Schlag vor die Brust. Es war etwas, das er hatte hören wollen und sich gleichzeitig wünschte, er hätte es nicht erfahren.

»Wie anders?«

»Ich weiß nicht, es waren Kleinigkeiten. So etwas merkt man. Frauen bemerken so etwas an anderen Frauen. Ich wusste einfach, dass Madame Sie mochte.«

»Sind Sie sicher, dass es nicht an dem gelegen hat, worüber ich mit ihr geredet habe? Ich habe eine Glaskugel mitgebracht, über die ich ihre Meinung hören wollte. Kann es daran gelegen haben, dass sie anschließend anders gewesen ist?«

Magda lachte. Es war das erste Mal, dass sie lachte und ihre Laune sich aufhellte, seit er ihre Wohnung betreten hatte. »Ich bin mir völlig sicher. Männer haben nicht viel Intuition, habe ich recht? Ich habe gemerkt, dass Madame Sie mochte.« Die Leichtigkeit verschwand wieder. »Die arme Madame, sie hätte etwas Glück verdient gehabt.«

Sie saßen in bedrückendem Schweigen da und tranken ihren Kaffee. Plötzlich fuhr Magda wie von einem elektrischen Schlag getroffen zusammen, als ihr etwas einfiel.

»Es gab etwas … Sie haben gefragt, ob irgendetwas ungewöhnlich war. Jetzt ist es mir eingefallen.«

»Was denn?«

»Es hat vielleicht überhaupt nichts zu bedeuten.«

»Magda«, setzte Smolák drängend nach. »Bitte reden Sie.«

»Ein Mann kam in das Geschäft und hat sich den Glasschmuck angesehen. Er sah nicht aus, als könnte er ihn sich leisten, aber er wollte unser Angebot an Glasperlen sehen. Ich habe ihn vollkommen vergessen.«

»Und Madame Petrášová hat ihn bedient?«

»Nein, das ist es ja gerade. Sie hatte gar nichts mit ihm zu tun und hat nicht einmal gewusst, dass er überhaupt da war. Ich habe ihn bedient. Ich zeigte ihm die Glasperlen, aber er schien sich weder für die Perlen noch für mich sonderlich zu interessieren. Er hat ständig Madame angesehen. Die ganze Zeit. Ich wurde schon richtig ärgerlich auf ihn.«

»Wann ist das gewesen?«

»Es war an dem Tag, an dem Sie Madame aufgesucht haben. Es war sogar gut eine Stunde, nachdem Sie gegangen sind.«

»Hat er irgendetwas gekauft? Eine Perle?«

»Nein. Ich habe ihm gerade ein Set davon gezeigt, als er sich wortlos auf dem Absatz umgedreht und das Geschäft verlassen hat.«

»Und Sie sagen, das ist passiert, nachdem ich mit Madame Petrášová gesprochen habe?«

»Ja.«

»Wie hat er ausgesehen? Können Sie mir eine Beschreibung geben?«

»Das ist es ja gerade. Ich weiß noch, dass er mir die ganze Zeit, während ich ihn bedient habe, nie in die Augen geblickt hat. Er war groß und trug einen schwarzen Mantel, der zerknittert und staubig war. Außerdem sah er aus, als hätte er sich mindestens seit zwei Tagen nicht rasiert, aber ich konnte nicht viel von seinem Gesicht erkennen, weil er einen verbeulten schwarzen Hut mit weiter Krempe trug, den er sich tief in die Stirn gezogen hatte. Ich weiß noch, dass ich damals gedacht habe: ›Wie kann er überhaupt erkennen, was ich ihm zeige?‹ Doch wenn ich jetzt darüber nachdenke, wollte er wohl nicht, dass ich sein Gesicht sehe.«

»Ist Ihnen damals die Idee gekommen, dass er etwas Übles im Schilde führen könnte?«

»Sie meinen einen Raubüberfall? Vielleicht ein bisschen. Aber er war zu ruhig. Er hatte eine ruhige Stimme, tief und kultiviert, die irgendwie nicht zu seiner Kleidung zu passen schien. Die übrigens recht teuer gewesen sein dürfte, als er sie gekauft hat.«

»Hat er Tschechisch oder Deutsch gesprochen?«

»Tschechisch, aber vielleicht hatte er auch einen schwachen deutschen Akzent. Sicher kann ich das nicht sagen.«

»Hat Madame Petrášová ihn gesehen?«

»Nein. Sie war mit einem anderen Kunden beschäftigt. Ich wollte ihr später von dem Mann erzählen, es war jedoch so viel zu tun, dass ich es vergessen habe. Er hat sie die ganze Zeit angestarrt, aber ich glaube nicht, dass sie ihn überhaupt bemerkt hat. Ich hätte es ihr sagen sollen …!« Ein entsetzter Ausdruck huschte über Magdas Gesicht. »Glauben Sie, dass er es war? Wenn ich ihr etwas von ihm erzählt hätte, o Gott, glauben Sie, dass ich sie hätte retten können, wenn ich ihn erwähnt hätte?«

»Nein, Magda«, beruhigte Smolák die Frau nachdrücklich. »Es gibt keinen Anlass zu glauben, dass er etwas mit dem Mord an ihr zu tun gehabt hat. Und selbst wenn, hätte es nichts geändert, wenn Sie ihn erwähnt hätten. Sie hätten nichts tun können.«

»Ehrlich?«

»Ehrlich, Magda«, bekräftigte Smolák.

Als er ihre Wohnung verließ, brannte Smoláks Magen, während er sich düsteren Spekulationen hingab, was hätte sein können, wie sich die Dinge anders hätten entwickeln können. Das beschäftigte ihn ebenso wie die Tatsache, dass Magdas Beschreibung des Mannes im Geschäft perfekt mit Tobar Biharis Beschreibung des Mannes übereinstimmte, der aus den Schatten getreten war, um ihm die Idee in den Kopf zu setzen, die Schlüssel zu stehlen, um dann in Maria Lehmanns Wohnung einzubrechen.

Das waren Smoláks dunkelste Spekulationen. Dass Bihari möglicherweise die Wahrheit erzählt hatte. Dass da wirklich jemand anders gewesen war.

Und dass Smolák nun eine Beschreibung von Lederschürze hatte, auch wenn sie ihm wahrscheinlich nicht allzu viel nützte.

40

Als sie sich dem Torhaus der Burg näherten, ließen Viktor und Judita die Hände los und legten ein wenig Abstand zwischen sich. Es war keine bewusste Handlung der beiden, und sie hatten auch nicht besprochen, ihre Beziehung geheim zu halten, sondern es war ein Instinkt, der ihnen zur Vorsicht riet. Sobald sie wieder in der Burg waren und niemand sie sehen konnte, küssten sie sich. Aber als Viktor sie loslassen wollte, hielt Judita seine Unterarme mit überraschender Kraft fest.

»Wenn du heute Abend deine Sitzung beendet hast, dann komm in mein Zimmer.« Ihre Miene war ernst, jedoch schwer zu durchschauen.

»Einverstanden«, sagte Viktor. Er setzte an, um weiterzusprechen, doch Judita drehte sich abrupt herum und ging zielstrebig zu den Quartieren der Angestellten.

Viktor beschloss, vor seiner Sitzung mit Pavel Zelený, dem schlicht gestrickten Holzfäller, bei Professor Románek vorbeizugehen und ihn über seine Fortschritte ins Benehmen zu setzen – beziehungsweise über den bisherigen Mangel an Fortschritten. Sein Weg führte ihn an der Küche und dem Speisesaal der Burg vorbei. Als er sich dem Zimmer näherte, rannten drei stämmige Pfleger in ihren weißen Jacken an ihm vorbei. Gleichzeitig hörte er den durchdringenden Schrei einer Frau aus dem Speisesaal. Viktor lief ebenfalls los.

Er erreichte den Saal unmittelbar nach den Pflegern. Der kleine kahlköpfige Michal Macháček saß zusammengekauert in einer Ecke und hielt irgendetwas in seinen blutbefleckten Händen versteckt. Auf der anderen Seite des Saals stand eine junge Schwester, die beide Hände auf ihre Wange drückte. Helles Blut lief zwischen ihren Fingern ihre Unterarme hinab. Die Pfleger stürmten durch den Saal und warfen Stühle um, bevor sie über Macháček herfielen und ihn mit dem Gesicht nach unten auf den Boden pressten. Dabei drückten sie seine Arme auf die Steine, und ein zerbrochener Glaskrug, glitschig von Blut, rollte aus seinen Fingern. Er schrie, als er vergeblich versuchte, ihn wieder zu packen.

Als Viktor sah, dass Macháček unter Kontrolle war, trat er hastig zu der Schwester. Es handelte sich um Gita Horáková, eine schlanke dunkelhaarige Frau von etwa zwanzig Jahren, die ihm schon wegen ihres attraktiven Äußeren aufgefallen war. Trotz seiner Bemühungen weigerte sie sich, die Hände vom Gesicht zu nehmen. Als es ihm schließlich gelang, ihre zitternden Hände von der Wange zu lösen, verstand er ihren Widerstand. Als der Druck von der Wange wich, spritzte frisches Blut über ihre und seine Hände. Es kam aus einer hässlichen Schnittwunde, die von ihrer Wange bis dicht unter ihr rechtes Auge führte. Viktor sah ihren Jochbeinbogen weiß durch das Blut und das zerfetzte Fleisch leuchten. Er wusste sofort, dass diese Wunde nur schwer heilen und eine entstellende Narbe hinterlassen würde. Der Schaden an ihrem Jochbein würde ihr für den Rest ihres Lebens ein verzerrtes Lächeln aufbürden. Falls sie überhaupt noch einmal lächelte.

Er nahm ein sauberes Taschentuch aus seiner Tasche und faltete es zusammen. Dann befahl er der verängstigten Krankenschwester, es auf die Wunde zu drücken.

»Ich bringe Sie in die Krankenstube«, erklärte er sanft, aber mit freundlicher Autorität. »Dort flicken wir Sie wieder zusammen.« Dann drehte er den Kopf zu den Pflegern herum, die Macháček am Boden hielten. »Ist der Patient gesichert?«, fragte er über die Schulter.

»Ja, Doktor.« Der Chefpfleger hatte dem Patienten sein Knie ins Kreuz gerammt. Macháček wimmerte, nicht aus Furcht oder aus Schmerz, sondern aus Verzweiflung, weil er seine Beute nicht erreichen konnte. Sein Blick war immer noch auf das Glas gerichtet, das zerschmettert außerhalb seiner Reichweite lag. Viktor konnte das Blut sehen, das sich wie ein Heiligenschein um seine ausgestreckte Hand ausbreitete. Er hatte sich offenbar ebenfalls an dem Glas verletzt.

»Dann legen Sie ihm eine Zwangsjacke an und bringen Sie ihn in sein Quartier zurück!«, befahl Viktor. »Geben Sie ihm fünfzig Milligramm Sodium Amytal, warten sie sechzig Sekunden und verabreichen ihm dann eine zweite Dosis von fünfzig Milligramm. Wenn er ruhiggestellt ist, schaffen Sie ihn in die Krankenstube.«

Viktor legte seinen Arm um die Schultern der Schwester und eine Hand auf ihre, damit sie Druck auf die Wunde ausübte. Dann steuerte er sie aus dem Speisesaal in den Korridor zur Krankenstube. Er spürte an ihrem Zittern, dass sie unter Schock stand, und fürchtete schon, dass sie ohnmächtig werden könnte. Sie weinte und versuchte gleichzeitig, ihr Schluchzen zu unterdrücken, damit sich ihr Mund nicht bewegte.

»Was ist passiert?«, fragte er.

»Ich weiß es nicht. Er war ganz ruhig. Ich habe ihn in den Speisesaal gebracht, und er hat sich ganz friedlich hingesetzt. Wir hatten keinen Ärger mit ihm, seit er hierher gebracht wurde. Ich habe ihm etwas zu trinken geholt, und als ich zurückkehrte, hatte er dieses Glas. Ich habe keine Ahnung, wie er daran gekommen ist. Ich meine, nur die Angestellten und das Personal bekommen Gläser, und sie müssen über alle Gläser Rechenschaft ablegen.« Sie zitterte heftiger. »Aber ich weiß nicht, ob es überhaupt eines von unseren Gläsern war. Es hat irgendwie anders ausgesehen.«

»Wir sind fast da«, sagte Viktor beruhigend. »Es ist nicht mehr weit bis zur Krankenstube.«

»Er hat einfach dort gesessen, das Glas in den Händen gehalten und es angestarrt. Er hat fast hineingestarrt, als könnte er darin etwas erkennen. Ich sagte ihm, er müsste mir das Glas geben, und er hat mich angesehen, als wäre ich verrückt. Als ich versucht habe, es ihm wegzunehmen …« Sie sackte noch weiter zusammen, und Viktor spürte, dass er ihr Gewicht fast ganz tragen musste, als ihre Beine unter ihr nachgaben.

Sie platzten durch die Türen in die Krankenstube. Zwei andere Schwestern und Dr. Platner erwarteten sie bereits. Die drei eilten ihnen entgegen und nahmen Viktor die verletzte Schwester ab. Krakl tauchte aus einem Nebenraum auf und befahl den Schwestern, ihre Kollegin in das Behandlungszimmer zu bringen und auf eine Krankenliege zu legen.

Viktor blieb im Gang mit Platner stehen und erklärte ihm, was passiert war.

»Wir kümmern uns um sie. Ich werde die Wunde selbst vernähen«, sagte Platner. Er deutete mit einem Nicken auf Viktors Jacke und Hemd. »Sie sollten sich lieber umziehen.«

Viktor sah an sich hinab. Ein großer Blutfleck prangte auf seinem Hemd, der Krawatte und dem Revers und der Schulter seiner Jacke. Er starrte einen Moment verständnislos darauf.

»Geht es Ihnen gut?«, erkundigte sich Platner.

Viktor riss sich zusammen. »Mir geht es gut«, sagte er und schüttelte ungläubig den Kopf. »Professor Románek hat recht, manchmal vergisst man einfach, wie krank und wie gefährlich unsere Patienten sind.«

»Da unterscheiden wir uns.« Platners Miene war ernst. »Ich vergesse das nie.«

41

Viktor beobachtete, wie das rosa gefärbte Wasser in dem weißen Emaillebecken um den stählernen Ausguss wirbelte. Dann ließ er Wasser aus dem Hahn in die hohlen Hände laufen und wusch sich das Gesicht und den Nacken damit.

Das Verhalten des Glassammlers hatte ihn schockiert. Trotz seiner Verbrechen hatte Michal Macháček niemals zuvor Gewalt gegen einen Angehörigen des medizinischen Personals oder einen Pfleger angewendet. Es würde eine Untersuchung geben, wie ein Glas, über das ein Nachweis hätte geführt werden müssen, in die Hände eines Patienten hatte fallen können. Und es würde auch Fragen geben, welches Ereignis oder welche Handlung die Veränderung in Macháček ausgelöst haben könnte.

Viktor trocknete sich Gesicht und Hals ab, zog dann ein neues Hemd an und band sich eine frische Krawatte um. Die blutbefleckten Kleidungsstücke waren nicht mehr zu retten, aber er hatte seine Anzugjacke zusammengefaltet, in braunes Packpapier gelegt und mit einer Kordel verschnürt. Er hoffte, dass die Krankenhauswäscherei vielleicht ein Wunder wirken konnte. Dann betrachtete er sich in dem Spiegel über dem Waschbecken und kämmte sich das dichte schwarze Haar aus seiner breiten Stirn. Dabei sah er dieselbe Müdigkeit und dieselben Schatten unter den Augen, wie er sie zuvor bei Judita gesehen hatte.

Vielleicht liegt es ja an diesem Ort, dachte er. Vielleicht lag es daran, zusammen mit all dem Wahnsinn eingesperrt zu sein, in dieser erdrückenden steinernen Umarmung der Burg, und erstickt von der Decke des Waldes, die einem sämtliche Lebenskraft auszusaugen schien. Doch Judita fühlte sich hier sicher, war davon überzeugt, dass der wirkliche Wahnsinn draußen lag, jenseits der Umarmung von Stein und Wald.

Außerdem hatte Viktor hier eine Arbeit zu erledigen. Eine Aufgabe zu erfüllen. Dieser Ort und die monströsen Geister, die darin gefangen waren, waren die einzige Umgebung, die ihm erlaubte, diese Aufgabe zu erfüllen.

Er beschloss, die Krankenstation aufzusuchen, bevor er seine narcosynthetische Sitzung mit Pavel Zelený durchführte, dem sogenannten *Holzfäller*. Platner hatte frei, als Viktor dort ankam, aber sein humorloser Assistent Krakl war anwesend.

»Ich wollte wissen, wie es Schwester Horáková geht«, erklärte Viktor. »Darf ich zu ihr?«

Krakl zuckte mit den Schultern. »Hier entlang.« Er führte Viktor durch die Gänge der Krankenstation. »Wir haben ihr Beruhigungsmittel gegeben. Herr Dr. Platner hat die Wunde gereinigt und genäht. Und das hat er ziemlich gut gemacht. Sie hat sich schrecklich wegen ihres Aussehens aufgeregt. Diese dumme Frau. So frivol.«

»Frivol?«

»Zehn Zentimeter tiefer, und das Glas hätte ihre Halsschlagader zerfetzt. Dann würde sie sich keine Sorgen mehr um ihr Aussehen machen.«

Viktor wollte etwas erwidern, aber sie waren vom Korridor in eines der Behandlungszimmer abgebogen. Man hatte das Licht gedämpft, und die junge Schwester lag auf dem Bett. Sie war ruhig, schlief aber nicht, sondern starrte auf irgendeinen Punkt an der Decke. Ein dicker Wattebausch, von einem Verband fixiert, bedeckte die Wunde. Viktor sah, dass ihre Wange verzerrt und geschwollen war. Die Schwellung hatte eingesetzt und wurde noch von dem violetten Iodid betont, das ihre Haut färbte und unter dem Rand des Verbandes zu sehen war.

Sie drehte sich um und lächelte schläfrig, als sie Viktor sah. Die Schwellung der Wange lähmte eine Seite des Mundes, so dass ihr Lächeln schief und verzerrt wirkte. Viktor fragte sich, wie weit sie ihre Lippen anschließend wohl wieder würde bewegen können. Er nahm ihre Hand und fragte sie, wie es ihr ging.

»Es geht mir gut«, sagte sie und dankte Viktor für alles, was er getan hatte. Er erwiderte, dass sie stattdessen Dr. Platner danken sollte. Dr. Krakl habe ihm gesagt, wie gut der Arzt die Wunde behandelt habe.

Sie sah an Viktor vorbei auf Krakl, und einen Moment wurden ihre Augen kalt.

»Dr. Platner war sehr freundlich«, sagte sie. »Glauben Sie, dass ich sehr entstellt sein werde?«

Viktor ignorierte Krakls Seufzer hinter sich. »Sie werden eine Narbe zurückbehalten, aber ich würde mir an Ihrer Stelle deshalb nicht zu viel Sorgen machen. Dr. Platner hat alles perfekt gemacht, daher werden Sie eine Narbe wohl mit etwas Make-up verstecken können.« Er lächelte, um seine Lüge zu kaschieren. »Ruhen Sie sich einfach aus und erholen Sie sich.«

»Ich danke Ihnen noch einmal«, sagte die Krankenschwester. »Ich weiß nicht, was ich getan hätte, wenn Sie nicht …«

»Das war nicht der Rede wert. Und jetzt schlafen Sie.«

Viktor folgte Krakl in den Gang und verabschiedete sich von ihm. Er erklärte, dass er eine Narcosynthese-Sitzung anberaumt hatte.

»Wir hatten noch nie zuvor Ärger mit ihm.«

»Was?« Viktor drehte sich zu Krakl herum.

»Macháček – er hat uns noch nie zuvor Ärger gemacht.«

»Ich weiß, aber wie Professor Románek schon so oft betont hat, darf man in seiner Wachsamkeit niemals nachlassen. Es gibt hier keinen Patienten, der nicht unberechenbar und möglicherweise tödlich gefährlich ist.«

Krakl zuckte mit den Schultern. »Alles, was ich weiß, ist, dass wir noch nie Ärger mit Macháček hatten, bis Sie Ihre sogenannte narcosynthetische Sitzung mit ihm durchgeführt haben.«

Viktor schüttelte ungläubig den Kopf. »Wollen Sie andeuten, dass dieser Angriff das Ergebnis der Behandlung war? Oder vielleicht sogar eine falsche klinische Behandlung eines Patienten?«

»Ich sage nur, dass es durchaus naheliegend ist anzunehmen, dass etwas an diesen *Sitzungen* sein gewalttätiges Verhalten ausgelöst haben könnte. Dass sie vielleicht eine Aggression freigesetzt haben, die ansonsten kontrolliert geblieben wäre.«

»Bei allem Respekt, Dr. Krakl, ihre Worte verraten Ihre Unkenntnis darüber, wie diese Sitzungen funktionieren. Und außerdem Ihr Unwissen über diesen Aspekt der Psychiatrie und Psychologie.«

»Oh, ich verstehe genug.« Krakls Stimme verriet nun offene Verachtung. »Behandlung für die Unheilbaren. Eine ganze Sammlung von Begriffen für einen Zustand, für den ein einziges Wort ausreicht: Geistesgestörtheit. Pseudophilosophie und Pseudowissenschaft, um eine schlichte Tatsache der Natur zu verkomplizieren: dass manchmal Menschen mit einem Defekt geboren werden. Einige mit körperlichen Defekten, andere mit mentalen Defekten. Und natürlich kann man immer einen Schekel aus diesen Theorien schlagen. Und das, weil der Vater Ihrer Psychologie, Freud, Jude ist. Psychologie ist nicht nur eine Pseudowissenschaft, sondern sie ist ein jüdischer Goldesel, um damit Geld zu scheffeln, und das macht sie doppelt gefährlich.«

»Wenn Sie das alles glauben, warum arbeiten Sie dann in Gottes Namen in einem Irrenhaus? Außerdem bin ich Jungianer, kein Freudianer. Ganz davon zu schweigen, dass Sigmund Freuds jüdische Herkunft nicht das Geringste mit all dem zu tun hat.«

»Ich arbeite hier, weil ich gebraucht werde. Ich arbeite hier, weil wir die Geistesgestörten von den geistig Gesunden trennen müssen. Wir müssen sie einsperren oder sie zumindest isolieren, bis eine bessere Lösung gefunden wird.«

»Und Dr. Platner teilt diese Ansichten?«

»Das sind meine Ansichten. Was Dr. Platner glaubt, ist seine Sache. Auf jeden Fall, wo wir gerade so offen miteinander reden, glaube ich, dass dieser ganze Hokuspokus, den Sie bei diesen Sitzungen aufführen, keine positiven Ergebnisse zeitigt. Ich glaube sogar, dass sie möglicherweise Schaden bewirken und dass es noch mehr solcher Vorfälle wie diesen Angriff geben wird, wenn Sie damit nicht aufhören.«

Viktor betrachtete den großen, dünnen und etwas gebeugt dastehenden Mann mit dem habichtartigen Aussehen und unterdrückte den Wunsch, Krakl zu packen und ihm die Faust ins Gesicht zu schlagen. *Wenn das ein Beispielexemplar für die Herrenrasse ist, dann Gnade uns Gott.*

»Ich habe keine Zeit, mir noch länger diesen Unsinn anzuhören«, sagte er stattdessen, kehrte Krakl den Rücken zu und verließ die Krankenstube. »Ich muss noch mehr Hokuspokus aufführen.«

42

Viktor kam recht früh in die Turmkammer und baute seine Ausrüstung auf, bevor er sich einen Moment ruhig hinsetzte, sich sammelte und seinen Geist entspannte, ehe er in den Verstand eines anderen Menschen tauchte. Er war aus zwei Gründen aufgewühlt. Der Angriff auf die Krankenschwester hatte ihn erschüttert und ihm Románeks Warnung noch einmal verdeutlicht. Krakl hatte ihn ebenfalls aufgeregt.

Denn in Wahrheit fürchtete Viktor, dass Macháčeks gewalttätiges Verhalten tatsächlich etwas mit der Sitzung zu tun gehabt haben könnte. Wenn die Stimme, die er gehört hatte, tatsächlich irgendein verborgener Aspekt gewesen war, den Viktor unabsichtlich freigesetzt hatte? Außerdem wurde ihm übel, wenn er an Krakl und seine Ansichten dachte. Er vergegenwärtigte sich Juditas Ängste vor einer Verfolgung, die Albträume von Gemetzel und Vernichtung, die sie verfolgten, und er dachte daran, wie Krakl diesen diffusen Ängsten reale Gestalt zu geben schien.

Er saß allein in der runden hohen Kammer mit den dicken Mauern und dachte über all diese Dinge nach. Aus irgendeinem Grund kam ihm ein schon Jahrhunderte zurückliegender noch größerer Wahnsinn in den Sinn. Ein legendärer Wahnsinn, der einst verborgen hinter diesen Mauern eingesperrt worden war. Statt ihm Frieden zu bringen, weckten seine Isolation im Turmzimmer der Burg und sein Gedankenmuster etwas ganz anderes in Viktor.

Er merkte, dass er aus irgendeinem Grund, den er nicht fassen konnte, wirklich Angst hatte.

Es klopfte an der Tür, und als er sie öffnete, stand Románek im Gang der Burg. Der Professor runzelte besorgt die Stirn.

»Ich wollte Ihnen für Ihre schnelle Reaktion danken«, sagte Románek. »Ein sehr unglücklicher Vorfall und ein schreckliches Versagen der Sicherheitsmaßnahmen.«

»Bitte, Professor, kommen Sie doch herein.«

Románek trat in den umgebauten Getreidespeicher und betrachtete die Grundmauern, die Untersuchungsliege und den Tisch in der Mitte, dazu die Kästen, Spulen und Kabel der Aufnahmegeräte. »Ich weiß, dass Sie eine Sitzung anberaumt haben«, sagte er. »Ich werde Sie nicht länger als eine Minute aufhalten. Ich wollte Ihnen dafür danken, dass Sie dem armen Mädchen geholfen haben. Und dass Sie die Sache in die Hand genommen haben.«

»Das war nicht der Rede wert«, antwortete Viktor. Er merkte, dass dies nicht der eigentliche Grund für Románeks Besuch war. »Haben Sie herausgefunden, wie er an das Glas aus der Küche gekommen ist?«

Románeks Miene verfinsterte sich. »Das ist der Punkt. Nachdem wir die Scherben aufgesammelt haben, mussten wir feststellen, dass das Glas weder aus der Kantine noch aus der Küche stammt. Es war ein blaugrünes Glas, das eher dekorativen Zwecken diente, als dass es eine Funktion gehabt hätte. Es sieht so aus, als hätte Macháček es bei sich gehabt. Er hat es offenbar an seinem Körper versteckt und es mit in die Kantine gebracht. Wie ich schon sagte, ein schreckliches Versäumnis der Sicherheitsmaßnahmen.«

»Aber wo soll er es hergehabt haben, wenn es nicht zur Kantine gehörte?«

»Genau das gibt uns Rätsel auf.« Románek machte eine kleine Pause. »Dr. Kosárek, glauben Sie, dass etwas bei Macháčeks narcosynthetischer Behandlung diesen aggressiven Schub ausgelöst haben könnte?«

Viktor unterdrückte einen Seufzer. Das war offenkundig der

eigentliche Grund für Románeks Besuch und derselbe Verdacht, den Krakl – wenn auch erheblich weniger diplomatisch – geäußert hatte.

»Ganz und gar nicht, Professor«, erwiderte Viktor nachdrücklich. »Diese Sitzungen sollen beruhigen und nicht die Psychosen der Patienten entflammen. Mich schockiert Macháčeks Gewalttat ebenso sehr wie Sie. Was ist mit diesem Polizisten, der Macháček befragen wollte?«

»Darum kümmere ich mich«, antwortete Románek. »Wir müssen die Zusage widerrufen. Oder zumindest muss die Befragung aufgeschoben werden. Sie sagten, dass Sie heute Abend eine Sitzung hätten, richtig? Mit wem?«

»Ja«, antwortete Viktor. »Mit Pavel Zelený, dem Schlesier.«

Románek betrachtete Viktor eine Weile prüfend. »Also gut. Ich danke Ihnen noch einmal, Dr. Kosárek.«

43

Pavel Zelený war ein einfacher Holzarbeiter mit einem schlichten Intellekt aus dem schlesischen Mähren. Viktor wusste nur sehr wenig über diese Gegend, außer, dass Sigmund Freud dort geboren worden war. Er hatte dieser Region noch nie einen Besuch abgestattet, und es war ihm oft schwergefallen, den lachischen Dialekt zu verstehen, den viele Schlesier sprachen. Die Fallnotizen von Zelený und das kurze, nicht von Medikamenten beeinflusste Gespräch, das Viktor bereits mit ihm geführt hatte, legten nahe, dass er zwar gelegentlich ins Lachische verfiel, aber in einem annehmbaren Maß Tschechisch sprach und verstand. Allerdings konnte man aus den Fallnotizen auch schließen, dass der Schlesier einen sehr niedrigen Intelligenzquotienten besaß und niemals gelernt hatte, zu lesen und zu schreiben.

Als man Zelený in die Kammer brachte, trug er ein ordentliches weißes Hemd und eine Anzughose, die ihm offensichtlich das Krankenhaus gestellt hatte. Er war ein großer, kräftiger Mann mit offensichtlich starkem Bartwuchs – nun am Abend zeigte sich bereits wieder der Schatten eines Bartes auf seinem kräftigen Kinn.

Wie bei ihrer ersten Begegnung war das äußere Erscheinungsbild des *Holzfällers* sonderbar verwirrend. In dieser unauffälligen Straßenkleidung ließ nichts darauf schließen, dass dieser Mann ein Landarbeiter war, außer vielleicht sein kräftiger Körperbau. Zelenýs Gesicht war wohl proportioniert und markant, seine wachen grünen Augen deuteten auf eine Intelligenz hin, die laut Fall-Notizen nicht existierte.

Man hatte dem Waldarbeiter bereits leichte Beruhigungsmittel gegeben, und er wehrte sich nicht, als er zu der Fixierungsliege geführt und dort festgeschnallt wurde. Viktor registrierte jedoch, dass dieser Patient von vier Pflegern begleitet wurde. Im Gegensatz zu Macháček hatte Zelený in der Vergangenheit das Pflegepersonal angegriffen, und die körperliche Kraft des Mannes hatte ihn als Patienten gekennzeichnet, bei dem besondere Vorsicht angebracht war.

Sobald Zelený fixiert war, verabreichte Viktor ihm den Cocktail aus Beruhigungsmitteln und wartete, bis er wirkte. Sobald diese Wirkung einsetzte, schaltete er das Magnetophon ein und begann seine Sitzung.

Die Medikamente schienen Zelenýs Willen besonders schnell zu brechen, als wäre seine Textur aus einem leichteren Faden gewoben als die der anderen Patienten. Er reagierte auf Viktors Fragen ohne Protest oder Zögern. Seine Stimme war für einen so großen Mann überraschend leise. Sein Tschechisch war von schlesischen und polnischen Ausdrücken durchsetzt.

Sobald Viktor den *Holzfäller* in die Tiefen seines eigenen Verstandes geführt hatte, erzählte Pavel Zelený seine Geschichte.

»Wir waren glücklich. Ich und meine Frau, wir waren glücklich. Šarlota war ein hübsches Mädchen, ein starkes Mädchen. Wir beide waren wie die beiden Seiten derselben Münze. Vier Jahre lang war das so. Vier glückliche Jahre.«

»Welcher Vorfall hat die Dinge verändert?«, fragte Viktor.

»Die Kinder kamen, Zwillinge, Jungen, und alles war plötzlich anders. Aber es hatte schon vorher angefangen, sich zu verändern. Sie wurde hinterhältig, geheimnistuerisch. Und sie wollte nicht mehr so oft bei mir liegen wie früher. Als wir frisch verheiratet waren, meine ich.«

»Hat sie gesagt, warum?«

»Šarlota gab dem Wald die Schuld. Sie sagte, er mache ihr Angst. Nicht nur das, was sich vielleicht darin versteckte, sondern der Wald selbst. Ich habe darüber gelacht. Ich habe mein ganzes Leben lang in Wäldern gelebt und gearbeitet. Wir wohnten durch meine Arbeit in einer Kate auf einem Gut. Es war ein schöner Platz, aber er lag tief im Wald. Sie machte sich Sorgen, wie es sein würde, wenn die Kinder zur Schule gehen müssten. Denn die Kate war drei Kilometer vom Dorf entfernt. Das nächstgelegene Haus bewohnte der Gutsverwalter, und selbst das war über einen Kilometer entfernt.«

»Also war es die Einsamkeit, die ihr zugesetzt hat?«

»Das nehme ich an. Aber sie sagte etwas anderes. Sie sagte, es wäre der Wald. Dass er ihr Angst machte und dass sie angefangen hätte, in der Dunkelheit zwischen den Bäumen Dinge zu sehen. Sie sagte, die Schatten würden leben, sie wären voller Geister, Gespenster. Sie sagte, man hätte ihr als Kind von all den Dämonen, Feen und Waldhexen erzählt, die im Wald lebten. Ich versuchte, ihr zu erklären, dass es nur daran lag, wie sich das Licht veränderte und zwischen den Bäumen bewegte. Aber das wollte sie nicht glauben. Sie sagte, der Wald wäre voller Dinge, die wir nicht verstehen könnten. Aber ich konnte nichts tun, um sie zu beruhigen. Wir konnten den Wald nicht verlassen: Der Wald war mein Arbeitsplatz. Meine Arbeit war zwischen den Bäumen.«

»Und was war mit Ihnen? Nach dem, was Sie sagen, glauben Sie nicht an Waldgeister?«

»Das habe ich nicht gesagt. Ich habe nur Šarlota erzählt, dass ich nicht an sie glaubte. Aber wie gesagt, ich habe mein ganzes Leben lang im Wald gelebt. Man muss im Wald leben und arbeiten, um sein Wesen zu verstehen.«

»Sein Wesen?«

»Der Wald lebt. Damit meine ich nicht nur die Bäume und das Moos und die Pflanzen und Tiere – sie alle sind nur ein Teil davon, wie die Finger oder das Haar oder die Haut ein Teil von uns sind. Ich meine den Wald selbst. Es ist ein großer ausufernder Verstand, der sich weit erstreckt und von Schatten und Licht erfüllt ist. Mehr als das noch, er träumt. Er träumt alle möglichen Dinge. Gute Dinge. Und schlechte Dinge.«

»Und Waldgeister?«

Zelený nickte, wenn auch etwas bedächtig. Seine Bewegungen

wurden von den Medikamenten in seinem Blutkreislauf verlangsamt. »Sie gehören alle zu den Träumen. Verstehen Sie, der Wald träumt, und die Menschen träumen. Es ist, als würde sich das alles vermischen und verwirren. So wie die Wurzeln eines neuen Baumes sich zwischen die Wurzeln eines alten Baumes schieben und sich damit verschlingen, verstehen Sie? Wenn man lange genug im Wald bleibt, dann fängt man an, seine Träume zu träumen. Man fängt an, die Dämonen und die Engel und die Geister in den Schatten zwischen den Bäumen zu erkennen. Ich glaube, das ist Šarlota im Lauf der Zeit widerfahren. Ich glaube, sie hat angefangen, die Geister zu sehen, ohne sie zu verstehen.«

»Sie glauben also, sie hätte halluziniert ... Dinge gesehen, die nicht da waren?«

»Oh, sie waren da, das schon. Sie sind wirklich real. Und sie spielen einem Streiche. Es gibt den Ten-kdo-se-skrývá-vzadu, den Der-Sich-Dahinter-Versteckt. Er beobachtet Sie und geht direkt hinter Ihnen, in Ihren Fußspuren. Aber sobald Sie sich umdrehen, versteckt er sich hinter einem Baum. Und das Gebiet, in dem wir gelebt haben, ist das Heim des Waldgiganten Krakonoš. Die Deutschen nennen ihn Rübezahl. Dann gibt es noch männliche Waldgeister, die Leši, und die weiblichen Wila, Waldhexen. Oder es gibt den schwarzen Dämon Čert und natürlich den großen Veles selbst, den Geist des Waldes. Der Wald ist ihr Heim, weil sie vom Wald geträumt werden.«

»Aber davon haben Sie Ihrer Frau nichts erzählt?«

»Es hätte sie nur noch mehr geängstigt. Ich dachte, sie würde sich mit der Zeit daran gewöhnen. Wenn man lange im Wald lebt, dann gewöhnt man sich an die Geister.« Zelený seufzte. Seine Trauer wurde von den Beruhigungsmitteln gedämpft. »Šarlota veränderte sich. Noch einmal, meine ich. Diesmal jedoch war es eine große Veränderung. Sie hörte auf, sich über den Wald zu beschweren. Stattdessen ging sie immer wieder allein dort spazieren. Und sie nahm die Kinder mit. Aber von mir wollte sie nichts mehr wissen. Sie wollte mich nicht in ihrer Nähe haben.«

Zelený suchte nach dem richtigen Ausdruck. »Sie wollte nicht, dass ich meine ehelichen Pflichten erfüllte.«

»Sie hat Ihnen keinen Grund dafür genannt?«, fragte Viktor.

»Nein. Sie sagte einfach immer nur, sie wäre müde. Aber ich wusste Bescheid. Ich kannte die Wahrheit. Sie lag mit einem anderen zusammen. Jemand anders erfüllte die Pflichten eines Ehemanns bei ihr.«

»Wie konnte das sein? Sie sagten, Sie hätten so weit ab von allen anderen Menschen gelebt.«

»Sie hat jemanden im Wald getroffen. Ich habe mir gedacht, dass sie im Wald einen Liebhaber empfing oder dass ein Liebhaber zu ihr kam, wenn ich im Wald arbeitete. Und außerdem gab es andere Anzeichen.« Wieder nickte Zelený bedächtig, als wollte er seine Schlussfolgerung vor sich selbst bestätigen. »Die Kinder sahen mich seltsam an. Sie wollten nicht mehr mit mir reden und auch keine Zeit mehr mit mir verbringen. Und die drei, meine Frau und die Kinder, gingen immer häufiger in den Wald. Und die Kinder, die Zwillinge, spielten hinter der Kate, eines Sonntags, als ich nicht arbeitete. Sie wussten nicht, dass ich sie hören konnte, aber ich hörte sie. Ich hörte sie sehr gut.«

»Was sagten sie?«

»Das ist es ja – ich weiß nicht, was sie gesagt haben. Ich konnte kein Wort davon verstehen. Sie redeten miteinander, eigentlich flüsterten sie, als wollten sie nicht, dass irgendjemand sie belauschte, und zwar in einer sonderbaren Sprache, die keiner Sprache ähnelte, die ich je zuvor gehört habe.«

»Deutsch?«

Zelený schüttelte den Kopf. »Ich spreche kein Deutsch, aber ich erkenne es, wenn ich es höre. Es war kein Deutsch. Es war weder Deutsch noch Tschechisch, weder Polnisch noch Russisch. Es war keine Sprache gewöhnlicher Menschen. Die Worte waren sonderbar, nicht wie Worte, sondern eher wie ein Schnurren, ein Schnalzen und ein Knurren. Es war kein menschliches Sprechen. Es war keine Sprache von dieser Welt. Da wusste ich, dass ich etwas unternehmen musste. Dass ich Beweise finden musste. Aber das war nicht leicht. Das Gut, für das ich arbeitete, zwang mich, hart zu arbeiten, sehr hart. Ich musste jeden Tag meine Quote erfüllen, bevor der Verwalter mit einem Pferdfuhrwerk kam, um das Holz zum Sägewerk zu bringen. Das bedeutete, dass ich bei Sonnenaufgang fort war, wenn der Wald zum Leben erwachte, und sie nicht im Auge behalten konnte. Aber es gab diesen einen Tag, wo sich ein Sturm am Himmel ankündigte, so dass er fast schwarz war. Deshalb ist der Verwalter mit dem Lastwagen gekommen. Das bedeutete, dass ich ein bisschen früher nach Hause zurückkehrte. Statt jedoch direkt zur Kate zu gehen, bog ich vom Weg ab und schlug mich in den Wald. Dann versteckte ich mich in den Büschen, wo ich alles beobachten konnte, was da passierte. Und ich erwischte sie. Das tat ich. Ich sah ihn.«

»Wen haben Sie gesehen?«

»Zuerst habe ich sie in der Kate gehört. Die Geräusche, die meine Frau gemacht hat, meine Ehefrau. Sie stöhnte wie eine Hure, während die ganze Zeit die Kinder draußen spielten. Nach einer Weile kam er heraus. Der Graue Mann. Er war groß, viel größer und dünner, als ein Mensch sein konnte, und er war ganz grau. Er kam aus der Kate, und ich sah, dass er kein Mensch war. Er hatte eine lange spitze Nase, sein Mund war riesig, als würde er lächeln, aber das tat er nicht. Er war nur verzerrt, weil er so viele Zähne hatte, mehr als hundert. Lange, spitze Zähne, wie Nadeln. Alles an ihm war überspitzt, nicht nur seine Zähne. Sein Gesicht war kantig, seine Augen waren hart und spitz wie Diamanten. Und er nahm nicht den Weg, sondern er ging direkt in den Wald, in den dunkelsten Teil. Wo alles ganz dicht und finster war. Er verschwand irgendwie in den Schatten, als wäre er geschmolzen. Aber ich hatte ihn lange genug gesehen, so dass ich erkannte, wer er war. Ich wusste, wer der Graue Mann war. Das wusste ich genau.«

»Und wer war er Ihrer Meinung nach?«, erkundigte sich Viktor.

Zelený senkte seine Stimme zu einem Flüstern. »Ich wusste, wer er war. Er war Kostěj, der Unsterbliche. Kennen Sie ihn? Der unsterbliche böse Dämon des Waldes. Da wusste ich, dass meine Frau eine Holzhexe war und die Hure eines Dämons. Plötzlich war alles erklärbar. Plötzlich begriff ich alles, verstehen Sie? Šarlota war eine Dämonen-Hure, aber vielleicht sogar noch mehr als das. Es gibt diese Sumpfdämonin, die Männer verführt und Kinder stiehlt, um sie durch ihre eigenen zu ersetzen. Man nennt sie *Divoženka*. Dann habe ich es gesehen. Ich habe erkannt, was es war. Šarlota war *Divoženka*, die Sumpfdämonen-Hure und Diebin der Kinder. Sie war in den Wald gegangen, um in schmutzigem Sumpfwasser zu baden und sich mit Kostěj zu vereinigen. Und die Kinder? Ich wusste jetzt genau, dass es nicht meine Kinder waren: Meine Kinder waren tot, und Šarlota hatte sie durch *Odmieńce*-Wechselbälger ersetzt. Sie waren die Brut von Kostěj, und die Sprache, die ich belauscht hatte, war *Waldsprache*. Das ist die Sprache von Baumdämonen und Erdgeistern.«

»Und Sie haben all dies geglaubt, Pavel?«, fragte Viktor. »Glauben Sie es immer noch?«

»Natürlich glaube ich es noch. Es ist die Wahrheit. Warum hätte ich sonst getan, was ich tat, wenn es nicht alles wahr gewesen wäre?«

44

Aber dieser Graue Mann, den Sie gesehen haben«, fuhr Viktor fort. »Begreifen Sie nicht, dass es nicht Kostěj der Unsterbliche gewesen sein kann? Kostěj der Unsterbliche ist nur ein alter slawischer Mythos. Er ist nicht real. Ebenso wenig wie *Odmieńce*-Wechselbälger oder *Divoženka-Sumpfdämonen*. All das ist nur Aberglaube, sind Märchengeschichten.«

»Oh, aber er ist sehr real. Und diese Mythen sind auch real. Deshalb wusste ich ja, was ich tun musste. Verstehen Sie, ich konnte Kostěj nicht töten, weil er unsterblich ist. Er hat seinen Tod weit weg eingesperrt, weit weg von seinem Körper. Sie kennen die Geschichte, nicht wahr? Vor langer langer Zeit reiste Kostěj zur magischen Insel Buyan. Sein Tod ist in Form einer silbernen Nadel verborgen, die in einem Ei steckt, das in einer Ente steckt, die in einem Hasen steckt, der in einer Eisenkiste liegt, die unter der magischen Grünen Eiche vergraben ist. Solange die Nadel seines Todes verborgen bleibt, kann niemand, weder Sie noch ich noch irgendjemand, Kostěj töten. Und er hat die Gabe, andere, die tot sind, wieder zum Leben zu erwecken. Er haucht in die Münder der Toten und erweckt sie zum Leben, aber ohne ihre Seelen. Aus diesem Grund musste ich all das so tun, wie ich es getan habe. Es war keine schöne Arbeit, aber ich wusste, dass ich sie erledigen musste.«

»Sie meinen, Ihre Frau und Kinder mit Ihrer Axt zu töten?«, fragte Viktor.

»Ja«, antwortete er sachlich. »Aber da war noch viel mehr als das. Außerdem waren es nicht meine Kinder und meine Frau, sie waren nicht meine Familie. Sie waren eine Dämonenfamilie, Kostějs *Odmieńce*-Wechselbälger und ihre Hexenmutter. Sie mit der Axt zu töten war nicht genug. Wenn Kostěj sie fand, dann würde er ihnen in den Mund hauchen und sie in ein seelenloses Leben zurückholen.«

Viktor zog erneut die Fallnotizen zu Rate. Auch hier gab es Polizeifotos, aber es fiel ihm schwer, sie mit beruflicher Leidenschaftslosigkeit zu betrachten. Es war schwer, sie überhaupt anzusehen.

»Sie verstehen, warum ich es so gemacht habe, wie ich es getan habe, nicht wahr?«, wollte Zelený wissen. »Ich musste ihre Leichen in kleine Stücke zerhacken, damit ich sie im ganzen Wald verteilen konnte. Ich musste es Kostěj schwermachen, sie zurückzubringen. Natürlich musste ich für ihre Köpfe ein besonderes Versteck finden. Bei den Kindern war es einfach, weil ihre Köpfe so klein waren.«

Viktor seufzte. Plötzlich schien ihn die schreckliche Banalität von Zelenýs Wahnsinn und Verbrechen zu bedrücken. Und auch die Absurdität seiner eigenen Suche nach dem sogenannten Teufels-Aspekt. In diesem einfachen ungebildeten Holzfäller steckte nur ein vulgärer und verkommener Wahnsinn, eine primitive, paranoide Wahnvorstellung, die darin resultierte, dass er seine Frau und seine Kinder abgeschlachtet hatte. Hier gab es keine Spaltung der Persönlichkeit, keine komplizierte Facette, die herausgearbeitet werden konnte. Hier gab es keinen Beweis für seine Teufels-Aspekt-Theorie.

Einen Moment war in der Kammer nur das gleichmäßige Drehen der Spulen des Aufnahmegerätes zu hören.

Zelený schien das Schweigen zufrieden zu stimmen. Sein verschwommener Blick ruhte ohne Frage oder Ungeduld auf Viktor.

Viktor traf eine plötzliche Entscheidung, nahm die Spritze und füllte sie mit einer frischen Dosis Beruhigungsmittel. Er bestätigte die Menge der Dosis laut für die Aufnahme.

»Was?«, fragte Zelený.

»Nichts, Pavel«, erwiderte Viktor. »Ich habe mit dem Magnetophon gesprochen. Ich gebe Ihnen noch eine weitere Injektion, die Sie noch etwas mehr entspannen wird. Vielleicht macht diese Dosis Sie auch ein bisschen schläfrig, also versuchen Sie bitte, wach zu bleiben.«

»Einverstanden.«

Viktor wartete ein paar Minuten, bis die Beruhigungsmittel wirkten. Zelený befand sich mittlerweile in einem Zwischenstadium des Bewusstseins zwischen Schlafen und Wachen.

»Ich will, dass Sie mit dem Grauen Mann reden«, sagte Viktor. Er spürte, dass sein Herz schneller in seiner Brust schlug: Die erhöhte Dosis war die Grenze dessen, was er zu verabreichen wagte. Er wusste, dass er, um seine Theorie zu beweisen, das Leben seines Patienten in Gefahr brachte. »Ich möchte mit Kostěj dem Unsterblichen sprechen«, drängte er. »Sind Sie da? Schlafen Sie, Pavel Zelený?«

Niemand antwortete.

»Kostěj? Sind Sie da?«

Das einzige Geräusch in der Kammer war das Drehen der Spulen. Viktor bemerkte, dass Zelenýs Atmung ruhiger wurde, flacher, und der Intervall zwischen den einzelnen Atemzügen länger dauerte. Es waren die Anzeichen einer gefährlichen Hypoventilation. Und einer Überdosis Beruhigungsmittel.

»Pavel? Pavel, können Sie mich hören?«

Keine Antwort.

»Pavel?«

Die Atmung des Patienten war fast nicht mehr zu hören, und Viktor sah nur eine kaum wahrnehmbare Bewegung der breiten Brust. Er verfluchte seine Ungeduld und seinen Leichtsinn, die ihn dazu gebracht hatten, diese Extradosis zu geben.

Er merkte, dass sich sein Patient in einem gefährlichen Zustand der Atemdepression befand, und griff nach der Spritze. Er suchte mit der freien Hand in dem Blechkasten nach einer Ampulle des Gegenmittels Picrotoxin. Es fiel ihm aus den Fingern und rollte über die Tischplatte. Er griff danach, verfehlte die Ampulle jedoch, die vom Tisch fiel.

Er ging um den Schreibtisch herum, um sie aufzuheben, aber das Glas war auf dem Boden zerbrochen. Der flüssige Inhalt verteilte sich wie eine zähe schimmernde Träne auf dem grauen Stein. Er fluchte. Es war die einzige Ampulle des Gegenmittels, die er mitgebracht hatte. Dann trat er neben seinen Patienten und schüttelte seine Schultern. Zelený reagierte nicht darauf.

»Pavel?« Er schüttelte ihn wieder. Erneut kam keine Reaktion. Er versuchte es mit einer Brustbeinmassage, kniff fest in die Haut auf der Brust seines Patienten, um eine Schmerzreaktion zu erzeugen. Vergeblich. Zelený rührte sich nicht. Er hatte die Augen geschlossen, seine Atmung war kaum noch wahrnehmbar. Viktor lief zu seinem Schreibtisch zurück. Er wollte auf den Knopf drücken, um einen Pfleger zu rufen, der ihm mehr Picrotoxin bringen sollte.

In dem Moment hörte er einen tiefen zitternden Atemzug hinter sich. Viktor drehte sich um. Zelený war wieder bei Bewusstsein. Der *Holzfäller* war hellwach. Seine Augen, die zuvor so trügerisch Intelligenz vorgegaukelt hatten, schienen sie nun tatsächlich zu zeigen. Ihr Blick war auf Viktor gerichtet.

Viktor stand einen Moment verblüfft da. Dass Zelený mit so viel Beruhigungsmittel im Blut sein Bewusstsein wiedererlangt hatte, war höchst unwahrscheinlich. Aber dass er es so vollständig wiedererlangt hatte, so wach und eindringlich wirkte, war praktisch unmöglich.

»Geht es Ihnen gut, Pavel?«

Zelený antwortete nicht sofort, sondern beobachtete Viktor mit einem durchdringend intelligenten Blick seiner hellgrünen Augen.

Als der Patient sprach, war seine Stimme vollkommen verändert. Sie war tief, wohlklingend, gebieterisch, und sie verwandelte die runde Kammer des ehemaligen Getreidespeichers der Burg in ein Amphitheater.

»Sie dürfen mich Mister Hobbs nennen«, verkündete die Stimme in sonorem Englisch.

45

Sie haben nie über Ihren Bruder gesprochen, Dr. Bartoš.« Smolák bot dem Polizeiarzt eine Zigarette an, die dieser dankend annahm. Der Kapitán gab ihm Feuer, dann zündete er sich selbst auch eine Zigarette an. »Nicht, dass es irgendjemanden etwas anginge.«

»Ganz recht, tut es nicht«, gab Bartoš unverblümt zurück. Klein und zerknittert saß er Smolák an dessen Schreibtisch gegenüber und sah sich im Büro des Kapitán um. Es lag im zweiten Stock des Prager Polizeipräsidiums und war ein nüchterner Arbeitsplatz, übersät mit Akten, Gesetzbüchern und Polizeihandbüchern, aber ohne die geringste Spur persönlicher Dinge oder einem winzigen Hinweis auf die Person, die diesen Platz nutzte.

Das Büro hatte lediglich ein Fenster, aber es war groß und wurde durch keine gegenüberliegenden Gebäude beschattet. Als Smolák in das Büro gezogen war, hatte er den Schreibtisch umgestellt, so dass er direkt vor dem Fenster stand. Dadurch konnte er mit dem Rücken zum Tageslicht sitzen, wodurch sein Gesicht teilweise im Schatten lag, die Sonne jedoch in die Gesichter seiner Besucher schien.

Diesen Trick hatte er Geschichten über Kaiser Karl IV. entnommen, der seinen Audienzthron zwischen zwei hohe, helle Fenster in seiner ansonsten dunklen Audienzkammer im Schloss Karlštejn hatte aufstellen lassen. Dadurch blieb der Kaiser in undurchdringlichem Schatten sitzen, während seine Vasallen in gleißender Helligkeit vor ihm standen.

Und in hellem Tageslicht, das hatten sowohl der Kaiser als auch der Kriminalbeamte gelernt, konnte man eine Lüge am schlechtesten verbergen.

»Ich nehme an, dass alle darüber spekulieren«, fuhr Bartoš schließlich fort. Er klang resigniert. »Dass ich diese Arbeit wegen meines Bruders mache, wegen seiner Taten.«

»Trifft das zu?«

»Nein.« Der kleine Doktor lachte bitter und zog dann nachdenklich an seiner Zigarette. Rauchfäden kräuselten sich blaugrau und silbern in dem kalten Wintersonnenlicht. »Wir bekommen es jeden Tag mit Morden und Mördern zu tun. Wir erleben die banale Realität der Gewaltverbrechen, in der fast jeder Mord in ungebildeten Schichten stattfindet und von Menschen von geringer Intelligenz begangen wird. Hauptsächlich von Trinkern und Kriminellen. Es gibt nicht viel darüber in Erfahrung zu bringen, was meinen Bruder zu den Verbrechen motivierte, die er begangen hat. Dominiks Verbrechen, die Morde, die er beging, waren außergewöhnlich. Aber das lag daran, weil alles an ihm außergewöhnlich war: sein Verstand, sein Ehrgeiz und sein Wahnsinn. Hätte ich wirklich dieses Geheimnis ergründen wollen, wäre ich Psychiater geworden, nicht Gerichtsmediziner.«

»Sie hatten keine Ahnung? Sie haben keinerlei Verdacht wegen seines geistigen Zustandes geschöpft?«, fragte Smolák.

Die Miene des Gerichtsmediziners wurde betrübt. »Mein Bruder war der freundlichste Mensch, den man sich vorstellen kann. Für Dominik war diese Welt, dieses Universum voller Wunder. Wunder, die wir sehen können, und Wunder, die noch enthüllt werden mussten. Aus diesem Grund ist er Wissenschaftler geworden. Er wollte noch mehr Wunder entdecken.«

Er zog an seiner Zigarette. »Als Physiker hatte er sein Leben dem Verstehen der geheimen Mechanismen des Universums gewidmet. Das sogenannte Quantenreich, in dem absolut alles, was wir wissen, was wir für die wahre Realität halten, auf den Kopf gestellt wird. Als Arzt habe ich ebenfalls einen wissenschaftlichen Hintergrund, aber selbst ich verstehe von diesem Zeug nichts. Es ist eine auf den Kopf gestellte, die Intuition Lügen strafende Welt, die einen robusten Verstand braucht, wenn man sie erforschen will. Ich vermute, Dominiks Verstand war einfach nicht robust genug. Irgendwo dort hat er die Wunder gefunden, nach denen er suchte, gewiss, nur entpuppten sie sich als dunkle, sehr dunkle Wunder. Zu finster, als dass sein Verstand damit hätte klarkommen können. Er suchte nach Ursachen und wissenschaftlichen Erkenntnissen, fand stattdessen jedoch Wahnsinn und Magie. Die Dinge, an die er immer stärker glaubte …«

Smolák nickte langsam. »Sie wissen, dass er für seine Handlungen nicht verantwortlich gewesen ist? Dass er seinem Wahnsinn ausgeliefert war?«

»Ja.« Bartoš schien einen Moment darüber nachzudenken. »Ja, das weiß ich.«

»Und doch haben Sie ihn bis jetzt noch kein einziges Mal besucht.«

»Ich nehme an, dass ich ihm trotzdem die Schuld dafür gebe, irgendwie. Was er getan hat, war so grauenvoll. Obwohl ich weiß, wie unwahrscheinlich es war, dass Dominik einer anderen Menschenseele etwas antun würde, und obwohl ich alle Beweise für seinen Wahnsinn gehört habe, mache ich ihn vermutlich immer noch dafür verantwortlich.«

»Aber jetzt wollen Sie ihn aufsuchen?«

»Als ich hörte, dass Sie in das Irrenhaus fahren …«

»Leider wurde der Besuch erneut verschoben«, fiel Smolák ihm ins Wort. »Der Patient, mit dem ich reden wollte, hat anscheinend einen Pfleger angegriffen.«

»Aber Sie fahren trotzdem dorthin?« Bartoš runzelte die Stirn.

»Nächste Woche. Wollen Sie dann immer noch mitkommen?«

»Ja, das will ich.«

Es trat eine Pause ein, in der Václav Bartoš nachdenklich an seiner Zigarette zog. »Ich habe die Phantomzeichnung gesehen, die der Polizeizeichner nach der Beschreibung Ihres Verdächtigen angefertigt hat«, sagte er schließlich. »Die Beschreibung, die Ihnen die Verkäuferin gegeben hat.«

»Ich habe sie in der *Lidové Noviny* und im *Prager Tagblatt* schalten lassen. Die meisten anderen Zeitungen haben sie ebenfalls gebracht. Aber das wird nicht viel nützen«, meinte Smolák. »Ein großer unrasierter Mann mit einem schäbigen schwarzen Mantel und entsprechendem Hut.«

»Ich glaube, es könnte Ihren Ermittlungen sogar eher schaden«, spekulierte Bartoš.

»Wieso?«

»Mythologie. Ich glaube wie Sie, dass niemand die Person aufgrund dieser Zeichnung identifizieren kann. Jetzt braucht der Mörder nur noch eine Rasur und muss seine Garderobe wechseln, und wenn er die Zeichnung gesehen hat, hat er das wahrscheinlich bereits getan. Aber die ganze Sache scheint tatsächlich fast eine Wiederholung des Londoner Jack-the-Ripper-Falls zu sein. Die Menschen verlieren die Realität aus den Augen, wenn ein Wahnsinniger Frauen zerfetzt, und fangen an, ihn zu romantisieren, ihn zu mythologisieren. Das ist in London passiert, und ich fürchte, dass sich das hier wiederholt. Das Problem mit der Beschreibung und dem Phantombild ist, dass die Leute in den Zeitungen einen Geist sehen, keinen Mann. Einen gesichtslosen Ghoul, der mehr mit Folklore als mit der Wirklichkeit zu tun hat.«

»Und das halten Sie für kontraproduktiv?«, fragte Smolák.

»Ich glaube, dass es der Öffentlichkeit erlaubt, den Schauer dieser Geschichte zu genießen, ohne die Realität fürchten zu müssen. Die Realität ist nicht zu ertragen, also löst man sich davon. Vielleicht werden auf diese Art und Weise alle Mythen geboren.«

Smolák beobachtete einen Moment das blaugraue Zigarettenrauch-Gespenst, das er ausgeatmet hatte und das nun bedächtig im Sonnenlicht tanzte. »Doktor Bartoš, erinnern Sie sich an unser Gespräch über Tobar Bihari, als ich Sie fragte, ob Sie glaubten, Wahnsinn könnte seine eigene Gestalt annehmen? Dass jemand, der wahnsinnig ist, mörderische Taten begehen könnte, ohne sich dessen gewahr zu sein?«

»Daran erinnere ich mich. Aber Bihari ist tot, und die Morde gehen weiter. Und wenn Sie dabei an meinen Bruder denken, bei ihm war das nicht der Fall.«

»Nein, nein … Ich meine das allgemein«, erklärte Smolák. »Sie hatten damals bestätigt, dass es so etwas wie eine wahrhaft gespaltene Persönlichkeit gäbe.«

Dr. Bartoš zuckte mit den Schultern. »Wie ich schon über diese Möglichkeit bei unserer Diskussion über ihren verdächtigen Zigeuner gesagt habe – ich habe etwas über solche Fälle gelesen.«

»Und ist es möglich, dass eine Identität vollkommen ahnungslos davon ist, was die andere tut? Selbst wenn sie einen Mord begeht?«

»In den Fällen, von denen ich gehört habe, ist das keineswegs ungewöhnlich. In vielen Fällen sorgt die Spaltung der Persönlichkeit dafür, dass ein abgesplitterter Teil in der Lage ist, den tiefsten Begierden nachzugehen, ohne dass ein anderer Aspekt der Persönlichkeit davon erfährt. Dieser Teil ist frei von der Befangenheit und dem schlechten Gewissen, die ein solches Verhalten ansonsten begleiten würden.«

»Was um alles in der Welt kann so etwas bei jemandem auslösen?«, wollte Smolák wissen. »Oder wird man damit geboren? Ein Kind, das mit zwei oder mehr Persönlichkeiten in sich aufwächst?«

»Ich kann Ihnen nur raten, die Experten zu befragen, wenn wir das Irrenhaus besuchen. Aber so weit ich das verstanden habe, gibt es ein Ereignis, irgendein kindliches Trauma, das für gewöhnlich eine Persönlichkeit spaltet. Sehr häufig haben die Menschen irgendwelche tiefen, dunklen Geheimnisse in ihrem Leben, von denen sie nichts wissen, ganz einfach deshalb, weil sie es einer anderen Identität zuordnen. Sie müssen sich dem, was ihnen widerfahren ist oder was sie getan haben, nicht stellen, weil es jemand anderem passiert ist. Ihr Verstand hat ganz einfach diesen anderen erfunden.«

Smolák schüttelte erstaunt den Kopf. »Nehmen wir unseren Lederschürzen-Mörder. Besteht die Chance, dass er all diese Verbrechen begeht und sich gar nicht an sie erinnern kann?«

Bartoš dachte einen Moment nach. »Ich glaube nicht, dass Lederschürze zu dieser Art von Fällen gehört. Ich glaube, er weiß genau, wer er ist und wie seine Mission aussieht. Technisch gesehen jedoch halte ich es für möglich. Aber Sie sollten hoffen, dass das nicht der Fall ist.«

»Warum?«

»Jeder Mörder wird sich gewöhnlich bemühen, seine Verbrechen vor den anderen zu verbergen. Er wird Beweise vernichten und Spuren verwischen«, antwortete Bartoš. »In den Fällen, von denen Sie reden, verbergen die anderen Identitäten im Mörder seine Verbrechen, und zwar auch vor ihm selbst. Er wird die Beweise vor seiner anderen Persönlichkeit oder den Teilen seiner Persönlichkeit geheim halten. Denken Sie daran, dass wir nicht über eine Person reden. Wir reden über einen Körper mit zwei oder sogar mehr Persönlichkeiten. Jede von ihnen handelt unabhängig und zumeist ohne das Wissen der anderen.«

»Aber es muss doch irgendwelche Beweise geben«, widersprach Smolák. »Irgendeine Spur muss er zurücklassen. Wie ein Fingerabdruck im Verstand.«

»An welche Art von Spuren denken Sie?«

Smolák schwieg nachdenklich. »Träume«, sagte er dann entschieden. »Halten Sie es für möglich, dass sich die Erinnerung an ein Verbrechen in einem Traum manifestiert?«

»Ein Traum?« Bartoš nickte nach einer Weile. »Ja. Ein Traum wäre wohl sogar die wahrscheinlichste Form dafür.«

46

Als Erstes blickte Viktor zu dem Aufnahmegerät hinüber. Er war zutiefst erleichtert, als er sah, dass sich die Spulen noch drehten, das Mikrophon angeschlossen und auf dem Tisch aufgebaut war. Alles, was nun passierte, wurde aufgenommen.

Er holte tief Luft. »Wer sind Sie?«, fragte er.

»Das habe ich Ihnen bereits gesagt«, antwortete die Stimme auf Englisch. »Sie dürfen mich Mr. Hobbs nennen.«

»Mein Englisch ...« Viktor mühte sich mit den fremden Worten ab, während die Absurdität ihn verwirrte, dass ein einfacher, ungebildeter schlichter Holzfäller die Sprache besser beherrschte als er. »Mein Englisch ist nicht sehr gut. Wann haben Sie Englisch gelernt?«

»Vor vielen Jahren. Und ich habe es lange als Muttersprache gesprochen. Ich spreche viele Sprachen – ich trage sie alle wie einen Mantel, passend zur jeweiligen Jahreszeit. Wenn Sie Schwierigkeiten mit Englisch haben, kann ich auch Französisch mit Ihnen sprechen oder Deutsch, Tschechisch, Polnisch, Russisch ...«

Viktor starrte seinen wachen, vollkommen aufmerksamen Patienten an. Das war einfach unmöglich. Was hier passierte, war ganz und gar nicht logisch. Es war absurd. Er warf erneut einen Blick auf das Magnetophon. Die Spulen drehten sich langsam, was ihn wieder beruhigte.

»Wäre es Ihnen lieber, wenn ich auf Tschechisch oder auf Deutsch mit Ihnen spreche?«, fragte Zelený auf Deutsch. Viktor bemerkte, dass er die Sprache perfekt und ohne jeden Akzent sprach.

»Deutsch ist gut«, gab Viktor zurück. »Sind Sie Kostěj der Unsterbliche?«

»Kostěj der Unsterbliche?« Zelený lachte schallend. Der sonore Klang wirkte beunruhigend in dem Behandlungsraum. »Ich habe Sie vorhin gehört, als Sie versucht haben, uralte Dämonen zu beschwören. Sie klangen mehr wie ein Hexenmeister als ein Doktor mit einem menschlichen Verstand. Wie Sie selbst sagten, ist Kostěj ein Mythos.« Er schwieg einen Moment, während sich auf seinem markanten Gesicht sowohl ein Lächeln als auch ein nachdenkliches Stirnrunzeln zeigten. »Aber in gewisser Weise bin ich das wohl, nehme ich an. Ich habe einiges mit Kostěj gemeinsam, insofern, als auch ich unsterblich bin.«

»Pavel«, sagte Viktor. »Sie müssen mir erklären, warum Sie so viele Sprachen beherrschen. Wie haben Sie diese Sprachen gelernt? Und warum klingt ihre Stimme so anders?«

Viktors Patient schüttelte den Kopf. »Ich bin nicht Pavel Zelený. Aber das haben Sie ja bereits erraten. Ich bin etwas anderes. Etwas ganz anderes. Etwas, das Ihren Verständnishorizont übersteigt. Und ich weiß, was ich weiß, weil ich bereits eine sehr, sehr lange Zeit existiere. Sehr viel länger als dieser einfältige Holzfäller, durch den ich spreche. Ich habe Dinge gesehen – Entsetzen und Schrecken. Dinge, die Sie sich nicht vorstellen können.«

»Wer sind Sie?« Viktor hörte den schrillen gepressten Unterton seiner Stimme und kämpfte um seine Beherrschung.

»Das habe ich Ihnen jetzt schon zweimal gesagt. Sie dürfen mich Mr. Hobbs nennen.«

»Ich meine, was sind Sie?«

»Das, mein teurer Dr. Kosárek, wissen Sie bereits, Sie wagen es nur nicht zu glauben.« Zelený warf einen Blick auf die dicken blau-weiß bemalten Mauern des uralten Getreidespeichers und sah dann zu den hölzernen Gewölben an der Decke hinauf. »Die größte Gefahr, mein werter Doktor, wenn man den Teufel sucht, ist die, dass man ihn vielleicht finden könnte.«

»Wollen Sie sagen, dass Sie der Teufel sind?« Viktors Herz raste förmlich in seiner Brust.

»Ich will sagen, dass Sie sich ohne ausreichende Überlegung auf Ihre Entdeckungsreise gemacht haben. Sie haben sich auf die Suche nach etwas gemacht, das in den Wahnsinnigen lebt und in den Gesunden. In anderen und natürlich auch in Ihnen selbst. Nur haben Sie sich nicht die Zeit genommen, zu überlegen, was Sie da vielleicht entdecken könnten.«

»Und was habe ich entdeckt?«

»Sie haben mich entdeckt.«

»Die Verbrechen, die Zelený begangen hat, den Mord an seiner Frau und seinen Kindern – waren Sie dabei?«, wollte Viktor wissen. »Waren Sic es, der sie getötet hat?«

»Die Frau des Holzfällers ist in die dunkelsten Ecken des Waldes gegangen. Sie hat an diesen dunklen Orten die Dämonen, Geister und Elementargeister aufgesucht. Sie hat nach dem gesucht, was ihr am meisten Angst gemacht hat. Das wurde ihr Untergang. Sie hat gefunden, wonach sie suchte. Sie hat mich gefunden. Und jetzt, mein lieber Viktor, stehen Sie genau an derselben dunklen Stelle. Sie sind angekommen. Sie haben sich jetzt im Wald des Verstandes verirrt. Sie sollten aufpassen, dass es nicht Ihr Untergang wird.«

»Können Sie mir den Weg zeigen?«

»Sie meinen ins Licht?« Der Patient auf der Liege lächelte. »Welche Verwendung hätte ich wohl für das Licht? Keiner von uns beiden will dort hingehen, nicht wahr? Aber keine Angst, ich werde Sie führen. Kommen Sie mit mir, mein lieber Dr. Kosárek, dann werde ich Sie in eine Dunkelheit führen, die ihre Vorstellungskraft übersteigt. Das muss jedoch bis später warten. Ich muss jetzt gehen.«

»Warum?«, fragte Viktor. »Warum müssen Sie gehen?«

»Ihr Patient stirbt an der Überdosis, die Sie ihm verabreicht haben. Aber keine Sorge, wir unterhalten uns wieder.«

Nach diesen Worten schloss Viktors Patient die Augen.

»Pavel?«

Wieder wurde Zelený vollkommen passiv. Seine Atmung wurde erneut gefährlich flach. Viktor drückte auf den Notfallknopf, und zwei Pfleger stürmten herein.

»Bringen Sie mir Picrotoxin aus der Apotheke!«, schrie Viktor. »Drei Ampullen! Sofort!«

Als die lauten Schritte des einen Pflegers sich über den Steinboden des Korridors in Richtung Apotheke entfernten, stand Viktor neben seinem Patienten und versuchte, ihn durch Schmerzstimuli zu einer Reaktion zu bringen. Pavel Zelený lag jedoch nur blass und passiv da, und er schien allmählich aus dem Leben zu schwinden.

Hier also, dachte Viktor, *lauert der Teufel.*

Auf der Schwelle des Todes.

47

Der Geist der Sitzung schien die runde Kammer des umgebauten Getreidespeichers heimzusuchen. Es beunruhigte Viktor, seine eigene Stimme durch den Raum hallen zu hören, aber es flößte ihm noch mehr Unbehagen ein, wenn die tiefe Stimme von Mr. Hobbs ertönte.

Als die Aufnahme beendet war, stellte Viktor den plumpen Bakelitschalter des Magnetophons auf Stopp. Er stand mit Professor Románek, Dr. Platner und mit Judita in dem Raum, die die Aufnahme transkribieren sollte, nachdem sie darüber gesprochen hatten.

»Aber das ist unmöglich.« Professor Románek starrte auf die leere Behandlungsliege. »Sie sagen, das, was er sagte, gutes Englisch war? Ich spreche die Sprache überhaupt nicht.«

»Soweit ich das beurteilen kann«, sagte Viktor. »Ich spreche die Sprache auch nur wenig. Aber es klang, wie soll ich sagen, selbstsicher. Es übersteigt meinen Horizont, wie ein einfältiger und angeblich ungebildeter Holzfäller aus Schlesien überhaupt eine Fremdsprache lernen konnte.«

»Und es sind nicht nur die Fremdsprachen.« Platners Miene war undurchdringlich, als er wie Románek auf die Liege blickte, als würde sie eine Antwort geben können. »Sein Deutsch ebenfalls. Ist Ihnen sein Deutsch aufgefallen? Es war kultiviert, gebildet. Vielleicht sogar etwas antiquiert. Könnte es sein, dass Zelený gar nicht der ist, der zu sein er vorgibt?«

»Ich verstehe nicht …«, sagte Románek.

Platner drehte sich zu Viktor herum. »Glauben Sie, dass das, was wir gerade auf dieser Aufnahme gehört haben, die Stimme Ihres sogenannten Teufels-Aspekts in Zelenýs Verstand ist?«

»Das weiß ich nicht.« Viktor runzelte die Stirn. In Wahrheit waren ihm rasch nach der Begeisterung über seine Entdeckung Zweifel gekommen. »Aber ich glaube schon, dass es so ist. Was immer wir eben gehört haben, es ist etwas Bedeutsames.«

»Gehen wir einen Moment davon aus, dass Sie recht haben«, sagte Platner. »Ob es der Teufels-Aspekt oder ein anderes Element ist, irgendeine verborgene Dimension in Zelenýs Persönlichkeit, alles, was dieses Es weiß, all seine Fähigkeiten müssen die von Zelený sein. Der sogenannte Mr. Hobbs kann nichts wissen oder tun, was Zelený nicht wüsste oder tun könnte.«

»Das nehme ich an, ja.«

Platner drehte sich wieder zu Professor Románek herum. »Dann ist das genauso, wie ich es meine. Was wir auf dem Band gehört haben, ist das Produkt aus Zelenýs Verstand. Also muss Zelený fließend Englisch und Deutsch sprechen können. Er kann nicht einfach der ungebildete Einfaltspinsel sein, der zu sein er vorgibt.«

»Wer ist er dann?«, wollte Románek wissen.

Platner zuckte mit den Schultern. »Das weiß ich nicht. Aber ich kann mich an die schrecklichen Verbrechen erinnern, die er begangen hat. Vielleicht hat er auch schon vorher schreckliche Verbrechen begangen und hat im Wald Zuflucht gesucht, ist untergetaucht und hat eine andere Identität angenommen. Es könnte durchaus sein, dass Dr. Kosárek hier recht hat oder zumindest teilweise recht. Vielleicht hat Zelený – oder wie auch immer sein richtiger Name sein mag – schon zuvor gemordet. Vielleicht ist er ein gebildeter, kultivierter, aber wahnsinniger Mann, der sich in der Identität eines einfachen Holzfällers versteckt hat.«

»Ich halte das nicht für sehr wahrscheinlich«, begann Viktor.

»Nicht?« Platner wirkte überrascht. »Ich hätte angenommen, dass gerade Sie diese Möglichkeit erkennen würden. Ich sage nicht einfach nur, dass sich Zelený einfach nur vor der Polizei oder der Justiz verstecken wollte. Sondern er versteckt sich vor sich selbst. Vielleicht leidet er an hysterischer Amnesie und weiß wirklich nicht, wer er einmal war, oder kann sich nicht mehr daran erinnern.«

Viktor nickte nachdenklich. »Eine Bewusstseinseinengung, eine Art Dämmerzustand. Ja, das könnte sein. Genau genommen ist es die einzig logische Erklärung. Dr. Platner hat recht, wenn er sagt, dass jeder Aspekt von Zelenýs Verstand, einschließlich des Teufels-Aspektes, nur genau das sein kann: ein Aspekt seines Verstandes. Er kann nicht mehr wissen, als Zelený weiß.«

»Haben Sie mit Zelený über das gesprochen, was er gesagt hat?«, erkundigte sich Románek.

»Das habe ich«, erwiderte Viktor. »Als es mir gelang, die Wirkung der Beruhigungsmittel aufzuheben und ihn wieder voll ins Bewusstsein zurückzuholen. Ich habe ihm sogar einen Teil der Aufnahme vorgespielt. Er erinnert sich an nichts. Und er schwört Stein und Bein, dass die Stimme nicht seine ist und nichts mit ihm zu tun hat. Er hat sich sehr aufgeregt, schien sogar wirklich Angst davor zu haben.«

»Vielleicht hatte er Angst, sich etwas stellen zu müssen, was er tief in seinem Inneren vergraben hat«, sagte Platner. »Eine geheime Vergangenheit oder Identität oder tief verdrängte Missetaten.«

»Wir haben seine Unterlagen«, sagte Románek. »Wir wissen, wo und wann er geboren wurde.«

»Hat er Eltern oder Geschwister, die ihn identifizieren könnten?«, warf Judita ein.

Viktor überflog die Akte. »Nein. Er hat keine lebenden Verwandten. Und natürlich sind seine Frau und seine Kinder ebenfalls tot. Es gibt nur seinen Vorarbeiter und zwei andere Kollegen. Aber die kennen ihn erst, seit er seine Arbeit im Wald aufgenommen hat. Und seine Frau hat ihn auch nicht sehr viel früher kennengelernt.«

»Also ist es durchaus möglich, dass vielleicht noch ein anderes Mitglied der Familie Zelený zerhackt im Wald vergraben liegt«, sagte Judita. »Seien wir ehrlich, er sieht nicht aus wie ein einfacher Holzfäller. Vielleicht ist er ja dem echten Pavel Zelený irgendwo begegnet, bevor er dessen Arbeit im Gutsforst übernommen hat.«

»Er hätte ihn getötet und seine Stelle eingenommen?« Viktor klang skeptisch. »Das scheint mir alles ein bisschen weit hergeholt zu sein.«

»Aber es ist nicht unwahrscheinlicher«, meinte Platner, »als dass ein ungebildeter Waldarbeiter Goethes Deutsch und fließend Englisch sprechen kann.«

»Was machen wir jetzt?«, fragte Viktor.

Professor Románek antwortete. »Führen Sie Ihre Sitzungen mit ihm weiter. Versuchen Sie, diese Mr.-Hobbs-Identität erneut aus ihm herauszulocken. Ansonsten erwarten wir nächste Woche diesen Kriminalbeamten von der Prager Polizei, der Michal Macháček befragen will. Ich glaube, es wäre eine gute Idee, wenn wir auch Zelenýs Fall mit ihm besprechen. Vielleicht suchen sie ja nach jemandem, auf den seine Beschreibung passt. Jemand, der seit zehn Jahren auf der Flucht ist.«

Viktor nickte. Sie alle standen einen Moment schweigend da, immer noch beeindruckt von der Absonderlichkeit von dem, was sie da soeben gehört hatten. Die runde Turmkammer um sie herum wirkte uralt und zeitlos.

»Also, Dr. Kosárek«, ergriff Románek schließlich das Wort. »Ob das jetzt Ihr theoretischer Teufels-Aspekt ist oder nicht, eines ist jedenfalls sicher: Sie haben etwas sehr Dunkles freigesetzt.«

48

In dieser Nacht, nach der Sitzung mit Zelený, liebten sich Judita und Viktor zum ersten Mal.

Er ging in ihr Zimmer, als er mit der Arbeit fertig war, da sie ihn ja an diesem Morgen eingeladen hatte. Wie sich herausstellte, hatte sie ein kleines Abendessen für sie beide vorbereitet. Genau genommen war es strikt verboten, Nahrungsmittel auf den Zimmern aufzubewahren oder gar zuzubereiten, und das galt auch für die Angestellten. Aber Judita hatte kalten Fleischaufschnitt, Käsebrote und eine Flasche Wein bei dem Gastwirt im Dorf gekauft.

Die anfängliche Verlegenheit löste sich mit dem Wein und während ihrer Gespräche, als sie wieder in diese Ungezwungenheit verfielen, die sich so rasch zwischen ihnen entwickelt hatte. Das Gefühl, dass sie sich schon ein ganzes Leben kannten, und nicht erst einige Wochen.

Die Peinlichkeit kehrte zurück, als Viktor Judita an sich zog und sie küsste. Sie erwiderte diesen Kuss mit einer fast schon verzweifelten Begierde, und als sie miteinander schliefen, war der Sex unvermittelt und drängend. Viktor verlor sich in Juditas Schönheit und Leidenschaft, aber etwas an dem fast verzweifelten Eifer, mit dem sie ihn liebte, störte ihn. Es schien, als würde sie sich krampfhaft an den Liebesakt klammern, an den Moment. An das Leben.

Danach lagen sie in Juditas Bett und rauchten. Sie unterhielten sich zwanglos und diskutierten auch darüber, was mit Zelený geschehen war. Judita spürte, dass Viktor deshalb immer noch mitgenommen war.

»Es war so verflucht sonderbar«, erklärte er. »Ich begreife es immer noch nicht. Andererseits geht es in der Psychiatrie darum, mit dem Sonderbaren umzugehen.«

»Weißt du, dass ich dich nach einer Sache noch nie gefragt habe?« Juditas Laune hellte sich schlagartig auf. »Ich habe dich noch nie gefragt, warum du Psychiater geworden bist.«

»Warum?« Viktor zuckte mit den Achseln. »Das war das Fachgebiet, zu dem ich … Ich weiß nicht, in das ich einfach hineingestolpert bin. Jedenfalls hat es mich interessiert.«

Sie beugte sich über ihn und schüttelte lächelnd den Kopf. »Ich kenne dich vielleicht noch nicht lange, aber ich kenne dich lange genug, um zu wissen, dass du nicht der Mann bist, der einfach in einen Beruf hineinstolpert. Alles, was du tust, ist sehr zielstrebig. Also sag mir, Dr. Kosárek, was ist der wahre Grund? Warum hast du dich entschieden, dein Leben damit zu verbringen, in den Wahnsinn und die dunkelsten Winkel der menschlichen Psyche einzutauchen? Ich wette, dass es ein tiefes, dunkles Geheimnis …« Ihre neckische Heiterkeit verschwand aus ihrer Stimme, als sie sah, wie sich seine Miene verfinsterte. »Entschuldigung«, sagte sie. »Ich sollte nicht so bohren …«

Viktor schüttelte den Kopf. »Es ist schon gut. In Wahrheit denke ich nicht allzu sehr darüber nach, aber ich weiß genau, warum ich Psychiater geworden bin. Ich kann es sogar an einem genauen Ereignis festmachen, das geschehen ist, als ich zwölf Jahre alt war. Meine Mutter … Sie litt unter einer Depression. Es war die größte der großen Traurigkeiten. Schließlich hat sie Selbstmord begangen. Sie hat sich aufgehängt, und ich habe sie gefunden.«

Judita setzte sich im Bett auf und zog das Laken vor ihre Brüste. »O Gott, Viktor, das tut mir leid. Ich hätte nicht so …«

»Es ist wirklich schon gut.« Er lächelte traurig. »Es ist vor langer Zeit passiert, aber ich glaube, ich war immer davon besessen zu verstehen, wo sie eigentlich mit ihrem Geist gewesen ist, die Natur ihres geistigen Zustandes zu verstehen, die sie dazu getrieben hat, sich zu töten. Ich meine, ich verstehe, warum sie es getan hat, in gewisser Weise, da das mit meiner Schwester passiert ist.«

»Deine Schwester?«

»Ich hatte eine jüngere Schwester. Sie ist bei einem Unfall ums Leben gekommen, als sie sieben Jahre alt war. Sie ist ertrunken. Meine Mutter hat sich selbst die Schuld daran gegeben, und diese Schuldgefühle und die Trauer wurden zu viel für sie.«

»O Gott, Viktor. Ich … Ich weiß nicht, was ich sagen soll. Es tut mir so leid. Ich hätte keine Witze über …«

»Es ist schon gut.« Sein weiches Lächeln wirkte auf seinem strengen Gesicht irgendwie deplatziert, wie ein Fremder, der sich in einer unbekannten Landschaft verändert hat. »Ich habe mich damit wohl arrangiert.«

»Weiß mein Vater das?«, wollte sie wissen.

»Er weiß etwas darüber. Ebenso wie Dr. Jung. Das Erste, was die beiden mich fragten, war, warum ich an Psychiatrie und Psychoanalyse interessiert wäre. Dr. Jung sagte mir, dass es in der Psychiatrie vor allem darum gehe, die Frage zu beantworten, die jeder Geist sich stellt. Er sagte, dass die am schwersten zu beantworteten Fragen die sind, die man sich selbst stellt. Ich nehme an, er hatte recht.«

Eine Weile schwiegen sie, und Judita schlang ihre Arme um seinen Arm und legte ihren Kopf auf seine Schulter. Nach einer Weile gelang es ihnen, etwas verlegen über ihren Tag zu plaudern, aber er spürte, dass Judita ein schlechtes Gewissen hatte, weil sie so schmerzliche Erinnerungen heraufbeschworen hatte. Schließlich brachte sie die Probleme zur Sprache, die sie mit Krakl hatte, dem stellvertretenden Allgemeinmediziner. Er machte aus seinem Antisemitismus immer weniger Hehl.

»Soll ich mit Professor Románek über ihn reden?«, fragte Viktor.

»Románek kann nichts dagegen tun«, antwortete Judita. »Alle haben vor diesen Leuten Angst, und niemand will sie sich zu Feinden machen, falls sie am Ende gewinnen. Und dass das, was in Deutschland passiert, möglicherweise auch hier geschieht und Menschen wie Krakl mit der Peitsche in der Hand dastehen. Was auch passieren wird.«

»Ich habe weder vor Krakl noch vor seinesgleichen Angst. Ich rede mit ihm.«

Judita ließ seinen Arm los und schüttelte heftig den Kopf. »Nein, tu das nicht. Das macht es alles nur noch schlimmer.«

»Wir können doch nicht Krakl einfach machen lassen, wie er …«

»Misch dich da nicht ein!«, fiel Judita ihm ins Wort. »Ob du das akzeptieren kannst oder nicht, das Einzige, was uns jetzt noch bleibt, ist, die Tschechoslowakei zu verlassen – Europa zu verlassen. Das ist unsere einzige Hoffnung.«

Viktor lachte überrascht. »Das meinst du doch nicht ernst!«

»Nicht? Warum sollten wir das Irrenhaus nicht den Irren überlassen?« Sie wedelte mit der Hand, um das bedrückende Gewicht der Burgmauern und der imaginären Mauern dahinter anzudeuten. »Platner, Krakl und alle ihre Sudetenland-Spießgesellen betrachten Hitler als eine Art von Erlöser. Vertraue mir, wenn die Nazis in die Tschechoslowakei einmarschieren, werden Platner und Krakl da sein und zusammen mit ihren *Skopčáci*-Kumpanen ihre Hakenkreuzfahnen schwenken.«

Das tschechische Schimpfwort für Deutsche klang sonderbar aus Juditas Mund. Wie immer hatten Viktor und sie Deutsch gesprochen. Aber Viktor hörte Juditas Frustration und Verwirrung heraus, ihr Gefühl, dass sich der Boden unter ihren Füßen bewegte. Sie war mit dem Selbstverständnis einer Deutsch-Böhmin aufgewachsen und war nun dieser Identität beraubt worden. Trotz all seiner Beschwichtigungen konnte Viktor erkennen, dass sie damit auch nicht ganz unrecht hatte.

»Als wir in der Waldkapelle waren«, fuhr sie fort, »habe ich dir gesagt, dass es keine gemeinsame Zukunft für uns gibt. Dass wir einfach in diesem Moment leben müssen. Ich hatte gestern Nacht einen Traum, einen höchst merkwürdigen Traum. Er geht mir schon den ganzen Tag im Kopf herum, und darüber nachzudenken hat meine Meinung geändert.« Sie wandte sich ihm zu und stützte sich auf den Ellbogen. Viktor fuhr wie ein Künstler, der eine Linie zeichnet, mit dem Finger über ihren Oberarm und ihre Schulter. Ihre Haut fühlte sich weich und glatt an.

»Noch ein Albtraum?« Er war besorgt.

»Es war ein Albtraum und dann auch wieder nicht«, erwiderte sie nachdenklich. »Auf seine Art war er furchteinflößend, aber nicht so wie die anderen Träume. Er war noch merkwürdiger als die anderen, und du weißt ja, dass ich in letzter Zeit zu viele sonderbare Träume gehabt habe. Aber er hat mir jedenfalls gezeigt, dass ich Europa verlassen muss.«

»Was war das für ein Traum?«

»Als Mädchen sind wir im Sommer immer nach Wien gefahren. Damals wusste ich nicht, warum wir jedes Jahr dorthin fuhren, doch mir war klar, dass es etwas mit der Arbeit meines Vaters zu tun hatte. Ein Seminar oder ein Symposium vermutlich. Ich war einfach nur froh, dass wir nach Wien fuhren. Dort konnte ich mir all die elegant gekleideten Leute ansehen, den Zoo besuchen, die Geschäfte und Cafés. Und ich erinnere mich, dass Dr. Freud auch oft dort war, so wie auch Dr. Jung. Ich wusste damals nicht, wer die beiden waren oder in welcher Beziehung sie zu meinem Vater standen, aber das hat er mir später erzählt.«

»Und das war die Zeit, von der du geträumt hast?«, fragte Viktor. »Als du als Kind nach Wien gefahren bist?«

»Ja. Die Lage war jedoch eine andere. Du weißt schon, die Dinge sind in Träumen immer anders oder sonderbarer, aber man akzeptiert diese Unterschiede einfach als normal. In diesem Traum war alles fast genauso wie in meiner Erinnerung. Ich trug mein Lieblingssommerkleid, ein weißes Kleid mit blauen Blumen, und meine blauen Lieblingssandalen. Dann allerdings veränderten sich die Umstände. Im Traum waren meine Sandalen und auch meine Füße schmutzig, weil ich durch die Gosse gelaufen war. Die Schuhe meines Vaters sahen genauso aus. Sie waren von der Gosse beschmutzt.«

»Von der Gosse?«

»Ja. Jedes Mal, wenn uns jemand auf dem Bürgersteig entgegenkam, mussten Dr. Freud, meine Mutter, mein Vater und ich in die Gosse treten, um sie vorbeizulassen. Nicht aber Dr. Jung – Dr. Jung blieb auf dem Bürgersteig. Ich fragte meine Mutter, warum wir das tun mussten. ›Aber Kind, weil wir Juden sind. Das hier ist unser Platz.‹ Dann lächelte sie mich an, wie Erwachsene ein Kind anlächeln, das eine naive Frage stellt.«

Viktor lächelte sie an und strich ihr eine dunkle Haarsträhne aus dem Gesicht. »Angesichts der Ängste, von denen du in letzter Zeit geredet hast, und diesem ganzen Mist, den du mit Krakl durchmachst, ist dieser Traum nicht schwer zu analysieren.«

»Nein, er ist jedoch noch nicht zu Ende. Wir hörten schließlich auf, immer wieder vom Bürgersteig zu treten, um die anderen vorbeizulassen, und blieben einfach in der Gosse. Und die ganze Zeit benahm sich keiner, als wäre das auch nur im Geringsten sonderbar. Wir fingen einfach an, durch die Gosse weiter zu gehen. Wir folgten der Gosse. Und während wir das taten, gesellten sich immer mehr Menschen zu uns. Es waren alles Juden. Schließlich schafften wir es, Wien zu verlassen, und waren plötzlich von Bäumen umzingelt. Es war ein Wald. Niemand fragte, warum es immer noch eine Gosse gab, durch die wir gingen. Es gab keinen Bürgersteig mehr, sondern nur noch die Gosse, die geradlinig in das Herz des Waldes führte. Schließlich erreichten wir eine Lichtung, und die Gosse öffnete sich auf einen riesigen Platz aus Ziegeln und Pflastersteinen. Er war mit Regenwasser und Abfall gefüllt. Und mit Juden. Es war so merkwürdig. Ich meine, dass alle es akzeptierten. Wir standen einfach da, stumm und regungslos. Niemand machte auch nur den geringsten Versuch, von dem gepflasterten Platz auf den Waldboden zu treten und vor dem wegzulaufen, was auf uns wartete.«

»Was hat denn auf euch gewartet?«, fragte Viktor.

Judita runzelte erneut die Stirn. »Ich weiß es nicht sicher, aber ich kann Vermutungen anstellen. Was es auch war, es war etwas Schlimmes. Wir alle standen jedoch einfach nur da und warteten darauf. Ich fragte meine Mutter, wo wir waren. Als sie antwortete, redete sie in demselben ruhigen, herablassenden Ton, in dem sie schon zuvor gesprochen hatte. Sie sagte, dass wir jetzt dort waren, wo wir immer schon hätten sein sollen, wo unsere Reise von Anfang an hatte enden sollen. In dem Moment zogen schwarze Wolken über den Himmel. Und ich wachte auf.« Judita drehte sich zu ihm herum und nahm sein Gesicht zwischen ihre Hände. Ihre Finger lagen kühl auf seinen Wangen. Als sie sprach, spürte er etwas von dem verzweifelten Drängen, das sie auch beim Liebesakt getrieben hatte. »Wirst du mitkommen?«

»Mitkommen? Wohin?«

»Raus aus Europa. Nach Amerika.«

Viktor lachte unsicher. Ihm war unbehaglich. »Ich habe meine Arbeit …«

»Du könntest Arbeit in Amerika bekommen. Du kannst dort Geldmittel für deine Forschungen beschaffen, und ich wette, das ist einfacher als hier. Wenn die Nazis hier die Macht übernehmen, dann ist die europäische Psychiatrie tot. Das weißt du. Du weißt genau, dass sie glauben, Psychiatrie und Psychologie wären ein jüdischer Schwindel. Glaub mir, wenn diese Mistkerle an die Macht kommen, wird die Behandlung von Geisteskrankheiten den Schlachtern überlassen. Wenn wir nach Amerika gingen, könnte ich mir dort ebenfalls Arbeit suchen. Und wir wären frei von all dem hier, diesem Wahnsinn.« Sie ließ die Hände von seinem Gesicht sinken, als sie seine Miene sah. »Entschuldige.« Sie wandte ihren Kopf ab. »Wir haben uns gerade erst getroffen. Und mein Problem ist nicht deines.«

Er packte ihre Schultern und drehte sie zu sich herum. »Darum geht es ganz und gar nicht. Ich weiß nur nicht, ob ich ebenfalls glaube, dass die Lage sich hier so schlecht entwickelt, wie du es befürchtest. Ich glaube, wir sollten abwarten.«

»Dann könnte es zu spät sein«, gab sie mutlos zurück. »Vielleicht finde ich mich dann in Wirklichkeit auf dieser Waldlichtung wieder. Ich weiß, warum ich das geträumt habe, verstehst du? Ich weiß, was diese Lichtung im Wald bedeutet: die Pogrome! Das haben sie früher immer gemacht. Sie haben die Juden in den Wald gebracht und sie dort umgebracht, haben ihre Leichen den Aasfressern überlassen. Das hat uns in diesem Traum erwartet. Und genau das werden sie uns wieder antun.«

»Hör zu, Judita, warten wir einfach, bis ich meine Arbeit mit den Fallstudien hier beendet habe. Wenn die Lage dann immer noch schlecht aussieht, verspreche ich dir, dass ich dich und deinen Vater herausschaffe. Ich schwöre es. Einverstanden?«

Sie nickte. »Einverstanden«, antwortete sie. Ihre Augen wirkten plötzlich glanzlos, ein Schatten schien darin zu liegen.

49

Angesichts des höchst ungewöhnlichen Verlaufs der vergangenen Sitzung bestand Professor Románek darauf, anwesend zu sein, wenn Viktor Pavel Zelený das nächste Mal Hypnotika verabreichte. Viktor protestierte zunächst und erklärte, dass nur zwei Personen präsent sein dürften, wenn die Narcosynthese wirkungsvoll funktionieren sollte. Der Fragende und der unter Drogen stehende Befragte.

»Sie haben mein Wort, dass ich mich ruhig verhalte und mich weit genug von Ihnen und Ihrem Patienten entfernt hinsetze«, antwortete Románek in seinem beruhigenden Tonfall. »Ich werde mich auf keinen Fall einmischen. Wenn ich Fragen habe oder etwas einwerfen will, dann reiche ich Ihnen einen Zettel mit einer Notiz. Ansonsten können Sie versichert sein, dass ich nur ein Beobachter bin. Ich hoffe, Sie verstehen, warum ich das Bedürfnis habe, dabei zu sein, Dr. Kosárek. Was ich auf der Aufnahme gehört habe, war verwirrend, höchst verwirrend. Ich möchte anwesend sein, um zu hören, wie dieser Mr. Hobbs seine Gegenwart, seine Existenz in einem so unwahrscheinlichen Wirt erklärt.«

Obwohl Viktor sich nach außen hin widersetzte, fand er die Idee, dass sein Mentor bei der Sitzung dabei war, in Wirklichkeit beruhigend. Er hatte es zwar ernst gemeint, als er sagte, er wäre mit seinen Patienten bei den Sitzungen lieber allein, aber aus irgendeinem unerklärlichen Grund fürchtete Viktor die Rückkehr von Mr. Hobbs.

Aus der letzten Sitzung wusste er, dass sich Mr. Hobbs in den dunkelsten, am schwersten zu erreichenden Tiefen des Bewusstseins des Waldarbeiters aufhielt. Also sorgte Viktor zunächst einmal dafür, dass er genügend Vorrat des Gegenmittels Picrotoxin hatte, und verabreichte dann die gleiche starke Dosis von Scopolamin und Sodium Amytal wie zuvor.

Diesmal schien Pavel Zelený erregter zu sein, als die Pfleger die Halteriemen festschnallten. Viktor fragte sich, ob sein Patient ebenfalls die Rückkehr von Mr. Hobbs fürchtete, obwohl er bestritt, sich an ihn erinnern zu können. Schließlich wich die Spannung aus dem Körper des Waldarbeiters, als die Medikamentenmischung ihre Wirkung in seinem Nervensystem entfaltete.

Viktor schaltete das Magnetophon an, dessen Spulen sich langsam zu drehen begannen, und während Professor Románek hinter ihm im Schatten saß, redete Viktor in einfachem Tschechisch mit seinem Patienten. Er führte ihn in die entfernteste Geographie seines eigenen Verstandes. Zelený reagierte dumpf und behäbig. Die Bewegungen seines Körpers und seines Verstandes wirkten bleiern durch die Menge an Beruhigungsmitteln in seinem Nervensystem. Bei jeder Ansprache protestierte er, dass er schlafen wollte.

»Sie müssen wach bleiben, Pavel. Wir müssen reden, und dafür müssen Sie wach sein. Erinnern Sie sich an die Zeit, bevor Sie im Gutsforst gearbeitet haben?«, fragte Viktor.

»Was meinen Sie damit?«

»Wo haben Sie Englisch sprechen gelernt, Pavel? Und Deutsch? Sie müssen das irgendwo gelernt haben, irgendwann, selbst wenn Sie sich nicht daran erinnern können. Deshalb möchte ich Sie nach der Vergangenheit befragen. Nach einer Vergangenheit, an die Sie sich vielleicht nicht erinnern. An Dinge, die Ihr Verstand vor Ihnen verheimlicht. Ich möchte Sie über die Zeit befragen, bevor Sie Ihre Arbeit im Gutsforst angetreten haben.«

»Ich spreche kein Englisch. Und auch kein Deutsch. Wenn Sie glauben, ich könnte das, dann reden Sie Unsinn. Wenn Sie das glauben, dann sind Sie verrückt. Warum sollten Sie glauben, dass ich Deutsch oder Englisch spreche?«

»Weil Sie beides neulich Abend gesprochen haben. Wir haben schon darüber geredet, erinnern Sie sich? Als ich in Ihr Zimmer gekommen bin und Ihnen erzählt habe, wie Sie sich nach der Injektion, die ich Ihnen gab, verändert haben. Dass Sie auf Deutsch mit mir gesprochen haben. Zuerst auf Englisch, aber weil ich das nicht gut verstehen konnte, haben Sie auf Deutsch weitergeredet.«

»Ich spreche kein Deutsch.«

»Aber Sie haben es getan. Ich war da und habe gehört, wie Sie es gesprochen haben. Und das bedeutet, dass Sie es irgendwo und irgendwann gelernt haben müssen.«

»Wenn ich es neulich gesprochen habe, warum kann ich mich dann nicht daran erinnern? Warum kann ich es jetzt nicht sprechen?«

»Sie erinnern sich nicht daran, weil Sie narkotisiert waren – ich meine, weil Sie wegen der Medizin schläfrig waren, genauso wie Sie es jetzt sind. Also beantworten Sie meine Frage: Woran aus der Zeit vor der Arbeit in dem Gutsforst können Sie sich erinnern? Erzählen Sie mir etwas von Ihrem Leben, bevor Sie Ihre Frau getroffen haben.«

»Šarlota?«

»Ja, Šarlota. Was haben Sie getan, bevor Sie Ihre Frau kennengelernt haben?«

»Šarlota? Ist Šarlota hier?«

Viktor atmete tief durch, um seine Ungeduld zu zügeln. »Erinnern Sie sich nicht, Pavel? Šarlota ist tot. Sie haben Ihre Frau und Ihre Kinder getötet.«

Trotz der Medikamente schüttelte Zelený verärgert den Kopf, als hätte Viktor etwas Dummes gesagt. »Ich weiß, dass sie tot ist. Und ich weiß auch, dass ich sie getötet habe und warum – weil sie die Hure von Kostěj dem Unsterblichen geworden ist. Aber ist sie hier?«

»Wie soll sie hier sein, wenn sie tot ist?«

Viktors Frage provozierte erneutes verärgertes Kopfschütteln.

»Dieser Ort hier ist besonders.« Zelený flüsterte fast. »Das ist alles. Hier sind mehr als nur die Lebenden. Hier ist mehr als nur Wahnsinn.« Er schloss die Augen, seine Atemzüge wurden flacher.

»Bleiben Sie wach, Pavel.« Viktor sprach nachdrücklich und entschlossen. »Ich weiß, dass Sie gern schlafen wollen, aber Sie müssen meine Fragen beantworten. Danach können Sie schlafen, nicht vorher. Ich muss in die Dunkelheit greifen, die vor den Ereignissen liegt, über die wir sprechen. Es ist eine Dunkelheit, die nur Sie erhellen können. Fangen wir damit an, dass Sie sich an die Zeit vor Ihrer Arbeit im Gutsforst erinnern. Bevor Sie Šarlota kennengelernt haben.«

»Ich habe in einem anderen Wald gearbeitet. Und davor in noch einem anderen. Ich bin immer im Wald gewesen. Ich habe dort gearbeitet und dort gelebt. Ich habe niemals gelernt, in meiner eigenen Sprache zu lesen und zu schreiben, und ganz bestimmt habe ich keine anderen Sprachen gelernt. Andere Dinge habe ich jedoch gelernt. Viele andere Dinge. Ich habe viel über Bäume gelernt. Über die Jahreszeiten. Darüber, wie der Wald sich verändert. Das sind die Dinge, die ich gelernt habe. Das sind die Dinge, an die ich mich erinnere. An etwas anderes erinnere ich mich nicht.«

»Vielleicht zwingen Sie sich dazu, sich nicht zu erinnern«, ließ Viktor nicht locker. »Vielleicht hatten sie vorher ein anderes Leben, ein Leben, das zu vergessen Ihr Verstand Sie gezwungen hat, weil etwas Schreckliches passiert ist. Diese Art von Vergessen kommt häufiger vor, als Sie glauben. Ich weiß, dass das nur schwer zu akzeptieren und zu verstehen ist, aber ich glaube, es gibt die Möglichkeit, dass Sie gar nicht Pavel Zelený sind. Dass Pavel Zelený stattdessen jemand ist, dessen Leben und Identität Sie angenommen haben.«

»Das ist Unsinn.« Die Vehemenz der Antwort des Holzfällers wurde wieder von den Medikamenten gedämpft. »Sie behaupten, ich bin nicht ich, sondern jemand anders? Das ist einfach nur dumm! Wie kann jemand glauben, dass er jemand war, der er nicht war? Ich weiß, wer ich bin. Ich weiß, wer ich bin, was ich getan habe und warum ich es tat.«

»Dann gehen wir noch weiter in Ihrer Vergangenheit zurück. Erzählen Sie mir von der Zeit, als Sie ein Kind gewesen sind«, befahl Viktor. »Wo sind Sie aufgewachsen?«

Zelený wiederholte die knappen Fakten, die auch in seiner Patientenakte aufgeführt waren. Er gab ihnen einen Umriss eines Lebens, eine Skizze, kein Porträt. Er führte die vielen Stationen der Reise auf, ohne Einzelheiten zu beschreiben, ohne die Szenerie auszumalen, die unerwarteten Haltepunkte auf dem Weg. Die Bioraphie, die er beschrieb, passte genau zu dem, was man über ihn wusste. Nicht mehr, nicht weniger.

»Also gut«, sagte Viktor. »Wissen Sie noch, wie ich von dem Ozean in Ihnen gesprochen habe? Wie tief er ist und dass er jede Version von Ihnen enthält, die es gibt und die jemals existiert hat? Ich möchte, dass Sie tiefer in diesen Ozean versinken, tiefer, als Sie je zuvor gekommen sind. Ich möchte, dass wir beide ganz tief in die Dunkelheit hinabsteigen und Versionen von Ihnen finden, von deren Existenz Sie vielleicht gar nichts gewusst haben. Ich will die geheimste Gestalt von Ihnen finden – diejenige, die da unten existiert, vor allen anderen versteckt.«

Es gab eine Pause. »Der, nach dem Sie suchen«, sagte Zelený schließlich, »lebt dort nicht.«

»Was meinen Sie damit?«

»Derjenige, den Sie wollen. Er lebt dort unten nicht. Er lebt nicht in mir.«

Viktor schwieg und hielt seinen Blick auf den Patienten gerichtet. Er widerstand der Versuchung, über die Schulter zu Professor Románek zu blicken. Er hatte von der letzten Sitzung mit Zelený gelernt, dass das, was er suchte, in dieser dunkelsten Region lag. In der schwarzen Finsternis am Rand des Todes selbst. Um den Teufels-Aspekt zu finden, um seine Theorie über die dunkle Architektur des Wahnsinns zu beweisen, musste er seine Patienten an den Rand der Sterblichkeit führen. Der Holzfäller würde diese dunkle Region nur einen ganz kurzen Moment aufsuchen, bevor er der Wirkung der Medikamente erlag und einschlief. Oder aber, falls Viktor sich geirrt haben sollte, starb.

Er musste das, wonach er suchte, in dem Moment finden, bevor er das Gegenmittel Picrotoxin verabreichte.

Und die ganze Zeit war er gewahr, dass Professor Románek hinter ihm saß, geduldig und stumm, aber misstrauisch. Welches Urteil würde in zweifellos höflicher Form über Viktors Fähigkeiten gefällt werden? Bedauerte der freundliche, aber anspruchsvolle Direktor des Irrenhauses mittlerweile Viktors Anstellung?

»Ich möchte mit Mr. Hobbs sprechen.« Viktor sprach forsch und auf Deutsch. »Ich will mit der Person sprechen, mit der ich beim letzten Mal gesprochen habe.«

»Ich verstehe nicht, was Sie da sagen«, antwortete Zelený.

Viktor wiederholte seine Frage auf Tschechisch.

»Ich kenne keinen Hobbs.« Zelenýs Stimme war träge, und er schaffte es nicht einmal, seine Stirn zu runzeln. »Sie haben mich schon vorher nach ihm gefragt. Ich habe diese Dinge nicht gesagt, wie Sie behauptet haben. Wie ich schon sagte, spreche ich kein Deutsch.«

»Wer hat dann mit mir gesprochen, Pavel? Wenn Sie es nicht waren und es keinen Mr. Hobbs in Ihnen gibt, wer war es dann?«

»Vielleicht derjenige, der hier lebt«, erwiderte Zelený zerstreut.

»Wer?«

»Der, der hier lebt. Der an diesem Ort lebt. Wie ich sagte, derjenige, nach dem Sie suchen, lebt nicht in mir. Er lebt hier, an diesem Ort. Und er ist auch jetzt hier. Er ist hier in diesem Raum. Er hört uns zu.«

Viktor warf einen Blick über die Schulter auf seinen Vorgesetzten. »Sie meinen Professor Románek?« Er wandte sich wieder zu seinem Patienten. »Er hört nur zu. Und er war neulich Abend nicht hier.«

»Nein. Er nicht.«

»Von wem reden Sie dann, Pavel? Es ist niemand anders hier bei uns.«

»O doch, da ist jemand. Es ist noch jemand hier. Jemand viel Dunkleres.« Zelenýs warnender Ton wurde von seiner tiefer werdenden Betäubung gedämpft, und die heranbrausende dunkle Welle verlangsamte seine Rede noch mehr. »Ich kann ihn spüren. Es ist jemand Schlechtes. Jemand, der in den Mauern eingesperrt ist, aber nicht so wie ich. Nicht wie die anderen. Er ist schon sehr, sehr lange hier. Er ist wie der Graue Mann. Vielleicht *ist* er ja sogar der Graue Mann. Vielleicht ist er letztlich doch Kostěj der Unsterbliche.«

»Ist er es, mit dem ich neulich abends gesprochen habe, Pavel? Ist er es, der durch Sie sprach?«

»Ich habe es Ihnen doch gesagt: Niemand hat durch mich geredet. Verstehen Sie das nicht? Er ist *hier*. Er, der diese Maske trägt. Er ist an diesem Ort. Er gehört zu diesem Ort. Er wird in diesen Mauern festgehalten. Er ist…« Zelenýs Stimme verklang, seine Augen schlossen sich langsam.

»Pavel?« Viktor trat zu seinem Patienten und schüttelte ihn leicht.

»Was?«, murmelte Zelený. Seine Augen waren nur noch halb geöffnet.

»Bleiben Sie wach, Pavel. Der Schlaf ist ein anderer Ort, und dort können wir die Wahrheit nicht finden.«

»Die Wahrheit?«

»In Ihnen liegt die Wahrheit. Und ich glaube, Sie sind die einzige Person, die uns sagen kann, wo wir Mr. Hobbs finden können.« Viktor versuchte, sowohl für seinen Patienten als auch für seinen stillen Zuhörer im Schatten die Verzweiflung aus seiner Stimme zu bannen. »Glauben Sie, dass Mr. Hobbs hier lebt? Ist er es, den Sie meinen, wenn Sie über einen anderen in diesem Raum reden? Pavel?«

Zelený murmelte irgendetwas Unverständliches. Schließlich

hörte man nur noch seine Atmung und das leise Surren der Spulen des Aufnahmegerätes. Dann waren es nur noch die Spulen, weil Zelenýs Atmung immer weniger zu hören war und noch schwächer wurde.

Viktor blickte in die Schatten, wo Románek saß, das Gesicht im Dunkeln verborgen. »Es tut mir leid, es ist sinnlos, Professor«, sagte Viktor. »Seine Atmung wird allmählich gefährlich stark unterdrückt. Ich muss eine Dosis Picrotoxin verabreichen, um ihn wieder herauszuholen.«

Viktor drückte den Summer, um die Pfleger zu rufen, damit sie Zelený wieder in sein Quartier brachten. Während er darauf wartete, dass sie eintrafen, zog er eine Phiole Picrotoxin auf seine Spritze auf. Dann ging er zu seinem Patienten und klopfte auf den gefesselten Unterarm des Mannes, um eine Vene anschwellen zu lassen, in die er dann die Nadel einführte.

»Oh«, sagte Viktor, als es ihm auffiel. Er empfand keine Angst, nicht einmal Sorge.

Viktor kam gar nicht darauf, Angst zu haben. Er konnte sich nicht vorstellen, dass ein Patient, der so stark beruhigt war und immer tiefer in das Unbewusste versank, bis zum Rand des Todes, irgendeine Gefahr darstellen könnte. Ebenso wenig fiel ihm ein, dass er genau an dieser Stelle, am Rand des Todes, das letzte Mal Mr. Hobbs begegnet war.

Als er also sah, dass der Lederriemen an Zelenýs rechtem Handgelenk nicht richtig gesichert war, fand Viktor es einfach nur sonderbar, dass er es nicht bemerkt hatte, als er die Hypnotika gespritzt hatte.

Wieder war Zelenýs plötzliche und vollständige Wachheit nicht logisch. Das Picrotoxin konnte unmöglich bereits seine Wirkung entfaltet haben. Sobald Viktor die Nadel aus der Ader des Patienten zog, schoss Zelenýs rechter Arm hoch. Viktor spürte die Hand des Holzfällers, die sich wie ein Schraubstock um seine Kehle legte. Die Spritze, die lederne Aderpresse und das Metalltablett fielen Viktor aus den Händen und landeten klappernd auf dem Boden, als er Zelenýs Handgelenk packte und versuchte, seine Hand von seiner Kehle zu ziehen.

Seine Panik wuchs, als er die harten Muskeln, das kräftige Handgelenk und den muskulösen Unterarm des Waldarbeiters fühlte. Er sah auf seinen Patienten herab. Dessen Gesicht war wutverzerrt, und in seinen weit geöffneten Augen brannte ein dunkles unmenschliches Feuer. Die breiten, kräftigen Finger verstärkten ihren Griff um Viktors Kehle und Hals, so dass er keine Luft mehr bekam. Viktor nahm nur die Augen seines Patienten wahr. Unmenschliche Augen, in denen ein kaltes, düsteres und unergründliches Feuer brannte.

Irgendwo ein paar Meter hinter sich, fast ein Universum entfernt, hörte er Professor Románek schreien und das Geräusch, mit dem ein Klappstuhl aus Metall auf den Steinboden fiel.

Zelený hielt Viktor immer noch erbarmungslos an der Gurgel gepackt und zog seinen Kopf dicht zu sich, presste seinen Mund an das Ohr des Psychiaters.

»Sie haben gedacht, Sie könnten mich vor Ihrem Herrn vorführen!«, zischte er Viktor ins Ohr. Er sprach erneut Deutsch, wieder klang seine Stimme verändert. Viktor realisierte trotz seines Entsetzens, dass Hobbs erneut aus dem Schatten des Todes aufgetaucht war. »Sie dachten, Sie könnten mich jemand anderem vorführen, wie irgendein billiger Illusionist, der ein Kaninchen aus einem Hut zieht! Sie verstehen meine Natur immer noch nicht. Sie begreifen nicht, dass ich mich immer nur aus einem bestimmten Grund zeige. Sie verstehen nicht, wie gefährlich es ist, mich respektlos zu behandeln!«

Viktor spürte Hände an sich, jemand versuchte ihn zurückzuziehen, ihn aus dem Griff des Patienten zu befreien. Es waren Professor Románek und die beiden Pfleger in ihren weißen Jacken. Trotzdem hielt Zelený ihn gepackt. Viktor bekam noch immer keine Luft. Seine Lunge brannte.

»Ich kehre zurück«, zischte die Stimme in Viktors Ohr. »Ich werde zurückkehren und Ihnen die Wahrheit zeigen, und Sie werden davon geblendet werden. Ich werde Ihnen so viel Gräuel und Furcht zeigen, dass Sie von ihrer Schönheit und ihrer Klarheit verbrannt werden.«

Viktor nahm das Gedränge von weiteren Pflegern um sich herum wahr, die Finger um Finger den eisernen Griff von Zelený um seine Kehle lösten. Plötzlich war er frei und rang verzweifelt nach Luft.

Die Pfleger hatten Zelený von der Couch gezerrt und hielten ihn am Boden fest. Dort legten sie ihm eine Zwangsjacke an. Viktor sah, dass der Patient sich nicht mehr wehrte, dass Hobbs verschwunden war und er in diesen Dämmerzustand zurückgefallen war, in der Schwebe zwischen der Wirkung der Beruhigungsmittel und des Stimulans. Wer oder was auch immer hinter der Stimme gesteckt hatte, die in Viktors Ohr gezischt hatte, war nicht länger anwesend.

Während Viktor nach Luft schnappte, packte Románek seine Schultern und führte ihn zu seinem Stuhl zurück. Dort löste er ihm Krawatte und Hemdkragen. »Geht es Ihnen gut?«, fragte der Professor.

»Haben Sie es gehört?«, fragte Viktor verzweifelt. Seine Augen waren weit aufgerissen. »Haben Sie ihn gehört? Haben Sie Mr. Hobbs gehört?«

4. TEIL

DER TOTENBESCHWÖRER
UND DIE KNOCHENKIRCHE

50

In der folgenden Woche machte sich Kapitán Lukáš Smolák auf den Weg von Prag zum Irrenhaus von Hrad Orlů. Es war ein kalter Tag, der Himmel war so grau wie nasser Schiefer. Wann immer er die Hauptstadt verließ und aufs Land fuhr, was nur selten vorkam, hatte er das Gefühl, in der Zeit zurück zu reisen. Das Dorf, das sich wie ein Klumpen aus roten Dächern im Tal unterhalb der Burg drängte, sah wie so viele böhmische Siedlungen auf dem Land aus, als hätte das neunzehnte Jahrhundert nur wenig Spuren hinterlassen und das zwanzigste Jahrhundert gar keine.

Václav Bartoš saß auf dem Beifahrersitz von Smoláks Praga Piccolo, und trotz der Freudlosigkeit des Tages und dem tristen, monotonen Rhythmus des einzelnen Scheibenwischers auf der breiten Windschutzscheibe plauderten die beiden Männer unterwegs freundlich miteinander. Smolák war von seiner eigenen Gesprächigkeit überrascht. Er war noch nie eine besonders redselige Person gewesen, aber etwas an der entspannten und manchmal dennoch geradlinigen Art des Gerichtsmediziners weckte das Vertrauen des Kriminalbeamten.

Ihre Gespräche berührten eine Vielzahl von Themen, aber Smolák war dankbar, dass Bartoš den Mord an Anna Petrášová nicht erwähnte. Es war fast so, als hätte der Mediziner Smoláks Verbindung mit dem Opfer gespürt und wüsste, dass diese Fahrt hinaus aus der Stadt eine Chance für ihn war, eine kurze Pause von seinen Gefühlen bei der Ermittlung ihrer brutalen Ermordung zu nehmen.

Smolák seinerseits verzichtete darauf, mit Bartoš über die Gründe zu reden, aus denen der Mediziner ihn begleitete. Über dessen Bruder, der in diesem Irrenhaus eingesperrt war. Als sie jedoch die kurvenreiche Straße vom Dorf zur Burg hinauffuhren, fiel der gesprächige Doktor plötzlich in düsteres Schweigen.

Smolák war daran gewöhnt, dass seine Polizeimarke ihm alle Türen öffnete. Deshalb überraschte ihn die wiederholte Überprüfung seiner Papiere, bevor sie schließlich die Brücke passieren und im Haupthof der Burg parken durften.

Auf den gewaltigen Quadern der Treppenstufen, die zu dem riesigen Torbogen des Haupteingangs der Burg führten, warteten zwei Männer. Der eine war mittleren Alters und trug einen weißen, an der Schulter geknöpften Arztkittel, der ihm bis zu den Waden reichte und ihm eher das Aussehen eines Chirurgen als eines Psychiaters verlieh. Er hatte ein freundliches Gesicht und war sehr höflich. Er war, wie er sagte, Ondřej Románek, Direktor dieser Institution. Den jungen Mann neben Románek stellte der Professor als Dr. Viktor Kosárek vor.

»Er ist eines der vielversprechendsten Talente der modernen Psychiatrie«, versicherte Románek seinen Besuchern.

Als Erstes fiel Smolák auf, wie ausnehmend gut der junge Doktor in dieses Umfeld der Burg passte. Viktor Kosárek war groß, schlank und sah gut aus, hatte jedoch eine strenge, aristokratische Ausstrahlung. Es war nicht schwer, sich einen in eine Rüstung gehüllten Kosárek auf derselben Treppe fünfhundert Jahre früher vorzustellen. Románek dagegen wirkte trotz seiner Autorität in dieser Umgebung deplatziert.

Doch dann bemerkte Smolák noch etwas anderes an den beiden Ärzten. Und zwar die Art und Weise, wie sie seinen Reisegefährten anstarrten, als wären sie entsetzt, ihn zu sehen.

»Oh, Verzeihung, das ist Dr. Václav Bartoš«, stellte Smolák den Polizeiarzt vor. »Er ist unser Gerichtsmediziner, und ich glaube, Sie haben ihm gestattet, seinen Bruder zu besuchen, der hier Patient ist.«

»Bemerkenswert ...« Professor Románek starrte Bartoš noch einen Moment an, bevor er sich mit einem Ruck zusammenriss. »Entschuldigen Sie bitte ...«

»Das kann ich gut verstehen«, antwortete Bartoš. Was auch immer die Ärzte des Irrenhauses so erschreckt hatte, war offenbar für Doktor Bartoš längst nicht ein so großes Mysterium wie für Smolák. »Kann ich meinen Bruder sehen?«

»Gewiss.« Románek lächelte liebenswürdig. »Selbstverständlich. Bitte, meine Herren, folgen Sie mir.«

Als sie durch die Gänge geführt wurden, überraschte es Smolák, dass sich das Irrenhaus überhaupt nicht wie eine Klinik für Geisteskranke anfühlte. Románek führte sie in sein Büro. Als Smolák sich Viktor Kosárek gegenübersetzte, fielen ihm die violett verfärbten Blutergüsse am Hals und an der Kehle des Arztes auf.

»Ein unaufmerksamer Moment während einer Sitzung mit einem Patienten«, erklärte Viktor und berührte unsicher seine Kehle. »Mein eigener dummer Fehler. So etwas passiert trotz all unserer Bemühungen, deshalb musste auch Ihr Gespräch mit Michael Macháček verschoben werden. Bedauerlicherweise hat er das Gesicht einer jungen Krankenschwester verstümmelt.«

»Aber er kann jetzt befragt werden?«, erkundigte sich Smolák.

»Ja«, antwortete Viktor. »Aber bitte bedenken Sie, dass es keine Garantie gibt, dass er bei klarem Verstand ist. Wie viele unserer Patienten wirkt er manchmal völlig normal, dann wiederum unterliegt er seinem Wahn und tobt. Sie wollen ihn etwas über Glas fragen, glaube ich?«

»Ja«, erwiderte Smolák knapp.

»Das könnte ihm einen Fokus geben.«

»Kann ich jetzt zu ihm?«

Diesmal antwortete Professor Románek. »Wir haben arrangiert, dass Dr. Bartoš seinen Bruder in der Kantine trifft. Kapitán Smolák, ich hoffe, Sie verstehen, dass Ihr Gespräch mit Mr. Macháček aufgrund der jüngsten Vorfälle an einem sicheren Ort und im Beisein von Pflegern stattfinden muss.«

Smolák nickte.

Románek stand auf und bedeutete den beiden Männern, ihm

zu folgen. »Wissen Sie, Kapitán, Sie sollten sich eine Weile mit unserem Dr. Kosárek unterhalten. Er ist ein führender Experte für die dunkleren Bereiche der Psychologie. Und für genau die Art von Psychosen, wie sie hinter diesen schrecklichen Gräueltaten in Prag stecken. Möglicherweise finden Sie seine Erkenntnisse ja höchst hilfreich.«

»Wenn ich irgendetwas tun kann ...«, bot Viktor an.

»Das wüsste ich sehr zu schätzen«, gab Smolák zu. »Ehrlich gesagt ist das ein weiterer Grund, warum ich nach Hrad Orlů gekommen bin. Ich muss zugeben, dass ich Schwierigkeiten habe, die Mentalität des Lederschürzen-Mörders zu verstehen.«

»In dem Bereich leistet Dr. Kosárek wahrhaft bahnbrechende Arbeit«, betonte Professor Románek. Während sie durch den Korridor zu einem Tor gingen, das den Verwaltungstrakt und die Quartiere der Angestellten und des Personals von den gesicherten Patientenunterkünften trennte, umriss er Viktors Theorie des Teufels-Aspekts. »Vielleicht ist es jedoch am besten, wenn Dr. Kosárek die Einzelheiten selbst erklärt.«

Zögernd machte sich Viktor daran, seine Teufels-Aspekt-Hypothese zu schildern. Dabei spürte er die Skepsis des Polizisten. Václav Bartoš dagegen wirkte aufgeregt und schien sehr erpicht darauf zu sein, mehr über Viktors Theorien zu erfahren.

»Haben Sie auch schon eine solche narcosynthetische Sitzung mit meinem Bruder durchgeführt?«, fragte der Gerichtsmediziner.

»Keine meiner Sitzungen mit Ihrem Bruder wurden bis jetzt von Hypnotika unterstützt.«

»Aber Sie haben vor, eine solche Sitzung mit ihm durchzuführen?«

»Ja.«

»Glauben Sie ... Ich meine, besteht eine Chance, dass Sie ihn heilen können?«

Viktor überlegte kurz, ehe er antwortete. »Ich habe hier zwei Rollen zu erfüllen. Eine als wissenschaftlicher Forscher und die andere als therapeutischer Psychiater. Mein Ziel betrifft beides, zu lernen und zu heilen. Aber wie Sie zweifellos selbst einschätzen können, leidet Ihr Bruder an einer sehr komplizierten und tiefen Psychose. Vielleicht ist es realistischer, auf eine Verbesserung seiner Situation zu hoffen als auf eine Heilung.«

»Das Sonderbare«, antwortete Doktor Bartoš, »ist, dass die Forschungen meines Bruders in vielerlei Hinsicht den Ihren ähnelten. Die wissenschaftliche Erfassung des Unmessbaren, des Unfasslichen. Ich fürchte nur, dass Dominik vom Weg abgekommen ist.« Er machte eine kleine Pause. »Doktor Kosárek, wäre es möglich, dass ich bei Ihren narcosynthetischen Sitzungen mit meinem Bruder dabei wäre?«

»Ich fürchte, das wäre keine …« Viktor unterbrach sich und musterte den kleinen Gerichtsmediziner in seinem zerknitterten Anzug. »Ich nehme an, es wäre möglich. Aber Ihr Bruder darf Sie nicht sehen und Sie dürfen kein Wort sagen.«

»Ich möchte nur zuhören«, gab Bartoš zurück.

51

Professor Románek und Viktor führten Bartoš und Smolák in einen Speisesaal, der ähnlich eingerichtet war wie ein Prager Café. Ein Pfleger wartete neben einem kleinen dunkelhaarigen Mann, der passiv an einem der Tische saß.

Im selben Moment begriff Lukáš Smolák, warum die beiden Psychiater so verblüfft gewesen waren, als sie Dr. Bartoš gesehen hatten. Der Mann an dem Tisch war auf den ersten Blick in nahezu jeder Hinsicht das Gegenteil von Václav Bartoš: Er war penibel gekleidet, sein Haar war makellos gekämmt, er hatte eine straffe, fast etwas steife Haltung. Doch mit Ausnahme einer diagonalen Narbe auf der Wange des Wissenschaftlers war Dominik Bartoš' Gesicht mit dem seines Gerichtsmediziner-Bruders identisch.

»Zwillinge.« Václav Bartoš spürte die Überraschung des Kriminalbeamten neben sich. »Ich bin zwei Minuten älter als mein Bruder. Verzeihen Sie, ich habe nicht daran gedacht, es zu erwähnen.«

Professor Románek führte Doktor Bartoš zu dem Tisch, an dem sein Bruder saß. Dieser blickte gleichgültig zu ihm auf und schien ihn nicht zu erkennen.

»Wenn Sie mir folgen würden, Kapitán«, sagte Viktor. »Michal Macháček wartet in unserem gesicherten Raum auf Sie.«

»Ich hatte keine Ahnung, dass sie Zwillinge sind«, sagte Smolák, als er dem aristokratisch aussehenden Psychiater durch den Gang folgte. »Ich wusste natürlich von Dr. Bartoš' Bruder, dass er verrückt geworden war und als einer der sogenannten Satanischen Sechs hier eingesperrt war. Aber ich hatte keine Ahnung, dass er sein Spiegelbild ist. Václav Bartoš ist ein guter Mann.

Umso bedauerlicher ist es, zu sehen, was aus seinem Bruder geworden ist.«

»Dominik Bartoš war auch ein guter Mensch, allen Berichten zufolge«, erwiderte Viktor. »Gute Menschen können ebenso geisteskrank werden wie schlechte Menschen. Sie sind für die Verbrechen, die sie begehen, nicht verantwortlich. Sie bewohnen eine andere Welt, eine Welt von Halluzinationen und wahnhaften Überzeugungen.«

»Ist das auch bei Dominik Bartoš der Fall?«

»Wir nennen ihn den *Totenbeschwörer* …« Viktor lächelte ironisch. »Professor Románek ist wirklich sehr lyrisch bei der Wahl der Überschriften seiner Fallnotizen. Sie wissen, was Totenbeschwörung ist?«

Smolák schüttelte den Kopf.

»Ein uralter Glaube, der besagt, man könne Wissen erlangen, indem man mit den Toten kommuniziert. Professor Bartoš war ein begnadeter Wissenschaftler, aber seine Wahnvorstellungen haben dazu geführt, dass er an Magie zu glauben begann. So, da sind wir …«

Viktor gab mit einem Handzeichen zu verstehen, dass sie die richtige Tür erreicht hatten. Wie die anderen Türen im Gang bestand auch sie aus schwerer Eiche, sie war allerdings mit Stahlplatten gesichert und hatte zwei Schlösser, die an Gefängniszellen erinnerten. Aus seiner Tasche nahm Viktor einen schweren Schlüsselbund, der mit einem Chatelaine-Anhänger an seinem Gürtel befestigt war, und schloss die Tür auf.

»Bitte, gehen Sie hinein. Ich lasse Sie mit ihm allein. In dem Raum befindet sich ein Pfleger zu Ihrer Sicherheit.«

Smolák bedankte sich bei Viktor und betrat den Raum. Er war fensterlos, die Wände waren strahlend weiß gestrichen, anders als im Rest der Burg. Eine nackte Glühbirne in einer vergitterten Fassung an der Decke erfüllte den Raum mit einem grellen Licht. In der Mitte des Raumes befanden sich ein Tisch und zwei Stühle, die ebenfalls weiß gestrichen waren. Ein kleiner kahlköpfiger und etwas korpulenter Mann, der aussah, als könnte er niemandem gefährlich werden, saß am Tisch. Ein Pfleger mit einer weißen Jacke und einer schwarzen Fliege stand an der Wand hinter dem Patienten. Er sah aus wie ein stämmiger Kellner, der darauf wartete, eine Bestellung aufzunehmen.

Smolák setzte sich gegenüber von Michael Macháček auf den Stuhl, stellte sich vor und informierte ihn über sein Anliegen.

»Nun, dann sind Sie an den Richtigen geraten!«, strahlte Macháček. »Ich bin Europas, wenn nicht sogar der weltweit führende Experte, was Glas angeht.«

»Tatsächlich.« Smolák zog sein Taschentuch heraus, legte es mitten auf den Tisch und öffnete es, um die Glasperle zu präsentieren. »Können Sie mir sagen, woher diese Perle stammt?«

Macháček streckte die Hand aus, um die kleine Glaskugel aufzunehmen, und der Pfleger trat vor. Smolák schüttelte kurz mit dem Kopf, und der Mann nahm seine Position an der Wand wieder ein. Der kleine kahlköpfige Mann rollte die Perle zwischen den Fingern und untersuchte sie genau.

»Ich habe hier keine Lupe. Man gesteht mir keine zu.«

Smolák lächelte und zog die Augenlupe eines Juweliers aus der Tasche. Er legte sie auf den Tisch. »Das dachte ich mir.«

»Darf ich die behalten?«, fragte der Glassammler begeistert.

Smolák warf einen Blick über Macháčeks Schulter auf den Pfleger, der den Kopf schüttelte.

»Bedauerlicherweise erlaubt man das nicht.«

Macháček seufzte, nahm die Lupe, klemmte sie sich ins Auge und untersuchte die Perle.

»Man hat mir Anlass zu der Vermutung gegeben, dass es Gablonz-Glas sein könnte«, sagte Smolák, als Macháček schwieg.

»Wer hat Ihnen das erzählt?«, fragte er dann.

»Anna Petrášová. Sie hat mir empfohlen, mich wegen dieser Glasperle an Sie zu wenden.«

»Das war ein guter Rat.« Macháček nahm die Lupe aus dem Auge. Die Perle hielt er immer noch zwischen den Fingern der anderen Hand und rollte sie langsam hin und her. »Ich meine, als sie Ihnen geraten hat, meine Expertise einzuholen. Ihre Vermutung über die Herkunft der Perle dagegen ist blanker Unsinn.«

»Es ist kein Glas aus Gablonz?«

»Es ist überhaupt kein böhmisches Glas. Es ist eine Imitation, aber sie wurde nicht hier gefertigt.«

»Wo wurde sie dann hergestellt?«

»Ich würde sagen, sie wurde in den Sun Tavern Fields gemacht, wahrscheinlich in der Cutthroat Lane.« Er nannte den englischen Namen der Straße.

»England?«

»London. Ratcliff – das war ein Gebiet im East End von London.« Er lehnte sich auf dem Stuhl zurück und verfiel in einen selbstgefälligen dozierenden Tonfall. »Diese Perlen wurden in riesigen Mengen hergestellt, aber erreichten meist nicht einmal diese Qualität. Sie müssen wissen, dass es zur damaligen Zeit sehr viele jüdische Immigranten im Londoner East End gegeben hat. Die meisten kamen aus Polen und dem böhmischen Teil von Österreich-Ungarn. Vor ihrer Emigration hatten viele in der hiesigen Glasindustrie gearbeitet. In den Slums und den Ausbeuterbetrieben von East London wurden sehr viele Werkstätten auf die Schnelle errichtet. Sie alle widmeten sich der Massenproduktion von billigen Kopien des Gablonz-Glases, noch schlimmeren als die deutschen Strass-Kopien. Dies hier ist ein erheblich besseres Exemplar, aber natürlich trotzdem weit minderwertiger als die Originale.«

Smolák dachte über Macháčeks Worte nach. In dem Material, das er über Jack the Ripper gelesen hatte, waren mindestens zwei Verdächtige zentraleuropäische Juden gewesen. Der eine war Jan Pizer. Man hatte ihn nur wegen des Spitznamens verhaftet, unter dem er bekannt war: Lederschürze.

»Auf wie alt würden Sie die Perle schätzen?«, fragte Smolák.

Der kleine kahlköpfige Mann zuckte mit seinen schmalen Schultern. »Schwer zu sagen. Diese Perlen wurden für den

Schmuck von billigen Kostümen hergestellt oder als Verzierung für Frauenkleider. Mittlerweile sind sie aus der Mode gekommen, und die Werkstätten wurden geschlossen. Jetzt stehen dort große Fabriken, die Fensterscheiben herstellen.« Wieder rollte er die Perle zwischen seinen dicken Fingern und spitzte die Lippen. »Ich würde sagen, vor etwa fünfzig bis hundert Jahren. Sie ist viktorianisch.«

»Dieser Ort…«

»Ratcliff«, wiederholte Macháček.

»Ratcliff. Liegt das in der Nähe von Whitechapel?«

»Ich bin Fachmann für Glas, Kapitán Smolák. Nicht für die Geographie der britischen Inseln.«

Nach der Sitzung mit dem Glassammler wurde Smolák von Viktor Kosárek in einen Aufenthaltsraum des Personals gebracht, wo er warten konnte, bis Dr. Bartoš seinen Besuch bei seinem Bruder beendet hatte. Kosárek saß ihm gegenüber, hatte die langen Beine übereinandergeschlagen und balancierte seine Kaffeetasse auf der Lehne seines Ledersessels. Auch dieser Raum hatte – wie alle Räume der Burg – eine gewisse Pracht, und Smolák bemerkte erneut, dass diese Art von Eleganz dem Psychiater ebenfalls anhaftete. Er spielte mit der Idee, Kosárek zu fragen, ob der einen adligen Hintergrund hatte.

Stattdessen jedoch diskutierte der Kriminalbeamte den Fall Lederschürze mit seinem Gastgeber. Er umriss die Ereignisse, die sich mit Tobar Bihari zugetragen hatten, dem Zigeuner, der sich lieber das Hirn weggeschossen hatte, statt mit den Erinnerungen zu leben, die darin eingebrannt waren.

Viktor Kosárek hörte schweigend zu. Als Smolák seine Geschichte beendet hatte, ergriff er das Wort. »Es klingt so, als hätte der Zigeuner einen monströsen Teil seiner eigenen Persönlichkeit beschrieben, und nicht, als wäre ein anderes Individuum am Tatort anwesend gewesen. Sie argwöhnen zu recht, dass er einfach nur die dunkle und gewalttätige Seite seiner Psyche zu einer dämonischen Gestalt abstrahiert hat. Etwas, das er als von sich getrennt wahrgenommen hat. Das ist eine ganz logische Schlussfolgerung.«

»Es ist mehr Dr. Bartoš' Schlussfolgerung als meine.«

»Aber als Theorie dürfte sie von diesem neuen Mord infrage gestellt werden, da ihn der Zigeuner unmöglich begangen haben kann.«

»Und wir haben eine Beschreibung eines Verdächtigen, auch wenn sie nicht sonderlich genau ist. Haben Sie diese Beschreibung gesehen? Wir haben sein Phantombild in den Zeitungen veröffentlicht.«

»Leider nicht«, antwortete Viktor.

Smolák zog einen zusammengefalteten Zettel aus der Brusttasche, faltete ihn auseinander und reichte ihn Viktor.

Als Viktor die Phantomzeichnung betrachtete, spürte er, wie sich sein Puls beschleunigte. Der Hut, der Mantel, die Statur, all das passte zu Filip. *Das kann nicht sein*, sagte er sich. *Das kann einfach nicht sein*. Aber das Abbild des Mannes, nach dem die Polizei suchte, stimmte perfekt mit dem Verdacht überein, den Viktor seinem Freund gegenüber bereits hegte. Er wusste, dass er es Smolák sagen musste. Er musste ihm sagen, dass sich sein Freund so kleidete. Dass sein Freund sich unberechenbar verhielt, dass er seinen Hass auf Frauen ausgedrückt hatte und seine Bewunderung für Lederschürze.

»Viel haben Sie damit nicht in der Hand, nichr wahr?«, sagte er stattdessen beiläufig und gab dem Kriminalbeamten den Zettel zurück.

»Nein, habe ich nicht.« Smolák seufzte. »Kann ich Sie anrufen und um Rat fragen, wenn mehr Beweise ans Licht kommen sollten?«

»Aber gewiss. Ich helfe gern so gut ich kann, diesen Mörder zu erwischen.«

»Dennoch, selbst wenn es nicht Tobar Bihari war, könnte es trotzdem sein, dass der Mörder gar nicht weiß, dass er der Mörder ist? Dass er eine sogenannte gespaltene Persönlichkeit hat?«

»Mit sogenannten gespaltenen Persönlichkeiten habe ich die ganze Zeit zu tun. Aus diesem Grund sind die Satanischen Sechs der Gegenstand meiner Forschung. Jeder von ihnen schiebt die Schuld an ihren Taten einer dämonischen Gestalt zu, die sie als getrennt von ihrer eigenen Persönlichkeit wahrnehmen und die sie entweder dazu aufgefordert oder sie dazu gezwungen hat.«

»Also weiß Lederschürze vielleicht gar nicht, dass er Lederschürze ist? Verstehe ich Sie da richtig?«, erkundigte sich Smolák.

»Das wäre möglich. Es kommt zwar selten vor, dass sich eine Persönlichkeit vollständig in getrennte, voneinander unabhängige Identitäten spaltet, aber die Fälle, mit denen wir es hier zu tun haben, beweisen, dass es passiert. Falls Ihr Mörder jedoch ein solcher Fall ist, erschwert das Ihre Arbeit erheblich.«

»Das sagte Dr. Bartoš bereits. Er deutete auch an, dass in diesen Fällen für gewöhnlich irgendein Ereignis aus der Kindheit oder ein anderes Trauma diese Spaltung ausgelöst hat.«

»Damit hat er recht. Ein separater Teil der Persönlichkeit, der unabhängig operiert, trägt nicht nur den Schmerz der Erinnerung an dieses Trauma in sich, sondern auch die Verantwortung für das folgende abweichende Verhalten. In Ihrem Fall für Mord.«

Viktor verstummte. *Erzähl ihm von Filip!* Der Gedanke gellte ihm durch den Kopf. *Sag ihm, dass Filip Starosta Lederschürze sein könnte! Nein, ich brauche Zeit. Ich muss es erst in Ruhe durchdenken.*

»Hören Sie, Kapitán Smolák«, sagte er stattdessen. »Ich war nicht besonders versessen darauf, Dr. Bartoš meiner Sitzung mit seinem Bruder beiwohnen zu lassen, aber da er es nun tut, wäre es vielleicht gut, wenn Sie ebenfalls daran teilnähmen. Als einer der Satanischen Sechs ist Dominik Bartoš ein perfektes Beispiel für jemanden, der einen Teil seiner Persönlichkeit in eine abgetrennte, dämonische Gestalt abstrahiert hat. Sehr ähnlich wie das, was Ihrer Meinung nach bei Ihrem verdächtigen Zigeuner der Fall sein könnte. Obwohl Professor Bartoš allerdings die volle Verantwortung für seine Taten übernimmt.«

»Und Sie glauben, das könnte auch bei unserem Mörder der Fall sein?«

»Das halte ich für möglich.« *Erzähle ihm von Filip.* »Wir alle haben einen Teil in uns selbst, das sogenannte Es, ein Element in unserem tiefsten Unbewussten, das impulsiv, labil und potenziell gewalttätig ist. Unsere Egos halten die Impulse dieses Es in Schach. Und ich glaube, in diesem Es befindet sich ein Element, das die Verschmelzung all unserer Ideen des Bösen darstellt, ich meine damit sowohl die individuellen als auch die kollektiven.«

»Ihr Teufels-Aspekt?«

»Ganz genau«, antwortete Viktor. »Unser ganzes Konzept des Teufels, sowohl das persönliche, kulturelle als auch das psychische, liegen in diesem Aspekt, weshalb ich ihm diesen Namen gegeben habe. Wir alle haben es, wir alle geraten gelegentlich unter seine Kontrolle, aber unsere Egos halten seine Exzesse im Zaum. In gewissen Fällen ernsthafter Verwirrung trennt sich der Teufels-Aspekt manchmal jedoch ab und beginnt ein unabhängiges Leben, er nimmt sogar in den Augen des Patienten körperliche Gestalt an. Er betrachtet ihn als eine unwiderstehliche, beherrschende externe Kraft. Es macht alles leichter, wenn Sie Ihre schlimmsten Exzesse jemand oder etwas anderem zuschieben können.«

»Wie der Zigeuner Bihari«, sagte Smolák.

»Dieselbe Struktur steckt auch hinter den Verbrechen von Professor Bartoš. Wenn Lederschürze nicht Ihr Zigeuner ist und immer noch sein Unwesen treibt, dann ja, dann könnte es auch bei ihm der Fall sein. Und damit könnte sich auch tatsächlich die Geschichte wiederholen.«

»Was meinen Sie damit?«, fragte Smolák.

»Wenn sich Ihr Mörder wirklich von einem früheren Mörder inspirieren lässt, dann ist die Ironie die, dass der ursprüngliche Mörder möglicherweise an derselben Krankheit gelitten haben könnte. Jack the Ripper könnte der Teufels-Aspekt irgendeiner arglosen Seele gewesen sein.«

Smolák seufzte. »Ein Mörder, der sich vor sich selbst versteckt.«

»Wahrscheinlich«, sagte Viktor. *Erzähl ihm von Filip. Erzähl es ihm!* »Aber Sie werden irgendwann feststellen, dass er am Ende Spuren hinterlassen hat, die Sie zu ihm führen.«

»Ich muss diese Frage stellen«, sagte Smolák. »Ganz gleich, wie unwahrscheinlich es auch klingen mag: Gibt es irgendeine Möglichkeit, dass ein Patient aus dieser Klinik ohne Ihr Wissen entkommen könnte?«

Bevor Viktor antworten konnte, öffnete sich die Tür, und Václav Bartoš kam herein. Beide Männer bemerkten, wie aufgewühlt der Gerichtsmediziner war.

»Wann führen Sie Ihre Sitzung mit meinem Bruder durch?«, fragte er Viktor Kosárek.

»Heute Abend«, antwortete der Psychiater. »Eine Stunde, nachdem die Patienten zu Abend gegessen haben.«

52

Was war das früher für ein Ort?«, erkundigte sich Václav Bartoš, als Lukáš Smolák und er sich in dem Turm umsahen. Sie betrachteten die dicken Mauern, die hohe hölzerne Gewölbedecke, die sichere Fixierungsliege und den großen mit Leder verkleideten und metallumrandeten Kasten sowie die Spulen aus gebürstetem Stahl des K1-Magnetophons. Viktor erinnerte sich, dass er dasselbe klaustrophobische Unbehagen empfunden hatte, als er zum ersten Mal seinen Fuß in diesen Raum gesetzt hatte.

»Ursprünglich war das ein Getreidespeicher«, erwiderte er. »Aber angeblich wurde der berüchtigte Jan vom Schwarzen Herzen lebendig in diesem Turm eingemauert. Wenn das stimmt, müssen seine sterblichen Überreste immer noch irgendwo hier sein. Ich habe jedoch weder eine Tür noch einen Weg in den Rest des Turms gefunden. Es gibt nur zwei viel zu kleine Schießscharten ganz oben. Beide sind weder von innen noch von außen zugänglich. Und ich vermute, dass die rückwärtige Mauer dieses Raumes direkt an den Felsen der Klippe hinter der Burg angrenzt.«

»Aber Sie haben nachgesehen?«, erkundigte sich Smolák. »Nach einem Weg hinein oder hinaus gesucht?«

»Ich habe danach gesucht. Aber ich habe keinen gefunden.«

»Sind Sie sicher? Angesichts einiger Fälle, die Sie hier in Ihrem Krankenhaus haben, und der Natur der Lederschürzen-Morde in Prag verstehen Sie doch sicher …«

»Ich bin mir sicher«, fiel Viktor dem Polizisten ins Wort. »Zudem ist es ein ziemlich langer Weg von hier nach Prag, wenn Sie weder Geld, etwas zu essen oder auch nur einen Mantel haben.«

»Es sei denn, man hätte einen Freund oder einen Komplizen draußen«, widersprach Smolák.

»Wir sind hier sehr abgelegen, und die Einheimischen scheuen die Burg wegen ihrer Geschichte und ihrer derzeitigen Verwendung.« Viktor lächelte geduldig, dachte jedoch an einen Reim, den jemand in altes Holz und auf glagolitisch in einen Pfeiler der Waldkapelle geritzt hatte, dachte an Legenden von einer Burg, die am Eingang zur Hölle errichtet worden war, und an Gerüchte im Dorf, die von Höhlen und verborgenen Gängen munkelten. »Und jetzt muss ich die Herren leider bitten, ihre Plätze einzunehmen.« Er deutete auf zwei klappbare Metallstühle, die an der Wand standen.

»Wenn das Licht verdunkelt wird, dann sitzen Sie im Schatten und außerhalb von Dominiks Blickwinkel. Ich muss Sie auffordern, still zu bleiben. Es ist von entscheidender Bedeutung, dass er keine andere Präsenz außer meiner wahrnimmt. Das trifft vor allem für Sie zu, Dr. Bartoš. Wenn Ihr Bruder wüsste, dass Sie hier wären, würde er sich mit Ihnen in Verbindung setzen wollen, nicht mit mir, während er unter dem Einfluss der Medikamente steht.«

»Ich verstehe«, erwiderte der Gerichtsmediziner.

Viktor wartete, bis sie sich gesetzt hatten, bevor er die Gelenklampen anschaltete. Er nutzte den Moment, um seine Besorgnis zu unterdrücken, weil er Smolák sein Wissen über Filip vorenthielt. Aber letztendlich basierte sein Verdacht bisher nur auf einem Gefühl im Bauch und auf Zufällen. Die Phantomzeichnung, die der Polizist ihm gezeigt hatte, hätte jeder sein können, der einen dunklen Mantel und einen Hut besaß.

Er nickte dem Pfleger neben der Tür zu, der das Deckenlicht ausschaltete, und ging dann hinaus in den Korridor, um den Patienten zu holen.

Das Ritual nahm seinen üblichen Verlauf. Die Pfleger führten den fügsamen Dominik Bartoš zu der Untersuchungsliege und fixierten ihn darauf. Viktor verabreichte ihm die Mischung aus Beruhigungsmitteln und Hypnotika, setzte sich, während sie ihre Wirkung entfalteten, und schaltete dann das Magnetophon an.

Diesmal hatte er jedoch die Dosis des Medikamenten-Cocktails reduziert. Er wollte den *Totenbeschwörer* zwar fügsam machen, damit er sich für seine innere Geschichte öffnete. Aber Viktor war sich seines Publikums sehr bewusst und hütete überraschend besitzergreifend und eifersüchtig seine Techniken. Falls Bartoš irgendeine spektakuläre personalisierte Form des Teufels-Aspekts manifestierte, wie Zelený es in Form von Mr. Hobbs getan hatte, dann wollte Viktor, dass dies unter seiner Kontrolle und seiner Aufsicht geschah.

Als Dominik Bartoš Viktors Fragen beantwortete, klang er ruhig und gelassen. Er sprach ebenso effizient und präzise, wie er sich bewegte oder kleidete. Er bestätigte seinen Namen und seinen Geburtsort und schilderte dann Einzelheiten seiner Jugend. Er sprach mit durch die Medikamente etwas gedämpfter Zuneigung von einer Kindheit, die er mit einem geliebten und liebevollen Zwillingsbruder teilte.

»Wissen Sie, warum Sie hier sind? In diesem Irrenhaus?«, erkundigte sich Viktor.

»Wegen meiner Experimente. Wegen der Subjekte, die ich benutzt habe, um meine Theorie der transdimensionalen Resonanz zu formulieren.«

»Die Menschen, die Sie ermordet haben, meinen Sie?«

»Meine Quanten-Reisenden. Die Dunklen Wandler, die ich in eine andere Dimension geschickt habe.«

»Aber Sie akzeptieren, dass Sie diese Menschen getötet haben? Dass sie tot sind?«

»Tot?« Der ehemalige Wissenschaftler runzelte nachdenklich die Stirn. »Das ist die entscheidende Frage. Sind sie wirklich tot, oder haben sie nur ihre Gestalt gewandelt?«

»Sie waren Wissenschaftler?«, fragte Viktor nach einer kleinen Pause.

»Quantenphysiker, ja. Und ich bin Wissenschaftler – ich bleibe ein Erforscher des Universums, seiner Mechanik. Man kann Neugier nicht anketten, Doktor. Der forschende Verstand vergeht nicht in der Gefangenschaft, sondern er richtet einfach nur den Bereich seiner Forschung auf ein kleineres Segment des Universums. Und genau das mache ich hier.«

»Und Sie haben diese Theorie der transdimensionalen Resonanz entwickelt. Vielleicht können Sie mir diese Theorie später für einen Laien verständlich erklären.«

»Aber Sie sind kein Laie, Dr. Kosárek«, widersprach Dominik. »Sie sind ein Wissenschaftler in einem Fachgebiet, das eines Tages unauslöschlich mit meinem verbunden sein wird. Eines Tages wird die Quantenmechanik des Gehirns anerkannt sein: die Überlagerungen, die Verschränkungen, die multidimensionale Unendlichkeit des menschlichen Verstandes.«

»Kommen wir zum Anfang, Professor«, drängte Viktor den Mann sanft. Die reduzierte Dosis bedeutete, dass er seinen Patienten nicht so gänzlich unter Kontrolle hatte, wie ihm lieb war. »Gehen wir zurück zu dem Punkt, an dem alles angefangen hat.«

»Als was alles angefangen hat?«

»Ihr Glaube an Totenbeschwörung. Als die Visionen anfingen«, erklärte Viktor. »Als das Morden begann.«

53

Ich nehme an, es hat angefangen, als ich die Karls-Universität verlassen habe«, begann Bartoš. »Sie wollten es als irgendeine Art von Nervenzusammenbruch wegen Überarbeitung darstellen, aber das war es nicht. Es war Frustration: Ich konnte einfach die Ungereimtheiten in meiner Theorie nicht lösen. Ich bekam dieses Jucken in meinem Kopf, als hätte sich ein Körnchen Splitt in meinem Gehirn eingelagert. Ich wusste, dass die Antwort unmittelbar vor mir lag, quälend nah, aber ich wusste nicht, in welche Richtung ich greifen musste, um sie zu fassen. Ich wusste, dass meine Forschungen niemals zu einem Schluss kommen würden, solange ich an der Universität blieb. Also kamen wir überein, dass ich ein ausgedehntes Sabbatjahr nehmen sollte. Ich zog nach Kutná Hora, wo ich mit meinem Bruder aufgewachsen bin.«

Er machte eine kleine Pause. »Ich konnte ein Haus in Sedlec mieten, im Osten der Stadt. Ein schönes Haus mit drei Stockwerken, das früher einem Künstler als Haus und Werkstatt gedient hatte. Es hatte ein großes zweistöckiges Studio mit einem Wintergarten auf der Rückseite, mit Blick nach Süden. Eigentlich war es viel zu groß für eine Person. Die Wahrheit ist, dass ich das Haus zum Teil auch wegen der Vermieterin gemietet habe, die es mir zeigte. Sie war eine hübsche, aber ständig traurige Frau, zwischen vierzig und fünfundvierzig. Sie lebte in einer Kate im Garten des Haupthauses. Doch mit der Zeit und durch den Klatsch des Gemüsehändlers, der uns einmal in der Woche belieferte, erfuhr ich, dass Madame Horáčková – Rozálie Horáčková, meine Vermieterin – die Herrin des Hauses und die Gattin des Künstlers gewesen war. Nach seinem Tod hatten ihre angespannten

Lebensverhältnisse sie gezwungen, in die Kate zu ziehen und das Haupthaus zu vermieten. Ich muss zugeben, dass ich von Madame Horáčková fasziniert war. Sie war eine sehr attraktive Frau, die sich mit großer, wenn auch melancholischer Würde hielt. Aber ich hatte nur selten die Gelegenheit, mit ihr zu sprechen, außer wenn ich die monatliche Miete bezahlte. Aber ich sah sie sehr häufig. Sie hielt den winzigen Streifen von Garten, der zur Kate gehörte, makellos in Ordnung. Sie füllte ihn mit so viel Farbe und Vielfalt, wie seine Größe es erlaubte.«

Er schien sich an diese Zeit zu erinnern. »Manchmal beobachtete ich sie aus einem der oberen Räume, wenn sie so methodisch in ihrem kleinen Garten arbeitete. Es erforderte nicht viel ihrer Zeit, also saß sie die meiste Zeit einfach in einem Gartenstuhl im Schatten, völlig regungslos, und schien auf ihre schlanken blassen Hände zu starren. Sie hatte außerordentlich schöne Hände, die regungslos in ihrem Schoß lagen. Ich erfuhr von dem geschwätzigen Lebensmittelhändler, dass ihr Ehemann, Oskar Horaček, ein durchaus bekannter Maler gewesen war. Er malte ähnlich wie Alfons Mucha Charaktere und Tableaus, die von der slawischen Mythologie inspiriert waren. Horáčeks sanfter Charakter passte so gar nicht zu seiner Statur. Der Lebensmittelhändler erzählte mir, dass Horaček ein großer, stämmiger und eigentlich ganz gut aussehender Mann gewesen war, der aber einen sehr unmodischen Bart trug. Laut dem Lebensmittelhändler, den ich zugegebenermaßen zu seinen Geschichten ermutigte, weil ich ihm Kaffee spendierte, wann immer er seine wöchentliche Lieferung machte, veränderte sich jedoch plötzlich der Charakter von Oskar Horaček. Er war mit einer Leinwand nicht zufrieden, an der er arbeitete. Diese Unzufriedenheit steigerte sich recht bald in eine düstere Besessenheit. Vor allem seine Fixierung darauf, das schwärzeste Schwarz zu schaffen, war beunruhigend. Er experimentierte ständig, mischte schwarze Farbe mit unterschiedlichen Pudern aus Pech, Holzkohle und Kohlenstaub, mit exotischen und ungeheuer teuren Tinten von Meeresgeschöpfen.«

»Was war das Thema dieses Gemäldes?«, fragte Viktor.

»Veles. Der dunkle chthonische Gott der slawischen Mythologie. Eigentlich mehr ein Dämon als ein Gott. Der Herr der Toten und der Wälder. Horačeks Besessenheit von der dunkelsten Tönung von Schwarz beruhte darauf, dass er die Schatten in Veles' Wald malen wollte. Später fand ich heraus, dass Horaček die Farbe brauchte, um die Gestalt von Veles selbst zu malen, um seiner überlegenen Finsternis gerecht zu werden. Aber ich greife vor. Das Haus und das Studio lagen dicht an der Friedhofskirche Allerheiligen in Sedlec. Kennen Sie diese Kirche?«

Viktor nickte. »Ich bin nie da gewesen, aber ich weiß von ihr. Das Beinhaus. Die Knochenkirche.«

»Genau die ist es«, sagte Dominik. »Ein höchst bemerkenswerter Ort. Offensichtlich hat Horaček wütend immer und immer wieder die Veles-Leinwand überarbeitet und ständig mit neuen Schattierungen von Schwarz experimentiert. Bei den einzigen Gelegenheiten, an denen er sich von seinem Gemälde trennte, besuchte er diese Kirche. Er saß stundenlang zwischen den Tausenden von Knochen und fertigte Skizzen von dem Schmuck der Kirche an, der aus Skeletten und Schädeln bestand. Wie sich herausstellte, benutzte er diese Skizzen als Hintergrund für sein Gemälde von Veles. Wie Sie wissen, ist Veles nicht nur der Gott des Waldes, sondern auch der Gott der Unterwelt.«

Bartoš wartete einen Moment auf Viktors Reaktion. »Die Priester der Kirche Allerheiligen machten sich immer mehr Sorgen um ihn, ebenso wie seine Nachbarn. Ihr größtes Mitgefühl galt jedoch seiner Ehefrau, Madame Horáčková, die vollkommen bestürzt über den plötzlichen und sich rasch verschlimmernden geistigen Zustand ihres Ehemannes war. Er vernachlässigte sie mittlerweile bis zum Punkt totaler Ignoranz. Allerdings sollte der Künstler noch früh genug Frieden finden, traurigerweise. Ohne sich von seiner Frau oder seinem Nachbarn zu verabschieden, ging er an einem besonders regnerischen Morgen los, ohne Mantel und ohne Hut. Man fand ihn drei Tage später in einem kleinen See in der Nähe von Ovčáry. Er muss den ganzen Weg dorthin gegangen sein, wobei er wohl genau wusste, dass er sich ertränken würde. Das war so traurig. Und offenbar konnte er nur unter größten Schwierigkeiten aus dem See geborgen werden. Er war eben ein sehr großer Mann. Außerdem hatte sich sein Leichnam in Zweigen, altem Laub und in Wasserpflanzen verfangen. Dadurch wurde er ziemlich schwer.«

Er schüttelte den Kopf. »Die arme Madame Horáčková wurde von diesem Verlust schwer getroffen. Da sie keine anderen Geldmittel zur Verfügung hatte, verkaufte sie die restlichen Gemälde ihres Mannes, zog in die Gartenkate und vermietete das Haupthaus.«

»Und was ist aus dem Gemälde geworden, an dem dieser Maler gearbeitet hatte?«, erkundigte sich Viktor. »Ich meine das von Veles?«

»Oh, das hat sie verbrannt. Angeblich war das Veles-Bild nicht vollendet oder schlecht gemalt. All jene jedoch, die es gesehen haben, behaupteten, dass es Horačeks beste Arbeit gewesen sei. So gut, dass seine Darstellung von Veles jeden, der es sah, mit Angst erfüllte. Sie meinten sogar, dass selbst der Hintergrund des Gemäldes, den er aufgrund der Skizzen in dem Beinhaus angefertigt hatte, lebendig zu werden schien. Die schwarzen Schatten zwischen den Knochen bewegten und wanden sich. Deshalb hat Rozálie Horáčková es verbrannt. Nicht weil es ihren Ehemann in den Wahnsinn getrieben hatte, sondern weil es ihr Angst einflößte. Jedenfalls mietete ich das Haus zwei Jahre später, beobachtete ihre unaufhörliche Trauer und verliebte mich in sie.«

»Haben Sie aufgrund dieser Anziehung irgendetwas unternommen?«, fragte Viktor.

»Mein Gott, nein. Ich bin ein ruhiger Mann, Dr. Kosárek. Und eigentlich ziemlich schüchtern, zurückgezogen. Jedenfalls hatte ich keine Zeit für romantische Narreteien – ich musste mich auf meine Arbeit konzentrieren. Ich brauchte Frieden, um meine Theorie formulieren zu können.«

»Und was war das für eine Theorie, die Sie so aufgewühlt hat?«

»Ich glaube, unser ganzes Universum ist eine unendlich komplexe Struktur, und ich glaube, dass eine unendliche Zahl von unterschiedlichen Ebenen oder Dimensionen in einem Quantenbereich miteinander in Verbindung stehen. Diese Verbindungen nenne ich transdimensionale Resonanzen.«

»Verbindungen mit einer anderen Realität?«, hakte Viktor nach.

Dominik Bartoš nickte. »Spiegelwelten. Haben Sie jemals *hinter* Ihr Spiegelbild geblickt? Haben Sie Ihren Blick verändert, um den Raum zu sehen und die Welt, die Ihre Reflexion bewohnt, und sich gefragt, was wäre, wenn dies die wahre Welt wäre und Ihre nur die Reflexion?«

»Nein, das habe ich nicht«, erwiderte Viktor. »Aber ich habe Patienten mit reduplikativer Paramnesie behandelt, die ähnliche Wahnvorstellungen hatten.«

»Ich rede nicht von Wahnvorstellungen«, entgegnete Bartoš. »In der Quantenphysik gilt es nicht als geisteskrank, wenn man glaubt, dass es nicht nur eine, sondern mehrere Realitäten gibt. Ich habe mithilfe der Mathematik versucht, den Spalt im Glas des Spiegels zu finden. Diesen unendlich kleinen Spalt, der die Welt der Reflexion mit der Welt der Realität verbindet. Was ich jedoch entdeckt habe, war eine Form, die man eher intuitiv erspüren musste, als dass man sie hätte berechnen können. Verstehen Sie, transdimensionale Resonanzen sind seit dem Beginn der Menschheit bekannt. Wir waren uns ihrer immer bewusst, hatten immer eine instinktive Furcht vor ihnen, und wir hatten sogar die ganze Zeit einen Namen für sie.«

»Was für einen Namen?«, fragte Viktor.

»Geister«, antwortete Bartoš sachlich. »Transdimensionale Resonanzen sind die Geister der Toten.«

54

Geister?«, fragte Viktor. »Wie können fiktionale, übernatürliche Wesen einen Platz in wissenschaftlichem Denken in Anspruch nehmen?«

Dominik Bartoš lächelte. »Wenn die Wissenschaft ein Phänomen nicht rational erklären kann, erklärt Aberglaube es irrational. Das macht das Phänomen aber nicht weniger real. Lassen Sie mich Ihnen erklären, wie es zu meiner Entdeckung kam, dann verstehen Sie das vielleicht. Ich muss zugeben, dass ich länger und härter gearbeitet habe, als gut für mich war. Ich habe so intensiv gearbeitet und mich gezwungen, so lange wach zu bleiben, dass mein Körper schließlich den Mechanismus von Schlaf vergessen hat. Aber wenn ich meine Theorie beweisen könnte, dann würde sich unser ganzes Verständnis vom Universum, von der Physik und auch von uns selbst, wie, warum und wo wir existieren, für immer verändern. Erinnern Sie sich, dass ich geschildert habe, wie ich in den Spiegel blickte und der Spiegel meinen Blick erwiderte? Nun, ich war so dicht davor, zu beweisen, dass das Universum wirklich genauso funktioniert. Nur war es nicht nur ein Spiegel, sondern es gab eine unendliche Halle von Spiegeln und eine unendliche Zahl von Realitäten. Und eine dieser Dimensionen, das wurde mir klar, und ich sah es sogar selbst, ist das Reich der Toten. Der Ort, zu dem das menschliche Bewusstsein nach dem körperlichen Tod geht.«

»Sie sind ein Wissenschaftler, Professor Bartoš!«, protestierte Viktor. »Sie können doch unmöglich glauben …«

Dominik Bartoš unterbrach ihn. »Isaac Newton war wohl der wichtigste Wissenschaftler aller Zeiten, aber er hat auch Alchemie praktiziert. Er hatte Ideen, die dem Denken und der Technologie seiner Zeit so weit voraus waren, dass er die Körner der Wahrheit selbst im Aberglauben und der Magie gesucht hat. Ich tat dasselbe. Ich habe meinen Verstand für andere Pforten geöffnet. Ich arbeitete Tag und Nacht. Und ich machte nur Pause, um die wunderschöne Madame Horáčková ruhig in ihrem Garten sitzen zu sehen oder kurze Spaziergänge zu unternehmen, um mich wach zu halten. Eines Tages kam ich bei einem Spaziergang an der Friedhofskirche Allerheiligen vorbei. Ich erinnerte mich daran, dass der Lebensmittelhändler gesagt hatte, der Künstler Oskar Horaček hätte die Knochenkirche so oft besucht. Also beschloss ich, hineinzugehen und mich umzusehen.«

Er machte eine kleine Pause. »Die ungeheure Macht, die dieses Haus ausstrahlte, die überwältigende Präsenz der Toten flößte mir sofort Ehrfurcht ein. Es waren Legionen von ihnen. Zwischen vierzig- und fünfzigtausend Leichen, alle vollkommen skelettiert. Die Knochen waren getrennt worden und auf eine höchst sonderbare und düstere bewegende Art neu zusammengesetzt. Knochenschädel schmückten die Mauern, die Gewölbe und die Bögen der Kapellen. Kunstvolle Kerzenleuchter bestanden aus sämtlichen Knochen des menschlichen Körpers, aber hundertfach. Riesige Girlanden bestanden aus menschlichen Schädeln. Türrahmen, Bogengänge, die Hostiengefäße, Ziborien sowie die Friese bestanden aus Oberkieferknochen, Schlüsselbeinknochen, Brustbeinen und Schulterblättern. Es gab strahlende Monstranzen mit Strahlen aus gebleichten Fibulae und Ellen. Eine einzige Pyramide enthielt mehr als tausend Schädel, die einfach nur aufeinander balancierten. Sie behielten ihre Strukturen, sie klammerten sich aneinander, als würden sie von irgendeiner dunklen Energie gebunden.«

Dominik Bartoš machte eine Pause. »Wann auch immer ich in der Kirche war«, fuhr er dann fort, »fühlte ich mich ruhiger, als würde mein überarbeiteter Verstand hier Ruhe finden. Mir wurde klar, dass der Künstler Horaček dasselbe empfunden haben musste. Er hatte dort zwischen den Knochen einen Durchbruch in seiner künstlerischen Pattsituation gesucht, und ich suchte einen Durchbruch in meiner wissenschaftlichen. Jede primitive Kultur in Europa glaubt, dass eine andere Welt neben dieser existiert: dass zu einer besonderen Zeit und an besonderen Orten der Schleier zwischen diesen beiden angrenzenden Realitäten sich hebt und Menschen, Götter und Dämonen sich mischen. Die Lebenden und die Toten durften kommunizieren. Mir wurde klar, dass die Knochenkirche einer dieser Orte sein musste. Ich suchte sie jede Woche auf. Aus jeder Woche wurde dann jeder zweite Tag, dann jeder Tag. Ich saß in der Kirche und fand Frieden und Klarheit. Aus zehn Minuten wurden zwanzig, dann Stunden. Und dann endlich sah ich sie.«

»Wen haben Sie gesehen?«, fragte Viktor.

»Manchmal, während ich da in der knochenbleichen Ruhe mit den Toten saß, wurde ich mir plötzlich einer Person neben mir bewusst. Es musste jemand gewesen sein, der gerade ungehört die Kirche betreten hatte. Aber wenn ich mich umdrehte, um zu sehen, wer es war, war niemand dort. Dann gab es mehr dunkle Gestalten, gerade außerhalb meiner Reichweite. Manchmal sah ich eine Bewegung aus dem Augenwinkel, wie einen schwebenden Schatten, der jedoch sofort verschwand, wenn ich mich dorthin wandte. Das kam immer häufiger vor. Sehr dunkle Schatten flatterten gerade außerhalb meines Blickfeldes.«

Dominik runzelte die Stirn. »Nach einer Weile waren sie die ganze Zeit da. Ich kam in die Kirche, setzte mich hin und starrte stumm auf die Schädelpyramide. Nach weniger als einer Minute konnte ich sie spüren, die Dunklen Wandler, so nannte ich sie, die am Rand meiner Wahrnehmung herumhuschten, stets stumm. Und immer dunkler als die Nacht. Viel dunkler. Plötzlich begriff ich Horačeks Suche nach dem schwärzesten Schwarz. Ich hatte herausgefunden, dass die Dunklen Wandler die Eigenschaft von wahrer Dunkelheit besaßen. In unserer Dimension existiert Dunkelheit nicht aus sich heraus. Sie ist nur die Abwesenheit von Licht. Aber was es auch sein mochte, von dem ich diese flüchtigen Blicke erhaschen konnte, sie bestanden aus wahrer Dunkelheit. Dunkelheit als eine Wesenheit selbst. Sie waren die transdimensionalen Resonanzen, die ich gesucht hatte.«

»Sagen Sie, Dominik«, warf Viktor ein. »Haben Sie zu dieser Zeit überhaupt geschlafen?«

Der Wissenschaftler, der angeschnallt auf der Liege lag, lachte auf. »Ich hatte keine Zeit zu schlafen. Und nur sehr wenig Zeit, um etwas zu essen.«

»Dann verstehen Sie nicht, dass diese sogenannten Dunklen Wandler typisch für die Art von visuellen Störungen und Halluzinationen sind, die durch Schlafentzug entstehen?«

»Ja, sicher. Aber genau das haben Mystiker und Seher seit Jahrtausenden getan, um sich selbst in einen Bewusstseinszustand zu versetzen, in dem sie Visionen vom Göttlichen und Dämonischen empfingen. In Wirklichkeit jedoch haben sie einfach nur durch den Quantenschleier in andere Dimensionen geblickt. Ich habe denselben aufnahmefähigen Zustand erreicht, aber ich konnte wissenschaftlich analysieren, was da passierte. Eines Tages saß ich vor der Schädelpyramide und spürte eine Präsenz. Und ich meine damit, ich spürte sie – wie eine elektrische Ladung, die in der Luft knisterte und auf meiner Haut prickelte. Ich erblickte einen Dunklen Wandler am Rand meines Blickfeldes. Aber diesmal war er größer. Riesig. Und schwärzer, als wäre die Dunkelheit selbst intensiver, dichter. Zum ersten Mal bekam ich Angst. Ich drehte mich um, um genauer hinzusehen, und wie immer verschwand der Wandler, bevor ich ihn ganz erkennen konnte. Aber dann passierte etwas höchst Sonderbares. Einen Moment gab es einen Fleck auf dem Boden, wo ich die Präsenz gespürt hatte, als wären die Steine selbst nass. Dann verschwand auch dieses Phänomen.«

Seine Miene verfinsterte sich. »Etwas an dieser Erfahrung machte mir gleichzeitig Angst und begeisterte mich. Ich hatte gewissermaßen einen Durchbruch erzielt – genauer, etwas war zu mir durchgebrochen. Die Dinge veränderten sich. Jetzt fing ich an, überall Dunkle Wandler zu sehen, nicht nur in der Kirche. Ich sah sie auf den Straßen, und ich sprang vom Bordstein zurück, weil ich dachte, ein Wagen oder ein Bus würde an mir vorbeifahren. Sie verschwanden immer noch, wenn ich sie ansah, doch jetzt erlaubten sie mir einen ganz kurzen Blick auf sich. Den Bruchteil einer Sekunde konnte ich sie sehen. Und das war nur der Anfang. Eines Nachts, etwa um Mitternacht, ging ich noch einmal ein paar Berechnungen durch, als ich von Lärm aus dem Wintergarten gestört wurde. Ich hatte Angst, dass es sich um einen Eindringling handeln könnte, bewaffnete mich mit einem Schürhaken und ging dorthin. Die Lichter waren ausgeschaltet, aber der Mond stand voll und hell an einem wolkenlosen Himmel. Dort sah ich ihn.«

»Wen?«

»Einen großen Mann. Riesig und breitschultrig. Und unglaublich dunkel, eine Silhouette. Ich schaltete die nächste Lampe an, aber selbst deren Licht konnte ihn nicht aufhellen. Es war, als wäre seine Dunkelheit ein Schwamm, der das Licht sowohl der Lampe als auch des Mondes aufsaugte. Ich bat ihn, näher zu kommen, ins Licht, so dass ich ihn sehen konnte, und verlangte von ihm, dass er seine Gegenwart erklärte. Er trat vor, blieb jedoch stumm. Als er näher kam, flößte mir sein Anblick Angst ein.«

Dominik Bartoš schüttelte den Kopf. »Er war groß, hochgewachsen und stämmig, ähnelte mehr einem Bären als einem Mann, und er trug einen knöchellangen schwarzen Persianermantel. Sein Gesicht war fast gänzlich hinter einer Masse dichten, lockigen Haares und einem großen wallenden Bart verborgen. Beides war pechschwarz. Das Sonderbare jedoch war, dass er nass war, vollkommen durchnässt. Die dichten wolligen Locken seines Mantels, sein Haar, der große Bart, alles troff von Nässe. Um seine Füße bildete sich eine Pfütze, aber es gab keine nassen Fußspuren, die angezeigt hätten, wo er den Steinboden des Wintergartens überquert hatte. Was mich jedoch am meisten ängstigte, waren seine Augen. Sie lagen tief in der Mähne von zerzaustem nassen Haar und Bart. Diese Augen waren rot und schienen zu brennen. In dem Moment begriff ich, wer er war und warum er zu mir gekommen war.«

»Der ertrunkene Maler?«, fragte Viktor. »Der Geist von Oskar Horaček?«

»Oskar Horaček? Nein, der Maler war er nicht. Wenn ich ihn anblickte, wurde alles andere dunkler, während seine Dunkelheit schien und die Helligkeit verbannte. Ich wusste sofort, wer er war. Er war Veles, der Finstere. Der Herr der Toten.«

55

Veles war zweimal beschworen worden: zuerst von dem Maler Horaček und dann von mir. Zwei Stimmen, die in die Leere riefen und denen jetzt geantwortet wurde. Und er war die Antwort, die große Enthüllung von Dingen, von Universen, von Dimensionen. Veles, der Finstere.«

Dominik Bartoš nickte. »Veles erklärte mir alles. Seine Stimme war tief, so tief, dass der Boden unter mir davon widerhallte, selbst die dunkle Erde und der Fels darunter. Er sprach von seiner Dimension und von meiner. Von all den Mysterien, mit denen ich mich so abgemüht hatte. Er erklärte, was ich tun musste. Ich sollte Reisende in sein Reich schicken, den Spalt zwischen der Welt der Lebenden und der Toten überbrücken. Reisende durch Realitäten, die ihre Dimension den anderen zeigen konnten. Das war die größte Errungenschaft in der Geschichte der menschlichen Wissenschaften. Aber zuerst musste ich die Dunklen Wandler erschaffen.«

»Und wie wollten Sie diese Wandler erschaffen?« Viktor stellte die Frage, obwohl er die Antwort bereits kannte.

Dominik Bartoš runzelte die Stirn, als verblüffte ihn nicht die Frage, sondern die Tatsache, dass man sie ihm stellte. »Ich musste einige Lebende in Tote verwandeln.«

Eine Pause entstand, in der sich Viktor der Präsenz des Bruders hinter ihm bewusst wurde, der stumm und im Schatten saß und der den wirren Ausführungen seines Zwillingsbruders lauschte.

»Wie haben Sie Ihre Opfer ausgewählt?«, fragte er.

»Veles schlug vor, dass ich mit Kindern anfinge, und es war schwierig, sich seinem Willen zu widersetzen. Er sagte etwas Sonderbares zu mir. Dass diese Zeit, unsere Zeit, die dunkelste aller Zeiten für Kinder werden würde und dass sie besser dran wären, wenn sie sich wandelten. Dass ansonsten hier etwas viel Schlimmeres auf sie warten würde. Ich wandte ein, dass Kinder das Geschenk nicht begreifen würden, das ich ihnen machte. Ihr Bewusstsein sei zu ungeformt, zu unreif. In Wahrheit jedoch fand ich einfach die Idee zu entsetzlich. Also machte ich den ersten ernsthaften Versuch, einen Dunklen Wandler zu erschaffen, als ich den ganzen Weg bis nach Prag fuhr, nach Žižkov, der schlimmsten Gegend der Stadt. Hier lebten Kommunisten und Prostituierte. Man nannte es auch das Rote Žižkov. Ich beschloss, mir eine Dirne für meine Experimente zu suchen. Es war ein Sommerabend, als ich nach Žižkov fuhr und den Wagen in einiger Entfernung von einem öffentlichen Bordell parkte, das sich *Modrý Bažant* nannte. Ich hatte vor Jahren gehört, dass man an diesem Ort Dirnen finden konnte. Es war ein milder Abend, der Himmel war wie Samt, und die Luft war warm. Es schien fast schade zu sein, dass ich in einer solchen Nacht meine Mission in einer so schäbigen Umgebung unternahm.«

Dominik Bartoš verzog das Gesicht. »Die Bar war düster und schlecht erleuchtet, was meinen Zwecken entgegenkam. Die Wände waren mit öligem braunen Holz verkleidet, und die Luft wurde von Zigaretten- und Zigarrenrauch durchzogen. Über den Tresen war ein schäbiger ausgestopfter blau gefärbter Fasan montiert, wahrscheinlich zu Ehren des Namens der Bar. Die Gäste waren zum größten Teil auf diese mürrische wörtliche Art und Weise betrunken, die Säufern eigen ist. Ich setzte mich in die am wenigsten besuchte Ecke und bestellte Bier. Ich versuchte, dabei nicht aufzufallen. Mein Äußeres half mir in dieser Hinsicht. Mein Bruder und ich haben ein außerordentlich gewöhnliches Gesicht, das jeder schnell vergisst.«

Er lächelte. »Es war sonderbar, so unschuldig und unbemerkt

da zu sitzen: ein kleiner, unscheinbarer Mann, der an einem warmen Sommerabend ein Bier trinkt und müßig die anderen Gäste beobachtet. Eine Maus in der Ecke des Raumes. Und doch war diese Maus in Wahrheit ein Löwe, und die Frauen waren die ahnungslose Beute. Sie hatten keine Ahnung, dass ich über ihr Schicksal bestimmte, dass ich entscheiden würde, welche von ihnen in dieser Dimension weiter existierte und welche sie für eine andere Dimension verlassen würde. Das verlieh mir ein unglaubliches Gefühl von stummer Macht. Drei der anwesenden Frauen identifizierte ich sofort als Huren. Eine war bereits ziemlich betrunken und lachte schrill und freudlos. Sie erschien mir auf der Stelle als völlig ungeeignet, um als Botschafterin der Dimensionen infrage zu kommen. Eine jüngere Hure, stiller und hübscher, fiel mir ins Auge. Sie war ziemlich dunkelhäutig, eine Zigeunerin, wie ich vermutete, aber sie schien zu humpeln, als wäre sie verkrüppelt. Ich beschloss, ihr aus der Bar zu folgen, aber in dem Moment kam ein kleiner und gefährlich wirkender junger Mann von der Straße herein, ebenfalls ein Zigeuner. Er umarmte sie besitzergreifend.«

Er verzog das Gesicht. »Also war nur noch eine übrig, die vom Verhalten und vom Alter her ungefähr zwischen den beiden anderen lag. Aus der Ferne sah sie aus wie eine attraktive gesunde junge Frau. Da sie in der Bar keine Geschäfte machen konnte, verließ sie sie, und ich folgte ihr in die Nacht hinaus. Draußen war es samtig warm. Mein Herz hämmerte, nicht vor Verzagtheit, sondern vor Freude. Zum ersten Mal in diesen bleiernen Monaten fühlte ich, wie die Müdigkeit von mir abfiel. Mir wurde klar, dass ich diese Arbeit keineswegs anstrengend fand. Sie begeisterte mich.«

Er überlegte kurz. »Ich hatte Glück, weil sie in Richtung meines Wagens ging, und ich sorgte dafür, dass ich sie einholte, bevor sie ihn erreichte. Ich wusste nicht, was man zu einer Hure sagt, um Geschäftsverhandlungen zu beginnen, aber mein »Hallo« schien zu genügen. Sie fragte mich, ob ich Gesellschaft suchte.

Ich nickte und deutete auf mein Auto. Sie zögerte einen Moment und sagte, dass ihre Wohnung in der Nähe läge. Sie ließ ihren Blick über die verlassene Straße schweifen und musterte mich anschließend von Kopf bis Fuß. Sie kam ganz offensichtlich zu dem Schluss, dass ich keine Gefahr für sie darstellte. Als ich die Wagentür öffnete, stieg sie ein.«

Er verzog die Lippen. »Die Innenraumbeleuchtung verriet, dass der Eindruck von Jugend und Vitalität, den sie aus der Ferne machte, vor allem auf sehr viel Schminke zurückzuführen war. Sie roch nach Schnaps und Zigaretten und dem scharfen Gestank einer verdorbenen Seele. Wie alles andere an ihr war auch ihr Lächeln künstlich und leer, und ich bedauerte, dass ich sie angesprochen hatte. Sobald sie eingestiegen war, fragte sie mich, was ich wollte, und zählte die widerlichsten Akte wie ein Menü von Perversionen auf. Ich erklärte ihr, dass meine Absichten wissenschaftlicher Natur seien. Sie lachte und erwiderte, es sei ihr egal, wie ich es nannte, solange ich sie bezahlte. Das tat ich. Dann fuhr ich aus der Stadt heraus, und sie wurde ängstlich, beschwerte sich, also gab ich ihr mehr Geld, sehr viel mehr Geld. Sie hörte auf, sich zu beschweren, aber sie schien sich immer noch unbehaglich zu fühlen. Ich unterhielt mich mit ihr während der Fahrt. Es war ein dummes, albernes Gespräch, um sie davon zu überzeugen, dass ich wäre, was ich zu sein schien: ein harmloser, einsamer kleiner Mann, der keine Gefahr darstellte. Aber die ganze Zeit fühlte ich mich so lebendig und wach wie schon seit Monaten nicht mehr. Endlich würde ich eine Verbindung zu einer anderen Dimension herstellen. Ich würde diese Frau in einen Dunklen Wandler transformieren.«

Er sah Viktor an. »Ihre Reise würde in dieser Nacht beginnen.«

56

Ich bog vor der Stadt in einen ruhigen Waldweg ein und parkte. Sie schaltete die Innenbeleuchtung an und knöpfte ihre Bluse auf, um mir ihre Brüste zu präsentieren. Wie sich herausstellte, war sie eine äußerst dumme Frau. Ich wiederholte, dass ich nicht an Sex interessiert wäre, und erklärte ihr ausführlich, welche Gelegenheit sich ihr bot: dass sie durch die Dimensionen reisen würde, dass sie unvorstellbare Wunder erleben und die Erste werden würde, die zurückkehrte, um davon zu berichten. Sie verstand überhaupt nicht, wovon ich sprach, und mir wurde klar, dass ich einen Fehler gemacht hatte, als ich einen Wandler mit einem derartig begrenzten Intellekt ausgewählt hatte. Es wurde dann noch schlimmer. Als ich das Messer zückte und sie begriff, dass sie ihre Form ändern musste und ihr körperliches Leben aufgeben musste, bevor sie sich auf die Reise machte, wurde sie höchst unvernünftig. Sie fing an zu schreien und schlug mit ihren Fingernägeln wie eine Harpyie nach mir. Sie verlangte, dass ich sie gehen ließ, was natürlich vollkommen unmöglich war. Ob sie nun bereit war oder geeignet, eine Dunkle Wandlerin zu werden oder nicht, ich durfte nicht zulassen, dass sie anderen von meinem Durchbruch berichtete.«

»Also haben Sie die Frau getötet?«

»Sie haben keine Ahnung, was für eine schmutzige Angelegenheit es ist, das körperliche Leben eines Menschen auszulöschen. Vor allem, wenn Sie darin nicht erfahren sind und die Person, die Sie töten wollen, sich schlicht weigert, stillzuhalten. Die Frau schrie und griff verzweifelt nach dem Türgriff. Schließlich gelang es ihr, die Tür zu öffnen und sie aufzustoßen. Um uns herum waren überall freie Felder, mittlerweile war es dunkel geworden.

Die Nacht war so schwarz, dass ich mich fragte, ob Veles vielleicht gekommen wäre, um mir bei der Arbeit zuzusehen. Ich wusste, dass ich sie niemals wieder einholen konnte, wenn sie aus dem Wagen kam und weglief. Also griff ich nach ihr und vergaß, dass ich das Messer in der Hand hielt. Es glitt zwischen ihre Rippen. Und zwar überraschend leicht. Sie öffnete den Mund, um zu schreien, aber es kam nur ein rasselndes Zischen heraus. Vermutlich war es der Schock, oder vielleicht hatte ich einen Lungenflügel durchbohrt. Also zog ich das Messer wieder heraus und rammte es ihr in den Hals. Ich spürte, dass es über Knochen kratzte, aber ich muss wohl auch ihre Halsschlagader durchtrennt haben. Blut ergoss sich über das Innere des Wagens. Es spritzte auf die Windschutzscheibe, über die Sitzbank und über mich. Die ganze Zeit schrie sie unablässig. Schrille, zischende Schreie, und dabei schlug sie um sich. Überall war Blut.«

Dominik schüttelte ärgerlich den Kopf.

»Sie hörte jedoch sehr schnell auf, zu schreien und sich zu wehren. Ihre Schreie wurden leiser, und ihre Bewegungen ebbten zu krampfhaftem Zucken ab. Dann zitterte sie, als mit dem Blut auch die Hitze aus ihrem Körper wich. Schließlich war es vorbei. Sie saß tot neben mir und starrte durch die Windschutzscheibe in die Nacht hinaus. Ich saß da, klebrig und nass in dem nach Metall stinkenden Wagen. Schließlich gelang es mir, ihren Leichnam in den Kofferraum zu schaffen. Es war eine mühsame Arbeit, denn ich bin ein Mann, der eher für mentale Arbeit als für körperliche Anstrengungen geeignet ist. Ich wischte das Leder, das Armaturenbrett und die Windschutzscheibe sauber. Ich musste auch meine Jacke verstecken, es war eine schwüle Nacht, also war ein Fahrer in Hemdsärmeln nicht so ungewöhnlich. Obwohl ich alles gesäubert hatte, würde es einer näheren Inspektion nicht standhalten. Die Innenseite der Windschutzscheibe war immer noch verschmiert, und in der warmen Nacht roch das Wageninnere weiterhin metallisch nach Blut. Jedenfalls fuhr ich zurück nach Sedlec und parkte nah an der Hintertür des

Hauses. Ich überzeugte mich, dass mich niemand sehen konnte. Rozálie Horáčková musste bereits im Bett gelegen haben, denn in der Kate brannte kein Licht. Als ich sicher war, unbeobachtet zu sein, trug ich den Frauenkörper aus Žižkov in die Transitionskammer. Ihre Transformation in eine Dunkle Wandlerin konnte beginnen.«

»Die Transitionskammer?«, hakte Viktor nach.

»Ich hatte sie im Keller aufgebaut. Alle Werkzeuge und Ausrüstungen, die ich benötigte, um eine dreidimensionale körperliche Gestalt in einen multidimensionalen Dunklen Wandler zu transformieren. Es gab einen großen, schweren Tisch, zusätzlich Lampen, damit ich sehen konnte, was ich tat, und Bottiche mit Kalilauge, um das Fleisch aufzulösen. Dazu Schlachtmesser und andere Werkzeuge eines Schlachters.«

Viktor hörte ein Geräusch hinter sich, als Kapitán Smolák sich von seinem Stuhl erhoben hatte und ihm einen Zettel zusteckte, bevor er sich wieder in die Schatten zurückzog. Viktor nahm den Zettel und las ihn. Dann seufzte er.

»Dominik«, sagte er. »Haben Sie etwas getragen, um Ihre Kleidung zu schützen?«

»Selbstverständlich.«

»Eine Schürze?«

»Ja. Und ellbogenlange Handschuhe.«

»Diese Schürze – bestand sie aus Leder?«

Dominik sah Viktor etwas verwirrt an und schüttelte dann den Kopf. »Nein, sowohl die Schürze als auch die Handschuhe stammten von demselben Lieferanten wie die Fässer und bestanden aus galvanisiertem Gummi.«

»Ich möchte eine Sache absolut klarstellen, Dominik«, sagte Viktor. »Sie haben alle Morde gestanden, die Sie begangen haben, einschließlich einiger Opfer, die die Polizei bisher noch nicht gefunden hat – ist das korrekt?«

»Ich würde die Worte Mord und Opfer nicht benutzen, aber ja, ich habe volle Verantwortung für das übernommen, was ich getan habe. Warum sollte ein Wissenschaftler sich wegen seiner Arbeit schämen?«

»Es gibt also keine Morde, die Sie verschwiegen haben? Es gibt nichts, was wir nicht von Ihnen erfahren haben?«

»Nein. Nichts.«

»Speziell frage ich nach den Morden in Prag. Die Morde, für die noch kein Täter gefasst wurde. Über die wissen Sie nichts?«

»Oh, ich verstehe. Jetzt wird mir klar, warum Sie mich nach der Schürze gefragt haben. Nein, mein teurer Dr. Kosárek, ich bin nicht Lederschürze. Wie könnte ich das sein, wo ich doch hier eingesperrt bin? Außerdem ist Lederschürze nur ein ganz gewöhnlicher Mörder. Ich war und bleibe ein Sucher nach der Wahrheit. Ein Wissenschaftler.«

»Also haben Sie allein gearbeitet? Und Sie haben im Keller das Fleisch von den Knochen ihrer Opfer gelöst?«

»Von meinen Subjekten«, korrigierte Dominik ihn. »Aber ich war nicht allein. Veles war dort, bei mir im Keller. Er hat mich genau instruiert, was und wie ich es tun sollte. Seine glänzende Finsternis verbannte jedoch das Licht, und es fiel mir manchmal schwer, etwas zu sehen, selbst mit den hellen Lampen, die ich zu diesem Zweck aufgebaut hatte. Schließlich begriff selbst er das Problem und stellte sich in die entlegenste Ecke des Kellers, von wo aus er mich bei meiner Arbeit instruierte. Jedenfalls lief es mit meinem ersten Subjekt, der Prostituierten aus Žižkov, nicht besonders gut. Ich habe alle möglichen Fehler gemacht, als ich das Fleisch von ihren Knochen trennte. Ich bin schließlich Physiker, kein Anatom. Es war alles sehr schmutzig und übel riechend.

Aber Veles hat mir geholfen. Er wurde nur einmal ungeduldig, und Veles' Zorn ist etwas, vor dem man größte Angst haben sollte, und zwar, als ich daran ging, das Fleisch von den Knochen zu lösen, indem ich die abgetrennten Gliedmaßen in die Fässer mit Kalilauge legte. Seine Stimme befahl mir, die Gliedmaßen wieder herauszuholen. Die Lösung, die ich vorbereitet hatte, würde den Knochen selbst angreifen. Und die Essenz des Menschen, seine vornehme Essenz, wie Veles es ausdrückte, liege in seinen Knochen. Man müsse die Knochen respektieren. Also bat ich ihn um Verzeihung und holte die Gliedmaßen aus der Lauge. Dann erklärte mir Veles das *Mos Teutonicus*, diese uralte deutsche Sitte, bei der alles Fleisch entfernt wird und die vornehme Essenz der Knochen unversehrt bleibt. Er sagte mir, diese *Mos Teutonicus* solle mein Weg sein, meine Methode, um das Fleisch abzuschälen und in den Laugenfässern zu entsorgen. Was an den Knochen blieb, sollte nicht mit ätzender Lauge oder Säure entfernt werden, sondern indem man die Knochen über Nacht in Wasser und Wein kochte.«

Dominik nickte. »Ich tat, was er mir sagte. Es dauerte sehr, sehr lange, und Veles stand die ganze Zeit in der Ecke. Seine intensive Finsternis und seine Feuchtigkeit sickerten in die Mauern, in den Boden, ja sogar in die Decke des Kellers. Ich fragte ihn nach seinem Reich der Unterwelt. Er erzählte mir, es sei ein großer dunkler, feuchter und endloser Wald aus miteinander verwobenen Zweigen und Wurzeln. Er sagte, die Bäume im Forst der Unterwelt ständen so dicht zusammen, seien so groß und belaubt, dass dort immer Zwielicht herrsche. Eine ewige Dunkelheit, durch die sich ständig Schatten bewegten. Diese Schatten, so erklärte er, habe ich in der Knochenkirche gesehen. Sie seien seine Herolde, seine Gesandten. Die Geister der Toten. Die Seelen der anderen, derjenigen, die im Leben große Sünden begangen hatten, hingen in den Bäumen. Man könne die Bäume erkennen, weil sie verkrüppelt seien, verbogen und von Insekten wimmelten, die sich endlos in das Fleisch gruben, ohne es zu verzehren. Manchmal seien ihre Seelen auch in den Gabelungen und Knoten von Wurzeln befestigt, die sich tief in die kalte nasse Erde gruben. Ihre Einsamkeit treibe sie in den ewigen Wahnsinn. Der Wald der Toten habe kein Ende, sagte er, aber er habe ein Herz. Einen Platz, wo die Dunkelheit besonders intensiv sei. Ja, dort hat Veles seinen Thron, und dort schmiedet er seine eigenen Dunklen Wandler, um die Lebenden zu verfolgen und sie an ihre Eitelkeit und Sterblichkeit zu erinnern.«

Dominik Bartoš schwieg einen Moment, auch Viktor sagte nichts. Die Beschreibung des Wissenschaftlers von Veles' Forst der Unterwelt hatte ihn verstört. Kindheitserinnerungen verfolgten ihn einen Moment, wie verloren er sich zwischen den Bäumen gefühlt hatte, in dem Wissen, dass dort Böses lauerte. Er wurde von einer Bewegung hinter ihm aus seinen Gedanken gerissen.

»Was ist mit der Frau? Mit ihrer Leiche?«, fragte er.

»Schließlich war meine Arbeit erledigt. Ihr abgeschmolzenes Fleisch lag in den Fässern und verwandelte sich langsam, erheblich langsamer, als ich geschätzt hatte, in eine dicke Paste. Ihre Knochen lagen weiß und sauber auf dem Transformationstisch. Das war der Moment, an dem Veles der Dunkle sie rief. Dieser Ruf begeisterte und entsetzte mich. Seine Stimme klang durch den Boden, durch die Wände, in meinen Schläfen, in meinem Kiefer, in meinem Schädel. Meine eigenen lebendigen Knochen vibrierten. Es war das Schrecklichste und gleichzeitig das Großartigste, was ich je gehört habe.«

Er schloss kurz die Augen. »Und dann, oh, dann sah ich ihre Transformation. Ich spürte, wie sich die Luft mit einer sonderbaren Energie auflud. Etwas ungeheuer Dunkles, selbst dunkler als Obsidian, manifestierte sich in der Luft über den Knochen. Sie trat hervor! Einen einzigen hoffnungsvollen Moment lang hing sie dort vor mir in der Luft. Sie hatte keine menschliche Gestalt, kein Gesicht, kein Geschlecht, keine organische Form. Sie war ein dichtes schwarzes Funkeln intensivster Dunkelheit geworden, wie ein kleiner dunkler Stern, der in der feuchten Luft des Kellers schwebte. Diesen Moment lang strahlte die Dunkelheit von ihr aus, und ich fühlte mich erleichtert, voller Freude, dass ich endlich eine Dunkle Wandlerin geschaffen hatte, die zwischen den Dimensionen reisen konnte. Aber es sollte nicht sein.

Einen Moment lang existierte dieser Moment der glänzenden Dunkelheit, dann war sie verschwunden.«

»Aber Sie haben es weiter versucht?«

»Ich habe es erneut versucht, immer wieder. Ich musste immer weiter reisen, musste die heruntergekommensten Viertel unserer Städte erforschen, um Trunkenbolde, Huren oder Landstreicher zu finden, die niemand vermisste. Ich gab meine Skrupel gegen die Verwendung von Kindern auf und entführte sie, während sie spielten. Aber erneut beschränkte ich mich auf die untersten Schichten der Gesellschaft und nahm hauptsächlich Zigeuner- oder Straßenkinder. Fünf, zehn, dann zwanzig … Ich wurde allmählich Experte für unsichtbare Entführungen und der Auslöschung körperlichen Lebens. Ich konnte bald an einem Kadaver mit der Geschicklichkeit eines Schlachters das Fleisch vom Knochen trennen. Der ganze Keller stank nach dem aufgelöstem Fleisch. Ich machte mir allmählich Sorgen, dass der Gestank ins Haupthaus dringen könnte. Ich wurde zum Glück von niemandem aufgesucht, abgesehen von dem Lebensmittelhändler, der wöchentlich vorbeikam. Und von dem monatlichen Besuch meiner Vermieterin, der wunderschönen Rozálie Horáčková.«

»Und all diese Opfer, Ihre Subjekte«, warf Viktor ein. »Sie haben bei keinem von ihnen Ihr Ziel erreicht?«

Dominik schüttelte den Kopf. »Keines von ihnen hat seine Gestalt als Dunkler Wandler mehr als ein paar Sekunden lang aufrechterhalten können. Jedes Subjekt manifestierte sich als ein kurzes dunkles Glänzen über den Knochen, flackerte dann und löste sich in nichts auf. Schließlich wurde mir klar, wo ich einen Fehler machte: Das Bewusstsein, das ich durch diese Personen bekam, war korrupt, lasterhaft und intellektuell minderwertig. Ich musste jemanden finden, der dieses Prozesses würdig war. Jemand mit der Moral und der intellektuellen Kühnheit, die größte Reise der Menschheit zu unternehmen und freiwillig durch die Dimensionen zu reisen. Jemand, der nicht an diese Dimension gebunden war, an sein Leben.«

»Da haben Sie also beschlossen, Ihre Vermieterin zu ermorden?«

»Da habe ich beschlossen, Rozálie Horáčková zu helfen, sich wieder mit Ihrem Gemahl zu vereinen.«

57

Ich habe alles in der Transitionskammer vorbereitet. Madame Horáčkovás Essenz, sogar ihr abgelöstes Fleisch, durfte nicht durch den Kontakt mit den geringeren Gestalten verdorben werden, die ihr vorangegangen waren. Also füllte ich zwei frische Fässer, eines mit neuer Lauge und das andere mit frischem Wasser und Wein, um ihre schönen Knochen zu bleichen. Als ich sie im Garten sitzen sah, ihre zierlichen bleichen Hände im Schoß aufeinandergelegt, stellte ich mir ihre Knochen vor, porzellanweiß und zierlich. Ich wusste, dass sie die richtige Wahl war. Ich wusste, dass ich mein Ziel diesmal erreichen würde. Schließlich machte sie ihren planmäßigen Besuch, um die monatliche Miete zu kassieren. Ich hatte für gewöhnlich das Geld in einem Umschlag auf dem Beistelltisch im Flur bereitgelegt. Ich gab es ihr, nachdem ich sie zunächst hereingebeten und ihr sogar einen Kaffee angeboten hatte. Sie hatte immer abgelehnt. An diesem Tag jedoch bedrängte ich sie und sagte in etwas verärgertem Ton, dass ich mit ihr über ein Problem mit dem Haus sprechen müsse. Sobald sie das Haus betreten hatte, kommentierte sie den Geruch. Ich sagte, dass dieser Geruch das Problem sei, worüber ich mit ihr reden wollte. Er scheine aus dem Keller zu kommen. Ich bat sie, mit mir in den Keller zu gehen, damit ich ihr zeigen konnte, woher meiner Meinung nach dieser Geruch kam. Zuerst zögerte sie, aber als ich sagte, dass ich das Haus aufgeben müsse, wenn dieser Geruch nicht beseitigt werde, willigte sie ein, mich nach unten zu begleiten. Während wir redeten, betrachtete ich ihr wunderschönes Gesicht. Es war perfekt geformt. Ich betrachtete die Knochen unter der Haut, die zierlich geschwungenen Bögen und Kanten ihres Schädels, die Bewegung ihrer Kinnlade, wenn sie sprach. Genau wie Veles mir gesagt hatte, dass die Essenz, die Seele des Menschen, im Knochen liegt, erkannte ich jetzt, dass das Fundament von Rozálie Horáčkovás Schönheit ihre Knochen waren. Ich wollte diese Schönheit unverhüllt sehen, nackt, befreit vom Gewand des Fleisches.«

Er schloss die Augen. »Ich erlaubte ihr, die Treppe in den Keller vorauszugehen. Sie fuhr vor dem Gestank zurück und beschwerte sich, dass sie nicht sehen konnte, wohin sie ging.

›Das ist er‹, sagte ich. ›Das ist seine strahlende Dunkelheit.‹

›Wessen?‹, fragte sie mich verwirrt. ›Wovon reden Sie?‹

Also sagte ich es ihr. Ich erzählte ihr von Veles, davon, dass ihr Ehemann so lange und so hart darum gekämpft hatte, diese ultimative Dunkelheit in seinem Gemälde einzufangen. Wie frustriert er über das Gemälde war, weil er niemals eine Farbe fand, die schwarz genug war. Ich sagte ihr, dass sie schon bald an der Seite ihres Ehemanns sein werde. Wir hatten jetzt das Ende der Treppe erreicht und standen in einem kleinen Fleck von Licht, das durch die Tür am oberen Ende fiel. Sie wollte wieder zurückgehen. Aber ich vertrat ihr den Weg, und als sie versuchte, sich an mir vorbeizudrängen, stieß ich sie und schob sie in die Dunkelheit.

›Sie müssen das verstehen‹, sagte ich. ›Sie müssen es selbst sehen.‹ Dann schaltete ich das Licht ein, um es ihr zu zeigen.«

Er schüttelte den Kopf. »Sie wurde hysterisch. Sie schrie. Ich glaube, weil sie den Lebensmittelhändler sah. Er hatte früher am Tag seine Lieferung an mich ausgetragen. Und er hatte sich angewöhnt, die Lebensmittel direkt in die Küche zu bringen, wenn ich die Tür nicht abgesperrt hatte. Dann rief er nach mir, und ich kam und machte Kaffee, was allmählich ermüdend war. Denn er hatte mir nichts Neues mehr mitzuteilen. Deshalb und wegen des Geruchs im Haus hatte ich begonnen, die Küchentür abzuschließen, wenn er vorbeikommen würde. Ich hatte einen Zettel hingelegt mit der Bitte, diese Lebensmittel auf die Türschwelle zu legen. An dem Tag jedoch hatte ich den Lebensmittelhändler vergessen, wegen der Aufregung der Vorbereitungen für die Transition von Madame Horáčková in eine Dunkle Wandlerin. Er fiel mir erst wieder ein, als ich ihn aus der Küche rufen hörte. Als ich hinaufging, saß er bereits am Küchentisch und wartete wie gewöhnlich auf seinen Kaffee. Außerdem fragte er mich direkt nach dem Geruch im Haus und bezeichnete ihn recht unhöflich als ›schrecklichen Gestank‹. Er sagte, es rieche, als liege etwas Totes unter den Bodendielen. Ich erklärte ihm, dass dies tatsächlich der Geruch von verwesendem Fleisch sei, und als er verblüfft dasaß, nahm ich ein Messer aus der Küchenschublade und schnitt ihm die Kehle durch. Ich hatte diesen Trick gelernt, während ich meine Subjekte sammelte. Wenn man ihnen die Luftröhre durchtrennt, können sie nicht um Hilfe rufen und sind so sehr mit dem Versuch beschäftigt, Atem zu holen, dass man sie ohne weitere Störung erledigen kann. Und genau das machte ich mit dem Lebensmittelhändler.«

Er verzog das Gesicht. »Nur hatte ich nicht die Zeit, mich angemessen um seine Überreste zu kümmern. Als ich das Licht im Keller einschaltete, sah Rozálie Horáčková seinen abgetrennten Kopf auf einem Wandregal und seinen Leichnam auf dem Steinboden in der Ecke. Ich war gezwungen, sie zu schlagen, damit sie aufhörte zu schreien. Aber ich musste sehr vorsichtig sein. Ich wollte die Porzellanknochen ihres Schädels nicht beschädigen. Sie stand einen Moment schockiert da, und ich versuchte erneut, ihr zu erklären, was wir tun würden und was wir erreichen würden. Veles war bereits im Keller und wartete auf uns. Ich stellte ihn vor, aber Madame Horáčková schrie mich an und meinte, ich sei wahnsinnig, da sei niemand. Ich wiederholte, dass Veles tatsächlich dort stehe und dass er aus der Dimension gekommen sei, in der ihr Ehemann jetzt lebe. Aber sie war mittlerweile vollkommen hysterisch und schrie immer nur, dort sei niemand und ich sei verrückt. Sie machte so einen Lärm, dass ich sie erneut schlagen musste, fester diesmal. Sie fiel unglücklich zu Boden und verlor das Bewusstsein. Ich war verärgert, weil ich sie überhaupt schlagen musste: Ich hatte sie schließlich nur deshalb auserwählt, weil sie eigentlich eine bereitwillige Reisende hätte sein sollen. Also trug ich sie zum Tisch und kam zu dem Schluss, dass es weniger Aufwand wäre, wenn ich ihr auf der Stelle die Kehle durchschneiden würde, bevor ich ihre Kleidung und ihr Fleisch entfernte, um die perfekte Schönheit ihrer blanken Knochen zu erlangen. Ich legte mein Messer auf den Tisch neben ihren Kopf und begann, ihre Bluse aufzuknöpfen. Es war eine hübsche blaue Seidenbluse, und ich wollte sie nicht mit Blut beflecken. Dann wurde ich von einem Geräusch gestört. Jemand klingelte an der Tür. Ich drehte mich um und lauschte. Ich versuchte, mich zu erinnern, ob ich alle Türen abgeschlossen hatte.«

Dominik Bartoš machte eine Pause und schüttelte leicht verärgert, vielleicht sogar etwas traurig den Kopf. »Es hätte funktioniert, wissen Sie? Ich bin fest davon überzeugt, dass es funktioniert hätte. Aber als ich mich zu ihr umdrehte, war sie wach. Ihre strahlend blauen Augen waren weit aufgerissen und wild, aber nicht aus Furcht, sondern glühend vor Wut, vor Hass. Und sie hatte mein Messer in der Hand. Sie schlug damit nach mir.«

Bartoš machte eine Pause. In dem hellen Licht sah Viktor die tiefe Narbe, die sich von seiner Nasenwurzel quer über seine Wange bis zu seinem Kiefer zog. »Sie hat mich damit im Gesicht erwischt, und als sie erneut zuschlug, hob ich meine Hand.«

Die Hand, an der der kleine Finger fehlte und die von dem Riemen am Handgelenk festgehalten wurde, zuckte. »Sie rammte mir das Messer in die Brust, und ich fiel zu Boden. Ich hörte sie schreien, als sie die Kellertreppe hinaufrannte, und das Hämmern an der Haustür wurde lauter. So hat man mich erwischt. Ich flehte Veles an, mir zu helfen, mich vor meiner Gefangenschaft zu retten und mich in den Dunklen Forst zu bringen. Aber er blieb stumm und rührte sich nicht im Schatten. Ich hatte ihn enttäuscht.«

Viktor sah, wie dem Wissenschaftler eine Träne aus dem Augenwinkel lief, und verfolgte den Lauf der Narbe auf dessen Wange.

»Sie glauben immer noch, dass Veles mit Ihnen im Keller war?«, fragte Viktor.

»Ja.«

»Warum hat Madame Horáčková ihn dann nicht gesehen?«

»Aber sie hat ihn doch gesehen. Das ist es ja. Sie sagte immer wieder, dass sie nur Dunkelheit sehen könne. ›Aber Sie verstehen nicht‹, erwiderte ich. ›Sie sehen in Wirklichkeit Veles. Veles ist die Finsternis.‹ Der Herr der Finsternis ist dort, wo immer Dunkelheit herrscht, wo immer es Schatten gibt.« Dominik Bartoš sah Viktor eindringlicher an, als die Medikamente, die sein Bewusstsein allmählich ausschalten sollten, hätten erlauben dürfen. »Er ist immer in den Schatten. Er ist auch hier, jetzt, in den Schatten hinter Ihnen.«

58

Viktor, Smolák und Doktor Bartoš speisten in der Kantine des Irrenhauses. Professor Románek wartete dort bereits mit zwei Männern auf sie, die er als Dr. Platner, den Leiter der Allgemeinmedizin, und dessen Assistenten Dr. Krakl vorstellte. Er erklärte, die beiden würden ihnen beim Essen Gesellschaft leisten. Smolák bemerkte, dass Platner und auch Krakl Parteiabzeichen der *Sudetendeutschen Partei* am Revers trugen. Die sechs Männer saßen allein im Speisesaal, weil die Patienten bereits zwei Stunden zuvor ihr Mahl eingenommen hatten.

Zwei Angestellte der Kantine mit weißen Jacken und Fliegen servierten ihnen *pečená kachna*, gebackene Ente mit Kartoffelklößen und Rotkohl, dazu Bier. Smolák bemerkte, dass Krakl absichtlich nur Deutsch mit Platner sprach.

Beim Essen fragte Románek mit seinem gewohnten Eifer, ob Smolák und Bartoš diese Sitzung interessant gefunden hatten. Als sie stumm blieben, dämpfte das seinen Enthusiasmus ein wenig. »Entschuldigen Sie, Dr. Bartoš«, sagte er. »Das war höchst taktlos von mir. Es muss für sie sehr bestürzend gewesen sein.«

»Das kann man wohl sagen.« Bartoš lächelte etwas unsicher. »Trotz allem, was ich über Dominiks Verbrechen weiß, diesen Bericht hatte ich nicht erwartet.« Er drehte sich zu Viktor herum. »Gibt es auch nur die geringste Möglichkeit, dass Veles real gewesen ist? Ich meine, ich weiß, dass mein Bruder wahnsinnig ist, aber glauben Sie, dass möglicherweise jemand anders dabei gewesen ist, der seinen Wahnsinn ausgenutzt hat?«

»Sie meinen einen Komplizen, der ihm eingeredet hat, er sei eine uralte slawische Gottheit?« Viktors Skepsis verriet sich schon in seinem Tonfall.

»Eigentlich wüsste ich das auch sehr gern«, mischte sich Smolák ein. »Denn dasselbe könnte man auch über meinen verdächtigen Zigeuner bezüglich der Lederschürzen-Morde sagen. Vor allem, da die Morde ja weiterzugehen scheinen.«

Viktor schüttelte den Kopf. »Ich bin davon überzeugt, dass wir es in beiden Fällen mit einem abgetrennten Teil der Persönlichkeit des Wirts zu tun haben. Nach dem, was Sie mir erzählt haben, hat Ihr verdächtiger Zigeuner einem Teil von sich eine externe Gestalt gegeben, die er vor sich verleugnen wollte. Dasselbe trifft auf den Fall Ihres Bruders zu, Dr. Bartoš. Beide haben allein gehandelt, auch wenn sie das nicht wussten.«

»Trotzdem …« Smolák gab nicht auf. » … etwas an der Geschichte von Tobar Bihari kommt mir nicht schlüssig vor. Und außerdem wäre zu klären, wieso die Morde in Prag weitergehen. Mein Gespräch mit Macháček hat mich zudem eher verwirrt als etwas geklärt.«

»Tatsächlich?«, mischte sich Professor Románek ein. »Ich hatte gehofft, dass Macháček zugänglich sein würde.«

»Das war er auch. Er war nur zu gern bereit, mir zu sagen, was für ein großartiger Experte er ist. Aber es hat nicht wirklich weitergeholfen. Genau genommen war ich auf der Suche nach einer Einzelheit, die vielleicht bedeutsam sein könnte.« Smolák zuckte die Achseln. »Wenigstens hat es mir erlaubt, Ihre beeindruckende Küche hier zu probieren. Ist das typisch für die Mahlzeiten, die Sie Ihren Patienten servieren?«

»Allerdings«, erwiderte Románek stolz. »Wir glauben, dass eine ausbalancierte und vielfältige Ernährung sehr wichtig ist. Obwohl ich zugeben muss, dass eine unserer Patientinnen eine derartig besondere Ernährung bevorzugt, dass uns das manchmal das Leben schwermacht. Trotzdem tun wir alles, was wir können, um es ihr recht zu machen.«

Am anderen Ende des Tisches schnaubte Krakl verächtlich, und Smolák sah, wie Platner seinem Untergebenen einen warnenden Blick zuwarf.

»Darf ich davon ausgehen, dass Sie das missbilligen, Dr. Krakl?«, fragte Smolák.

»Ich glaube, dass die Geldmittel des Staates weit nutzbringender an anderer Stelle eingesetzt werden könnten, um ehrlich zu sein«, antwortete Krakl. »All diese modische Kochkunst …«

»Ich würde das alles andere als modisch nennen!«, unterbrach ihn Viktor. »Oder vielleicht möchten Sie Dr. Bartoš erklären, warum Sie das Gefühl haben, dass sein Bruder von einer Ernährung mit Brot und Wasser profitieren würde.«

»Sie wissen verdammt genau, dass ich keineswegs …!«

»Bitte, meine Herren!«, schnitt Románek Krakl das Wort ab. »Wir wollen diese Debatte nicht vor unseren Gästen führen.« Er drehte sich zu Smolák und Bartoš herum. »Wie in allen medizinischen Institutionen gibt es auch hier eine Vielfalt von beruflichen Meinungen darüber, wie unsere Arbeit am besten durchgeführt werden sollte.«

»Das verstehe ich«, antwortete Smolák und warf einen Blick in Krakls Richtung. »Es scheinen wahrlich Zeiten verschiedener Meinungen zu sein, nicht nur auf dem Feld der Medizin.«

Die Nacht war bitterkalt. Die Spitzdächer und die Türme hoben sich pechschwarz gegen den wolkenlosen sternfunkelnden Himmel über der Burg ab. Viktor und Professor Románek brachten Smolák und Bartoš zu ihrem Wagen.

»Ich hoffe, dieser Ausflug war nicht allzu enttäuschend für Sie, Kapitán«, fragte Románek. »Und nicht zu aufwühlend für Sie, Dr. Bartoš. Bitte fühlen Sie sich frei, Ihren Bruder jederzeit wieder zu besuchen.«

»Sehr freundlich«, antwortete Bartoš. Sein Tonfall machte klar, dass er nicht die Absicht hatte, hierher zurückzukehren.

»Danke, dass ich mit Macháček sprechen konnte«, meinte Smolák und wandte sich an Viktor. »Und dafür, dass Sie mir erlaubt haben, Ihrer Sitzung beizuwohnen. Sie hatten recht. Es hat mir geholfen, Tobar Biharis Fall zu verstehen. Es tut mir sehr leid, dass ich Ihnen den Zettel wegen der Schürze gereicht habe, aber das verstehen Sie gewiss.«

Viktor nickte.

Smolák stieg in den Wagen, in dem ein stummer Bartoš auf ihn wartete. »Sie waren sehr hilfreich, Dr. Kosárek«, sagte der Kapitán durch das heruntergedrehte Fenster.

»Bitte rufen Sie jederzeit an, falls Sie glauben, dass ich Ihnen weiterhin behilflich sein könnte.«

Smolák nickte und legte seine behandschuhten Hände auf das Lenkrad. »Eine Sache noch. Während der Sitzung, als Dr. Bartoš' Bruder sagte, Veles sei dort im Raum, in den Schatten – glauben Sie, dass er wusste, dass wir dort saßen?«

»Nein«, sagte Viktor. »Bedauerlicherweise bewohnt der Wahn seine eigene Landschaft, eine andere Ebene als die, auf der wir anderen uns befinden.«

»Dann hat er am Ende doch Erfolg gehabt«, warf Bartoš vom Beifahrersitz aus trübselig ein. »Dann hat er wirklich Verbindung zu einer anderen Dimension hergestellt.«

59

Ein kalter Ostwind trug die leise Warnung von der bevorstehenden Ankunft des Winters heran. Es hatte bereits in den letzten Tagen vereinzelt geschneit. Viktor schlug Judita vor, in das Café im Dorf zu gehen, weil es vielleicht bis zum Frühling das letzte Mal sein würde, dass sie den Weg bewältigen könnten. Als sie losgingen, schneite es sacht aus einem bleiernen Himmel. Die dicken weichen Flocken schienen in der Luft zu schweben und zu tanzen.

Während sie gingen, überzog der Schnee langsam die Dächer der Burg hinter ihnen sowie die Spitzen und Zweige der dichten Bäume, welche die Straße flankierten. An diesem Morgen hatte Judita die Transkription der Bartoš-Sitzung beendet, und auf dem Weg ins Dorf diskutierten sie den Fall.

»Professor Románek weiß es noch nicht, aber ich habe Bartoš eine weniger starke Dosis als gewöhnlich gegeben«, gab er zu. »Damit meine ich, dass ich ihm nicht die komplette Dosis Hypnotika verabreicht habe.«

»Tatsächlich? Es klingt aber so, als hätte es gereicht, jedenfalls der ungeschminkten Beschreibung seiner Verbrechen nach zu urteilen, die du von ihm bekommen hast.«

»Es hat mir nicht gefallen, dass sein Bruder und der Polizist bei der Sitzung anwesend waren«, erklärte er. »Nach den Vorfällen mit Pavel Zelený möchte ich die Bedingungen so weitgehend kontrollieren wie möglich. Ich habe vor, noch eine weitere Sitzung mit Dominik Bartoš durchzuführen, aber allein. Ich glaube, dass er in vielerlei Hinsicht ganz ähnlich ist wie Zelený. Als ich mit Mr. Hobbs gesprochen habe, habe ich mit einem abgespaltenen Teil von Zelenýs Unbewussten geredet. Bei Dominik Bartoš verhält es sich fast genauso. Er glaubt, dass der Teil von ihm selbst, der gezwungen ist zu töten, eigentlich eine andere Identität ist: der Slawengott Veles. Wenn ich Bartoš zu demselben Ort zu bringen vermag, an den ich Zelený gebracht habe, dann glaube ich, dass ich dort direkt mit diesem Veles reden kann.«

Judita schauderte, und das lag nicht an der Kälte. Sie schlug den Kragen ihres Mantels hoch. »Das ist unheimlich. Ich bekomme eine Gänsehaut. Ich meine, wie er Veles beschrieben hat. Wann hast du vor, die nächste Sitzung mit ihm durchzuführen?«

»Ich muss sie noch einplanen. Zuerst mache ich noch einen Versuch mit Zelený. Und vorher werde ich meine erste Sitzung mit Vojtěch Skála anberaumen, dem *Dämon*. Das bedeutet, dass ich dann Sitzungen mit allen sogenannten Satanischen Sechs abgehalten habe.«

Viktor und Judita blieben stehen und traten von der Straße, um einen Lastwagen vorbeizulassen, der Brennstoff in die Burg geliefert hatte und nun unterwegs zurück zur Hauptstraße war. Sie standen auf einem Teppich aus Schnee, der so dünn war, dass er fast durchscheinend wirkte. Das Grün des Grases neben der Straße schimmerte noch hindurch. Als der Lastwagen vorbeigefahren war, senkte sich mit dem Schnee Schweigen über sie. Als Viktor keine Anstalten machte, weiterzugehen, drehte sich Judita zu ihm herum.

»Was gibt es?«

»Ich muss dir etwas erzählen«, erwiderte er. »Über Filip.« Er erzählte ihr von der Phantomzeichnung und der Beschreibung des Mannes, nach dem die Polizei suchte.

»Du glaubst doch nicht wirklich, dass es Filip sein könnte?«, wollte sie wissen, als er seinen Bericht beendet hatte.

»Nein.« Viktor runzelte verblüfft die Stirn. »Vielleicht doch. In Wahrheit weiß ich es nicht genau. Es ist nur so, dass er sich Frauen gegenüber so … so feindselig geäußert hat. Und er sagte auch, dass er eine Frau kannte, die mit Glas handelte. Und dann ist da noch die Ähnlichkeit der Beschreibung …«

»Das war keine besonders genaue Beschreibung, Viktor. Sie könnte auf jeden zutreffen. Aber hör zu, wenn du auch nur den leisesten Zweifel an Filip hast, musst du diesen Kriminalbeamten…«

»Smolák.«

»… dann musst du es diesem Kriminalbeamten Smolák mitteilen.«

»Und Filip in die Sache mit hineinziehen, obwohl es vielleicht eine falsche Beschuldigung ist?« Viktor seufzte und blickte zum Himmel auf, als würde die Antwort mit dem Schnee herabsinken. »Filip ist so außer Kontrolle geraten, dass die Polizei ihn sofort verdächtigen würde, selbst wenn er unschuldig wäre.«

»Es ist deine Entscheidung«, sagte Judita. »Aber hier steht das Leben von Frauen auf dem Spiel.«

»Da hast du recht«, antwortete Viktor trübsinnig, und sie setzen ihren Weg ins Dorf fort.

Irgendetwas war nicht in Ordnung. Als sie sich dem Rand der Ortschaft näherten, bemerkten sie eine größere Betriebsamkeit als gewöhnlich. Die Straße hinab machte eine scharfe Biegung zum Dorf hin, und als Viktor und Judita um die Ecke bogen, standen sie einer Gruppe von Dorfbewohnern gegenüber, die erregt miteinander diskutierten. Als sie Viktor und Judita sahen, verstummten sie, und die Blicke, die sie dem Paar zuwarfen, waren offen feindselig und argwöhnisch.

Viktor nickte und wünschte ihnen *Dobré Ráno*. Keiner antwortete, aber sie beobachteten die beiden mit unverhohlener Feindseligkeit.

»Irgendetwas ist passiert«, sagte Viktor und beugte sich zu Judita hinüber. Er flüsterte fast, als sie die Dorfbewohner hinter sich gelassen hatten. »Das gefällt mir nicht. Vielleicht sollten wir zurückgehen.«

»Ich möchte es gern herausfinden«, sagte Judita. »Wahrscheinlich geht es nur um ihren Aberglauben, was die Burg betrifft.«

Juditas Theorie wurde jedoch rasch widerlegt, als sie sich der Dorfmitte näherten, wo sich die Gastwirtschaft befand. Dort hatten sich noch mehr Dorfbewohner versammelt, und sie ernteten weitere argwöhnische Blicke. Außerdem parkten zwei Polizeiwagen aus Mladá Boleslav auf dem Platz, und etliche uniformierte Polizisten standen um einen hohen Polizeioffizier herum, der Befehle erteilte.

Während Judita und Viktor vorbeigingen, sagte einer der Dorfbewohner etwas zu dem Polizeioffizier. Er drehte sich ebenfalls um und sah sie an.

»Mein Gott«, flüsterte Judita. »Warum fühle ich mich schuldig, obwohl ich gar nichts getan habe?«

»Gehen wir mittagessen«, schlug Viktor vor. »Ich frage den Gastwirt, was hier los ist.«

Ihre Stimmung verfinsterte sich weiter, als sie das Gasthaus betraten. Der schnauzbärtige Wirt begrüßte sie nicht mit gewohnter Herzlichkeit. Er trug Mantel, Hut und Schal und hatte schwere Stiefel an. Es war offensichtlich, dass er soeben die Gastwirtschaft verlassen wollte.

»Wir haben heute geschlossen«, sagte er ohne Umschweife. »Ich muss bei der Suche helfen.«

»Eine Suche?«, erkundigte sich Judita.

»Ich glaube, es wäre das Beste, wenn Sie zur Burg zurückkehrten«, erwiderte er. »Ein junges Mädchen aus dem Dorf ist verschwunden. Die kleine Jolanka – es wäre vielleicht eine gute Idee, wenn Sie sich von dem Dorf fernhielten, bis sie gefunden wird.«

»Was hat das mit uns zu tun?«, fragte Viktor empört. »Ich würde gern helfen, wenn nach ihr gesucht wird.«

»Sie wissen doch, wie wir hier so sind«, entgegnete der Gastwirt. »Wir sind eine kleine und verschworene Gemeinschaft aus

Familien, die schon seit Generationen hier leben. Wenn hier irgendetwas Schlimmes passiert, dann werden Außenstehende als Erstes verdächtigt. Aber das ist nicht alles – es kursieren Gerüchte. Die Leute geben Ihrer Klinik dort oben in der Burg die Schuld. Sie sagen, einer der Satanischen Sechs würde einen der alten Geheimgänge von Jan vom Schwarzen Herzen benutzen, um das Irrenhaus unbemerkt zu verlassen. Sie glauben, dass jemand aus der Burg die kleine Jolanka entführt hat.«

»Aber das ist absurd!«, protestierte Viktor. »Unsere Sicherheitsmaßnahmen sind perfekt. Niemand kann entkommen, ganz zu schweigen davon, dass er nach Belieben kommen und gehen könnte. Und diese Tunnel sind eine Legende – es gibt absolut keine Beweise für irgendwelche Geheimtüren oder Geheimgänge.«

»Das alles stimmt vielleicht«, antwortete der Gastwirt. »Aber das macht es für Sie hier im Dorf nicht sicherer.«

Viktor wollte wieder protestieren, aber Judita legte ihre rechte Hand auf seinen Arm. »Er hat recht, Viktor. Wir sollten zurückkehren.«

Viktor seufzte und nickte. »Also gut.«

Sie drehten sich um und verließen die Gastwirtschaft. Durch das Dorf führte noch eine etwas ruhigere Straße, die zwar ein kleiner Umweg für sie war, bevor sie wieder auf die Straße stieß, die zur Burg emporführte, aber hier begegneten sie weniger Menschen. Es schien, als wäre mittlerweile das ganze Dorf auf dem Dorfplatz versammelt. Viktor schob Judita sanft am Ellbogen vorwärts, um ihre Schritte zu beschleunigen.

Als sie das Dorf verließen, gelangten sie an den letzten Abschnitt ebenen Geländes, bevor die bewaldete Flanke des Bergs steil anstieg. Dort war ein großes ebenes Gebiet als Schrebergärten ausgewiesen, deren blanke Erde von Schnee bedeckt wurde. Hier wuchs zu dieser Jahreszeit nichts, aber als sie näher kamen, sahen sie zwei dunkel gekleidete Gestalten auf einem der Felder. Sie gingen weiter darauf zu. Viktor erkannte eine jüngere Frau, die vollkommen aufgelöst war, und eine alte Frau bei ihr. Sie hatte ihr weißes Haar mit einem schwarzen Kopftuch bedeckt. Die alte Frau verteilte etwas auf der Erde, etwas wie Mehl oder Asche, das Wolken in der Luft bildete, als sie es auswarf. Dabei bewegten sich ihre Lippen wortlos. Die jüngere Frau schien weder Viktor noch Judita zu bemerken. Sie hatte gerötete Augen und ein blasses Gesicht, was dafür sprach, dass sie lange geweint hatte. Die alte Frau hielt jedoch in ihrem Ritual inne, als Viktor und Judita an ihr vorbeigingen. Ihre Augen glühten vor Hass. Viktor erkannte Růžena, die alte Frau, welche die Gastwirtschaft mit ihrem Gemüse belieferte. Er bemerkte auch, dass sie einen schwarzen Lederbeutel in den Händen hielt, der offenbar das enthielt, was sie auf dem Boden verstreute. Die weinende Frau presste eine Kinderpuppe gegen die Brust.

Judita begrüßte die alte Frau, die sie beide jedoch nur finster anstarrte. Als sie weitergingen, tat die Alte etwas höchst Merkwürdiges. Sie drehte den Kopf und spuckte dreimal über ihre linke Schulter.

Dann verfiel sie wieder in ihren lautlosen Singsang und verteilte Asche auf dem Boden.

»Was zum Teufel sollte das?«, fragte Viktor.

Als Judita antwortete, hielt sie den Blick auf den Weg vor ihnen und den langen, kalten Anstieg zurück zur Burg gerichtet.

»Das ist ein alter böhmischer Bauernglauben«, erklärte sie. »Man muss dreimal über die linke Schulter spucken, wenn man sich vor dem Teufel schützen will.«

5. TEIL

DER SCHMETTERLING UND DIE STEINSONNE

60

Als Kapitán Lukas Smolák das letzte Mal hier gewesen war, hatte die Straße unter dem Mantel von Nacht und Nebel gelegen. Selbst in dem fahlen grauen Licht eines bewölkten Tages schienen Dunkelheit und Dunst noch in den dunklen Flecken des Mauerwerks zu lauern.

Aber wie es auch aussehen mochte, die Geräuschkulisse war eine andere.

Es klang wie ein Regenguss oder ein Wasserfall und war überall um ihn herum, laut, hart und allgegenwärtig. Angefangen hatte es, als er aus dem Wagen gestiegen war. Smolák hatte sich umgedreht, weil er dachte, jemand versuchte, seine Aufmerksamkeit zu erregen, indem er mit einer Münze gegen eine Fensterscheibe klopfte. Er sah niemanden, aber als er sich in die andere Richtung wandte, hörte er erneut dieses Klicken auf Glas, etwas weiter unten in der Straße. Dann ein drittes und ein viertes Mal. Wie das Knistern von Funken eines Lauffeuers ertönte das Geräusch in den Fenstern über ihm, auf der anderen Straßenseite und an Fenstern, die er von seiner Position aus nicht sehen konnte.

Als Smolák die Straße zu Tobar Biharis Mietshaus überquerte, begleitete ihn der Lärm lautstark, er ignorierte ihn jedoch. In diesem Viertel lebten Diebe und Prostituierte, Roma und Sinti, Juden und Ungarn, Anarchisten und Kommunisten. Eine sehr gemischte Gruppe, die allerdings das Misstrauen gegen die Prager Polizei einte. Das Klirren der Münzen an den Fensterscheiben war, wie Smolák wusste, der vereinbarte Alarm, mit dem sie sich beim Auftauchen der Polizei warnten.

Die Wohnung des toten Zigeuners lag im zweiten Stock. Smolák hatte die Schlüssel bei sich, welche die Polizei bei Bihari gefunden hatte. Als er vor der Tür ankam, wartete Tsora Mirga, Biharis klumpfüßige Geliebte, bereits an der offenen Tür. Ihre Miene war mürrisch und feindselig. Erneut verblüffte ihre so widersprüchliche Schönheit Smolák. Die Iris ihrer großen Augen schimmerten wie schwarze Oliven, ihre Haut hatte einen warmen goldbraunen Ton, und ihr dichtes schwarzes Haar glänzte. Die rote Seidenbluse und der graue Rock schmeichelten ihrer Figur, aber der Rock war etliche Zentimeter länger, als es Mode war. Sie stand mit vorgestreckter Hüfte in einer provokativ wirkenden Pose da, was jedoch vor allem an ihrer unsymmetrischen Anatomie lag. Er bemerkte, dass sie den Fuß mit dem orthopädischen Schuh hinter dem anderen versteckte.

»Hallo, Tsora«, begrüßte Smolák sie. »Ich möchte Ihnen ein paar Fragen stellen.«

»Was gibt es noch zu fragen?« Sie trat jedoch zur Seite, um ihn in die Wohnung zu lassen. Tsora Mirga wusste, dass Smolák wegen Biharis Tod Mitgefühl mit ihr hatte und dafür gesorgt hatte, dass die Anklagen gegen sie fallen gelassen worden waren.

»Tobars Geschichte hat mir Kopfzerbrechen bereitet«, antwortete er ehrlich. »Ich wollte Sie nur fragen, wie er sich nach dem Einbruch und dem Mord verhalten hat. Was er über diese Nacht erzählt hat und welche Veränderungen Sie anschließend an ihm wahrgenommen haben.«

Sie zuckte mit den Schultern und führte ihn in den Wohnraum. Ihre schmalen Schultern bewegten sich unter ihrem humpelnden Gang auf und ab. Die Wohnung war peinlich sauber, und Smolák ärgerte sich über sich selbst, weil er erwartet hatte, dass Zigeuner, selbst jene, die in der Stadt wohnten, in einer schmutzigen Umgebung lebten. Er hatte immer geglaubt, er wäre immun gegen solche Vorurteile, aber in diesen Zeiten schien kein Kraut gegen sie gewachsen zu sein.

»Darf ich mich setzen?« Sie nickte mürrisch. Er setzte sich auf das kleine Sofa, über das eine bunte Decke drapiert war. Wie die Hautfarbe ihrer Besitzerin schien auch das Muster der Decke darauf hinzuweisen, dass sie irgendeiner fernen Zeit und Kultur angehörte. Smolák fragte sich, wie es sich wohl anfühlte, überall fremd zu sein und stets Argwohn zu begegnen.

Tsora setzte sich ihm gegenüber hin und schlug ihre Beine unter dem Knie übereinander, so dass erneut ihr gesunder Fuß vor ihrem Klumpfuß stand. Es war eine automatische Pose, das Ergebnis der lebenslangen Gewohnheit, den Defekt zu verbergen. Die Bescheidenheit dieser Geste stimmte Smolák auf sonderbare Weise traurig. Tsora war eine Zigeunerin und ein Krüppel, sie war als Kind Taschendiebin gewesen und schon früh zur Prostituierten geworden. Doch unter all dem verbarg sich eine andere Tsora Mirga. Er erinnerte sich an das, was der Psychiater Kosárek gesagt hatte, dass jeder Mensch mehr als nur eine Persönlichkeit hatte, mehr als nur ein mögliches Selbst.

»Gehen Sie gelegentlich ins *Modrý Baža*?«, erkundigte sich Smolák.

Sie nickte. »Tobar hat mich jede Nacht nach der Arbeit dort abgeholt. Warum?«

»Ich frage aus keinem besonderen Grund. Ich glaube nur, dass Sie vor ein paar Jahren nur knapp mit dem Leben davongekommen sind.« Smolák dachte an Dominik Bartoš' Beschreibung der jungen humpelnden Prostituierten, die er in dieser Bar eigentlich schon als Opfer ausgewählt hatte.

Tsoras Schweigen und ihr Mangel an Neugier ließen ihn ahnen, dass es in ihrem Leben an der Tagesordnung war, knapp davongekommen zu sein.

»Ich wollte wissen, worüber Tobar mit Ihnen in den Tagen nach dem Einbruch und dem Mord in der Sněmovní Straße geredet hat.«

Tsora zuckte mit ihren schmalen Schultern. »Dasselbe, was er Ihnen gesagt hat. Er hat ständig über Beng und Dämonen im Schatten palavert. Aber es hat mich eine Ewigkeit gekostet, auch nur das aus ihm herauszubekommen. Tagelang nach dieser Nacht saß er einfach nur hier herum, wagte es nicht auszugehen und starrte auf die Tür. Und er hat auch nie das Licht ausgeschaltet. Alle Lampen mussten brennen, Tag und Nacht. Er war förmlich besessen davon und hat mir sogar befohlen, Ersatzbirnen zu kaufen, falls eine kaputtginge.«

Sie deutete auf eine Stelle, wo eine Stehlampe ungewöhnlich gedrängt in einer Ecke stand. »Dorthin fiel nie viel Licht, und abends lag sie im Schatten. Tobar hat die Lampe dort hingestellt und sagte, wir dürften niemals Schatten in der Wohnung haben. Er war verängstigt wie ein Kind. Sie kannten ihn ja, Tobar hatte vor nichts Angst. Was auch immer er an diesem Ort gesehen hat, hat ihn vollkommen verändert. Und bevor Sie mich fragen: Nein, ich glaube keine Minute, dass er der Frau das angetan hat oder dass er Lederschürze war. Ich weiß, dass Sie es ihm gern anhängen würden, damit Sie die Sache abschließen können. Aber Tobar hätte niemals einer Frau oder einem Kind etwas angetan.«

Smolák nickte, als er über Tsoras Worte nachdachte. »Sie haben selbst zugegeben, dass er mental labil war. Also wissen Sie nicht, was in seinem Kopf vorgegangen sein könnte. Ich habe mit Experten darüber geredet, und es ist sehr gut möglich, dass Tobar gar nicht wusste, was er da getan hat.«

»Aber es ging ihm gut!«, protestierte Tsora. »Er war vollkommen normal bis zu jener Nacht des Einbruchs. Was er dort gesehen hat, hat erst sein verrücktes Verhalten hinterher ausgelöst. Es war danach, nicht vorher. Ich musste mit Engelszungen sprechen, um ihn zu überreden, hinauszugehen. Und noch länger brauchte ich, bis er die Wohnung wieder nachts verließ. In der Nacht, in der Sie ihn erwischt haben, mussten wir nur den längeren Heimweg nehmen, damit wir auf besser beleuchteten Straßen bleiben konnten. Deshalb sind wir direkt an Ihnen vorbeigegangen. Tobar wollte auf dieser Straßenseite gehen, weil dort mehr Laternen standen. Haben Sie sein Gesicht gesehen, als Sie aus diesem Türeingang getreten sind? Er war vollkommen entsetzt. Als hätte er gedacht, Sie wären das, wovor er am meisten Angst hatte. Ein Schatten, der zum Leben erwachte.«

61

Die Vorbereitungen für die nächste Sitzung waren noch gründlicher. Von den Satanischen Sechs war Vojtěch Skála bei Weitem der Düsterste, Gefährlichste und Gewalttätigste.

Vor der Sitzung hatte Viktor beschlossen, Leoš Mlàdek zu besuchen, den ehemaligen Zirkusclown, der zum Kindermörder geworden war. Mlàdek schien sich mit seiner Gefangenschaft abgefunden zu haben, obwohl sie ihn immer noch verwirrte und er sie für ungerecht hielt. Viktor hatte ihn seit ihren Sitzungen mehrmals besucht, und sie hatten ohne die Verwendung von Hypnotika oder Beruhigungsmitteln miteinander geredet. Mlàdek weigerte sich immer noch entschieden, zu glauben, dass Harlekin einfach nur eine verborgene, verleugnete Seite seiner Persönlichkeit wäre.

Leoš Mlàdeks kooperative Haltung und seine Friedfertigkeit waren mit kleinen Zugeständnissen belohnt worden. Unter anderem hatte Viktor ihm erlaubt, seine Clownsschminke zu verwenden. Außerdem hatte er ihm den Besitz einiger Bücher über die Geschichte der Commedia dell'Arte gestattet. Diese Belohnungen und ihre entspannten Gespräche vermittelten ihm das Gefühl, dass er eine Verbindung zu seinem Patienten aufbaute, die vielleicht sogar effektiver war als die narcosynthetischen Sitzungen unter von Medikamenten beeinflusster Hypnose.

Viktor und Mlàdek saßen häufig eine Stunde zusammen und sprachen über die Bedeutung der Masken und Symbole, sowohl in der Commedia dell'Arte als auch in der Psychologie Jungs. Dabei schminkte sich Mlàdek oft als Pierrot, was *dem Clown* einen inneren Frieden zu verleihen schien.

Nun jedoch hatte Viktor Schwierigkeiten, sich auf seinen Patienten zu fokussieren. Die bevorstehende Sitzung mit Skála schwebte wie eine dunkle Wolke über ihm, und als er am Fenster stand und auf das Dorf hinabblickte, wurde er noch unruhiger. Obwohl er es allen anderen gegenüber abgestritten hatte, bereitete es ihm Sorgen, dass ein kleines Mädchen in einem Dorf verschwunden war, das so dicht an dieser Ansammlung von gefährlichen Geistesgestörten lag. Dass er während der angestrengten Suche nach dem Kind ein Gespräch mit einem verurteilten Kindermörder führte, hob seine Laune auch nicht.

»Danke, dass Sie mir erlaubt haben, mein Make-up zu tragen«, sagte Mlàdek, der hinter Viktor saß und sein Gesicht schminkte. »Dadurch fühle ich mich irgendwie vollkommener.«

»Gern geschehen.« Viktor blickte immer noch auf das Dorf hinab. Es wirkte aus der Höhe der Burg klein und zerbrechlich, fast so, als würde der dichte Wald darum herum es verschlingen können. »Ich wünschte nur, es würde Ihnen helfen, sich klarer an die Dinge zu erinnern.«

»Ach?«, erkundigte sich Mlàdek. »Was für Dinge?«

»Wir haben schon so häufig darüber gesprochen, Leoš«, erwiderte Viktor zerstreut. Er fragte sich, ob das Mädchen schon gefunden worden war und in welcher Verfassung sie gewesen sein mochte. »Diese Kinder – und was mit ihnen geschehen ist.«

»Ach das«, antwortete Mlàdek beiläufig. »Daran erinnere ich mich.«

»Was?« Viktor fuhr überrascht zu ihm herum. Seine Überraschung verwandelte sich schlagartig in Entsetzen.

Leoš Mlàdek stand in der Mitte des Zimmers. Er hatte seine Clownsmaske zu Ende aufgetragen. Aber Viktor sah nicht in die Maske des Pierrots. Mlàdek hatte sein Gesicht blutrot angemalt. Zwei schwarze Rauten umrahmten seine Augen, reichten hoch in seine Brauen und bis auf seine Wangen hinab. Ein grotesker Mund mit großen Lippen war schwarz über die gesamte untere Hälfte seines Gesichts gemalt und bog sich zu einem boshaften Grinsen auf einer Seite hoch und auf der anderen Seite in einer finsteren Grimasse hinab. Es war nur Schminke, nicht mehr, aber der Effekt war furchteinflößend.

»Ich sagte, dass ich mich an sie erinnern kann. An die Kinder. Die Furcht von Kindern ist größer, reiner und süßer als alles andere. Ich kann mich daran erinnern, dass ich ihr Entsetzen und ihren Schmerz aufgesogen habe.«

»Sie sind Harlekin?« Viktor sah, dass Malik immer noch die Bürste in der Hand hielt, mit der er seine Schminke aufgetragen hatte.

»Ich bin Harlekin. Ich bin Harlekin und habe all das getan. Ich bin derjenige, den Sie finden wollten.«

»Aber Sie sind auch Leoš Mlàdek. Sie sind auch Pierrot.«

»Ich bin mehr. Viel mehr.« Er machte einen Schritt auf Viktor zu. Dabei drehte er die Bürste um, so dass die Spitze wie ein Dolch aus seiner Faust herausragte. Viktor verwünschte sich für seinen Leichtsinn, diesem Mann eine potentielle Waffe in die Hand gegeben zu haben. Leoš Mlàdek hatte sich von dem sanften Pierrot in den grausamen Harlekin verwandelt, in den Mörder, den Sadisten, der sich an der Angst von Kindern weidete. Und er hatte eine Art Waffe. Viktor erinnerte sich an Professor Románeks Warnung, dass die Laxheit seines Vorgängers ihn ein Auge gekostet hatte.

»Geben Sie mir die Bürste, Leoš.« Viktor streckte die Hand aus. Er sah seinem Patienten weiter in die Augen, aber es war schwierig, unter dieser dämonischen Gesichtsmaske seinen Gesichtsausdruck zu erkennen.

Mlàdek, der Harlekin, blickte auf die Bürste in seiner Hand, als hätte er vergessen, dass sie da war. Dann hob er den Blick wieder zu Viktor. Die Gesichtsmaske wirkte immer noch dämonisch, seine großen Augen leuchteten hell und voller Wahnsinn in ihren schwarzen geschminkten Rauten. Seine Zähne in dem schwarz und rot bemalten Gesicht leuchteten ebenfalls hell. Viktor begriff, dass die Opfer des Mannes dieses Gesicht gesehen hatten, als Letztes in ihrem Leben.

Ohne eine Vorwarnung stieß Mlàdek einen schrillen Schrei aus und stürzte sich auf Viktor. Er hob die Bürste wie einen Dolch. Er war nur ein kleiner Mann, aber die Kraft seines Angriffs und die Plötzlichkeit überrumpelten Viktor. Er verlor das Gleichgewicht, fiel zurück und schlug mit dem Kopf auf den Steinboden. Einen Moment lag er wie betäubt auf dem Rücken und spürte, dass Mlàdek auf ihm lag. Viktor sammelte sich noch rechtzeitig, um den Stoß abzuwehren, den der Clown mit dem spitzen Handgriff der Bürste nach seinem Auge führte. Er schlug dem Harlekin ins Gesicht, aber da er auf dem Rücken lag, hatte dieser Hieb nicht allzu viel Wucht. Trotzdem schrie der Harlekin. Viktor packte sein Handgelenk mit der improvisierten Waffe und drehte es um.

Währenddessen beugte sich Mlàdek vor und legte den Mund an sein Ohr. »Sie waren zu beschäftigt damit, aus dem Fenster zu blicken«, zischte er. »Sie waren zu sehr damit beschäftigt, zu überlegen, was mit dem kleinen Mädchen passiert ist. Sie haben zu konzentriert darüber nachgedacht, ob ich aus der Burg flüchten und sie ergreifen konnte.«

Deutsch. Mlàdek sprach Deutsch mit ihm. Eine kurze Sekunde lang versuchte er, herauszufinden, ob es dieselbe Stimme gewesen war, die Zelený benutzt hatte, als er so tat, als wäre er Mr. Hobbs. Aber das konnte nicht sein. Es war unmöglich.

Viktor erholte sich und stieß mit aller Kraft zu. Der kleinere Mann fiel von ihm herunter und landete mit dem Rücken auf dem Boden. Es krachte laut, als wäre Stein auf Stein geprallt.

»Hilfe!«, schrie Viktor, als er sich auf die Füße rappelte. »Ich brauche Hilfe, sofort!«

Er rannte zu Mlàdek, bereit, den Mann festzuhalten, bis die Pfleger, deren Schritte er bereits im Gang hörte, eintrafen und den Patienten in Gewahrsam nahmen. Aber Leoš Mlàdek kämpfte nicht. Er bewegte sich nicht einmal. Er lag völlig regungslos da und starrte mit seinen viel zu großen Augen an die Decke, während sich unter dem als Harlekin geschminkten Gesicht ein dunkelroter Fleck auf dem Steinboden ausbreitete.

Als die Pfleger in den Raum stürmten, hob Viktor die Hand, um sie zu beruhigen. Es gab keinen Grund zur Eile mehr. Leoš Mlàdek hatte sich bei dem Sturz auf den Steinboden den Schädel eingeschlagen. Er war tot.

Aus den Satanischen Sechs waren die Teuflischen Fünf geworden.

62

Die Sitzung mit Skála wurde verschoben. Trotz des Ensetzens über den Vorfall und den Schmerz in seinem Kopf und seinem Hals machte sich Viktor vor allem Sorgen darüber, dass man ihm nicht mehr erlauben würde, seine narcosynthetische Methode an Skála auszuprobieren. Er fürchtete sogar, dass seine Arbeit in Hrad Orlů vorbei sein könnte. Dass seine Suche nach dem Teufels-Aspekt in der menschlichen Psyche endete, bevor sie überhaupt richtig begonnen hatte.

Seine Kopfverletzung war nicht der Rede wert, aber Viktor wurde ins Krankenrevier gebracht, wo sich Krakl um ihn kümmerte. Der Sudetendeutsche machte überraschend wenige Bemerkungen, als er Viktors Kopfhaut mit ein paar Stichen nähte. Dr. Platner war wegen einer dringenden Krankenhaus-Angelegenheit in Mladá Boleslav, aber man hatte ihn über Mlàdeks Tod informiert, als er anrief. Nun war der Arzt auf dem Weg zurück in die Burg.

Professor Románek erschien auf der Krankenstation, als Krakl seine Arbeit beendet hatte und einen Mullverband über der Wunde anlegte. Er verlangte von Viktor eine Erklärung zu dem Ablauf der Ereignisse, die zu dem Angriff des Patienten und seinem Tod geführt hatten, und schärfte ihm ein, keine Einzelheit auszulassen. Viktor gehorchte und ignorierte das Pochen in seinem Kopf. Nachdem der Direktor des Irrenhauses sichergestellt hatte, dass Viktors Verletzungen ungefährlich waren, ließ er seinem Ärger darüber freien Lauf, dass Viktor seine Warnung ignoriert hatte, den Patienten nichts in die Hand zu geben, was man als Waffe benutzen konnte.

Viktor richtete sich auf dem Behandlungstisch auf und

schwang seine Beine herunter, so dass er sitzen konnte. Dann hielt er sich am Rand fest und stellte sich hin, während er berichtete. Wie befohlen, ließ er kein Detail aus, oder jedenfalls so gut wie kein Detail. Bis auf eines: Er erwähnte Mlàdeks bizarre Äußerung nicht, die bewies, dass er etwas über das verschwundene Mädchen in dem Dorf gewusst hatte, und ebenso wenig sagte er, dass er in perfektem, wenn auch etwas altertümlichem Deutsch mit Viktor gesprochen hatte.

Viktor wusste, dass seine ganze Aussage in Zweifel gezogen werden konnte, wenn er Románek diese Einzelheit verriet. Immerhin war sie vollkommen unlogisch. Viktors Forschung, seine narcosynthetischen Sitzungen mit den Satanischen Sechs liefen Gefahr, eingestellt zu werden. Es hatte nun zwei Vorfälle gegeben, in denen Viktor nicht wachsam gewesen war, und beide hatten gewalttätige Ergebnisse nach sich gezogen. Er spürte, dass Románeks Begeisterung über seinen neuen Assistenten merklich schwand. Dazu kam Viktors überwältigendes Gefühl, dass er kurz davor stand, etwas wirklich Bedeutendes zu entdecken, wenn es auch etwas war, das er noch nicht erklären konnte. Und solange er das nicht konnte, war es besser, es nicht mit Románek zu diskutieren.

Mitten in seinem Bericht kam Judita aufgelöst in das Behandlungszimmer. Sie wollte zu Viktor eilen, doch als sie sah, dass er Románek Rechenschaft ablegte, blieb sie stehen. Nachdem sie sich vergewissert hatte, dass Viktor nicht ernsthaft verletzt war, trat sie an die Wand neben der Tür zurück und hörte einfach nur zu.

»Sie haben recht damit, dass dieser Angriff nicht passiert wäre, wenn ich ihm seine Gesichtsschminke nicht gegeben hätte«, sagte Viktor zu Románek, als er die Schilderung der Ereignisse beendet hatte. »Aber nicht, weil die Bürste eine effektive Waffe gewesen wäre. Sehen Sie nicht, dass die Schminke ihm erlaubt hat, seinem Teufels-Aspekt ein Gesicht zu verleihen? Der Akt, sein Gesicht als Harlekin zu schminken, hat das freigesetzt, wonach ich immer gesucht habe. Harlekin war der Teufels-Aspekt in Mlàdek.«

»Und jetzt ist er tot«, antwortete Románek barsch. Er machte eine Pause. »Dr. Kosárek, ich muss Sie etwas fragen, und ich hoffe, Sie verstehen den Grund dafür. Es hat zwei gewalttätige Vorfälle gegeben, in die zuvor recht fügsame Patienten verwickelt waren. In beiden Fällen gab es einen Auslöser – bei Mlàdek war es die Gesichtsschminke, die Sie ihm zugestanden haben. Bei Michal Macháček war es ein Glas, das nicht aus der Kantine stammte. Meine Frage lautet folgendermaßen: Haben Sie Ihren Patienten absichtlich diese Gegenstände gegeben, in der Hoffnung, dass sie genau eine solche Reaktion auslösen würden?«

»Wie bitte?«

»Sprechen wir offen. Ihre narcosynthetischen Sitzungen waren bisher nicht besonders erfolgreich, bis auf das Erscheinen einer irgendwie geisterhaften Stimme. Wir alle kennen das, Dr. Kosárek – die Frustration über das Ausbleiben von Fortschritten, um eine Theorie zu beweisen. Das Verlangen, eine Abkürzung zu nehmen oder zu versuchen, ein dramatisches Ergebnis zu stimulieren.«

»Sie halten das Auftauchen der Hobbs-Identität in Zelený nicht für einen Erfolg?« Viktor musste sich zusammenreißen, um sich seinen Ärger nicht anmerken zu lassen. »Doch um Ihre Frage zu beantworten, Professor: Nein, ich habe Mlàdek sein Make-up nicht gegeben, um einen gewalttätigen Schub auszulösen. Und ganz gewiss habe ich Michal Macháček kein Glas überlassen.«

»Gut.« Románek nickte. Als er weitersprach, ließ sein Tonfall keine weitere Diskussion zu. »Trotzdem denke ich, Sie sollten ein paar Tage Urlaub nehmen, um sich von Ihrer Gehirnerschütterung zu erholen. Aber falls Sie sich morgen dazu in der Lage fühlen, käme es mir gelegen, wenn Sie Fräulein Blochová Ihren Bericht diktieren könnten, damit ich ihn an die Behörden weiterleiten kann. Es gibt bis dahin keine weiteren Sitzungen. Habe ich mich klar ausgedrückt?«

Viktor nickte.

»Ich fürchte, dass Sie möglicherweise unsere ganze Operation hier in Gefahr gebracht haben, Dr. Kosárek. Dr. Platner ist in Mladá Boleslav und redet mit der Polizei.«

»Mit der Polizei?«

»Die örtlichen Behörden werden gedrängt, uns wegen des kleinen Mädchens genauer in Augenschein zu nehmen, das aus dem Dorf verschwunden ist. Die Dorfbewohner haben sie so gut wie überzeugt, dass ihr Verschwinden etwas mit uns hier oben in der Burg zu tun haben muss.«

»Nicht das schon wieder.« Viktor rieb sich den Hals, als ein dumpfer Schmerz sich zu etwas steigerte, das nicht so einfach zu ignorieren war. »All dieser Unsinn über Geheimgänge und Jan vom Schwarzen Herzen.«

»Das mag sein, wie es will«, erwiderte Románek. »Ich habe jedenfalls die Polizei im Haus, die unsere Maßnahmen untersuchen will, und das Letzte, was wir brauchen können, ist eine Ermittlung wegen des Todes eines Patienten. Reichen Sie Ihren schriftlichen Bericht ein, so schnell Sie können. Dann werden Sie und ich eine sehr ernste Diskussion über die Effizienz dieser Sitzungen führen.«

Nach dem Románek gegangen war, stieß sich Viktor vorsichtig von der Behandlungsliege ab. Er hielt sich fest, als ihm schwindlig wurde. Krakl ignorierte ihn, aber Judita trat zu ihm und ergriff seinen Arm.

»Ich bringe Dr. Kosárek sicher in sein Quartier zurück«, sagte sie ausdruckslos zu Krakl.

»Davon bin ich überzeugt«, gab der Sudetendeutsche zurück, ohne sich umzudrehen.

Als sie in Viktors Zimmer waren, führte Judita Viktor zu seinem Schreibtisch und gab ihm ein Glas Wasser. Sie stellte es auf den

Schreibtisch, beugte sich vor und küsste ihn sanft auf den Kopf. Sie drückte ihre Lippen in sein dichtes glänzendes Haar.

»Geht es dir gut?«, fragte sie.

Viktor seufzte. »Nein, mir geht es nicht gut. Ich habe einen Mann getötet. Einen Patienten.«

»Im schlimmsten Fall war es Notwehr. Es war ein Unfall. Tragisch, gewiss, aber ein Unfall.«

»Ich hätte es gar nicht erst dazu kommen lassen dürfen, dass sich eine solche Situation ergab. Ich hätte die Gelegenheit nicht ermöglichen dürfen. Professor Románek hat recht.«

»Glaubst du, dass er die Forschungen über den Teufels-Aspekt einstellt?«, erkundigte sich Judita. »Dass er dich die narcosynthetischen Sitzungen nicht mehr weiterführen lässt?«

Viktor wurde plötzlich noch besorgter, ja, er schien richtiggehend aufgeregt. »Das kann er nicht. Er darf es nicht.«

»Viktor, was ist los? Was stimmt nicht?« Judita las noch etwas anderes in seiner Miene.

Er seufzte. »Das klingt jetzt verrückt, und ich habe es in meinem Bericht auch nicht erwähnt. Mlàdek hat auf Deutsch mit mir gesprochen, und er wusste von dem verschwundenen Mädchen. Das war einfach nicht logisch.« Viktor trank das Wasser und nahm die Schmerztabletten, die Krakl ihm gegeben hatte. »Wie hat er etwas von dem Mädchen erfahren können?«

Judita zündete Viktor eine Zigarette an und gab sie ihm, bevor sie sich selbst ebenfalls eine ansteckte. Dann ging sie zu dem Sessel in der Ecke und setzte sich.

»Höchstwahrscheinlich hat er etwas gehört, was nicht für seine Ohren bestimmt war. Vielleicht haben irgendwelche Pfleger in seinem Beisein über dieses Verschwinden geredet.«

»Das erklärt aber nicht, wieso er Deutsch gesprochen hat.«

»Ist er nicht in Doudlebsko aufgewachsen?«, erinnerte sich Judita. »Dann ist er mitten unter Deutsch sprechenden Menschen aufgewachsen. Es könnte sogar sein, dass er die Sprache flüssig beherrscht.«

»Das werden wir jetzt niemals herausfinden«, antwortete Viktor bedrückt.

»Hast du dich schon entschieden, was du wegen Filip tun willst?«

»Tun?« Viktor runzelte die Stirn.

»Willst du der Polizei von deinen Bedenken erzählen?«

»Ich weiß es nicht. Vielleicht. Professor Románek will, dass ich zwei Tage freinehme. Ich glaube, das werde ich nicht tun, aber ich werde nach Prag zurückfahren und nach Filip suchen.«

»Soll ich mitkommen?«

»Nein. So wie Filip über Frauen redet ...«

»Wenn du das wirklich glaubst, solltest du nicht selbst nach ihm suchen. Dann solltest du die Polizei hinzuziehen.«

»Nur weil sich Filip feindselig gegenüber Frauen verhält, macht ihn das noch nicht zu Lederschürze. Ich brauche nur eine Gelegenheit, um über all die Dinge mit ihm zu reden. Aber erst muss ich diesen Bericht verfassen.«

»Das machen wir morgen früh. Ich glaube, du solltest erst einmal richtig ausschlafen.« Judita küsste ihn noch einmal auf den Kopf, zärtlicher als zuvor.

63

Du fährst also wirklich nach Prag? Wann?« Judita saß mit Viktor in seinem Büro, während er seine Aussage über Mlàdeks Angriff und dessen daraus resultierenden Tod diktierte.

»Heute Abend, falls ich das schaffe.«

»Du solltest nicht mit dieser Gehirnerschütterung reisen.«

»Das schaffe ich schon.« Er lächelte schwach. »Dr. Platner hat mir eine stärkere Dosis Schmerzmittel gegeben, und es geht mir ganz gut.« Das war eine Lüge. Sein Kopf schmerzte immer noch, ebenso wie sein Nacken. »Ich muss fahren. Ich muss Filip finden.«

»Um herauszufinden, ob er Lederschürze ist? Mein Gott, Viktor, wenn du auch nur im Entferntesten glaubst, dass diese Möglichkeit …«

»Mach dir keine Sorgen. Wenn ich irgendetwas anderes finde, was meinen Verdacht erregt, wende ich mich direkt an Kapitán Smolák. Aber ich kann mich nicht einfach mit einem vagen Verdacht an ihn wenden.«

Er hatte Judita seinen Bericht zu Ende diktiert, als jemand an die Tür klopfte. Bevor Viktor »Herein« sagen konnte, betraten Románek und Platner mit ernsten Gesichtern das Zimmer. Ihnen folgte ein kleinerer Mann in einer Uniform, auf deren Schulterstücken der Stern und der Balken eines Polizeimajors prangten.

»Das ist Major Chromík«, stellte Románek ihn vor. »Er ist wegen der Vorfälle mit Leoš Mlàdek hier und überprüft außerdem unsere Sicherheitsmaßnahmen.«

Der Polizeibeamte musste etwa Ende vierzig sein. Viktor erkannte ihn. Judita und er hatten ihn im Dorf gesehen, und der Mann hatte ihnen misstrauisch nachgeblickt, als sie an ihm vorbeigegangen waren. Er war für einen Polizisten ziemlich klein, aber sein Gesicht verriet Intelligenz und Autorität. Grüne Augen leuchteten unter einer breiten Stirn und hohen Wangenknochen. Am Anfang dachte Viktor, der Polizist würde ihn und seine Umgebung mit dem selben Argwohn mustern, wie er ihn auch im Dorf gezeigt hatte, doch dann wurde ihm klar, dass er seine Umgebung einfach nur kühl einschätzte.

»Ihnen ist bewusst, dass wir das Mädchen gefunden haben, das im Dorf verschwunden ist?«, fragte Chromík. Er hatte einen westböhmischen Akzent, den Akzent eines Einheimischen.

»Das ist eine Erleichterung«, antwortete Viktor.

»Ich habe nichts von lebendig und wohlauf gesagt«, fuhr Chromík sachlich fort. »Wir haben sie gestern am späten Abend gefunden. Etwa zu der Zeit, an der Sie Ihre Auseinandersetzung mit Ihrem Patienten hatten. Sie trieb im Teich hinter dem Dorf. Sie ist ertrunken.«

Viktor spürte, wie etwas in ihm sich verkrampfte. Das Bild eines anderen kleinen Mädchens kam ihm in den Sinn, seine verstorbene Schwester, die langsam und stumm versunken war. Er erinnerte sich an ihr helles Kleid, das sich in dem dunklen Wasser aufblähte und langsam verschwand. Seine Bestürzung bei dieser Erinnerung schien sich auf seinem Gesicht zu zeigen.

»Geht es Ihnen gut, Dr. Kosárek?«, fragte Chromík.

»Was? Ja, schon. Mein Kopf und mein Hals schmerzen noch ein wenig. Nach den Vorfällen von gestern, verstehen Sie?«

»Das verstehe ich.« Chromík musterte Viktor noch eine Weile mit seinem forschenden Blick. »Das Mädchen scheint häufiger für eine Weile verschwunden zu sein. Und man hat ihr immer wieder eingeschärft, nicht zu nah am Rand des Wassers zu spielen. Im Augenblick betrachten wir ihren Tod als einen tragischen Unfall.«

»Im Augenblick?«, fragte Románek.

»Es gibt im Moment nichts, was auf ein Verbrechen hinweisen würde. Aber ich fürchte, dass die Dorfbewohner nur in einer einzigen Richtung eine Erklärung dafür suchen.« Major Chromík zuckte mit den Schultern und deutete auf die Steinmauern um sie herum.

»Nicht das schon wieder«, seufzte Platner. »Wann werden diese Leute …?«

»Diese Leute sind meine Nachbarn«, unterbrach Chromík ihn, ohne feindselig zu klingen. »Ich wurde in dem Dorf geboren. Ich habe bis zu meinem sechzehnten Lebensjahr hier gelebt. Das hier sind meine Nachbarn, und ich verstehe ihre Ängste, ich weiß, wie sie sich fühlen. Dieser Ort hier, die Burg, hat schon immer ihren düsteren Schatten über sie geworfen.«

»Aber die Klinik ist erst seit drei Jahren hier ansässig!«, protestierte Viktor.

»Ich rede über die Burg, nicht über die Klinik. Das Irrenhaus ist nur …« Er suchte nach dem treffenden Ausdruck. »Es ist nur die letzte Inkarnation, so würden Sie es wohl nennen. Und dass hier so viel Böses eingesperrt wird, war nur zu erwarten.«

»Das verstehe ich nicht.«

»Als die Einheimischen erfuhren, dass die Burg in ein Irrenhaus umgewandelt werden sollte, haben sie protestiert. Sie haben an die Regionalregierung und die Landesregierung geschrieben, an das Gesundheitsministerium. Gleichzeitig jedoch haben sie sich gefügt. Sie wussten, noch bevor irgendjemand es auch nur erwähnt hat, dass die Satanischen Sechs hierhergebracht werden würden.«

»Woher hätten sie das wissen sollen?«

»Weil sie diesen Ort kennen. Sie leben schon seit Generationen im Schatten dieser Burg und wissen, dass das Böse dort haust. Alles Schlechte, was jemals in dieser Gegend geschehen ist, hatte irgendeine Verbindung mit der Burg. Sie zieht böse Menschen an und böse Taten. Deshalb wussten hier alle, als sie erfuhren, dass es in eine Klinik für Geistesgestörte umgewandelt werden sollte, dass die Satanischen Sechs hierher geschafft werden würden. Und alle haben darauf gewartet, dass das Unheil beginnt.«

»Das ist doch nur Aberglaube.«

»Es ist kein Aberglaube, sondern Erfahrung. Sie können nicht akzeptieren, dass die Menschen auf die Burg gedeutet haben, als das Mädchen verschwunden ist. Aber es ist nicht das erste Mal, dass Mädchen hier verschwunden sind, und die Burg war stets darin verwickelt. Als es eine Armeegarnison gewesen ist, war einer der Soldaten von einem hiesigen Mädchen besessen, das ihm jedoch die kalte Schulter zeigte. Er hat ihr aufgelauert, sie vergewaltigt und sie ermordet. Als die Armee versucht hat, ihn zu verhaften, wurde er zum Berserker, hat seine eigenen Offiziere und Kameraden erschossen und sich wochenlang im Wald versteckt, bevor sie ihn endlich aufgespürt haben. Die Garnison ist nach dem Untergang von Österreich-Ungarn abgerückt. Seitdem, bis der Staat sie übernommen und als Irrenhaus benutzt hat, stand die Burg leer. Und selbst in dieser Zeit war sie ein Hort des Übels. Mädchen aus der Gegend verschwanden, sowohl aus dem Dorf als auch aus den benachbarten Weilern. Natürlich flammte dadurch der Aberglaube an Jan vom Schwarzen Herzen wieder auf. Die Einheimischen sammelten sich und haben die Burg durchsucht. Sie fanden einen Landstreicher, der sich in der Turmkammer eingerichtet hatte, wo niemand die brennende Lampe sehen konnte und die, wie er sagte, leichter warm zu halten war.«

»War er ihnen bekannt?«

»Nein. Er war ein Vagabund und hatte auf Höfen gebettelt oder gestohlen, wenn sich die Gelegenheit ergab. Einen Monat, bevor das erste Mädchen verschwand, war er durch das Dorf gekommen, aber niemand hatte die beiden Dinge miteinander in Verbindung gebracht. In der Zwischenzeit hatte er hier in der Burg seine Zelte aufgeschlagen.«

»Warum hat er das gemacht?«

Chromík zuckte mit den Schultern. »Die Burg wurde zwar nicht mehr benutzt, aber sie war deshalb keineswegs zerstört worden. Sie wurde erbaut, um die Zeiten zu überdauern. Und wegen all dieser Legenden haben sich die Einheimischen weder der Burg noch der Kapelle im Wald jemals genähert. Also lebte er wie ein Fürst. Er legte Fallen für Kaninchen im Wald aus und machte es sich gemütlich. Er wusste nichts über den Aberglauben hier und begriff auch nicht, warum man ihn in Ruhe ließ. Aber er ist wohl nicht auf die Idee gekommen, sein Glück lange zu hinterfragen.«

»Und er wurde für das Verschwinden der Mädchen verantwortlich gemacht?«

»Oh, es gab Beweise. Als die Dorfbewohner ihn fanden, entdeckten sie Schmuck bei ihm, der einem der verschwundenen Mädchen gehört hatte. Von den Mädchen selbst gab es jedoch keine Spur.«

»Er wurde also verhaftet?«

»Bedauerlicherweise sind wir, also die Polizei, nicht rechtzeitig eingetroffen. Sie müssen verstehen, dass es ein Mob war, der nach ihm gesucht hat. Sie hatten Angst vor der Burg und fanden ihn ausgerechnet in dem Teil des Gebäudes, in dem Jan vom Schwarzen Herzen gehaust haben soll. Leider haben sie ihn zum Wachturm gezerrt und ihn von der Brücke in die Schlucht geworfen, bevor wir die Möglichkeit hatten, ihn zu verhören. Trotzdem, der Schmuck gehörte den Mädchen, das steht fest.«

»Aber das war blanker Mord«, warf Viktor ein. »Er hätte vor Gericht gestellt werden müssen. Dann hätten Sie erfahren, was aus den verschwundenen Mädchen geworden ist. Und außerdem hätte er auch unschuldig sein können.«

Chromík zuckte erneut die Achseln. »Ich stimme Ihnen zu, kann aber nicht beweisen, was der Mob getan hat. Und ebensowenig konnten wir eine Einzelperson zur Verantwortung ziehen. Außerdem hatten sie ihm angeblich die Chance gegeben, zu erklären, wie er in den Besitz des Schmucks gekommen ist. Er behauptete, er hätte eines Nachts Schreie gehört, aber zu viel Angst gehabt, hinauszugehen und herauszufinden, woher sie kamen. Am nächsten Morgen hätte er eine Geheimtür gefunden, die offen gestanden hatte. Er behauptete, sie hätte zu einem Höhlensystem unterhalb der Burg geführt, aber er hätte es nicht gewagt, zu weit hineinzugehen. Und den Schmuck hätte er auf dem Boden gefunden.«

»Was waren das für Schmuckstücke?«

»Das weiß ich nicht genau. Aber er wurde von der Mutter eines der Mädchen als Schmuck ihrer Tochter identifiziert.«

»Er hat nicht gestanden?«

Chromík schüttelte den Kopf. »Er hat bis zum Ende seine Unschuld beteuert, bis man ihn in die Schlucht warf. Aber das war ja wohl auch nicht anders zu erwarten, oder nicht?«

Viktor nickte. Er verzichtete auf den Hinweis, dass Chromík mit der Abfolge der Ereignisse sehr gut vertraut zu sein schien, die zum Tod des Landstreichers geführt hatten, wenn man seine Behauptung bedachte, dass er erst am Schauplatz angekommen war, als es bereits zu spät war.

»Und alle gaben sich damit zufrieden, dass der Landstreicher die Mädchen entführt hätte?«, fragte er.

»Einige behaupteten, es wäre Jan vom Schwarzen Herzen gewesen. Aber selbst sie akzeptierten den Landstreicher als Schuldigen, als die Entführungen damit endeten. Hören Sie, ich versuche Ihnen klarzumachen, dass die Leute hier wussten, dass man die Satanischen Sechs in dieses Irrenhaus bringen würde, und zwar aus denselben Gründen, aus der sich ein mordlüsterner Landstreicher davon angezogen fühlte, aus demselben Grund, aus dem Jan vom Schwarzen Herzen die Burg zu seinem Heim machte. Die Leute haben seit dem Anfang der Zeitrechnung an diesem Ort gelebt. Etwas im Felsen oder im Wald wirkt wie ein Magnet und zieht böse Menschen an. Irgendeine dunkle Energie verleiht ihnen die Kühnheit und die Kraft, hier Böses zu wirken.«

»Bedauerlicherweise finde ich an solchen Behauptungen einfach nichts Glaubwürdiges«, erwiderte Viktor. »Es gibt weder eine Geographie noch eine Geologie, die gewalttätigen Wahnsinn bewirkt. Das spektakulärste Böse kann an höchst unerwarteten Orten entstehen.«

Chromík zuckte mit den Schultern. »Ich weiß nur, was ich weiß.«

»Dieser Landstreicher hat also behauptet, es gebe einen Geheimgang – und genau deshalb sind Sie hier?«, fuhr Viktor fort. »Sie glauben, dass es Mlàdek auf geheimnisvolle Weise gelungen ist, seiner Zelle zu entkommen und ins Dorf hinabzugehen?«

»Davon habe ich nichts gesagt. Aber ich muss allen Möglichkeiten nachgehen. Und ich dachte, ich hätte klargestellt, wie schwierig es ist, die Einheimischen zu beruhigen. Ich will darauf hinweisen, dass die Menschen hier gute und durch die Vergangenheit bestätigte Gründe haben, alles, was mit der Burg zu tun hat, mit Argwohn zu betrachten. Und der Mann, der hier gestern starb, war der berüchtigtste Entführer und Mörder von Kindern in ganz Mitteleuropa. Und dann haben Sie auch noch den Rest der Satanischen Sechs hier eingesperrt.«

»Das verstehen wir sehr gut.« Románek warf Viktor einen vielsagenden Blick zu. »Sollen wir Sie herumführen, Major?«

Chromík nickte und drehte sich noch einmal zu Viktor um. »Danach würde ich sehr gern mit Ihnen über Herrn Mlàdeks Tod reden, wenn es Ihnen passt.«

»Ich habe die Aussage in einer halben Stunde abgetippt«, bot Judita an.

»Das wäre sehr hilfreich«, sagte Chromík mit einem Lächeln und verbeugte sich. »Aber ich würde sie auch gern aus Dr. Kosáreks Mund hören, wenn das nicht zu viel Ungelegenheiten macht.«

»Das macht es ganz und gar nicht«, antwortete Viktor.

64

Diesmal nahm er nicht den Zug.

Viktor war mit dem Taxi nach Mladá Boleslav gefahren, um dort den Wagen abzuholen, den er auf Raten gekauft hatte. Es war ein drei Jahre alter schwarzer Tatra 57. Also erreichte Viktor am Abend Prag, trotz Juditas Bedenken und der verschneiten, nur wenig befahrenen Straßen.

Es war eine merkwürdige Erfahrung für ihn, sich in einer Stadt zurechtzufinden, die er so gut kannte, obwohl er dort niemals selbst gefahren war. Außerdem zeigte das tausendjährige Prag kein Verständnis für die Erfordernisse des Automobils. Aber dank des Wagens konnte Viktor direkt zu Filips Wohnung nach Vršovice fahren. Obwohl die verschneiten Straßen und Bürgersteige fast menschenleer waren, hatte er kein Bedürfnis, zu Fuß durch dieses Viertel zu gehen. Er erinnerte sich an den Kampf, den Filip mit den Deutsch-Böhmen provoziert hatte.

Schließlich fand er den Hof, den er wegen des Motorrades und des Autos erkannte, die verschneit in einer Ecke standen. Die dicht gedrängten rußgeschwärzten Mietshäuser wirkten noch dunkler im Kontrast zu dem vom Mondlicht beschienenen Schnee, der die Dächer säumte und die geborstenen Pflastersteine im Hof bedeckte. Viktor parkte den Tatra, der mit seiner auf Hochglanz polierten, wie neu wirkenden Karosserie in dieser Gegend auffiel, und ging durch die Gasse zu Filips Wohnung.

Auf sein Klopfen antwortete niemand. Einen Moment blieb er in der schneegedämpften Stille stehen. Das Kläffen eines Hundes in der Ferne war das einzige Geräusch. Plötzlich packten ihn starke Zweifel. Was tat er hier? Er hatte zu Judita gesagt, dass er es sich nicht leisten konnte, in Filips Verfehlungen hineingezogen zu werden, seien es Schlägereien auf der Straße oder andere Verrücktheiten. Viktor war von zwei seiner eigenen Patienten angegriffen worden, von Pavel Zelený und Leoš Mlàdek – und Mlàdek war tot, sein Schädel war zerschmettert. Viktor wusste, dass Professor Románeks Begeisterung über seine Anstellung deutlich nachgelassen hatte, und ein einziger Skandal mehr könnte die Waagschale zu seinen Ungunsten neigen.

Andererseits war Filip sein Freund. Viktor vermutete, dass er größere Probleme hatte, als nur vom Weg abgekommen zu sein. Er klopfte noch einmal. Wieder keine Antwort. Aus dem Inneren drangen keine Geräusche, und es brannte auch kein Licht.

Er trat von der Tür zurück und ließ seinen Blick über die umliegenden Gebäude schweifen. Einige Fenster waren erleuchtet, die anderen dunkel und leer. Nichts deutete darauf hin, dass er beobachtet wurde. Er erinnerte sich plötzlich daran, dass sie bei seinem letzten Besuch die Wohnung durch die Hintertür verlassen hatten und Filip den Hausschlüssel unter einem lockeren Pflasterstein deponiert hatte. Er ging auf die Rückseite der zu einem Wohnhaus umgewandelten Remise. Der kleine Garten war von einem anderthalb Meter hohen Holzzaun umgeben und lag im Schatten, geschützt vor dem kalten Mondlicht, und weil auf dieser Seite der Gebäude keine Laternen installiert waren. Weder in Filips noch in der benachbarten Wohnung brannte Licht, und Viktor konnte in der Dunkelheit nur die Umrisse der unordentlich aufgereihten Mülltonnen erkennen, die neben dem Tor standen, durch das er getreten war.

Er schloss es leise hinter sich und tastete sich in der Finsternis weiter, bis er sicher war, kurz vor der Haustür zu stehen. Dann machte er sein Feuerzeug an. Er hockte sich hin und suchte im Licht der kleinen Flamme den lockeren Pflasterstein. Der Schlüssel lag darunter, und er blieb einen Moment unentschlossen stehen, den Schlüssel auf seiner behandschuhten Handfläche. So etwas tat er normalerweise nicht, das gehörte nicht zu seiner Welt. Sein Leben lang war Viktor vorsichtig und sorgfältig gewesen, und nun erwog er, in eine fremde Wohnung einzubrechen.

Schließlich traf er eine Entscheidung, schloss die Tür auf und trat in die stille Dunkelheit.

»Filip?«, rief Viktor. Er ging in den Wohnraum auf der Vorderseite, wo die Straßenlaterne und das Mondlicht geometrische Muster über die überall herumliegenden Bücherstapel und Papiere warfen. »Filip?«

Viktor machte ein paar Schritte vorwärts und stieß mit dem Schienbein gegen einen Bücherstapel, der neben dem Lehnstuhl auf dem Boden stand. Der Stapel kippte um, und er tastete fluchend nach dem Lichtschalter. Als das grelle Licht aufflammte, wirkte der Raum plötzlich sonderbar desolat, und wie schon der Schlüssel unter dem Pflasterstein hatte folgern lassen, war Filip nicht zu Hause. Viktor stieg die Treppe zu der Empore hoch, wo das Bett seines Freundes stand. Es war nicht gemacht, die Laken sahen aus, als wären sie lange nicht gewechselt worden.

Viktor war plötzlich ratlos, was er als Nächstes tun sollte. Er war den ganzen Weg hierher gefahren, um Filip zu treffen und mit ihm zu reden. Gewiss könnte er auf seine Rückkehr warten, aber er war nicht sicher, wie sein Freund reagieren würde, wenn er ihn uneingeladen in seinem Heim vorfand, mitten zwischen seinen privaten Habseligkeiten. Vor allem dann nicht, wenn Filip betrunken und aggressiv zurückkehrte.

Aber Viktor war insgeheim froh, dass Filip nicht zu Hause war. Denn das gab ihm die Gelegenheit, sich umzusehen, in den bisher unsichtbaren Ecken des Lebens seines Freundes zu stöbern und herauszufinden, was dort versteckt sein mochte. Er konnte nach Beweisen suchen, die seinen dunkelsten Verdacht belegten oder zerstreuten.

Er stieg die Treppe hinab und ging durch das Wohnzimmer in die Küche. Im Gegensatz zu dem ungemachten Bett auf der Galerie war die Küche makellos sauber. Auf dem Abtropfbrett neben der Spüle trockneten ein paar abgewaschene Teller. Die Ordnung und die Sauberkeit der Küche ermutigten Viktor. Als Psychiater wusste er, dass geistiges Chaos auch gern auf das Leben der Menschen übergriff. Jedes Zeichen von Ordnung oder der Erfüllung alltäglicher Pflichten war gut.

Er drückte die Klinke der zweiten Tür, die vom Wohnraum abging. Nach dem Schnitt der Wohnung befand sich dahinter höchstwahrscheinlich kein Zimmer, aber es konnte ein begehbarer Schrank sein. Die Tür war verschlossen, und wo Viktor auch suchte, er fand keine Schlüssel.

Schließlich entdeckte er Filips Schreibtisch. Die Schubladen waren abgeschlossen, und auf der Platte stapelten sich Papiere und Bücher. Was auf den ersten Blick Chaos zu sein schien, entpuppte sich bei näherer Betrachtung als eine spezielle Form der Ordnung. Der größte Teil der Literatur bezog sich auf Forschungsquellen, die hauptsächlich von der frühen osteuropäischen Geschichte handelten oder von uralten nordischen und slawischen Mythologien.

Unter einem Haufen von Papieren entdeckte Viktor eine ungewöhnliche Manuskriptmappe. Das dicke kastanienbraune Leder des Einbands verriet erstklassiges Handwerk. Es war wie eine alte Holzschnittarbeit zu einem Halbrelief gearbeitet, und die Einzelheiten leuchteten in gedruckten Farben. An einigen Stellen war sogar Blattgold verwendet worden. Das sich wiederholende Motiv von zwei Gestalten, die sich gegenseitig verfolgten, bildete einen Fries rund um den Rand des ledernen Einbands. Eine Gestalt war in Weiß, Blau und Blattgold hervorgehoben und hielt einen Stab in einer Hand und eine goldene Kugel in der anderen. Die andere Figur hatte ein Schwert und einen menschlichen Schädel in den Händen und war in Blutrot und Schwarz dargestellt. Da sie in einem endlosen Kreis wiederholt wurden, war es unmöglich, zu entscheiden, wer wen jagte.

Der Mittelteil des Umschlags war ein Muster aus Bäumen, die von einem komplizierten Geflecht aus Blättern und Kletterpflanzen durchzogen waren. Der erhabene Teil in der Mitte stellte ein

Motiv dar, das Viktor sofort erkannte. Es war die Blattmaske, der Grüne Mann aus allen europäischen Mythologien, aus dessen Mund, Haaren und Bart Vegetation wuchs, die sich zu miteinander verflochtenen Blättern und Kletterpflanzen verbanden. Nur hatte dieser Grüne Mann einen Kopf, der aus dem Schädel und dem Pelz eines Bären bestand. Es war Veles.

Viktor nahm die Manuskriptmappe mit zur Couch. Als er sie öffnete, hatte er einen Packen loser Seiten vor sich, Hunderte davon, die alle mit einer kleinen ordentlichen Handschrift beschrieben waren. Sie waren makellos, bis auf einige Unterstreichungen und Anmerkungen am Rand.

Von der ersten Seite an war klar, dass dies das Buch war, über das Filip geredet hatte, seine »endgültige und umfassendste Geschichte der slawischen Mythologie«. Als Viktor sie überflog und willkürlich zu irgendwelchen Seiten blätterte, erleichterte es ihn zu sehen, dass es sich keineswegs um irgendein wildes, faselndes Gekritzel handelte, sondern um die klare und gelehrte Arbeit eines geordneten, disziplinierten Intellekts. Filip hatte sogar einige Geschichten illustriert. Viktor war überrascht über die künstlerische Fertigkeit seines Freundes. Er hatte keine Ahnung gehabt, dass Filip diese Gabe besaß.

Soweit Viktor sehen konnte, lag der Fokus dieses Werks hauptsächlich auf der westslawischen Mythologie der Polen, Tschechen und Slowaken sowie auf den slawischen, kaschubischen und wendischen Stämmen Deutschlands.

Viktor fand sogar ein Kapitel, in dem sich Filips Interessen mit seinen eigenen überschnitten. Es trug den Titel *Die vielfältigen Götter des Verstandes* und setzte sich mit der Psychologie der Mythologie auseinander. Zwischen den handgeschriebenen Seiten fand er eine wundervolle Tuschzeichnung, die Filips Initialen trug. Der kleine handschriftliche Titel darüber erklärte, dass sie den dreiköpfigen Gott Triglav zeigte, der die Gesichter von Svarog, dem Herrn des Feuers, Perun, dem König der Götter und Herrn des Donners, und Dažbog, dem Herrn der Sonne, trug.

Filip hatte mit seiner kleinen, peniblen Handschrift der Illustration eine Legende hinzugefügt. *Anders als Svantovit, dem vierköpfigen Gott des Krieges, der nur einen Verstand besitzt, ist Triglav beides, ein Gott und drei: Jedes seiner Gesichter hat einen separaten Aspekt, ein einzigartiges Selbst, das dennoch in einer einzigen Gottheit vereint ist. Triglav repräsentiert gleichzeitig eine Dreifaltigkeit des Willens und eine Einheit der Willen.*

Viktor betrachtete die Illustration sehr lange. Ein Wille und doch drei. Filips Bildlegende hätte auch die Zusammenfassung einer psychiatrischen Fallakte sein können.

Er vertiefte sich in das Buch. Er schaltete die kleine Tischlampe neben dem Sofa an und das Deckenlicht aus, legte Hut, Mantel und Handschuhe ab, zündete sich eine Zigarette an und setzte sich hin, um Filips Aufzeichnungen zu lesen. Dabei verblüffte es ihn, wieviel von dem, was Filip geschrieben hatte, zu den von Medikamenten beeinflussten Aussagen von Viktors Patienten passte, vor allem zu denen von Pavel Zelený und Dominik Bartoš.

In seiner so sonderbar peniblen und makellosen Handschrift hatte Filip genaue Beschreibungen von Veles, dem Gott der Wälder und der Unterwelt gegeben, von Kostěj, dem Unsterblichen, sowie von den Göttern von Licht und Dunkelheit, Belobog und Černobog, in denen er nun die Figuren erkannte, die sich auf dem Umschlagsfries jagten. Viktor war überzeugt, dass sowohl Zelený als auch Bartoš ihr Thema gründlich studiert haben mussten. Und er glaubte, dass dieser angeblich so ungebildete Holzfäller Zelený in Wirklichkeit eine gebildete, literarisch versierte Vergangenheit vor der Welt verbarg, vielleicht sogar vor sich selbst.

Sonderbar, dachte Viktor. *Ich bin hierhergekommen, um herauszufinden, was in Filips Verstand vorgeht, stattdessen jedoch habe ich Einsicht in die Fälle gewonnen, die ich in der Burg studiere.* Als sich diese Idee in seinem Kopf verfestigte, überlief es ihn kalt. Was war, wenn Mr. Hobbs diese Gemeinsamkeit bildete. Was, wenn diese spezielle Manifestation des Teufels-Aspekts von Filip Besitz ergriffen hatte? Er vertrieb diesen Gedanken mit einem Kopfschütteln und setzte seine Lektüre fort.

Das ganze Manuskript zu lesen hätte etliche Stunden, sogar Tage erfordert, aber Viktor wollte ein so klares Bild wie möglich von dem Verstand seines Freundes bekommen und versuchte, die vielsagenderen Abschnitte zu finden. Filips klare Schrift und seine gelehrte Herangehensweise an die Aufgabe vertrieben etwas von Viktors Sorgen, aber trotzdem beunruhigte ihn etwas an dem Thema selbst. Im slawischen Pantheon wimmelte es von Monstern und Dämonen, von mythischen Versionen des finsteren Geistes. Und diese Sorge wurde von der Tatsache verstärkt, dass mindestens zwei der Satanischen Sechs von eben diesem Thema besessen waren.

Ein Abschnitt, den er las, verstörte ihn besonders. Er handelte vom Schöpfungsmythos der Proto-Slawen, in dem das gigantische Welt-Ei der Schöpfung zerbrach und Svarog, den Gott des Feuers, ausspie. Bis zu diesem Augenblick hatte es kein Licht in der Welt gegeben, und als Svarog erschien, erfüllte er das Universum mit Licht und Ordnung. Die Bruchstücke der Schale des Welt-Eis schirmten jedoch etwas von dem großartigen Licht Svarogs ab, und die ersten Schatten wurden geschaffen. Diese Schatten vereinigten sich und bildeten das Totenreich der Unterwelt. Und die dunkelsten Schatten fügten sich zusammen wie Lehm und formten die dunklen Götter: Veles, den Gott der Toten, und Černobog, den slawischen Teufel.

Viktor störte vor allem, dass die Beschreibung, wie Veles und Černobog Gestalt annahmen, nicht nur exakt den Beschreibungen von Zelený und Bartoš entsprachen, sondern auch dem, was Kapitán Smolák Viktor über die Angst des verdächtigen Zigeuners vor den Schatten erzählt hatte.

Er warf einen Blick auf seine Uhr. Er las bereits seit zwei Stunden. Wo zum Teufel steckte Filip? Es war schon nach zehn, und wenn Filip nicht bald zurückkehrte, dann, vermutete Viktor, dass er ziemlich betrunken sein würde, wenn er schließlich eintraf.

Und er wollte sich nicht von einem unberechenbaren Filip dabei überraschen lassen, wie er in seinem Manuskript las.

Er blätterte die Seiten durch bis zum Ende des Abschnitts.

Was sind die Götter? Betrachtet man Perun, den obersten Gott und Herrn des Donners, dann ist klar, dass er mit dem nordischen Gott Thór verwandt ist. Svarog, der Schmied und Gott des Feuers und des Krieges, entspricht eindeutig dem griechischen Gott Hephaistos. Woher kommt diese Gemeinsamkeit? Warum sind die Pantheons verschiedener Kulturen von denselben Göttern bewohnt, nur unter verschiedenen Namen? Die Antwort muss darin liegen, dass wir diese Geschichten zu einer Zeit teilten, als wir nur wenige Menschen auf der Erde waren. Wir nahmen sie mit uns, als wir uns in die fernen Ecken verteilten, gaben ihnen neue Namen, als sich unsere Sprachen unterschiedlich entwickelten. Wenn das nicht zutrifft, dann müssen diese Göttergestalten in den tiefsten Schichten der Rassenerinnerung eingebettet sein: Götter und Dämonen, die in neuen Gestalten zu uns zurückkehren, immer und immer wieder. Vielleicht werden unsere Vernunft und unsere Wissenschaft, unsere Analysefähigkeit und unser Verstehen niemals stark genug sein, um sie wirklich zu überwinden. Vielleicht leben die Götter nicht nur innerhalb des Geistes der Menschen, sondern sind auch unlöslich mit ihnen verbunden.

Diese Zeilen hätten auch aus Viktors Feder stammen können, diese Diskussion von Archetypen im kollektiven Unbewussten.

Noch eine Stunde. Er würde noch eine Stunde weiterlesen.

65

Sie saß da und blickte aus dem Fenster. Der Abend senkte sich über Žižkov, die Schatten wurden länger und verdunkelten die Fassaden der Gebäude auf der anderen Straßenseite. Sie erzeugten dunkle geometrische Figuren unter den Simsen und Umrandungen der Fenster. *Wenigstens*, dachte sie traurig, *können die Schatten Tobar jetzt keine Angst mehr machen*.

Tsora Mirga war seit dem Besuch des Kriminalbeamten beunruhigt und rastlos. Sie hatte so etwas wie Sympathie an dem Polizei-Kapitán bemerkt und vermutete gar, dass er auf irgendeine Art und Weise Tobar tatsächlich gemocht hatte, dass ihm sein Tod wirklich leidtat. Bis dahin hatte Tsora geargwöhnt, dass ihr Geliebter möglicherweise von der Polizei ermordet worden war. Immerhin wäre es nicht der erste Zigeuner gewesen, der eine Verhaftung nicht überlebt hatte.

Trotzdem war ihr die ganze Zeit über klar gewesen, dass Tobar sich tatsächlich seit der Nacht seines letzten Einbruchs sonderbar verhalten hatte. Seitdem hatte sie einen manischen, verängstigten Tobar erlebt, der zu allem fähig sein konnte. Während es früher unvorstellbar schien, dass er seinem Leben selbst ein Ende setzen würde, schien es wegen seines bizarren und verzweifelten Verhaltens vor seiner Verhaftung auf einmal durchaus glaubwürdig.

Die Haltung des Polizisten Tobar gegenüber und sein freundliches Verhalten ihr gegenüber hatte sie offener gemacht. Sie hatte dem Mann weit mehr erzählt, als sie es normalerweise getan hätte. Natürlich hatte sie ihm nichts von dem Geld verraten, das Tobar mit seinen Verbrechen gemacht und unter einer lockeren Bodendiele versteckt hatte. Sie hatte fast lachen müssen, als sich der Polizist auf den Stuhl gesetzt hatte, ohne zu ahnen, dass direkt unter seinen Füßen etliche Tausend Kronen in Bargeld und Schmuck lagen.

Das war ihr verborgener Schatz gewesen. Tobar hatte Tsora gesagt, es sei ihre goldene Eintrittskarte in eine größere Welt. Während seiner Einbrüche mit den gestohlenen Schlüsseln war Tobar sehr vorsichtig vorgegangen. Er hatte stets Bargeld irgendwelchen Gegenständen vorgezogen und hatte nur Dinge ausgewählt, die schwer zurückzuverfolgen waren und ohne Schwierigkeiten verkauft werden konnten. Er hatte das Geld und den Schmuck, den er nicht verkauft hatte, unter den Bodendielen verwahrt. Dazu hatte er Tsoras Einnahmen gelegt, so dass sie eines nicht allzu fernen Tages Prag verlassen konnten. So würden sie einem Leben entkommen, das ihnen von außen aufgezwungen worden war.

Da draußen war eine helle, weite Welt, die man erforschen und genießen konnte, hatte er gesagt, und dass ihnen seit Jahrhunderten die Wanderschaft im Blut läge, ein Leben unter wechselnden Himmeln und auf sich verändernden Böden. Sie würden ihren Ort in der Welt finden und ihr altes Leben glücklich hinter sich lassen.

Sie hatten endlos darüber gesprochen, strahlende Netze aus goldenen Fäden der Hoffnung und einer vorgestellten Zukunft gesponnen. Aus einem Impuls heraus hatte Tobar einen Weltatlas aus einer der Wohnungen gestohlen, in die er eingebrochen war. Zusammen hatten Tobar, der Sinti-Einbrecher und Zuhälter, und Tsora, die Roma-Hure und Taschendiebin, wie Kinder in diesem Atlas eine grenzenlose Welt erforscht, die auf diesen gedruckten Seiten gefangen war. Tsora war von diesem Atlas förmlich verzaubert gewesen, hatte vor seinen bunt bedruckten Seiten gesessen und darüber gestaunt, wie groß die Welt war und wie klein der Teil, in dem sie lebten. Klein, gewiss, aber immerhin im Herzen der Welt. Die Namen von Orten, die sie nicht einmal aussprechen konnte, hatten sie begeistert, und Tsora hatte sich vorgestellt, was dort wohl für sonderbare Menschen leben mussten.

Und wie es wohl wäre, wenn Tobar und sie dort lebten.

Sie hatten ihre Phantasien geteilt, wohin sie gehen könnten, über das wundervolle neue Leben, das sie führen würden. Keiner von beiden hatte erwähnt, dass auch dort ihnen niemand jemals eine Chance geben und sie als Gleichgestellte behandeln würde. Die dunklere Farbe ihrer Haut und ihrer Haare würde mit ihnen reisen wie ein Brandmal, das sie gezeichnet hatte. Sie hatte einfach verdrängt, dass ganz gleich, wohin sie gingen, das Gewicht ihrer Deformation sie verlangsamen würde und vor allem das noch viel schwerere Gewicht ihres Volkes.

Aber wie sie geträumt hatten, einen Platz zu finden, irgendwo am Rand von Europa, von dem aus sie aufs Meer hinausblicken konnten! Keiner von ihnen hatte jemals das Meer gesehen. Sie beschlossen, dass sie an die Küste eines bis dahin noch nie gesehenen Ozeans flüchten würden. Dort konnten sie ihre Tage in Frieden und voller Staunen verbringen.

Und nun war Tobar tot. Die Träume, die sie geteilt hatten, waren mit ihm gestorben. Und ebenso Tobars Ruf. Er mochte ein Krimineller gewesen sein, aber er war unschuldig an den Gräueln, derer man ihn beschuldigte.

Trotz allem, was der Kriminalbeamte gesagt hatte und was alle anderen glaubten, wusste Tsora, dass Tobar diese Frau nicht getötet haben konnte und ebenso wenig eine der anderen. Er würde niemals eine Frau töten. Aber das würde niemand mehr glauben. Seitdem war eine weitere Frau ermordet worden, doch immer noch glaubte man, dass Tobar für den ersten Mord verantwortlich gewesen wäre.

Vielleicht gab es ja bald noch einen Mord. Eine andere Frau, die verstümmelt wurde. Dann endlich würden sie begreifen, dass Tobar es nicht gewesen war. Es war ihr fast das Leiden einer weiteren Frau wert, wenn dafür sein Name reingewaschen wurde.

Tsora dachte erneut an den Schatz unter den Bodendielen. Sie war seit dem Tod ihres Geliebten nicht mehr zur Arbeit gegangen. Wenn sie das tun wollte, musste sie sich einen neuen Beschützer suchen, und sie würde niemals jemanden finden wie Tobar. Zuhälter benahmen sich für gewöhnlich so, als würde die Frau ihnen gehören. Das taten alle Zuhälter, und die schlimmsten waren Roma und Sinti. War man ihnen erst einmal in die Hände gefallen, gab es kein Entkommen mehr.

Tsora kam zu dem Schluss, dass sie Tobar gegenüber die Pflicht hatte, fortzugehen, sich ein neues Leben zu schaffen. Und wenn sie es gefunden hatte, dann würde sie für sie beide leben. Es würde niemals einen anderen Mann für sie geben: Tsora Mirga, deren Körper von zahllosen Männern benutzt und missbraucht worden war, hatte ihr Herz nur einem einzigen Mann geschenkt. Auf ihre eigene Art und Weise, ihre eigene entschlossene, kompromisslose Art und Weise, war sie Tobar treu gewesen, und das würde auch so bleiben. Sie würde ihren Schatz benutzen, um der Stadt zu entkommen, den Zuhältern und den feuchten Händen und stinkenden Umarmungen ihrer Freier zu entkommen. Sie würde dem Hass und dem Misstrauen der anderen entfliehen.

Sie würde vielleicht sogar irgendwo einen Platz finden, von dem aus sie auf das Meer hinausblicken konnte. Dann, wenn sie den Ozean zum ersten Mal sah, würde sie ihn für sie beide sehen.

Als die Nacht und mit ihr die Dunkelheit kam, entzündete sie die Lampe in dem kleinen Alkoven und schaltete die Deckenbeleuchtung an. Solange sie hier wohnte, würde sie die Wohnung so lassen, wie Tobar es gewollt hatte. Falls sein Geist noch hier war, dann wollte sie dafür sorgen, dass er keine Schatten zu fürchten hatte.

Jemand klopfte an die Tür. Vielleicht war der Polizist zurückgekehrt.

Tsora Mirga hatte den Mann, der vor ihr in der Tür stand, noch nie gesehen, erkannte ihn jedoch sofort. Sie kannte ihn aus Tobars Beschreibungen. Er trug einen langen, schäbigen schwarzen

Mantel, hatte den Kragen hochgeschlagen und den breitkrempigen Hut tief in die Stirn gezogen, um sein Gesicht zu beschatten.

Ihr war klar, dass er Gestalt im Schatten angenommen hatte, die Verkörperung der Dunkelheit war. Genauso wie Tobar den Mann beschrieben hatte, der ihm die Idee in den Kopf gesetzt hatte, reichen Leuten die Schlüssel zu ihren Wohnungen zu stehlen.

Als er vortrat und sie am Hals packte, um sie in die Wohnung zurückzuschieben, klaffte sein Mantel auf. Darunter kam eine Lederschürze zum Vorschein, die mit schwarzroten Flecken übersät war und nach altem Blut stank.

Als er sie stumm und erbarmungslos ins Wohnzimmer schob und die Haustür hinter sich zutrat, schoss Tsora unwillkürlich der Gedanke durch den Kopf, dass die alte Prophezeiung falsch war. Ihr Klumpfuß hatte den Teufel keineswegs in die Irre geführt. Am Ende hatte er sie doch gefunden.

In dem Licht, mit dem Tobar die Schatten hatte bannen wollen, schien ihr Angreifer noch dunkler zu werden. Das einzig Helle war die glänzende scharfe Klinge in seiner Hand. Sie war zu lang für ein Messer und zu kurz für ein Schwert.

Als er sie auf den bunten Teppich drückte und den Stuhl zur Seite trat, auf den sich der Detektiv gesetzt hatte, dachte sie an den Schatz, von dem niemand wusste und der unter ihr unter den Bodendielen verborgen war. Sie dachte an die imaginäre Welt auf den gedruckten Seiten des Atlanten, der dort ebenfalls versteckt war. Nur Tobar und sie wussten von dem Versteck. Niemand anders würde je davon erfahren. Er würde dort vielleicht jahrelang unentdeckt liegen, vielleicht sogar, bis ein neues Jahrhundert begann.

Sie sah nun sein Gesicht. Er war direkt über ihr und drückte sein Gesicht an ihres, während er ihre Furcht in sich einsog. Sie sah das Grinsen, die Augen, aus denen Grausamkeit sprach, und wusste, dass Tobar recht gehabt hatte. Es war tatsächlich Beng. Es war die ganze Zeit der Teufel gewesen.

Trotz ihrer Angst und ihres Entsetzens bei dem Wissen darüber, was ihr bevorstand, empfand Tsora eine schwache unerklärliche Freude. Sie würde der Beweis sein. Sie war die nächste Frau.

Nun würden alle zweifelsfrei erkennen, dass Tobar unschuldig gewesen war.

Das Universum war plötzlich von einem weiß glühenden Schmerz erfüllt, als würde eine unglaublich helle Sonne explodieren. Sie wusste, dass es nicht lange dauern würde. Sie spürte das kalte, grausame Messer tief in ihrem Körper, spürte, wie harte dunkle Hände in sie hineingriffen und das Leben aus ihr herausrissen. Fühlte Bengs zischenden Atem kalt auf ihrer Wange, als er sich wortlos an ihr zu schaffen machte.

Während das Blut und das Leben aus Tsora Mirga herausliefen, fragte sie sich, ob sie vielleicht nicht mehr humpeln würde, wenn sie erst mit Tobar in der Welt des verborgenen Atlanten wieder vereint war.

Sie stellte sich vor, wie sie mit gleichmäßigen, ausgreifenden Schritten über den Strand eines imaginären Ozeans schritten, den sie zum ersten Mal sahen.

66

Als er aufwachte, schmerzten Viktors Kopf und Hals immer noch. Behutsam betastete er den Verband auf seinem Kopf. Er brauchte einen Moment, bis er sich an alles erinnerte, dann richtete er sich ruckartig auf. Er hatte in seiner Kleidung geschlafen und befand sich immer noch in Filips Wohnung.

Als er aufsprang, überkam ihn eine Welle aus Schmerz und Übelkeit, und er musste sich wieder hinsetzen. Er sah sich in der Wohnung um. Von Filip war immer noch nichts zu sehen. Viktor warf einen Blick auf seine Armbanduhr. Es war Viertel nach sieben. Er hatte die ganze Nacht geschlafen. Wenn Filip nun nach Hause kam, konnte Viktor seine Anwesenheit unmöglich vernünftig erklären. Er richtete sich erneut auf, vorsichtiger diesmal, nahm das Manuskript und legte es wieder in seinen Lederumschlag. Dann band er die Lederriemen zu, die es zusammenhielten, und legte es auf den Schreibtisch zurück. Anschließend stapelte er den Papierhaufen darauf, den er zuvor heruntergenommen hatte.

Filip war wahrscheinlich mit einer Frau zusammen oder lag betrunken in irgendeiner schäbigen Absteige. Panik durchzuckte Viktor, als er sich vorstellte, sein Freund läge verletzt in einem Krankenhaus oder vielleicht sogar tot im Leichenschauhaus. Doch nichts davon passte zu dem geordneten, disziplinierten Geist, dem Viktor in dem Manuskript begegnet war. Im Moment schien gar nichts zu Filip zu passen.

Wo auch immer sein Freund sein mochte, Viktor wollte auf keinen Fall von ihm hier gefunden werden. Also sorgte er dafür, dass alles so war wie vorher, nahm Hut, Handschuhe und Mantel und verließ die Wohnung durch die Hintertür.

Die Sonne ging auf und verhieß einen strahlenden Morgen. Viktor überzeugte sich, dass kein Nachbar im Hof war, trat dann heraus und legte den Schlüssel wieder unter den Pflasterstein. Nun, bei Tageslicht, konnte er den Hof deutlich sehen. Es hatte aufgehört zu schneien, der Schnee war in der weißen kalten Luft hart gefroren. Er sah seine Fußabdrücke von der Nacht zuvor, als er über den Hof gegangen war. Aber es gab auch noch andere Fußabdrücke. Jemand anders war in der Nacht gekommen, war durch den Hof zur Hintertür gegangen, hatte sich umgedreht und war wieder weggegangen. Viktor folgte den Fußabdrücken aus dem Hof heraus und zur Vorderseite des kleinen Blocks mit den Remisen. Wer auch immer diese Abdrücke hinterlassen hatte, hatte sich dicht an das Vorderfenster gestellt und vermutlich in die Wohnung geschaut, in der Viktor auf dem Sofa geschlafen hatte. Filip? Warum sollte sein Freund sich ihm nicht bemerkbar machen?

Und wenn es Filip gewesen war, welchen dunklen Geschäften war er bis zum frühen Morgen nachgegangen?

Als Viktor in der Frühe zu seinem geparkten Fahrzeug zurückging, wurde ihm klar, dass er zwar gekommen war, um Antworten zu finden, diesen Ort jedoch mit noch mehr Fragen wieder verließ.

Und die größte Frage lautete: Wo war Filip die ganze Nacht gewesen?

67

Als er an diesem Morgen die Polizeiwache betrat, empfing ihn das blanke Chaos. Die Rezeption und die Flure mit den Arrestzellen wimmelten von uniformierten Polizisten und den Verhafteten, und eine ohrenbetäubende Kakophonie aus Flüchen und Schreien hallte durch die hohen Räume. Gelegentlich gab es ein Gerangel, wenn ein Gefangener plötzlich versuchte, sich aus den Händen seiner Häscher zu befreien, und von einem Wirbel aus Schlagstöcken wieder zur Räson gebracht wurde.

Kapitán Lukáš Smolák war müde und gereizt. Er hatte schlecht geschlafen, war immer wieder von fiebernden Träumen geweckt worden und schob sich jetzt durch das Gedränge und an dem Arrestgitter vorbei. Sein Stellvertreter, Kriminalmeister Mirek Novotný, stand in Hemdsärmeln hinter dem Gitter und rauchte, während er das Chaos desinteressiert beobachtete.

»Was zum Teufel ist hier los?«, überschrie Smolák den Lärm, als er seinen Untergebenen erreichte.

»Die Hölle ist los«, antwortete Novotný. »Gajdas nationalfaschistischer Mob hat einen Marsch über den Wenzelsplatz organisiert, um ihre Wunden zu lecken, nachdem sie bei den Wahlen untergegangen sind. Irgendwie haben die Kommunisten Wind davon bekommen und eine Gegendemonstration organisiert. Das war allerdings mehr ein Hinterhalt als eine Gegendemonstration, wenn Sie mich fragen. Ich weiß ehrlich gesagt nicht, warum die Roten sich darüber aufregen, wenn man überlegt, wie wenig Gajdas Haufen heutzutage noch bewirken kann.«

»Verletzte?«

»Jede Menge Kopfverletzungen, aber keine Toten. Bisher jedenfalls noch nicht. Wie üblich steckten wir wieder mittendrin.«

Smolák nickte. »Haben Sie alle Aussagen im Fall Petrášová zusammengetragen?«

»Habe ich. Ich habe auch den vollständigen Autopsiebericht hier, falls er was nützt. Wie Dr. Bartoš schon sagte, hat so viel gefehlt, und der Körper wurde so übel zugerichtet, dass eine genaue Festsetzung des Todeszeitpunkts und der Todesursache unmöglich ist.«

»Und die Glaskugel?«

»Bis jetzt noch nichts. Ich konnte keinen Sekretär finden, der Englisch spricht und die Anfrage an die britische Polizei übersetzen konnte.«

»Versuchen Sie es mit dem Sohn des Präsidenten«, riet ihm Smolák.

»Was?«

»Jan Masaryk, der Sohn des Präsidenten. Er ist Botschafter in Großbritannien. Schicken Sie das Ersuchen an die Botschaft in London, damit sie sich mit der dortigen Polizei in Verbindung setzen. Und sagen Sie ihnen, die Sache hätte höchste Dringlichkeit.«

»Diese Kugel? Glauben Sie wirklich, dass sie so bedeutsam ist?«

»Ich weiß es nicht, aber mehr haben wir nicht. Und die beste Information, die ich bis jetzt habe, lautet, dass sie wahrscheinlich in England hergestellt wurde.«

»Ich kümmere mich darum.« Novotný wandte sich ab, um davonzugehen, blieb dann jedoch wieder stehen. »Übrigens, da ist ein Paket für Sie angekommen. Ich habe es auf Ihren Schreibtisch gestellt.«

»Danke«, sagte Smolák. »Ist Dr. Bartoš heute da?«

»Ich habe ihn noch nicht gesehen. Ich kann einen Blick auf den Terminplan des Doktors werfen, wenn Sie wollen.«

»Nein, schon gut.«

Sein Büro wirkte nach dem Chaos im Erdgeschoss besonders ruhig. Einen Moment genoss Smolák den Frieden, stellte sich neben das große Fenster und blickte auf Prag. Der Ausblick hätte sich nicht stärker von dem unterscheiden können, den er aus der Bergfestung von Hrad Orlů über das Dorf und den Wald gehabt hatte. Trotzdem hatten diese beiden Ausblicke eine gemeinsame Sprache, sowohl die Stadtlandschaft als auch die Landschaft um die Festung herum. Beides löste einen Instinkt aus, der einem sagte, sie gehörten zu demselben Land, demselben Volk, denselben tief verwurzelten Träumen und Albträumen.

Als er dastand, rauchte und die dunkle Geometrie von Prags Dächern und Türmen betrachtete, die sich in einen weißen marmornen Himmel bohrten, dachte er erneut an Anna Petrášová. Sie war es gewesen, die seinen Schlaf gestört hatte, sie hatte sich in seine Träume geschlichen. Diesmal hatte der Traum in Prag gespielt, nicht in dem Dorf und in Smoláks Kindheit. In seinem Traum hatte Anna Petrášová nackt in seinem Bett gelegen, ein vollkommen deplatziertes Juwel in seiner einfachen und beengten Unterkunft. Sie hatten sich geliebt, und er hatte die Schönheit ihres Körpers genossen und irgendwie gewusst, dass sie Mann und Frau waren.

Im Traum hatte Smolák eine Freude empfunden, wie er sie noch nie zuvor erlebt hatte. Er war aus dem Bett gestiegen und hatte die Vorhänge geöffnet. Es war ein wunderschöner Tag, aber als er auf die Straße hinabgeblickt hatte, stand da eine andere dunkle Frauengestalt im Licht der Morgensonne und blickte anklagend zu Smolák im Fenster hoch. Aus irgendeinem Grund, obwohl es ein freundlicher heller Morgen war, konnte er ihr Gesicht nicht erkennen, das im Schatten lag. Doch als sie sich abwandte und die Straße herunterging, sah er, dass sie humpelte.

In seinem Traum hatte sich Smolák wieder zu einer Anna Petrášová herumgedreht, um sie zu fragen, was das bedeutete. Sie hatte ihn nur ausdruckslos angestarrt. Ihr wunderschönes Gesicht war perfekt und unversehrt, alles unterhalb ihres Halses jedoch war nur noch zerfetztes Fleisch und zertrümmerte Knochen. Er stand da und schrie, und das Blut lief in breiten, roten Wellen die Wände seiner Wohnung hinab.

Er war sitzend aufgewacht, den Mund zu einem stummen Schrei aufgerissen.

Nun stand er am Fenster, rauchte und dachte über die Träume eines Mannes und eines Volkes nach. Dabei versuchte Lukáš Smolák die Falten müder Gereiztheit in seiner Laune zu glätten.

Nach einer Weile drehte er sich zu seinem Schreibtisch herum und sah seine Morgenpost durch. Schließlich nahm er sich das kleine Paket vor. Mirek Nowotny hatte ihm einen in braunes Packpapier eingewickelten Würfel von etwa fünfundzwanzig Zentimetern Kantenlänge auf den Schreibtisch gestellt. Er sah seinen Namen und die Adresse des Polizeihauptquartiers auf dem aufgeklebten Etikett. Als er das braune Papier aufriss, kam eine schwarz lackierte und ziemlich kostspielige Holzkiste zum Vorschein, eine russische Palekh-Lackdose. Der Deckel war mit einem kleinen, aber leuchtend bunten Motiv geschmückt, in dem eine geflügelte Gestalt in Weiß und Blau die Arme ausstreckte, um den Schwanz einer dämonischen Gestalt in Rot und Gold zu fangen. Das Motiv war kreisförmig angeordnet, und als Smolák genau hinsah, konnte er nicht feststellen, ob der Engel den Dämon jagte oder der Dämon versuchte, die Flügel des Engels zu packen. Er erkannte, dass das eine Darstellung des slawischen Gottes des Lichts, Belobog, und des Gottes der Dunkelheit, Černobog, war. Die Nacht jagte den Tag, der Tag jagte die Nacht.

Er öffnete den Deckel. Die Schachtel war mit dunkelrotem Krepppapier ausgelegt, auf dem eine Karte lag. Auf dieser Karte standen drei getippte Zeilen, eine auf Tschechisch, eine auf Deutsch und eine auf Englisch. Sie besagten alle drei dasselbe:

Pozdravy z pekla
Grüße aus der Hölle
Greetings from Hell

Smolák legte die Karte zur Seite, nahm das mit rotem Krepppapier umhüllte Objekt aus der Schachtel, legte es auf seinen Schreibtisch und wickelte es vorsichtig aus. Er starrte eine Weile auf den Gegenstand, bevor er sein Telefon abnahm und Václav Bartoš anrief. Dann sorgte er dafür, dass ein Fingerabdruckexperte in sein Büro kam.

Bartoš traf zuerst ein. Er runzelte die Stirn, als er das blasse Objekt sah, das in einem Nimbus aus rotem Papier auf dem Schreibtisch lag.

»Die Schachtel muss noch auf Fingerabdrücke untersucht werden«, warnte Smolák ihn. »Obwohl ich nicht glaube, dass wir welche finden.«

Václav Bartoš beugte sich vor, um den Fuß zu untersuchen, der etwa fünf Zentimeter über dem Knöchel vom Bein abgetrennt worden war. Die Schnittstelle war eine perfekte, glatte Fläche aus graurotem Fleisch und cremeweißen Knochen. Der Fuß selbst war klein und wirkte unterentwickelt, fast wie der eines Kindes. Aber er krümmte sich zu einer kleinen Sichel einwärts, in einem recht unnatürlichen Winkel zum Knöchel, und war leicht deformiert, weil sein Besitzer ein Leben lang auf dem äußeren Rand des Fußes hatte laufen müssen.

»*Talipes equinovarus*«, sagte Bartoš, als er sich wieder aufrichtete. »Sie müssen nach einem Opfer suchen, das einen Klumpfuß hat – beziehungsweise hatte. Aber ich entnehme Ihrer Miene, dass Sie bereits ahnen, wem dieser Fuß gehört?«

Smolák nickte. »Ich weiß leider sehr genau, wem er gehört.«

68

Wenn er zurückdachte, dann kam ihm alles irgendwie irreal vor. Mlàdeks plötzlicher Wechsel zwischen den Persönlichkeiten, das dämonische Harlekin-Gesicht, das sich auf Viktor gestürzt hatte, der zähflüssige rote Heiligenschein aus Blut aus seinem zersplitterten Schädel auf dem Steinboden. Danach die Fahrt nach Prag, Filips Wohnung, das Manuskript in seinem wunderschön geschmückten Ledereinband, in dem von dunklen Göttern und noch düsteren Dämonen die Rede war. Wenn er zurückdachte, wirkte alles irreal, wie im Schlaf phantasierte Ereignisse in einem verblassten Traum.

Judita suchte ihn in seinem Büro auf. Sie brachte die Transkription von Viktors Aussage mit und erklärte, dass der Polizist Chromík in Mladá Boleslav bereits eine Kopie per Kurier erhalten hatte. Viktor nutzte die erste Gelegenheit, in der sie allein waren, um Judita zu erzählen, was er in Filips Wohnung gefunden hatte und dass sein Freund nicht dort gewesen war. Er schilderte ihm Filips penible Forschung, beschrieb dessen flüssigen Stil und die Klarheit dessen Logik.

»Was ich da gelesen habe, waren nicht die Ergüsse eines Wahnsinnigen.« Viktor versuchte vergeblich, empathisch zu klingen. Er versuchte sich ebenso zu überzeugen wie Judita. »Das ist meine professionelle Meinung, nicht nur meine persönliche. Ich kann nicht glauben, dass er wirklich etwas mit diesen Morden zu tun hat.«

»Wenn ich ehrlich bin, halte ich die Tatsache, dass er jemanden mit einem Messer angegriffen hat und du ihn in dieser Nacht nur mühsam zurückhalten konntest, für erheblich relevanter als eine Analyse seiner literarischen Fähigkeiten, und das noch in seiner Abwesenheit. Außerdem weißt du nicht, ob das, was du gestern Nacht gelesen hast, vor Monaten oder gar schon vor Jahren geschrieben wurde.«

»Was glaubst du, sollte ich tun?«

»Du weißt, was ich glaube«, sagte Judita. »Du solltest mit diesem Polizisten aus Prag reden, mit diesem Smolák. Filip hat vielleicht nichts Böses getan, aber du kannst nicht ständig nach Prag fahren, um selbst Ermittlungen über ihn anzustellen. Du weißt nicht, was du da tust oder womit du es zu tun hast.«

»Genau darum geht es doch. Als Psychiater erkenne ich das Vorhandensein oder das Fehlen einer ernsthaften Psychose. Und was ich in Filips Manuskript fand, war eindeutig das Fehlen einer solchen Psychose. Wenn ich zu Smolák gehe, dann muss ich ihm die Sache mit dem Messer erzählen. Filip könnte allein deshalb schon eingesperrt werden …«

»Um Himmels willen, Viktor, hörst du, was du da sagst? Vielleicht gibt es ja einen Grund, aus dem er eingesperrt wird. Missverstehe mich nicht, ich will nicht behaupten, dass Filip die Lederschürze ist. Nicht einmal, dass er verrückt ist. Aber du musst Smolák von deinen Bedenken berichten. Und außerdem, wo zum Teufel hat er sich die ganze letzte Nacht aufgehalten?«

»Dafür könnte es eine vollkommen harmlose Erklärung geben. Außerdem gibt mir das, was ich in dem Manuskript gefunden habe, zu denken, was unsere Fälle hier angeht. Ich meine damit ihre innere Mythologie. Wenn ich das Rätsel lösen kann, dann komme ich vielleicht dem Verstehen und der Isolation des Teufels-Aspekts näher als je zuvor. Wir haben uns Götter und Monster aus Gestalten erträumt, die in uns allen hausen. Jede Religion, jeder Aberglaube, jeder Volksmythos gründet auf denselben Gestalten. Mr. Hobbs ist eine Manifestation einer dieser Gestalten. Ich muss mit ihm reden.«

»Das bedeutet, du willst durch Pavel Zelený mit ihm sprechen?« Judita runzelte die Stirn. »Ich glaube, dass Professor Románek sich dem widersetzen wird, wenn er es herausfindet. Vor allem im Moment – ich habe gehört, dass er eine seiner merkwürdigen Stimmungen hat. Ich habe ihn nicht mehr gesehen, seit du nach Prag gefahren bist.«

»Mit dem Professor komme ich schon zurecht. Und ja, Zelený ist mein einziger Weg zu Hobbs. Denn Zelený *ist* Hobbs. Aber bedauerlicherweise müssen beide warten. Sagen wir, der Grund ist, dass meine nächste Sitzung eine Herausforderung wird.«

»Skála?« Juditas Miene verfinsterte sich noch mehr.

»Vojtěch Skála«, bestätigte Viktor. Der *Dämon* und der letzte der Satanischen Sechs, mit dem ich eine Sitzung abhalten muss.«

69

Er musste zugeben, dass es eine höchst glückliche Wendung des Schicksals war. Viktor hatte es als Pflicht empfunden, Professor Románek über seine Absicht zu informieren, eine Sitzung mit Skála anzuberaumen, aber Románek war »nicht zu sprechen«. Judita hatte Viktor bereits über die regelmäßig wiederkehrenden Stimmungen des Professors berichtet, in denen er sich vor der Welt in sein Arbeitszimmer zurückzog. Die offizielle Erklärung lautete, dass der Direktor absolute Ruhe brauchte, weil er sich um wichtige Verwaltungsfragen kümmern musste.

Als Viktor versuchte, einen Termin bei Románek zu bekommen, sagte man ihm, der Professor würde sich gerade um Verwaltungsangelegenheiten kümmern und dürfe nicht gestört werden. Er erfuhr, dass Románek sich auch schon am Tag zuvor eingesperrt und nichts von seinem Ausflug nach Prag erfahren hatte. Die gute Nachricht für Viktor war, dass der Direktor des Irrenhauses daher keine Meinung äußern konnte, ob Viktor seine Sitzung mit Skála durchführen sollte oder nicht.

Als also die Sonne hinter den fensterlosen Mauern des ehemaligen Getreidespeichers im Turm unterging, rollten vier Pfleger den *Dämon* auf dem wie ein mittelalterlicher Thron wirkenden Fixierungsstuhl herein. Skála würde nicht auf die Untersuchungsliege gelegt werden. Er war mit Metall und Leder gebunden, an Armen und Beinen gefesselt und konnte nicht einmal eine Hand, einen Arm, ein Bein, den Hals oder den Kopf bewegen, und er würde während der ganzen Sitzung an den Stuhl gefesselt bleiben.

In Vojtěch Skálas Augen brannte trotz der Beruhigungsmittel eine dunkle, bösartige Wut wie heiße Glut, die jeden Moment entflammen konnte. Er starrte Viktor wütend an, als der durch den Raum ging und ihm die Mischung aus Scopolamin und Sodium Amytal in die intravenöse Kanüle spritzte, die bereits vor der Sitzung an seinem Arm angelegt worden war. Obwohl Skála auf dem Fixierungsstuhl gefesselt war, traten zwei Pfleger näher, bis Viktor fertig war. Nach dem brutalen Angriff des *Holzfällers* Pavel Zelený und dem Vorfall mit dem *Clown* Leoš Mlàdek und angesichts des Rufs des *Dämons*, extrem gewalttätig zu sein, sorgte Viktor dafür, dass in dieser Sitzung nichts dem Zufall überlassen blieb.

Als die Medikamente zu wirken begannen, bedeutete Viktor den Pflegern mit einem Nicken, den Raum zu verlassen. Sie bezogen unmittelbar hinter der geschlossenen Tür Position. Viktor war nun allein mit seinem Patienten, schaltete das Magnetophon an und ging die üblichen Formalitäten durch, nannte laut das Datum, die Zeit und den Namen des Patienten.

»Ich werde Sie töten«, sagte Skála sachlich mit seiner irritierend hohen Stimme. »Das wissen Sie doch, nicht wahr?«

»Und warum sollten Sie das tun?« Viktor setzte sich hin und zündete sich eine Zigarette an.

»Ich brauche keinen Grund. Ich tue das eben. Ich töte. Menschen. Tiere, Dinge. Aber in Ihrem Fall töte ich, weil Sie sind, was Sie sind.«

»Und was wäre das?« Viktor war zerstreut, weil er noch dabei war, die Sitzung vorzubereiten. »Ein privilegierter Wichser. Jemand, dem man alles auf einem Silberteller serviert hat.«

Viktor lachte. »Das wäre mir neu, Vojtěch. Wie ich Ihren Unterlagen entnehme, stammen Sie aus einer weit begüteteren und privilegierteren Familie als ich. Im Vergleich dazu ist meine Herkunft eher bescheiden.«

Skála starrte Viktor einen Moment an. Die Glut war aus seinem Blick gewichen, entweder als Ergebnis der Medikamente oder weil er keine Lust hatte, seinen Zorn zu füttern.

»Tatsächlich?«, fragte er tonlos. »Ich dachte immer, Sie wären reich. Hätten einen aristokratischen Hintergrund, mit Ihrem

Aussehen.« Er machte eine kleine Pause und kämpfte darum, sein Ego zusammenzuhalten, das von den Medikamenten allmählich aufgelöst wurde. »Macht nichts. Ich werde Sie trotzdem töten. Ihr selbstgefälliges Gesicht wird sehr gut aussehen, wenn ich es als Maske trage. Vielleicht glaubt ja sogar jeder, ich wäre der Sohn eines Grafen, wenn ich Ihr Gesicht trage.«

»Dazu wird es nicht kommen, Vojtěch, das wissen Sie genau.«

»Wirklich nicht? Dazu braucht es nur, dass irgendjemand einen Fehler macht. Und jemand wird einen Fehler begehen, früher oder später. Dann kommt meine Chance, und ich ergreife sie. Wissen Sie was? Menschen sehen andere Menschen und glauben, sie wären genauso wie sie selbst; sie gehen davon aus, dass die Leute, denen sie begegnen, genauso denken und genauso fühlen, denselben Mustern und Regeln folgen wie sie selbst. Sie und ich, Dr. Kosárek, wir wissen es besser, nicht wahr? Etwas kann die Gestalt eines Menschen haben und doch etwas ganz anderes sein, etwas Andersartiges. Und genau das bin ich. Etwas Andersartiges. Sie alle haben den gleichen Fehler gemacht.«

»Sie?«

»Meine Spielzeuge. Die Leute, die ein Ding in der Gestalt eines Mannes falsch eingeschätzt haben. Deshalb nennt man mich den Dämon. Sie sehen, dass etwas zwar menschlich aussieht, dass es aber etwas anderes in sich hat, etwas, das sie nicht verstehen können. Sie nennen, was ich tue, böse und schimpfen mich einen Dämon. Meine Spielzeuge mussten das tun, weil sie versucht haben, zu erfassen, was mit ihnen passierte.«

»Wie nennen Sie selbst denn, was Sie tun?«, wollte Viktor wissen. »Sehen Sie das nicht als etwas Böses an?«

»Das Böse liegt im Auge des Betrachters. Im Schmerz des Opfers. Ich bete das Böse an, frohlocke darüber, führe es bei jeder Gelegenheit vor, ich erkenne seine unübertreffliche Macht an. Aber die Ironie und das Paradoxon bestehen darin, dass ich es nie wirklich verstehe oder schätzen kann. Nur meine Opfer können das. Also muss ich durch sie damit experimentieren. Ich muss es durch ihre Augen sehen. Nehmen Sie zum Beispiel diese Familie in Pezinok. Sie haben die Fallakten gelesen, also kennen Sie die Einzelheiten. Ich war auf dem Weg nach Bratislava, als ich sie sah. Wir sind einfach nur aneinander vorbeigegangen, es war nicht einmal eine Begegnung. Ich sah, wie glücklich und zufrieden sie waren, wie ihr Weg von der Sonne des Sommers und ihrer Jugend beschienen wurde. Sie hatten so viel, und ich beschloss aus einer Laune heraus, ihnen all das zu nehmen. Ich suchte sie in ihrem Haus auf, und als der Ehemann die Tür öffnete, sah er einen Mann davor stehen, keinen Teufel oder Dämon. Er erwartete, dass ich mich wie ein Mensch benehmen würde, aber ich benahm mich wie ein Dämon. Ich verbrachte anderthalb Tage in diesem Haus. Diese Familie lernte die wahre Natur des Bösen kennen.«

»Und Sie haben deshalb keine Gewissensbisse?«, fragte Viktor. »Was Sie ihnen angetan haben, bekümmert Sie nicht?«

»Ich habe meine eigene Ethik und Moral. Zum Beispiel würde ich niemals eine verheiratete Frau auffordern, einen Mann zu küssen, der nicht ihr Ehemann ist. Also habe ich erst ihrem Ehemann das Gesicht heruntergeschnitten und es als Maske getragen. Und ich habe ihnen auch eine Wahl gelassen, ein Mitspracherecht, wie das Böse sich zeigte. Ich erzählte der jungen Mutter in allen Einzelheiten, was ich ihrem Kind antun würde. Und ich sagte ihr, wenn sie, die Mutter, den Platz ihres Kindes einnähme, würde ich ihr Kind verschonen. Also stimmte sie zu und unterwarf sich willig all dem Schrecken, den ich ihr beschrieben hatte. Aber als das Leben allmählich aus der Mutter heraussickerte, zwang ich sie, zuzusehen, wie ich mein Wort brach. Es war diese Tat, die mir den Namen Dämon und die Mitgliedschaft bei den Satanischen Sechs gebracht hat. Ich frohlocke über beides.«

Viktor blieb einen Moment stumm.

»Und obwohl Sie all das wissen«, fuhr Skála fort, »werden auch Sie mich falsch einschätzen. Früher oder später werden Sie oder jemand, der Ihnen nahe steht, mich unterschätzen, und ich werde meine Chance nutzen. Dann werden Sie und ich tanzen, o ja, und wie wir tanzen.«

»Also gut, Vojtěch, Ihre Drohungen werden allmählich ermüdend.« Viktor holte tief Luft. »Ich bin hier, um Ihnen zu helfen. Und Sie sind hier, damit wir der Wut auf den Grund gehen können, die Sie empfinden.«

»Ach, ich verstehe, Sie wollen meine Kindheitstraumata ergründen. Sparen wir beide uns die Zeit. Meine Eltern haben mich in eine religiöse Grundschule geschickt, als ich acht Jahre alt war. Der Priester dort hat mich mindestens zweimal im Monat gebumst, wenn ich dran war. Reicht das?«

»Ist das die Wahrheit?«

»Das wissen Sie. Es steht in meinen Unterlagen. Ich habe Románek davon erzählt, und er musste mich nicht unter Medikamente setzen, um es aus mir herauszubekommen. Jetzt wissen Sie es, das Mysterium ist gelöst: Ein Kinderficker hat mich böse gemacht. Warum schnallen Sie mich jetzt nicht einfach los, damit ich mich über Sie hermachen kann? Ich lasse Sie auch lange genug am Leben, damit Sie zusehen können, wie ich Ihr Gesicht anprobiere.«

»Konzentrieren wir uns einfach auf das, was Sie hierher gebracht hat. Ich möchte, dass Sie mir über Ihre Zeit in der Schule erzählen. Was Ihnen dort widerfahren ist.«

Skála betrachtete Viktor einen Moment. »Also gut, ich spiele mit. Ich spiele für den Moment in Ihrem Spiel mit. Aber schon bald werden Sie in meinem Spiel mitspielen.«

»Die Schule …«, drängte Viktor.

»Meine Familie war gut angesehen. Alles brave slowakische Katholiken. Mein Vater war ein selbstgerechter Mann mit einer sehr starken religiösen Überzeugung und einer unerschütterlichen Sozialideologie, die er nie hinterfragte und von der nichts auf seinem eigenen Mist gewachsen war. Wir lebten in Trnava. Kennen Sie Trnava? Es ist das Zentrum des Katholizismus in der Slowakei. Er ist dort so stark, dass die Stadt *parva Roma* genannt wird, das kleine Rom. Mein Vater und meine Mutter waren dem Katholizismus so ergeben, dass es schon an Besessenheit grenzte. Mein Vater war auch ein echter klerofaschistischer Eiferer, der in den Tschechen gottlose Hussiten und in den protestantischen Slowaken Verräter an Blut und Tradition sah. Ich muss nicht erwähnen, dass ich für meine Eltern eine ziemliche Enttäuschung war.«

Skála lächelte bösartig. »Ich habe versucht, ein guter Junge zu sein, wirklich. Aber man kann seine Natur nicht ändern, genauso wenig wie man seine Größe oder seine Augenfarbe ändern kann. Aber es war nicht meine Augenfarbe, die geändert werden musste, sondern die Farbe meiner Seele. Laut Papa hatte ich eine schwarze Seele, und er sah es als seine Pflicht an, zu versuchen, das Unveränderbare zu verändern.«

»Waren Sie wirklich so schlimm?«, fragte Viktor dazwischen. »Ich meine, glauben Sie wirklich, dass Sie von Anfang an ein böser Junge waren?«

»Ich habe versucht, meinen Vater stolz auf mich zu machen, doch er schien es nie zu bemerken. Aber wenn ich böse war – oh, wenn ich böse war –, hatte ich seine Aufmerksamkeit. Notieren Sie das auch ordentlich, Dr. Kosárek? Bin ich nicht ein klassischer Fall? Wollen Sie sich mit Ihren Kollegen zusammensetzen und darüber diskutieren, dass der arme Skála einfach nur das Produkt einer kirchlichen Vergewaltigung, fehlgeleiteter Sohnesliebe und einer Gier nach väterlicher Anerkennung war?«

»Wie hat Ihr Vater versucht, Sie zu verändern?« Viktor ignorierte Skálas Köder, wartete jedoch nur eine Minute, bevor er eine zweite Dosis verabreichte, um seinen Widerstand zu brechen.

»Er hat mich geschlagen. Er dachte offensichtlich, dass eine gute Tracht Prügel das Böse aus mir herausbringen könnte, wie man Staub aus einem alten Teppich klopft. Nur war es nicht so. Es war mehr, als wäre das Böse ein Band aus glühendem Stahl in mir gewesen und als hätten seine Schläge es gehärtet, es härter geschmiedet.«

»Was ist passiert?«

»Mein Vater hat mich aufgegeben. Damals war ich zehn Jahre alt, erst zehn Jahre, aber er kam zu dem Schluss, dass ich ein hoffnungsloser Fall war. Also wurde ich weggeschickt. Sie schickten mich über die Grenze auf eine religiöse Grundschule im Nordwesten von Ungarn. Sie wurde von Jesuiten geführt und war berüchtigt für ihr hartes Regiment und dafür, dass sie das Böse aus abtrünnigen Jungen herausprügelten.«

»Wurden Sie geschlagen?«

»Fast jeden Tag. Merkwürdig übrigens, dass diese Schule eine Burg wie diese hier war. Ich war damals eingesperrt, mit zehn Jahren, so wie ich jetzt eingesperrt bin. Sie hatten überall Kreuze aufgehängt. Daran war ich gewöhnt, weil ich in einem Haus aufgewachsen bin, in dem es von Kreuzen nur so wimmelte. Aber diese Kreuze waren anders. Die Kreuze in der Schule zeigten einen ausgemergelten, sich in Todesqualen windenden Jesus, der seinen enttäuschten Blick immer auf uns gerichtet hatte. Ich dachte oft, dass die Schule diese besondere Darstellung von Jesus am Kreuz wegen dieses Ausdrucks der Enttäuschung in großen Mengen gekauft hat. Jeden Tag erzählte man uns, wie er für uns gelitten habe und dass wir jetzt für ihn leiden müssten. Er sei für unsere Sünden gestorben, aber wir alle seien unwürdig und immer noch Sünder.«

Seine Augen funkelten. »Wir wurden von Jesuiten erzogen, eine Erziehung, die von der Ideologie der Überlegenheit durchtränkt war und mit Brutalität durchgesetzt wurde. Die Jesuiten, die Wissen und Schmerz in gleichem Maße austeilten, waren angeblich der Inbegriff Gottes, der Göttlichkeit und des Rechts. Auf mich wirkten sie dagegen einfach nur wie herzlose, perverse Schinder. Es gab nur einen, der freundlich war, ein jüngerer Mönch, der uns in Naturwissenschaft unterrichtete. Er hieß Bruder Ernő. Er schlug uns nie, und keiner von uns benahm sich in seiner Klasse daneben, weil wir so dankbar waren, eine Atempause vor den anderen Mönchen zu haben. Drei von ihnen fürchteten wir ganz besonders. Der eine war Bruder Lázsló. Wir nannten ihn Stentor, nach dem griechischen Herold, dessen Stimme mächtiger war als fünfzig Stimmen zusammen. Für die kleinste Verfehlung ließ Bruder Lázsló die Jungen vor sich treten und schrie ihnen ins Gesicht. Viele von uns machten sich in die Hose, obwohl sie nur von seiner Stimme ausgepeitscht wurden. Bei manchen Gelegenheiten benutzte er allerdings auch mehr als seine Stimme. Manchmal schien er zu glauben, dass die Situation es verlangte, seine Fäuste einzusetzen, vor allem bei den älteren Jungen. Wir fürchteten alle Priester, aber es waren Stentor, Bruder Lázsló und die beiden anderen, die den größten Schrecken verbreiteten. Die beiden anderen hießen Bruder István und Bruder Ferenc. Und auch wenn wir ihren Zorn fürchteten, konnten wir nicht verhindern, ihn zu wecken. Denn beide schienen nach jedem Vorwand zu suchen, uns zu schlagen, und beide hatten diese Riemen bei sich. Ich nehme an, Sie kennen diese langen Lederstreifen, die man etwas kürzt, indem man harte Knoten hineinschlingt. Die beißen sich in Ihre Haut. Von den dreien war Bruder Ferenc der Schlimmste. Er war normalerweise ruhiger als Bruder István und ganz gewiss ruhiger als Lázsló, aber er verwandelte sich in einen unkontrollierbaren Sadisten, wenn er getrunken hatte, was oft vorkam. Wie alle Jungen lernte auch ich schnell, den bittersüßen Aprikosengeruch von Pálinka mit Schmerz und Furcht zu assoziieren. Wenn Bruder Ferencs Atem nach Pálinka roch, dann war es nur eine Frage der Zeit, bevor er sich aus einem fadenscheinigen Grund auf jemanden stürzte.«

Seine Augen glühten. »Eines Tages im Katechismus-Unterricht, den Bruder Ferenc gab, machte ich einen winzigen Fehler. Ich verhaspelte mich, wahrscheinlich weil ich Angst hatte. Ich hatte Pálinka in seinem Atem gerochen. Bruder Ferenc wurde wütend. Er riss mein Hemd hoch und schlug mit seinem blutigen Riemen auf mich ein. Der Mann verlor total die Beherrschung. Er schlug immer und immer wieder mit aller Kraft auf mich ein. Ich war erst elf Jahre alt. Elf Jahre! Zuerst spürte ich den schneidenden Schmerz des Riemens und dann das heiße Brennen auf meinem Rücken, das wie glühende Finger über meinen Hals lief und mein Gehirn zusammenquetschte. Bevor der Schmerz nachließ, kam der nächste Schlag. Ich erinnere mich an diese Eskalation, an diese Anhäufung von Schmerz. Und anders als Stentor blieb Ferenc während der ganzen Sache ruhig. Das einzige Geräusch waren seine keuchenden Atemzüge, von der Anstrengung, mich zu schlagen.« Er machte eine kleine Pause.

»Der Schmerz wurde stetig schlimmer, während er mich unablässig schlug. Schmerz fügte sich zu Schmerz, vergrößerte sich exponentiell. Ich glaubte, ohnmächtig zu werden oder zu sterben, und wünschte mir beides. Mir war alles recht, um diese unerträglichen Schmerzen zu beenden. Ich wusste nicht mehr, wo ich war, wer ich war oder was diesen Schmerz erzeugte. Der Schmerz war alles. Er wurde so intensiv, dass ich ihn sogar sehen konnte. Es war ein großes blendend weißes Licht in meinen Augen. Dann hörten die Schläge auf. Ferenc riss mich auf die Füße und schleuderte mich durch den Klassenraum. Ich stolperte zu meiner Bank zurück. Dann unterrichtete er weiter, als wäre nichts passiert, als hätte er nicht gerade eben erst einen elfjährigen Jungen fast totgeschlagen. Er hatte sich nicht verändert, aber ich. Ich hatte einen anderen Zustand erreicht. Das blendend weiße Licht wurde gedämpfter, und ich konnte wieder sehen, die Welt jedoch schien zu schwanken. Die Farben darin veränderten sich ständig. Die ganze Welt war sowohl heller als auch dunkler. Das Licht, das durch die Fenster fiel, war schärfer und heller, aber die Schatten wurden dunkler und hatten härtere Ränder. Es fühlte sich an, als würde sich die ganze Welt zur Seite neigen, als würde eine neue Realität an ihre Stelle rutschen. Ich saß dort in demselben Klassenraum, während der Schmerz in meinem Körper brannte, und Ferencs Stimme klang immer noch durch den Raum, und derselbe verzerrte Christus an seinem Kreuz blickte mich in stummer Enttäuschung und vorwurfsvoll an. All das passierte jedoch in einer veränderten Welt. Die ganze Zeit hörte ich, wie Bruder Ferenc über den Sturz der Engel redete. Ich erinnere mich, wie er laut etwas vorlas. ›Hinter der ungehorsamen Entscheidung unserer ersten Eltern lauert eine verführerische Stimme, die sich Gott widersetzt, die sie dazu brachte, aus Neid in den Tod zu stürzen. Die Heilige Schrift und die Tradition der Kirche sehen darin einen gefallenen Engel, genannt *Satan* oder der *Teufel*. Die Kirche lehrt, dass Satan zuerst ein guter Engel war, erschaffen von Gott. Der Teufel und die anderen Dämonen waren tatsächlich von Gott gut geschaffen worden, aber sie wurden böse durch ihre eigenen Taten.‹ Obwohl ich kaum bei Bewusstsein war, kann ich mich ganz klar an diese Worte erinnern. Bruder Ferenc las vor, dass der Sturz der Engel eine Frage freier Entscheidung gewesen sei. Wie Satan und die anderen Gefallenen ihre Entscheidung getroffen hätten, Gott und seine Herrschaft abzulehnen. Als ich blutend dalag, mich eingenässt hatte, sah ich alles mit absoluter Klarheit. Mir wurde klar, dass Satan keine Antithese ist, kein Schatten, den Gott erschaffen hat. Sondern ich begriff, dass Satan ein Revolutionär war, ein Befreier. Er hat sich gegen die Unterdrückung durch Gott gewehrt. Seine Revolution war nicht einfach nur die Ablehnung von Gott, sondern sie war eine willentliche Hinwendung zum Bösen. An diesem Punkt kam das Böse in die Welt und hat den Menschen aus Gottes Sklaverei befreit.«

»Sie betrachten das Böse demnach als eine Lebensweise?«, fragte Viktor.

»Mehr als nur eine Lebensweise. Es ist eine Naturgewalt, die ihresgleichen im Universum sucht und die bei jeder Gelegenheit befreit werden muss. Meine Transformation begann an diesem Tag. Und später wurde sie vollendet.«

»Wie wurde sie vollendet?«

»Dieser eine gute Jesuit, den ich erwähnt hatte, dieser einzige Lichtblick der Freundlichkeit in all der Grausamkeit, Bruder Ernő. Er hatte von den Prügeln erfahren, die ich bezog, und mich in seine Zelle mitgenommen, wo er mit mir gebetet und mir dann Salbe in die Wunden auf meinem Rücken gerieben hatte. Auf seinem Schreibtisch lag ein wunderschön polierter Stein. Er war klein und glänzte wie Onyx. Er gab mir den Stein und befahl mir, mich darauf zu konzentrieren, während er mir die Salbe in die Striemen auf meinem Rücken rieb. ›Alle Dinge sind vergänglich‹, sagte er. ›Dieser Kieselstein war einst ein mächtiger Felsen in einem Flussbett, bis er vom Wasser allmählich geglättet und poliert wurde. Über einen sehr großen Zeitraum hinweg‹, sagte er. ›Früher war dieser Stein ein zerklüfteter Felsen, aber der Lauf der Zeit hat die Ränder geglättet.‹ Dann meinte er, ich müsste versuchen, zu verstehen, dass das Gute und das Böse nebeneinander existierten, dass gute Menschen manchmal böse Handlungen begingen, um Gutes zu tun. Er sagte mir, ich müsste Bruder Ferenc verstehen und ihm verzeihen. Aber ich merkte die ganze Zeit, wie entsetzt er über das war, was Ferenc mir angetan hatte. Er sagte, er mache sich Sorgen, dass sich die Wunden vielleicht infizierten und dass ich ihm sagen sollte, wenn der Schmerz schlimmer würde oder ich Fieber bekäme. Dabei rieb er mir die ganze Zeit die lindernde Salbe in den Rücken. Dann erzählte er mir von dem Schmetterling und der Steinsonne.«

»Der Schmetterling und die Steinsonne?«, fragte Viktor.

»Er fragte mich, ob ich mich daran erinnern könnte, was er uns im naturwissenschaftlichen Unterricht gelehrt hatte. Dass die Sonne so gigantisch wäre und dass unsere Welt nur ein Millionstel Teil so groß wäre wie die Sonne. Ein Millionstel. Er sagte, um mir eine Million vorzustellen, müsste ich mir ausmalen, dass dreihunderttausend Welten in die Sonne passten. Dann sagte er, dass ich die Augen geschlossen lassen und mir vorstellen sollte, dass die Sonne nicht aus Feuer, sondern aus Stein bestünde – eine riesige, unnachgiebige Granitmasse, die an Gottes Himmel hing.«

Wieder hielt Skála kurz inne. »Er sagte: ›Stell dir einen Schmetterling vor. Stell dir dieses kleine und zierlichste Geschöpf Gottes vor. Es ist unendlich viel kleiner als die Erde, und die Erde ist weniger als ein Millionstel so groß wie die Steinsonne. Und jetzt stell dir diesen winzigen zierlichen Schmetterling vor, der um das gesamte Sonnensystem herumfliegt und alle tausend Jahre einmal mit einem seiner Flügel über die Oberfläche der Steinsonne streicht. Kannst du dir das vorstellen?‹ Ich lag da, während der Schmerz in meinem Rücken allmählich nachließ, und hielt den Stein in meiner Hand. Ich erwiderte, dass ich es mir vorstellen könnte. ›Und jetzt‹, fuhr er fort, ›möchte ich, dass du dir vorstellst, wie lange der Schmetterling mit seiner Berührung einmal in einem Jahrtausend braucht, um diese riesige Steinsonne auf die Größe dieses polierten Kieselstein zu reduzieren, den du in deiner Hand hältst. Kannst du dir das vorstellen?‹ Ich erwiderte, das könnte ich nicht, dass es eine Größenordnung sei, die mein Verstand nicht erfassen könne. ›Ganz recht‹, sagte der freundliche Bruder Ernő. ›Diese Zeitspanne ist unvorstellbar.‹ Dann wurde seine Stimme plötzlich hart. ›Und doch ist diese Zeitspanne nur eine flüchtige Sekunde der Ewigkeit, die ein elender Sünder wie du in den Flammen der Hölle brennen wird.‹ Ich hatte nicht einmal die Chance, etwas zu sagen oder auch nur den Schrecken zu spüren, bevor der Schmerz kam. Es war ein Schmerz, der schlimmer war als alles, was Bruder Ferenc getan hatte.«

»Er hat Sie geschlagen?«, fragte Viktor.

»Er hat mich vergewaltigt«, antwortete Skála völlig emotionslos.

70

Diesmal klirrten keine Münzen an Fensterscheiben. Die Žižkov Straße vor Tsora Mirgas Wohnhaus war leer und still in der Kälte, als eine Reihe von Polizeiwagen hineinfuhr. Eine Demonstration der Behörden, die mit dem Ausrufungszeichen eines schwarzen Leichenwagens endete. Niemand warnte diesmal die Nachbarn vor dem Auftauchen der Polizei. Smolák vermutete, dass es sich längst herumgesprochen hatte.

Mirek Novotný war bei ihm. Er hatte praktisch darauf bestanden, ihn zu begleiten. Smolák war sich bewusst, dass sich die Zufälle häuften: Das war bereits das zweite Opfer von Lederschürze, das kurz zuvor vom Kapitán der Kriminalbeamten besucht worden war. Es war klar, dass der Mörder Smolák verhöhnte, ihn herausforderte, ihn doch zu fangen, aber trotzdem bot das dem ehrgeizigen Rotschopf Gelegenheit, Zweifel an seinem Vorgesetzten zu säen.

Václav Bartoš war ebenfalls dabei. Er hatte Smolák und dessen Stellvertreter in deren Fahrzeug begleitet. Die Fahrt von der Polizeiwache hierher war schweigend verlaufen, in Erwartung von dem, was sie vorfinden würden.

Als sie die Treppe zu der Wohnung hinaufstiegen, dachte Smolák an seinen letzten Besuch zurück, an die ruhige Kraft und die Würde der verkrüppelten Prostituierten und an die dunkle Schönheit der Zigeunerin. Als er sich an den Zustand erinnerte, in dem Anna Petrášovás Leichnam gefunden worden war, wappnete er sich für das Wiedersehen mit Tsora Mirga. Er wusste, dass er zu Protokoll geben musste, was ihr angetan worden war.

Diesmal gab es weniger Blut.

Tsora befand sich in dem Raum, dem Wohnzimmer, in dem

Smolák mit ihr geredet hatte. Sie lag auf dem Rücken, vollkommen angekleidet und eindeutig drapiert. Ihre Beine waren ausgestreckt und zusammengedrückt. Der Mörder hatte den Klumpfuß des rechten Beines sauber über dem Knöchel abgetrennt, aber es gab nur sehr wenig Blut. Sie hatte die Hände auf dem Bauch gefaltet, und ihr Kopf war in die Richtung gedreht, aus der sie das Zimmer betreten würden. Ihre Augen waren ihr entnommen worden, und Smolák fühlte sich dem anklagenden Blick leerer Augenhöhlen ausgesetzt. Er erkannte die bunt gemusterte Decke von seinem letzten Besuch, aber statt über der Rückenlehne des Sofas war sie zusammengefaltet und sorgfältig als Kissen unter Tsoras Kopf geschoben worden. Der Mörder hatte den Kopf hoch gebettet, damit er ihre Augenhöhlen auf die Tür richten konnte.

Václav Bartoš trat näher und führte eine flüchtige erste Untersuchung durch. »Sie hat nichts von all dem gespürt«, sagte er und deutete auf ihre Augenhöhlen. »Soweit ich es erkennen kann, hat man ihr das Genick gebrochen. Das war die Todesursache. Alles andere, der Fuß und die Augen, wurde erst post mortem durchgeführt. Deshalb gibt es hier auch so wenig Blut. Es wurde nichts anderes entnommen. Keine inneren Organe als Trophäen, bis auf ihre Augen. Sie sind verschwunden. Wahrscheinlich hat er sie mitgenommen.« Er richtete sich auf. »Das passt nicht zu den beiden letzten Morden – was das Ausmaß der Verstümmelung des Körpers angeht, meine ich. Aber ich gehe trotzdem davon aus, dass es sich um Lederschürze handelt.«

»Weshalb?« Novotnýs bleiche Gesichtsfarbe war noch eine Spur fahler geworden.

»Derselbe gekonnte Umgang mit dem Messer. Außerdem hat er diesen Mord angekündigt. Seine Mitteilung lautete ›Grüße aus der Hölle‹. Das ist eine offensichtliche Anspielung auf den Londoner Mörder, der ebenfalls einen Brief an den ermittelnden Polizeibeamten geschickt hatte, in dem stand: ›Aus der Hölle‹. Er hat zudem Körperteile hinzugefügt, um zu beweisen, dass die Nachricht echt war. Allerdings war es in seinem Fall kein Fuß.«

»Was war es dann?«, wollte Novotný wissen.

»Die Leber des Opfers.«

Das Gesicht des Kriminalmeisters wurde noch bleicher. »Glauben Sie, dass die Sache mit den Augen symbolisch gemeint ist?« Der junge Polizist vermied geflissentlich, das Gesicht des Opfers noch einmal anzusehen.

»In allem, was dieser Wahnsinnige tut, liegt Symbolismus«, erwiderte Dr. Bartoš. »Nur weiß ich diesmal nicht, was er bedeuten soll.«

»Ich schon.« Smolák betrachtete den kleinen Raum, der ordentlich und sauber war. Das Einzige, was bewegt worden war, war die Lampe, die in der Ecke gestanden hatte. Sie stand nun mitten im Raum, so dass es eine Stelle gab, wo sich Schatten sammeln konnte. »Er sagt uns damit, dass sie ihn gesehen hat. Er will uns sagen, dass sie ihn hätte erkennen können.«

71

Haben Sie irgendjemandem davon erzählt?«, fragte Viktor. »Ich meine in der Schule oder Ihren Eltern?«

»Glauben Sie wirklich, dass das irgendjemanden interessiert hätte? Das passierte doch ständig. Ich war nicht der Einzige, dem Bruder Ernő das angetan hat. Außerdem hätten meine Eltern mir das nicht geglaubt. Sie hätten es als Versuch betrachtet, ihre Kirche und ihren Glauben in den Schmutz zu ziehen. Und außerdem wäre es für sie ein weiterer Beweis für meine geistige und moralische Verdorbenheit gewesen.«

»Und das ging so weiter?«

»Drei Jahre lang. Einmal, vielleicht zweimal im Monat. Er hatte auch andere Jungen. Wir kamen alle an die Reihe.«

»Wie haben Sie das bewältigt?«

»Ich habe mich in mich selbst zurückgezogen, in diese neue Realität aus hellem Licht und dunklen Schatten, die um mich herum Gestalt angenommen hatte. Mir war klar, dass ich zwischen Licht und Schatten wählen musste. Ich entschied mich für den Schatten. Ich entschied mich für Satan, den Revolutionär, statt für Gott, den Tyrannen. Und ich machte Pläne. In meinem Verstand malte ich gewaltige Rachebilder, Leinwände voller unvorstellbarem Leiden, das ich zufügte, statt es selbst zu erleiden. Ich wuchs, und ich wurde stärker. Ich wurde verschlossener und schmiedete insgeheim Ränke. Wann immer ich die Chance bekam, erforschte ich die Grenze des Schulgeländes und fand verborgene Ein- und Ausgänge. In der Nacht schlüpfte ich hinaus und ging in den Wald. Dort war die Dunkelheit am tiefsten. Ich entdeckte ein altes Holzgebäude, das seit Jahren verlassen war, eine Art Holzschuppen, und machte ihn zu meinem geheimen

Heim. Ich schlich mich weg, wann immer ich konnte, und nahm alles mit, um diesen Ort mehr zu dem meinen zu machen. Ich bestahl auch andere Jungen, aber wenn die Brüder unsere Betten und Schränke durchsuchten, fanden sie bei mir nie etwas. Bei einer Gelegenheit legte ich sogar etwas Gestohlenes in den Schrank eines anderen Jungen, um den Verdacht von mir abzulenken.«

»Was ist mit dem Jungen passiert?«

»Man hat ein Exempel an ihm statuiert. Er wurde von Bruder Ferenc vor uns allen ausgepeitscht. Der Mönch hätte ihn fast umgebracht. Einige andere Jungen, die zusahen, weinten. Ich musste meine Gefühle beherrschen, um nicht die Aufmerksamkeit zu erregen, die ich so angestrengt versuchte, von mir abzuwenden.«

»Sie waren aufgewühlt? Hatten Gewissensbisse?«

Trotz der Medikamente weiteten sich Skálas Augen vor Überraschung. »Aufgewühlt? Bei Gott, nein – ich musste mir auf die Lippen beißen, um nicht zu lachen. Danach stahl ich alles, was ich konnte. Ich trieb die Jesuiten in den Wahnsinn bei dem Versuch, den Schuldigen zu finden. Ich stahl sogar den Stein aus Bruder Ernős Zelle. Ich hatte in dem Holzschuppen im Wald einen richtigen kleinen Palast für mich errichtet, der vor dem Rest der Welt verborgen war. In einer Nacht schlich ich hinaus und verbrachte die ganze Nacht dort. Ich sorgte nur dafür, dass ich vor Tagesanbruch im Schlafsaal zurück war. Ich kann Ihnen sagen, das war eine magische Nacht. Ich lag im Dunkeln in dem lebendigen Wald um mich herum. Er war nachts viel lebendiger als am Tage. Ich hörte das Knarren, sein Atmen, die Rufe der Eulen, das Rascheln und Knistern des wimmelnden Lebens unter dem Laubteppich. Dort war ich frei, dort in der schwarzen Waldnacht.« Skala schien einen Moment in seinen düsteren Erinnerungen zu versinken.

»Was wurde aus Bruder Ernő?«, wollte Viktor wissen.

»Nach einer Weile richtete sich seine Aufmerksamkeit auf andere Jungen. Jüngere Jungen. Ich wurde eindeutig zu alt für ihn.

Damals veränderten sich viele Dinge. Ich wuchs sehr schnell und war für einen Vierzehnjährigen sehr kräftig gebaut. Damals fand ich heraus, dass Ferenc, Lázsló und István sowie Bruder Ernő Feiglinge waren wie alle Tyrannen. Keiner von ihnen erhob je wieder seine Stimme gegen mich, geschweige denn seine Hand, und während ich ihren Blick, ohne zu blinzeln, erwidern konnte, hielten sie meinem nicht stand. Schließlich verließ ich die Schule, ironischerweise mit ausgezeichneten Noten. Aber ich hatte mich verändert. Ich hatte mich an dem Tag verändert, an dem Ferenc mich geschlagen und Ernő mich vergewaltigt hatte. Ich sah die Dinge so, wie sie waren.«

»Und wie sah das aus?«

»Gut und Böse sind ein und dasselbe. Gott und der Teufel sind identisch. Der Tyrann und der Revolutionär ist eins. Alles, was wir tun, ist nur, uns für eine Seite zu entscheiden, aber am Ende tun wir alle Gutes und Schlechtes. Was wir anderen antun, tun wir uns selbst an. Wissen Sie, was Panpsychismus ist?«

»Selbstverständlich ist mir die Allbeseelungslehre bekannt.«

»Ich glaube daran. Ich glaube, und ich weiß, dass jeder von uns davon ausgeht, ein individuelles Bewusstsein zu haben, obwohl wir in Wirklichkeit nur alle eines besitzen. Einen Verstand. Denkt das nicht auch Ihr großer Dr. Jung?«

»Eigentlich nicht«, erwiderte Viktor unwillig. »Sie sagen also, Sie glauben an Panpsychismus, daran, dass wir ein einziges Bewusstsein teilen. Wenn das stimmt, warum haben Sie dann Ihre Opfer so schrecklich gequält? Bedeutet das nicht auch, dass Sie sich selbst gefoltert haben?«

Etwas änderte sich in Skálas Gesichtsausdruck. Viktor begriff, dass einfach nur der Hass und die Wut verschwunden waren, die sich sonst dort ständig zeigten. »Das ist genau der Punkt. Wenn ich sterbe, werde ich einfach die Welt durch die Augen von jemand anderem wahrnehmen. Durch Ihre Augen, die Augen meiner Opfer. Durch alle Augen. Ich bin der Henker und der Gehenkte, der Folterknecht und das Folteropfer, der Vergewaltiger und der Vergewaltigte. So wie Sie die Welt einfach nur durch Ihre Perspektive sehen, werden Sie sie irgendwann auch aus meiner betrachten, aus der von allen anderen. Verstehen Sie, wir alle sind Gott, wir alle sind der Teufel. Und jeder wird, früher oder später, die Welt so erleben wie ich, sie durch meine Augen sehen. Das ist der Zweck meines Daseins.«

»Ich verstehe es immer noch nicht«, erwiderte Viktor.

»Die Leute haben mich den Dämon genannt, sogar den Teufel. Ich bin keins von beiden. Ich bin kein Wesen, ich bin nur ein Ort. Ich bin der Ort, an den auch Sie gehen werden, wohin alle gehen werden, am Ende. Früher oder später werden Sie die Welt durch mich erfahren und ich durch Sie. Ich bin nicht der Teufel. Ich bin die Hölle. Und alles, was ich getan habe, werden auch Sie tun. Ich bin Ihre Strafe, und es ist meine Pflicht, soviel Böses wie nur irgend möglich zu tun, so viel Erfahrungen wie möglich mit Folter und Horror zu machen.«

»Wenn ich Ihrer Logik folge«, wandte Viktor ein, »dann bedeutet das, dass Sie zu Ihren Opfern werden. Sie werden dann auch ich.«

»Kapieren Sie denn nicht, dass genau das meine Botschaft war? Begreifen Sie nicht, dass das der Grund ist, warum ich ihnen am Ende allen die Gesichter abgezogen und sie selbst getragen habe? Ich wollte sie ausprobieren, ich wollte sehen, wie es ist, so zu sein wie sie, wenn ich als *sie* zurückkomme. Verstehen Sie, Dr. Kosárek, wenn ich sage, dass ich eines Tages Ihr Gesicht tragen werde, dann werde ich das auch tun. So oder so.«

72

Viktor saß einen Moment schweigend da und beobachtete die dunkle, bösartige Gestalt von Skála, die mit Riemen und Eisen an den Fixierungsstuhl geschnallt war. Er überlegte, ob er eine dritte Dosis verabreichen und sein Untersuchungssubjekt noch tiefer in dessen Bewusstsein zurückführen sollte.

»Übrigens bin ich Jahre später zu der Schule zurückgekehrt«, brach Skála das Schweigen.

»Tatsächlich?«

»Ja. Ich konnte die Grenze ungehindert überqueren und habe dann den Weg zu der Burg zurückgefunden. Die Schule war immer noch da und machte dasselbe mit einer neuen Generation der Unwürdigen. Als ich zurückkehrte, hatte ich bereits mit meiner Teufelsarbeit angefangen, die Hölle auf Erden zu erschaffen, und musste vorsichtig sein, wo ich mich zeigte. Ich hatte mittlerweile bereits mehr als ein Dutzend Menschen ermordet. Als Erstes ging ich in den Wald, um meinen alten Palast aufzusuchen, die heruntergekommene Holzscheune, die ich zu meinem Zufluchtsort umgewandelt hatte. Sie war noch da, unberührt, und alle meine kleinen Schätze befanden sich noch an ihrem Platz, einschließlich Bruder Ernős Kieselstein. Niemand hatte all die Jahre einen Fuß in den Schuppen gesetzt oder war auch nur in die Nähe gekommen. Also machte ich ihn erneut zu meiner Basis, nur für diese eine Woche. Bis ich all das bewerkstelligt hatte, was ich zu tun gedachte. Ich habe im Laufe einer Woche die Burg einige Male besucht. Ich kannte von meiner Zeit dort noch jeden Winkel und konnte unbemerkt hinein und wieder hinaus schlüpfen, so wie ich es schon Jahre zuvor getan hatte. Ich stattete ihnen allen einen Besuch ab, allen vier Brüdern. Ich erinnerte sie an unsere gemeinsame Zeit. Ich musste allerdings mit jedem Tag, der verstrich, vorsichtiger vorgehen, denn natürlich herrschte große Unruhe, und man fragte sich, wo die Brüder wohl wären, da sie einer nach dem anderen verschwunden waren.«

Skála machte eine vielsagende Pause. »In der letzten Nacht, der besten, suchte ich Bruder Ernő in seiner Zelle auf, derselben Zelle, in der er mich vor all den Jahren missbraucht hatte. Es war höchst sonderbar. Als ich das Licht einschaltete und er mich an der Tür stehen sah, war er einen Moment vollkommen verängstigt. Dann erkannte er mich, und er hatte diesen Ausdruck auf seinem Gesicht, diesen ganz besonderen Ausdruck.«

»Was für einen Ausdruck?«

»Resignation. Akzeptanz. Verstehen. Als hätte er auf mich gewartet oder darauf, dass einer der anderen zurückkäme, um sich zu rächen. Als hätte er gewusst, was mit den anderen passiert war. Er rührte sich nicht, schrie nicht einmal, als ich durch das Zimmer ging, meine Hände um seinen Hals legte und zudrückte. Sein Blick wirkte sogar verzeihend, bevor seine Augen aus den Höhlen traten und trüb wurden. Das beleidigte mich am meisten. Dass er es gewagt hatte, zu glauben, er hätte das Recht, mir zu vergeben! Also würgte ich ihn, bis er ganz schlaff wurde.«

Ein Grinsen zeigte sich trotz der Medikamente um Skálas Mund.

»Wenn Sie sein Gesicht gesehen hätten! Wenn Sie nur sein Gesicht hätten sehen können, als er wieder aufwachte. Diesmal gab es keine sanfte Resignation, keine Akzeptanz oder Verzeihen. Denn ich hatte ihn nicht in seiner Zelle getötet, verstehen Sie? Darauf habe ich sehr genau geachtet. Wie ich es schon bei den anderen gemacht hatte, habe ich ihn nur solange gewürgt, bis er das Bewusstsein verlor und ich ihn aus der Schule schleppen konnte. Als er wieder aufwachte, fand er sich nackt und gefesselt in einem Holzschuppen mitten in einem Wald im Nichts wieder. Zuerst erkannte er mich nicht, weil ich Bruder Ferencs Gesicht als Maske trug. ›Sie haben doch nicht wirklich geglaubt, dass ich Sie so einfach davonkommen lassen würde?‹, fragte ich. ›Sie haben nicht geglaubt, dass Ihr Leiden so schnell zu Ende gehen würde?‹ Dann begann ich mit meiner Arbeit. Ganz langsam. Sorgfältig geplante Schnitte, Verbrennungen, Folterungen, die allesamt den guten Bruder Ernő ständig quälen sollten, ohne dass er das Bewusstsein verlor. Als ich mich an die Arbeit machte, eröffnete ich ihm das Ausmaß des Leidens, das ihn erwartete. Ich erzählte ihm eine Geschichte.«

Skála machte eine dramatische Pause. »Die Geschichte vom Schmetterling und der Steinsonne.«

73

Nachdem Skála seinen grauenvoll detaillierten Bericht von den Qualen beendet hatte, die er Bruder Ernő zugefügt hatte, drückte Viktor den Knopf, um die Pfleger zu rufen.

»Was denn, so bald?« Skála klang sarkastisch. Die Wirkung der Medikamente ließ nach. »Gerade als es angefangen hat, mir Spaß zu machen. Sind Sie sicher, dass ich nicht noch ein Weilchen länger bei Ihnen bleiben soll? Sie könnten mich von diesem Stuhl losschnallen, Dr. Kosárek, denn dann könnte unser Austausch von bloßer Theorie zur Praxis übergehen.«

Zwei Pfleger kamen herein und wollten die Bremse des Fixierungsstuhls lösen, um Skála hinauszurollen. Viktor hielt sie mit einem Kopfschütteln auf. »Ich habe Sie nur gerufen, weil ich dem Patienten eine weitere Dosis Medikamente verabreichen will.« Er drehte sich zu Skála herum. »Wir müssen tiefer in Ihr Unterbewusstsein vordringen, Vojtěch. Sie enthalten mir etwas vor. Als man Sie das erste Mal hergebracht hat, haben Sie über den Teufel geredet, dass er unter uns wandelt. Ich muss dieses Konzept des Teufels in Ihnen erreichen.«

»Binden Sie mich los, dann werden Sie es selbst erleben. Sie brauchen keine Medikamente, um den Teufel freizulassen, sondern nur diese Riemen und Fesseln zu lösen.«

Viktor zog die Spritze auf und verabreichte Skála den Medikamentencocktail durch den Zugang in seinem Arm. Dabei hatte er Mühe, das Zittern seiner Hände zu unterbinden. Er bebte nicht aus Angst vor dem Monster in dem Stuhl, sondern wegen des Wissens, dass er durch die Dosis der Medikamente ein Risiko einging. Selbst bei jemandem von Skálas körperlicher Masse war eine so starke Dosis Hypnotika gefährlich.

»Ich werde Sie töten«, sagte Skála, während die Medikamentenlösung in seine Blutbahn floss. »Ich werde …«

Viktor schickte die Pfleger weg. Nachdem er sich überzeugt hatte, dass eine aufgezogene Spritze mit dem Gegenmittel Picrotoxin bereit war, saß er da, rauchte und beruhigte seine Nerven, während die frische Dosis in Skala ihre Wirkung tat. Der erneut aufgeflammte Hass und die Wut in seinen dunklen Augen erloschen, die Anspannung wich aus dem gefesselten, bewegungslosen Körper. Viktor spürte etwas zwischen Begeisterung und Furcht. Pavel Zelenýs persönlicher Teufels-Aspekt hatte die Gestalt von Mr. Hobbs angenommen. In welcher Form würde sich der Teufels-Aspekt in dem noch viel monströseren Vojtěch Skála manifestieren?

Viktor wusste, dass der Teufel sich an der Grenze zwischen Leben und Tod verbarg. Und er war bereit, Skála genau dorthin zu führen.

Skálas Aggression, sein Hass und seine Hingabe an das Böse verblassten, als die Medikamente erneut seinen Willen schwächten. Diesmal war der Effekt erheblich deutlicher, und ein anderer Skála wurde freigelegt. Viktor hatte zuvor zu dem verängstigten kleinen Jungen vordringen wollen, dem die elterliche Liebe versagt geblieben war und der stattdessen einer institutionalisierten Brutalität ausgeliefert worden war. *Wenn ich bis zu ihm durchkomme*, dachte Viktor, *dann kann er den Moment beschreiben, in dem der dunklere, der bösartige und grausame Skála Gestalt angenommen hat.*

Stattdessen jedoch förderten die Medikamente eine Null zutage: eine Persönlichkeit, die diese Bezeichnung kaum verdiente. Ohne das Böse, ohne den Hass und die Wut gab es keinen Vojtěch Skála mehr, der bemerkenswert gewesen wäre. Seine Persönlichkeit, wie auch immer die ausgesehen haben mochte, war schon lange durch das intensive Feuer von Skálas Verbrechen ausgebrannt worden.

Viktor seufzte. Ein weiteres Scheitern. Skála redete immer wirrer und drohte, in einen Schlaf zu versinken, aus dem Viktor ihn ständig herausreißen musste. Es wurde rasch klar, dass hier nichts Bedeutendes zu erfahren war. Jedenfalls nichts, für das es sich gelohnt hätte, das Leben eines Patienten zu gefährden.

Viktor schaltete das Magnetophon aus und nahm die mit Picrotoxin gefüllte Spritze.

Doch noch bevor er aufstehen konnte, merkte er, dass in Skálas Augen das Feuer wieder aufgeflammt war. Es war derselbe Effekt, der sich bei Pavel Zelený gezeigt hatte. Sie waren an dem Ort, wo der Teufel ruht. Viktor schaltete den Recorder wieder an und überzeugte sich, dass die Spulen sich drehten.

Er sammelte sich kurz, um sich der Manifestation von Skálas eigenem, persönlichem Teufels-Aspekt zu stellen, ganz gleich, wie sie aussah.

»Geht es Ihnen gut, Vojtěch?«

Skála lächelte so kalt und bösartig, dass Viktor unwillkürlich fröstelte.

»Vojtěch?«

»Ich habe es Ihnen schon einmal gesagt.« Skálas Stimme klang plötzlich tiefer und sonorer. Er sprach zudem in perfektem Deutsch, das ein wenig altertümlich war und einen schwachen englischen Akzent aufwies. »Sie dürfen mich Mr. Hobbs nennen.«

6. TEIL

MR. HOBBS

74

Viktor überzeugte sich noch einmal, dass der Magnetophon-Rekorder funktionierte. Es hatte ihm die Sprache verschlagen. Wie konnte das sein? Das war einfach nicht logisch. Hobbs war Pavel Zelenýs *persönlicher* Dämon. Als Mlàdek, der *Clown*, ihn angegriffen hatte, hatte Viktor einen irrationalen Moment zwar lang geglaubt, er hätte mit Hobbs' Stimme gesprochen, aber er hatte diesen Gedanken bald abgetan. Aber nun konnte er es nicht ignorieren, es gab keinen Zweifel. Er hörte Hobbs' Stimme, genau dieselbe Stimme, mit der Zelený gesprochen hatte, die aber diesmal aus dem Mund von Vojtěch Skála drang.

Und es war immer noch Skála, der ihn aus dem Fixierungsstuhl entschlossen anstarrte, dessen Wildheit den mächtigen Medikamenten in seinem System trotzte. Es war immer noch Skála, dessen Lippen die Worte formten, die Viktor hörte. Aber es war nicht Vojtěch Skálas Stimme. Und so sehr er auch versuchte, das Gefühl zu unterdrücken, spürte Viktor doch, dass irgendetwas oder irgendjemand anders in dieser Kammer bei ihnen war. Etwas weit Bösartigeres, viel Dunkleres.

Das Auftauchen dieser Stimme, dieser dunklen Persönlichkeit war, als würde eine schreckliche schwarze Sonne aufgehen, die den Turm der Burg mit einer schimmernden Dunkelheit füllte. Obwohl der Patient festgebunden auf dem Stuhl saß, fühlte Viktor sich seltsam allein – verletzlich und verängstigt. Und was er vernahm, hatte keinen Sinn – konnte ihn nicht haben.

Viktor begriff, dass diese Stimme nicht Ausdruck der zersplitterten Persönlichkeit seines Patienten war. Sie war etwas völlig anderes. Etwas weit Schlimmeres.

»Ich spüre Ihre Furcht«, sagte Mister Hobbs. »Ich bin sehr

empfänglich für die Furcht von Menschen. Sie ist die Energie, die mich belebt, und jetzt beleben Sie mich. Sie haben mir nachgespürt, und jetzt haben Sie mich gefunden. Sie wollen wissen, was ich denke, was ich fühle. Gut, ich erzähle es Ihnen: Als ich sie ermordet habe, als ich all diese Menschen getötet habe, ihnen all diese schrecklichen Dinge angetan habe, habe ich jede Sekunde davon genossen. Was ich tat, habe ich wegen des düsteren Vergnügens getan, das es mir bereitete. Ich habe ihren Schmerz und ihre Furcht wie köstlichen Wein gekostet. Am meisten gefiel mir, wenn sie am Ende um ihr Leben bettelten. Wenn sie das taten, und sie taten es alle am Schluss, gab ich vor, zu zögern. Dann sah ich in ihren Augen das schwache Glimmen ihrer letzten, verzweifelten Hoffnung. Ich ließ sie ihnen, einen Moment, dann nahm ich sie ihnen. Und dies, das Erlöschen ihrer letzten Hoffnung, genoss ich mehr als alles andere, noch mehr, als ihrem Leben tatsächlich ein Ende zu bereiten. Verstehen Sie, Dr. Kosárek, in diesem Moment spürten sie die Gegenwart des Teufels und flehten Gott an, ihnen zu helfen und sie ihm zu entreißen. Es war derselbe Moment, in dem ich sie erkennen ließ, sie endlich begreifen ließ, dass Gott die ganze Zeit bereits da gewesen war. In diesem Moment erfassten sie, dass der Teufel nur Gott in seinem Nachtgewand ist.«

Schweigen.

Viktors Gedanken überschlugen sich. Er versuchte, zu verstehen, es wirklich zu begreifen. Er erinnerte sich an das, was Judita über Skála gesagt hatte, dass er wegen Románeks Angst vor psychotischer Übertragung isoliert worden war. Vielleicht war es genau das – vielleicht hatte Skála Hobbs wie einen psychischen Virus mit sich ins Irrenhaus gebracht, vielleicht war Hobbs tatsächlich Skálas Teufels-Aspekt, und möglicherweise hatte sich irgendwie die *Idee* von Hobbs von einem Patienten auf den anderen übertragen. Vielleicht war Pavel Zelený tatsächlich das gewesen, was er die ganze Zeit zu sein schien: ein einfacher, ungebildeter und leicht beeinflussbarer Holzfäller. Die Aussprache von Hobbs, sein Verhalten und seine Rede, all das war vielleicht durch den stärkeren Willen und Intellekt von Skála Zelenýs Gehirn eingeflößt worden.

Und selbst das schien nicht sonderlich sinnvoll zu sein, wie Viktor sich selbst gegenüber zugab. Skálas Wille sollte so stark sein, dass er einem einfachen Holzfäller Sprachkenntnisse einflößen konnte? Aber es war die naheliegendste Erklärung, die ihm einfiel.

»Sie scheinen besorgt zu sein«, sagte Hobbs-Skála schließlich. »Ich gehe davon aus, dass mein Wiederauftauchen Sie überrumpelt hat, obwohl ich Ihnen doch sagte, dass wir uns wieder unterhalten würden.«

»Woher wissen Sie das?« Viktor hörte seine eigene Stimme, hoch und schrill, durchsetzt mit einem ängstlichen Akkord. »Woher können Sie wissen, was ich hier mit einem anderen Patienten besprochen habe?«

»Für Sie ist es ein anderer Patient, für mich nur ein anderes Gefäß. Sie sprechen mit mir, Dr. Kosárek, nicht mit Vojtěch Skála, ebenso wie Sie zuvor mit mir geredet haben und nicht mit Pavel Zelený. Obwohl ich zugeben muss, dass es mir gefallen hat, Ihren Geschichten zu lauschen. Die beiden haben eine sonderbare Gemeinsamkeit, finden Sie nicht?«

»Ich verstehe Sie nicht.«

»Selbstverständlich nicht. Trotz Dr. Jungs großartiger Theorien, trotz der Philosophie, die Sie in Ihre Wissenschaft hineinzulegen versucht haben, verstehen Sie sie immer noch nicht. Erinnern Sie sich daran, dass Skála sich als einen Ort und nicht als eine Entität beschrieben hat?«

»So wie Sie sich als einen Ort beschrieben haben. Ich nehme Ihnen diese Phantasie nicht ab. Sie sind Vojtěch Skála, und der andere, dieser Hobbs, besteht nur aus Rauch und Spiegeln. Vor allem, wenn es Ihnen gelungen ist, diesen Keim davon in die schwächeren Geister wie die von Zelený und Mládek zu pflanzen. Ich werde nicht auf irgendeinen übersinnlichen Bauchrednertrick hereinfallen oder auf Tiefensuggestion, Gehirnwäsche. Ich weiß nicht, wie Sie es geschafft haben, Vojtěch, aber Sie haben ihnen irgendwie Ihre Ideen, diese Fassade einer Persönlichkeit in ihren Verstand gepflanzt. Ich vermute, Sie hatten einfach nicht genug Zeit oder zu wenig Gelegenheiten, es bei Mlàdek ordentlich zu machen.«

»Und das glauben Sie?« Hobbs' Blick, die Augen von Skála, schienen sich durch Viktor hindurchzubohren. »Dass Vojtěch Skála, der brutalste und roheste Schlächter, es irgendwie geschafft hat, ein hochkomplexes Bewusstsein in den Verstand eines einfältigen Holzfällers und eines kindischen Clowns zu pflanzen? Manchmal ist die einfachste Erklärung auch die naheliegendste. Ich frage Sie noch einmal: Erinnern Sie sich, dass Skála sagte, er sei eher ein Ort als ein Wesen?«

Viktor nickte.

»Dann werden Sie ja auch verstehen, wenn ich jetzt sage, dass er der Ort ist, den ich jetzt bewohne. So wie Zelený der Ort war, an dem ich existierte und an dem ich auch wieder existieren werde. So wie ich so viele Orte im Laufe der Zeit bewohnt habe.«

»Sie sind also eine Art übernatürliches Wesen?« Viktor versuchte, seine Autorität wiederherzustellen, aber sein Sarkasmus klang gezwungen. »Versuchen Sie mir das weiszumachen?«

Hobbs lachte. Es war ein nachsichtiges Lachen, das nachsichtige und etwas überdrüssige Lachen eines überlegenen Geistes. »So etwas wie übernatürlich gibt es nicht. Das wissen Sie, ich weiß das, jeder mit einem Funken Intellekt weiß das. Es gibt nur das, was ist. Aber Sie wissen selbst, dass wir noch weit davon entfernt sind, all das zu verstehen. Sie haben einen Patienten hier, der Wissenschaftler ist, Quantenphysiker …«

Viktor ignorierte die Einladung, Hobbs' Erklärung zu bestätigen, und blieb stumm. Er versuchte immer noch zu begreifen, was hier passierte. Er konnte nicht einmal erklären, wie Hobbs – oder Skála – irgendetwas von der Geschichte und dem Hintergrund seiner Mitpatienten wissen konnte.

»Also«, fuhr Hobbs fort. »Sie sollten vielleicht mit ihm über die zahllosen und unbekannten Gelegenheiten reden, die das Universum bietet. Fragen Sie ihn nach Quantenüberlagerung, bei der wirklich etwas gleichzeitig an zwei Orten sein kann. Oder nach dem Boltzmann-Gehirn. Das wäre eine Möglichkeit, sich zu erklären – dass sich Bewusstsein wahrscheinlicher spontan aus dem Chaos und der Ungeordnetheit des Kosmos erschafft, aus einer willkürlichen thermodynamischen Partikelsuppe, als aus einem organisierten biologischen System wie zum Beispiel einem menschlichen Gehirn. Haben Sie jemals darüber nachgedacht?«

»Behaupten Sie, dass Sie das sind? Ein körperloses Kosmos-Gehirn?«

»Ich glaube, Sie wissen genau, was ich bin, Viktor.«

Das Wort bildete sich in Viktors Mund, aber er schluckte es herunter. Er würde sich nicht in diese wahnhafte Logik hineinziehen lassen oder Skálas Wahnsinn auch nur rechtfertigen. War es Skálas Wahnsinn? Oder der von Zelený?

»Sie zweifeln an mir«, sagte Hobbs. »Das sehe ich. Also will ich mich Ihnen etwas genauer erklären. Sie fragen sich, wann ich entstanden bin. Wann hat Skála mich in den schmutzigen Tiefen seines Unbewussten erfunden? Welcher düstere Vorfall in seiner Vergangenheit hat mich gebildet? Bin ich das Kind von Skálas unheiliger Vereinigung mit einem heiligen Mann? Ich bin nichts dergleichen. Meine Existenz erstreckt sich weit über die Lebensspanne eines Mannes oder einer Frau hinaus.«

Er machte eine Pause. Viktor wurde sich erneut der Mauern des Turmraums bewusst, des Geräuschs der Magnetophon-Spulen, seiner eigenen Atmung.

»Ich bin der, der konstant und ewig ist«, fuhr Hobbs fort. »Als die ersten Menschen Feuer entzündeten, um die Dunkelheit in Schach zu halten, war ich da, denn ich bin diese Dunkelheit. Aus mir entspringt alle Furcht, aller Hass, alle Gewalt – aber ebenso alle Kreativität, alle Leidenschaft und jeglicher Ehrgeiz. Man hat mich mit zahllosen Namen in zahllosen Sprachen im Laufe der Äonen belegt. Sie behaupten, ich würde im Unbewussten ruhen – also gut. *Hier bin ich, und hier bleibe ich, denn dies ist der Ort, wo das Böse wohnt. Hier bin ich und hier bleibe ich, dies ist der Ort, wo der Teufel ruht.* Wie Sie sehen, lieber Viktor, wissen Sie tatsächlich, wer ich bin. Denn Sie kennen bereits meine Namen.«

75

Das letzte Mal habe ich die Welt als Engländer besucht«, fuhr die Stimme von Hobbs fort. »Über diesen Besuch spricht man immer noch. Und das wird man auch noch mindestens hundert Jahre lang tun. Ich habe ihnen Fäden von Zweifel und Argwohn hinterlassen, damit sie sie zu Tausenden von Mustern verweben können, in denen sie versuchen, mein Bildnis einzufangen.«

»Sie behaupten, Sie wären Jack the Ripper?«, fragte Viktor.

»So wie Sie einen Raum betreten und verlassen, komme ich in die Welt und verlasse sie. Wann immer ich sie verlasse, nehme ich Diener und Spielzeuge mit, die mir dienen und mich in dem Raum zwischen den Leben unterhalten. Aus diesem Grund bin ich jetzt hier.«

»Ihre Diener und Spielzeuge sind also Skálas Opfer?«

»Aber nein. Selbstverständlich trifft es zu, wenn Sie sagen, ich hätte ihn beeinflusst, hingeführt sogar, aber seine Handlungen sind seine Angelegenheit und nur seine. Obwohl ich seinen Glauben wirklich bewundere. Seinen schülerhaft religiösen Eifer. Aber ich mache mir meine Gefährten selbst.«

»Aber wie können Sie das tun, wo Sie doch hier eingesperrt sind?«

Hobbs lachte. »Glauben Sie wirklich, dass ich hier eingesperrt werde? Ich habe mich *entschieden*, hier zu sein. Dieser Ort ist für mich gemacht worden. In einer meiner Inkarnationen haben sie sogar versucht, mich in diesen Wänden einzumauern. Und lange davor wurde diese Burg als ein Pfropfen auf dem Eingang der Hölle errichtet, ein Ort, um das Böse mundtot zu machen. Die Realität ist jedoch, dass der dunkle bittere Wein, den Sie zu versiegeln suchten, Korken entwickelt hat. Er ist in den Stoff eingesickert, der ihn einsperren sollte. Diese Burg hält mich nicht gefangen, sondern sie ernährt mich. Und was meine Gefährten für meine Zwischen-Leben angeht, Sie wissen sehr gut, wo ich sie auserwählt habe. Ich trage erneut die Lederschürze, so wie ich es schon in London tat.«

»Sie behaupten also, sie wären auch der Mörder von Prag?«

»Das und noch mehr. Ich habe über zahllose Jahrhunderte und in unzähligen Gestalten Schmerz und Tod verbreitet. Aber ja, ich bin die Gestalt im Schatten in Prag. Ich bin die Gestalt in den Schatten überall.«

»Warum jetzt? Warum hier? Warum haben Sie sich mir enthüllt?«

»Warum Sie? Weil Sie nach der Stelle gesucht haben, wo der Teufel ruht, vielleicht? Und warum jetzt? Weil dies hier eine höchst interessante Zeit ist. Vielmehr das dunkle Zeitalter, das heraufzieht, das hierherkommt. Meine Art von düsterer Seele wird schon bald zwischen den Menschen verbreitet sein. Und vieles von dem, was in der Zukunft hier geschehen wird, wird mich großartig unterhalten. So viel Tod, so viel Leiden, ein solch exquisit banales Böses!« Er atmete tief ein. »Und außerdem habe ich auch noch einen anderen Grund: Ich habe etwas verloren.«

»Was haben Sie verloren?«

Hobbs seufzte. »Mein heiß geliebtes Souvenir von meinem letzten Besuch hier. Eine kleine Glasrose, weiß und funkelnd.«

»Wo haben Sie sie verloren?«

»Diese Geschichte, mein lieber Viktor, heben wir uns für ein anderes Mal auf.« Hobbs runzelte die Stirn. »Dieses Gefäß ist kurz davor, zu versagen, trotz seiner Robustheit. Ihr Patient stirbt. Deshalb muss ich gehen. Und außerdem warten Neuigkeiten auf Sie. Sie müssen wissen, dass ich wieder umtriebig gewesen bin …«

Als hätte man eine Lampe ausgestellt. In dem Moment, als sein Patient in den Halteriemen zusammensackte, wurde sich Viktor gewahr, dass Hobbs den Raum verlassen hatte und er nun allein mit Skála war. Das Paradoxe dieses Gefühls verstärkte seine Verwirrung.

Er trat hastig zu Skála, fühlte dessen Puls am Hals und legte seine Handfläche vor dessen Nase und den Mund. Sein Puls und seine Atmung wurden zusehends schwächer.

Erneut hatte Viktor Hobbs auf der Schwelle des Todes gefunden. Er injizierte Skála das Picrotoxin und wartete ängstlich ab. Nach wenigen Sekunden beschleunigte sich der Puls seines Patienten wieder, und seine Atmung wurde kräftiger. Aber Skála schlief weiter, und Viktor beschloss, ihn in diesem beruhigten Zustand zu lassen. Da so viele widersprüchliche und verwirrende Gedanken in seinem Kopf herumsummten wie Bienen in einem Glas, hatte Viktor nicht das geringste Interesse, Skálas Drohungen oder seine pervers fröhlichen Geständnisse zu hören.

Er brauchte Zeit zum Nachdenken. Aber er bekam sie nicht.

Die Tür zum Turmraum öffnete sich, und Judita trat zügig ein. Als sie Skála in dem Fixierungsstuhl sah, blieb sie wie angewurzelt stehen. Einen Moment war Viktor verblüfft, und normalerweise wäre er über diese Störung sogar wütend gewesen. Aber was in dieser Sitzung passiert war, hatte alle seine Gewissheiten über den Haufen geworfen, alle seine Überzeugungen, was die Natur des Teufels-Aspekts anging. Er schaltete das Magnetophon aus.

»Du musst das sofort transkribieren«, sagte er zu ihr. »Du wirst nicht glauben, was …«

»Vergiss das für den Moment«, unterbrach Judita ihn. Viktor bemerkte, wie bleich und mitgenommen ihr Gesicht wirkte. Die Haut war gespannt und ihre Miene sehr ernst. »Ich habe es gerade im Radio gehört. Sie haben ein weiteres Opfer von Lederschürze gefunden. Und die Frau wurde in eben der Nacht ermordet, in der Filip nicht nach Hause gekommen ist.«

76

Judita war offensichtlich entschlossen, die Sache mit Viktor zu diskutieren, aber ihm war selbst klar geworden, dass die Verdachtsmomente gegen Filip mittlerweile viel zu gewichtig waren, um sie der Polizei weiter vorzuenthalten. Es konnte ein Zufall sein, dass Filip in jener Nacht nicht nach Hause gekommen war, aber es war dieser eine Zufall zu viel. Und was er von Hobbs während der Sitzung mit Skála gehört hatte, hatte seine Sicht auf alles andere ebenfalls erschüttert.

Sie gingen zu Románeks Büro und bestanden darauf, zu dem Professor vorgelassen zu werden. Románeks Sekretärin, eine freundliche Frau mittleren Alters, die jeden Tag von Mladá Boleslav hierher fuhr, saß im Vorzimmer an ihrem Schreibtisch. Sie wachte mit liebenswürdiger Unbezwingbarkeit über die Privatsphäre des Professors. Schließlich konnten Judita und Viktor sie von der Dringlichkeit ihrer Mission überzeugen, und sie rief in Professor Románeks Arbeitszimmer an.

Als der Irrenhausdirektor schließlich aus seinem Büro kam, registrierte Viktor, dass Judita ebenso schockiert über dessen Aussehen war wie er selbst. Románek kleidete und frisierte sich stets sehr sorgfältig, wirkte nun aber ausgesprochen unordentlich. Sein Hemd und seine Hose waren zerknittert, als hätte er darin geschlafen. Zudem hatte sich der Direktor mindestens zwei Tage nicht rasiert, und sein Gesicht war bleich und verriet Erschöpfung. Von seiner gewohnten guten Laune war nichts zu sehen.

»Kommen Sie schon herein!«, befahl er brüsk. Dann drehte er sich herum und ging in sein Arbeitszimmer zurück.

Viktor ließ seinen Blick durch den Raum schweifen, während sie Románek folgten. Auf dem normalerweise aufgeräumten gewaltigen Schreibtisch häuften sich Dokumentenstapel und Aktenordner. Die Aschenbecher aus Kristallglas waren voll bis zum Rand. Eine Decke lag auf der Chaiselongue in der Ecke, neben der ein Tablett mit einer halb verzehrten Mahlzeit auf dem Boden stand. Es roch nach Rauch und abgestandenem Essen.

Mit dem etwas benommenen Blick eines gerade geweckten Schläfers ließ sich Románek auf den Stuhl hinter seinem Schreibtisch fallen und forderte sie mit einer vagen Handbewegung auf, sich ihm gegenüberzusetzen.

»Ich entschuldige mich für meinen Zustand«, begann Románek geradeheraus, schien sich jedoch nicht im Geringsten dafür zu interessieren, ob sie seine Entschuldigung akzeptierten oder nicht. »Ich rede mir gern ein, dass ich ein ausgeglichener, wohlwollender Mensch bin. Aber seit dem Tode meiner Frau habe ich immer wieder diese periodischen Schübe.«

»Depressionen?«, erkundigte sich Viktor. »Es gibt Medikamente …«

»Ich brauche Sie wohl nicht darauf hinzuweisen, dass ich beträchtlich mehr Erfahrung habe, was die Erhaltung und Pflege geistiger Gesundheit angeht, als Sie, Dr. Kosárek. Mir ist sehr wohl bewusst, welche Mittel mir zur Verfügung stehen. Das ist keine Depression. Beziehungsweise ist die Depression nur ein Symptom dieses Leidens, nicht das Leiden selbst. Ich leide unter Absencen. Es sind keine Anfälle, sondern Absencen mit begleitender Amnesie. Ein sogenannter Ausfall auf Widerruf. Ich merke, wann der Schub kommt, und ziehe mich für die Dauer dieses Anfalls zurück. Ich habe nur zugestimmt, Sie zu empfangen, weil ich aus diesem Anfall aufgetaucht bin. Ich denke, Sie können mein Bedürfnis nach Diskretion nachvollziehen.«

»Selbstverständlich«, sagte Viktor.

Románek nahm den Hörer ab und bat seine Sekretärin, Kaffee zu bringen.

»Also, was kann ich für Sie tun?« Er straffte sich auf seinem Schreibtischstuhl.

Viktor erzählte ihm alles, was er über seinen Freund Filip wusste, einschließlich dessen, dass er in der Nacht des jüngsten Lederschürzen-Mordes nicht nach Hause zurückgekehrt war. Aufgrund Románeks Offenheit ihnen gegenüber seinen Zustand betreffend, fühlte sich Viktor ermutigt, ihm auch zu erzählen, was bei seiner Sitzung mit Skála passiert war. Als er es tat, spürte er Juditas Unruhe. Sie erfuhr erst jetzt, was sich zugetragen hatte.

Románek versuchte, die Restfolgen seines Leidens abzuschütteln, weil die Verwirrung, die Viktor in ihm auslöste, ihn verärgerte. »Sie sagen also, Sie haben zwei sich widersprechende Vermutungen? Nämlich, dass Ihr Freund möglicherweise dieser Killer ist, und gleichzeitig, dass Skála die Morde durch seine erfundene Identität von Hobbs gestanden hätte?«

»Das ist genau der Punkt«, antwortete Viktor. »Diese Hobbs-Identität gehört nicht nur zu Skála. Dieselbe Stimme hat auch aus Pavel Zelený gesprochen, wie Sie ja wissen. Und ich argwöhne ebenfalls, dass ich ihn durch Mlàdek habe sprechen hören.«

»Das ist vollkommen unmöglich. Glauben Sie wirklich, dass Ihr Teufels-Aspekt sich in derselben Form als Hobbs, aber in vollkommen unterschiedlichen Geistern manifestieren könnte? Ich finde das höchst unwahrscheinlich, gelinde gesagt.«

»Ich ebenfalls, aber genau das ist passiert.« Viktor seufzte frustriert über seine Unfähigkeit, seinem Argument glaubwürdig Ausdruck zu verleihen. »Vielleicht gibt es so etwas wie den Teufels-Aspekt gar nicht. Vielleicht ist das, was hier passiert, nur ein Beweis für Ihre Theorie einer psychotischen Übertragung. Ein physisches Virus verhält sich in verschiedenen Wirten jeweils gleich, warum nicht also auch ein mentales?«

Románek dachte einen Moment nach. Er fuhr sich mit der Hand über die Bartstoppeln. »Fräulein Blochová, bitte transkribieren Sie das Band dieser letzten Sitzung so schnell wie möglich. Ich muss es selbst lesen. Dr. Kosárek, es ist von größter Bedeutung, dass Sie sich mit Kapitán Smolák in Verbindung setzen und ihm alles über Ihren Freund erzählen. Bis dahin halte ich es für das Beste, wenn Sie alle narcosynthetischen Sitzungen aussetzen.«

»Sie meinen die mit Skála?«, erkundigte sich Viktor.

»Mit allen Patienten.« Als Viktor protestieren wollte, hob Románek die Hand wie ein Polizist, der den Verkehr regelt. »Bedauerlicherweise muss ich darauf bestehen. Ich weiß nicht, womit wir es hier zu tun haben. Ich weiß nicht, welche Art von Psychose oder welches Syndrom dazu führt, dass unterschiedliche Patienten dieselbe Identität manifestieren, aber bis ich die letzte Transkription gelesen habe und die anderen noch einmal lese, halte ich es für zu gefährlich, wenn Sie mit Ihrer Forschung weitermachen. Es tut mir leid, Viktor.«

»Aber verstehen Sie denn nicht, Professor? Der einzige Weg, wie ich der Sache auf den Grund gehen kann, ist der, mit dieser Hobbs-Identität Kontakt herzustellen, oder mit dem Teufels-Aspekt oder was auch immer sich da manifestiert. Nur Hobbs kann erklären, was da vorgeht.«

»Um Gottes willen, Mann!«, fuhr Románek hoch. »Hören Sie sich eigentlich reden? Sie sprechen gerade über eine Wahnvorstellung, über das Fragment eines kranken Verstandes, als wäre es eine reale Person. Nein, ich bestehe darauf, dass Sie keine weiteren Sitzungen mehr durchführen. Sie müssen sich jetzt darauf konzentrieren, der Polizei zu helfen, Ihren Freund aufzuspüren.«

77

Lukáš Smolák starrte das Telefon auf seinem Schreibtisch an, nachdem er den Hörer aufgelegt hatte, als würde es ihm eine weitere Erklärung liefern. Er hielt es für höchst unwahrscheinlich, dass Dr. Kosáreks Freund die Lederschürze war, und außerdem klingelte das Telefon unablässig, weil die Leute ihre Nachbarn beschuldigten, Angestellte, Arbeitgeber, Verwandte oder gar Freunde, der wahnsinnige Mörder von Prag zu sein. Nichtsdestotrotz hatte Smolák geärgert, dass der Psychiater so lange gezögert hatte, die Polizei wegen seines Verdachts zu informieren, und er hatte dem Doktor gegenüber kein Hehl aus seiner Verärgerung gemacht.

Zudem beschäftigte ihn noch etwas daran. Wenn die Leute einen Verdächtigen meldeten, dann schwang normalerweise immer ein Anflug von Bosheit mit oder von perverser Erregung. Viktor Kosárek hatte wirklich gezögert, seinen Freund zu belasten. Das legte nahe, dass er diese Möglichkeit sehr ernst nahm. Welche Wahrheit auch immer hinter dieser Geschichte steckte, es war völlig klar, dass dieser Starosta labil und gewalttätig war. Ob er Lederschürze war oder nicht, es lohnte sich gewiss, ihn genauer unter die Lupe zu nehmen.

Der Winter hatte Prag in Grau gehüllt. Der Schnee hatte sich in Regen verwandelt, die Straßen bedeckte rußiger, zäher Matsch, auf dem ölige schwarze Flecken aus Regenwasser und geschmolzenem Schnee Pfützen bildeten. Smolák nahm Mirek Novotný mit. Der Kriminalmeister saß stumm auf dem Beifahrersitz, als sie zu der Adresse in Vršovice fuhren, die Viktor Kosárek ihm gegeben hatte.

Sie brauchten eine Weile, um die Wohnung zu finden. Der Ort

und das Äußere der Unterkunft überraschten Smolák. Filip Starosta lebte in einer Hälfte einer umgewandelten Stallung oder einer Remise, und für Smolák kündete dieser Ort von einer Zeit, als das Viertel einmal wohlhabend gewesen war. Er schickte Novotný auf die Rückseite des Anwesens, während er es vorne versuchte. Niemand antwortete, als er klingelte, und er entdeckte auch kein Anzeichen von Leben, als er durch die Fenster blickte. Novotný tauchte wieder auf und bestätigte, dass die Rückseite ebenfalls abgesperrt war.

»Moment.« Smolák fiel etwas ein, was Kosárek ihm am Telefon gesagt hatte. »Kommen Sie mit.« Er führte seinen jungen Untergebenen erneut zur Rückseite und suchte nach einem lockeren Pflasterstein neben der Tür. Er fand einen, und als er ihn hochhob, lag dort der Schlüssel, von dem Kosárek ihm erzählt hatte. Als er den Schlüssel im Schloss umdrehte, warf er einen Blick über die Schulter auf seinen Untergebenen. »Die Tür war unverschlossen und stand einen Spalt offen, als wir hier eingetroffen sind, kapiert?«

Novotný nickte.

Man eignete sich so etwas im Laufe der Jahre an. Smolák nannte es nicht gern Instinkt, weil es mehr war als das. Es war wie ein zerbrochenes Fragment von Wissen, das er bei jedem Tatort aufsammelte, bei jedem Verhör eines Verdächtigen, bei jedem Erfolg oder Misserfolg in einem Fall. Mitunter, aus einem unbekannten Grund und durch eine unbekannte Macht fügten sich diese Fragmente zusammen, und man hatte einen flüchtigen Moment lang eine vollkommen klare Vision. Genau das erlebte er hier. Sobald Kapitán Lukáš Smolák den Fuß in Filip Starostas Wohnung setzte, wusste er, dass er Lederschürze gefunden hatte. Es war ein schwaches Kribbeln seiner Nerven, als er hereinkam, das sich verstärkte, als er durch die Wohnung ging.

Auf dem Schreibtisch fand er den prunkvollen Ledereinband, in dem sich das Manuskript befand, von dem Kosárek ihm ebenfalls berichtet hatte.

»Sehen Sie sich um!«, befahl er Novotný. »Aber achten Sie darauf, wenn Sie etwas anfassen. Ich habe das seltsame Gefühl, dass wir unseren Mörder gefunden haben.«

Sobald Novotný anfing zu suchen, setzte sich Smolák in den Ledersessel und blätterte die mit makelloser Handschrift bedeckten Seiten des Manuskripts durch. Er fand in diesen Seiten das, was dem Psychiater entgangen war. Kosárek hatte Tobar Biharis Beschreibung von Monstern, die sich im Schatten manifestierten, nicht gehört. Smolák schon. Und hier, in den sorgfältig gedrechselten Sätzen und den düsteren Illustrationen sah er dieselben Monster, dieselben Schatten. Bihari hatte ihn Beng genannt, das Manuskript nannte ihn Veles. Smolák kannte seinen richtigen Namen. Filip Starosta.

»Suchen Sie ein Telefon«, sagte er zu Novotný. »Ich will vier Beamte, die diese Wohnung mit uns hier durchsuchen, und weitere vier sollen die Nachbarn befragen. Außerdem will ich einen Mann an jeder Straßenecke von jedem Wohnblock, der uns warnen kann, falls Starosta nach Hause kommt.«

»Glauben Sie wirklich, dass er es ist?«, sagte Novotný. »Dann sollten Sie sich vielleicht das hier ansehen. Ich habe hier eine verschlossene Tür.« Sein Stellvertreter stand an einer Stelle, wo eine zweite Tür vom Wohnbereich abging. Sie war verschlossen, aber nirgendwo war ein Schlüsselloch zu finden. Smolák holte einen Schürhaken vom Kamin, warf Novotný einen wissenden Blick zu, rammte das Eisen in den Spalt und hebelte die Tür auf. Das Holz splitterte, als es dem Druck des Eisens nachgab.

Der Raum war zu klein, als dass man in ein Zimmer hätte nennen können, und zu groß für einen Wandschrank. Er hatte kein Fenster, eine nackte Glühbirne hing an einem Kabel von der Mitte der Decke herunter. Smolák zog an der kleinen Kette, und der begehbare Schrank wurde von gleißendem Licht erfüllt.

»O Scheiße …!«, stieß Novotný gedehnt hervor. Staunen und Schrecken klangen in seinen Worten mit.

Zwei Wände wurden von Regalen gesäumt, die dritte, rechts von Smolák, war leer bis auf einen einzelnen schweren Mantelhaken, der daran festgeschraubt war. Nichts hing an diesem Haken, und er war vom Alter angelaufen. Bis auf die kugelförmige Spitze, dessen Messing von etwas Schwerem blankgescheuert war, das daran aufgehängt war, wieder abgenommen war, wieder aufgehängt worden war und so weiter, und zwar über einen sehr langen Zeitraum.

Es war nicht da, aber Smolák konnte sich vorstellen, wie eine blutbefleckte Lederschürze daran hing.

Hinter sich hörte er, wie Novotný den Atem anhielt, als müsste er einen Brechreiz unterdrücken. In den Regalen an den beiden anderen Wänden drängten sich Einmachgläser, die mit Konservierungsflüssigkeit gefüllt waren, wie Smolák vermutete. Gegen das Glas presste sich eine glänzende, schwarz-rote oder graubraune Masse – jedes Glas enthielt ein anderes menschliches Organ. Ein Glas, das direkt in Augenhöhe in der Mitte eines Regals vor ihnen stand, enthielt etwas, das auf den ersten Blick wie eine Maske wirkte. Doch Smolák erkannte darin das gehäutete Gesicht des Opfers von der Prager Kleinseite, Maria Lehmann. Sie starrte sie anklagend aus augenlosen schwarzen Löchern an.

»Ja«, sagte Smolák, ohne Novotný anzusehen. »Ich glaube allerdings, dass er es ist.«

78

Viktor war in seinem Büro, als Smolák anrief. Er stand an seinem Schreibtisch, den Hörer am Ohr, und war wie erstarrt, als strömte diese Bestätigung seiner schlimmsten Befürchtungen kalt durch Muskeln und Knochen und verwandelte ihn in eine Statue. Judita stand ihm gegenüber. Ihre Miene war ernst und angespannt. Draußen vor dem Fenster fiel der Schnee in einem undurchdringlichen Vorhang aus unscharfem Grau, der den Tag viel zu früh verdunkelte und sie abzukapseln schien.

Smolák hatte das widrige Wetter als Vorwand benutzt, Viktor auszureden, nach Prag zu kommen. Viktor argwöhnte, der Beamte wollte einfach nicht, dass er ihm in die Quere kam. Smolák erklärte, es gebe keine Anzeichen dafür, dass Filip in seine Wohnung zurückkehren werde, aber er hatte trotzdem vorsichtshalber zwei Männer dort gelassen.

»Ich glaube nicht einmal«, fuhr Smolák fort, »dass Ihr Freund in der Wohnung war, seit Sie sie betreten haben. Die Nachbarn sagten, sie hätten ihn seitdem nicht mehr gesehen. Ich vermute, dass er irgendwo einen neuen Unterschlupf hat. Wahrscheinlich hält er sich nach dem Vorfall mit den Deutsch-Böhmen auf der Straße von der Wohnung fern. Das muss in der Nacht nach der Ermordung von Anna Petrášová passiert sein, der Inhaberin des Glasgeschäftes. Er hat vielleicht vermutet, dass Sie wegen Ihrer Bedenken etwas unternehmen und sich mit uns in Verbindung setzen könnten.« Smolák machte eine kurze Pause. »Und ich muss wirklich sagen, Dr. Kosárek, ich wünschte mir, Sie hätten es getan. Denn in der Zwischenzeit ist eine weitere junge Frau gestorben. Jedenfalls habe ich die Beschreibung weitergeleitet, die Sie mir gegeben haben, und bekomme noch heute Morgen seine Unterlagen aus dem Staatsarchiv und der Universität. Ich melde mich bei Ihnen. Bleiben Sie bis dahin auf Hrad Orlů, wo ich Sie erreichen kann.«

Nachdem Viktor aufgelegt hatte, las er als Erstes noch einmal, was Judita aus den Radionachrichten mitgeschrieben hatte. Eine junge Frau mit einem sonderbaren Namen – Tsora Mirga – war ermordet aufgefunden worden. Die Polizei hatte Grund zu der Annahme, dass es wieder eine Tat des Prager Mörders war, der im Volksmund Lederschürze genannt wurde.

»Das ist mein Fehler«, sagte er untröstlich. »Was das arme Mädchen hat durchmachen müssen, ist alles meine Schuld.«

»Das konntest du nicht wissen.« Judita ging um den Schreibtisch herum und legte ihm die Hand auf die Schulter. Ihre Berührung tröstete ihn. »Selbst ich habe nicht geglaubt, dass Filip tatsächlich dieses … dieses Monster sein könnte. Was hat Smolák gesagt?«

Viktor schilderte ihr noch einmal die Unterhaltung mit dem Kapitán.

»Ich glaube, er hat recht. Du bist hier sicherer. Filip könnte dir die Schuld daran geben, dass er aufgeflogen ist, und Vergeltung üben. Außerdem schneit es immer stärker. Die Straße vom Dorf hierher wird bald unpassierbar sein, wenn es so weitergeht.« Sie drehte sich zum Fenster um und sah seine Miene. »Was hast du?«, fragte sie stirnrunzelnd.

»Diese Sitzung mit Skála geht mir im Kopf herum. Was er gesagt hat. Was er wusste. Dahinter steckt mehr, als man auf den ersten Blick sieht. Irgendetwas verbindet diesen Mr. Hobbs mit Filip und diesen Morden. Ich muss herausfinden, was das ist.«

»Aber das kannst du nicht. Professor Románek hat weitere Sitzungen strikt untersagt.«

Viktor drehte sich zu Judita herum und packte sie an den Schultern. »Es gibt da irgendetwas, was ich übersehe. Irgendein Teil des Puzzles, das Hobbs besitzt …«

»Viktor, du redest über ihn, als wäre er eine reale Person …«

»Ich weiß, dass er keine Person ist, aber er ist real. Und er hat etwas mit den Morden zu tun. Ich muss herausfinden, woher er sein ganzes Wissen bezieht.« Viktor machte eine Pause, die Hände immer noch auf Juditas Schultern, und sah ihr eindringlich in die Augen. »Ich werde eine weitere Sitzung durchführen. Und zwar heute Nacht. Während Smolák seinen Teufel in Prag jagt, werde ich meinen hier jagen.«

»Das kannst du nicht, Viktor. Man hat es dir verboten. Und außerdem ist es gefährlich.«

»Ich muss es tun. Ich muss es herausfinden.« Er beugte sich näher zu ihr. »Aber ohne deine Hilfe schaffe ich das nicht.«

79

Smolák besuchte noch einmal Magda Tůmová, die Verkäuferin, die für Anna Petrášová in der *Petráš Skleněné a Sklo Bižuterie* gearbeitet hatte. Er besuchte sie erneut in ihrer Wohnung, aber da es bereits Abend war und ihre beiden Mitbewohnerinnen zu Hause waren, führten sie das Gespräch im Flur. Magda zog ihre gestrickte Jacke fest um sich und verschränkte die Arme in der Kälte. Smolák hatte eines der böhmischen Trinkgläser mitgebracht, die er in Starostas Wohnung gefunden hatte. Sie erkannte es sofort, als er es aus der Zeitung wickelte, in die er es gepackt hatte.

»Das ist eines aus einem Satz von sechs Gläsern«, sagte sie nickend. »Ich kann mich ganz genau an sie erinnern.«

»Wissen Sie noch, wer sie gekauft hat?«, erkundigte sich Smolák.

»Die hat niemand gekauft. Madame Petrášová hat sie mit nach Hause genommen. Es waren ihre eigenen Gläser. Manchmal machte sie so etwas. Glas war nicht nur ein Geschäft für sie, wissen Sie, sondern es war ihr Leben. Die arme Madame Petrášová.«

»Sind Sie sicher, dass sie die Gläser mit nach Hause genommen hat? Es besteht nicht die Möglichkeit, dass sie sie wieder mit ins Geschäft zurückgenommen und jemand sie dort gekauft hat?«

»Da bin ich mir ganz sicher«, sagte Magda. »Hat jemand sie aus ihrem Haus gestohlen?«

Smolák lächelte. »Danke, Fräulein Tůmová. Sie waren sehr hilfreich.«

Als er Magda Tůmovás Wohnung verließ, dämmerte es bereits. Es schneite jedoch nicht mehr ganz so stark, obwohl sein Autoradio ihm verriet, dass im Norden der Stadt immer noch starker Schneefall herrschte. Er hatte richtig gehandelt, als er Dr. Kosárek befahl, in der Klinik zu bleiben. Er wäre nur in Prag gestrandet, und Smolák wollte nicht, dass irgendein Amateur ihm bei jedem Schritt in die Quere kam. Außerdem verfolgte ihn das Bild der jungen hübschen Tsora Mirga, die tot in ihrer bunt zusammengewürfelten, aber ordentlichen Wohnung lag. Ein anderes Leben, ein anderes Universum aus Erfahrungen, Hoffnungen und Emotionen war vorzeitig beendet worden. Und Smolák konnte einfach seinen Zorn nicht unterdrücken, dass Tsora noch am Leben hätte sein können, wenn Kosárek nicht Amateurdetektiv gespielt hätte.

Er holte Mirek Novotný auf seinem Weg nach Vršovice ab. Novotný hatte den Hut in die Stirn gezogen und seinen Mantelkragen hochgeklappt, aber Nase und die Wangen des rothaarigen Kriminalmeisters waren knallrot vor Kälte, weil er an der Straßenecke gewartet hatte.

»Gibt es was Neues?«, fragte Smolák.

»Es hat länger gedauert, als ich dachte.« Novotný hatte vor Kälte die Schultern zusammengezogen. »Ich habe eine Ewigkeit auf den verdammten Aufzug gewartet, aber er ist kaputt. Jedenfalls haben ein Elektriker und seine Frau diese Wohnung schon seit vier Monaten gemietet. Sie sind Ausländer, Ruthenen, glaube ich. Sie haben alles über einen Makler erledigt und hatten keinerlei Kontakt mit dem früheren Mieter. Aber sie wussten, dass sein Name Filip Starosta war. Nur eine einzige Person hat jemals nach Starosta gefragt, und sie haben ihm seine neue Adresse gegeben.«

Smolák nickte. »Das war Kosárek, der nach ihm gefragt hat.«

»Jedenfalls habe ich die Nachbarn gefragt«, fuhr Novotný fort. »Sie alle haben wiederholt, was seine Nachmieter sagten: Sie könnten Starosta nicht beschreiben, weil sie ihn kaum gesehen haben, und wenn doch, trug er immer diesen schäbigen langen Mantel und einen breiten Hut, den er tief in die Stirn gezogen hatte. Das Einzige, was eine Frau noch sagen konnte, war, dass er immer unrasiert war. Und sie glaubte, dass er blondes Haar hatte, war sich aber nicht sicher.«

»Er wusste sehr genau, was er tat. Er hat dafür gesorgt, dass niemand eine genaue Beschreibung von ihm geben konnte.« Smolák seufzte. »Vielleicht können uns diese deutschen Saufkumpane weiterhelfen.«

Es war noch früh am Abend, und es schneite, also war die deutsche Gastwirtschaft ein paar Blocks entfernt von Starostas Wohnung leer bis auf die härtesten Trinker. Der Wirt wusste genau, worüber Smolák redete, als er die Schlägerei auf der Straße erwähnte. Er hatte in jener Nacht gearbeitet und erinnerte sich an den Störenfried, der große Sprüche geklopft hatte, bevor er hinausgegangen war. Smolák verließ die Bar mit dem Namen und der Adresse des Mannes, der bei der Schlägerei verletzt worden war. Einem gewissen Anton Sauer.

»Anton arbeitet bis um sieben«, erklärte der Wirt. »Vorher ist er nicht zu Hause.«

»Wo arbeitet er?«, erkundigte sich Smolák. »Wir können ihn auch dort aufsuchen.«

»Dann müssten Sie aber sehr viel Glück haben. Er arbeitet als Straßenbahnfahrer im Strašnice Straßenbahndepot. Er wird auf Tour sein, bis die Linien Betriebsschluss machen.«

»Was ist mit seinen Freunden, mit denen er hier war?«, fragte Novotný.

Der Wirt zuckte mit den Schultern. »Ich sehe sie hier manchmal mit Anton, aber sie sind keine Stammkunden. Ich kenne ihre Namen nicht. Tut mir leid.«

80

Hätte Viktor an so etwas wie Schicksal geglaubt, hätte er es für die Umstände verantwortlich gemacht.

Professor Románek war geschäftlich nach Mladá Boleslav gefahren, und das Wetter dort war noch schlimmer als der Schneesturm, der die Burg heimsuchte. Der Professor hatte seine Sekretärin angerufen, um ihr zu sagen, dass er die Nacht über in der Stadt bleiben und erst am folgenden Morgen zurückkehren würde. Es war das letzte Telefonat gewesen, das das Irrenhaus empfangen hatte, bevor die Leitungen tot waren. Wahrscheinlich hatte das Wetter sie lahmgelegt, eine keineswegs ungewöhnliche Erfahrung.

Er wartete, bis Platner seine Runde gemacht und sich in seine Räumlichkeiten zurückgezogen hatte, bevor er sich mit Judita im Lagerraum traf. Er erklärte ihr seine Pläne für diese weitere narcosynthetische Sitzung. Er sprach entschlossen, drängend.

»Ich werde dir bei Skála nicht helfen«, weigerte sie sich. »Er ist viel zu gefährlich.«

»Aber das ist die Person, durch die sich Hobbs manifestiert.«

»Er hat sich auch durch Pavel Zelený manifestiert und zudem häufiger.« Judita biss sich auf die Lippen, ihre Miene verfinsterte sich. »Du solltest es mit Zelený versuchen. Er ist bei Gott schon gefährlich genug, aber Skála befindet sich ständig in einem Zustand mörderischer Wut.«

Viktor dachte einen Moment darüber nach und schüttelte dann den Kopf. »Es muss Skála sein. Frag mich nicht warum, aber Hobbs war … überzeugender, als er durch Skála gesprochen hat. Und außerdem glaube ich nicht, dass Hobbs eine unabhängige Identität ist, die von Wirt zu Wirt springt. Er ist eher eine Art von … ich weiß nicht … psychischer Infektion. Als Hobbs durch Skála gesprochen hat, musste sein Wissen über die Morde das von Skála sein. Dieser Spur muss ich folgen.«

»Ich mache da nicht mit!«, widersprach Judita störrisch. »Wenn sich ihm auch nur die kleinste Chance bietet, wird er uns beide töten.«

»Ich sorge dafür, dass er keine Chance bekommt. Ich gebe ihm die stärkste mögliche Dosis an Beruhigungsmitteln und lege ihm eine Zwangsjacke an. Du musst mir vertrauen, Judita. Es ist der einzige Weg. Ich muss einfach herausfinden, was hier los ist.«

Sie blickte ihn auf ihre einzigartig eindringliche Art und Weise an, wie sie es immer tat, wenn sie über etwas nachdachte. Sie wirkte dabei gleichzeitig streng und reizvoll.

»Er ist von Anfang an ruhiggestellt? Und trägt eine Zwangsjacke?«

»Das verspreche ich dir.«

Sie nickte abrupt. »Also gut. Was soll ich tun?«

»Du wartest, bis der diensthabende Pfleger seine Runde macht, dann gehst du in die Pförtnerloge und schaltest die Magnetschlösser und den Alarm für die Patientensuite Sechs aus. Dann kann ich Skála dort herausholen und in den Turmraum bringen.«

»Warum führst du die Sitzung nicht in der Patientensuite durch? Ich könnte alles, was er sagt, auch ohne die Hilfe des Magnetophons transkribieren. Mir erscheint es als überflüssiges Risiko, ihn den ganzen Weg in den Turm zu schaffen.«

»Verlange nicht von mir, dass ich es dir erkläre, denn es ist alles andere als wissenschaftlich begründet. Aber es kommt mir vor, als wäre der Turmraum für Hobbs von größter Bedeutung. Wie eine Art von Empfänger.«

»Du hast recht. Es ist absolut nicht wissenschaftlich, und es stimmt auch nicht. Du sagtest, deiner Meinung nach hätte Hobbs ebenfalls durch Mládek gesprochen, aber das ist in seinen Gemächern passiert, nicht im Turm. Außerdem halte ich es immer noch für ein unnötiges Risiko.«

»Du musst mir einfach vertrauen, Judita. Ich habe alles genau durchdacht.«

»Wie willst du ihm die Beruhigungsmittel verabreichen? Sobald du ohne die Pfleger seinen Raum betrittst, reißt er dich in Stücke.«

»Ich habe dem Schichtleiter schon gesagt, dass ich zwei Pfleger bräuchte, die mir helfen, ihm eine Spritze zu geben. Ich habe ihm erzählt, dass Skála an einer Schlafstörung leidet und die Injektion hilft, das zu regulieren. Wenn ich mich etwa eine Stunde später in sein Quartier schleiche, ist Skála bewusstlos. Dann lege ich ihm die Zwangsjacke an und transportiere ihn in einem Rollstuhl in den Turmraum.«

Judita betrachtete ihn einen Moment. »Also gut, wann machen wir es?«

Viktor lächelte. »Um sieben ist Schichtwechsel. Der diensthabende Pförtner wird kurz danach seine Runden machen, was bedeutet, du kannst dann in sein Büro und die Magnetschlösser ausschalten. Ich treffe dich im Turmraum, sobald ich es schaffe. Mein Hauptproblem besteht darin, am Krankenrevier vorbeizukommen. Krakl hat Dienst, aber er ist ein faules Schwein und verlässt die Krankenstation nie, sondern hockt nur auf seinem Hintern und liest den *Völkischen Beobachter* oder solchen Mist.«

»Dir ist klar, dass dich das deine Stellung kosten kann? Und mich meine auch?«

Viktor nickte grimmig. »Aber es ist das Risiko wert, wenn wir dafür dahinterkommen können, was mit Hobbs und Filip los ist.«

»Bist du sicher, dass da eine Verbindung besteht?«, setzte Judita nach.

»Mir ist bewusst, dass das nicht logisch klingt, und Gott allein weiß, was das für eine Verbindung sein kann, aber ja, ich bin sicher.«

Das Geheimnis bestand darin, nicht schuldbewusst zu wirken, wie Viktor wusste. Er war Arzt in diesem Irrenhaus und hatte das Recht, überall dorthin zu gehen, wohin er gehen musste. Als er also zu Patientensuite Sechs ging, waren seine Schritte zielstrebig und selbstbewusst.

Judita dagegen hatte keinerlei Grund, dort zu sein, wo sie war. Vor allem hätte sie keinerlei glaubwürdige Erklärung dafür, dass sie sich in der Pförtnerloge aufhielt. Beim Schichtwechsel um neunzehn Uhr waren alle Patienten für die Nacht in ihren Quartieren gesichert, und das Licht in der ganzen Klinik wurde gedämpft. Jede zweite Deckenlampe in den Gängen wurde ausgeschaltet. Judita hielt sich in den Schattennischen, als sie über den Hauptkorridor in den Bogengang huschte, der direkt neben der Pförtnerloge lag.

Sie holte eine Weile tief Atem und dachte über den Wahnsinn dessen nach, was sie da tat. Andererseits war der Wahnsinn die Handelsware dieses Ortes und überzog außerdem zunehmend auch die ganze Welt außerhalb dieser Mauern. *Vielleicht*, sagte sie sich, *ist der Wahnsinn bald so verbreitet, dass er gar nicht mehr als Wahnsinn erkannt wird*. Sie warf einen Blick durch den Korridor. Sie konnte einfach weggehen, alles hinter sich lassen. Aber Viktor verließ sich auf sie. Viktor war davon überzeugt, dass er dies hier tun musste.

Also drehte sie sich um und warf einen Blick in das Büro des Pförtners. Nichts rührte sich. Sie streifte ihre Schuhe ab und hielt sie in der Hand, damit sie keine Geräusche machte, während sie über die Steine in das Büro lief und sich durch die Tür der Pförtnerloge schob.

Sie hätte fast aufgeschrien, als sie den Pförtner noch an seinem Schreibtisch sitzen sah, neben den Schaltern, die die Schlösser und das Licht im Patientenflügel kontrollierten. Er hatte ihr den Rücken zugekehrt, schien jedoch etwas gehört zu haben, weil er sich behäbig auf seinem Stuhl umdrehte. Judita fuhr nicht herum, sondern machte hastig drei Schritte zurück, schob sich durch die offene Tür und drückte sich an die Wand daneben.

»Hallo?«, rief der Pförtner.

Derweil suchte Judita in dem von Bogengängen gesäumten Korridor nach einem Versteck. Sie hörte das Schaben von Holz auf Stein, als der Pförtner seinen Stuhl zurückschob. Es gab nur einen Ort, an dem sie sich verstecken konnte, nämlich hinter dem Vorsprung eines Bogenpfeilers. Sie rannte dorthin zurück, duckte sich hinter die spärliche Deckung der Steinfassung und presste ihren Rücken an den kalten Stein. Der Pförtner tauchte in der Tür seines Büros auf, und Judita machte sich noch dünner. Falls er seine Runde in ihre Richtung begann, dann musste er sie sehen. Sie hielt einen Moment den Atem an und ließ ihren Blick durch den Korridor schweifen. Nach einer gefühlten Ewigkeit ging der Pförtner wieder in das Büro zurück und holte seinen Schlüsselbund, um seine Runde zu machen. Als er wieder aus der Pförtnerloge trat, drehte er sich um und ging in die andere Richtung davon. Judita wartete, bis er ein Stück weg war, bevor sie wieder in das Büro huschte.

Sie brauchte einen Moment, bis sie herausfand, welcher der Schalter die Patientensuite Sechs kontrollierte. Dann legte sie ihre Hand über den Knopf. *Das ist verrückt!*, sagte sie sich erneut. Was sie taten, war leichtsinnig und gefährlich. Wieder zwang sie sich, an Viktor zu denken. An seine Überzeugung. An seine Entschlossenheit, anderen zu helfen.

Sie betätigte den Schalter.

Viktor konzentrierte sich auf die Aufgabe vor ihm – eine Aufgabe, die nur sehr schwierig unbemerkt durchzuführen war und seine gesamte Konzentration verlangte. Doch seit Hobbs durch Skála gesprochen hatte und seit Smolák seinen schlimmsten Verdacht gegen Filip bestätigt hatte, ging ihm so viel im Kopf herum, warteten so viele Fragen auf Antworten. Und alles lief darauf hinaus, dass er die Wahrheit aus Hobbs herauslocken musste. Aber zuerst einmal musste er Hobbs aus Skála herauslocken.

Er erreichte den Lagerraum, der dem Tor am nächsten lag, das in die Patientensuiten führte, und hoffte, dass der Rollstuhl und die Zwangsjacke immer noch dort waren, wo er sie deponiert hatte. Bis jetzt war alles nach Plan verlaufen. Der Schichtleiter und die Pfleger hatten keine Fragen gestellt, als er behauptete, Skála müsse ruhiggestellt werden. Weil die Pfleger, die sich um den Dämon kümmern mussten, ständig rotierten, wussten die im Moment Diensttuenden nicht, ob Skala Schlafschwierigkeiten hatte oder nicht. Sie hatten ihn in den Fixierungsstuhl gesetzt, damit Viktor ihm das Beruhigungsmittel verabreichen konnte. Nun brauchte er nur noch seinen Patienten in den Turmraum zu schaffen, wo er wie ein mittelalterlicher Totenbeschwörer Mr. Hobbs zum Leben erwecken konnte.

Die Zwangsjacke und auch der Stuhl waren noch da. Er holte sie aus ihrem Versteck, schloss das Tor zum Patientenflügel auf und ging zur Patientensuite Sechs, nachdem er das Tor wieder hinter sich abgesperrt hatte.

Erleichtert stellte er fest, dass Judita bei ihrer Mission offenbar Erfolg gehabt hatte. Als er in den Patientenflügel kam, waren die Magnetschlösser deaktiviert und er hatte ungehinderten Zutritt zu Skálas Quartier. Bisher hatte Viktor auf seinem Weg nicht gezögert, doch nun er machte eine kleine Pause, bevor er die schwere Tür des Zimmers aufschloss, in der sich der Dämon befand. Und zuvor warf er einen Blick durch das Inspektionsfenster. Der Raum lag im Dunkeln. Viktor fühlte, wie sein Puls sich beschleunigte. Wenn er sich in der Stärke der Dosis verschätzt hatte und Skála nicht bewusstlos war, dann erwartete ihn die Hölle, sobald er diesen Raum betrat. Und das war längst nicht alles: Da das magnetische Türsicherungssystem deaktiviert war, konnte Skála auch ungehindert in die anderen Bereiche des Irrenhauses gelangen. Die Burg würde sein Sandkasten werden, und alle darin würden zu seinem Spielzeug werden. Diese Vorstellung jagte Viktor einen eiskalten Schauer über den Rücken, vor allem, als er sich vorstellte, dass Skála, während er folterte, verstümmelte und mordete, die ganze Zeit Viktors Gesicht als Maske trug.

Er stieß die Tür auf.

»Vojtěch?«, rief Viktor in das stille Dunkel. Er tastete hastig nach dem Schalter, und das Licht flammte auf. Skála lag zusammengesunken auf der Couch.

Viktor ging rasch zu ihm und untersuchte ihn kurz: Der Dämon war bewusstlos, aber seine Atmung war tief und regelmäßig. Es kostete Viktor ziemliche Anstrengung, dem massigen Mann erst die Zwangsjacke überzuziehen und ihn dann in den Rollstuhl zu verfrachten. Er keuchte, sein Gesicht war verschwitzt. Außerdem dauerte es zu lange. Viktor hatte alles perfekt geplant, und wenn er nicht sehr bald den Patientenflügel verließ, lief er Gefahr, dem Pförtner auf seiner Runde zu begegnen.

Schließlich hatte er Skála die Zwangsjacke angelegt und ihn in den Rollstuhl gewuchtet. Viktor verschloss Skálas Tür hinter sich und schob den Rollstuhl mit seiner Fracht so schnell er konnte vor sich her. Er musste zweimal innehalten, weil er glaubte, Schritte zu hören, und ein drittes Mal, um die Haupttür in den Korridor aufzusperren und hinter sich wieder zu verschließen.

Am Ende des Ganges bog er um die Ecke und ging hastig die Rampe hinab, die zur Tür des Turmraums führte. Judita wartete bereits an der Tür des ehemaligen Getreidespeichers und winkte aufgeregt, er solle sich beeilen. Hinter sich hörte Viktor die Schritte des Pförtners im Hauptkorridor, als dieser auf seiner Runde in ihre Richtung kam. Die Neigung der Rampe und Skalas Gewicht erschwerten es, den Rollstuhl zu steuern. Einen Moment fürchtete er, er verlöre die Kontrolle darüber, würde damit gegen die Wand krachen und den Passagier in seiner Zwangsjacke auf den Boden schleudern.

Judita sah Viktors Schwierigkeiten, lief zu ihm, und gemeinsam schafften sie es, den Rollstuhl durch die Tür des Turmraums zu bugsieren, als der Pförtner auch schon um die Ecke bog. Judita schob die schwere Tür mit beiden Händen behutsam hinter ihnen zu und legte den Riegel so leise und vorsichtig vor, wie sie nur konnte.

Plötzlich fühlte sie sich wie in einer anderen Welt. Die Dunkelheit in dem ehemaligen Getreidespeicher des Turms war vollkommen, als wäre sie in diesem schwer zu erzeugenden perfekten Schwarz gemalt worden, das der besessene Maler aus Dominik Bartoš Geschichte versucht hatte anzumischen. Judita wurde sich bewusst, dass Viktor und sie in totaler Finsternis mit einem Wahnsinnigen eingesperrt waren, der zahllose unschuldige Menschen bestialisch ermordet hatte. Panik stieg in ihr auf, und sie atmete mehrmals tief durch, um sich zu beruhigen.

Dann erleuchtete plötzlich die Flamme von Viktors Feuerzeug den Raum und warf tanzende Schatten auf die Mauern. Er ging zur Schreibtischlampe und schaltete sie an.

»Hilf mir, ihn auf die Couch zu legen. Ich will ihn dort festschnallen.«

»Was ist mit der Zwangsjacke? Du wirst sie ihm doch nicht ausziehen, oder?«

Viktor betrachtete seinen Patienten, der allmählich aus seiner tiefen Betäubung zu erwachen schien. »Wir lassen die Zwangsjacke an, aber wir schnallen seine Knöchel an der Couch fest. Dann kann er uns nichts tun. Vergiss nicht, dass er die ganze Zeit unter starken Medikamenten steht.«

Judita nahm die Beine des Mannes, und Viktor packte ihn unter den Achseln. So schafften sie es, Skála aus dem Rollstuhl und auf die Couch zu hieven. Sie keuchten beide vor Anstrengung, und sobald er auf der Couch lag, schnallte Judita die Riemen um seine Knöchel.

Sie standen einen Moment da und schöpften Atem, während sie sich entschlossene Blicke zuwarfen, wie Leute, die sich gemeinsam auf einen gefährlichen Kurs begeben hatten. Nach einer Weile bereitete Viktor die kleine Dosis des Stimulans vor, die, wie er hoffte, genügte, um Skála zum Reden zu bringen. Er blieb einen Moment mit der Spritze in der erhobenen Hand stehen.

»Bist du bereit?«

»Bist du sicher, dass du dies hier wirklich tun willst?« Sie legte sanft ihre Hand auf seine, welche die Spritze hielt.

»Ich muss es wissen«, antwortete er. »Ich muss es herausfinden.«

Judita nickte grimmig entschlossen und schaltete das Magnetophon ein.

Viktor injizierte das Stimulans. Gerade so viel, um Skala an die Schwelle der Wachheit zurückzuholen.

»Vojtěch«, sagte Viktor. »Vojtěch, können Sie mich hören?«

Skála murmelte etwas. Er hatte die Augen halb geöffnet, dann fielen sie ihm wieder zu, und sein Kopf rollte auf die Seite. Als Judita ihn beobachtete, konnte sie sich nicht vorstellen, wie er in diesem durch Medikamente betäubten Zustand etwas äußern sollte, geschweige denn als Mr. Hobbs.

»Er ist zu betäubt«, sagte sie. »Er ist nicht fähig …«

Viktor brachte sie mit einem ungeduldigen Kopfschütteln zum Schweigen und wandte sich dann wieder an seinen Patienten.

»Vojtěch«, wiederholte er drängend. »Ich muss mit Mr. Hobbs sprechen. Ich will, dass Mr. Hobbs zurückkehrt. Verstehen Sie das?«

Einen Moment herrschte Schweigen. Das kurz darauf von zwei Geräuschen zerrissen wurde. Das erste war die Stimme, die Judita von den Aufnahmen kannte: tief, sonor und furchteinflößend.

»Ich bin da, Viktor. Ich habe dir versprochen, dass ich zurückkommen würde«, antwortete Mr. Hobbs. »Ich sagte dir doch, dass ich noch eine unerledigte Sache zu Ende bringen müsste.«

Das zweite Geräusch war schrill, abgehackt und durchdringend und wurde misstönend von den runden Mauern des Turmraums zurückgeworfen.

Es waren Juditas Schreie.

81

Der Schnee hatte sich in kalten Eisregen verwandelt, und der Vorhof von Strašnices Eisenbahndepot war eine ölig schillernde schwarze Fläche, die unter den Hängelampen glänzte. Am Rand lagen schmutzige Schneehaufen, und Straßenbahnschienen überzogen den Hof in einem filigranen silbrigen Muster.

Anton Sauer war ein großer, stämmiger Mann, der aussah, als fühlte er sich in einem Bauernkittel wohler als in der Uniform eines städtischen Straßenbahnfahrers. Als er aus dem Bahnschuppen des Depots kam, deutete sein Schichtführer auf den Hof, wo Smolák und Novotný bereits auf ihn warteten.

Lukáš Smolák hielt Sauer seine Dienstmarke hin, auf der *Služba Kriminální Policie* eingeprägt war.

»Was gibt es für ein Problem?« Sauers Tschechisch hatte einen starken deutschen Akzent. Seine Augen im Schatten des Schirms seiner Fahrermütze verengten sich.

Smolák erklärte ihm, dass sie wegen des Zwischenfalls in der Straße in der Nähe der deutschen Gastwirtschaft mit ihm reden wollten.

»Sie sollten nicht mich deswegen verhören, sondern diesen anderen Kerl«, erklärte Sauer nachdrücklich und schob vorsichtig den Ärmel seiner Uniformjacke hoch. Ein weißer Verband um seinen Unterarm kam zum Vorschein. »Sie mussten es mit zwölf Stichen nähen. Der Doktor sagte, ich würde die Narbe mein Leben lang behalten. Also sollten Sie nicht mich suchen, sondern diesen Mistkerl …!«

Smolák unterbrach Sauers Protest mit erhobener Hand. »Genau diesen Mann suchen wir. Ich bin nur an Ihrer Zeugenaussage interessiert.«

Sauer riss die Augen auf. »Ich wusste es! Ich wusste, dass an dem Kerl etwas nicht koscher war. Wenn Sie ihn gesehen hätten, seine Augen! Er hätte uns alle getötet. Ich kann Ihnen eine Beschreibung von dem Burschen geben. Ich habe ihn genau gesehen und werde ihn niemals vergessen.«

»Wir haben bereits eine Beschreibung von ihm«, erwiderte Novotný und begann sie aus seinem Notizbuch vorzulesen. Smolák beobachtete Sauers Gesicht, dessen Ausdruck sich veränderte, während der Kriminalmeister las, und hatte das Gefühl, dass ein eiskalter Stromstoß ihn durchfuhr.

»Was stimmt daran nicht?«, fragte Smolák, als sein Untergebener zu Ende gelesen hatte. »Ist die Beschreibung nicht zutreffend?«

»Nicht zutreffend? Sie passt überhaupt nicht. Jedenfalls nicht auf den Kerl, der mich mit dem Messer aufgeschlitzt hat. Woher haben Sie diese Beschreibung?«

»Von seinem Freund«, erklärte Novotný.

»Welcher Freund?« Sauers grobes Gesicht spiegelte deutlich seine Verwirrung.

»Der Freund, der in dieser Nacht mit ihm zusammen zuerst in der Gastwirtschaft und dann auf der Straße war«, erklärte Smolák, »der versucht hat, ihn aufzuhalten und zu beruhigen.«

Sauer schüttelte den Kopf. Die Verwirrung auf seiner Miene wich Verärgerung. »Wovon reden Sie da? Es gab keinen Freund. In dieser Nacht war niemand bei ihm. Er war ganz allein.«

»Und in der Bar? Haben Sie seinen Freund vielleicht dort mit ihm zusammen gesehen?«, fragte Smolák.

»Er war auch allein in der Bar. Wir haben ihn ja nur hinausgeworfen, weil er die ganze Zeit mit sich selbst geredet hat. Er hat getobt und uns Krauts und Skopčáci und diesen ganzen Scheiß geschimpft. Er war ein verfluchter Schwachkopf! Deshalb hat er uns ja auch angegriffen … weil wir ihn hinausgeworfen haben. Er hat uns draußen im Schatten aufgelauert. Und dann hat er sich auf mich gestürzt.«

»Und Sie sind sicher, dass er allein war?«, hakte Smolák nach.

»Absolut sicher. Es war niemand bei ihm, und ich habe ihn genau gesehen. Er sah überhaupt nicht aus, wie Sie ihn beschrieben haben.«

Smolák wechselte einen Blick mit Novotný. Der sichtlich verwirrte Kriminalmeister hatte noch nicht begriffen, worauf das hier hinauslief.

»In diesem Fall«, fuhr Smolák fort, »sollten Sie uns Ihren Angreifer vielleicht doch beschreiben, Herr Sauer.«

Der Mann kam seinem Wunsch nach.

Lukáš Smolák stand in dem kalten Regen auf dem trostlosen leeren Vorfeld eines Straßenbahndepots und hörte einem Straßenbahnfahrer zu, der eine präzise Beschreibung seines Angreifers gab. Smolák hatte das Gefühl, als verstärkte sich der elektrische Strom, der durch seinen Nacken floss. Er packte Novotný am Ellbogen und steuerte ihn durch die Tore des Depots zu seinem geparkten Wagen.

»Wir müssen nach Hrad Orlů!« Er rannte fast auf den Wagen zu. »Sofort!«

82

Judita schlug die Hand vor den Mund, um ihren Schrei zu unterdrücken. Einen Moment lang war sie wie erstarrt. Diese Stimme nahm ihr die Fähigkeit sich zu bewegen, zu denken oder Schlüsse zu ziehen. Hobbs' Stimme. Die Stimme, die sie auf den Bändern gehört hatte, die all den Wahnsinn und die Grausamkeiten schilderte, die sie auf ordentliche, getippte Bögen transkribiert hatte. Sie sah Skála ungläubig an. Er lag mit geschlossenen Augen auf der Liege, sein Mund stand leicht offen, ansonsten jedoch bewegte er sich nicht. Er war bewusstlos.

Und stumm.

»Ich weiß nicht, warum du so überrascht bist«, sagte Hobbs.

Sie drehte sich zu der Stimme herum. Zu Viktor. Er grinste bösartig. Der Ausdruck seines Gesichts, den sie immer als gebieterisch und einen Hauch grausam attraktiv empfunden hatte, strahlte nur noch Grausamkeit aus. Eine düstere, unergründliche und zeitlose Grausamkeit. »Wie könnte wohl dieselbe Stimme aus verschiedenen Patienten sprechen? Wie sollte eine Persönlichkeit in verschiedenen Körpern existieren? Bist du wirklich so dumm? Selbst dieser alte Narr Románek hat angefangen, an psychische Viren zu glauben, um es sich zu erklären. Ist denn keiner von euch auf die Idee gekommen, dass die einzige Konstante, die einzige Person, die jedes Mal dabei war, wenn ich sprach, Viktor Kosárek war? Niemand hat mich jemals auftauchen sehen, man hat mich nur auf diesen Bändern gehört.«

»Viktor«, flehte Judita. »Viktor, du brauchst Hilfe. Lass mich dir helfen.«

»Ich bin nicht Viktor.« Er klang vollkommen sachlich. »Du weißt, wer ich bin. *Was* ich bin. Ich bin keine Täuschung, ich bin kein Aberglaube, ich bin Realität. Viktor Kosárek ist mein Wirt. Das war er fast sein ganzes Leben. Keiner von euch hat mich jemals als das gesehen, was ich wirklich bin, niemand von euch hat mich erkannt. Bis auf einige wenige. Dieser Mann im Bahnhof von Masaryk, der niedergeschossen wurde, hat mich erkannt. Er besaß die Weisheit und die Weitsicht, mich und meine Art zu erkennen, aber er war nicht schlau genug, seine Gabe zu verbergen. Deshalb haben sie ihn für wahnsinnig erklärt und ihn erschossen. Aber er hat mich durchschaut. Ebenso wie diese alte Hexe im Dorf, Růžena, die in mir das gesehen hat, was ich wirklich war. Sogar Leoš Mlàdek, der Clown, hat meine Maske durchschaut. Er sagte, er wüsste, wer ich wäre, und ich zwang ihn dazu, sein Gesicht als Harlekin zu schminken. Ich brachte ihn dazu, mein Mal zu tragen. Doch der Rest von euch war zu dumm wahrzunehmen, was die ganze Zeit vor eurer Nase war.«

Judita sah sich in dem Raum nach einem Fluchtweg um, nach einer Waffe oder einer Hoffnung. Es gab nichts dergleichen. »Du hast Mlàdek absichtlich getötet?« Ihre Gedanken überschlugen sich. Sie musste Viktor – Hobbs – am Reden halten. Er musste reden, bis sie eine Möglichkeit gefunden hatte, ihm zu entkommen. »Er hat dich nicht wirklich angegriffen, stimmt's?«

»Er hat mich als das erkannt, was ich bin. Und er hat mich mit seiner ermüdenden Unschuld gelangweilt. Er hat mir die Schuld für das gegeben, was er diesen Kindern angetan hat, ohne zu begreifen, dass er seinen eigenen Dämon in sich trug. Er sah mich und fürchtete mich, und als ich ihm befahl, erneut zum Harlekin zu werden, gehorchte er meinem Wunsch. Dann habe ich seinen Kopf auf dem Boden zerschmettert. Nein, Mlàdek hat mich nicht angegriffen. Aber dein Geliebter glaubt es. Der arme, verwirrte Viktor erinnert sich genau auf diese Art und Weise daran. Er erinnert sich an alles genau so, wie ich es ihm einflüstere. Jetzt zum Beispiel wird er sich daran erinnern, dass er hilflos gewesen ist, dass er von Skála niedergeschlagen wurde und hilflos mit ansehen musste, wie der Dämon seinem Namen gerecht wurde.

Er wird sich daran erinnern, dass er die schrecklichen Dinge gesehen hat, die man dir angetan hat. Sie werden sich für immer in seine Retinae und seine Erinnerung einbrennen, aber er wird nicht wissen, dass ich seinen Körper dafür benutzt habe, sie auszuführen. Er wird sich daran erinnern, dass Skála es getan hat, nicht er.«

Judita warf einen kurzen Seitenblick auf das Magnetophon. Die Spulen drehten sich. Wenigstens würden sie alles erfahren. Wenn sie tot war und man ihren Leichnam fand und sah, was man ihr angetan hatte, würden sie die Wahrheit kennen.

»Ich verstehe das nicht«, sagte sie. Sie versuchte weiter, ihn am Reden zu halten. Der Schrecken darüber, Hobbs' Stimme aus Viktors Mund zu hören, hatte sie der Chance beraubt, zur Tür zu laufen. Nun hatte er sich zwischen sie und diesen Ausweg gestellt. Eine Gelegenheit zur Flucht, eine Gelegenheit zum Leben vertan. »Wie lange warst du schon ein Teil von Viktor?«

»Der Aberglaube sieht zumindest eine Sache richtig: Der Teufel muss eingeladen werden, die Schwelle zu überqueren. Viktor hat mich eingeladen. Er hat mich gefunden, nachdem ich sehr lange geschlafen habe. Ich kann mich nicht allzu deutlich daran erinnern. Ich habe vielleicht zwischen meinen Leben tief im Wasser am Grund des *Čertovo Jezero* gelegen. Das wäre recht angemessen, findest du nicht? Dass Viktor und ich uns am Teufelssee begegnet sind?«

»Der Unfall?« Judita sah sich erneut nach irgendeiner Fluchtmöglichkeit um, nach einer Waffe, um sich zu verteidigen. Es gab keine. Das hier waren die dicken Mauern des Gefängnisses eines Edelmannes. Ein Mausoleum. »Du meinst den Tag, an dem deine Schwester Ella ertrunken ist?«

»Nicht meine Schwester, sondern seine. Aber ja, seitdem.«

Judita versuchte, ihre Gedanken zu ordnen, ihre Situation zu erfassen. Das Trauma, seine Schwester zu verlieren, war der Katalysator dafür gewesen, dass sich Viktors Persönlichkeit gespalten hatte. Dieser Verlust und der Schmerz waren wie ein

Axthieb, der sein Selbstgefühl durchtrennt hatte. Sie erinnerte sich an ihren Zusammenbruch, daran, dass es ihr eigener Wille und ihr Verstand gewesen waren, nicht die Behandlung, die ihr geholfen hatten, sich davon zu erholen. Sie musste diesen Teil in Viktor erreichen. »Hör mir zu, ich möchte dir helfen, Viktor. Ich möchte dir aus dieser Situation heraushelfen.«

»Du bist wirklich eine ziemlich dumme jüdische Hure, stimmt's?« Die Stimme klang tiefer und wütender. »Bist du wirklich unfähig zu begreifen, dass ich nicht Viktor Kosárek bin? Ich bin nicht irgendein alberner Teufels-Aspekt, nicht der Splitter des Geistes eines Wahnsinnigen. Ich bin Mr. Hobbs, den man Jack the Ripper nennt, ich bin Peter Stumpp, ich bin Giles de Rais, ich bin Peter Niers. Ich bin Christman Genipperteinga, der Höhlenbewohner, der Kinder erwürgt, Wächter und Verderbnis von Frauen, der Mörder von Tausenden. Ich bin auch *Jan Černé Srdce*, Jan vom Schwarzen Herzen. Und ich bin Lederschürze. Ich bin all die Namen für das Böse und den Schmerz. Ich bin ewig, und ich bin konstant.«

Viktor trat vor, näher zu ihr und beugte sich dicht zu ihr herab. »Und ich weiß, wer du bist – du bist ein Miststück. Eine Deutsche. Eine Jüdin. Eine *Fotze*. Und jetzt wird es Zeit, dass du dich vorbereitest. Denn was dir jetzt widerfährt, wird außerordentlich schmerzhaft und schrecklich für dich sein, aber es ist nichts im Vergleich zu den Schrecken, die dich als eine meiner Gefährtinnen erwarten, zu meiner Belustigung, in diesen endlosen Räumen zwischen den Leben.«

»Warte!« Judita hob eine Hand. Er musste weiterreden, sie musste ihn ermuntern, sich in den wahnhaften Delirien zu verlieren, damit sie überlegen konnte, wie sie entkommen konnte. »Ich verstehe das immer noch nicht. Was ist mit Filip Starosta? Was hast du mit ihm gemacht? Du hast es so aussehen lassen, als wäre er der Mörder, und die Polizei sucht jetzt nach ihm. Das war wirklich klug, Mr. Hobbs. Hast du ihn getötet?«

Viktor schüttelte den Kopf, als wäre er von Judita enttäuscht.

»Mein Gott, du bist wirklich so dumm. Filip Starosta existiert nicht. Er hat nie existiert, nur als Möglichkeit für mich, meiner Arbeit nachzugehen, um Schlupfwinkel zu haben, die ich als Basis nutzen konnte. Er ist eine der Erinnerungen, die ich in Viktor Kosáreks Geist eingepflanzt habe. Der gute Viktor glaubt wirklich, dass Starosta existiert. Das ist eine der Erklärungen, um ihn von dem Verdacht gegen sich selbst abzulenken. Filip Starosta ist ein Geist in Viktors Verstand, und bis die Polizei dahintergekommen ist, bist du bereits tot.«

Er öffnete ein Lederetui auf seinem Schreibtisch, nahm eine bereits aufgezogene Spritze heraus und trat wieder zu ihr.

Judita wich zurück, aber er ergriff ihr Handgelenk und riss sie an sich. Sie trat nach ihm, trampelte mit ihrem Absatz auf seinen Fuß, aber er schien wirklich losgelöst von seinem Körper zu sein. Er zog sie weiter zu sich, und statt sich zu widersetzen, sprang sie ihn an. Durch den gemeinsamen Schwung krachten sie auf den kleinen Schreibtisch. Sie streckte die Hand aus, um sich zu halten, und stieß dabei gegen den Aschenbecher. Sie packte ihn mit aller Kraft und schlug damit zu. Er krachte gegen Viktors Schläfe, und sein Griff wurde schwächer. Sie riss sich von ihm los, schrie vor Wut auf und hämmerte den Aschenbecher immer wieder gegen seinen Kopf, bis die Seite seines Gesichts vollkommen blutverschmiert war und die glühende Intensität in seinen Augen erlosch. Einen Moment, nur einen winzigen Sekundenbruchteil sah sie Verwirrung und Schmerz in seinen Augen. Sie sah Viktor, nicht Hobbs.

Dann fielen seine Augen zu, er rutschte vom Schreibtisch und landete schwer auf dem Steinboden. Dort blieb er regungslos liegen. Das Krachen, als der Aschenbecher auf dem Boden landete, durchfuhr Judita wie ein Stromstoß. Sie rannte zur Tür und schrie um Hilfe.

Sie mühte sich mit der Tür ab, zerrte vergeblich an dem Griff. Die Tür war abgeschlossen. Sie musste zurück zu Viktor gehen und ihm den Schlüssel abnehmen.

Als sie sich umdrehte, war er schon da, stand hinter ihr. Aus der Wunde an seiner Schläfe strömte Blut, aber das Feuer in seinen Augen, Hobbs' Augen, war wieder voll entfacht.

Bevor sie etwas tun konnte, spürte sie einen Stich im Hals und die kalte Injektion in ihren Adern. Das gedämpfte Licht im Turmraum wurde noch gedämpfter. Sie hätte schwören können, dass die Schatten dunkler wurden, anschwollen, sich bewegten, lebendig wurden.

»Bevor du stirbst«, sagte er kalt, als sie in die Bewusstlosigkeit abglitt, »gibt es noch sehr viele Herrlichkeiten zu entdecken und viele Leiden zu erdulden. Du wirst über den Schmerz und die Furcht staunen, die ich dir bereiten werde. Aber zuerst werde ich dir zeigen, warum wir hier sind, an diesem Ort. Ich werde dir das Tor zur Hölle zeigen.«

83

Smolák fluchte, als er den Hörer auf die Gabel knallte. Novotný und er waren direkt vom Straßenbahndepot zur nächsten Polizeiwache gefahren, dem Vršovice Polizei Inspektorát, von wo er vergeblich versucht hatte, das Irrenhaus in Hrad Orlů anzurufen. Der Telefonist in der Zentrale sagte ihm, dass die Leitungen zusammengebrochen waren.

»Wir müssen selbst dort hinauffahren«, sagte er zu Novotný. »Wir brauchen eine Stunde. Bei diesem Wetter vielleicht noch länger.«

»Falls die Straßen überhaupt passierbar sind.«

»Mehr können wir nicht tun.« Smolák schüttelte den Kopf, als wäre sein Gewicht eine plötzliche Bürde. »Es ist meine Schuld …«

»Was?«, fragte Novotný verblüfft. »Was ist Ihre Schuld?«

»Tsora Mirga. Als ich während meines Besuchs im Irrenhaus von Hrad Orlů mit Kosárek sprach, erwähnte ich, dass ich sie aufsuchen wollte. Kosárek war die Person, die Tobar Bihari die Idee des Schlüsseldiebstahls eingegeben hat. Viktor Kosárek war Beng, der Dämon, der Bihari zwang, zuzusehen, was er Maria Lehmann antat. Gott möge mir vergeben, ich habe ihn selbst zu Tsora geschickt. Und ich war zu dumm herauszufinden, dass Kosárek in derselben Nacht in Prag gewesen war. Er war deshalb in Starostas Wohnung, weil er Starosta war.«

»Das konnten Sie nicht wissen.« Novotný schüttelte fast staunend den Kopf. »Das übersteigt jedes Wissen, jedes Verstehen.«

Smolák erwiderte nichts. Dann drehte er sich zu dem Kriminalmeister herum. »Rufen Sie Major Chromík im Polizei Inspektorát in Mladá Boleslav an. Wenn er keinen Dienst hat, sollen sie ihn gefälligst aus dem Bett holen. Er muss auf das Inspektorát kommen. Sagen Sie ihnen, dass wir zu ihnen unterwegs sind und dass wir Major Chromík in etwa einer Stunde dort abholen. Und machen Sie ihnen klar, dass wir ein Transportmittel brauchen, mit dem wir durch den Schnee zur Burg von Hrad Orlů gelangen.«

Der Kriminalmeister nickte.

»Worauf warten Sie noch?«, sagte Smolák.

84

Als Judita erwachte, kehrte ihr Bewusstsein nicht auf einen Schlag zurück, sondern in Phasen: als sammelte sie langsam die Stücke einer zerbrochenen Welt. Das Erste, was sie wahrnahm, war der Geschmack in ihrem Mund: scharf und metallisch. Der Rest ihrer Erinnerung war noch zu verschwommen, als dass sie es als einen Nebeneffekt des Betäubungsmittels erkannte, das man ihr injiziert hatte. Ein paar Augenblicke lang war sie ohne jedes Wissen oder Erinnerung, wusste nicht, wer sie war, wie ihr Name lautete, was das für ein Ort war. Aber in dieser Amnesie lag keine Barmherzigkeit, denn irgendein primitiver Instinkt versetzte sie in Panik, sagte ihr, ihr Leben hinge davon ab, wie schnell sie die Bruchstücke wieder zusammensetzen konnte. Wie schnell sie sich erinnerte.

In gnadenlosen Schlägen, fast wie Granatfeuer auf ihre Sinne, kam die Erinnerung zurück, wer, wo und was sie war. Sie erinnerte sich an Viktor, den Mann, den sie liebte, daran, dass jemand anders in seine Haut gefahren war. Sie erinnerte sich an Hobbs.

Dann fiel ihr ein, was mit ihr passieren sollte.

Sie war nicht im Turmraum. Es fühlte sich kalt und feucht an, die Luft roch muffig. Sie sah sich um. Der Ort, an dem sie sich wiederfand, war primitiv aus dem Felsen gehauen und wurde von drei Öllampen in den Ecken schwach erleuchtet. Der Boden unter ihr war feucht und von unebenen Steinen übersät, die sie in der Burg zuvor noch nie gesehen hatte. Falls das überhaupt die Burg war.

Judita versuchte, aufzustehen, aber ihre Beine gaben unter ihr nach. Das Betäubungsmittel lähmte immer noch ihre motorische

Kontrolle. Sie holte mehrmals tief Luft, zwang sich, wieder in ihren Körper zu gleiten, zwang ihre Gliedmaßen, ihren Willen zu akzeptieren. Es überraschte sie, dass sie nicht gefesselt worden war, aber als es ihr endlich gelungen war, sich aufzurappeln, begriff sie, warum. Der Raum, in dem sie sich befand, hatte keine Tür und keine Fenster. Es war nicht nötig, sie zu fesseln, weil ihre Fesseln aus solidem Fels bestanden. Sie hatte das Gefühl, als wäre der Boden geneigt, als senkten sich die Steine ab, je weiter sie sich entfernten. Bis sie schließlich in der Dunkelheit verschwanden. Sie war in einem sacht abfallenden Tunnel, und sie überlegte, ob sie eine Lampe nehmen und herausfinden sollte, was sich in der Dunkelheit verbarg. Ein Instinkt sagte ihr jedoch, dass ganz gleich, wohin der Tunnel auch führen mochte, keine Flucht und keine Erlösung in dieser Richtung möglich war.

Sie hörte Geräusche aus der anderen Ecke, wo das Licht der Glühlampen nicht hinleuchtete. Dort war etwas, in den Schatten. Etwas Bedächtiges, Ruhiges, Dunkles. Sie erinnerte sich an die Aufnahmen, die sie transkribiert hatte. Die Patienten hatten beschrieben, wie sie sahen, dass sich Schatten manifestierten und solide Form annahmen. Sie hatte Angst, ebenfalls den Verstand zu verlieren.

Viktor. Plötzlich kam ihr der Gedanke, dass sich Viktor in den Schatten verstecken könnte, sie beobachtete, Pläne für sie schmiedete. Seine perverse, teuflische Persönlichkeit von Mr. Hobbs, der Architekt ihrer Folter und ihres Todes.

Sie nahm die nächste Öllampe und näherte sich vorsichtig dem Geräusch, bereit, die Lampe auf alles zu werfen, was sich dort befand. Der Lichtkegel rückte vor ihr weiter, zuckte über die Steine. Über Füße. Die Füße einer Person, die auf dem Boden saß oder lag, dann über Beine in einer Hose, über den sandfarbenen Drillich der Zwangsjacke des Irrenhauses. Skála. Er saß auf dem Boden, den Rücken an die Steinwand gelehnt. Seine Augen waren weit aufgerissen vor Entsetzen, trotz der Medikamente, die seine Bewegungen immer noch verlangsamten.

»Der Teufel«, stammelte er durch seine Betäubung. »Sehen Sie das nicht? Er ist wirklich der Teufel. Der Teufel kommt uns holen. Er kommt zurück. Sie müssen mir helfen.«

Judita ignorierte ihn, während sie versuchte, das alles zu begreifen.

»Sie dürfen mich nicht dem Teufel überlassen!«, flehte Skála sie an. »Sie müssen mir helfen. Wir müssen uns gegenseitig helfen. Sie müssen mich befreien.«

Juditas Verstand raste immer noch. Sie hatte die Sitzungen mit Skála transkribiert, hatte alles über seine Grausamkeit gehört, seine Folterungen, seine Verbrechen. Aber im Moment war nichts mehr klar für sie. Sie hatte seinen Monstrositäten auf den Bändern zugehört und war Zeuge geworden, wie er zu Hobbs geworden war. Nur war er nicht Hobbs gewesen, sondern Viktor.

»Bitte!«

Sie trat zu Skála und sah ihm in die Augen. Sie dachte darüber nach, wie viele Menschen in diese Augen geblickt hatten, als sie ihr Leben unter Qualen aushauchten. Doch nun war kein Hass darin zu erkennen. Skála hatte einfach nur Angst.

»Wohin ist er gegangen?«, fragte sie. »Wo ist Dr. Kosárek?« Sie erwartete fast, dass Skála auf die Dunkelheit des Tunnels deutete. Stattdessen jedoch nickte er zu der Felswand hinter ihr.

»Die Wand. Er ist durch die Felswand gegangen.«

Sie seufzte und schüttelte den Kopf. Es war sinnlos. Skála halluzinierte.

»Eine Tür«, sagte er. »Da ist eine Tür.«

»Wie hat er sie geöffnet?«, fragte sie drängend.

Skálas Augen wurden trüb, und sie packte seine Schultern, um ihn zu schütteln. Aber er war so massig, dass es ihr nicht gelang. Sie gab ihm eine schallende Ohrfeige. »Die Tür, Vojtěch, wie hat er die Tür geöffnet?«

Skála schüttelte den Kopf. »Das habe ich nicht gesehen.«

Sie sah in die andere Richtung, in den dunklen Tunnel.

»Können Sie aufstehen?«, fragte sie. »Wir können versuchen, in den …«

»Nein!« Skála riss erneut die Augen auf. »Nicht dort entlang. Das ist das Tor zur Hölle!«

»Immer noch besser, als darauf zu warten, hier zu sterben«, erwiderte sie, aber sie empfand dieselbe instinktive Furcht vor der Dunkelheit dort.

»Sie müssen mich befreien«, sagte Skála. »Bitte, Sie müssen mir diese Zwangsjacke abnehmen.«

Erneut zögerte sie. Wenn sie Skálas Zwangsjacke öffnete, würde ihn nichts mehr hindern, sie auf der Stelle zu ermorden. Doch was erwartete sie, erwartete sie beide, wenn sie es nicht tat?

»Beeilen Sie sich!« Skála redete undeutlich wegen der Medikamente. Judita blickte in seine dunkel glühenden Augen und dann in die verschlingende Schwärze des Tunnels. Sie würde die Kontrolle behalten. Sie würde sich nicht zum Opfer machen lassen. Sie war eine Frau, sie war eine Jüdin, und irgendjemand hatte irgendwo entschieden, dass diese Eigenschaften sie zu einem Opfer machten. Aber nicht Judita Blochová, das nahm sie sich fest vor. Sie würde niemandes Opfer sein. Sie traf eine Entscheidung und öffnete die Messingschnallen der Lederriemen an der Zwangsjacke. Sie setzte ein Böses frei, auf dass es ihr gegen ein anderes, größeres Böses half. Sie befreite einen mörderischen Geistesgestörten, aber wenn er sie tötete, dann geschah das zumindest aufgrund ihrer eigenen Entscheidung, ihrer eigenen Wahl und ihres eigenen Handelns. Wenn er es nicht tat, hatte sie einen mächtigen Verbündeten in der bevorstehenden Schlacht. Vorausgesetzt, sie behielt die Kontrolle.

Aber sie hatte erst eine Messingschnalle geöffnet und war dabei, die zweite zu lösen, als hinter ihr ein lautes Knirschen ertönte.

Stein rieb auf Stein.

85

Sie hatten Mladá Boleslav schneller erreicht, als Smolák geschätzt hatte. Die Hauptstraße war vom Schnee geräumt worden, und es hatte keinen neuen Schneefall gegeben. Sobald Novotný und er in dem Polizei Inspektorát in Mladá Boleslav eintrafen, versuchte er, das Irrenhaus in Hrad Orlů anzurufen. Die Leitung war jedoch immer noch tot.

Major Chromík traf ein paar Minuten später als sie im Inspektorát ein. Und erklärte, er hätte eine passende Transportmöglichkeit für sie organisiert. Chromík war von kleinerer Statur, als Smolák erwartet hatte. In seinen durchdringenden, intelligenten grünen Augen lag keinerlei Ärger darüber, dass man ihn einfach hierher bestellt hatte. Aber als er Major Chromík von seinem Verdacht berichtete, wirkte der örtliche Polizeichef zu Smoláks Verblüffung kein bisschen überrascht.

»Ich bin nicht abergläubisch«, erklärte Chromík. »Aber ich bin im Schatten dieser Burg aufgewachsen. Jeder der hier Ansässigen wird Ihnen dasselbe sagen: Für uns ist die Adlersburg die Burg der Hexen. Hrad Orlů zieht das Böse an wie ein Magnet. Einige Orte scheinen böse Menschen anzuziehen. Ich wünschte, sie hätten dieses verfluchte Irrenhaus geschlossen und die Burg in die Luft gesprengt.«

»Ich weiß nur, dass wir dorthin müssen«, sagte Smolák. »Sie sagten, Sie hätten eine Transportmöglichkeit für uns?«

Chromík nickte. »Ich habe einen Halbkettentransporter von der örtlichen Militärgarnison geliehen. Er dürfte keine Schwierigkeiten mit dem Weg zur Burg hinauf haben. Außerdem habe ich drei Männer abkommandiert, die uns begleiten.«

»Je schneller wir dorthin kommen, desto besser.« Smolák warf einen ungeduldigen Blick auf seine Armbanduhr und schätzte die Entfernung zwischen sich und seinem Ziel ab.

»Wir können sofort aufbrechen«, erklärte Chromík. »Ich würde mir nicht allzu viele Sorgen wegen der Zeit machen – nach dem, was Sie sagen, weiß Ihr Verdächtiger nicht, dass wir ihn im Visier haben, und das Wetter begünstigt ihn, aber auch uns. Denn er kommt auf keinen Fall von dort weg. Wir erwischen Ihren Mann, Kapitán Smolák. Keine Sorge.«

86

Viktor stand in der Öffnung in der Felswand und blockierte jeden Fluchtweg. Judita erhaschte einen Blick auf den Raum hinter Viktor. Es war der Turmraum mit der Patientenliege, dem Schreibtisch, auf dem das Magnetophon stand, und dem Rollstuhl, mit dem er Skála in den Behandlungsraum des Turms gefahren hatte.

All das war die ganze Zeit hier gewesen, das wurde ihr nun klar. Und Viktor hatte es von Anfang an gewusst. Dies hier war ein Zugang zu den Tunneln, den die früheren Bewohner benutzt hatten, um die Burg ungesehen verlassen und betreten zu können. Aber woher kannte er ihn?

Viktor sah, wie sie sich an der zweiten Schnalle von Skálas Zwangsjacke zu schaffen machte, und ging mit langen Schritten auf sie zu. Sie sah seine Faust heransausen, hatte aber keine Zeit, dem Schlag auszuweichen. In der dunklen Welt der Höhle blitzte es plötzlich hell auf, als der Schlag gegen ihre Schläfe krachte und sie zur Seite schleuderte. Sie landete auf den glatten schwarzen Steinen und blieb dort eine Sekunde lang wie betäubt liegen. Aus dieser Position musste sie hilflos zusehen, wie Viktor sich mit einer einzigen flüssigen Bewegung über Skála beugte, der ihn ehrfürchtig anstarrte.

»Es ist alles gut, Vojtěch.« Viktor sprach mit Hobbs' Stimme, als er dem Mann die Spritze in den Hals rammte. »Du hast nichts zu befürchten.«

Judita sah, wie die Wut in Skálas Augen erlosch und sein Körper sich entspannte. Viktor hatte die Geheimtür offen gelassen, und Judita rappelte sich hoch. Ihre Sohlen kratzten, als sie auf den Steinen ausglitt, während sie zum Turmraum und in die Freiheit hastete. Sein genau gezielter Tritt erwischte ihre Schienbeine, und sie landete wieder auf den Steinen, noch bevor sie die Hälfte des Wegs bewältigt hatte. Sie hörte, wie er gereizt seufzte, als wäre sie ein ungezogenes Kind, das ihn verärgerte. Dann fühlte sie seinen Griff an ihrem Knöchel, und er zerrte sie mit dem Gesicht über die Steine von dem zerklüfteten Durchgang weg.

»Kurz, nachdem ich hier angekommen bin, habe ich den Eingang gefunden.« Besonders furchteinflößend war die sachliche Art, mit der er sprach. Er schleppte sie hinter sich her wie ein Raubtier seine Beute, in der Absicht, sie abzuschlachten, wie er es mit all den anderen getan hatte, und redete dabei, als plauderten sie an einer Bushaltestelle miteinander. »Von allen Generationen, die danach gesucht haben, war ausgerechnet ich derjenige, der auf diesen Geheimgang stieß. Und dann wurde mir klar, dass ich immer schon wusste, wo er sich befand. Sonderbar, stimmt's?«

Er blieb kurz stehen, bückte sich und nahm eine der Glühlampen vom Boden, dann zog er sie weiter hinter sich her. Die Steine wichen einem raueren Boden aus grobem Kies und lockeren Steinen. Er zerrte sie immer tiefer in den Tunnel hinein.

»Eine Weile wurde die Burg auch als Gefängnis benutzt«, fuhr er in seiner Erklärung fort. »Nicht nur für Jan vom Schwarzen Herzen, sondern auch für Gefangene im Dreißigjährigen Krieg. Damals wusste man noch von den Höhlen, von dem Tunnelsystem, das den ganzen Berg durchzieht. Man bot sogar Gefangenen ihre Freiheit an, wenn sie sich bereit erklärten, an einem Seil in das Tor zur Hölle hinabgelassen zu werden und zu berichten, was sie gesehen hatten, wenn man sie zurückgezogen hatte. Die meisten zogen ihre Gefangenschaft dem Verlust ihrer Seele vor.« Er blieb stehen, ließ ihren Knöchel los, packte sie am Oberarm und zog sie auf die Füße. Es war ganz klar, dass der unebene Boden es zu anstrengend machte, sie weiter hinter sich herzuziehen. Er hielt sie grob am Arm fest, seine Finger bohrten sich schmerzhaft in ihre Haut. Dann schob er sie weiter nach unten, in die stärker werdende Dunkelheit. »Einige jedoch erklärten sich bereit. Alle, die zurückkamen, waren total wahnsinnig und wirkten unglaublich gealtert. Verstehst du, Judita, das hier ist wirklich das Tor zur Hölle. Deshalb wurde ich hier hergeholt: Es bringt mich näher an meine natürliche Umgebung. An mein Reich.«

Judita schnappte nach Luft. Der Tunnel um sie herum war schmaler geworden, und die Luft war sonderbar trocken. »Viktor... Viktor, bitte... Erinnere dich daran, wer du bist! Komm zu mir zurück. Ich kann dir helfen! Ich will dir helfen!«

Er blieb abrupt stehen und riss sie herum, damit sie ihm ins Gesicht sehen konnte. In dem Licht der Glühlampe wirkten seine Gesichtszüge hart; ein Gesicht aus Kanten. Wieder kam ihr das Gesicht, das sie einst für hart und markant gehalten hatte, einfach nur grausam vor. Es sah aus wie die Fratze des Teufels.

»Viktor ist nicht hier.« Die Stimme, mit der er sprach, war nicht seine, und in diesem Moment glaubte sie fraglos an die Existenz von Hobbs. »Viktor war niemals hier. Viktor war nur gespielt, ein Schwindel. Ein Umhang, den ich mir übergeworfen hatte, wie so viele andere zuvor.«

»Ich glaube dir nicht. Du selbst glaubst es nicht! Tief in dir drin weißt du, dass das eine Wahnvorstellung ist. Du bist Viktor. Hobbs ist nichts weiter als ein beschädigter Teil von Viktor. Du bist nicht real. Du bist ein gebrochener Teil eines guten Menschen. Du musst das nicht tun.«

Er lachte. Er lachte lautlos, was Judita noch mehr Furcht einflößte.

»O doch, ich muss das tun. Denn das bin ich. Das bin ich wirklich. Ich werde deinen Körper und deinen Geist voneinander trennen, Leib und Seele, damit du mir an den Orten zwischen den Leben zu Diensten sein kannst.« Er beugte sich zu ihr. »Du wirst es verstehen, Judita. Wenn ich dir Teile aus deinem Körper schneide und sie dir vor die Augen halte, dann wirst du verstehen, was den Körper mit dem Geist verbindet und was sie trennt.«

Viktor schob sie weiter. Plötzlich weitete sich der Tunnel zu einer zweiten, größeren Höhle. Er versetzte ihr einen heftigen Stoß in den Rücken, und sie fiel nach vorn, landete schmerzhaft auf dem Boden. Dieser Boden war wieder anders. Es waren weder Pflastersteine noch rauer Fels, sondern er bestand aus großen Steinplatten. Während sie nach Luft rang, hörte sie, wie Viktor von einer Ecke zur anderen ging. Jedes Mal flammte mehr Licht auf und vergrößerte die Helligkeit der Lampe, die er auf den Boden gestellt hatte. Sie richtete sich etwas auf. Die Ecke ihr gegenüber lag noch im Schatten, aber erneut nahm sie etwas in der Dunkelheit wahr, als Viktor weitere Fackeln entzündete, die in eisernen Fassungen an den Wänden hingen. Sie schrie. Das Gesicht des Teufels starrte ihr aus dem Schatten entgegen und nahm Form an, als flackerndes Licht darauf fiel. Es hatte dicke gebogene Hörner, die aus einem harmlosen Schädel herauswuchsen, leere Augenhöhlen und zu einem verzerrten Grinsen verzogene Lippen, die lange scharfe Zähne entblößten.

Eine Perchten-Maske.

Als die Ecke noch stärker ausgeleuchtet wurde, erkannte sie in dem Teufel, den sie zu sehen geglaubt hatte, eine Krampus-Perchten-Maske, die an der Wand in der Ecke hing. Aber ihre Erleichterung hielt nicht lange an, denn darunter hing eine lange Lederschürze mit dunklen Blutflecken, alten und frischen. Das trug er, wenn er mordete. Hinter dieser Maske und der Schürze hatte er sich versteckt, wenn er in den Schatten lauerte, bevor er hervorsprang und seine Opfer in Angst und Schrecken versetzte. Und es gab noch etwas: Das flackernde Licht funkelte kalt auf der langen Klinge eines Messers, das dort ebenfalls hing.

Sie stand auf und sah sich um. Noch mehr Grauen.

Der riesige mittelalterliche Stuhl wirkte fast wie ein Thron und stand auf einem Podest, als wäre die Höhle so etwas wie eine kaiserliche Empfangshalle. Über dem Stuhl an der Wand war ein uralter Wappenschild aus Holz befestigt. In einem Quadrat des

Wappens sah sie die Gestalt eines massigen Mannes mit dem Kopf eines Bären.

Auf dem Stuhl saß jemand. Der Mann starrte Judita an. Allerdings hatten seine Augen schon seit Jahrhunderten nichts mehr gesehen. Er war noch nicht gänzlich skelettiert, was vermutlich daran lag, dass die sonderbar trockene Luft in der Höhle ihn mumifiziert hatte. Seine Kleidung war noch intakt, aber mit der Zeit verblasst und mit Staub bedeckt. Er hatte die Hände auf die Knäufe der Armlehnen gelegt und seine Füße, die in Stiefeln steckten, übereinandergeschlagen.

Jan Černé Srdce – Jan vom Schwarzen Herzen.

»Er ist beeindruckend, stimmt's?«, fragte Viktor mit Hobbs' Stimme. Er war Juditas Blick gefolgt. »Mein früheres Gefäß. Die Gestalt, die ich vor so langer Zeit angenommen hatte. Lange vor dieser Zeit und auch lange, bevor ich durch die nebligen Straßen Londons flanierte.« Er deutete mit der Hand durch die Höhle. »Hier hat man versucht, mich einzusperren. Hier hat man mich vor all den Jahrhunderten eingemauert, ohne zu begreifen, dass das nicht mein Gefängnis war – es war mein Versteck.«

»Viktor«, sagte Judita flehentlich. »Nichts davon ist wahr. Das alles ist nur eine Geschichte, die ich dir über die Burg erzählt habe. Es sind alles nur Geschichten, die du dir selber erzählst.« Er schien sie nicht einmal gehört zu haben. Sie sah zu der Perchten-Maske über der Lederschürze, wo das Messer hing, scharf und hell, und auf sein nächstes Opfer wartete. *Ich werde kein Opfer sein*, sagte sie sich erneut. *Ich werde meinen Albträumen nicht nachgeben.* Sie schätzte die Entfernung zu dem Messer ab, aber erneut las Viktor ihre Gedanken und stellte sich zwischen sie und die Waffe.

»Das wird glorreich«, sagte er zu ihr. »Denn du wirst in den Räumen dazwischen mehr sein als nur meine Sklavin, du wirst meine Braut. Dich zu formen wird die schwierigste Arbeit sein. Und dein Schmerz wird der exquisiteste sein. Es muss so sein, das verstehst du doch, oder?«

»Du bist wahnsinnig.« Judita war über ihren ruhigen, nüchternen Tonfall selbst erstaunt. »Du bist wahnsinnig und zudem ein Perverser. Du bist nichts weiter als pervertierter Abschaum wie die anderen, der Vergnügen daraus zieht, Frauen zu verletzen. Der Psychiater in dir weiß, dass es stimmt. Dieser ganze Blödsinn, den du da von dir gibst – das ist alles nur zusammengestückelt und fabuliert. Du polierst einfach nur diesen ganzen banalen kranken Mist auf, den du verbrichst, und steigerst ihn zu einer Art Mythologie, überhöhst es zu einer glorreichen Mission. Du brauchst Hilfe, Viktor. Du musst aufgehalten werden. Das weißt du.«

Er sah sie ohne jeden Ärger und vollkommen ausdruckslos an. Dann stürzte er sich ohne jede Vorwarnung auf sie. Judita sah seinen ersten Schlag kommen und duckte sich weg, der zweite jedoch traf sie mit voller Wucht unter dem Auge, und sie landete krachend auf dem Boden. Einen Moment blieb sie benommen liegen.

»Du besudelst es«, erklärte er ohne Wut, ohne jede Erregung und immer noch mit der Stimme von Mr. Hobbs. »Du verdirbst alles.« Er ging in die Ecke, nahm die Lederschürze vom Haken und legte sie sich um. Dann setzte er sorgfältig die Perchten-Maske auf und nahm das lange Messer vom Haken. Nun gab es keinen Viktor mehr, sondern nur noch Hobbs, nur noch Lederschürze. Seine Transformation war vollständig. Er war tatsächlich der Teufel geworden.

Das flackernde Licht der Fackeln an den Wänden ließ die lange Klinge des Messers funkeln und glitzern, als er langsam auf sie zukam.

87

Judita sprang hoch und rannte los. Sie lief weg von Viktor, zum Eingang des Tunnels, in Richtung des Turmraums.

»Es hat keinen Zweck! Ich werde dich fangen!«, rief er ihr gelassen nach.

Es hat keinen Zweck, er wird mich fangen, dachte sie. Sie lief in die dunkle Schwärze des Tunnels und in Richtung des schimmernden Lichts am Ende, wobei sie mehrmals stürzte. Jedes Mal rappelte sie sich auf und rannte weiter. Judita war ausschließlich auf ihr Überleben konzentriert, auf Flucht, und bemerkte nicht einmal, dass das Gefühl, das sie antrieb, keine Furcht war, sondern Zorn. Eine Wut, die tief in ihr brannte und sie weiterlaufen ließ. Vor ihr war Licht – der dämmrige Fleck des Gangs, der zum Behandlungszimmer des Turmraums führte, und die Glühlampe, die immer noch daneben auf dem Boden stand und brannte. Es war zu weit weg.

Hinter sich hörte sie Viktors Schritte, die immer näher kamen. Sie warf einen Blick über die Schulter und sah ihn. Den Teufel, der aus der Dunkelheit auftauchte, das bösartige, verzerrte Grinsen der gehörnten Perchten-Maske. Sie weinte, als sie weiterlief. Sie wusste, dass sie es nicht schaffen würde. Denn wenn sie die Tür erreichte, musste sie innehalten, um sie so weit aufzustemmen, dass sie hindurchpasste. In diesem Moment würde er sie einholen. Und ihr die letzte Hoffnung nehmen.

Sie erreichte die Stelle, wo der Tunnel zum Turm hinauf anstieg. Aber statt weiterzulaufen, wirbelte sie herum. Dabei riss sie die Lampe vom Boden hoch, wo Viktor sie hingestellt hatte. Mit einem trotzigen Schrei und aller Kraft schleuderte sie die Lampe auf ihn. Sie segelte durch die Luft und erleuchtete einen

Moment seine Maske, seine Schürze und das Messer. Als Judita das sah, kehrte ihre Angst zurück. Dann traf die Glühlampe seine Schürze mitten auf seiner Brust, bevor sie vor seine Füße fiel und verblasste. Die Flammen schlugen hoch und entzündeten das Öl auf seiner Schürze. Die Perchten-Maske hatte ebenfalls Feuer gefangen und sah nun noch dämonischer aus.

Viktor brannte. Dennoch stand er bewegungslos und ruhig da, während er sie aus den dunklen Augenlöchern der Maske beobachtete. Einen Moment konnte sie ihren Blick nicht von ihm losreißen. Sie sah Hobbs in Maske und Schürze, wie er ruhig in der Mitte einer unterirdischen Höhle brannte, in der ein Jahrhunderte altes Monster in mumifizierter Würde Hof hielt. Es stimmte: Er war wirklich der Teufel, und das hier war wirklich die Hölle.

Sie riss sich aus ihrer Erstarrung, fuhr herum und rannte. Sie hörte Hobbs unmenschliches Schreien, aus Wut, nicht aus Schmerz, während er ihr folgte. Sie war jetzt im Tunnel, und als sie über die Schulter blickte, sah sie ihn. Das Öl auf der Maske und dem Schurz brannte so hell, dass es die Wände des Tunnels erleuchtete und die Flammen ihn tatsächlich in den Teufel selbst zu verwandeln schienen.

Sie erreichte die erste Höhle und sah die Geheimtür, die immer noch offenstand und den Blick auf den Turmraum dahinter freigab. Wenn sie den Turm erreichte. Wenn sie die Tür aufreißen und um Hilfe schreien könnte!

Sie rutschte auf den Pflastersteinen aus. Kaum anderthalb Meter vor der Tür fiel sie hin.

Viktor warf sich auf sie und drückte sie auf den Boden. Die Flammen waren erloschen, aber die Schürze und die Maske qualmten immer noch. Er roch nach Erde, nach versengtem Fleisch und Tod. *Das ist nicht Viktor!*, sagte sie sich, als er das Messer hob. *Es ist nicht Viktor, der mich tötet.* Sie klammerte sich verzweifelt an diesen Gedanken, während sie auf den ersten Stich wartete.

Etwas Schweres tauchte aus dem Schatten auf. Eine riesige Gestalt krachte gegen Viktor und schleuderte ihn von ihr herunter. Der Aufprall raubte ihr den Atem, und sie rollte mit den beiden Gestalten zur Seite.

Sie hörte Vojtěch Skálas Wutgebrüll, als er sich mit der dämonisch maskierten Gestalt Viktors über den Boden rollte. Eine Sekunde hoffte sie, dass sie seine Zwangsjacke soweit gelöst hatte, dass er sich befreien konnte. Aber ein Blick auf die beiden Gestalten sagte ihr, dass Skála immer noch gefesselt war. Er hatte sich auf seine massige Gestalt und seine Kraft verlassen, aber nun saß Viktor rittlings auf ihm. Er stieß einen bizarr schrillen, unmenschlichen Schrei aus, und das Messer zuckte immer und immer wieder durch die Luft, drang durch die dicke Drillich-Zwangsjacke in Skálas Körper, in dessen Gesicht, dessen Augen und dessen Mund. Skálas Schreie verwandelten sich in ein rasselndes Gurgeln, bis sie schließlich verstummten.

Judita sprang auf die Füße und rannte zum Eingang des Turmraums. Sie stemmte die Felsplatte, die als Tür diente, so weit auf, dass sie sich hindurchzwängen konnte. Dann sah sie sich um, ob sie die schwere Steintür hinter sich schließen könnte, aber das würde zu lange dauern. Bis dahin hätte er sie wieder eingeholt. Also lief sie direkt zur Eingangstür des Turmraums, die ins Irrenhaus führte. Sie ließ sich nicht aufreißen, weil der Riegel noch vorgeschoben war. Sie hörte Hobbs schreien: Es war ein unmenschliches Wutgebrüll. Er stürmte in den Turmraum, rußig von verbranntem Öl und mit Skálas Blut befleckt. Nur die langen scharfen Zähne der Perchten-Maske leuchteten hell.

Er durchmaß mit langen Schritten das Zimmer und stieß den Schreibtisch zur Seite, der ihm im Weg stand. Das Magnetophon krachte auf den Boden.

Judita schob den Riegel der Tür zurück, aber Viktor war bei ihr.

Er grub seine Finger in ihre Schultern und riss sie von der Tür weg, schleuderte sie in den Raum. Sie taumelte zurück und fiel auf den Boden. Im nächsten Moment saß er auf ihr, rittlings wie auf Skála. Sein Gewicht nahm ihr den Atem. Er hielt ihr das Messer vor das Gesicht, dessen Klinge blutverschmiert war. Skálas Blut.

»Jetzt«, sagte er ruhig hinter seiner angekokelten Maske, »jetzt werde ich dir das wahre Tor zur Hölle zeigen. Jetzt werde ich dir zeigen, wo der Teufel wahrhaftig ruht.«

Sie hatte das Gefühl, als hätte er ihr seine Faust in die Seite geschlagen, und der letzte Atem entwich aus ihrer Lunge. Doch als ein weißglühender Schmerz durch ihren Körper zuckte, wurde ihr klar, dass er ihr das Messer in den Leib gerammt hatte. Judita suchte mit der Hand den Boden ab, und ihre Finger tasteten nach einer Waffe, nach irgendetwas. Vergeblich.

Erneut durchzuckte sie ein brennender Schmerz, und er zog das Messer aus ihrer Seite, bevor er die Spitze auf die Haut ihrer Stirn setzte, unmittelbar unter dem Haaransatz.

Judita packte sein Handgelenk mit beiden Händen. Er war viel zu stark für sie, aber sie würde es ihm so schwer wie möglich machen, sie zu ermorden. Er mochte sie töten, aber sie würde kein hilfloses Opfer sein!

»Du hast ein so hübsches Gesicht«, sagte er. »Ich glaube, ich ziehe es dir ab und verwahre es in meiner Sammlung auf.«

Judita spürte einen neuen, scharfen Schmerz, als die Spitze des Messers ihre Haut ritzte.

Als sich Judita Blochová auf den Tod vorbereitete, fielen ihr ihre Albträume wieder ein. Träume von dem Weg durch den dunklen Wald, den sie und ihr Volk gegangen waren, einem noch finstereren, noch im Verborgenen liegenden Schicksal entgegen. Wenigstens das würde ihr erspart bleiben.

Es krachte, als wäre die Tür aufgestoßen worden. Dann ertönte ein zweites, ohrenbetäubendes Geräusch. Ein Schuss. Viktor kippte zur Seite, und das Messer rutschte von Juditas Stirn.

Sie spürte, wie das Blut über ihre Schläfe in ihr Haar sickerte. Das Gewicht von ihrer Brust war verschwunden, und sie holte tief Luft. Aber sie schien ihre Lunge nicht füllen zu können.

Dann beugten sich Gesichter über sie. Angespannte Gesichter mit besorgten Mienen. Münder bewegten sich. Professor Romanek. Der Polizeimajor aus Mladá Boleslav. Der andere Polizist aus Prag, Smolák. Platner tauchte auf und machte sich sofort daran, den Blutfluss aus der Wunde an ihrer Seite zu stoppen.

Sie wollte lächeln, ihnen danken, konnte sich aber nicht bewegen, weder sprechen noch atmen. Alles wurde dunkler, und sie sah, wie sich Schatten auf der hohen Gewölbedecke bewegten, sich wanden, sich um sie herum sammelten. Schließlich liefen sie zu einer warmen schwarzen Dunkelheit zusammen, die sie verschlang.

EPILOG

Tschechoslowakei, 1939

Es gab Tage, die friedlich verliefen, Tage voller Verwirrung und auch traurige Tage. Dann noch die Tage, die wahrhaft furchteinflößend waren.

Zum Glück waren die meisten Tage friedlich, und er verbrachte sie in stiller, wohltuender Betrachtung des Waldes unter seinem vergitterten Fenster. Viktor stellte fest, dass er eine tiefe Liebe zu diesem Wald entwickelte, dass ihn das gold- und bernsteinfarbene Glühen der großen Blätter der Bäume wärmte und das tiefe Grün der Tannen ihn beruhigte. Wälder waren die Seele der Welt, fand er. Sie waren uralt und lebten ein Leben, dessen Dauer die kurze, bedeutungslose Spanne der Menschen transzendierte. Wälder waren die Lagerstätten aller Erinnerungen, waren die Akkumulation von Träumen und Albträumen, von allem, was für Vergessen gehalten wurde. In den Wäldern lag ein tiefer ewiger Trost.

Er bekam sogar manchmal Gelegenheit, Zeit zwischen den Bäumen zu verbringen. Hielt man Viktor für ruhig und kontrolliert genug und hatte man ihm ein Beruhigungsmittel verabreicht, dann nahm Dr. Platner ihn aus der Burg mit auf einen Spaziergang durch den umliegenden Wald. Auf diesen Ausflügen gingen immer zwei stämmige Pfleger hinter den beiden Männern her; so dicht, dass sie Viktor sofort packen konnten, sollte ihn plötzlich irgendeine Wahnvorstellung oder eine überwältigende Emotion überkommen.

Er fasste allmählich Zutrauen zu Platner. Bei den Spaziergängen unterhielten die beiden Männer sich hauptsächlich auf Deutsch, aber es überraschte Viktor, wie oft der Sudetendeutsche mittlerweile ins Tschechische fiel. Die meiste Zeit schien Platner abgelenkt zu sein, doch er kaschierte seine Besorgnis immer mit Liebenswürdigkeit. Viktor war versucht zu fragen, ob Platner das Parteiabzeichen der *Sudetendeutsche Partei* verloren hatte, denn er hatte es schon lange nicht mehr am Revers des Doktors gesehen. Er zog es jedoch vor, lieber darüber zu schweigen.

Wenn er stundenlang an seinem Burgfenster stand und den behäbigen Tanz von Sonne und Schatten in den Bäumen beobachtete, runzelte er manchmal die Stirn, wenn ihm eine vage und wenig plausible Erinnerung durch den Kopf ging, dass er einmal Angst vor Wäldern gehabt hatte. Dass vor langer Zeit irgendetwas Schlimmes zwischen den Bäumen geschehen war. Und eine andere, ebenfalls unwahrscheinliche Erinnerung bereitete ihm manchmal Kopfzerbrechen. Dass er sich früher einmal in dieser Zimmersuite unwohl gefühlt hatte, weil sie von anderen isoliert war und als Lagerraum für medizinische Ausrüstung benutzt worden war.

Er schien sich sogar daran erinnern zu können, Student gewesen zu sein. Er erinnerte sich an ein Wiener Krankenhaus, hell, mit großen Fenstern und weißen Wänden. Dort war er noch so jung gewesen und die Zukunft so strahlend, und er war so erpicht darauf gewesen, das Licht und das Wissen und die Welt aufzusaugen. Er erinnerte sich daran, wie er seinem Mentor lauschte.

»Jeder Mensch«, hatte Dr. Jung seinem eifrigen Studenten erklärt, »betrachtet sich als eine Aussage, eine Erklärung an die Welt. ›*Das ist es, was ich bin. Das ist es, wer ich bin.*‹ In Wahrheit jedoch ist jedes menschliche Wesen, jedes Bewusstsein keineswegs eine Aussage. Es ist eine Frage. Ihre Aufgabe, mein lieber Viktor, wenn Sie Ihr Examen abgelegt haben, besteht darin, die

Antwort auf all diese Fragen zu finden. Und manchmal ist die schwierigste Frage, auf die wir eine Antwort finden müssen, die nach uns selbst.«

Jetzt verwirrte ihn diese Frage, brachte ihn durcheinander.

Die meiste Zeit hatte er Schwierigkeiten, sich zu erinnern, und es fiel ihm schwer, klar zu denken. Seine Gedanken schienen sich nicht fixieren zu lassen, waren nicht dauerhaft, und sein Verstand neigte dazu, ungebeten von einer Gewissheit zur anderen zu springen, so dass er Mühe hatte, aus allem schlau zu werden. Und wenn das passierte, wenn ein Erdrutsch aus Erinnerungen und Eindrücken durch seinen Verstand rollte, verlor er seinen Frieden. Das waren die erregten Tage der Verwirrung.

An solchen Tagen hatte er Mühe, die sich widersprechenden Gedanken und Erinnerungen zu sortieren, die sich plötzlich in seinem Geist materialisierten, und herauszufinden, was real und was falsch war, welche Erinnerungen seine eigenen waren und welche andere ihm eingegeben hatten. Er glaubte sich zu erinnern, dass er hier einmal ein Doktor gewesen war, ein Psychiater.

Zu anderen Zeiten war er fest davon überzeugt, dass er schon seit Jahrzehnten als Patient in der Burg festgehalten wurde. Und manchmal drängte sich sogar der Gedanke in sein Gehirn, dass er sich seit Jahrhunderten in der steinernen Umarmung dieser Mauern aufhielt. Er konnte sich sogar an eine verzweifelte Begegnung zwischen einem Doktor und einem Wahnsinnigen auf irgendeinem fernen Bahnhof erinnern, in einer fernen Vergangenheit, die über Dämonen aus Feuer und den Ozean des Verstandes diskutierten. Nur wusste er nicht genau, ob er der Doktor oder der Wahnsinnige gewesen war.

An eines jedoch erinnerte sich Viktor ganz klar, nämlich an eine hochinteressante Diskussion in einem Zug mit einem Archäologen aus Hamburg namens Pedersen. Er hatte ihm alles über die Burg und das Gebiet darum herum erzählt. Platner versuchte, ihm zu versichern, dass er niemanden anderen aus dem Zug hatte aussteigen sehen. Platner behauptete sogar, er hätte sich mit der Universität Hamburg in Verbindung gesetzt, wo man ihm versichert hätte, dass dort kein Gunnar Pedersen lehrte.

Wenn dann diese Verwirrung zu groß wurde und Viktor sich zu sehr aufregte, gab Dr. Platner ihm etwas, was ihn beruhigte. Aber es wirkte so, als würde man bei einem statischen Rauschen im Radio die Lautstärke reduzieren: Die Verwirrung wurde diffus und unfokussiert, war aber immer noch da.

Dann gab es natürlich auch noch die schrecklichen Tage. Das waren die Tage, an denen *er* kam. Es gab ein Ereignis, das Viktor den »Advent« nannte. Eine Vermischung sonderbarer Empfindungen, flüchtige Schatten im Augenwinkel, die *seine* Ankunft ankündigten.

Mr. Hobbs.

Das waren die schlimmsten Tage.

Es begann immer auf dieselbe Art, damit, dass sich in einer Ecke Dunkelheit anstaute. Bösartiger als einfach nur Dämmerung sammelten sich die Schatten am Rand seines Blickfeldes in einer Ecke wie gerinnendes Blut, nahmen langsam Form und Gestalt an. Schwärzer als schwarz, dunkler als dunkel sammelten sie sich dort und griffen mit schwarzen Tentakeln nach ihm, suchten etwas, was sie für sich selbst beanspruchten. Sie griffen nach Viktor.

Und dann war *er* da.

Wenn Mr. Hobbs kam, erschien er oft als ein schlankes riesiges Durcheinander von schwarzen Gliedmaßen, die sich in der Ecke des Raums zusammenkauerten. Denn er war viel größer als ein sterblicher Mann sein konnte, und seine Größe wurde noch von dem schwarzen Seidenzylinder betont, den er trug, um seine Hörner zu verbergen. Wenn er Gestalt annahm, kleidete Mr. Hobbs sich als viktorianischer englischer Gentleman. Seine vornehme schwarze Kleidung schützte er durch eine mit dunkelroten Flecken übersäte Lederschürze.

Manchmal nahm er auch eine andere Form an, zum Beispiel die von Krampus, wenn er sich nicht die Mühe machte, seine Hörner zu verbergen, sondern sie stattdessen stolz präsentierte und Viktor mit rotglühenden Augen ansah. Oder er tauchte als bärtiger Gigant auf, ein bärenartiger Mann mit einem Persianermantel aus dichten Pelzlocken. Er war vollkommen von einem unsichtbaren Regen durchnässt und roch nach dunklem, feuchtem Wald.

Aber es gab auch noch andere Erscheinungen, und diese Zeiten fürchtete er am meisten. Dann wandte sich Viktor vom Fenster und dem Studium des Waldes unter ihm ab und sah Mr. Hobbs, der ihn stumm beobachtete. Er saß da, noch größer und gebeugter als sonst, in der Gestalt von Kostěj dem Unsterblichen: der Graue Mann mit einem kantigen Gesicht, diamantharten Augen und einem Mund, der von Hunderten von Zähnen zu einem grotesken Grinsen verzerrt wurde, Zähne, die dünn und nadelspitz waren und welche die blassen, weit aufgerissenen Lippen nicht bedecken konnten.

Welche Gestalt er auch annahm, Mr. Hobbs sprach immer mit derselben Stimme und auf Deutsch, wie er auch durch Viktors Patienten gesprochen hatte. Tief, sonor, kultiviert und ein wenig altertümlich. Viktor kauerte sich vor Entsetzen hin und musste zuhören, wie Hobbs ihm alle seine Missetaten schilderte, wie er über die Jahrhunderte Schmerz und Leid verursacht, Verderbnis, Grausamkeit und Horror gebracht hatte. Und dass seine wahre Zeit noch bevorstand und er im Blut der Unschuldigen baden würde.

Das waren die schlimmsten Tage.

Doch die friedlichen Tage des Vergessens überwogen die der Sorgen und Verwirrung. Denn der flüchtige Fokus von Viktors Verstand bedeutete, dass er Hobbs' Besuche häufig vergaß.

Enttäuscht war er nur, dass sein Freund Filip Starosta ihn nie besuchte. Er war enttäuscht, wenn auch nicht überrascht. Immerhin hatte Viktor eine Schuld auf sich genommen, die eigentlich Filips war. Irgendwo, da draußen jenseits der steinernen Umarmung der Burg führte Filip ein Leben als freier Mann. Dieser Gedanke tröstete Viktor, aber manchmal wusste er nicht genau, ob es wirklich Filip gewesen war oder Mr. Hobbs, der die Verbrechen begangen hatte, für die man Viktor die Schuld zugeschoben hatte.

Man hatte ihm erlaubt, Bücher zu lesen, und ihm sogar bis vor sechs Monaten ein Radio zugestanden. Aber in den drei Jahren seiner Gefangenschaft hatte man ihm niemals erlaubt, sich unter die anderen Patienten zu mischen. Mittlerweile bezweifelte er sogar, dass sie überhaupt noch in der Burg waren. Als man ihm ohne weitere Erklärung das Radio abgenommen hatte, vermutete Viktor, dass es etwas mit dem zunehmend verzweifelten Tonfall der Sprecher zu tun hatte oder damit, dass sie ständig patriotische Musik spielten.

Oder mit diesen Berichten über die Sudetenland-Krise.

In der ersten Zeit seiner Gefangenschaft war Viktor häufig von Professor Románek besucht worden. Der Irrenhausdirektor schien plötzlich älter und bedrückter geworden zu sein, und Viktor erinnerte sich, dass sich der Professor gelegentlich von der Welt zurückzog, um sich dem Vergessen und der Melancholie hinzugeben. Er spürte, dass Románek sich auf einen längeren Rückzug vorbereitete. Außerdem schien er sehr reumütig zu sein, als hätte er Viktor auf irgendeine Art und Weise im Stich gelassen. Viktor wollte dem freundlichen Psychiater erzählen, dass es für diese Empfindung keinen Grund gab, dass er, Viktor, allen nur etwas vorspielte und die Schuld für etwas auf sich nahm, was Filip getan hatte. Das konnte er jedoch nicht. Denn das war alles ein großes Geheimnis.

Schließlich hörten die Besuche von Professor Románek auf.

Dr. Platner verbrachte dann zunehmend mehr Zeit mit Viktor,

und nach einer Weile erklärte er ihm, dass Professor Románek sich zur Ruhe gesetzt habe und er, Platner, jetzt das Irrenhaus leite. Er unterhielt sich freundlich mit Viktor, manchmal auf die gleiche traurige Art und Weise, wie Románek es getan hatte. Es verblüffte Viktor, dass ein Allgemeinmediziner die Leitung einer psychiatrischen Institution übernommen hatte, und er hatte den sonderbaren Eindruck, dass diese Beförderung Platner keine Freude bereitete.

Viktor hatte nur eine vage Erinnerung daran, dass Krakl seine Schusswunden und Verbrennungen behandelt hatte, ansonsten sah er den Mann kaum. Aber er hatte den Eindruck, dass der Arzt ebenfalls befördert worden war. Sonderbar war, dass der große leicht gebeugte Krakl Viktor durch seine Ähnlichkeit mit Mr. Hobbs Angst machte. Krakls letzter Besuch bei Viktor war eine recht brüske Angelegenheit gewesen. Der Arzt hatte kaum mit ihm geredet, sondern ihm nur schroff Befehle erteilt, während er den Kopf von Viktor mit einem Zirkel maß und die Ergebnisse einem Pfleger zuknurrte, der sie niederschrieb. Viktor hatte bemerkt, dass Krakl unter seinem weißen Arztkittel eine Uniform mit blank polierten schwarzen Stiefeln trug.

Die Tage danach verliefen ruhig. Ruhiger, als es seiner Erinnerung nach jemals in der Burg gewesen war. Eines Tages betrachtete er den Wald vor seinem vergitterten Fenster, als er zwei Militärfahrzeuge sah, die zur Burg hinauffuhren. Das eine war ein offener Kübelwagen mit zwei deutschen Offizieren, denen ein Truppentransporter mit einer Plane über der Ladefläche folgte. Das Sonnenlicht blitzte auf dem Blech der Karosserie einer Tatra 77 Limousine, die den Abschluss bildete. Die Fahrzeuge folgten dem Verlauf der Straße, tauchten auf und verschwanden, während sie zu dem Torhaus der Burg und der Steinbrücke fuhren, welche die Schlucht überspannte. Viktor dachte beiläufig darüber nach, ob die Burg vielleicht unter militärische Kontrolle gestellt wurde. Seit man ihm das Radio weggenommen hatte, wusste er kaum, was in der Welt vorging, aber er konnte es erraten.

Die Dunkelheit zwischen den Bäumen hatte offenbar auch die Tschechoslowakei erreicht.

Aus diesem Grund war auch Judita weggegangen.

Kurz bevor man ihm sein Radio weggenommen hatte und er noch wusste, was in der Welt jenseits der Burgmauern vor sich ging, hatte sie ihn besucht. Er war so glücklich gewesen, sie zu sehen, so unglaublich glücklich. Aber Judita hatte geweint, als sie mit ihm geredet hatte. Viktor war verärgert gewesen, weil sich Dr. Platner und ein Pfleger stets in Hörweite aufhielten. Aber wenigstens hatte man ihm erlaubt, sich mit Judita in den Speisesaal der Burg zu setzen und Kaffee zu trinken, während sie miteinander redeten.

Sie hatte über den Tisch gegriffen und seine Hand mit beiden Händen genommen. Viktor hatte sich gut gefühlt. Die Jahre seiner Gefangenschaft schienen plötzlich zu verschwinden, und es war wie früher, in ihren glücklicheren Zeiten. Sie war so schön gewesen, als sie ihn besucht hatte, aber es war eine traurige Schönheit, eine melancholische Schönheit, und sie erinnerte ihn an eine Geschichte, die er einmal gehört hatte. Aber er konnte sich nicht mehr genau daran erinnern. Er sagte ihr, dass es ihm gefiel, wie sie ihr Haar jetzt trug – offener und mit einem Pony über der Stirn. Doch das schien sie noch trauriger zu machen.

Er hatte mit ihr über seine Zukunftspläne gesprochen, ihre gemeinsame Zukunft, und er erklärte ihr, wie sehr sie sich geirrt hatte, als sie ihm sagte, sie hätten keine Zukunft. Aber sein Optimismus schien Judita nur immer trauriger zu machen.

»Ich verlasse die Tschechoslowakei«, hatte sie ihm unter Tränen schließlich mitgeteilt. »Ich wollte nur vorbeikommen, um mich zu verabschieden.«

Diese Nachricht hatte Viktor verletzt. »Aber warum denn? Warum gehst du weg?«, fragte er. »Warum bleibst du nicht hier, bei mir? Ich brauche dich hier bei mir.«

»Ich kann nicht bleiben.« Judita warf Platner über Viktors Schulter hinweg einen kurzen Blick zu, bevor sie wieder ihn ansah. »Dr. Platner hat mir geholfen, die notwendigen Papiere zu bekommen. Ich verlasse Europa. Weißt du noch, dass wir darüber gesprochen haben? Ich gehe nach Amerika. Hier hält mich nichts mehr, und dort drüben kann ich neu beginnen.«

Viktors Stimme war ein verzweifeltes Flüstern. »Aber ich bin hier! Du musst bleiben. Bitte, bleib und hilf mir! Du musst mir helfen. Sie werden mich hier nicht weglassen, und ich verstehe nicht warum. Sie sagen, ich hätte schreckliche Dinge getan, aber das war ich nicht. Das weißt du doch, stimmt's? Es war Hobbs, der all diese schrecklichen Dinge getan hat.« Er runzelte die Stirn, als müsse er diesen Gedanken für sich selbst klären. »Hobbs oder Filip.«

Mittlerweile hatte er ihre Hände fest umklammert, und Platner und der Pfleger traten vor. Judita hielt sie jedoch mit einem Kopfschütteln auf.

»Ich muss jetzt gehen, Viktor.« Sie beugte sich vor, das wunderschöne blasse Gesicht tränenüberströmt, und küsste ihn auf die Wange. »Dr. Platner wird sich um dich kümmern.«

Plötzlich begriff Viktor. Er lächelte und nickte. »Ja, natürlich, verstehe. Ich verstehe. Das ist das Beste. Du gehst jetzt nach Amerika, und ich folge dir später. Du kannst schon mal herausfinden, wo ich meine Arbeit am besten weiterführen kann. Die Amerikaner werden meine Forschungen viel wahrscheinlicher unterstützen. Aber ja, gewiss – je mehr ich darüber nachdenke … du hast recht! Du gehst zuerst, und ich folge dir.«

Judita schluchzte laut auf, und Platner trat zu ihr, legte sanft die Hände auf ihre Schultern und führte sie weg.

»Sei nicht traurig!«, rief Viktor ihr nach, als sie aus dem Speisesaal geführt wurde. »Es wird nicht lange dauern. Ich komme auch nach Amerika. Ich verspreche dir, Judita, ich komme nach Amerika. Ich schwöre, ich werde nach Amerika kommen …!«

Nachdem Judita hinausgeführt worden war und als Viktor wieder in seinem Zimmer saß, sah er das Taxi, das die gewundene Straße hinab zwischen den Bäumen zum Dorf und in die Welt dahinter fuhr, und etwas Dumpfes, Schweres legte sich um seine Brust. Als er sich vom Fenster abwandte, zuckte er heftig zusammen, und seine Trauer verwandelte sich schlagartig in Entsetzen. In der Ecke des Raumes stand Mr. Hobbs mit seinem hohen Zylinder, der schwarzen Seidenkrawatte und der blutbefleckten Lederschürze. Er hatte die dünnen Schultern zusammengezogen, den Hals in einem unmöglichen Winkel abgebogen und den Kopf zur Seite gelegt, damit er in die Ecke passte.

Viktor schrie, aber kein Geräusch drang aus seinem Mund. Hobbs lachte, verspottete ihn mit derselben Stimme, die er benutzt hatte, als er aus Viktors Patienten gesprochen hatte.

»Ich habe dich gehört«, sagte er. Er sah Viktor verächtlich an, und diese verächtliche Miene verwandelte ihn einen Moment in Kostěj den Unsterblichen, dessen Mund sich weit dehnte und mit Hunderten dünner scharfer Zähne gefüllt war. »Ich habe gehört, wie du sagtest, du gehst nach Amerika. Das wird niemals passieren. Du wirst hier niemals wegkommen, verstehst du das nicht? Du wirst niemals nach Amerika oder an einen anderen Ort gehen, also warum suchst du nicht einfach nach einer Möglichkeit, wie du dich selbst umbringen kannst? Dann wäre ich endlich frei und säße nicht in dir fest. Du bist armselig. Du hast mich auf jede nur mögliche Art und Weise enttäuscht.«

»Es tut mir leid…« Viktor schluchzte voller Angst. »Es tut mir so leid.«

»Erinnerst du dich noch daran, wie wir uns das erste Mal getroffen haben?«, hatte Hobbs gefragt. »Erinnerst du dich noch an den Tag, an dem deine Mutter dich und deine Schwester Ella zum *Čertovo Jezero* mitgenommen hat, dem Teufelssee? Er liegt tief im Wald. Ihr habt deine Großeltern besucht, deine deutschen Großeltern, weißt du noch? Ihr habt alle gepicknickt, und Ella und du, ihr habt im Wald gespielt.«

»Ich will nicht darüber reden«, sagte Viktor, beunruhigt wegen der Erinnerung und verängstigt wegen des Monsters in der Ecke. »Das war der Tag des Unfalls.«

»Ja, ein Unfall.«

»Ella fiel ins Wasser«, erklärte Viktor. »Ich habe so sehr versucht, sie zu retten, aber ich war noch zu klein. Ich konnte nicht schwimmen. Ich bin bei dem Versuch fast ertrunken. Ich lief zu meinem Großvater und meiner Mutter, aber…« Viktor brach ab, als die Erinnerung an einen kleinen Körper wie ein Messer durch ihn schnitt. Ein kleiner Körper, der wie eine Puppe mit dem Gesicht nach unten im Wasser trieb, und ein weißes Kleid, das sich in dem dunklen Wasser aufbauschte.

»So ist es nicht wirklich passiert, habe ich recht, Viktor?« Hobbs hatte ihn höhnisch angesehen, und erneut hatte sich sein verzerrter Mund in das Grinsen von Kostěj dem Unsterblichen verwandelt. »So ist es ganz und gar nicht passiert. Und deine Mutter … Sie hat sich nicht umgebracht, weil deine Schwester ertrunken ist, stimmt's? Sie hat sich umgebracht, weil sie herausgefunden hat, was für ein Monster ihr Sohn war. Denn nicht deine Schwester war ihr Liebling, stimmt's? Deshalb hat sie sich so schuldig gefühlt, als deine Schwester ertrank. Es hatte ihr zwar das Herz gebrochen, aber trotzdem war sie froh, dass es nicht ihr kostbarer Viktor gewesen war. Doch dann fand sie es heraus. Sie fand heraus, was mit all den Katzen aus dem Dorf passiert war, die verschwunden waren. Sie ist dir in den Wald gefolgt und hat gesehen, was du getan hast. Sie sah die schrecklichen Dinge, die du tatest, um mir zu gefallen. Sie sah das Monster, das du wirklich warst.« Als Hobbs-Kostěj-Veles zu einem dunkleren Ort näher bei Viktor kroch, bewegten sich seine langen Gliedmaßen wie die Beine einer Spinne.

»Natürlich habe ich mich vor ihr versteckt«, sagte Hobbs in Viktors Ohr. »Sie hat mich nicht gesehen, hat meinen Anteil an all dem nicht erkannt, nicht bemerkt, dass ich es war, der im Teufelssee erweckt wurde. Seitdem bin ich bei dir gewesen, Viktor.

Jeden Tag. Und als deine Mutter die Wahrheit aus dir herausbekommen hat über das, was an jenem Tag am See passiert ist, konnte sie nicht damit leben. Sie sagte, du wärst ein Monster. Du warst neun Jahre alt, und deine Mutter nannte dich ein Monster, also nanntest du sie eine deutsche Fotze. Sie konnte nicht damit leben und erhängte sich dort im Wald. Sie nahm den Gürtel von ihrem Mantel, schlang ihn um einen dicken Ast einer der Bäume und hängte sich auf, während du zusahst.«

»Das stimmt nicht!«, schrie Viktor. »Das warst du! Du warst es!« Er dachte an den Tag zurück, zwang die Erinnerung an die Oberfläche seines Verstandes. Der Film, der sich so oft in seinem Geist abgespult hatte: Ella im Wasser, wie sie schrie und kämpfte. Viktor, der ins Wasser lief, verzweifelt nach ihr griff, seine Fingerspitzen, die über ihre Hände glitten, aber sie nicht zu fassen bekamen. Dann veränderte sich die Erinnerung, die Perspektive. Die kleine Ella flehte ihn an, bettelte. Er sah seine Hände auf ihren kleinen schwachen Schultern, wie er sie unter Wasser drückte, wie ihr blondes Haar sich goldgrün im Wasser des Teufelssees auffächerte. Wieder gab es einen Moment der Verwirrung, und er wusste nicht mehr, ob er sich an seine Schwester erinnerte oder an einen anderen kleinen ertränkten Körper, dichter an der Burg. In dem kleinen See hinter dem Dorf, der ihn irgendwie an etwas erinnert hatte …

»Das ist nicht wahr!«, schrie Viktor erneut, aber immer mehr Bilder drängten sich ihm auf, mehr Erinnerungen stiegen in ihm hoch. Gräuel. So viel Blut. Blut an seinen Händen, auf seinen Lippen, in seinem Mund. Rohes Fleisch von weißen Knochen gerissen. Kreischende Frauen. »Das ist nicht wahr!«

Viktor schrie seine Beteuerungen immer und immer wieder dem Monster in der Ecke zu. Dem wahren Monster. Dem echten Mörder. Doch der huschte nur in die dunkelste Ecke zurück und hockte sich hin, während er Viktor auslachte.

Die Tür flog auf, und Krakl kam mit zwei Pflegern herein. Sie folgten Viktors Blick in die Ecke des Raumes, die leere Ecke des

Raumes. Hände packten Viktor grob, und er spürte den Stich einer Spritze in seinem Unterarm. Sein Wille und seine Kraft erlahmten, er wurde in eine Zwangsjacke gesteckt und auf sein Sofa geworfen.

In den Wochen nach Juditas Besuch beruhigte sich alles. Viktor hatte eine seiner friedlichen Perioden. Wache, vernünftige Zeiträume, in denen er wieder der gewissenhafte Psychiater wurde, der sich über seine Gefangenschaft wunderte. In solchen Zeiten hörten die Halluzinationen nicht nur auf, sondern sie waren vergessen. Er erinnerte sich nicht an Mr. Hobbs' Besuche, allenfalls als vage Reminiszenz an etwas, was in einem Albtraum passiert war. Klar erinnerte er sich nur daran, dass Judita weggegangen war und er sie nie wiedersehen würde.

In solchen Zeiten besuchte Dr. Platner Viktor öfter. Dem fiel es schwer, die Stimmung des Sudetendeutschen einzuschätzen. Er strahlte eine Müdigkeit und eine Bedrücktheit aus, die er vorher nicht bemerkt hatte, und Viktor fragte sich, ob aktuelle Ereignisse den Doktor bedrückten. Doch wann immer er Platner nach dem fragte, was in der weiten Welt passierte, erwiderte der Doktor dasselbe. »Es ist besser für Sie«, sagte er schlicht, »sich nicht mit diesen Dingen zu belasten, Viktor.«

Eines Morgens kam Platner früh in seinen Raum, kurz nach Sonnenaufgang. Viktor war bereits aufgestanden und hatte sich gewaschen und mit einem elektrischen Rasierapparat rasiert, den man ihm erlaubte, und er war angekleidet. Als Platner in sein Zimmer trat, saß Viktor über ein Buch gebeugt da. Es war ein dicker Foliant, seine Lieblingslektüre, wenn er keine Fachliteratur las, ein Text über slawische Mythologie und ihre Ursprünge.

»Ich habe mich gefragt, ob Sie vielleicht vor dem Frühstück mit mir im Wald spazieren gehen wollen«, sagte Platner lächelnd. Hinter ihm stand ein Soldat in schwarzer Uniform. In letzter Zeit waren sie bei ihren Spaziergängen immer von bewaffneten Soldaten begleitet worden statt von Pflegern.

»Gerne«, erwiderte Viktor. »Sehr gerne.«

»Schon gut«, sagte Platner, als Viktor Anstalten machte, das Buch, in dem er gelesen hatte, wieder auf das Regal zu stellen. »Sie können das Buch mitnehmen. Wir suchen uns einen schönen Flecken, wo wir uns hinsetzen können.«

Es war gut, aus der Burg herauszukommen. Als sie auf dem Weg hinaus durch die Gänge gingen, bemerkte Viktor, dass alle Angestellten mittlerweile Soldaten zu sein schienen und dass überall Kisten mit Geräten und Ausrüstung herumstanden, die ausgepackt wurden. Es enttäuschte Viktor, dass Platner nicht sagte, dass dies alles »das Neueste vom Neuen« wäre. Er bemerkte auch, dass einige Hallen in offene Stationen verwandelt worden waren, in denen Pritschen dicht nebeneinanderstanden.

»Nehmen wir mehr Patienten auf?«, fragte er. Entweder hörte Platner die Frage nicht, oder er zog es vor, sie zu ignorieren.

Es war ein schöner Tag. Die Herbstsonne stand tief und golden am Himmel, doch der Winter war in der kalten Luft bereits zu spüren. Als Viktor seinen Kragen bis zu den Ohren hochklappte, drehte er sich um und blickte zur Burg hinauf, die so war wie immer. Bis auf die rot-weiße Fahne mit dem mit Haken versehenen Kreuz, der Swastika, in der Mitte, die im Wind über dem Hauptturm flatterte. *Sie müssen einen Weg hinauf gefunden haben*, dachte er. *Sie müssen den Ruheplatz von Jan vom Schwarzen Herzen gefunden haben.*

Als sie über die Straße zum Dorf gingen, während der uniformierte Soldat ihnen mit dem Gewehr über der Schulter folgte, plauderte Platner mit Viktor, über die sich verändernden Zeiten. Als sie auf halbem Weg zum Dorf waren, steuerte Platner Viktor auf den Nebenpfad, der zu der alten Waldkapelle führte.

»Oh, den Ort kenne ich«, sagte Viktor strahlend, als sie die Kapelle erreichten. »O ja, ja – ich erinnere mich an diesen Ort. Ich bin immer mit Judita hierhergekommen. Ja, Judita …« Viktor runzelte die Stirn, als er versuchte, eine flüchtige Erinnerung zu erhaschen, und betrachtete die Waldkapelle, die auf der kleinen Lichtung stand, dunkel, fest und uralt. Der Soldat in der schwarzen Uniform stand stumm unter dem Vordach der Kapelle und rauchte eine Zigarette. Viktors Miene verfinsterte sich weiter, als eine andere Erinnerung vage und undeutlich in seinem Geist Gestalt annahm. Er schien sich daran zu erinnern, dass das uralte Holz sich einem Messer in seiner Hand beugte, als er etwas hineinschnitzte.

»Möchten Sie sich eine Weile hinsetzen und in Ihrem Buch lesen, Viktor?«, schlug Platner vor. »Hier ist es friedlich. Ruhig. Und auf dem Weg zurück zur Burg können Sie mir mehr über slawische Mythologie erzählen.«

»Das würde mir gefallen.« Viktor schlug das Buch auf und legte es in seinen Schoß, aber bevor er anfing zu lesen, wandte er sich noch einmal zu Platner um. »Danke, dass Sie mich hierher gebracht haben. Hier fühle ich mich glücklich. Manchmal werde ich so traurig«, fuhr er fort. »Manchmal empfinde ich diese Große Traurigkeit. Sagen Sie, Doktor, bin ich wirklich verrückt?«

Platner seufzte und lächelte traurig. So traurig, dass es Viktor bekümmerte. »Alles ist relativ, Viktor. Ich fürchte sehr, dass uns alle bald eine noch viel größere Traurigkeit und ein größerer Wahnsinn ereilen werden.«

Als Platner wegging, um Viktor in Frieden lesen zu lassen, begann er in seinem Buch über die alten Götter und Dämonen der slawischen Wälder zu lesen. Er wurde gewahr, wie perfekt dieser Ort dafür war und wie dankbar er Dr. Platner war, dass er ihn hierher gebracht hatte. Er war zufrieden und so in sein Buch vertieft, dass er das Geräusch hinter sich nicht hörte, als der Soldat die Holzstufen der Kapelle hinabging, nicht wahrnahm, wie Metall über Metall schabte, und das mechanische Klicken nicht hörte, als ein Bolzen einrastete.

Viktor Kosárek spürte noch kurz den kalten Kuss der Gewehrmündung in seinem Nacken, als seine Große Traurigkeit endete.

EPILOG 2

San Francisco, 1969

Es war der Beginn eines schönen Spätherbsttages. Der Morgenhimmel wölbte sich wie ein blauer wolkenloser Schild über San Francisco. Deshalb hatte John Harvester das Verdeck seines Mercedes-Cabrios heruntergeklappt, während er durch die Stadt in sein Büro fuhr. Es war ein frischer heller Tag, an dem man sich gut fühlte, und Harvester hatte viele Gründe, sich gut zu fühlen. Das Leben war ein Geschenk, das Leben war großartig, wenn man jung, attraktiv, erfolgreich und reich war.

Harvester ließ sich nicht einmal von den Nachrichten im Radio die Laune verderben. San Francisco war eine Stadt, die zweifach gebeutelt war: erschüttert durch die Erde und durch den düsteren Willen eines einzelnen Mannes. Der erste Bericht im Radio handelte von den ständig steigenden Schadenskosten, die durch das Erdbeben von Santa Rosa vor zwei Wochen entstanden waren. In der zweiten Nachricht wurde von dem ständig steigenden Terror berichtet, die der sogenannte Zodiac-Killer unter den Einwohnern San Franciscos verbreitete.

Der Radiosprecher meldete ernst, dass der Mörder einen weiteren Brief an den *San Francisco Chronicle* geschickt hatte. Diesmal hatte er ein blutgetränktes Stück von dem Hemd seines letzten Opfers beigelegt, um die Authentizität des Briefs zu bestätigen. In diesem letzten Brief hatte der Zodiac-Killer verkündet, dass er mit dem Gedanken spielte, einen Schulbus zu überfallen und alle Kinder zu töten, die darin saßen. Alle wussten, dass er vollkommen imstande war, diese Drohung wahrzumachen, und die ohnehin schon verängstigten Bürger der Stadt wurden Opfer einer neuen, alles durchdringenden Paranoia. Als Psychiater faszinierte es John Harvester, wie der Geist eines einzigen Mannes, der Wille eines einzigen Individuums eine Bevölkerung von fast siebenhundertfünfzigtausend Menschen mit Entsetzen infizieren konnte.

Er parkte in der Tiefgarage des Bürogebäudes und fuhr mit dem Aufzug in den achten Stock hinauf, wo seine Praxisräume lagen. Er lächelte seinem Spiegelbild im Rauchglas des Aufzugs zu. Der italienische maßgeschneiderte Anzug, das Hemd und die Seidenkrawatte waren von bester Qualität. Das dunkle Haar über dem attraktiven gebräunten Gesicht war sorgfältig gestylt. Alles an ihm kündete von frühem Erfolg, von einem Leben, das noch nicht einmal halb gelebt worden war und bereits viele Versprechen erfüllt hatte.

Als er den Aufzug verließ, begrüßte ihn seine Empfangsdame und Sekretärin Jodi. Sie war groß, schlank und blond und sowohl wegen ihres Aussehens als auch wegen ihrer beeindruckenden Kompetenz engagiert worden. Alles an Dr. John Harvester, an seiner eleganten Praxis, die mit Eames-Möbeln und Pollock-Gemälden ausgestattet war, alles an Jodi machte deutlich, dass er außergewöhnlich erfolgreich war. Dass er außergewöhnliche Patienten hatte.

John Harvester war schon von einem sehr starken Ehrgeiz angetrieben worden, als er sein medizinisches Examen abgelegt hatte. Zu dieser Zeit hatte dieser Ehrgeiz einen wirklichen Unterschied gemacht: Er hatte versucht, neue Wege zu finden, Krankheiten zu behandeln. Aber selbst während sich Gelegenheiten präsentierten, weniger hochfliegende Ziele zu verwirklichen, war ihm dieser Ehrgeiz geblieben. Nur sein Fokus hatte sich verändert. Aus Patienten waren Klienten geworden, seine

Behandlung hatte sich von den Psychosen der Verzweifelten auf die Neurosen der Reichen verlagert, auf Kaliforniens wohlhabende Elite, zu der auch etliche Hollywoodstars gehörten.

Harvester besaß jetzt alles – außer dem einen, wonach er sich am meisten verzehrte. Von seinen Standesgenossen ernst genommen zu werden. Aber da war ja das Buch. Wenn sein Buch mit seiner Theorie erschien, dann würden sie ihn ernst nehmen.

»Guten Morgen, Jodi.« Er lächelte sie an. »Ein wunderschöner Morgen.«

»Das stimmt, Dr. Harvester«, erwiderte Jodi. »Aber was für schreckliche Nachrichten heute Morgen. Dieser Brief an den *Chronicle*. Glauben Sie, dass er das wirklich tun wird? Ich meine diese Sache mit dem Schulbus.«

»Ich glaube, dieser Kerl ist zu allem fähig«, erwiderte Harvester.

»Man behauptet, er wäre sehr gerissen. So etwas wie superintelligent. Haben Sie gelesen, dass einige Leute da draußen in Salinas das Kryptogramm entschlüsselt haben, das er das letzte Mal geschickt hat? Oder zumindest den größten Teil davon.«

»Nein, das habe ich nicht gelesen. Was besagt es?«

»Das war wirklich unheimlich. Der Zodiac-Killer sagt, er hätte all diese Leute umgebracht, damit sie ihm dienen können, wenn er gestorben wäre. Sie wären seine ›Sklaven und Spielkameraden im Paradies‹, hat er geschrieben. Das ist wirklich gruselig. Wie kann er so lange damit durchkommen? Obwohl er so schlau ist. Ich meine, sie sind Lichtjahre davon entfernt, ihn zu erwischen.«

Harvester dachte einen Moment über ihre Worte nach. »Ich habe eine Theorie«, sagte er schließlich. »Es gibt vielleicht die Möglichkeit, dass man ihn deshalb nicht erwischt hat, weil selbst der Zodiac-Killer nicht weiß, wer er ist.«

»Das verstehe ich nicht.«

»Ich glaube, er hat sich selbst sehr gut versteckt – sogar vor sich selbst. Kommen Sie, Jodi, Sie haben so viele meiner Notizen transkribiert, dass sie etwas von dem Konzept der multiplen

Persönlichkeit verstehen müssen. Vielleicht ist der Zodiac-Killer bisher nicht erwischt worden, weil er eine Identität hat, eine andere Identität, die sich tief in einem ahnungslosen Wirt verbirgt.«

»Was?« Jodi runzelte die Stirn, was ganz hübsch aussah. »Glauben Sie wirklich, dass jemand der Zodiac-Killer ist und es nicht weiß?«

»Das ist sehr gut möglich. Sie wissen das von den Aufzeichnungen für mein Buch.« Ja – plötzlich kam ihm ein Gedanke. *Vielleicht kann ich den Zodiac-Killer auch in meinem Buch besprechen.*

Harvesters Buch war nicht nur eine Möglichkeit, sich noch weiter zu bereichern, sondern auch sein großes Projekt. Der Versuch, von der großen psychiatrischen Gemeinde ernst genommen zu werden. Er hatte die Theorie formuliert, dass eine multiple Persönlichkeitsstörung weit verbreiteter war, als man zurzeit annahm. Dass sie vielleicht sogar – wenn auch in unterschiedlichem Ausmaß – ein Element in jedermanns Psychologie war. Es gab alle Arten von Engeln und Dämonen in allen von uns, und Harvester war fest entschlossen, das zu beweisen.

Er war ein Risiko eingegangen, als er seine reichen und berühmten Patienten als Testfälle benutzte, ohne dass sie es wussten. Aber die Daten, die er gesammelt hatte, würden nur anonymisiert in seinem Buch präsentiert werden. Und außerdem hatten das Thiopental oder das Lorazepam, das er in seinen Sitzungen benutzt hatte, einen mäßigenden Effekt. Die Patienten erinnerten sich an gar nichts, und nur er kannte den ganzen Inhalt ihrer Gespräche. Und natürlich gab es die Bandaufnahmen, die er als Referenz heimlich anfertigte.

Was auch immer es kostete, Harvester war fest entschlossen, die Gültigkeit seiner These zu beweisen.

Es war kurz nach zehn, als Jodi seine erste Patientin hereinführte. Alice Sterling lächelte scheu, als sie Harvesters Untersuchungszimmer betrat und sich auf die Le-Corbusier-Couch legte. Harvester hatte schon oft gedacht, wie sonderbar es war, dass viele dieser Hollywoodtypen, die ihren Lebensunterhalt damit verdienten, professionell zu posieren, von einer Schüchternheit befallen waren, von einer manchmal sogar lähmenden Scheu, wenn sie nicht vor einer Kamera standen. *Andererseits*, dachte er, *sind wir alle Schauspieler, die Rollen spielen.*

»Wie geht es Ihnen heute, Alice?«, fragte Harvester. Er bemühte sich, seine Aufregung nicht zu zeigen. Die letzte Sitzung mit dieser Patientin hatte spektakuläre Ergebnisse gezeitigt.

»Nicht sonderlich gut«, antwortete sie traurig. Die Arbeit im Fernsehstudio schliff allmählich ihren Midwest-Akzent ab. »Sogar ziemlich mies, wenn ich ehrlich bin. Ich kann einfach nicht dieses, ich weiß nicht, dieses deprimierte Gefühl abschütteln, das ich die ganze Zeit habe.«

»Sehen wir einfach, was wir dagegen tun können«, sagte Harvester.

Alice Sterling war eine schlanke elegante und außerordentlich schöne vierundzwanzigjährige Frau. Aber ihre makellose Haut, ihre feingliedrigen Knochen und ihre Figur waren alles, was sie mit Alice Schneider teilte, dem Mädchen, als das sie in einer Stahlarbeiter-Stadt in Missouri aufgewachsen war. Dort waren Jobs, Geld und alle Arten von Gelegenheiten Mangelware. Und genau da lag auch der Keim ihrer Unzufriedenheit. Eine Art von umgekehrter Anpassungsstörung, bei der ihr plötzlicher Reichtum und ihre Befreiung von allen materiellen und finanziellen Sorgen paradoxerweise zu Depressionen und einem verminderten Selbstwertgefühl geführt hatten. »Sind Sie bereit?«

Sie nickte, und Harvester verabreichte ihr dieselbe Dosis von Thiopental und Lorazepam wie beim letzten Mal. Als ihre Anspannung wich, drückte er einen Knopf auf seinem Schreibtisch, der die Tonbandaufnahme startete.

Harvester erinnerte sich an die Ereignisse der letzten Sitzung und spürte das erregende Gefühl, als er darauf wartete, dass die Medikamente ihre volle Wirkung erzielten und seine Patientin in einen hypnotischen Zustand versetzten. Schließlich stellte er seine erste Frage.

»Ich will mit der Person reden, mit der ich beim letzten Mal gesprochen habe.«

Sie antwortete nicht.

»Ich will mit der Person sprechen, die nach etwas sucht. Die Person, die sagte, sie hätte etwas Kostbares verloren.«

Dann war es soweit. Harvester fühlte, wie sein Herz schneller schlug, als seine schlanke, zierliche Patientin zu sprechen begann.

»Ich habe es verloren.« Die Stimme, mit der sie sprach, klang nicht wie ihre. Sie war tief, maskulin und hart, und man hörte deutlich den englischen Akzent heraus. »Mein kostbarstes Souvenir. Meine kleine Glasrose, so weiß und glitzernd.«

»Wer sind Sie?«, fragte Harvester.

Die Antwort kam nach einer atemlosen Pause.

»Sie dürfen mich Mr. Hobbs nennen.«

NACHWORT

HINTER DEM TEUFEL
Die Recherche und Entwicklung von
WO DER TEUFEL RUHT

Beim Schreiben gehe ich sehr methodisch vor – ganz ähnlich wie sich Schauspieler beim Method-Acting in ihre Rolle versenken und die ganze Zeit »in dem Charakter« bleiben, solange sie die Rolle spielen. So versenke auch ich mich vollkommen in die Zeit, die Kultur und die Welt, die meine Charaktere bewohnen. Das habe ich schon in meinen früheren Romanen so gemacht, und ich weiß, dass diese Erfahrung mich bereichert hat. Die Welt durch die Augen eines anderen zu sehen bedeutet, seine eigene, persönliche Perspektive zu verändern und zu vergrößern. Außerdem macht es sehr viel Spaß. Bei diesem Buch war es ein großes und auch düsteres Vergnügen.

Ich werde häufig gefragt, ob die Recherchen für meine Romane nicht unglaublich mühsam sind, weil darin oft andere Zeiten und Orte vorkommen und zudem spezielle wissenschaftliche oder historische Details eine Rolle spielen. Für mich ist die Recherche in Wahrheit keine harte Arbeit: Sie ist so unauflöslich mit dem Schreibprozess verwoben, dass ich die beiden nicht voneinander trennen kann. Außerdem bereitet mir der Prozess des Lernens und der Vertiefung sehr viel Freude.

Da *Wo der Teufel ruht* so eine düstere und bedrohliche Geschichte ist, mag es vielleicht sonderbar erscheinen, dass ich nicht nur so viel Vergnügen daraus gezogen habe, sie zu erzählen, sondern auch genossen habe, mich in die reiche Folklore, den Mythos und die Kultur von Zentral- und Osteuropa zu versenken. Genau diese Dinge faszinieren mich, und die große Lust, die es bereitet, dass man als Autor die Freiheit besitzt, den Pfaden zu folgen, die einen am meisten ansprechen. Im Fall von *Wo der Teufel ruht* führen diese Wege zu einigen wahrhaftig sehr finsteren Orten.

Was die Geschichte hauptsächlich antreibt, sind die Psychologie C.G. Jungs, die Mythen und Legenden von Zentraleuropa, die Geschichte der Tschechoslowakei unmittelbar vor Ausbruch des Zweiten Weltkriegs und die ethnischen Spannungen, die während dieser Zeit in diesem Land herrschten. Beim Recherchieren und Schreiben des Buchs hat mich vor allem begeistert, wie all diese verschiedenen Themen zusammenkamen, sich verbanden und miteinander verschränkten. Ich habe mich für die ehemalige Tschechoslowakei entschieden, weil dieses Land mitten im Herzen von Europa liegt, und zwar geographisch, ethnisch, kulturell und psychologisch. Vor allem die Böhmen sind ein Volk mit einer höchst faszinierenden Psychologie. Dieser Landstrich wurde von der Verschmelzung von Kelten, Slawen, Germanen und jüdischen Kulturen geformt. Es ist kein Zufall, dass die einzigartig kreative Stimme von Franz Kafka mit all ihrer Absurdität, ihrem Surrealismus und finsterem Humor ein Produkt dieser Zeit und dieses Ortes ist.

So wie ich häufig Deutschland besuche, habe ich bei der Recherche zu diesem Buch auch sehr viel Zeit in Prag und in der Tschechischen Republik verbracht. Was in diesem Roman auftaucht, ist nur die Spitze des Recherche-Eisbergs: Ein großer Teil der Forschung besteht darin, sich mit einem Volk, seiner Kultur und Geschichte vertraut zu machen, ohne dass sich das jemals in einem niedergeschriebenen Satz manifestiert. Aber es zeigt sich in der Art und Weise, wie man über einen Ort, eine Zeit und ein Volk schreiben kann. Zum Beispiel ist das Wissen, dass die Mähren die Prager Böhmen wegen des eigentümlichen Singsangs ihres Akzents verspotteten, in dem Buch nirgendwo angesprochen worden – aber es ist cool, diese Tatsache zu kennen!

Ich finde es sehr bemerkenswert, wie verschiedene Elemente zusammenkommen müssen, damit ein Roman seine wahre Gestalt annimmt. Ich hatte die allgemeine Idee für *Wo der Teufel ruht* schon eine ganze Weile, aber erst auf einer Reise nach Böhmen hat sich alles in meinem Kopf zusammengefügt. Ich besuchte Hrad Karlštejn – es war außerhalb der Saison, und es war ein sehr trüber Tag. Die Burg lag unter einem dramatischen, von Wolken verdeckten Himmel. Ich befand mich in der Haupthalle, in der Karl IV. Hof gehalten hatte, als die ganze Idee sich manifestierte. Ich stand an der Stelle, an welcher der Kaiser seine Audienz abhielt, sein Thron war genau zwischen zwei großen Fenstern platziert. Deshalb waren jene, die sich an ihn wandten, in Licht gebadet, während seine Miene und sein Gebaren im Schatten lagen, so dass seine Bittsteller keine Schlüsse daraus ziehen konnten. (Darüber wird in dem Roman im Büro des Polizisten Smolák reflektiert.) Als ich nun dort stand, stellte ich mir die düsteren Ereignisse und noch finstereren Geheimnisse vor, derer die Wände der Burg im Laufe der Jahrhunderte stumme Zeugen geworden waren. Da sah ich alles vor mir: Ich sah die Burg als eine psychiatrische Klinik, stellte sie mir in der Epoche unmittelbar vor dem Krieg vor, als einen Ort, an dem einige geistesgestörte Mörder festgehalten wurden, der aber gleichzeitig und paradoxerweise eine Zuflucht vor dem noch größeren Wahnsinn des Nationalsozialismus war, der sich unaufhaltsam näherte.

Jetzt hatte ich Ort und Zeit. Meine Geschichte war fast fertig; die entscheidenden noch fehlenden Zutaten waren jedoch die Mythen und Legenden, deren Existenz man im Böhmerwald beinahe fühlen kann, und die psychologischen Theorien von C. G. Jung. Diese beiden Elemente waren die am engsten miteinander verwobenen: Jungs Theorien behandeln die Erschaffung von Mythen und Legenden als Externalisierung des kollektiven Unbewussten. Jungs Theorie der Archetypen hat uns die gängigen Charaktere der Mythologie – und darüber hinaus auch der Literatur – geschenkt. Jung fasziniert mich: ein Wissenschaftler, dessen Vater ein Dorfpastor war, der nicht an Gott glaubte, und dessen Großvater väterlicherseits ein unehelicher Sohn von Goethe gewesen sein soll. Mütterlicherseits war sein Großvater ein bekannter Theologe, der Visionen empfing und – wie Dominik Bartoš im Roman – glaubte, er könnte direkt mit den Toten kommunizieren. Bis Jungs Mutter seinen Vater heiratete, hatte sein Großvater sie gezwungen, hinter ihm zu sitzen, wenn er Predigten schrieb – nur um sicher zu sein, dass der Teufel nicht an seiner Schulter stand und mitlas, was er schrieb.

Die Erforschung der slawischen Mythologie, die sich durch die Geschichten in *Wo der Teufel ruht* zieht, brachte mich zu meinen Lieblingsorten. Die Böhmen verdanken ihren Namen dem uralten Keltenstamm der *Boii*, dem dortigen Gründervolk. Übrigens waren sie auch die Gründerpopulation in Südostdeutschland, wo ihr Name *Baiovarii* Bavaria – sprich Bayern – den Namen gab. Zu diesem keltischen Substrat mischten sich germanische Stämme, vor allem die Sueben, denen eine Invasion von slawischen Tschechen folgte, die schließlich dominierten. Im Laufe der Geschichte wurde diese bereits sehr vielfältige Mischung durch deutsche und jüdische Siedlungen noch vergrößert. Diese Beimengungen von Kulturen, Legenden und unterschiedlichen Glauben führten zu einer ausgesprochen reichhaltigen Mythologie. Die slawische Mythologie selbst ist sehr eng mit der nordischen Mythologie verbunden, vermutlich durch den Einfluss der Kiewer Rus. Diese tiefe, düstere und eng zusammenhängende Mythologie bot mir jedenfalls die perfekte Parallele zu Jungs Theorien.

Je mehr ich forschte, auf umso mehr düsteren Reichtum stieß ich. Wie zum Beispiel auf die Knochenkirche, die Allerheiligenkirche in Sedletz, mit František Rints bizarr-tödlichen Kunstwerken. Je tiefer ich in die Historie und die Kultur eintauchte, desto mehr Ideen entzündeten sich in meinem Kopf. Dazu gesellte sich natürlich auch der Kataklysmus, der die jüdische Bevölkerung von Böhmen heimsuchte. Der Holocaust, seine Brutalität, sein Ausmaß und die Verarmung der europäischen Kultur, die daraus resultierte, haben mich verfolgt, seit ich ihn zum ersten

Mal wahrnahm. Durch Juditas Augen versuchte ich die Schatten zu sehen, die er vorauswarf. Diese Recherche bereitete, wie man sich denken kann, kein Vergnügen und verstärkte tatsächlich mein Gefühl von Unbehagen, sogar von ungläubigem Staunen über das Wiedererstarken von glühendem Nationalismus und Antisemitismus in unserer Gesellschaft.

Ich hatte zwei äußerst sonderbare Erfahrungen, als ich *Wo der Teufel ruht* schrieb: Die erste machte ich, als ich das Manuskript bereits zu mehr als drei Viertel fertiggestellt hatte. Ich hatte die Burg Hrad Orlů ersonnen, eine Verschmelzung von realen böhmischen, mährischen und slowakischen Burgen, und ihr die dunkle Geschichte einer Burg gegeben, die gebaut wurde, nicht um darin zu leben, sondern um das Tor zur Hölle zu bewachen. All das habe ich frei erfunden, ohne Beziehung zu einem realen Ort. Als ich eines Abends erneut über tschechische Burgen recherchierte, entdeckte ich die reale Hrad Houska, die tatsächlich ohne Küchen oder Wohnmöglichkeiten erbaut worden war, dafür aber ein massives und undurchdringliches Fundament aufwies, um zu verschließen, was man damals für den Schlund der Hölle hielt.

Die zweite Erfahrung machte ich, als ein befreundeter Akademiker, der sich auf die Gotik spezialisiert hat, mir sagte, er besäße eine Ausgabe von C. G. Jungs Rotem Buch. Ich hatte natürlich von diesem Roten Buch gehört, dessen Veröffentlichung die Jung-Familie bis 2009 untersagt hatte, aus Sorge, es könnte Jungs Ruf schaden. Aber ich hatte noch nie eine Ausgabe gesehen und war vollkommen erstaunt darüber, wie ähnlich das Rote Buch meiner Beschreibung von Filip Starostas illustriertem Manuskript in *Wo der Teufel ruht* war. Zwei fiktionale Schöpfungen, die – mir unbekannt – ihre Parallele in der Realität hatten.

Wäre C. G. Jung noch unter uns, hätte er es Synchronizität genannt.